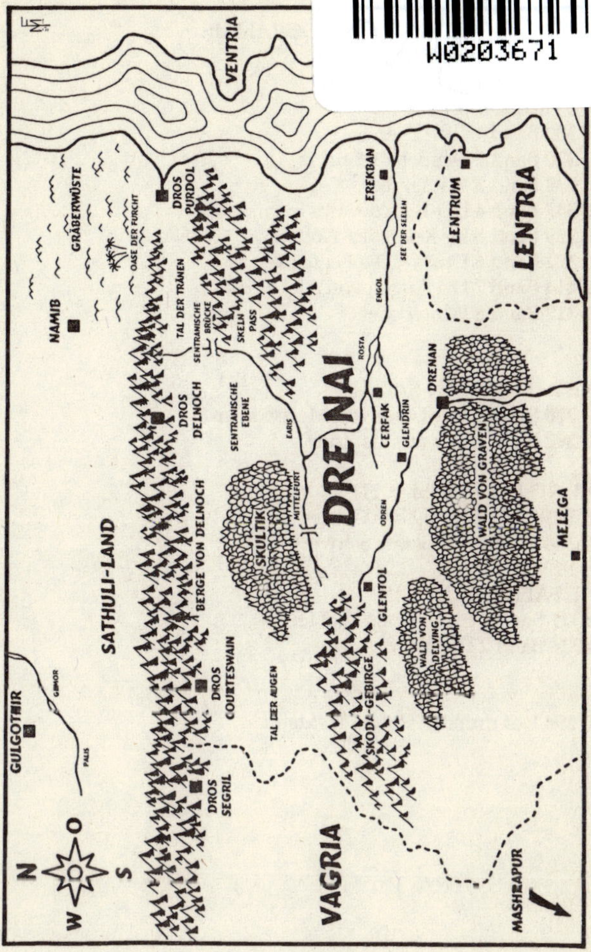

BASTEI
LÜBBE

BASTEI LÜBBE DAVID GEMMELL IM TASCHENBUCH-PROGRAMM:

DIE DRENAI-SAGA
20 307 Band 1 Die Legende
20 320 Band 2 Der Schattenprinz
20 332 Band 3 Waylander
20 347 Band 4 Der Bronzefürst
20 359 Band 5 Im Reich des Wolfes
20 372 Band 6 Druss – Die Legende
20 414 Band 7 Die Augen von Alchazzar
28 317 Band 8 Winterkrieger

DIE PARMENION-SAGA
20 270 Band 1 Der Löwe von Macedonien
20 292 Band 2 Der dunkle Prinz

DIE STEINE DER MACHT
28 303 Band 1 König der Geister
28 308 Band 2 Das letzte Schwert

DIE FALKENKÖNIGIN
28321 Band 1 Eisenhands Tochter
28324 Band 2 Die Keltenkriege

20 296 Des dunklen Ritters Heldenlied

David Gemmell

Die Drenai-Saga

DIE AUGEN VON ALCHAZZAR

Roman

Ins Deutsche übertragen
von Irmhild Seeland

BASTEI LÜBBE

BASTEI LÜBBE TASCHENBUCH
Band 20 414

Erste Auflage: Juni 2001

Vollständige Taschenbuchausgabe
der in der Bibliothek der Phantastischen Literatur
erschienenen Paperbackausgabe

Bastei Lübbe Taschenbücher
ist ein Imprint der
Verlagsgruppe Lübbe

Titel der englischen Originalausgabe:
The Legend of Deathwalker

Deutsche Lizenzausgabe 1999 by
Bastei-Verlag Gustav H. Lübbe GmbH & Co.,
Bergisch Gladbach
Lektorat: Alexander Huiskes /Stefan Bauer
Titelbild: Luis Royo / Agentur Norma, Barcelona
Kartenzeichnung: Markus Fabian
Umschlaggestaltung: QuadroGrafik, Bensberg
Satz: KCS GmbH, Buchholz/Hamburg
Druck und Verarbeitung:
Brodard & Taupin, La Flèche, Frankreich
Printed in France
ISBN 3-404-20414-X

Die Augen von Alchazzar möchte ich in Liebe den Hotz de Baars widmen: Big Oz, der durch die Täler verstorbener Computer wandert und die Romane wiederfindet, die in der Leere verlorengegangen sind – ein Mann, der freigebig mit seiner Zeit, seiner Energie und seinem scharfen Verstand ist – aber niemals mit seinen Keksen; Oz Junior, der mir beibrachte, daß *Civilization* über meinen Horizont geht; seiner Schwester Claire für ihre Leckerbissen vom Grill; und Alison für die Gastfreundschaft der Upthorpes.

Ich möchte mich bei meiner Herausgeberin, Liza Reeves, meinen Testleserinnen Val Gemmell, Edith Graham und ihrer Tochter Stella sowie bei meiner Lektorin Jean Maund bedanken. Mein Dank gilt auch den vielen Lesern, die mir im Laufe der Jahre geschrieben haben und mehr Geschichten über *Druss* verlangten. Inzwischen sind die Berge von Post so angewachsen, daß ich nicht mehr alle Briefe beantworten kann. Aber ich lese sie alle und freue mich über jegliche Anmerkungen.

Prolog

Der Mond hing wie eine Sichel über Dros Delnoch, und Pellin blickte schweigend auf das Lager der Nadir hinab, das unter ihm im Mondschein lag. Tausende von Kriegern waren dort versammelt. Morgen würden sie mit Gebrüll über den schmalen Streifen blutgetränkter Erde stürmen, ihre Leitern hinter sich herziehen, ihre Enterhaken anschleppen. Sie würden nach Kampf und Tod rufen, und genau wie heute würde dieses Geschrei ihn entsetzen, seine Haut wie eisige Nadeln durchbohren. Pellin war noch nie in seinem jungen Leben so verängstigt gewesen, und er wollte nichts mehr als davonrennen, sich verstecken, seine schlechtsitzende Rüstung wegwerfen und nach Süden laufen, nach Hause. Die Nadir kamen immer wieder, Welle auf Welle, ihre rauhen Kriegsrufe schickten ihren Haß voraus. Die leichte Wunde an seinem Oberarm pochte und juckte gleichzeitig. Gilad hatte ihm versichert, das wäre ein Zeichen, daß sie gut verheilte. Aber er hatte den Schmerz gekostet, eine bittere Vorahnung von schlimmeren Schmerzen, die noch folgen würden. Er hatte gesehen, wie sich seine Kameraden schreiend vor Schmerzen wanden, ihre Leiber von schartigen Schwertern aufgerissen ... Pellin versuchte, diese Erinnerungen zu verdrängen. Ein kalter Wind begann von Norden zu wehen und trieb dunkle Regenwolken vor sich her. Er schauderte und dachte an sein warmes Bauernhaus mit dem strohgedeckten Dach und der großen gemauerten Feuerstelle. In kalten Nächten wie dieser pflegten Kara und er im Bett zu liegen, ihren Kopf an seiner Schulter, ihr linkes Bein warm auf seiner Hüfte. Sie lagen zusammen im warmen, roten Schein des verglimmenden Feuers und lauschten auf den Wind, der traurig draußen heulte.

Pellin seufzte. »Bitte, laßt mich nicht hier draußen sterben«, betete er.

Von den dreiundzwanzig Männern, die sich aus seinem Dorf als Freiwillige gemeldet hatten, waren nur noch neun am Leben. Er warf einen Blick zurück auf die Reihen der schlafenden Verteidiger, die zwischen der Dritten und Vierten Mauer auf der Erde lagen. Konnten diese paar Männer die größte Armee aufhalten, die es je gegeben hatte? Pellin wußte, sie konnten es nicht.

Er blickte wieder zum Nadirlager und musterte prüfend das Gelände nahe den Bergen. Die toten Drenai, denen man Kleidung und Rüstung abgenommen hatte, waren dort auf einen Haufen geworfen und verbrannt worden. Öliger schwarzer Rauch war noch Stunden später über die Festung gezogen, der den ekelhaften, Übelkeit erregenden Geruch nach verbranntem Fleisch mit sich brachte. »Es hätte ebensogut auch mich treffen können«, dachte Pellin und erinnerte sich an das Gemetzel, als Mauer Zwei fiel.

Er schauderte. Dros Delnoch, die mächtigste Festung der Welt: sechs hohe Mauern aus Stein und ein großer Bergfried. Noch nie war sie von einem Feind erobert worden. Aber sie hatte auch noch nie eine so gewaltige Armee gesehen. Pellin kam es so vor, als gäbe es mehr Nadir als Sterne am Himmel. Die Verteidiger hatten sich nach erbitterten Kämpfen von Mauer Eins zurückgezogen, denn sie war die längste und deshalb am schwersten zu haltende. Mitten in der Nacht hatten sie sich davongeschlichen und die Mauer ohne weitere Verluste aufgegeben. Aber die zweite Mauer war ihnen unter großen Kosten abgerungen worden. Der Feind hatte die Verteidigungslinien durchbrochen und war vorgestürmt, um die Verteidiger einzukesseln. Pellin hatte es kaum zurück zur Dritten Mauer geschafft. Er dachte an den sauren Geschmack der Angst, der ihm in die Kehle gestiegen war, daran, wie schrecklich seine Glieder gezittert hatten, als er sich über die Brüstung geschwungen hatte und auf den Wehrgang gesunken war.

Und wofür das alles? fragte er sich. Welche Rolle spielte es, ob sich die Drenai selbst regierten oder unter der Herrschaft von Ulric, dem Kriegsherrn, standen? Würde der Acker deswegen weniger Getreide tragen? Würde sein Vieh deswegen erkranken und sterben?

Noch vor zwölf Wochen hatte alles wie ein großes Abenteuer gewirkt, als die Anwerber der Drenai ins Dorf kamen. Ein paar Wochen auf diesen Mauern Patrouille gehen und dann als Helden zurück nach Hause kommen.

Helden! Sovil war ein Held – bis ein Pfeil sein Auge durchbohrte und es aus der Höhle riß. Jocan war ein Held, bis er schreiend am Boden lag und versuchte, mit den Händen seine Eingeweide festzuhalten.

Pellin legte ein paar Kohlen in das eiserne Becken und winkte dem Wachmann zu, der dreißig Schritt links von ihm stand. Der Mann stampfte mit den Füßen, um warm zu bleiben. Er und Pellin hatten vor einer Stunde die Plätze getauscht, und bald war er wieder an der Reihe, neben dem Kohlenbecken zu stehen. Zu wissen, daß er die Wärme bald entbehren mußte, verlieh dem Feuer noch größere Bedeutung. Pellin streckte die Hände aus und genoß die Wärme.

Eine riesige Gestalt kam in Sicht. Sie stieg behutsam über die schlafenden Verteidiger und bahnte sich einen Weg zu den Wehrgängen. Pellins Herz schlug schneller, als Druss die Stufen heraufkam.

Druss die Legende, der Retter vom Skeln-Paß, der

Mann, der sich durch die ganze Welt gekämpft hatte, um seine Frau zu befreien. Druss, der Axtträger, der Silbertöter. Die Nadir nannten ihn Todeswanderer, und Pellin wußte, weshalb. Er hatte ihn auf den Brustwehren kämpfen sehen, seine Axt brachte Tod und Verderben. Er war kein Sterblicher, er war ein dunkler Kriegsgott. Pellin hoffte, der alte Mann bliebe ihm fern. Was sollte ein junger Soldat zu einem Helden wie Druss sagen? Zu Pellins großer Erleichterung blieb die Legende bei dem anderen Wachmann stehen, und die beiden begannen sich zu unterhalten. Er konnte sehen, wie der Wachmann nervös von einem Fuß auf den anderen trat, als der alte Krieger mit ihm redete.

Plötzlich kam es ihm in den Sinn, daß Druss die menschliche Verkörperung dieser uralten Festung war, unbesiegt und doch von der Zeit angenagt, nicht mehr so gewaltig wie einst, aber trotz allem noch großartig. Pellin lächelte, als er daran dachte, wie der Herold der Nadir Druss das Ultimatum gestellt hatte, entweder zu kapitulieren oder zu sterben. Der alte Held hatte gelacht. »Im Norden«, hatte er gesagt, »zittern die Berge, wenn Ulric einen Wind läßt. Aber dies hier ist Drenai-Land, und für mich ist er nichts weiter als ein dickbäuchiger Wilder, der nicht mal seinen Arsch abwischen kann, wenn die Drenai ihm nicht eine Landkarte auf seinem Hintern eintätowieren.«

Pellins Lächeln schwand, als er sah, wie Druss dem anderen Wachmann auf die Schulter schlug und auf ihn zukam. Der Regen hatte nachgelassen, und der Mond schien wieder hell. Pellins Handflächen wurden feucht, und er wischte sie an seinem Umhang ab. Der junge Wachmann nahm Haltung an, als die Legende sich ihm mit langen Schritten näherte. Die Axt glitzerte silbern im Mondlicht. Pellins Mund war trocken, er ballte die Fäuste vor der Brustplatte, um zu salutieren. »Entspann dich,

Junge«, sagte Druss und legte die riesige Axt auf die Brüstung. Der alte Krieger streckte seine gewaltigen Hände dem Kohlenbecken entgegen, um sie zu wärmen, dann setzte er sich mit dem Rücken an die Mauer und winkte den jungen Mann zu sich heran. Pellin war Druss noch nie so nahe gekommen, und jetzt sah er die Linien, die das Alter tief in das breite Gesicht geätzt hatte, so daß es aussah wie ein verwitterter Felsen. Doch die Augen unter den schweren Brauen waren klar und hell, und Pellin stellte fest, daß er dem Blick dieser Augen nicht standhalten konnte. »Heute nacht kommen sie nicht mehr«, sagte Druss. »Kurz vor Morgengrauen werden sie anstürmen. Ohne Kriegsgeschrei, es wird ein lautloser Angriff.«

»Woher weißt du das?«

Druss lachte leise. »Ich würde dir ja gern erzählen, daß meine reiche Kriegserfahrung mir das sagt, aber die Antwort ist viel einfacher. Die Dreißig sagen es voraus, und sie sind ein kluger Haufen. Normalerweise habe ich wenig Geduld mit Zauberern und dergleichen, aber diese Burschen sind großartige Kämpfer.« Er nahm den schwarzen Helm ab und fuhr sich mit den Fingern durch das dicke weiße Haar. »Hat mir gut gedient, dieser Helm«, erzählte er Pellin und drehte ihn so, daß der Mondschein auf das Motiv mit der silbernen Axt über der Stirn fiel. »Und ich zweifle nicht daran, daß er morgen seinen Dienst ebensogut erfüllt.«

Bei dem Gedanken an die kommende Schlacht warf Pellin einen nervösen Blick über die Mauer, wo die Nadir warteten. Von hier oben konnte er viele von ihnen sehen, wie sie in ihre Decken eingerollt lagen, dicht um die Hunderte von Lagerfeuern geschart. Andere waren wach, schärften ihre Waffen oder unterhielten sich in kleinen Gruppen. Der junge Mann wandte sich ab und ließ den Blick über die erschöpften Drenai gleiten, die schlafend auf dem Boden hinter der Brustwehr lagen, eingehüllt in ihre Decken, in dem Versuch, ein paar Stunden kostbaren, erfrischenden Schlafes zu erhaschen. »Setz dich, mein Junge«, sagte Druss. »Auch wenn du dir noch so große Sorgen machst, verschwinden sie davon nicht.«

Der Wachmann lehnte seinen Speer gegen die Mauer und setzte sich. Seine Scheide klirrte gegen die Steine, und ungeschickt drehte er sie. »Ich kann mich an diese ganze Rüstung und so nicht gewöhnen«, sagte Pellin. »Ständig stolpere ich über mein Schwert. Ich fürchte, ich bin kein besonders guter Soldat.«

»Vor drei Tagen auf Mauer Zwei sahst du jeder Zoll wie ein geborener Soldat aus«, widersprach Druss. »Ich sah, wie du zwei Nadir tötetest und dann deinen Weg zu den Tauen auf diese Mauer freikämpftest. Und dabei hast du noch einem Kameraden geholfen, der eine Wunde am Bein hatte – du bist unter ihn geklettert, um ihn zu stützen.«

»Das hast du gesehen? Aber da war solch ein Durcheinander – und du warst selbst mitten im Kampfgeschehen!«

»Ich sehe viele Dinge, mein Junge. Wie heißt du?«

»Pellin ... Cul Pellin«, verbesserte er sich.

»Die Formalitäten können wir uns schenken, Pellin«, sagte Druss freundlich. »Heute nacht sind wir hier nur zwei Veteranen, die ruhig auf den Morgen warten. Hast du Angst?«

Pellin nickte, und Druss lächelte. »Und du fragst dich: ›Warum gerade ich? Warum soll ausgerechnet ich mich hier den Nadir stellen?‹«

»Ja. Kara wollte nicht, daß ich mich den anderen anschließe. Sie sagte, ich wäre ein Narr. Ich meine, was macht es schon für einen Unterschied, ob wir gewinnen oder verlieren?«

»In hundert Jahren? Überhaupt keinen«, antwortete

Druss. »Aber alle einmarschierenden Armeen bringen ihre eigenen Dämonen mit, Pellin. Wenn sie hier durchbrechen, schwärmen sie über die Sentranische Ebene und bringen Feuer und Zerstörung, Vergewaltigung und Mord. Deswegen müssen wir sie aufhalten. Und warum gerade du? Weil du der richtige Mann dafür bist.«

»Ich glaube, ich werde hier sterben«, sagte Pellin. »Ich will nicht sterben. Meine Kara ist schwanger, und ich möchte meinen Sohn aufwachsen sehen, stark und groß werden. Ich möchte ...« Er brach ab, als der Kloß in seinem Hals dicker wurde.

»Du willst dasselbe, was wir alle wollen, mein Junge«, sagte Druss leise. »Aber du bist ein Mann, und ein Mann muß sich seinen Ängsten stellen, oder er wird von ihnen zerstört.«

»Ich weiß nicht, ob ich das kann. Ich überlege oft, ob ich auch desertieren soll wie die anderen. Mich in der Nacht nach Süden davonschleichen. Nach Hause gehen.«

»Und warum hast du es noch nicht getan?«

Pellin dachte einen Augenblick nach. »Ich weiß nicht«, sagte er lahm.

»Aber ich kann es dir sagen, mein Junge. Weil du dich umschaust und die anderen siehst, die bleiben müssen und um so härter kämpfen, weil du nicht auf deinem Posten bist. Du bist nicht der Mann, der seine Arbeit anderen aufhalst.«

»Das würde ich gern glauben. Wirklich.«

»Glaub es, mein Junge, denn ich kann Menschen gut beurteilen.« Plötzlich grinste Druss. »Ich kannte einmal einen anderen Pellin. Er war ein Speerwerfer. Und zwar ein guter. Hat bei den Freundschaftsspielen in Gulgothir Gold gewonnen.«

»Ich dachte, das wäre Nicotas gewesen«, meinte Pellin. »Ich erinnere mich an die Parade, als die Mannschaft nach Hause kam. Nicotas trug die Drenai-Flagge.«

Der alte Mann schüttelte den Kopf. »Klingt wie gestern«, sagte Druss mit einem breiten Grinsen. »Aber ich spreche von den Fünften Spielen. Ich schätze, das war vor etwa dreißig Jahren – lange ehe du der Stolz deiner Mutter warst. Pellin war ein guter Mann.«

»Waren das die Spiele, an denen du teilnahmst? Am Hof des Verrückten Königs?« fragte der Wachmann.

Druss nickte. »Ich hatte es nicht vorgehabt. Ich war damals Bauer, aber Abalayn lud mich nach Gulgothir ein als Mitglied der Delegation von Drenai. Meine Frau Rowena drängte mich, die Einladung anzunehmen, sie glaubte, das Leben in den Bergen würde mich allmählich langweilen.« Er lachte leise. »Sie hatte recht! Wir kamen durch Dros Delnoch, ich erinnere mich noch gut daran. Wir waren fünfundvierzig Wettstreiter, und etwa hundert Mitläufer, Huren, Diener, Übungsleiter. Ich habe heute die meisten Namen vergessen. An Pellin erinnere ich mich – aber er brachte mich auch zum Lachen, und ich fühlte mich in seiner Gesellschaft wohl.« Der alte Mann schwieg gedankenverloren.

»Wie wurdest du dann Mitglied der Mannschaft?«

»Ach, das! Die Drenai hatten einen Faustkämpfer namens … ich kann mich beim besten Willen nicht erinnern. Das Alter nagt an meinem Gedächtnis. Jedenfalls war er ein mürrischer Knabe. Alle Kämpfer brachten ihre eigenen Trainer mit und schlechtere Kämpfer zum Üben. Dieser Bursche … Grawal, so hieß er!… war ein brutaler Kerl und verkrüppelte zwei seiner Übungspartner. Eines Tages fragte er mich, ob ich mit ihm trainieren wollte. Wir waren noch drei Tage von Gulgothir entfernt, und inzwischen langweilte ich mich wirklich. Das ist eins der Ärgernisse meines Lebens, mein Junge. Ich langweile mich schnell! Also stimmte ich zu. Es war ein Fehler. Viele der Lagerfrauen sahen den Übungskämpfen zu, und ich hätte merken müssen, daß Grawal gern dem Publikum gefiel. Jedenfalls begannen er und ich zu kämpfen. Zuerst ging alles gut, er war gut, mit viel Kraft in den Schultern, aber trotzdem geschmeidig. Hast du je einen Trainingskampf gemacht, Pellin?«

»Nein.«

»Nun, es sieht genauso aus wie ein echter Kampf, aber alle Schläge sind verhalten. Der Sinn ist, die Reflexe der Kämpfer schneller zu machen. Aber dann tauchte eine Gruppe von Lagerfrauen auf und setzte sich nicht weit von uns hin. Grawal wollte den Frauen zeigen, was für ein toller Kerl er war, und er ließ eine Reihe von Schlägen mit ungebremster Kraft los. Es war, als ob ich von einem Maultier getreten worden wäre, und ich muß zugeben, daß mich das ärgerte. Ich trat einen Schritt zurück und sagte ihm, er solle mal halblang machen. Der Narr ignorierte meine Worte nicht nur – er stürzte sich sogar auf mich. Also schlug ich ihn. Und brach ihm an drei Stellen den Kiefer. Das Ergebnis war, daß die Drenai nun ihren besten Schwergewichtler verloren hatten, und ich hatte das Gefühl, die Ehre verlangte, daß ich seinen Platz einnahm.«

»Und was geschah dann?« fragte Pellin, als Druss sich erhob und sich über die Brüstung beugte. Das schwache Licht, das den nahen Morgen ankündigte, zeigte sich im Osten.

»Die Geschichte wird wohl bis heute abend warten müssen, mein Freund«, sagte Druss leise. »Sie kommen.«

Pellin stand auf. Tausende von Nadirkriegern strömten lautlos auf die Mauer zu. Druss brüllte eine Warnung, und ein Hornbläser blies Alarm. Rotgekleidete Drenai schossen aus ihren Decken.

Pellin zog sein Schwert, seine Hand zitterte, als er die anströmende Menschenflut sah. Hunderte trugen Leitern, andere hielten aufgerollte Seile und Enterhaken in den Händen. Pellins Herz hämmerte wild. »Gütiger Missael«, flüsterte er. »Nichts kann sie aufhalten!« Er machte einen Schritt zurück, doch da legte Druss ihm eine riesige Pranke auf die Schulter.

»Wer bin ich, mein Junge?« fragte er. Seine eisblauen Augen hielten Pellins Blick fest.

»W… wie?« stammelte Pellin.

»Wer bin ich?«

Pellin blinzelte den Schweiß weg, der ihm in die Augen rann. »Du bist Druss die Legende«, antwortete er.

»Du bleibst an meiner Seite, Pellin«, sagte der alte Mann finster, »und wir beide halten sie gemeinsam auf.« Plötzlich grinste der Axtträger. »Ich erzähle nicht oft Geschichten, Junge, und ich hasse es, wenn ich unterbrochen werde. Also, wenn wir diesen kleinen Trupp davongejagt haben, gebe ich dir einen Becher lentrischen Roten aus und erzähle dir die Geschichte vom Gottkönig der Gothir und den Augen von Alchazzar.«

Pellin holte tief Luft. »Ich werde an deiner Seite stehen«, sagte er.

Kapitel eins

Während die riesige Menge nach Blut schrie, blickte sich der Dichter Sieben in dem gewaltigen Kolosseum um, betrachtete die mächtigen Säulen und Bögen, die Sitzreihen und Statuen. Weit unten im goldenen Sand der Arena kämpften zwei Männer um Ruhm für ihr Land. Fünfzehntausend Menschen schrien jetzt, der Lärm war so mißtönend wie das Gebrüll eines Tieres. Sieben hob ein parfümiertes Taschentuch an sein Gesicht, um den Schweißgeruch zu vertreiben, der von allen Seiten auf ihn eindrang.

Das Kolosseum war ein Meisterwerk der Architektur, die Säulen geformt zu Statuen antiker Helden und Götter, die Sitze aus feinstem Marmor, bedeckt mit daunengefüllten und mit grünem Samt bezogenen Kissen. Die Kissen störten Sieben, denn die Farbe biß sich mit seiner leuchtendblauen Seidentunika, deren weite Ärmel mit Opalsplittern verziert waren. Der Dichter war stolz auf das Kleidungsstück, das ihn eine beträchtliche Summe beim besten Schneider Drenans gekostet hatte. Daß es durch die schlechte Farbauswahl der Sitzkissen litt, war fast mehr, als er ertragen konnte. Wenn alle saßen, war es allerdings nicht mehr so schlimm. Zahllose Diener bewegten sich durch die Menge und boten auf Tabletts kühle Getränke, Naschwerk, Pasteten, Kuchen und kleine Leckerbissen an. Die Sitzreihen der Reichen wurden von seidenen Baldachinen beschattet, auch diese in dem scheußlichen Grün, während die ganz Reichen in aller Pracht auf roten Kissen saßen und von

Sklaven kühle Luft zugefächelt bekamen. Sieben hatte versucht, seinen Platz zu tauschen, um bei den Hochedlen zu sitzen, aber auch noch so viele Schmeicheleien und Bestechungsversuche hatten ihm keinen Platz dort oben verschaffen können.

Zu seiner Rechten konnte Sieben gerade noch die Ecke des Balkons des Gottkönigs sehen und die durchgedrückten Rücken zweier Mitglieder der Königlichen Leibgarde in ihren silbernen Brustplatten und weißen Umhängen. Ihre Helme, dachte der Dichter, waren besonders prächtig, mit Gold beschlagen und gekrönt von weißen Roßhaarbüschen. Das war die Schönheit der schlichten Farben, überlegte er, Schwarz, Weiß, Silber und Gold wurden selten von Polstern in den Schatten gestellt – gleich welche Farbe sie auch haben mochten.

»Gewinnt er?« fragte Majon, der Drenai-Botschafter, der Sieben am Ärmel zupfte. »Er steckt furchtbare Schläge ein. Der Lentrier wurde noch niemals besiegt, weißt du. Es heißt, er hätte im vorigen Frühjahr zwei Kämpfer getötet, bei einem Wettkampf in Mashrapur. Verdammt, ich habe zehn Goldraq auf Druss gesetzt.«

Sieben schob die Finger des Botschafters sanft von seinem Ärmel, strich die zerknitterte Seide glatt und riß seinen Blick von den Wundern der Architektur los, um sich kurz auf den Kampf zu konzentrieren. Der Lentrier traf Druss mit einem Aufwärtshaken, dann mit einem rechten Haken. Druss wich zurück, Blut rann aus einer Platzwunde über seinem linken Auge. »Was für eine Quote hast du bekommen?« fragte Sieben.

Der schlanke Botschafter fuhr sich mit der Hand über das kurzgeschnittene silberne Haar. »Sechs zu eins. Ich muß verrückt gewesen sein.«

»Keineswegs«, widersprach Sieben, »dich hat dein Patriotismus getrieben. Sieh mal, ich weiß, daß Botschafter nicht besonders gut bezahlt werden, also übernehme ich deine Wette. Gib mir den Wettschein.«

»Ich kann doch nicht ernsthaft ... ich meine, er wird gerade dort unten zu Brei geschlagen.«

»Aber natürlich kannst du. Schließlich ist Druss mein Freund, und ich hätte aus reiner Loyalität auf ihn setzen müssen.« Sieben sah Habsucht in den dunklen Augen des Botschafters aufblitzen.

»Nun, wenn du es ernst meinst.« Die schmalen Finger des Mannes griffen in den perlenbestickten Lederbeutel an seiner Seite und zogen ein kleines, viereckiges Stück Papyrus hervor, das ein Wachssiegel und die gesetzte Summe trug. Sieben nahm es, und Majon wartete mit ausgestreckter Hand.

»Ich habe meine Börse nicht mit«, sagte Sieben, »aber ich gebe dir das Geld heute abend.«

»Ja natürlich«, sagte Majon mit schlecht verhohlener Enttäuschung.

»Ich glaube, ich gehe ein bißchen herum«, meinte Sieben. »Hier gibt es so viel zu sehen. Ich habe gehört, daß sich in den unteren Ebenen Kunstgalerien und Läden befinden.«

»Du scheinst um deinen Freund nicht gerade besorgt zu sein«, sagte Majon.

Sieben ignorierte die Kritik. »Mein lieber Botschafter, Druss kämpft, weil er gerne kämpft. Im allgemeinen spart man sich seine Besorgnis lieber für seine armen, unglücklichen Gegner auf. Ich sehe dich später beim Fest.«

Sieben stand auf und erstieg die marmornen Stufen, um den offiziellen Wettschalter aufzusuchen. Ein Schreiber mit Zahnlücke saß hinter der Theke. Hinter ihm stand ein Soldat, der die Säcke mit dem bereits gewetteten Geld bewachte. »Möchtest du eine Wette abgeben?« fragte der Schreiber.

»Nein, ich warte, um meinen Gewinn abzuholen.«

»Hast du auf den Lentrier gesetzt?«

»Nein. Ich habe auf den Gewinner gesetzt. Eine alte Angewohnheit von mir«, antwortete er lächelnd. »Sei so gut und halte sechzig Goldstücke bereit – plus meine ursprünglichen Zehn.«

Der Schreiber kicherte. »Du hast auf den Drenai gesetzt? Bevor du dein Geld wiedersiehst, friert die Hölle zu.«

»Tja, ich glaube, es wird schon kälter«, sagte Sieben mit einem Lächeln.

In der Hitze der Arena wurde der lentrische Kämpfer langsam müde. Blut lief aus seiner gebrochenen Nase, sein rechtes Auge war zugeschwollen, aber trotzdem war seine Kraft noch gewaltig. Druss näherte sich ihm, duckte sich unter einem rechten Haken und ließ einen Schlag in den Leib des Mannes krachen. Die Bauchmuskeln des Lentriers waren hart wie Stahl. Ein Hieb traf Druss in den Nacken, und er spürte, wie seine Beine nachgaben. Mit einem Schmerzlaut rammte er dem größeren Mann seine Faust gegen das bärtige Kinn, und der Kopf des Lentriers fiel nach hinten. Druss ließ eine Rechte folgen, die ihr Ziel verfehlte, und traf den Mann an der Schläfe. Der Lentrier wischte sich das Blut aus dem Gesicht – und traf Druss dann mit einer donnernden linken Geraden, gefolgt von einem rechten Haken, der Druss beinahe von den Füßen riß.

Jetzt brüllte die Menge, sie spürte, daß der Kampf bald vorbei war. Druss versuchte, heranzukommen und seinen Gegner zu umklammern, wurde aber von einer geraden Linken aufgehalten, die ihn bis ins Mark erschütterte. Er blockte eine Rechte ab und landete einen weiteren Aufwärtshaken. Der Lentrier schwankte, fiel jedoch nicht. Er konterte mit einem harten Schlag, der Druss hinter dem rechten Ohr traf. Druss schüttelte ihn ab. Die Stärke des Lentriers ließ nach, dem Schlag fehlten Schnelligkeit und Kraft.

Jetzt war sein Moment gekommen! Druss ließ einen Hagel von Schlägen auf das Gesicht des Lentriers los: drei gerade Linke, gefolgt von einem rechten Haken, der am Kinn des Mannes explodierte. Der Lentrier verlor das Gleichgewicht, versuchte, sich auf den Beinen zu halten – und fiel mit dem Gesicht voran in den Sand.

Ein Geschrei wie Donner erhob sich und hallte in der vollbesetzten Arena wider. Druss holte tief Luft und trat einen Schritt zurück, um den Jubel entgegenzunehmen. Die neue Drenai-Flagge, ein weißer Hengst auf blauem Feld, wurde gehißt und flatterte in der Brise des Nachmittags. Druss schritt durch die Arena, blieb unterhalb der Königlichen Loge stehen und verbeugte sich vor dem Gottkönig, den er nicht sehen konnte.

Hinter ihm eilten zwei Lentrier herbei und knieten neben ihrem gefallenen Champion nieder. Bahrenträger folgten und trugen den Bewußtlosen aus der Arena. Druss winkte der Menge zu, dann ging er langsam auf den dunklen Eingang des Tunnels zu, der zu den Badehäusern und Ruheräumen für die Athleten führte. Der Speerwerfer Pellin stand grinsend am Eingang. »Ich dachte schon, er hätte dich, Mann aus den Bergen.«

»War auch knapp«, antwortete Druss und spuckte Blut. Sein Gesicht war geschwollen, und ein paar Zähne wackelten. »Er war stark, da gibt es nichts zu deuteln.«

Die beiden Männer gingen durch den Tunnel ins erste Badehaus. Die Geräusche aus der Arena klangen nur gedämpft bis hierher, und etwa ein Dutzend Athleten entspannte sich in den drei beheizten Marmorbecken. Druss ließ sich am Rand des ersten nieder. Rosenblütenblätter schwammen auf der dampfenden Wasseroberfläche und erfüllten den Raum mit ihrem Duft. Der Läufer Pars schwamm zu ihm heran. »Du siehst aus, als wäre eine Herde Pferde über dein Gesicht getrampelt«, sagte er.

Druss beugte sich vor, legte eine Hand auf die beginnende Glatze des Mannes und drückte ihn unter Wasser. Pars schwamm davon, kam ein Stück weiter wieder an die Oberfläche und spritzte Druss naß. Pellin hatte inzwischen Beinkleider und Tunika abgelegt und sprang ins Becken.

Druss zog die Beinkleider aus und glitt ins warme Wasser. Sofort entspannten sich seine schmerzenden Muskeln, und er schwamm ein paar Minuten herum, ehe er sich wieder auf den Rand zog. Pars gesellte sich zu ihm. »Streck dich aus, dann massiere ich dich«, sagte er. Druss ging zu einem Massagetisch und legte sich bäuchlings darauf, während Pars Öl in seine Hände goß und gekonnt an seinen Rückenmuskeln zu arbeiten begann.

Pellin setzte sich zu ihnen und trocknete sein dunkles Haar, dann drapierte er das weiße Tuch um seine Schultern. »Hast du den anderen Wettkampf gesehen?« fragte er Druss.

»Nein.«

»Der Gothir, Klay, ist ehrfurchteinflößend. Schnell, starkes Kinn. Eine Rechte wie ein Hammer. Es war in weniger als zwanzig Herzschlägen vorbei. So was habe ich noch nie gesehen, Druss. Der Vagrier wußte überhaupt nicht, wie ihm geschah.«

»Das habe ich auch gehört.« Druss grunzte, als sich Pars' Finger tief in die geschwollenen Muskeln in seinem Nacken gruben.

»Du wirst ihn schon schaffen, Druss. Was spielt es schon für eine Rolle, daß er größer, stärker und schneller ist und auch noch besser aussieht?«

»Und besser in Form«, warf Pellin ein. »Es heißt, er läuft jeden Tag fünf Meilen in den Bergen vor der Stadt.«

»Ja, das habe ich vergessen, besser in Form. Und jünger. Wie alt bist du, Druss?« fragte Pars.

»Dreißig«, grunzte Druss.

»Ein alter Mann«, meinte Pellin mit einem Augenzwinkern zu Pars. »Trotzdem, ich bin sicher, daß du gewinnst. Jedenfalls ziemlich sicher.«

Druss setzte sich auf. »Schön, daß ihr Grünschnäbel mir so viel Mut macht.«

»Nun, wir sind schließlich eine Mannschaft«, sagte Pellin. »Und da du uns Grawals angenehmer Gesellschaft beraubt hast, haben wir dich sozusagen adoptiert, Druss.« Pars begann an Druss' geschwollenen Knöcheln zu arbeiten. »Aber jetzt mal ernsthaft, Druss, mein Freund«, sagte der Läufer, »deine Hände sind schlimm zugerichtet. Zu Hause haben wir Eis genommen, um die Schwellung zu lindern. Du solltest sie heute abend in kaltes Wasser halten.«

»Es sind noch drei Tage bis zum Finale. Bis dahin geht es mir wieder gut. Wie ist dein Rennen gelaufen?«

»Ich bin zweiter geworden – und so laufe ich schließlich im Finale. Aber ich werde nicht unter den ersten drei sein. Der Mann aus Gothir ist viel besser als ich, ebenso der Vagrier und der Chiatze. Bei ihrem Endspurt kann ich nicht mithalten.«

»Vielleicht überraschst du dich selbst«, meinte Druss.

»Wir sind nicht alle so wie du, Mann aus den Bergen«, bemerkte Pellin. »Ich kann immer noch kaum glauben, daß du unvorbereitet zu diesen Spielen kommst und deinen Weg ins Finale erkämpfst. Du bist wirklich eine Legende.« Plötzlich grinste er. »Häßlich, alt und langsam – aber immerhin eine Legende«, setzte er hinzu.

Druss lachte leise. »Du hättest mich fast reingelegt, mein Freund. Ich dachte schon, du hättest ein bißchen Respekt vor mir.« Er legte sich zurück und schloß die Augen.

Pars und Pellin schlenderten zu einem Diener hinüber, der einen Krug mit kaltem Wasser anbot. Als er sie kommen sah, füllte er zwei Becher. Pellin leerte seinen Becher und ließ sich sofort nachschenken, während Pars nur langsam nippte. »Du hast ihm nichts von der Prophezeiung erzählt«, sagte Pars.

»Du auch nicht. Das wird er noch früh genug herausfinden.«

»Was meinst du, was er tun wird?« fragte der glatzköpfige Läufer.

Pellin zuckte die Achseln. »Ich kenne ihn erst seit einem Monat – aber irgendwie glaube ich nicht, daß er der Tradition folgen wollen wird.«

»Aber er muß!« beharrte Pars.

Pellin schüttelte den Kopf. »Er ist nicht wie andere Männer, mein Freund. Der Lentrier hätte gewinnen müssen – hat er aber nicht. Druss ist eine Naturgewalt, und ich glaube nicht, daß Politik das einen Deut ändern wird.«

»Ich wette zwanzig Goldraq, daß du dich irrst.«

»Die Wette nehme ich nicht an, Pars. Weißt du, ich hoffe nämlich für uns alle, daß du recht hast.«

Von einer Privatloge hoch oberhalb der Menge beobachtete der riesige blonde Kämpfer Klay, wie Druss den entscheidenden Schlag landete. Der Lentrier hatte zuviel Gewicht an Armen und Schulter, und obwohl ihm das eine unglaubliche Kraft verlieh, kamen seine Schläge zu langsam ... leicht vorhersehbar. Aber der Drenai lohnte das Zuschauen. Klay lächelte.

»Du findest den Mann amüsant, Klay?« Aufgeschreckt fuhr der Kämpfer herum. Das Gesicht des Neuankömmlings zeigte keinerlei Ausdruck, kein Muskel regte sich. Wie eine Maske, dachte Klay – eine goldene Chiatze-Maske, straff und faltenlos. Selbst das pechschwarze

Haar, in einem straffen Pferdeschwanz zusammengebunden, war so stark gewachst und gefärbt, daß es falsch wirkte – wie auf den übergroßen Schädel gemalt. Klay holte tief Luft, verärgert, daß man ihn in seiner eigenen Loge überrascht hatte, und zornig, weil er weder das Heben des Vorhangs noch das Rascheln der schweren, knöchellangen Robe aus schwarzem Samt gehört hatte.

»Du bewegst dich wie ein Meuchelmörder, Garen-Tsen«, sagte Klay.

»Manchmal, mein Herr, ist es notwendig, sich lautlos zu bewegen«, stellte der Chiatze mit sanfter, melodischer Stimme fest. Klay sah dem Mann in die seltsamen Augen, schräggestellt wie Speerspitzen. Eins zeigte ein merkwürdiges Braun mit grauen Flecken, das andere war blau wie der Sommerhimmel.

»Anschleichen ist aber doch nur notwendig, wenn man sich unter Feinden befindet, oder?« vermutete Klay.

»Wohl wahr. Aber die besten Feinde tarnen sich oft als Freunde. Was amüsiert dich an dem Drenai so?« Garen-Tsen ging an Klay vorbei zum Rand der Loge und blickte in die Arena hinunter. »Ich sehe nichts Amüsantes. Er ist ein Barbar, und er kämpft wie einer.« Er drehte sich um. Das fleischlose Gesicht wurde von dem hohen, gestärkten Kragen seines Gewandes eingerahmt.

Klay stellte fest, daß seine Abneigung gegen den Mann wuchs, aber er verbarg seine Gefühle und dachte über Garen-Tsens Frage nach. »Er amüsiert mich nicht, Minister. Ich bewundere ihn. Mit der richtigen Ausbildung könnte er wirklich sehr gut werden. Und er gefällt der Menge. Der Mob liebt einen beherzten Kämpfer. Und, beim Himmel, diesem Druss mangelt es nicht an Mut. Ich wünschte, ich hätte Gelegenheit, ihn zu trainieren. Dann würde es ein besserer Wettkampf.«

»Er wird schnell vorbei sein.«

Klay schüttelte den Kopf. »Nein. Die Kraft des Mannes

reicht sehr tief. Sie entspringt seinem Stolz und seinem Glauben an seine eigene Unbesiegbarkeit, das kann man ihm ansehen, wenn er kämpft. Es wird ein langer, mühsamer Kampf werden.«

»Aber du wirst den Sieg davontragen? Wie der Gottkönig es prophezeit hat?« Zum erstenmal entdeckte Klay eine leichte Änderung im Ausdruck des Ministers. »Ich sollte ihn besiegen, Garen-Tsen. Ich bin größer, stärker, schneller und besser ausgebildet. Aber bei jedem Kampf gibt es ein unberechenbares Element. Ich könnte ausrutschen, so daß ein Schlag danebengeht. Ich könnte vor dem Kampf erkranken, so daß mir Schnelligkeit und Energie fehlen. Meine Konzentration könnte gestört werden, so daß ich meine Deckung vernachlässige.« Klay grinste breit, denn die Miene des Ministers war nun offensichtlich besorgt.

»Das wird nicht geschehen«, sagte er. »Die Prophezeiung wird sich erfüllen.«

Klay dachte sorgfältig nach, ehe er antwortete. »Der Glaube des Gottkönigs an mich erfüllt mich mit großem Stolz. Ich werde deshalb um so besser kämpfen.«

»Gut. Wollen wir hoffen, daß es sich auf den Drenai gegenteilig auswirkt. Du wirst doch bei dem Bankett heute abend zugegen sein, Herr? Der Gottkönig wünscht deine Anwesenheit. Er möchte, daß du neben ihm sitzt.«

»Es ist eine große Ehre für mich«, erwiderte Klay mit einer Verbeugung.

»Das ist es allerdings.« Garen-Tsen ging zum Vorhang, der die Loge abtrennte, dann drehte er sich noch einmal um. »Kennst du einen Athleten namens Lepant?«

»Den Läufer? Ja. Er trainiert in meinem Gymnasium. Warum?«

»Er starb heute morgen, bei der Befragung. Er sah so stark aus. Hast du je Anzeichen von Herzschwäche bei ihm bemerkt? Schwindel, Brustschmerzen?«

»Nein«, antwortete Klay und dachte an den fröhlichen Jungen mit den strahlenden Augen und seinem Fundus an Scherzen und Geschichten. »Warum wurde er befragt?«

»Er verbreitete Verleumdungen, und wir hatten Grund zu der Annahme, daß er Mitglied einer Geheimgruppe war, die sich der Ermordung des Gottkönigs verschrieben hat.«

»Unsinn. Er war nichts weiter als ein dummer Junge, der schlechte Witze erzählte.«

»So hatte es den Anschein«, stimmte Garen-Tsen zu. »Jetzt ist er ein toter Junge, der nie wieder schlechte Witze erzählen wird. War er ein sehr begabter Läufer?«

»Nein.«

»Gut. Dann haben wir nichts verloren.« Die verschiedenfarbigen Augen starrten Klay sekundenlang an. »Es wäre besser, Herr, wenn du solchen Witzen nicht mehr zuhörtest. Wenn es um Hochverrat geht, besteht die Schuld schon im falschen Umgang.«

»Ich werde deinen Rat beherzigen, Garen-Tsen.«

Nachdem der Minister gegangen war, wanderte Klay zur Arenagalerie hinunter. Dort war es kühler, und er genoß es, zwischen den vielen Antiquitäten umherzuschlendern. Die Galerie war auf Drängen des Königs in die Baupläne der Arena aufgenommen worden – lange bevor sein krankes Hirn schließlich seinen Verstand aufgefressen hatte. Es gab etwa fünfzig Verkaufsstände und Läden hier, in denen kundige Käufer historische Artefakte oder schön gearbeitete Kopien erstehen konnten. Es gab alte Bücher, Gemälde, Porzellan und sogar Waffen.

Als er näher kam, blieben die Menschen in der Galerie stehen und verbeugten sich respektvoll vor dem Champion der Gothir. Klay erwiderte jeden Gruß mit einem Lächeln und einem Kopfnicken. Trotz seiner Größe bewegte er sich mit der geschmeidigen Anmut des Athleten, immer im Gleichgewicht, immer aufmerksam. Er blieb vor einer Bronzestatue des Gottkönigs stehen. Es war ein schönes Stück, aber für Klays Geschmack waren die Lapislazuli-Steine als Pupillen für ein Bronzegesicht zu bizarr. Der Kaufmann, dem das Stück gehörte, kam heran. Er war klein und untersetzt, mit einem gegabelten Bart und einem eilfertigen Lächeln. »Du siehst sehr gut aus, Klay«, sagte er. »Ich habe deinen Kampf gesehen – das bißchen, was es zu sehen gab. Du warst großartig.«

»Ich danke dir.«

»Zu denken, daß dein Gegner so weit gereist ist, nur um derart gedemütigt zu werden.«

»Nicht gedemütigt, Herr, nur besiegt. Er hatte sich das Recht, gegen mich zu kämpfen, erworben, indem er sich gegen eine Anzahl sehr guter Faustkämpfer durchgesetzt hatte. Und er hatte das Pech, auf dem Sand auszurutschen, gerade als mein Schlag ihn traf.«

»Natürlich, natürlich. Deine Bescheidenheit ehrt dich, Herr«, stimmte der Mann ihm glattzüngig zu. »Wie ich sehe, hast du die Bronze bewundert. Es ist eine wundervolle Arbeit von einem neuen Bildhauer. Er wird es noch weit bringen.« Er senkte die Stimme. »Für jeden anderen, Herr, wäre der Preis eintausend in Silber. Aber für den mächtigen Klay könnte ich auf achthundert heruntergehen.«

»Ich habe schon zwei Büsten des Kaisers, er hat sie mir selbst geschenkt. Aber ich danke dir für das Angebot.«

Klay schlenderte weiter. Auf einmal trat ihm eine junge Frau in den Weg. Sie hielt einen etwa zehnjährigen blonden Jungen an der Hand. »Verzeiht mir, Herr, für meine Dreistigkeit«, sagte sie mit einer tiefen Verbeugung, »aber mein Sohn wollte euch so gern kennenlernen.«

»Keine Ursache«, sagte Klay und ging vor dem Jungen in die Knie. »Wie heißt du, mein Freund?«

»Atka, Herr«, antwortete der Kleine. »Ich habe bis jetzt alle deine Kämpfe gesehen. Du bist … du bist wundervoll.«

»Das ist wahrlich ein Lob. Wirst du dir auch das Finale ansehen?«

»Oh, ja, Herr. Ich werde dort sein und zusehen, wie du den Drenai fertigmachst. Ich habe ihn auch gesehen. Er hätte beinahe verloren.«

»Das glaube ich nicht, Atka. Er ist ein harter Bursche, ein Mann aus Fels und Eisen. Ich habe selbst auf ihn gewettet.«

»Er kann dich nicht besiegen, Herr. Oder?« fragte der Junge. Seine Augen wurden größer, als ihm Zweifel kamen.

Klay lächelte. »Jeder Mann kann besiegt werden, Atka. Du mußt nur ein paar Tage warten, dann wirst du schon sehen.«

Klay stand auf und lächelte die errötende junge Frau an. »Ein guter Junge«, sagte der Champion. Er nahm ihre Hand und küßte sie, dann ging er davon. Unterwegs blieb er stehen, um die Gemälde auf der gegenüberliegenden Mauer zu betrachten. Viele zeigten Landschaften wie Wüste und Berge, andere stellten junge Frauen in den verschiedenen Stadien des Ausgezogenseins dar. Ein paar Jagdszenen waren dabei und zwei Bilder von Wildblumen, die Klays Aufmerksamkeit erregten. Am anderen Ende der Galerie war ein langer Verkaufstresen, hinter dem ein älterer Chiatze stand. Klay ging zu dem Mann und betrachtete die Kunstgegenstände, die ordentlich aufgereiht waren. Das meiste waren kleine Statuetten, umgeben von Broschen, Amuletten, Armreifen und Ringen. Klay nahm eine kleine Elfenbeinfigur in die Hand, kaum mehr als zehn Zentimeter groß. Sie stellte eine schöne Frau in fließendem Gewand dar. Im Haar trug sie Blumen, und in der Hand hielt sie eine Schlange, deren Schwanz sich um ihr Handgelenk ringelte.

»Dies ist sehr schön«, sagte er.

Der kleine Chiatze nickte und lächelte. »Das ist Shulsen, die Braut von Oshikai Dämonstod. Die Figurine ist fast tausend Jahre alt.«

»Woher weißt du das?«

»Ich bin Chorin-Tsu, Herr, der Königliche Einbalsamierer – und Student der Geschichte. Ich fand dieses Stück bei einer archäologischen Ausgrabung in der Nähe der Stelle, an der die sagenhafte Schlacht der Fünf Armeen stattfand. Ich bin sicher, daß es mindestens neunhundert Jahre alt ist.« Klay hielt sich die Figurine dicht vor die Augen. Das Gesicht der Frau war oval, ihre Augen mandelförmig, sie schien zu lächeln.

»War sie eine Chiatze, diese Shul-sen?« fragte er.

Chorin-Tsu breitete die Hände aus. »Herr, das kommt auf den Blickwinkel an. Sie war, wie ich schon sagte, die Gemahlin von Oshikai, und er gilt als der Stammvater der Nadir. Er war es, der die rebellischen Stämme aus dem Land der Chiatze führte und sich den Weg in die Länder erkämpfte, die heute von den Gothir beherrscht werden. Nach seinem Tod streiften die Stämme frei umher und führten Krieg gegeneinander, so wie sie es heute noch tun. Wenn er also der erste Nadir war, dann war Shul-sen… was? Nadir oder Chiatze?«

»Beides«, meinte Klay. »Und sie war sehr schön. Was geschah mit ihr?«

Der Chiatze zuckte die Achseln, und Klay sah Kummer in den dunklen, schrägstehenden Augen. »Das kommt darauf an, welche Version der historischen Ereignisse du glaubst. Ich selbst glaube, daß sie kurz nach Oshikais Tod ermordet wurde. Alle Quellen deuten darauf hin, obwohl sie einigen Geschichten zufolge in ein mythisches Land jenseits des Meeres gesegelt sein soll. Wenn du eine romantische Ader hast, solltest du vielleicht diese Geschichte glauben.«

»Ich halte mich gern an die Wahrheit, wo immer ich kann«, sagte Klay. »Aber in diesem Fall würde ich gern glauben, daß sie irgendwo glücklich gelebt hat. Ich vermute, wir werden es nie erfahren.«

Wieder breitete Chorin-Tsu die Hände aus. »Als Student möchte ich gerne glauben, daß sich eines Tages die Schleier lüften werden. Vielleicht finde ich irgendeinen dokumentarischen Beweis.«

»In diesem Fall lasse es mich wissen. Inzwischen kaufe ich diese Figurine. Schicke sie mir nach Hause.«

»Möchtest du den Preis wissen, Herr?«

»Ich bin sicher, er wird angemessen sein.«

»Das wird er, Herr.«

Klay wandte sich ab, machte aber noch einmal kehrt. »Sag mir, Chorin-Tsu, wie kommt es, daß der Königliche Einbalsamierer einen Antiquitätenladen führt?«

»Einbalsamieren, Herr, ist mein Beruf. Geschichte ist mein Steckenpferd. Und wie es bei allen Steckenpferden der Fall ist, muß man sie teilen, um sie genießen zu können. Deine Freude an dem Stück bringt auch mir große Freude.«

Klay ging weiter, durch die Galerie in die Halle der Kochkunst. Zwei Wachen öffneten die Tür zu dem schön möblierten Speisesaal der Oberschicht. Klay hatte längst jedes Gefühl von Nervosität beim Eintritt in solche Etablissements verloren, denn trotz seiner niedrigen Herkunft war sein Ruf mittlerweile so groß, daß man ihn höher einstufte als die meisten Adligen. Es waren nur wenige Speisegäste anwesend, aber Klay entdeckte den Botschafter von Drenai, Majon, der sich in einer hitzigen Diskussion mit einem Gecken in juwelenbesetzter blauer Tunika befand. Der Stutzer war groß und schlank und sah sehr gut aus. Das hellbraune Haar wurde von einem silbernen Stirnreif zurückgehalten, der mit einem Opal geschmückt war. Klay ging zu ihnen. Zuerst bemerkte Majon den Kämpfer nicht und fuhr fort, auf seinen Gefährten einzureden.

»Ich halte das für ungerecht, Sieben, schließlich hast du gewonnen...« In diesem Augenblick sah er Klay, und sofort erhellte sich seine Miene. Er lächelte strahlend. »Mein lieber Freund, wie schön, dich wiederzusehen. Bitte, setz dich zu uns. Es wäre uns eine Ehre. Wir sprachen gerade von dir. Das hier ist Sieben, der Dichter.«

»Ich habe Vorstellungen von deinen Arbeiten gehört«, sagte Klay, »und ich habe mit Interesse die Saga von Druss der Legende gelesen.«

Der Dichter lächelte wölfisch. »Du hast die Arbeit gelesen, und bald stehst du dem Mann gegenüber. Ich muß dir gestehen, daß ich gegen dich wetten werde.«

»Dann wirst du mir verzeihen, wenn ich dir kein Glück wünsche«, sagte Klay und nahm Platz.

»Hast du den heutigen Kampf gesehen?« fragte Majon.

»Allerdings, Botschafter. Druss ist ein interessanter Kämpfer. Es scheint, daß Schmerzen ihn zu noch größeren Anstrengungen anspornen. Er ist unbezwingbar und sehr stark.«

»Er gewinnt immer«, sagte Sieben fröhlich. »Ein Talent von ihm.«

»Sieben ist heute besonders frohgestimmt«, warf Majon eisig ein. »Er hat sechzig Goldstücke gewonnen.«

»Ich habe auch gewonnen«, sagte Klay.

»Du hast auf Druss gesetzt?« fragte Sieben.

»Ja. Ich hatte mir beide Männer angesehen und hatte nicht den Eindruck, daß der Lentrier deinem Mann gewachsen wäre. Außerdem war seine Linke zu langsam, so daß Druss die Chance hatte, seinen Hieben auszuweichen. Aber du solltest ihm raten, seine Angriffshaltung zu ändern. Er neigt dazu, den Kopf zu senken, wenn er angreift, so daß er dadurch ein leichtes Ziel für einen Aufwärtshaken bietet.«

»Ich richte es ihm bestimmt aus«, versprach Sieben.

»Ich habe in meinem Haus einen Trainingsplatz. Er kann ihn gerne benutzen.«

»Das ist ein sehr großzügiges Angebot«, schaltete sich Majon ein.

»Du scheinst sehr zuversichtlich zu sein«, meinte Sieben. »Beunruhigt es dich nicht, daß Druss noch nie verloren hat?«

»Nicht mehr, als es mich beunruhigt, daß ich noch nie verloren habe. Was immer sonst auch geschieht, einer von uns wird diese makellose Reihe unterbrechen. Und trotzdem wird die Sonne weiter scheinen, und die Erde wird nicht bersten. Und jetzt meine Freunde, wollen wir etwas zu essen bestellen?«

Die Luft war frisch und sauber, ein sanfter Wind wehte vom Springbrunnen herüber und kühlte die Luft, als Sieben und Druss den steilen Pfad zum Gipfel des höchsten Hügels im Großen Park hinaufstiegen. Der Himmel zeigte das strahlende Blau des Spätsommers, getupft mit dicken weißen Wolken, die langsam aus Osten herantrieben. In der Ferne beleuchteten einzelne Sonnenstrahlen, die durch die Wolken brachen, einen Teil der Berge im Osten und tauchten sie in tiefe rote und goldene Schatten, so daß sie glühten wie Juwelen im Fackelschein. Und genauso rasch verbargen die wandernden Wolken die Sonne wieder, und die Felsen versanken wieder im Grau. Druss blickte sehnsüchtig auf die Berge, dachte an den Duft der Pinien und das Plätschern des Baches in seiner eigenen Bergheimat. Die Wolken zogen weiter, und wieder schien die Sonne auf die fernen Berge. Der Anblick war wunderschön, aber Druss wußte, daß es dort keine Pinienwälder gab. Östlich von Gulgothir lagen die Steppen der Nadir, ein riesiges Land aus Wüste, trocken, rauh und menschenfeindlich.

Sieben setzte sich neben den Springbrunnen und tauchte seine Hand ins Wasser. »Jetzt siehst du, warum das hier der Hügel der Sechs Jungfrauen heißt«, sagte er. In der Mitte des Springbrunnens stand eine Statue von sechs Frauen, wunderbar aus einem einzigen Marmorblock herausgearbeitet. Sie standen im Kreis, jede beugte sich wie flehentlich mit ausgestreckten Armen vor. Hinter und über ihnen stand die Gestalt eines alten Mannes, der eine große Urne hielt, aus der das Wasser strömte, über die weißen Statuen floß und sich in den Brunnen ergoß. »Vor ein paar hundert Jahren«, fuhr Sieben fort, »als eine marodierende Armee aus dem Norden Gulgothir umzingelte, wurden hier sechs Jungfrauen geopfert, um die Kriegsgötter milde zu stimmen. Sie wurden rituell ertränkt. Danach waren die Götter mit den Verteidigern, und sie schlugen den Angriff zurück.«

Sieben lächelte, als er sah, wie sich Druss' hellblaue Augen verengten. Der Krieger zupfte mit seiner riesigen Hand an seinem eckig gestutzten schwarzen Bart – ein sicheres Anzeichen für seine wachsende Verstimmung. »Du glaubst wohl nicht an die Besänftigung der Götter?« fragte Sieben unschuldig.

»Nicht mit dem Blut von Unschuldigen.«

»Aber danach haben sie gewonnen, Druss. Darum hat sich das Opfer doch sicherlich gelohnt?«

Der Axtträger schüttelte den Kopf. »Der Glaube an die Wirksamkeit des Opfers hat sie um so härter kämpfen lassen. Aber eine gute Ansprache hätte das gleiche bewirkt.«

»Aber was, wenn die Götter das Opfer tatsächlich verlangten und nur deshalb halfen, die Schlacht zu gewinnen?«

»Dann wäre es besser gewesen, sie zu verlieren.«

»Aha!« rief Sieben triumphierend, »aber wenn sie verlorengegangen wäre, dann wäre eine viel größere Zahl von Unschuldigen getötet, Frauen vergewaltigt und ermordet, Kinder in der Wiege erschlagen worden. Was entgegnest du mir nun?«

»Ich habe nicht vor, dem etwas zu entgegnen. Die meisten Menschen können den Unterschied zwischen Parfüm und Kuhmist riechen, ohne daß man sich darüber zu streiten braucht.«

»Komm schon, altes Roß, hab dich nicht so. Die Antwort ist einfach – die Prinzipien von Gut und Böse beruhen nicht auf Mathematik. Sie gründen sich auf das Bedürfnis des Einzelnen, das zu tun – oder nicht zu tun – was gut und richtig ist, sowohl vor ihrem Gewissen als auch vor dem Gesetz.«

»Worte, Worte, Worte! Sie bedeuten gar nichts!« fuhr Druss auf. »Das Bedürfnis des Einzelnen ist genau das, woraus das meiste Übel entsteht. Und was Gewissen und Gesetz angeht – was ist, wenn ein Mann kein Gewissen hat und das Gesetz rituelle Opferungen zuläßt? Werden sie dadurch gut? Und jetzt hör auf, mich wieder in eine deiner sinnlosen Diskussionen zu ziehen.«

»Wir Dichter leben für solche sinnlosen Diskussionen«, erwiderte Sieben, bemüht, seinen Ärger im Zaum zu halten. »Wir lieben es, unsere Intelligenz auszuloten, unseren Verstand zu entwickeln. Das hilft uns, die Bedürfnisse unserer Mitmenschen besser zu erkennen. Du bist heute in verdrießlicher Stimmung, Druss. Ich hätte gedacht, du würdest dich wie verrückt freuen bei dem Gedanken an einen weiteren Kampf, an einen weiteren Mann, dem du deine Fäuste ins Gesicht hauen kannst. Die Meisterschaft, nichts weniger. Den Jubel der Menge, die Bewunderung deiner Landsleute. Ah, das Blut und die Wunden und die endlosen Paraden und Bankette dir zu Ehren!«

Druss fluchte, sein Gesicht verfinsterte sich. »Du weißt, daß ich all das verabscheue.«

Sieben schüttelte den Kopf. »Ein Teil von dir vielleicht, Druss. Der beste Teil haßt das öffentliche Getöse, doch wie kommt es, daß jede deiner Taten zu mehr davon führt? Du warst hier als Gast geladen – als Maskottchen zur Inspiration, wenn du so willst. Und was tust du? Du brichst dem Meister der Drenai den Kiefer – und dann nimmst du seinen Platz ein.«

»Ich hatte nicht die Absicht, den Mann zu verkrüppeln. Hätte ich gewußt, daß sein Kinn aus Glas ist, hätte ich ihn in den Bauch geschlagen.«

»Ich bin sicher, das würdest du gerne glauben, altes Roß. Genauso sicher bin ich mir, daß ich das nicht tue. Sage mir, wie fühlst du dich, wenn die Menge deinen Namen brüllt?«

»Es reicht mir, Dichter. Was willst du von mir?«

Sieben holte tief Luft, um dem Gespräch die Schärfe zu nehmen. »Worte sind alles, was wir haben, um zu beschreiben, was wir fühlen, was wir voneinander brauchen. Wie wollten wir ohne Worte die Jungen unterrichten oder unsere Hoffnungen ausdrücken, damit künftige Generationen sie lesen können? Du siehst die Welt zu vereinfacht, Druss, als ob alles entweder Eis oder Feuer wäre. Aber das allein macht den Unterschied nicht aus. Wie alle Menschen mit engem Horizont und kleinen Träumen versuchst du zu verhöhnen, was du nicht begreifen kannst. Zivilisationen werden mit Worten erbaut, Druss. Zerstört werden sie von Äxten. Was sagt dir das, Axtmann?«

»Nichts, was ich nicht schon wüßte. Sind wir jetzt quitt?«

Siebens Ärger verrauchte, und er lächelte. »Ich mag dich, Druss, immer schon. Aber du hast eine unheimliche Fähigkeit, mich zu reizen.«

Druss nickte, sein Gesicht war ernst. »Ich bin kein Denker«, sagte er, »aber ich bin auch nicht dumm. Ich bin ein Mann wie so viele andere. Ich hätte Bauer oder Zimmermann werden können, sogar Tagelöhner. Aber niemals ein Lehrer oder ein Schreiber. Intellektuelle Männer machen mich nervös. Wie dieser Majon.« Er schüttelte den Kopf. »Ich habe schon viele Botschafter getroffen, und sie scheinen mir alle gleich zu sein: rasches, unaufrichtiges Lächeln und ein bohrender Blick, dem nichts entgeht. An was glauben sie? Haben sie einen Sinn für Ehre? Für Vaterlandsliebe? Oder lachen sie über uns gewöhnliche Menschen, während sie unser Gold in ihre Börsen stopfen? Ich weiß nicht viel, Dichter, aber ich weiß, daß Männer wie Majon – ja, und wie du – alles, an das ich glaube, so gegenstandslos wie Sommerschnee erscheinen lassen können. Und mich dabei auch noch töricht aussehen lassen. Wie diese Frauen im Brunnen. Eine belagernde Armee könnte sagen: ›Tötet sechs Frauen, dann verschonen wir die Stadt.‹ Nun, darauf gibt es nur eine einzige richtige Antwort. Aber ich könnte dir nicht sagen, warum ich weiß, daß sie richtig ist.«

»Aber ich kann es«, sagte Sieben. »Das ist etwas, das ich – zumindest zum Teil – von dir gelernt habe. Das schlimmste, was wir an Bösem tun können, ist, andere dazu zu bringen, etwas Böses zu tun. Die belagernde Armee, von der du sprichst, sagt in Wirklichkeit: ›Wenn ihr nicht eine kleine böse Tat begeht, werden wir eine große begehen.‹ Die heldenhafte Entgegnung wäre natürlich die Weigerung. Aber Diplomaten und Politiker sind Pragmatiker, Druss. Sie leben ohne echtes Verständnis für Ehre. Habe ich recht?«

Druss lächelte und schlug Sieben auf die Schulter. »Ja, Dichter, das hast du. Aber das weiß ich auch ohne Haarspalterei. Also lassen wir es dabei bewenden.«

»Einverstanden! Wir sind quitt.«

Druss blickte nach Süden. Unter ihnen lag das Zentrum von Alt-Gulgothir, ein enges Gewirr von anscheinend zufällig angeordneten Gebäuden, Häusern, Läden und Werkstätten, durchpflügt von zahlreichen schmalen Gassen und Straßen. Der alte Festungspalast hockte in der Mitte wie eine dicke, graue Spinne. Einst Residenz der Könige, wurde der Festungspalast heute als Lagerhaus und Kornspeicher genutzt. Druss schaute nach Westen zum neuen Palast des Gottkönigs, einem gewaltigen Gebäude aus weißem Stein, dessen Säulen mit Blattgold verziert waren und dessen Statuen – die vor allem den König selbst darstellten – von Silber und Gold strotzten. Ziergärten umgaben den Palast, und selbst von hier oben konnte Druss die königliche Pracht der Blumen und blühenden Bäume erkennen. »Hast du den Gottkönig schon gesehen?« fragte der Krieger.

»Ich war in der Nähe der Königlichen Loge, als du mit dem Lentrier spieltest. Aber ich habe nichts weiter gesehen als die Rücken seiner Leibwächter. Es heißt, er färbt sein Haar mit echtem Gold.«

»Was soll das heißen, ›gespielt‹? Der Mann war ein harter Brocken, und ich spüre noch immer die Wucht seiner Schläge.«

Sieben lachte leise. »Dann warte, bis du dem Meister der Gothir begegnest, Druss. Im Kampf ist der Mann kein Mensch mehr, man erzählt sich, er habe einen Hieb wie ein Donnerschlag. Die Wetten stehen neun zu eins gegen dich.«

»Dann verliere ich vielleicht«, grunzte Druss, »aber spekuliere nicht darauf!«

»Oh, diesmal werde ich nicht mal ein Kupferstück setzen. Ich habe Klay kennengelernt. Er ist einmalig, Druss. In all der Zeit, seit ich dich kenne, habe ich noch nie einen Mann kennengelernt, von dem ich glaubte, er könne dich besiegen. Bis jetzt.«

»Pah!« schnaubte Druss. »Ich wünschte, ich hätte einen Goldraq für jede Gelegenheit, zu der man mir erzählte, ein anderer wäre stärker oder schneller oder besser oder tödlicher. Und wo sind sie jetzt?«

»Nun, altes Roß«, antwortete Sieben kühl, »die meisten sind tot – erschlagen von dir bei deiner unendlichen Suche nach dem Guten und Reinen und Richtigen.«

Druss' Augen wurden schmal. »Ich dachte, wir wären quitt.«

Sieben breitete die Hände aus. »Tut mir leid. Ich konnte nicht widerstehen.«

Der Nadirkrieger, der unter dem Namen Talisman bekannt war, rannte geduckt durch die Gasse. Die Rufe seiner Verfolger waren verstummt, aber er wußte, er hatte sie nicht abgeschüttelt ... noch nicht. Talisman gelangte auf einen offenen Platz und blieb stehen. Hier gab es viele Türen – er zählte sechs auf jeder Seite des Vierecks. »Hier lang! Hier lang!« hörte er jemanden rufen. Der Mond leuchtete hell auf die Mauern im Norden und Westen, während Talisman zur Südseite des Platzes lief und seinen Rücken in einen tiefen, dunklen Türrahmen preßte. In seinem langen Kapuzenumhang war er hier in den Schatten so gut wie unsichtbar. Talisman holte tief Luft und versuchte, ruhig zu werden. Geistesabwesend glitt seine Hand an seine Hüfte, wo sein langes Jagdmesser hätte sein sollen. Lautlos fluchte er. Nadirkrieger durften in Städten der Gothir keine Waffen tragen. Er haßte diesen Ort aus Steinen und Pflaster, mit seiner brodelnden Menschenmenge und dem entsprechenden Gestank. Talisman sehnte sich nach den offenen Weiten der Steppen. Eindrucksvolle Berge unter einem nackten, brennenden Himmel, endlose Ebenen und Täler, durch die ein Mann ein ganzes Jahr lang reiten konnte, ohne einer Menschenseele zu begegnen. In der Steppe war ein Mann lebendig. Anders als hier in diesem Rattennest von Stadt, mit verpesteter Luft, die nach menschlichen Exkrementen stank, die aus den Fenstern geworfen wurden und in den Gassen verrotteten, zusammen mit anderen Abfällen und Müll.

Eine Ratte huschte über seinen Fuß, doch Talisman regte sich nicht. Der Feind war in der Nähe. Feind? Dieser Abschaum aus den ältesten Vierteln Gulgothirs verdiente kaum diese Bezeichnung. Sie vertrieben sich lediglich die Zeit ihrer wertlosen Existenz damit, einen Stammeskrieger durch ihre ungeziefergeplagten Straßen zu jagen, freuten sich über einen vorübergehenden Moment der Unterhaltung, der Licht in ihr von Armut gezeichnetes Leben brachte. Wieder fluchte er. Nosta Khan hatte ihn vor den Banden gewarnt und ihm gesagt, welche Gegenden er meiden sollte, aber Talisman hatte kaum zugehört. Aber er war auch noch nie in einer so großen Stadt wie Gulgothir gewesen und hatte keine Vorstellung davon gehabt, wie leicht man sich in diesen Kaninchenbauten verirren konnte.

Er hörte Schritte und ballte die Hände zu Fäusten. Wenn sie ihn hier fanden, würden sie ihn umbringen.

»Hast du gesehen, wohin er gelaufen ist?« fragte eine kehlige Stimme.

»Nee! Vielleicht da runter?«

»Du nimmst die Gasse, wir nehmen die Tavernengasse und treffen uns wieder auf dem Platz.«

Talisman zog die Kapuze fester ums Gesicht, so daß nur noch seine dunklen Augen zu sehen waren, und wartete. Der erste der drei Männer rannte an seinem Versteck vorbei, dann der zweite. Aber der dritte blickte in seine Richtung – und entdeckte ihn. Talisman sprang vorwärts. Der Mann stieß mit einem Messer zu, doch Talisman wich aus und hämmerte ihm seine Faust ins Gesicht. Der Mann taumelte rückwärts, während Talisman nach links hechtete und auf eine andere Gasse zuspurtete.

»Hier ist er! Hier!« brüllte sein Angreifer.

Vor ihm ragte eine gut zweieinhalb Meter hohe Mauer auf. Talisman sprang hoch, krallte die Finger in die Mauerkrone und zog sich hoch. Dahinter lag ein mondbeschienener Garten. Er ließ sich ins Gras fallen, rannte auf eine zweite Mauer zu und erkletterte sie ebenfalls. Auf der anderen Seite lag eine schmale Straße. Er landete leichtfüßig und rannte weiter, seine Wut wurde größer. Es beschämte ihn, vor diesen rundäugigen Südländern davonzulaufen.

Er kam an eine Einmündung und bog nach Norden ab. Er hörte keine Verfolger, aber er entspannte sich nicht. Er hatte keine Ahnung, wo er war, diese ganzen häßlichen Häuser sahen für ihn gleich aus. Nosta Khan hatte ihm aufgetragen, das Haus von Chorin-Tsu, dem Einbalsamierer, aufzusuchen, das in der Straße der Weber im nordwestlichen Viertel der Stadt lag. Aber wo bin ich jetzt? fragte sich der Stammeskrieger.

Ein großer Mann trat aus den Schatten, ein rostfleckiges Messer in der rechten Hand. »Hab' ich dich, du kleiner Nadirbastard!« sagte er. Talisman blickte in die grausamen Augen des Mannes, und sein Zorn wuchs, kalt und alles verschlingend.

»Es ist der Tod, den du gleich haben wirst!«

Die Messerhand erhoben, stürzte sich der Mann auf ihn und stieß nach Talismans Hals. Aber Talisman wich nach rechts aus, sein linker Unterarm schoß hoch und wehrte die Hand des Angreifers ab. Mit derselben fließenden Bewegung kam sein rechter Arm hinter der Schulter des Mannes hoch, mit einem heftigen Ruck warf er sein ganzes Gewicht auf den Messerarm – der am Ellbogen brach. Der Mann schrie auf und ließ das Messer fallen. Talisman ließ ihn los, schnappte sich die Klinge und trieb sie bis zum Griff zwischen die Rippen des anderen. Talisman packte sein Opfer bei den fettigen Haaren und blickte in das entsetzte Gesicht. »Mögest du in allen Höllen schmoren«, flüsterte der Nadir und drehte das Messer. Der tödlich Verwundete öffnete den Mund für einen letzten Schmerzensschrei – aber er starb, bevor er Luft holen konnte.

Talisman ließ den Toten los, wischte das Messer an der schmutzigen Tunika des Mannes ab und lief weiter in die Dunkelheit. Hier war alles still. Auf beiden Seiten erhoben sich Mauern, durchbrochen von Fenstern, die mit Läden verschlossen waren. Talisman kam auf eine etwas breitere Gasse, nicht mehr als fünfzig Meter lang, und sah aus den Fenstern einer Taverne Licht schimmern. Er verbarg das Messer unter seinem Umhang und ging weiter. Die Taverntür ging auf, und ein großer Mann mit eckig gestutztem Bart kam heraus. Talisman ging auf ihn zu.

»Bitte um Verzeihung, Herr«, sagte der Nadir, und die Worte schmeckten bitter, »aber könntest du mir sagen, wie ich zur Webergasse komme?«

»Mein Freund«, sagte der Mann und sank betrunken auf eine Eichenbank, »im Moment weiß ich nicht mal den Weg nach Hause. Ich bin selbst hier fremd und habe mich in diesem Irrgarten von einer Stadt heute abend schon ein paarmal verlaufen. Himmel, ich weiß nicht, wie jemand freiwillig an einem Ort wie diesem leben kann! Weißt du es?«

Talisman wandte sich ab. In diesem Augenblick kamen seine Verfolger in Sicht, fünf an einem Ende der

Gasse und vier am anderen. »Wir reißen dir das Herz raus!« brüllte der Anführer, ein dicker, kahlköpfiger Raufbold. Talisman zog sein Messer, als die ersten fünf Angreifer auf ihn zustürmten. Da bewegte sich unerwartet etwas links von ihm! Er warf einen Blick zur Seite. Der betrunkene Fremde hatte sich erhoben und versuchte anscheinend, die Eichenbank zu bewegen. Nein, nicht zu bewegen, erkannte Talisman, sondern sie hochzuheben. Es war ein so widersinniger und bizarrer Augenblick, daß Talisman sich gewaltsam von dem Anblick losreißen mußte, um sich seinen Angreifern zu stellen. Sie waren jetzt nahe herangekommen – drei waren mit Messern bewaffnet, zwei mit Bleiknüppeln. Plötzlich schoß die schwere Eichenbank wie ein Speer an Talisman vorbei. Sie traf den Bandenführer voll ins Gesicht, zertrümmerte seine Zähne und holte ihn von den Füßen, dann drehte sie sich, traf die anderen und schickte zwei zu Boden. Die beiden übrigen sprangen über die am Boden liegenden und stürzten sich auf ihn. Talisman begegnete dem ersten mit der Klinge, dann hämmerte er dem Mann seinen Ellbogen ans Kinn. Der Angreifer fiel mit dem Gesicht voran. Während er aufzustehen versuchte, trat Talisman ihn zweimal ins Gesicht, beim zweiten Tritt stöhnte der Mann auf und sank bewußtlos zu Boden.

Talisman fuhr herum – doch der letzte Angreifer zappelte vergebens im eisernen Griff des Fremden, der ihn an Hals und Lenden hochgehoben hatte und ihn hoch über den Kopf hielt. Talisman drehte sich um und sah die vier verbleibenden Angreifer vom anderen Ende der Gasse kommen. Der Fremde lief auf sie zu, grunzte vor Anstrengung und schleuderte ihnen sein unglückliches Opfer entgegen. Drei gingen zu Boden – kamen aber wieder auf die Füße. Der Fremde trat vor.

»Ich glaube, das reicht jetzt, Burschen«, sagte er mit

kalter Stimme. »Bislang habe ich noch niemanden in Gulgothir getötet. Also sammelt eure Freunde ein und kümmert euch um eure Angelegenheiten.«

Einer der Männer kam vorsichtig näher und musterte den Fremden. »Du bist der Drenai-Kämpfer, nicht wahr? Druss?«

»Genau. Und jetzt macht euch davon, Freunde. Der Spaß ist vorbei – oder wollt ihr noch mehr?«

»Klay wird dich im Finale zu Brei schlagen, du Bastard!« Ohne ein weiteres Wort steckte der Mann sein Messer ein und wandte sich an seine Kameraden. Gemeinsam halfen sie den Verletzten aus der Gasse. Den Anführer mußten sie tragen, da er noch immer bewußtlos war. Der Fremde wandte sich an Talisman. »Ein häßlicher Ort«, sagte er mit einem breiten Grinsen, »aber er hat auch seine vergnüglichen Seiten. Trinkst du einen mit mir?«

»Du kämpfst gut«, sagte Talisman. Er sah sich um und konnte erkennen, wie sich die Angreifer am Eingang der Gasse zusammenscharten. »Ja, ich werde mit dir trinken, Drenai. Aber nicht hier. Ich habe das Gefühl, sie werden miteinander reden, bis ihr Mut wiederkehrt – dann werden sie wieder angreifen.«

»Nun, dann komm mit mir, mein Freund. Die Gothir haben uns Unterkunft gegeben – ich glaube, nicht weit von hier – und dort steht noch ein Krug lentrischer Roter, der mich schon den ganzen Abend ruft.« Zusammen gingen sie hinaus auf die Straße, die zum Kolosseum führte. Die Angreifer folgten ihnen nicht.

Talisman war noch nie in einem so luxuriösen Haus gewesen, und seine dunklen, mandelförmigen Augen saugten alles in sich auf – den langen, eichengetäfelten Treppenaufgang, die Wandbehänge aus Samt, die prächtigen Polsterstühle, geschnitzt und vergoldet, die Teppiche aus Chiatze-Seide. Der große Krieger namens Druss führte ihn die Treppe hinauf in einen langen Flur. Auf beiden Seiten befanden sich im Abstand von je fünfzehn Schritten Türen. Der Fremde blieb vor einer stehen und drückte eine bronzene Klinke. Die Tür glitt lautlos auf und gab den Blick auf ein reich möbliertes Zimmer frei. Als Talisman hineinlugte, sah er als erstes einen mannshohen rechteckigen Spiegel. Er blinzelte, denn er hatte zwar schon sein Spiegelbild gesehen, aber noch nie in ganzer Länge und noch nie so deutlich. Die gestohlene schwarze Tunika und der Umhang waren von der Reise verschmutzt und staubig, seine schwarzen Augen blickten mit unverhüllter Müdigkeit. Das Gesicht, das er sah, wirkte trotz seiner Bartlosigkeit weit älter als seine achtzehn Jahre, der Mund bildete eine entschlossene, feste Linie. Die Verantwortung lastete auf ihm wie ein Geier und fraß seine Jugend auf.

Er trat näher an den Spiegel und berührte ihn. Es sah aus wie Glas. Aber Glas war durchsichtig – wie konnte es dann so wunderbar spiegeln? Er untersuchte den Spiegel näher und fand an der rechten unteren Ecke etwas, das aussah wie ein Kratzer. Er ging in die Knie, betrachtete ihn und stellte fest, daß er durch den Kratzer den Teppich hinter dem Spiegel sehen konnte. »Irgendwie bemalen sie das Glas mit Silber«, sagte Druss. »Ich weiß auch nicht, wie das funktioniert.«

Talisman wandte sich von dem Spiegel ab und wanderte durch das Zimmer. Es gab sechs Sofas, die mit glänzendem Leder bezogen waren, ein paar Stühle und einen langen, niedrigen Tisch, auf dem ein Krug Wein und vier silberne Becher standen. Der Raum war so groß wie das Zelt seines Vaters – und in jenem lebten vierzehn Menschen! Doppeltüren auf der anderen Seite führten auf einen großen Balkon, der auf das Kolosseum hinaussah. Talisman tappte über die dicken Teppiche auf den Balkon. Die Große Arena war von hohen Messingpfosten umgeben, auf denen brennende Lampen standen, die die untere Hälfte des Kolosseums in rötliches Licht tauchten. Es sah fast so aus, als stünde das gewaltige Gebäude in Flammen. Talisman wünschte, es wäre so – und mit ihm diese ganze Stadt!

»Hübsch, nicht?« fragte Druss.

»Du kämpfst dort?«

»Nur noch einmal. Gegen Klay, den Champion der Gothir. Dann gehe ich zurück nach Hause zu meinem Hof und meiner Frau.«

Druss reichte seinem Gast einen Becher mit lentrischem Roten, und Talisman nippte daran. »Diese ganzen Flaggen von so vielen Ländern, die hier wehen. Warum? Plant ihr alle einen Krieg?«

»Soweit ich es verstehe«, antwortete Druss, »ist es genau das Gegenteil. Die Völker sind hier zu den Freundschaftsspielen. Sie sollen die Freundschaft und den Handel zwischen den Völkern stärken.«

»Die Nadir wurden nicht eingeladen, daran teilzunehmen«, sagte Talisman und ging ins Zimmer zurück.

»Nun, ja, das ist nun mal Politik, mein Junge. Ich kann das weder verstehen noch billige ich es. Aber selbst wenn sie die Nadir hätten einladen wollen – an wen hätten sie die Einladung schicken sollen? Es gibt Hunderte von Stämmen, von denen die meisten miteinander im Krieg liegen. Sie haben kein Zentrum – keinen Anführer.«

»Das wird sich ändern«, sagte Talisman. »Ein Anführer ist uns prophezeit, ein großer Mann. Der Einiger!«

»Ich dachte, es hätte schon viele sogenannte Einiger gegeben.«

»Dieser eine wird anders sein. Er wird violette Augen haben, und er wird einen Namen tragen, den kein Nadir jemals gewählt hat. Er kommt. Und dann soll deine Welt sich hüten!«

»Na, dann wünsche ich dir Glück«, sagte Druss, setzte sich auf das Sofa und legte seine gestiefelten Füße auf den Tisch. »Violette Augen, hm? Das wird ein Anblick sein.«

»Sie werden wie die Augen von Alchazzar sein«, sagte Talisman. »Er wird die Verkörperung des Großen Wolfes in den Mondbergen sein.«

Die Tür ging auf, und Talisman fuhr herum. Ein gutaussehender junger Mann trat ein. Sein helles Haar war zu einem straffen Pferdeschwanz zusammengebunden, und er trug einen purpurroten Umhang über einer langen blauen Tunika aus opalbesetzter Seide. »Ich hoffe, du hast noch etwas von dem Wein übriggelassen, altes Roß«, sagte der Mann zu Druss. »Ich bin ausgetrocknet wie eine Wüstenechse.«

»Ich muß gehen«, sagte Talisman und ging zur Tür.

»Warte!« rief Druss. »Sieben, weißt du, wo die Webergasse ist?«

»Nein, aber im Hinterzimmer liegt eine Karte. Ich hole sie.« Einen Augenblick später war Sieben wieder da und breitete die Karte auf dem niedrigen Tisch aus. »Welches Viertel?« fragte er Talisman.

»Nordwest.«

Siebens schlanke Finger glitten über die Karte. »Da ist sie. Neben der Halle der Antiquitäten.« Er warf einen Blick auf Talisman. »Du gehst hier aus dem Haupteingang hinaus und weiter über die Straße, bis du zu der Statue der Kriegsgöttin kommst – eine große Frau mit einem langen Speer, auf ihrer Schulter sitzt ein Habicht. Dort gehst du links, etwa anderthalb Kilometer, bis du den Park der Dichter vor dir liegen siehst. Biege rechts ab und geh bis zur Halle der Antiquitäten. Davor stehen vier riesige Säulen, auf denen ein Querbalken liegt, in dem ein Adler eingraviert ist. Die Webergasse ist die erste rechts nach der Halle. Soll ich das noch mal wiederholen?«

»Nein«, dankte Talisman. »Ich werde es finden.« Und ohne ein weiteres Wort verließ der Nadir das Zimmer.

Als die Tür sich hinter ihm schloß, grinste Sieben. »Seine Dankbarkeit überwältigt mich. Wo lernst du nur diese Leute kennen?«

»Er wurde in eine Schlägerei verwickelt, und ich half ihm.«

»Wie viele Tote?« wollte Sieben wissen.

»Keiner, soweit ich weiß.«

»Du wirst alt, Druss. Er war doch ein Nadir, oder? Er hat vielleicht Nerven, so durch Gulgothir zu spazieren.«

»Ja, mir gefiel er. Er hat mir von dem Einiger erzählt, der kommen soll und die Augen von Alchazzar haben soll, was immer das auch heißen mag.«

»Das ist leicht zu erklären«, sagte Sieben und goß sich einen Becher Wein ein. »Es ist eine alte Nadirlegende. Vor Hunderten von Jahren beschlossen drei Nadirschamanen, Männer mit – angeblich – großer Macht, eine Statue für die Götter von Stein und Wasser zu schaffen. Sie entzogen dem Land die Magie und formten die Statue, die sie Alchazzar nannten, aus den Steinen der Mondberge. Soweit ich weiß, hatte sie die Gestalt eines riesigen Wolfes. Ihre Augen waren große Amethyste, die Zähne aus Elfenbein ...«

»Komm zur Sache, Dichter!« fuhr Druss ihn an.

»Du hast zuwenig Geduld, Druss. Nun hör mir zu. Nach der Legende entzogen die Schamanen dem Land alle Magie und verschlossen sie in dem Wolf. Das taten sie, um das Schicksal der Nadir kontrollieren zu können. Aber einer der Schamanen stahl später die Augen von Alchazzar, und damit endete die Magie. Ihrer Götter beraubt, wandten sich die Nadir-Stämme – bis dahin friedfertig – gegeneinander und kämpften schreckliche Kriege, die bis zum heutigen Tage andauern. So! Eine nette kleine Geschichte zum Einschlafen.«

»Und was passierte mit dem Mann, der die Augen gestohlen hatte?« fragte Druss.

»Keine Ahnung.«

»Das hasse ich an deinen Geschichten, Dichter. Ihnen fehlen immer die Einzelheiten. Warum wurde die Magie eingeschlossen? Warum hat er die Augen gestohlen? Wo sind sie jetzt?«

»Ich werde deine Beleidigungen einfach ignorieren, Druss, altes Ross«, antwortete Sieben lächelnd. »Und weißt du auch warum? Als es hieß, du seist krank, stiegen deine Wetten gegen Klay auf zwölf zu eins.«

»Krank? Ich war noch nie in meinem Leben krank. Wie konnte ein solches Gerücht entstehen?«

Sieben zuckte die Achseln. »Ich nehme an, weil du nicht am Bankett zu Ehren des Gottkönigs teilnahmst.«

»Verdammt, das habe ich vergessen! Du hast ihnen gesagt, ich sei krank?«

»Ich glaube nicht, daß ich krank gesagt habe ... eher ... verletzt. Ja, das war es. Du littest an deinen Verwundungen. Dein Gegner war dort und erkundigte sich nach dir. Ein netter Kerl. Sagte, er hoffte, die Prophezeiung würde deinen Stil nicht beeinträchtigen.«

»Was für eine Prophezeiung?«

»Irgend etwas darüber, daß du das Finale verlierst«, sagte Sieben fröhlich. »Absolut nichts, worüber man sich Sorgen machen müßte. Jedenfalls kannst du ihn selbst fragen. Er hat dich zu sich nach Hause eingeladen für morgen abend – und ich wäre dir dankbar, wenn du annehmen könntest.«

»Du wärest mir dankbar? Gehe ich recht in der Annahme, daß eine Frau dahintersteckt?«

»Jetzt, wo du es erwähnst, ja, ich habe ein entzückendes Serviermädchen im Palast kennengelernt. Sie scheint zu glauben, daß ich eine Art ausländischer Prinz bin.«

»Wie sie bloß auf diese Idee kommt«, brummte Druss.

»Keine Ahnung, alter Freund. Jedenfalls habe ich sie eingeladen, hier morgen abend mit mir zu speisen. Außerdem glaube ich, daß dir Klay gefallen wird. Er ist gescheit und weltgewandt und verbirgt seine Arroganz gut.«

»O sicher«, stöhnte Druss. »Er gefällt mir jetzt schon.«

Kapitel zwei

Das Haus in der Webergasse war ein altes, nach Gothir-Art erbautes Haus aus grauen Steinen, zwei Stockwerke und ein Dach aus roten Lehmziegeln. Im Innern waren die Räume jedoch nach dem Geschmack eines Chiatze umgestaltet worden. Es gab keine quadratischen oder rechteckigen Räume mehr, jetzt flossen die Wände in vollkommenen Kurven: Ovale oder Kreise, oder Kreise auf Ovalen. Türen und Türrahmen folgten diesen Linien, selbst die schweren, eckigen Fenster, düster und funktional von außen, waren innen mit exquisit geschnitzten kreisförmigen Läden versehen worden.

Im kleinen Arbeitszimmer saß Chorin-Tsu mit überkreuzten Beinen auf einem gestickten Teppich aus Chiatze-Seide. Seine tiefbraunen Augen starrten den Mann, der vor ihm kniete, ohne zu blinzeln an. Dessen Augen waren dunkel und wachsam, und obwohl er kniete – wie es in Gegenwart seines Gastgebers üblich war –, war sein Körper angespannt und sprungbereit. Er erinnerte Chorin-Tsu an eine zusammengeringelte Schlange, ganz still, doch jederzeit bereit zuzuschlagen. Talisman betrachtete die Reliefs aus geschnitztem, lakkierten Holz an den runden Wänden und die zarten Gemälde in ihren lackierten Rahmen. Sein Blick schweifte über die Kunstwerke, ohne innezuhalten, um sie zu mustern. Rasch wandte er seine Aufmerksamkeit wieder dem kleinen Chiatze zu. Mag ich dich? überlegte Chorin-Tsu, als sich das Schweigen ausdehnte. Bist du ein Mann, dem man vertrauen kann? Ohne zu blinzeln studierte Chorin-Tsu das Gesicht des jungen Mannes. Er hatte eine hohe Stirn, was oft auf Intelligenz hindeutete, und seine Haut hatte eher den Goldton der Chiatze als das kränkliche Gelb der Nadir. Wie alt mochte er sein? Neunzehn? Zwanzig? So jung! Und er strahlte Kraft aus, Zielstrebigkeit. Du hast über deine Jahre hinaus Erfahrung gesammelt, dachte der alte Mann. Und was siehst du vor dir, junger Krieger? Einen faltigen Alten – eine Laterne, deren Öl fast verbraucht ist, deren Flamme beginnt zu flackern? Ein alter Mann in einem Raum voll hübscher Bilder! Nun, einst war ich so stark wie du, und auch ich hatte große Träume. Bei dem Gedanken an diese Träume schweifte er ab, kam mit einem Ruck wieder zu sich und merkte, daß er in Talismans pechschwarze Augen starrte. Ein Hauch von Angst berührte ihn – denn jetzt waren die Augen kalt und ungeduldig.

»Sei so gut und zeige mir das Zeichen«, sagte Chorin-Tsu in der Sprache des Südens. Seine Stimme war kaum mehr als ein Wispern. Talisman griff in seine Tunika und holte eine kleine Münze heraus, in die der Kopf eines Wolfes eingestanzt war. Er hielt sie dem alten Mann hin, der sie mit zitternden Fingern nahm und sich vorbeugte, um sie zu prüfen. Talisman betrachtete den schmalen weißen Zopf auf dem ansonsten kahlgeschorenen Kopf. »Eine interessante Münze, junger Mann. Leider kann jedermann ein solches Stück besitzen«, sagte der Einbalsamierer und stieß die Luft aus. »Du hättest sie auch dem wahren Boten abnehmen können.«

Talisman lächelte kalt. »Nosta Khan sagte, du wärst ein Mystiker, Chorin-Tsu. Deshalb solltest du keine Schwierigkeiten haben, meine Integrität zu beurteilen.«

Auf dem Seidenteppich standen zwei flache Tonschalen mit Wasser. Der junge Nadir griff nach einer, doch der alte Mann wehrte mit einer Handbewegung ab und schüttelte den Kopf. »Noch nicht, Talisman. Verzeih mir, aber ich werde dir sagen, wann du trinken sollst. Was deine Bemerkung anlangt, Nosta Khan sprach nicht von meinen psychischen Fähigkeiten. Ich war nie ein wahrer Mystiker. Mein Leben lang, Talisman, bin ich allerdings Student gewesen. Ich habe mein Handwerk studiert, ich habe die großen historischen Stätten untersucht, aber vor allem habe ich die Menschen studiert. Je mehr ich sie studierte, desto besser verstand ich die Schwächen dieser Rasse. Doch das Merkwürdige am Studieren ist, wenn man es mit offenem Geist betreibt, daß es einen kleiner macht. Aber verzeih mir, Philosophie ist nicht gerade die Lieblingsbeschäftigung der Nadir.«

»Weil wir Wilde sind, meinst du?« antwortete der Nadir ohne Bosheit. »Vielleicht sollte ich dann die Antwort lieber dem Priester-Philosophen Dardalion überlassen, der sagte: ›Jede beantwortete Frage führt zu sieben weiteren Fragen. Daher bedeutet das Sammeln von Wissen für einen Studenten lediglich die Vergrößerung des Bewußtseins dafür, wieviel mehr es noch zu wissen gibt.‹ Genügt das, Meister Einbalsamierer?«

Chorin-Tsu verbarg sein Erstaunen und verbeugte sich tief. »In der Tat, junger Mann. Und ich bitte dich, einem alten Mann seine Grobheit zu vergeben. Es sind ungestüme Zeiten, und ich fürchte, die Aufregung schlägt sich auf mein Benehmen nieder.«

»Ich bin nicht beleidigt«, sagte Talisman. »Das Leben in der Steppe ist hart. Es gibt wenig Gelegenheit für ein kontemplatives Leben.«

Der alte Mann verbeugte sich erneut. »Ich möchte meine Grobheit nicht noch mehren, junger Mann, aber es interessiert mich, woher ein Nadirkrieger die Worte Dardalions von den Dreißig kennt.«

»Man sagt, daß ein kleines Geheimnis einer Beziehung Würze verleiht«, erwiderte Talisman. »Laß uns wieder auf deine Studien zurückkommen.«

Chorin-Tsu erwärmte sich immer mehr für den jungen Mann. »Meine Studien umfassen auch Astrologie, Numerologie, Runenwerfen, Handlesen und Zaubersprüche. Und doch bleibt noch so viel, was den Geist verblüfft. Ich gebe dir ein Beispiel.« Aus seinem Gürtel zog er ein Wurfmesser mit Elfenbeingriff und deutete damit auf eine runde Zielscheibe, die etwa zwanzig Schritt entfernt in die Wand eingelassen war. »Als ich noch jünger war, konnte ich diese Klinge ins goldene Herz dieser Zielscheibe werfen. Aber jetzt sind – wie du siehst – meine Finger knotig und verkrümmt. Tu es für mich, Talisman.« Der junge Nadir fing das Messer auf, das er ihm entgegenwarf. Einen Augenblick lang wog er es in der Hand, um das Gleichgewicht zu fühlen. Dann nahm er den Arm zurück und warf. Der Silberstahl schimmerte im Licht der Laternen, schoß durch den Raum und traf in die Zielscheibe. Er verfehlte die goldene Mitte um Fingersbreite. »Die Zielscheibe ist mit kleinen Symbolen versehen. Geh und sag mir, welches Symbol die Klinge getroffen hat«, befahl Chorin-Tsu.

Talisman stand auf und ging durch den Raum. Die Zielscheibe war mit seltsamen, mit Goldfarbe gemalten Chiatze-Hieroglyphen verziert. Die meisten kannte er nicht. Aber das Messer hatte ein Oval durchbohrt, in dessen Mitte sich eine kunstvoll gezeichnete Klaue befand, und dieses Bild verstand er. »Wo hast du getroffen?« rief Chorin-Tsu. Talisman sagte es ihm.

»Gut, gut. Komm wieder zu mir, mein Junge.«

»Habe ich deinen Test bestanden?«

»Einen davon. Hier kommt der zweite. Trink aus einer der Schalen.«

»Welche enthält das Gift?« fragte Talisman.

Chorin-Tsu antwortete nicht, und Talisman betrachtete die Schalen. »Plötzlich bin ich gar nicht mehr durstig.«

»Und doch mußt du trinken«, beharrte Chorin-Tsu.

»Nenn mir den Sinn des Spiels, Alter. Dann entscheide ich.«

»Ich weiß, daß du ein Messer werfen kannst, Talisman, das habe ich gesehen. Aber kannst du auch *denken*? Bist du würdig, dem Einiger zu dienen – ihn unserem Volk zu bringen? Wie du ganz richtig vermutest, enthält eine der Schalen ein tödliches Gift. Die andere enthält nichts weiter als Wasser. Wie willst du wählen?«

»Ich habe ungenügende Informationen«, sagte Talisman.

»Darin irrst du dich.«

Talisman schwieg, sein Verstand arbeitete an dem Problem. Er schloß die Augen und rief sich jedes Wort ins Gedächtnis, das der alte Mann gesagt hatte. Er beugte sich vor, nahm die linke Schale in die Hand und drehte sie, dann die rechte. Beide waren identisch. Er warf einen Blick auf den Teppich und lächelte. Er war mit denselben Symbolen bestickt wie die Zielscheibe. Und unter der linken Schale befand sich das Oval mit der Klaue. Er hob die Schale und kostete das Wasser. Es war süß und kühl.

»Gut, du verfügst über Beobachtungsgabe«, sagte Chorin-Tsu. »Aber ist es nicht erstaunlich, daß du das Messer genau in das Symbol geworfen hast, obwohl du auch zwölf andere hättest treffen können?«

»Woher wußtest du, daß ich es treffen würde?«

»So stand es in den Sternen geschrieben. Nosta Khan wußte es auch. Er wußte es durch seine Gabe, ich hingegen durch meine Studien. Jetzt beantworte mir dies: Was ist der dritte Test?«

Talisman holte tief Luft. »Die Klaue war das Zeichen von Oshikai Dämonstod, das Oval das Symbol seiner Frau, Shul-sen. Als Oshikai Shul-sen heiraten wollte, stellte ihr Vater ihm drei Aufgaben. Die erste betraf seine

Fähigkeit im Scharfschießen, die zweite seine Intelligenz und die dritte… erforderte ein Opfer. Oshikai mußte einen Dämon töten, der sein Freund gewesen war. Ich kenne keine Dämonen, Chorin-Tsu.«

»Alle Mythen, mein Junge, verschleiern ihren Zweck mit ihrer Geschichte. Oshikai war ein kühner Mann, der oft in Wut geriet. Der Dämon war lediglich ein Teil von ihm selbst, die wilde und gefährliche Seite seiner Persönlichkeit. Shul-sens Vater wußte dies, und er wollte, daß Oshikai gelobte, sie bis zum Ende seiner Tage zu lieben – ihr nie ein Leid zuzufügen, sie nie für eine andere zur Seite zu schieben.«

»Was hat das mit mir zu tun?«

»Alles.« Chorin-Tsu klatschte in die Hände. Die Tür ging auf, und eine junge Chiatze-Frau trat ein. Sie verbeugte sich vor beiden Männern, dann kniete sie nieder und berührte mit dem Kopf den Boden vor Chorin-Tsus Füßen. Talisman betrachtete sie im Schein der Kerzen. Sie war außergewöhnlich schön, mit rabenschwarzem Haar und großen, mandelförmigen Augen. Sie hatte volle Lippen und eine straffe Gestalt in weißer Seidenbluse und einem langen Satinrock.

»Dies ist Zhusai, meine Enkelin. Es ist mein Wunsch, daß du sie mit auf deine Suche nimmst. Es ist auch der Wunsch Nosta Khans und deines Vaters.«

»Und wenn ich mich weigere?«

»Dann gibt es nichts mehr zu sagen. Du verläßt mein Haus und gehst zurück zu den Zelten deines Volkes.«

»Und meine Suche?«

»Wird ohne meine Hilfe weitergehen.«

»Ich bin noch nicht bereit für eine Gemahlin. Ich habe mein Leben der Rache und dem Tag des Einigers gewidmet. Aber selbst wenn ich an Heirat denken sollte, dann wäre es als Sohn eines Häuptlings mein Recht, mir selbst eine Frau zu suchen. Ich würde gewiß wünschen, daß sie eine Nadir ist. Ich habe große Achtung vor den Chiatze – aber sie sind nicht mein Volk.«

Chorin-Tsu beugte sich vor. »Anführer haben keine Rechte, das ist eins der großen Geheimnisse der Führerschaft. Aber du irrst, junger Mann. Zhusai soll nicht deine Gemahlin sein. Sie ist dem Einiger versprochen, sie wird die Shul-sen seines Oshikai sein.«

»Dann verstehe ich nicht«, gestand Talisman erleichtert. »Welches Opfer verlangst du von mir?«

»Nimmst du Zhusai in deine Obhut? Wirst du sie mit deinem Leben beschützen?«

»Wenn es notwendig sein sollte, so werde ich es tun«, versprach Talisman. »Wo ist nun das Opfer?«

»Vielleicht gibt es keines. Zhusai, zeig unserem Gast sein Zimmer.« Die junge Frau verbeugte sich erneut, dann erhob sie sich lautlos und führte Talisman aus dem Raum.

Am Ende eines kurzen Flures öffnete Zhusai eine Tür und ging in das Zimmer. Dort lagen Teppiche, auf dem Boden hatte man Decken ausgebreitet. Es gab weder Stühle noch Ziergegenstände. »Dies ist dein Zimmer«, sagte sie.

»Ich danke dir, Zhusai. Sag, warst du je in der Wüste?«

»Nein, Herr.«

»Macht dir die Aussicht auf unsere Reise Kummer? Wir werden durch feindliche Länder reisen und viele Gefahren sehen.«

»Es gibt nur eine Gefahr, die ich fürchte, Herr«, antwortete sie.

»Und die wäre?« Während er die Frage stellte, sah er ein Glitzern in ihren Augen auffunkeln, die Muskeln ihres Gesichts spannten sich. In diesem Augenblick verschwand das stille, liebenswürdige Chiatze-Mädchen und machte einer Frau mit harten Augen Platz. Genauso schnell fiel die Mädchen-Maske wieder über ihr Gesicht.

»Es ist am besten, nicht über Ängste zu sprechen, Herr. Denn Angst ist der Magie ähnlich. Gute Nacht. Schlaf gut.«

Die Tür schloß sich hinter ihr.

Siebens herzliches Lachen erfüllte den Raum, und der Botschafter von Drenai wurde rot. »Ich glaube, du wirst feststellen, daß dies kein lustiges Thema ist«, sagte er kalt. »Wir reden hier über internationale Diplomatie, und die Launen eines Einzelnen haben darin keinen Platz.« Der Dichter lehnte sich zurück und musterte das hagere Gesicht des Botschafters. Dessen stahlgraues Haar war sorgfältig gekämmt und dezent parfümiert, seine Kleidung makellos – und sehr kostspielig. Majon trug einen weißen wollenen Umhang und eine blaue Seidentunika, die mit Gold paspeliert war. Die Finger des Botschafters spielten mit seinem dunkelroten Schal und der zeremoniellen Brosche – einem silbernen Pferd auf den Hinterbeinen –, die seinen Rang kennzeichnete. Der Mann war wütend und zeigte es auch. Das, entschied Sieben, war eine berechnete Beleidigung. Diplomaten waren Meister des öligen Charmes, ihre Mienen unendlich liebenswürdig, wenn sie mit Vorgesetzten zu tun hatten. »Bist du anderer Meinung?« fragte Majon.

Ich bin selten anderer Meinung als Politiker«, antwortete Sieben. »Mir scheint, daß die schlimmsten von euch mich davon überzeugen könnten, daß ein Pferdeapfel wie Honigkuchen schmeckt. Und die besten würden mich in dem Glauben lassen, daß ich als einziger auf der Welt nicht in der Lage bin, diesen Geschmack zu genießen.«

»Du wirst reichlich beleidigend«, fauchte Majon.

»Ich bitte um Vergebung, Botschafter. Es war als Kompliment gemeint.«

»Wirst du versuchen, ihn zu überreden, oder nicht? Dies ist eine Angelegenheit von höchster Wichtigkeit. Ich schwöre bei Missael, daß wir hier geradezu von Krieg reden könnten!«

»Oh, daran zweifle ich nicht, Botschafter. Ich sah den Gottkönig, erinnerst du dich?« Majons Augen wurden groß, und er hob rasch warnend einen Finger an die Lippen. Sieben grinste nur. »Ein inspirierter Führer«, sagte er zwinkernd. »Jeder Herrscher, der einen Politiker einsperrt und seine Schoßkatze zum Minister erhebt, hat meine Unterstützung.«

Majon stand auf, ging zur Tür, öffnete sie und spähte hinaus in den Flur. Dann kehrte er in den Raum zurück und baute sich vor Sieben auf. »Es ist nicht klug, einen Herrscher zu verspotten – vor allem, wenn man in seiner Hauptstadt ist. Die Völker der Drenai und Gothir leben im Frieden miteinander. Das möge noch lange so bleiben.«

»Doch um diesen Frieden zu sichern«, fragte Sieben, dessen Lächeln schwand, »muß Druss gegen Klay verlieren?«

»Einfach ausgedrückt, ist genau das die Situation. Es wäre nicht … angemessen … wenn Druss gewinnt.«

»Ich verstehe. Du hast also nicht viel Vertrauen in die Prophezeiung des Gottkönigs?«

Majon schenkte sich einen Becher Wein ein und nahm einen Schluck, ehe er antwortete. »Das ist keine Frage von Vertrauen, Sieben, sondern schlicht Politik. Der Gottkönig macht jedes Jahr um diese Zeit eine Prophezeiung. Sie werden wahr. Manche Leute glauben, daß seine Prophezeiungen sich im allgemeinen um Taten von Menschen drehen, damit Menschen selbst sicherstellen können, daß sie zutreffen. Andere akzeptieren schlicht, daß ihr Herrscher göttlich ist. Wie dem auch sei, hier hat diese Frage nur akademische Bedeutung. Er hat vorausgesagt, daß Klay Gold gewinnen wird. Falls Druss gewinnen sollte, würde das als Beleidigung des Gottkönigs und als Machenschaft der Drenai ausgelegt werden, um die Verwaltung zu destabilisieren. Die Konsequenzen könnten verheerend sein.«

»O ja, er könnte schließlich seiner Katze den Oberbefehl über die Armee erteilen und Dros Delnoch angreifen. Beängstigend!«

»Hast du überhaupt ein Hirn in deinem hübschen Kopf? Die Armee, von der du sprichst, zählt über fünfzigtausend Mann, von denen viele durch Kriege gegen Nadirstämme und durch Übergriffe der Sathuli kampferprobt sind. Hier in Gothir gibt es drei grundverschiedene Parteien. Eine von ihnen glaubt an das gottgegebene Recht der Gothir, die Welt zu erobern. Eine andere versucht, die Welt zu erobern, ohne sich um die Frage von göttlichem Recht zu scheren. Verstehst du? Aus Gründen, die nur sie selbst verstehen, haßt jede Partei die andere. Diese Nation steht ständig am Rande eines Bürgerkrieges. Aber solange sie gegeneinander kämpfen, brauchen die Drenai sich nicht um die erschreckenden Kosten zu sorgen, die die Abwehr einer Invasion bedeuten würden.«

»Kosten? Wir reden hier von Geld?«

»Natürlich reden wir von Geld«, sagte Majon mit wachsendem Zorn. »Die Mobilmachung, Ausbildung, neue Rüstungen, Schwerter, Brustplatten. Nahrung für die Rekruten. Und wo finden wir die Rekruten? Auf dem Land. Bauern und Tagelöhner. Wenn sie Soldaten sind, wer bringt dann die Ernten ein? Die Antwort ist, daß viele Felder unbestellt bleiben. Was passiert mit den Getreidepreisen? Sie klettern in schwindelnde Höhen. Und was hat man letztendlich erreicht? Die Festung hält, und die Männer gehen nach Hause und müssen feststellen, daß die Steuern erhöht wurden, um den Krieg bezahlen zu können. Fünfzigtausend ausgebildete Soldaten, die wütend auf die Regierung sind.«

»Du hast die Toten nicht erwähnt«, sagte Sieben leise.

»Ein guter Punkt. Die Bedrohung durch Krankheiten, die von den Leichen ausgeht, die Kosten der Beerdigungen. Dann die Krüppel, die ewig von der Wohlfahrt des Staates leben.«

»Ich glaube, du hast deinen Standpunkt deutlich gemacht, Botschafter«, warf Sieben ein. »Deine Menschlichkeit gereicht dir zur Ehre. Aber du hast drei Parteien erwähnt, bisher aber nur zwei beschrieben.«

»Zum Schluß ist da noch die Königliche Garde – zehntausend Mann, die Elite der Gothirarmee. Sie haben den Gottkönig nach der letzten Erhebung auf den Thron gesetzt – und sie halten ihn dort. Keine der anderen beiden Parteien ist mächtig genug, um den Sieg *ohne* die Unterstützung der Garde zu erringen. Daher der Stillstand, keine Seite kann sich rühren. Sollte diese Situation so bleiben, wäre das ideal.«

Sieben lachte. »Und inzwischen sitzt ein Verrückter auf dem Thron, dessen Herrschaft von Mord, Folter und erzwungenen Selbstmorden begleitet wird?«

»Das ist das Problem der Gothir, Sieben. Unsere Sorge gilt den Drenai, von denen etwa dreitausend im Lande Gothir leben und deren Leben verwirkt ist, wenn allgemeine Feindseligkeiten bekannt würden. Kaufleute, Arbeiter, Ärzte – ja, und Diplomaten. Ist ihr Leben denn ohne Bedeutung, Sieben?«

»Gut gesprochen, Majon«, sagte Sieben und klatschte Beifall. »Und jetzt kommen wir zu dem Pferdeapfel-Honigkuchen. Natürlich hat ihr Leben Bedeutung. Aber Druss ist nicht für sie verantwortlich, ebensowenig für die Taten eines Verrückten. Verstehst du nicht, Botschafter? Nichts, was du tun kannst – oder der Gottkönig –, wird das ändern. Druss ist nicht dumm, aber er sieht das

Leben sehr klar. Er wird hinausgehen und mit Klay kämpfen, und er wird alles geben, um zu gewinnen. Nichts, was irgend jemand sagen kann, könnte ihn dazu bewegen, weniger zu tun. Überhaupt nichts. All deine Argumente hier wären sinnlos. Druss würde sagen, was der Gottkönig zu tun beliebt – oder auch nicht –, geht nur sein eigenes Gewissen etwas an. Aber mehr noch, Druss würde sich aus einem viel einfacheren Grund weigern.«

»Und der wäre?«

»Es wäre nicht recht.«

»Du hast doch gesagt, er wäre intelligent!« fuhr Majon auf. »Recht, also wirklich. Was hat *Recht* damit zu tun? Wir haben es hier mit einem ... sensiblen und ... einzigartigen Herrscher ...«

»Wir haben es mit einem Irren zu tun, der – wäre er nicht der König – zu seiner eigenen Sicherheit weggesperrt werden würde«, erwiderte Sieben.

Majon rieb sich die müden Augen. »Du verhöhnst die Politik«, sagte er leise. »Du verspottest die Diplomatie. Aber wie glaubst du, halten wir den Frieden auf der Welt? Ich will es dir sagen, Sieben. Männer wie ich reisen an Orte wie diese, und dann bekommen wir deine Pferdeapfel-Honigkuchen zu essen. Und wir lächeln und erklären, wie nahrhaft sie sind. Wir schieben uns zwischen die Egos anderer und massieren sie dabei. Wir tun das nicht aus Gewinnstreben, sondern für Frieden und Wohlstand. Wir tun es, damit die Bauern, Kaufleute, Schreiber und Arbeiter der Drenai ihre Familien in Frieden aufziehen können. Druss ist ein Held, er genießt den Luxus, sein eigenes Leben führen und seine eigene Wahrheit sprechen zu können. Diplomaten können das nicht. Willst du mir jetzt helfen, ihn zu überreden?«

Sieben erhob sich. »Nein, Botschafter, das werde ich nicht. Du hast unrecht – obwohl ich dir im Zweifelsfall recht gebe, was deine Motive anlangt.« Er ging zur Tür und drehte sich noch einmal um. »Vielleicht hast du diese Kuchen zu lange gegessen. Vielleicht hast du Geschmack daran gefunden.«

Hinter den vertäfelten Wänden schlüpfte ein Diener davon, um über das Gespräch zu berichten.

Garen-Tsen hob den Saum seiner langen Purpurrobe und stieg vorsichtig die ausgetretenen Steinstufen zum Verlies hinunter. Der Gestank war fürchterlich, aber der große Chiatze verschloß seinen Geist davor. Gefangene, die an solche Plätze geschleppt wurden, litten unter der Dunkelheit, der Feuchtigkeit und dem häßlichen Gestank der Angst. Das machte die Befragung um vieles leichter.

Im Flur blieb er stehen und lauschte. Irgendwo zu seiner Linken weinte ein Mann, das Geräusch klang durch die schweren Steinmauern der Zellen gedämpft. Zwei Wachposten standen hier. Garen-Tsen rief den ersten herbei. »Wer weint da?« fragte er.

Der Wächter, ein dicker, bärtiger Mann mit fleckigen Zähnen, schniefte laut. »Maurin, Herr. Er wurde gestern hergebracht.«

»Ich werde ihn später besuchen, nachdem ich mit dem Senator gesprochen habe«, erklärte Garen-Tsen.

»Jawohl, Herr.« Der Mann zog sich zurück, und Garen-Tsen ging langsam in den Befragungsraum. Ein älterer Mann saß dort, dessen Gesicht aufgedunsen und verschwollen war, das rechte Auge fast zu. Blut hatte sein weißes Unterkleid befleckt.

»Guten Morgen, Senator«, sagte Garen-Tsen und ging zu einem hochlehnigen Stuhl, den ein Wächter für ihn bereitstellte. Er setzte sich dem Verletzten gegenüber, der ihn haßerfüllt anstarrte. »Verstehe ich recht, daß du dich weiterhin nicht zur Zusammenarbeit bereit erklärst?«

Der Gefangene tat einen tiefen, zitternden Atemzug. »Ich bin von königlichem Blut, Garen-Tsen. Das Gesetz verbietet ausdrücklich die Folter.«

»Ach, ja, das Gesetz. Es verbietet auch ausdrücklich Ränke, um den König zu töten, soweit ich weiß. Und es wäre sicher in höchstem Maße irritiert über Verschwörungen, um die rechtmäßige Regierung zu stürzen.«

»Natürlich!« fauchte der Gefangene. »Deswegen wäre ich solcher Vergehen auch nie schuldig. Der Mann ist mein Neffe. Glaubst du, ich hätte vor, meinen eigenen Blutsverwandten umzubringen?«

»Und jetzt kommt noch Gotteslästerung zu deinen Vergehen«, sagte Garen-Tsen milde. »Der Gottkönig wird niemals als *Mann* bezeichnet.«

»Ein Versprecher«, murmelte der Senator.

»Solche Versprecher sind kostspielig. Und nun zu anderen Dingen. Du hast vier Söhne, drei Töchter und sieben Enkel, vierzehn Kusinen, eine Frau und zwei Geliebte. Laß mich offen sein, Senator. Du wirst sterben. Die einzige Frage, die wir hier klären wollen, ist die, ob du allein stirbst oder deine gesamte Familie mit dir.«

Aus dem Gesicht des Gefangenen wich alle Farbe – aber er verlor seine Courage nicht. »Du bist ein übler Teufel, Garen-Tsen. Für meinen Neffen, den König – armer Junge –, gibt es eine Entschuldigung, denn er ist verrückt. Aber du – du bist ein intelligenter, kultivierter Mann. Mögen die Götter dich verfluchen!«

»Ja, ja, das werden sie sicherlich. Soll ich die Gefangennahme deiner Familienmitglieder anordnen? Ich glaube nicht, daß deine Frau sich in der Atmosphäre dieser Verliese wohl fühlen würde.«

»Was verlangst du von mir?«

»Ein Dokument wird für deine Unterschrift vorbereitet. Wenn es fertig und von dir unterschrieben ist, erhältst du die Erlaubnis, Gift zu nehmen. Deine Familie wird verschont.« Garen-Tsen erhob sich. »Und nun mußt du mich entschuldigen. Es warten noch andere Verräter auf eine Befragung.«

Der alte Mann sah den Chiatze an. »Es gibt nur einen Verräter hier, du Hund von einem Chiatze. Und eines Tages wird man dich schreiend in genau diesen Raum hier zerren.«

»Das mag wohl so kommen, Senator. Aber du wirst diesen Tag nicht mehr erleben.«

Eine Stunde später stieg Garen-Tsen aus seinem duftenden Bad. Ein junger Diener trocknete ihn mit einem angewärmten Handtuch ab und rieb sanft die Wassertropfen von der goldfarbenen Haut. Ein zweiter Diener brachte eine Phiole mit duftendem Öl, das er Garen-Tsen in Rücken und Schultern rieb. Als er fertig war, brachte ein dritter Knabe eine frische Purpurrobe. Der Chiatze hob die Arme, und die Robe wurde ihm geschickt übergestreift. Zwei bestickte Pantoffeln lagen auf dem Teppich zu seinen Füßen bereit. Garen-Tsen schlüpfte hinein und ging in sein Arbeitszimmer. Der verzierte Schreibtisch aus geschnitzter Eiche war frisch mit Bienenwachs poliert und mit Lavendel parfümiert. Drei Tintenfässer standen bereit, daneben lagen vier frische weiße Federkiele. Garen-Tsen setzte sich in den gepolsterten Lederstuhl, nahm einen Federkiel und ein jungfräuliches, dickes Blatt Papier und begann seinen Bericht zu schreiben.

Als die Mittagsglocke im Hof unten läutete, klopfte es an der Tür. »Herein!« rief er. Ein schlanker, dunkelhaariger Mann kam zum Schreibtisch und verbeugte sich.

»Ja, Oreth, erstatte mir Bericht.«

»Die Söhne von Senator Gyall sind verhaftet worden. Seine Frau hat Selbstmord begangen. Die anderen Familienmitglieder sind geflohen, aber wir sind ihnen auf den Fersen. Die Frau des Adligen Maurin hat Geldmittel an einen Bankier in Drenan transferiert: achttausend Goldstücke. Seine zwei Brüder befinden sich bereits in der Hauptstadt von Drenai.«

»Schicke eine Nachricht an unsere Leute in Drenan. Sie müssen sich um die Verräter kümmern.«

»Jawohl, Herr.«

»Noch etwas, Oreth?«

»Nur eine kleine Sache, Herr. Der Kämpfer der Drenai, Druss. Es scheint, daß er versuchen will zu gewinnen. Sein Botschafter versucht ihn zu überreden, aber Sieben, der Freund des Kämpfers, behauptet, daß er nicht zu überzeugen wäre.«

»Wer verfolgt den Kämpfer?«

»Jarid und Copass.«

»Ich habe mit Klay gesprochen, und er sagt, der Drenai wird ein zäher Gegner sein. Also schön, sorge dafür, daß man ihm auflauert und ihn niedersticht. Eine einzige tiefe Wunde sollte genügen.«

»Vielleicht ist es nicht so einfach, Herr. Der Mann war kürzlich in eine Schlägerei verwickelt und hat mehrere Räuber niedergeschlagen. Möglicherweise ist es nötig, ihn zu töten.«

»Dann töte ihn. Es gibt wichtigere Dinge, die meine Aufmerksamkeit erfordern, Oreth. Für solche kleinen Probleme fehlt mir die Zeit.« Garen-Tsen nahm seinen Federkiel, tauchte ihn in ein Tintenfaß und begann wieder zu schreiben.

Oreth verbeugte sich und zog sich zurück.

Garen-Tsen arbeitete noch eine volle Stunde weiter. Die Worte des Senators klangen ihm noch in den Ohren. *»Und eines Tages wird man dich schreiend in genau diesen Raum zerren.«* Ein solches Ereignis war – zur Zeit – absolut möglich. Im Augenblick stand Garen-Tsen zwar auf dem absoluten Gipfel, aber ob das Bestand haben würde, war äußerst fraglich, schließlich verdankte er seine herausragende Position ausschließlich der Gunst eines Verrückten. Er legte seine Feder beiseite und dachte über die Zukunft nach. Bislang blieben, vor allem durch seine eigenen Bemühungen, beide rivalisierenden Parteien einigermaßen im Gleichgewicht. Eine solche Harmonie ließ sich jedoch nicht mehr sehr viel länger aufrechterhalten – nicht, wenn die Krankheit des Königs so erschreckend rasch voranschritt. Bald würde sein Wahnsinn zu schwierig zu kontrollieren sein, und dann würde mit Sicherheit ein Blutbad folgen. Garen-Tsen seufzte.

»Auf dem höchsten Berggipfel«, sagte er laut. »Aber es ist überhaupt kein Berg, sondern ein Vulkan, der jeden Moment ausbrechen kann.«

In diesem Augenblick ging die Tür auf, und ein Soldat mittleren Alters trat ein. Er war kräftig gebaut und trug den langen, schwarzen Umhang der Königlichen Garde. Garen-Tsens verschiedenfarbige Augen ruhten auf dem Mann. »Willkommen, Graf Gargan. Was kann ich für dich tun?«

Der Besucher ging zu einem Stuhl und ließ sich schwer darauf niedersinken. Er nahm seinen verzierten Helm aus Bronze und Silber ab und legte ihn auf den Schreibtisch. »Der Wahnsinnige hat seine Frau umgebracht«, sagte er.

Zwei Königliche Gardisten führten Chorin-Tsu zum Palastgelände. Zwei weitere gingen hinter ihm, die die Truhe mit den Gegenständen und Materialien trugen, die für das Handwerk eines Einbalsamierers notwendig waren. Der alte Mann rang pfeifend nach Atem, während er versuchte, mit ihnen Schritt zu halten. Er stellte keine Fragen.

Die Gardisten führten ihn durch den Dienstboteneingang und eine reich mit Teppichen belegte Treppe hinauf in das Gewirr der königlichen Gemächer. Die Gardisten umgingen den berühmten Saal der Konkubinen und betraten die Königliche Kapelle, wo sie sich vor dem Abbild des Gottkönigs verbeugten. Sobald sie durch die Kapelle gegangen waren, wurden sie langsamer, als ob sie weniger Lärm machen wollten, und Chorin-Tsu nutzte die Gelegenheit, wieder zu Atem zu kommen. Endlich kamen sie zu einem Privatgemach mit Doppeltüren. Zwei Männer warteten davor, ein Soldat mit einem gegabelten, eisengrauen Bart, sowie der in Purpur gewandete Erste Minister, Garen-Tsen. Er war groß und zaundürr, sein Gesicht zeigte keinerlei Ausdruck.

Chorin-Tsu verbeugte sich vor seinem Landsmann. »Mögen die Götter des Himmels dich segnen«, sagte Chorin-Tsu auf Chiatze.

»Es ist unpassend und unhöflich, in den Königlichen Gemächern eine fremde Sprache zu benutzen«, ermahnte ihn Garen-Tsen in der Sprache des Südens. Chorin-Tsu verbeugte sich nochmals. Garen-Tsens lange Finger klopften auf den zweiten Knöchel seiner rechten Hand. Dann verschränkte er die Arme, so daß sein Zeigefinger den Bizeps berührte. Chorin-Tsu verstand die Zeichensprache: *Tu was von dir verlangt wird, und du bleibst am Leben!*

»Ich bitte um Vergebung, Herr«, sagte Chorin-Tsu. »Vergib deinem bescheidenen Diener.« Er legte seine Handflächen zusammen und verbeugte sich noch tiefer als zuvor, wobei seine Daumen sein Kinn berührten.

»Deine Fähigkeiten werden gebraucht, Meister Einbalsamierer. Niemand darf diesen Raum betreten, bis du deine Kunst beendet hast. Hast du verstanden?«

»Selbstverständlich, Herr.« Die Gardisten stellten Chorin-Tsus Truhe neben der Tür ab. Garen-Tsen öffnete die

Tür gerade so weit, daß der ältere Chiatze eintreten und die Truhe hinter sich herschleppen konnte.

Chorin-Tsu hörte, wie die Tür sich hinter ihm schloß, dann blickte er sich um. Die Teppiche waren aus feinster Chiatze-Seide, ebenso die Vorhänge, die das königliche Bett umgaben. Das Bett selbst war wunderbar geschnitzt und dann vergoldet worden. Jeder Gegenstand im Zimmer kündete von Reichtum und erlesenen Kostbarkeiten, die sich nur Monarchen leisten konnten.

Selbst der Leichnam …

Sie hing an den Armen von goldenen Ketten, die an Ringen in der Decke über dem Bett befestigt waren, und die Laken unter ihr waren blutdurchtränkt. Chorin-Tsu hatte die Königin nur zweimal gesehen – einmal während der Parade anläßlich ihrer Hochzeit, und dann noch einmal vor zwei Wochen, als die Freundschaftsspiele begannen. In ihrer neuen Rolle als Bokat, die Götin der Weisheit, hatte sie die Eröffnungszeremonie gesegnet. Damals hatte Chorin-Tsu sie von nahem gesehen. Ihre Augen wirkten leer, und als sie den Segen sprach, klangen ihre Worte verschwommen. Jetzt ging er zu einem Stuhl, setzte sich und starrte den leblosen Körper an.

Der alte Mann seufzte. Wie bei der Eröffnungsfeier der Spiele trug die Königin den Helm der Bokat, ein goldenes Stück mit Flügeln und langen Wangenstücken. Chorin-Tsu war in den Mythen der Gothir nicht besonders bewandert, aber er wußte genug. Bokat war die Gemahlin Missaels, des Kriegsgottes. Ihr Sohn Caales, der künftige Kriegsgott, war dem Leib seiner Mutter bereits voll ausgewachsen entsprungen.

Aber es war nicht dieser Teil des Mythos, der zu dieser Wahnsinnstat geführt hatte. Nein. Bokat war von dem Feind gefangengenommen worden. Die Götter der Gothir waren in den Krieg gezogen, und die Welt entbrannte unter den Feuerpfeilen Missaels. Bokat war von einem der anderen Götter genommen und an Ketten vor der Magischen Stadt aufgehängt worden. Ihr Gemahl, Missael, erhielt die Warnung, daß sie als erste sterben würde, sollte er angreifen. Er nahm seinen Bogen und schoß ihr mitten ins Herz, dann stürmten er und seine Gefährten vor, erklommen die Mauern und erschlugen jeden in der Stadt. Als die Schlacht vorbei war, zog er den Pfeil aus der Brust seiner Gemahlin und küßte die Wunde. Sie verheilte augenblicklich, und sie erwachte und schloß ihn in die Arme.

Hier in diesem Raum hatte jemand versucht, den Mythos nachzuahmen. Der blutbefleckte Pfeil lag auf dem Boden. Müde stieg Chorin-Tsu auf das Bett und löste die Bolzen, die die goldenen Ketten an den schlanken Handgelenken der toten Königin hielten. Der Körper fiel auf das Bett, der Helm fiel ab und rollte dumpf klirrend auf den Fußboden. Das blonde Haar der Königin fiel herab, und Chorin-Tsu stellte fest, daß es an den Wurzeln von einem stumpfen Mausbraun war.

Garen-Tsen trat ein, und die beiden Männer unterhielten sich in der Zeichensprache.

»Der Gottkönig hat versucht, sie zu retten. Als die Blutung nicht aufhören wollte, geriet er in Panik und schickte nach dem Königlichen Leibarzt.«

»Überall ist Blut«, sagte Chorin-Tsu. *»Ich kann meine Kunst an ihr nicht unter diesen Umständen ausführen.«*

»Du mußt! Niemand darf von dieser …«, Garen-Tsens Finger zögerten, *»… dieser Dummheit erfahren.«*

»Der Leibarzt ist also tot?«

»Ja.«

»Wie ich es sein werde, wenn ich meine Arbeit getan habe.«

»Nein. Ich habe dafür gesorgt, daß du aus dem Palast

geschmuggelt wirst. Du wirst nach Süden, nach Dros Delnoch fliehen.«

»Ich danke dir, Garen-Tsen.«

»Ich lasse eine Truhe vor der Tür stehen. Lege alle ... verschmutzten ... Laken hinein.«

»Wie lange brauchst du, um sie zurechtzumachen?« fragte er dann laut.

»Drei Stunden, vielleicht länger.«

»Ich werde dann zurückkommen.«

Der Minister verließ das Zimmer, und Chorin-Tsu seufzte. Der Mann hatte ihn angelogen, es würde keine Flucht nach Süden geben. Chorin-Tsu verbannte diesen Gedanken, ging zu der Truhe neben der Tür und begann die Gläser mit Balsamier-Flüssigkeit, die Schneidemesser und Schabeisen herauszunehmen und sie ordentlich auf dem Tisch neben dem Bett aufzureihen.

Eine vergoldete Täfelung an der Rückseite des Zimmers glitt auf. Chorin-Tsu fiel auf die Knie und wandte den Blick ab – aber nicht, bevor er die goldene Farbe auf dem königlichen Gesicht und das getrocknete Blut auf seinen Lippen gesehen hatte, das von der Wunde in der Brust seiner Gemahlin stammte.

»Ich werde sie jetzt erwecken«, sagte der Gottkönig. Er ging zu der Toten, kniete nieder und drückte seine Lippen auf die ihren. »Komm zu mir, Schwester-Gemahlin. Öffne die Augen, Göttin der Toten. Komm zu mir, ich befehle es dir!«

Chorin-Tsu verharrte mit geschlossenen Augen auf den Knien. »Ich befehle es dir!« schrie der Gottkönig. Dann begann er zu weinen, und für einige lange Augenblicke hielt das Schluchzen an. »Ah«, sagte er plötzlich. »Sie neckt mich, sie stellt sich tot. Wer bist du?«

Chorin-Tsu fuhr zusammen, als er merkte, daß der König mit ihm sprach. Er öffnete die Augen und blickte in das Gesicht des Wahnsinnigen. Die blauen Augen strahlten aus der goldenen Maske, freundlich und sanft. Chorin-Tsu atmete tief und langsam ein. »Ich bin der Königliche Einbalsamierer, Majestät«, sagte er.

»Deine Augen stehen schräg, aber du bist kein Nadir. Deine Haut ist golden, wie bei meinem Freund Garen. Bist du ein Chiatze?«

»Ja, Majestät.«

»Werde ich dort auch verehrt? In deiner Heimat?«

»Ich lebe seit zweiundvierzig Jahren hier, Majestät. Leider erhalte ich keine Nachrichten von zu Hause.«

»Komm, unterhalte dich mit mir. Setz dich hier aufs Bett.«

Chorin-Tsu stand auf, seine dunklen Augen blieben auf den jungen Gottkönig gerichtet. Er war mittelgroß und schlank, ganz wie seine Schwester. Sein Haar war golden gefärbt, und seine Haut war golden bemalt. Seine Augen waren von einem bemerkenswerten Blau. »Warum wacht sie nicht auf? Ich habe es doch befohlen.«

»Ich fürchte, Majestät, daß die Königin in ihr … zweites Reich gereist ist.«

»Zweites? Ach, ich verstehe, Göttin der Weisheit, Königin der Toten. Meinst du wirklich? Wann wird sie zurückkommen?«

»Wie könnte ein Sterblicher ein solches Ereignis vorhersagen, Majestät? Die Götter stehen weit über einfachen Sterblichen wie mir.«

»Ja, das tun wir wohl. Ich glaube, du hast recht mit deiner Annahme, Einbalsamierer. Sie herrscht jetzt über die Toten. Ich nehme an, daß sie glücklich ist. Viele unserer Freunde sind dort, um ihr zu dienen. Viele, viele. Meinst du, ich habe sie deswegen alle dorthin geschickt? Ja, natürlich. Ich wußte, daß Bokat zu den Toten zurückkehren würde, und ich habe viele ihrer Freunde vorausgeschickt, um sie willkommen zu heißen. Ich habe nur so getan, als wäre ich zornig auf sie.« Er lächelte glücklich und klatschte in die Hände. »Wofür ist das hier?« fragte er und nahm ein langes Instrument aus Messing mit einem gegabelten Ende in die Hand.

»Es ist mir … nützlich, Majestät, bei meiner Arbeit. Es hilft, dafür zu sorgen, daß der Gegenstand meiner Bemühungen immer schön bleibt.«

»Ich verstehe. Es ist sehr scharf und häßlich gekrümmt. Und wozu all die Messer und Schabeisen?«

»Die Toten haben wenig Bedarf für ihre inneren Organe, Majestät. Sie verwesen. Damit ein Körper schön bleibt, muß man sie entfernen.« Der Gottkönig stand auf und ging zu Chorin-Tsus Truhe, die offen neben der Tür stand. Er spähte hinein, dann nahm er ein Glas heraus, in dem viele Glasaugen lagen.

»Ich glaube, ich überlasse dich jetzt deiner Kunst, Meister Einbalsamierer«, sagte er fröhlich. »Ich muß mich um so viele Dinge kümmern. So viele von Bokats Freunden werden ihr folgen wollen. Ich muß eine Liste mit ihren Namen vorbereiten.«

Chorin-Tsu verbeugte sich tief, sagte jedoch nichts.

Sieben irrte sich. Als Majon das Thema der Prophezeiung bei Druss ansprach, gab es keine sofortige Weigerung. Der Drenai-Krieger hörte mit unbewegtem Gesicht zu, seine kalten, hellen Augen blieben ausdruckslos. Als der Botschafter endete, stand Druss auf. »Ich werde darüber nachdenken«, sagte er.

»Aber, Druss, es gibt so viele Überlegungen …«

»Ich sagte, ich werde darüber nachdenken. Und jetzt geh.« Die Kälte seines Tonfalls ging Majon durch und durch wie ein eisiger Hauch.

Im Laufe des späten Nachmittags ging Druss, lässig gekleidet in ein weiches, braunes Lederhemd mit weiten Ärmeln, wollene Beinkleider und knielange Stiefel, durch das Stadtzentrum, ohne auf die Menschenmenge zu achten, die um ihn herumströmte: Diener, die Lebensmittel und Waren für ihre Haushaltungen trugen; Männer, die sich vor Schenken und Gasthäusern versammelten, Pärchen, die Hand in Hand durch die Parks schlenderten. Druss wanderte zwischen ihnen hindurch, in Gedanken beschäftigt mit der Bitte des Botschafters.

Als Sklavenjäger Druss' Dorf überfallen und die jungen Frauen – unter ihnen Rowena – gefangengenommen hatten, hatte Druss instinktiv die Räuber gejagt, bis er sie gestellt hatte. Das war richtig gewesen! Dabei hatten sich keine moralischen oder politischen Fragen gestellt.

Aber hier und jetzt war alles so unklar. »Eine solche Entscheidung wäre ehrenhaft«, hatte Majon ihm versichert. Und warum? Weil Tausende von Drenai-Leben gerettet wären. Den Wünschen eines Verrückten nachzugeben, Demütigung und Niederlage zu erleiden: das war ehrenhaft?

Doch zu gewinnen würde schlimmstenfalls einen schrecklichen Krieg bedeuten. War der Gewinn eines Kampfes ein solches Risiko wert, hatte Majon gefragt. Für die Befriedigung, einen Mann zu Boden zu schlagen?

Druss durchquerte den Park der Riesen und wandte sich nach links. Er ging durch den Marmorbogen in Richtung des Schwanentals, in dem Klays Haus lag. Hier standen die Häuser der Reichen. Die Straßen waren von Bäumen gesäumt, die Häuser elegant, die Grundstücke schmückten sich mit kleinen Seen, Springbrunnen und schönen Skulpturen, die entlang der Pfade standen, die sich durch die makellos gepflegten Gärten wanden.

Alles zeugte von Geld, enormen Summen von Gold. Druss war in Bergdörfern aufgewachsen, in denen die Häuser aus rohbehauenem Holz gezimmert waren, das mit Lehm abgedichtet wurde. Orte, an denen Geld so selten war wie eine ehrenhafte Hure. Jetzt betrachtete er einen Palast aus weißem Marmor nach dem anderen, mit vergoldeten Säulen, gemalten Fresken, geschnitzten Reliefs, jedes mit einem Dach aus roten Terrakottaziegeln oder schwarzem lentrischem Schiefer.

Während er weiterging, suchte er nach dem Haus des Gothir-Meisters. Zwei Wachposten standen vor den hohen, schmiedeeisernen Toren, beide Männer trugen silberne Brustplatten und waren mit Kurzschwertern bewaffnet. Das Haus war beeindruckend, wenn auch nicht so prahlerisch wie die anderen Häuser. Es war eckig, mit einem geneigten roten Ziegeldach und kam ohne verzierte Säulen, Fresken und Malereien aus. Das Heim des Champions war aus schlichtem weißem Stein. Der Haupteingang lag unter einem steinernen Vordach, und die vielen Fenster waren funktionell, ohne farbiges Glas, bleigefaßte Figuren und andere Verzierungen. Zu seinem nicht geringen Ärger merkte Druss, daß ihm der Mann gefiel, dem dieses Haus gehörte, das inmitten eines Gartens mit Weiden und Birken lag.

Eine dramatische Geste gab es allerdings. Eine Statue des Kämpfers, in fast doppelter Lebensgröße, stand auf einem Piedestal in der Mitte eines gepflegten Rasens. Wie das Haus war auch sie aus weißem Stein, weder bemalt noch verziert, und zeigte Klay mit trotzig erhobenen Fäusten.

Eine Weile blieb Druss auf der breiten Straße vor dem Tor stehen. Eine Bewegung im Schatten erregte seine Aufmerksamkeit, und er sah einen kleinen Jungen, der sich an den Stamm einer Ulme kauerte. Druss grinste ihn an. »Wartest wohl darauf, einen Blick auf den großen Mann zu werfen, was?« fragte er freundlich. Der Junge nickte, sagte aber nichts. Er war erschreckend dünn und mager, die Augen lagen tief in den Höhlen, das Gesichtchen war angespannt. Druss fischte aus seiner kleinen Gürtelbörse eine Silbermünze, die er dem Kleinen zuwarf. »Geh und kauf dir was zu essen.«

Das Kind fing die Münze auf und verstaute sie in seiner zerlumpten Tunika – blieb aber, wo es war.

»Du willst ihn wohl wirklich gern sehen, was? Nicht mal der Hunger treibt dich davon? Dann komm mit mir, mein Junge. Ich nehme dich mit rein.« Sofort erhellte sich das Gesicht des Jungen, und er kam herbei. Im Stehen wirkte er noch dünner als zuvor, seine Ellbogen und Knie sahen wie geschwollen gegenüber Bizeps und Schenkeln aus. Neben der riesigen Gestalt des Drenai-Kämpfers wirkte er wie ein zerbrechlicher Schatten.

Zusammen gingen sie zum Tor, wo die Wachposten ihnen den Weg vertraten.

»Ich bin Druss. Ich bin eingeladen.«

»Der Bettelknabe ist nicht eingeladen«, sagte einer der Wachposten. Druss trat dicht an ihn heran, sein kalter Blick hielt die Augen des Mannes fest, ihre Gesichter waren kaum ein paar Zentimeter voneinander entfernt. Der Wächter trat zurück, um Raum zwischen sich und Druss zu schaffen, doch der Drenai folgte ihm, und der Mann stieß mit seiner Brustplatte klirrend gegen das Tor. »Ich lade ihn ein, Freundchen. Hast du damit irgendein Problem?«

»Nein. Gar kein Problem.«

Die Wächter traten beiseite und stießen das schmiedeeiserne Tor auf. Druss und der Junge gingen langsam weiter. Der Axtkämpfer blieb stehen, um sich die Statue anzusehen, dann musterte er noch einmal prüfend Haus und Grundstück. Die Statue wirkte hier fehl am Platz, sie paßte nicht zu den natürlichen Linien des Gartens. Als sie zum Haus kamen, öffnete ein älterer Diener die Tür und verbeugte sich.

»Willkommen, Graf Druss«, sagte er.

»Ich bin kein Graf – und möchte auch keinesfalls einer sein. Der Bursche hier hatte sich in den Schatten draußen versteckt, um einen Blick auf Klay zu erhaschen. Ich habe ihm versprochen, daß er ihn sehen kann.«

»Hmm«, sagte der alte Mann. »Ich glaube, zuerst könnte er etwas zu essen brauchen. Ich nehme ihn mit in die Küche. Mein Herr erwartet dich auf dem Übungsgelände an der Rückseite des Hauses. Geh nur einfach den Flur entlang, du kannst es nicht verfehlen.« Er nahm den Jungen an der Hand und ging davon.

Druss schlenderte weiter. Auf dem Gelände hinter dem Haus waren etwa zwanzig Athleten dabei, zu trainieren oder Sparringskämpfe auszutragen. Das Gelände war gut ausgestattet, mit drei Sandkreisen, Sandsäcken, Gewichten, Massagetischen und zwei Brunnen, die fließendes Wasser lieferten. Am anderen Ende befand sich ein tiefes Becken, in dem Druss mehrere Männer schwimmen sah. Die Anlage war schlicht. Er erwärmte sich für sie und spürte, wie die Spannung von ihm wich. Zwei Männer trugen in einem der Sandkreise einen Übungskampf aus, während ein dritter, der gewaltige Klay, dicht dabei stand und sie intensiv beobachtete. Im Licht der untergehenden Sonne schimmerte Klays kurzgeschnittenes blondes Haar wie Gold. Er hatte die Arme verschränkt, und Druss bemerkte die kräftigen Muskeln an Schultern und Rücken. Der Körper lief zu Taille und Hüften hin schmal zu. Er war für Schnelligkeit und Kraft gebaut, dachte Druss.

»Auseinander!« befahl Klay. Als die Kämpfer sich voneinander trennten, trat der Gothir-Meister in den Kreis. »Du bist zu steif, Calas«, sagte er, »und deine Linke bewegt sich wie eine kranke Schildkröte. Ich glaube, dein Training ist zu unharmonisch. Du baust Muskeln in Schultern und Armen auf, was gut für die Kraft ist, aber du läßt die untere Hälfte deines Körpers außer acht. Die tödlichsten Schläge erhalten ihre Wucht durch die Beine, die Kraft fließt durch die Hüften aufwärts und dann erst in die Schultern und Arme. Wenn sie die Faust erreicht, hat der Schlag die Wucht eines Blitzschlags. Morgen arbeitest du mit Shonan.« Er wandte sich an den anderen Mann und legte ihm die Hand auf die Schulter. »Du verfügst über großes Können, Junge, aber dir fehlt der Instinkt. Du hast Mut und Stil, aber nicht das Herz eines Kämpfers. Du siehst nur mit den Augen. Shonan sagt, daß du ausgezeichnet mit dem Speer umzugehen verstehst. Ich glaube, vorläufig konzentrieren wir uns darauf.« Beide Männer verbeugten sich und gingen davon.

Klay drehte sich um und sah Druss. Er lächelte breit und kam mit ausgestreckter Hand auf ihn zu. Er war einen Kopf größer als Druss und in den Schultern breiter. Sein Gesicht war flach, die Stirn- und Wangenknochen zeigten keine scharfen, vorspringenden Linien. Es war unwahrscheinlich, daß ein Schlag ihm die Haut über oder unter den Augen aufreißen würde, und sein Kinn war eckig und kraftvoll. Er hatte das Gesicht eines geborenen Kämpfers. Druss schüttelte ihm die Hand. »So sollte ein Trainingsgelände aussehen«, sagte Druss. »Es ist sehr schön. Gut durchdacht.«

Der Gothir-Kämpfer nickte. »Es gefällt mir, obwohl ich mir wünschte, es wäre größer. Kein Platz zum Speer- oder Diskuswerfen. Mein Trainer Shonan benutzt dafür ein Feld außerhalb. Komm, ich zeige dir unsere Einrichtungen.« Vier Masseure waren bei der Arbeit und kneteten und dehnten gekonnt die Muskeln ermüdeter Athleten. Es gab ein Badehaus mit zwei beheizten Becken, das hinter dem Trainingsgelände lag. Eine Zeitlang wanderten die beiden Männer über das Gelände, bis Klay schließlich Druss zurück ins Haus führte.

Die Wände in Klays Arbeitszimmer waren mit Zeichnungen und Gemälden der menschlichen Gestalt bedeckt und stellten Muskelstränge und ihre Verbindungen dar. Druss hatte so etwas noch nie gesehen. »Ein paar meiner Freunde sind Ärzte«, erklärte der Gothir-Kämpfer. »Das Sezieren von Toten und wie der menschliche Körper funktioniert, gehört zu ihrer Ausbildung. Ist es nicht faszinierend? Die meisten unserer Muskeln scheinen entgegenwirkend zu arbeiten. Damit der Bizeps anschwellen kann, muß sich der Trizeps entspannen und dehnen.«

»Und wieso hilft dir das?« fragte Druss.

»Dadurch kann ich das Gleichgewicht finden«, antwortete Klay. »Harmonie, wenn du so willst. Beide Muskeln sind notwendig füreinander. Es wäre also dumm, den einen auf Kosten des anderen zu entwickeln. Verstehst du?«

Druss nickte. »Ich hatte mal einen Freund in Mashrapur, einen Kämpfer namens Borcha. Er wäre bestimmt genauso beeindruckt wie ich.«

»Ich habe von ihm gehört. Er hat dich ausgebildet und dir geholfen, ein Champion zu werden. Nachdem du Mashrapur verlassen hattest, war er der erste Kämpfer in der Geschichte der Arena, der seine Meisterschaft zurückgewonnen hat. Er hat sich vor sechs Jahren zurückgezogen, nachdem er gegen Proseccis in einem fast zweistündigen Kampf unterlegen war.«

Ein Diener brachte einen Krug und füllte zwei Becher. »Erfrischend«, meinte Druss nach einem Schluck.

»Saft aus vier Früchten«, erklärte Klay. »Ich finde ihn sehr belebend.«

»Ich bevorzuge Wein.«

»Man sagt, Rotwein sei gut fürs Blut«, gab Klay zu, »aber ich fand immer, er behindert ein volles Training.« Ein Weilchen saßen die Männer schweigend beisammen, dann lehnte Klay sich zurück. »Du fragst dich, warum ich dich hierher eingeladen habe, nicht wahr?«

»Ich dachte zuerst, es sei ein Versuch, mich einzuschüchtern«, antwortete Druss. »Aber jetzt glaube ich das nicht mehr.«

»Das ist nett von dir. Ich wollte dich gern wissen lassen, wie entsetzt ich war, als ich von der Prophezeiung hörte. Es muß für dich sehr ärgerlich sein. Ich jedenfalls hasse es, wenn sich die Politik in einen ehrlichen Wettstreit einmischt. Deswegen wollte ich dich beruhigen.«

»Wie willst du das machen?«

»Indem ich dich überzeuge, daß du kämpfst, um zu gewinnen. Dein Bestes zu geben.«

Druss lehnte sich zurück und sah den Gothir-Kämpfer scharf an. »Wie kommt es«, fragte er, »daß mein eigener Botschafter mich drängt, genau das Gegenteil zu tun? Möchtest du, daß dein König gedemütigt wird?«

Klay lachte. »Du verstehst mich falsch, Druss. Ich habe dich kämpfen sehen. Du bist sehr gut, und du hast Herz und Instinkt. Als ich Shonan fragte, wie er uns beide einschätzt, sagte er, ›Wenn ich mein ganzes Geld auf einen Kämpfer setzen müßte, wärst du es, Klay. Aber wenn ich jemanden brauchte, der um mein Leben kämpft, dann wäre es Druss.‹ Ich bin arrogant, mein Freund, aber diese Arroganz erwächst nicht aus falschem Stolz. Ich weiß, was ich bin, und ich weiß, was ich kann. In gewisser Weise, behauptet mein Arzt, bin ich eine Laune der Natur. Meine Kraft ist gewaltig, aber meine Schnelligkeit ist außergewöhnlich. Steh mal einen Moment auf.«

Druss erhob sich, und Klay stellte sich ihm auf Armeslänge gegenüber. »Ich zupfe dir jetzt ein Haar aus dem Bart, Druss. Ich möchte, daß du mich abwehrst, wenn du kannst.« Druss machte sich bereit.

Klays Hand schoß vor und wieder zurück, und Druss spürte das Ziehen, als ihm ein paar Haare ausgerissen wurden. Sein eigener Arm hatte sich noch kaum bewegt. Klay setzte sich wieder. »Du kannst mich nicht besiegen,

Druss. Das kann kein Mann. Deswegen mußt du dir um die Prophezeiung keine Gedanken machen.«

Druss lächelte. »Du gefällst mir, Klay«, sagte er, »und wenn es Gold zu gewinnen gäbe fürs Haare-Ausreißen, würdest du wohl gewinnen. Aber darüber sprechen wir nach dem Endkampf.«

»Du wirst also um den Sieg kämpfen?«

»Das tue ich immer, mein Freund.«

»Himmel, Druss, du bist ein Mann nach meinem Herzen. Niemals aufgeben, was? Nennt man dich deshalb die Legende?«

Druss schüttelte den Kopf. »Ich habe den Fehler begangen, mich mit einem Sagendichter anzufreunden. Jetzt erfindet er, wo ich auch hingehe, neue Geschichten, und jede ist noch ausgefallener als die vorigen. Was mich immer erstaunt, ist, daß man sie glaubt. Je mehr ich abstreite, desto verbreiteter ist der Glaube, daß es die Wahrheit ist.«

Klay führte Druss wieder hinaus aufs Übungsgelände. Die anderen Athleten waren inzwischen gegangen, aber Diener hatten Fackeln entzündet. »Ich kenne das Gefühl, Druss. Abstreiten gilt als Bescheidenheit. Und die Menschen glauben nun mal gern an Helden. Ich habe einmal während des Trainings die Geduld verloren und mit der flachen Hand gegen eine steinerne Statue geschlagen. Habe mir dabei drei Knochen gebrochen. Jetzt gibt es hundert Leute, die behaupten, daß die Wucht meines Schlages die Statue in tausend Stücke zerschmettert hätte. Und mindestens zwanzig weitere schwören, daß sie es mit eigenen Augen gesehen haben. Willst du zum Essen bei mir bleiben?«

Druss schüttelte den Kopf. »Ich bin auf dem Weg hierher an einer Taverne vorbeigekommen, aus der ein Bratenduft kam, der mich seitdem lockt.«

»Waren die Fenster des Lokals blau angestrichen?«

»Ja. Kennst du es?«

»Es heißt *Das Zerbrochene Schwert* und hat den besten Koch von Gulgothir. Ich wünschte, ich könnte mit dir kommen, aber ich muß noch ein paar Dinge mit Shonan, meinem Trainer, besprechen.«

»Ich hätte mich über deine Gesellschaft gefreut. Sieben, mein Freund, hat eine Dame zu Besuch in unserer Wohnung und nicht den Wunsch, daß ich früh nach Hause komme. Vielleicht können wir morgen nach dem Finale gehen?«

»Das wäre schön.«

»Übrigens, du hast einen Gast. Einen kleinen Bengel, den ich draußen fand. Ich wäre dir dankbar, wenn du nett zu ihm wärst und ein, zwei Worte mit ihm sprichst.«

»Selbstverständlich. Ich wünsche dir Guten Appetit.«

Kapitel drei

Kells leckte sich die Finger ab, dann riß er ein weiteres Stück von dem dunklen Brot und tunkte damit seine Fleischschüssel aus. Der alte Diener lachte leise. »Schon gut, mein Junge, wo das herkommt, gibt es noch mehr davon.« Er nahm den Topf vom Herd und füllte die Schale nach. Kells' Freude war unverhohlen. Er packte seinen Löffel und nahm den Eintopf mit erneuter Kraft in Angriff. In wenigen Minuten war die Schüssel wieder leer. Er rülpste laut.

»Ich heiße Carmol«, sagte der alte Diener und streckte ihm die Hand entgegen.

Kells sah sie an, dann streckte er seine eigene schmutzige Hand aus. Carmol und er schüttelten sich die Hände. »Ich glaube, jetzt ist es an der Zeit, daß du mir deinen Namen nennst«, sagte er.

Kells sah dem alten Mann ins Gesicht. Es war von tiefen Linien durchzogen, vor allem um die Augen, die blau und fröhlich waren. »Warum?« Kells Ton war nicht unverschämt, es war lediglich eine unschuldige Frage.

»Warum? Nun, es gilt als höflich, wenn zwei Menschen zusammen essen. Außerdem beginnen so Freundschaften.« Der alte Mann war freundlich, und sein Lächeln war aufrichtig.

»Man nennt mich Flinker Finger«, antwortete Kells.

»Flinker Finger«, wiederholte Carmol. »Nennt deine Mutter dich auch so?«

»Nein, sie nennt mich Kells. Aber alle anderen nennen mich Flinker Finger. Der Eintopf war sehr gut. Und das Brot ist weich. Frisch. Ich habe schon einmal frisches Brot gegessen und weiß, wie es schmeckt.« Kells kletterte von der Bank und rülpste wieder. In der Küche war es warm und gemütlich, und es wäre schön, sich auf dem Fußboden neben dem Herd zusammenzurollen und zu schlafen. Aber das konnte er nicht, denn seine Aufgabe war noch nicht erfüllt. »Wann kann ich den ... Herrn Klay sehen?«

»In welcher Angelegenheit?« wollte Carmol wissen.

»In gar keiner Angelegenheit«, antwortete Kells. »Ich habe keine Angelegenheiten. Ich bin ... ein Bettler«, verkündete er. Er dachte, das klang besser als Dieb oder Taschendieb.

»Dann bist du also gekommen, um zu betteln?«

»Ja, um zu betteln. Wann kann ich ihn sehen?«

»Er ist sehr beschäftigt. Aber ich kann dir ein Geldstück oder zwei geben ... und noch etwas zu essen.«

»Ich will kein Geld ...« Er brach stirnrunzelnd ab. »Also, ich will schon Geld von dir, aber nicht von ihm. Nicht von Herrn Klay.«

»Was willst du dann also?« fragte Carmol und setzte sich auf die Bank.

Kells beugte sich vor. Es konnte sicher nicht schaden, dem Diener des Herrn Klay von seiner Mission zu erzählen? Der alte Mann erwies sich vielleicht sogar als Verbündeter. »Ich möchte, daß er meiner Mutter die Hand auflegt.«

Der alte Mann lachte plötzlich, was Kells verlegen machte. Er fand das gar nicht zum Lachen, seine Augen wurden schmal. Carmol sah seinen Ausdruck, und sein Lächeln verblaßte. »Es tut mir leid, mein Junge. Du hast mich nur überrascht. Sag mir, warum bittest du um ... eine solche Tat von meinem Herrn?«

»Weil ich die Wahrheit *kenne*«, sagte Kells, seine Stimme sank zu einem Flüstern herab. »Ich habe es niemandem erzählt, das Geheimnis ist bei mir sicher. Aber ich dachte, er könnte ein klein wenig Magie für meine Mama opfern. Er könnte den Klumpen wegmachen. Dann könnte sie wieder gehen und lachen. Und sie könnte arbeiten und Essen kaufen.«

Jetzt lächelte Carmol nicht. Sanft legte er Kells die Hand auf die Schulter. »Du glaubst, daß der Herr Klay über Magie verfügt?«

»Er ist ein Gott«, flüsterte Kells. Der alte Mann schwieg einen Augenblick, aber Kells beobachtete ihn angespannt. Sein Gesicht wurde weich, und er sah besorgt aus. »Ich schwöre, ich werde es niemandem sagen«, erklärte der Junge.

»Und wie bist du zu dieser Erkenntnis gekommen, junger Kells?«

»Ich sah ihn das Wunder vollbringen – im letzten Jahr war es. Meine Mama hatte einen ihrer ... Freunde bei sich, also hatte ich mich am Eingang unserer Gasse untergestellt. Es war ein Gewitter, mit heftigen Blitzen. Ich sah einen aufzucken, und dann hörte ich das Krachen, als er ganz in der Nähe einschlug. Ein Mensch kam an mir vorbeigeflogen – und krachte gegen die Mauer. Ich lief hin. Es war die Lange Tess, sie ist die Partnerin meiner Mama. Sie mußte gerade nach Hause gekommen sein. Der Blitz traf sie, ehrlich. Hat sie auf der Stelle umgebracht. Ich fühlte an ihrem Hals und konnte keinen Puls spüren. Ich legte mein Ohr an ihre Brust, aber das Herz schlug nicht mehr. Dann kam eine Kutsche vorbei. Ich rannte schnell zurück ins Dunkle – aus Angst, sie würden denken, ich hätte sie umgebracht. Dann sprang der Herr Klay aus der Kutsche und ging zu ihr. Er fühlt den Puls, lauschte nach ihrem Herzschlag. Und dann hat er es getan.« Kells Atem ging rascher bei der Erinnerung, sein Herz schlug schneller.

»Was hat er getan?« fragte Carmol.

»Er beugte sich vor und küßte sie! Ich wollte meinen Augen nicht trauen. Er küßte eine tote Frau. Voll auf die Lippen – wie ein Liebhaber. Und weißt du, was dann passierte?«

»Erzähl es mir.«

»Sie stöhnte – und kehrte von den Toten zurück. Und da wußte ich es. Ich sagte niemandem etwas, nicht einmal Tess. Sie hatte Verbrennungen an den Füßen, und einer ihrer Ohrringe war mit ihrer Haut verschmolzen. Aber nicht einmal sie weiß, daß sie tot war.«

Der alte Mann seufzte. »Eine faszinierende Geschichte, mein Junge. Und ich denke, du solltest mit Herrn Klay sprechen. Setz dich her, und ich sehe, ob er dir ein oder zwei Minuten schenken kann. Dort steht Obst. Nimm dir, was du möchtest.«

Kells brauchte keine zweite Aufforderung. Noch bevor Carmol den Raum verlassen hatte, hatte der Junge sich zwei reife Orangen und ein paar Bananen geschnappt. Er verschlang sie in Windeseile und spülte sie mit Fruchtsaft herunter, den er in einem Tonkrug entdeckte.

Das war der Himmel! Gutes Essen – und ein Wunder für seine Mama!

So war es richtig. Kells setzte sich an den warmen Herd und überlegte, was er zu dem Gott sagen würde, wie er ihm erklären konnte, daß seine Mutter krank war und nicht arbeiten konnte. Sie war nicht faul. Als der erste Klumpen auf ihrer Brust auftauchte, hatte sie weiter auf der Kurzen Straße gearbeitet, obwohl ihr oft so schwindlig wurde, daß sie während der Arbeit ohnmächtig wurde. Als der Klumpen härter und unansehnlicher wurde, hatten sich einige ihrer Kunden von ihr abgewandt, und sie war gezwungen, länger zu arbeiten, und oft in den Gassen, wo das Geschäft schnell und im Dunkeln ablief. Aber dann erschien der zweite Klumpen seitlich am Hals – so groß wie eine der Apfelsinen, die er gerade gegessen hatte. Da wollte niemand mehr für ihre Gunst bezahlen. Auch hatte sich ihre Farbe geändert, jetzt war ihr Gesicht geisterhaft grau mit dunklen Ringen unter den Augen. Und so dünn! Schrecklich dünn, trotz all des Essens, das Kells für sie stahl.

All das wollte er dem Gott erzählen – und Er würde es wieder richten.

Nicht wie dieser Arzt, den die Lange Tess bezahlt hatte. Fünf Silbermünzen hatte er genommen – für nichts! O ja, er hatte die Klumpen betastet und war mit den Händen über ihren Körper gefahren. Dreckiger Hund! Dann hatte er mit Tess geflüstert und oft den Kopf geschüttelt. Danach hatte Tess geweint und mit Mama geredet. Mama hatte auch geweint.

Kells legte sich neben das Feuer und döste.

Plötzlich erwachte er und sah, wie der Gott sich über ihn beugte. »Du bist müde, mein Junge«, sagte der Gott. »Du kannst schlafen, wenn du willst.«

»Nein, Herr«, sagte Kells und ging auf die Knie. »Du mußt mit mir kommen! Meine Mama ist krank.«

Klay nickte, dann seufzte er. »Carmol hat mir erzählt, was du gesehen hast. Das war kein Wunder, Kells. Ein Freund von mir, ein Arzt, hat mir den Trick verraten. Von dem Schock durch den Blitzschlag ist ihr Herz stehengeblieben. Ich blies ihr Luft in die Lungen und massierte ihr dann das Herz. Das war keine Magie, ich schwöre es.«

»Sie war tot! Du hast sie ins Leben zurückgeholt!«

»Aber ohne Magie.«

»Dann wirst du mir nicht helfen?«

Klay nickte. »Ich werde tun, was ich kann, Kells. Carmol ist den Arzt holen gegangen, von dem ich sprach. Wenn er wiederkommt, gehen wir zu deiner Mutter und sehen, was wir tun können.«

Kells saß still in einer Ecke, als der grauhaarige Arzt Loira untersuchte. Der alte Mann drückte sanft auf die Klumpen, dann tastete er ihren Bauch, Rücken und Lenden ab. Die ganze Zeit stöhnte die sterbende Frau halb im Delirium, nur der Schmerz hielt sie bei Bewußtsein. Ihr rotes Haar war feucht und strähnig, das blasse Gesicht glänzte vor Schweiß. Aber in Kells' Augen war sie noch immer schön. Er hörte zu, als der Arzt mit Klay sprach, aber er verstand kein Wort der Unterhaltung. Aber das brauchte er auch nicht. Der Grabeston verriet ihm alles. Sie starb – und es gab keinen Gott, der ihr die Hände auflegte. Zorn stieg Kells bitter in die Kehle. Er schluckte ihn herunter, als heiße Tränen über seine Wangen rannen und schmutzige Streifen hinterließen. Heftig blinzelnd, versuchte er der Tränen Herr zu werden. Die Lange Tess stand in der anderen Ecke, die dünnen Arme verschränkt. Sie trug noch immer das zerlumpte rote Kleid, das ihren Beruf verriet.

»Wir müssen sie ins Hospiz bringen«, hörte er den Arzt sagen.

»Was ist das?« fragte Kells und stand auf.

Der alte Arzt kniete vor ihm nieder. »Das ist ein Ort, für den der Herr Klay bezahlt hat, wo Menschen mit großen Schmerzen ihr ... wo sie bleiben können, wenn ihre Krankheit sich nicht heilen läßt. Dort haben wir Medizin, die die Schmerzen nimmt. Du kannst mitkommen, junger Mann. Du kannst bei ihr sitzen.«

»Sie wird sterben, nicht wahr?«

Klay legte eine Hand auf Kells' magere Schulter. »Ja, mein Junge. Wir können nichts mehr tun. Eduse ist der beste Arzt in Gulgothir. Niemand weiß mehr als er.«

»Wir können nicht dafür bezahlen«, sagte Kells bitter.

»Es ist schon bezahlt – von Herrn Klay«, erwiderte Eduse. »Es wurde gebaut für Menschen, die nichts haben. Verstehst du? Klay ...«

»Er braucht keine Belehrung über mich, mein Freund. Ich bin weit weniger, als er geglaubt hat, und keine Worte können ihm seine Enttäuschung nehmen.« Er beugte sich über das Bett und hob die Frau hoch, so daß ihr Kopf an seiner Brust ruhte.

Wieder stöhnte die kranke Frau, und Tess ging zu ihr und strich ihr über den Kopf. »Es ist alles gut, mein Täubchen. Wir kümmern uns um dich. Tess ist da, Loira. Und Kells.«

Klay trug Loira zu der schwarzen Kutsche und öffnete die Tür. Kells und Tess kletterten hinein. Klay legte die jetzt bewußtlose Frau auf einen gepolsterten Sitz und setzte sich neben sie. Der Arzt Eduse kletterte neben den Kutscher. Kells hörte das Klatschen der Zügel auf den Rücken der vier Pferde, dann setzte sich die Kutsche in Bewegung. Seine Mutter wachte auf und schrie vor Schmerzen, und Kells hatte das Gefühl, ihm würde das Herz brechen.

Die Fahrt dauerte nicht lange, denn das Hospiz war nicht weit vom Armenviertel entfernt. Kells folgte Klay, der sie in das Gebäude mit den weißen Mauern trug. Pfleger in langen weißen Tuniken liefen herbei, um zu helfen, legten Loira auf eine Trage und hüllten sie in eine dicke Decke aus weißer Wolle. Eduse führte sie durch einen langen Flur in den größten Raum, den Kells je gesehen hatte. An der Nord- und Südwand standen aufgereiht Strohbetten, in denen die Kranken und Sterbenden lagen. Viele Menschen waren im Raum – weißgekleidete Pfleger, Besucher, die kamen, um Verwandte oder Freunde zu sehen, Ärzte, die Medizin bereiteten. Die Träger brachten seine Mutter durch den Raum in einen weiteren Flur, bis sie schließlich in ein kleines Zimmer von etwa vier Metern Länge kamen. Sie betteten Loira auf eines der beiden schmalen Betten um, die mit frischen weißen Leintüchern bezogen waren, dann legten sie eine Decke über sie. Nachdem die Pfleger gegangen waren, holte Eduse eine Phiole mit einer dunklen Flüssigkeit hervor. Er hob Loiras Kopf an und flößte ihr die Flüssigkeit ein. Sie würgte, dann schluckte sie. Etwas von der Medizin tropfte auf ihr Kinn. Eduse tupfte es mit einem Tuch ab, dann legte er ihren Kopf behutsam wieder auf das Kissen.

»Du kannst hier bei ihr schlafen, Kells«, sagte Eduse. »Und du auch«, wandte er sich an Tess.

»Ich kann nicht bleiben«, sagte sie. »Muß arbeiten.«

»Ich bezahle deinen ... Lohn«, warf Klay ein.

Tess schenkte ihm ein zahnlückiges Lächeln. »Das ist es nicht allein, schöner Mann. Wenn ich nicht an meinem Platz bin, übernimmt eine andere Hure mein Geschäft. Ich muß dort sein. Aber ich werde herkommen, wenn ich kann.« Sie ging auf Klay zu, nahm seine Hand, hob sie an die Lippen und küßte sie. Dann wandte sie sich verlegen ab und verließ den Raum.

Kells ging zum Bett und nahm die Hand seiner Mutter. Sie schlief jetzt, aber ihre Haut war heiß und fühlte sich trocken an. Der Junge seufzte und setzte sich auf die Bettkante.

Klay und Eduse gingen hinaus. »Wie lange?« hörte er Klay fragen. Seine Stimme war kaum mehr als ein Flüstern.

»Schwer zu sagen. Der Krebs ist weit fortgeschritten. Sie könnte heute nacht sterben – oder noch einen Monat leben. Du solltest nach Hause gehen – du hast morgen einen Kampf vor dir. Ich sah den Drenai kämpfen – du mußt in Bestform sein.«

»Das werde ich, mein Freund. Aber ich gehe noch nicht nach Hause. Ich glaube, ich mache noch einen Spaziergang. Ein bißchen frische Luft. Weißt du, ich wollte nie ein Gott sein. Erst heute abend.«

Kells hörte ihn fortgehen.

Jarid war ein vorsichtiger Mann, ein Denker. Das verstanden nur wenige, denn sie sahen einen großen, schwerfälligen Bären mit runden Schultern, der langsam sprach – also wohl auch langsam denken mußte. Das war eine Fehleinschätzung, die Jarid nicht versuchte zu ändern. Ganz im Gegenteil. Er war in den Elendsvierteln von Gulgothir geboren und hatte schnell gelernt, daß man nur etwas erreichte, wenn man seine Mitmenschen übertölpelte. Die erste Lektion, die er lernen mußte, hieß, daß Moral nichts weiter als eine Waffe in den Händen der Reichen war. Es gab kein endgültiges Gut oder Böse – und würde es auch nie geben. Das ganze Leben war ein Diebstahl von der einen oder anderen Seite. Die Reichen nannten ihren Diebstahl Steuern, ein König konnte ein ganzes Volk durch Invasion und Eroberung stehlen, und die Menschen nannten das dann einen glorreichen Sieg. Doch wenn ein Bettler einen Laib Brot stahl, dann nannten das dieselben Menschen Diebstahl und hängten den Mann auf. Jarid wollte nichts davon wissen. Er hatte kurz nach seinem zwölften Geburtstag zum ersten Mal getötet, einen dicken Kaufmann, an dessen Namen er sich nicht mehr erinnern konnte. Er hatte ihn niedergestochen und ihm dann seine Börse entrissen. Der Mann hatte laut und lange geschrien, und seine Schreie verfolgten Jarid, als er durch die Gassen rannte. Mit dem Geld hatte er Medizin für seine Mutter und Schwester gekauft, und etwas zu essen für ihre eingefallenen Bäuche.

Jetzt, mit vierundvierzig, war Jarid ein fähiger Killer. So fähig, daß seine Künste sogar dem Staat zu Ohren gekommen waren, und jetzt wurde er für seine Arbeit aus öffentlichen Geldern bezahlt. Man hatte ihm sogar eine Steuernummer zugeteilt, das wichtigste Symbol der Bürgerlichkeit, die ihm das Recht verlieh, an Wahlen teilzunehmen. Er besaß ein kleines Haus im Südostviertel und eine Haushälterin, die ihm auch sein Bett wärmte. Weit davon entfernt, reich zu sein, hatte Jarid jedoch den kleinen Dieb, der er einst war, weit hinter sich gelassen.

Von seiner Stellung in der Gasse hatte er beobachtet, wie Druss das *Zerbrochene Schwert* betrat, und war ihm hineingefolgt. Er hatte gelauscht, wie er sein Essen bestellte, und gehört, wie das Schankmädchen ihm erklärte, daß das Haus fast vollbesetzt war und das Essen eine Weile dauern würde.

Jarid hatte die Taverne verlassen und war zu Copass gelaufen, der auf ihn wartete. Er gab dem Mann Anweisungen und verzog sich dann abwartend in den Schatten. Copass kam schon bald mit einem Dutzend Männer zurück. Die meisten waren zwar gute Kämpfer, hatten sich aber trotzdem mit Messern und Keulen bewaffnet. Der letzte Mann trug eine kleine Armbrust. Jarid nahm den wieselgesichtigen Bogenschützen am Arm und führte ihn ein Stück weg von den anderen, dann sprach er leise auf ihn ein. »Du schießt erst, wenn alles andere fehlschlägt. Du bekommst dein Geld, ob du nun schießt oder nicht. Dein Ziel ist ein Drenai mit schwarzem Bart und dunklem Lederhemd – du wirst keine Schwierigkeiten haben, ihn auszumachen.«

»Warum kann ich ihn nicht einfach töten, wenn er in der Tür erscheint?«

»Weil ich es dir sage, du Dummkopf. Er ist der Drenai-Meister. Es dient unseren Zwecken am besten, wenn er lediglich verwundet wird – verstehst du?«

»Und von welchen Zwecken reden wir hier?«

Jarid lächelte. »Im morgigen Kampf sind hohe Summen gesetzt worden. Wenn du willst, sage ich dir den Namen meines Auftraggebers. Du solltest aber wissen, daß ich dir danach das Genick brechen werde. Du hast die Wahl. Willst du es wissen?«

»Nein. Ich verstehe schon. Aber du mußt begreifen,

wenn deine Männer versagen, muß ich im Dunklen auf ein sich bewegendes Ziel schießen. Ich kann nicht garantieren, daß ich ihn nicht töte! Was passiert dann?«

»Du bekommst dein Geld trotzdem. Und jetzt nimm deine Position ein.« Jarid wandte sich an die anderen, scharte sie eng um sich und redete im Flüsterton auf sie ein. »Der Drenai ist ein furchtbarer Kämpfer und sehr stark. Sobald einer von euch ihm ein Messer in den Oberkörper, Schultern, Brust oder Arme gestoßen hat, hört ihr anderen auf und lauft weg. Versteht ihr? Das ist kein Kampf auf Leben und Tod, wir brauchen nur eine tiefe Wunde.«

»Ich bitte um Verzeihung, Herr«, sagte ein hagerer Mann, dem die Vorderzähne fehlten, »aber ich habe auf Klay gewettet. Ist die Wette nicht ungültig, wenn der Drenai nicht kämpfen kann?«

Jarid schüttelte den Kopf. »Die Wette lautet darauf, daß Klay Gold gewinnt. Wenn der Drenai nicht kämpft, geht das Gold automatisch an Klay.«

»Und wenn ein Messer zu tief trifft und er stirbt?« fragte ein anderer.

Jarid zuckte die Achseln. »Das ganze Leben ist ein Risiko.«

Er entfernte sich von den Männern, tauchte in eine Gasse ein, überquerte ein Stück Brachland und verschwand dann in den Schatten eines Hauseingangs. Die Lange Tess stand vor einem zerbrochenen Spiegel. Das rote Kleid hatte sie vorn aufgeschnürt und bis zur Hüfte heruntergeschoben. Sie rieb sich den nackten Oberkörper mit einem Schwamm ab.

»Es ist warm heute abend«, sagte sie und grinste Jarid an. Er erwiderte ihr Lächeln nicht, sondern trat dicht vor sie, packte ihren Arm und drehte ihn schmerzhaft herum. Tess schrie auf.

»Halt den Mund!« befahl er. »Ich sagte doch, keine

anderen Kunden heute abend, ich will meine Weiber frisch haben.«

»Es waren auch keine anderen da, mein Liebster«, sagte sie. »Ich mußte den ganzen Weg vom Hospiz hierher rennen. Deswegen bin ich verschwitzt.«

»Hospiz? Wovon redest du, Mädel?« Er ließ ihren Arm los und trat einen Schritt zurück. Tess rieb sich den knochigen Arm.

»Loira. Sie haben sie heute dorthin gebracht. Klay hat sie geholt. Hat sie in seiner Kutsche abgeholt, ehrlich. Sie war wundervoll, Jarid. Ganz aus dunklem, schwarz lackiertem Holz, mit gepolsterten Ledersitzen und Satinkissen. Und sie liegt jetzt in einem Bett, mit Laken so weiß, als wären sie aus Wolken gesponnen.«

»Ich wußte nicht, daß Klay einer ihrer Kunden war?«

»War er auch nicht. Ihr Kleiner, Flinker Finger, ging zu ihm und bettelte um Hilfe. Und er half. Und jetzt wird Loira versorgt, mit Medizin und Essen.«

»Du solltest mir lieber die Wahrheit sagen, Mädel«, sagte Jarid rauh. Er näherte sich ihr und legte seine Hand um Tess' hängende Brüste.

»Ich würde dich nie anlügen, Liebster«, flüsterte sie. »Du bist mein Schatz. Mein einziger Schatz.« Tess ließ ihre Hand abwärts gleiten und gestattete ihren Gedanken, abzuschweifen. Ab jetzt war alles Theater, und jede Bewegung war so stumpfsinnig vertraut, daß sie keinen Gedanken daran verschwenden mußte. Während sie stöhnte und berührte, streichelte und liebkoste, dachte Tess statt dessen an Loira. Es schien so verkehrt, daß eine Frau auf solche reinen Laken gebettet wurde, nur um dort zu sterben. Wie oft hatten sie und Loira sich unter einer dünnen Decke aneinandergekuschelt in kalten Winternächten, wenn ihre Freier bei dem eisigen Wind lieber zu Hause geblieben waren. Dann hatten sie von solchem Luxus gesprochen wie Kaminfeuer den ganzen Tag über, von daunengefüllten Kissen und Federbetten, von Decken aus feinster Wolle. Und sie hatten gekichert und gelacht und sich eng aneinandergeschmiegt, um sich zu wärmen. Jetzt hatte die arme Loira die Decken, von denen sie geträumt hatte – und würde es nie wissen. Bald würde sie sterben, ihre Eingeweide würden sich öffnen und ihren Inhalt auf diese reinen, weißen Laken ergießen.

Die Hüften des Mannes begannen heftiger und schneller zu stoßen. Sofort begann Tess rhythmisch zu stöhnen und bog ihm ihren dürren Körper entgegen. Er atmete heiser in ihr Ohr, dann stöhnte er und sank mit seinem ganzen Gewicht auf sie herab. Sie schlang einen Arm um seinen Hals und streichelte seinen Nacken. »Ach, du bist ein Wunder, Liebster. Du bist mein Schatz. Mein einziger Schatz.«

Jarid hievte sich von ihr, zog seine Beinkleider wieder hoch und rollte sich auf die Füße. Tess strich ihr rotes Kleid glatt und setzte sich auf. Jarid warf ihr ein ganzes Silberstück zu. »Willst du noch ein bißchen bleiben, Jarid? Ich habe etwas Wein.«

»Nein, ich habe noch zu tun.« Er lächelte sie an. »Es war gut heute abend.«

»Bestens«, versicherte sie.

Kapitel vier

Druss beendete seine Mahlzeit und schob den Holzteller von sich. Das Fleisch war gut gewesen, zart und mager, gut gewürzt und mit einer kräftigen, dunklen Sauce. Doch trotz der Güte hatte er es kaum geschmeckt. Seine Gedanken waren noch immer durcheinander und melancholisch. Die Begegnung mit Klay hatte ihm nicht geholfen. Verdammt, der Mann war ihm sogar sympathisch!

Druss nahm seinen Krug und leerte ihn mit einem Zug zur Hälfte. Das Bier war dünn, aber erfrischend, und brachte ihm Erinnerungen an seine Jugend und an das Bier zurück, das in den Bergen gebraut wurde. Er war unter einfachen Leuten aufgewachsen, Männern und Frauen, die einfache Freuden schätzten, die von Tagesanbruch bis Sonnenuntergang arbeiteten und für ihre Familien lebten, immer im Kampf darum, genug Brot auf den Tisch zu bringen. An Sommerabenden hatten sie sich oft im Gemeindesaal versammelt und Bier getrunken, Lieder gesungen und Geschichten ausgetauscht. Für sie gab es die großen Fragen der Politik, die Kompromisse, den Verrat von Idealen nicht. Das Leben war zwar hart, aber unkompliziert.

Er war aus diesem Leben gerissen worden, als der Abtrünnige Collan einen Angriff auf das Dorf unternommen hatte, die Männer und die älteren Frauen abgeschlachtet und die jungen Mädchen gefangengenommen hatte, um sie als Sklaven zu verkaufen.

Unter ihnen war auch Druss' Frau Rowena gewesen,

seine Liebe, sein Leben. Er war beim Holzfällen gewesen, hoch oben im Wald, als der Überfall stattfand. Als er zurückkehrte, lag das Dorf in Schutt und Asche, und kurz darauf hatte er die Verfolgung der Mörder aufgenommen, und er hatte sie gefunden.

Druss erschlug viele der Täter und befreite die Mädchen, aber Rowena war nicht unter ihnen. Collan hatte sie nach Mashrapur gebracht und an einen ventrischen Kaufmann verkauft. Um Geld für seine Überfahrt nach Ventria zu verdienen, hatte Druss in den Sandarenen von Mashrapur gekämpft. Und mit jedem knochensplitternden Augenblick hatte der junge Bauer sich verändert, seine natürliche Kraft und Wildheit schärften sich, bis er der gefürchtetste Kämpfer der Stadt war.

Schließlich reiste er weiter, in Gesellschaft von Sieben und des ventrischen Offiziers Bodasen, nahm an den Ventrischen Kriegen teil und erwarb sich schon bald einen tödlichen Ruf. Der Silberschlächter, so nannten sie ihn wegen seiner Taten mit der schimmernden, doppelköpfigen Axt Snaga.

Druss kämpfte in zahllosen Schlachten und Hunderten von Scharmützeln. Er wurde oft verwundet, ging aber immer siegreich daraus hervor.

Als er nach vielen Jahren endlich Rowena wiederfand und sie nach Hause brachte, glaubte er ehrlich, daß seine Wanderschaften und seine Kämpfe die Blutträume der Vergangenheit waren. Rowena wußte es besser. Mit jedem Tag wurde Druss mürrischer. Er war kein Bauer mehr und fand kein Vergnügen daran, den Acker zu bestellen oder sein Vieh zu versorgen. Wenig mehr als ein Jahr war vergangen, da reiste er nach Dros Delnoch, um sich einer Miliztruppe anzuschließen, die gegen die Überfälle der Sathulistämme vorgehen sollte. Sechs Monate später, als die Sathuli in die Berge zurückgedrängt worden waren, kam er mit frischen

Narben und schönen Erinnerungen wieder nach Hause.

Er schloß die Augen und dachte an Rowenas Worte, in der Nacht, als er von dem Feldzug gegen die Sathuli heimkam. Sie saßen auf dem Ziegenfell vor dem Feuer, und sie nahm seine Hand. »Mein armer Druss. Wie kann ein Mann für den Krieg leben? Es ist so unnütz.«

Er hatte den Kummer in ihren haselnußbraunen Augen gesehen und versucht, eine Antwort zu finden. »Es ist nicht allein das Kämpfen, Rowena. Es ist die Kameradschaft, das Feuer im Blut, das Gefühl, der Angst entgegenzutreten. Wenn Gefahr droht, werde ich ... zum Mann.«

Rowena seufzte. »Du bist, was du bist, mein Liebster. Aber es macht mich traurig. Hier gibt es so viel Schönes – Nahrung aus der Erde, der Sonnenaufgang über den Bergen, das Spiegelbild des Mondes, das auf den Seen tanzt. Hier gibt es Zufriedenheit und Freude. Aber nicht für dich. Sag mir, Druss, warum hast du die Welt durchquert auf der Suche nach mir?«

»Weil ich dich liebe. Du bedeutest mir alles.«

Sie hatte den Kopf geschüttelt. »Wenn das stimmte, hättest du nicht den Wunsch, mich zu verlassen, um einen Krieg zu suchen. Sieh dir doch die anderen Bauern an. Rennen sie etwa davon, um zu kämpfen?«

Druss stand auf und ging zum Fenster. Er stieß die Läden weit auf und starrte die fernen Sterne an. »Ich bin nicht mehr wie sie. Ich weiß nicht, ob ich es je war. Ich bin für den Krieg geschaffen, Rowena.«

»Ich weiß«, sagte sie traurig. »Oh, Druss, ich weiß ...«

Als Druss jetzt seinen Krug leerte, sah er das Schankmädchen. »Noch einen!« rief er und schwenkte den Krug durch die Luft.

»Einen Augenblick, Herr«, antwortete sie. Die Taverne war fast voll, die Atmosphäre gutgelaunt und lärmend.

Druss hatte eine Nische in einer Ecke gefunden, wo er mit dem Rücken zur Wand sitzen und die Menge beobachten konnte. Für gewöhnlich genoß er die leicht chaotischen Rhythmen einer Schenke, das Gemisch aus Lachen, Gesprächen, das Klirren von Tellern und Krügen, das Scharren von Füßen und das Schaben von Stühlen. Aber nicht heute.

Das Mädchen brachte ihm einen zweiten Krug Bier. Sie war drall, mit vollen Brüsten und breiten Hüften. »Hat es geschmeckt, Herr?« fragte sie, beugte sich vor und legte ihm eine Hand auf die Schulter. Ihre Finger strichen ihm durch das kurzgeschnittene, dunkle Haar. Rowena hatte oft dasselbe getan, wenn er angespannt oder wütend war. Es hatte ihn immer beruhigt. Er lächelte das Mädchen an.

»Das Essen hätte einem König geschmeckt, Mädel. Aber ich konnte es nicht so genießen, wie ich sollte. Zu viele schwierige Probleme, und ich habe nicht den Kopf, um sie zu lösen.«

»Du solltest dich in Gesellschaft einer Frau entspannen«, sagte sie. Ihre Finger streichelten jetzt seinen dunklen Bart.

Er nahm ihre Hand und schob sie sanft von seinem Gesicht. »Meine Frau ist weit weg, Mädchen. Aber sie ist meinem Herzen immer nahe. Und auch wenn du hübsch bist, ich warte, bis ich ihre Gesellschaft haben kann.« Er griff in die Börse an seinem Gürtel und zog zwei Silberstücke heraus. »Eins für das Essen, das andere ist für dich.«

»Du bist sehr freundlich. Wenn du deine Meinung änderst …«

»Werde ich nicht.«

Als sie ging, spürte Druss einen kalten Luftzug auf der Wange.

In diesem Moment erstarb jedes Geräusch. Druss

blinzelte. Das Schankmädchen stand stocksteif – ihr weiter Rock, der beim Gehen schwang, hing reglos herab. Um ihn herum waren alle Speisegäste und Zecher wie erstarrt. Als Druss einen Blick zum Feuer warf, tanzten die Flammen nicht mehr zwischen den Scheiten, sondern standen still, der Rauch über ihnen hing bewegungslos im Kamin. Und die normalen Gerüche einer Taverne – Braten, Rauch, Schweiß – waren verschwunden und durch den unangenehm süßlichen Duft von Zimt und brennendem Sandelholz ersetzt.

Ein kleiner Nadir in einer Tunika aus Ziegenwolle trat ein und wand sich durch die schweigenden Zecher. Er war alt, aber nicht uralt, sein dünnes, schwarzes Haar war fettig und strähnig. Er durchquerte rasch den Raum und setzte sich Druss gegenüber hin. »Schön, dich zu sehen, Axtmann«, sagte er. Seine Stimme war leise, fast zischend.

Druss blickte tief in die dunklen, schrägen Augen und las den Haß, der dort geschrieben stand. »Deine Magie muß sehr stark sein, um zu verhindern, daß ich dir deinen mageren Hals umdrehe«, sagte er.

Der alte Mann grinste, wobei er fleckige Zahnstummel sehen ließ. »Ich bin nicht hier, um dir etwas zuleide zu tun, Axtmann. Ich bin Nosta Khan, der Schamane des Wolfsschädel-Stammes. Du hast einem jungen Freund von mir geholfen, Talisman. Du hast an seiner Seite gekämpft.«

»Und wenn?«

»Er ist mir wichtig. Und wir Nadir zahlen gerne unsere Schulden zurück.«

»Ich erwarte keine Rückzahlung. Du hast nichts, was du mir bieten könntest.«

Nosta Khan schüttelte den Kopf. »Sei dir niemals zu sicher, Axtmann. Erstens, würde es dich überraschen, zu erfahren, daß gerade jetzt draußen ein Dutzend Männer wartet, bewaffnet mit Knüppeln und Messern? Ihr Ziel ist es, zu verhindern, daß du gegen den Meister der Gothir kämpfst. Sie haben den Auftrag, dich zu verkrüppeln, wenn sie können, und dich zu töten, wenn es sein muß.«

»Anscheinend will jeder, daß ich verliere«, sagte Druss. »Warum warnst du mich? Und beleidige mich nicht mit dem Gerede von Rückzahlung. Ich kann den Haß in deinen Augen sehen.«

Der Schamane schwieg einen Augenblick, und als er sprach, schwang in seiner Stimme sowohl Bosheit als auch ein gewisses Bedauern mit. »Mein Volk braucht dich, Axtmann.«

Druss lächelte kalt. »Das zu sagen, hat dich einige Überwindung gekostet, was?«

»Allerdings«, gab der kleine Mann zu. »Aber für mein Volk würde ich auch brennende Kohlen schlucken, und einem Rundauge eine kleine Wahrheit zu sagen ist ein Schmerz, mit dem ich leben kann.« Er grinste wieder. »Ein Vorfahre von dir hat uns in der Vergangenheit einst geholfen. Er haßte die Nadir, und doch half er meinem Großvater in einer großen Schlacht gegen die Gothir. Sein Heldentum brachte uns näher an die Tage des Einigers. Man nannte ihn Angel, aber sein Nadirname war ›Nicht-umzubringen‹.«

»Nie von ihm gehört.«

»Ihr Rundaugen macht mich krank! Ihr nennt uns Barbaren, aber ihr wißt nichts von den Taten eurer eigenen Vorfahren. Pah! Aber weiter. Meine Kräfte sind nicht unbegrenzt, und bald wird diese stinkende Taverne mit ihrem abscheulichen Lärm und Gestank wieder da sein. Angel war mit den Nadir verbunden, Druss. Verbunden durch Blut, gebunden durch das Schicksal. Genau wie du. Ich habe mein Leben in vielen Fieberträumen riskiert, und immer schwebte dein Gesicht vor mir. Ich weiß noch nicht, welche Rolle du in dem kommenden

Drama spielen wirst. Vielleicht ist sie nur klein, obwohl ich das bezweifle. Aber wie sie auch aussieht, ich weiß, wo du in naher Zukunft sein mußt. Es ist notwendig, daß du zum Tal von Shul-sens Tränen reist. Es liegt fünf Tagesritte nach Osten. Dort gibt es einen Schrein, der dem Andenken an Oshikai Dämonstod geweiht ist, dem größten aller Nadirkrieger.«

»Warum sollte ich dorthin gehen wollen?« fragte Druss. »*Du* behauptest, es ist notwendig, aber ich glaube nicht daran.«

Der Schamane schüttelte den Kopf. »Laß mich dir von den Heilenden Steinen erzählen, Axtmann. Es heißt, es gibt keine Wunde, die sie nicht heilen könnten. Manche behaupten sogar, sie könnten die Toten wiedererwecken. Sie sind in dem Schrein verborgen.«

»Wie du sehen kannst«, erwiderte Druss, »habe ich keine Wunde.«

Der kleine Mann wich Druss' Blick aus, und ein geheimnisvolles Lächeln huschte über seine wettergegerbten Züge. »Nein, hast du nicht. Aber in Gulgothir kann viel passieren. Hast du die Männer vergessen, die draußen auf dich warten? Vergiß nicht, Druss, fünf Tagesritte genau nach Osten, im Tal von Shul-sens Tränen.«

Druss' Blick verschwamm, und der Lärm der Taverne schlug wieder über ihm zusammen. Er blinzelte. Der Rock des Schankmädchens schwang, als sie weiterging. Von dem Schamanen keine Spur.

Druss trank den letzten Schluck Bier und erhob sich. Nach dem, was der Schamane gesagt hatte, wartete draußen ein Dutzend Männer. Schurken, angeheuert, um zu verhindern, daß er gegen Klay kämpfte. Er stieß einen tiefen Seufzer aus und ging zu der langen Theke. Der Wirt, dick und mit rotem Gesicht, kam zu ihm. »Noch ein Bier, der Herr?«

»Nein«, sagte Druss und legte eine Silbermünze auf die Theke. »Leih mir deinen Knüppel.«

»Meinen Knüppel? Ich weiß nicht, was du meinst.«

Druss lächelte und beugte sich mit verschwörerischer Miene vor. »Und ich habe noch keinen Wirt getroffen, mein Freund, der keinen beschwerten Knüppel griffbereit hatte. Also, ich bin der Drenai-Kämpfer, Druss, und mir wurde gesagt, daß eine Bande da draußen wartet – auf mich. Sie wollen meinen Kampf mit Klay verhindern.«

»Da hab' ich Geld drauf gewettet«, murmelte der Wirt. »Hör mal, mein Freund, warum kommst du nicht einfach mit mir und ich bringe dich runter in den Bierkeller? Dort gibt es eine Geheimtür, durch die du dich an allen vorbeistehlen kannst.«

»Ich brauche keine Geheimtür«, sagte Druss geduldig. »Ich brauche deinen Knüppel.«

»Eines Tages, Freund, wirst du vielleicht erkennen, daß es vernünftiger ist, Ärger aus dem Weg zu gehen. Niemand ist unbesiegbar.« Er griff unter die Theke und brachte eine etwa fünfzig Zentimeter lange schwarze Metallstange zum Vorschein, die er auf die Bar legte. »Die Außenhülle ist aus Eisen, aber sie ist mit Blei gefüllt. Bring sie mir zurück, wenn du fertig bist.« Druss wog die Waffe, sie war doppelt so schwer wie die meisten Kurzschwerter. Er schob sie in den rechten Ärmel seines Hemdes und bahnte sich einen Weg durch die Menge. Als er die Tür aufmachte, sah er mehrere große Kerle draußen stehen. In ihren schäbigen Tuniken und Beinkleidern sahen sie wie Bettler aus. Er warf einen Blick nach rechts und sah eine zweite Gruppe in der Nähe stehen. Sie versteiften sich, als er erschien, und einen Augenblick lang rührte sich keiner. »Nun, Jungs«, rief Druss grinsend. »Wer will der erste sein?«

»Das bin wohl ich«, antwortete ein großer Mann mit

zottigem Bart. Er hatte breite, starke Schultern und war trotz seiner schmutzigen Kleider kein Bettler, wie Druss sah. Die Haut an seinem Hals war weiß und sauber, ebenso wie seine Hände. Und sein Messer war aus ventrischem Stahl. Solche Waffen waren nicht billig zu haben. »Ich sehe in deinen Augen, daß du Angst hast«, sagte der Messerstecher, als er näher kam. »Und ich rieche deine Angst.«

Druss blieb ganz ruhig stehen, und plötzlich sprang der Mann vor, sein Messer zielte auf Druss' Schulter. Mit dem linken Unterarm blockte Druss den Stich ab, und mit derselben Bewegung ließ er einen linken Haken am Kinn des Mannes explodieren, der ihn mit dem Gesicht voran aufs Straßenpflaster schickte, wo er sich nicht mehr rührte. Druss öffnete die Finger und ließ den Metallstab aus seinem Ärmel gleiten. Aus den Schatten schossen Gestalten, und er griff sie an, rammte den ersten mit der Schulter und riß ihn so von den Füßen. Der Eisenknüppel hämmerte nach links und rechts und schickte die Männer zu Boden. Druss packte einen Mann an der Tunika, rammte ihm seinen Schädel ins Gesicht – wobei er ihm Nase und Wangenknochen brach – dann schleuderte er ihn zwei weiteren Angreifern in den Weg. Der erste stolperte schwerfällig, landete auf seinem eigenen Messer, und als die Klinge in seine Seite drang, gellten seine Schreie durch die Nacht. Der zweite wich zurück. Aber immer mehr Männer scharten sich zusammen: acht Kämpfer, alle mit Waffen aus scharfem Stahl. Druss wußte, daß sie nicht mehr daran dachten, ihn nur zu verwunden, er spürte ihren Haß und ihren Blutdurst.

»Du bist so gut wie tot, Drenai!« hörte er einen von ihnen rufen, als die Gruppe vorrückte.

Plötzlich dröhnte eine Stimme. »Halt aus, Druss, ich komme.«

Druss warf einen Blick nach links und sah Klay, der

aus einer nahen Gasse herbeistürmte. Als der riesige Gothir sich auf die Männer stürzte, erkannten sie ihn, stoben auseinander und rannten davon. Klay ging zu Druss. »Du führst ein so aufregendes Leben, mein Freund«, sagte er mit einem breiten Grinsen.

Etwas Helles schoß auf Druss' Gesicht zu, und in diesem einen entsetzlichen Moment sah er viele Dinge gleichzeitig: das Mondlicht auf der Dolchklinge, den Werfer mit seinem triumphierenden Lächeln in dem schmutzigen Gesicht – und Klays Hand, die mit unglaublicher Schnelligkeit vorschoß und das Messer nur Zentimeter vor Druss' Auge am Griff abfing.

»Ich sagte doch, Druss, Schnelligkeit ist alles«, sagte Klay.

Druss stieß langsam die Luft aus. »Davon verstehe ich nichts, mein Freund, aber du hast mir das Leben gerettet, und das vergesse ich dir nicht.«

Klay lachte leise. »Komm schon, mein Freund, ich muß was essen.« Er legte Druss einen Arm um die Schulter und wandte sich der Taverne zu. In diesem Augenblick schoß ein schwarzgefiederter Armbrustbolzen durch die Luft und drang dem Gothir-Kämpfer in den Rücken. Klay schrie auf und sackte gegen Druss. Der Axtkämpfer schwankte unter dem Gewicht, dann sah er den Bolzen in dem Rücken des Kämpfers stecken. Sanft legte er Klay auf die Erde. Er spähte in die Dunkelheit nach dem Angreifer und sah zwei Männer davonrennen. Einer trug eine Armbrust, und Druss hätte am liebsten die Verfolgung aufgenommen, aber er konnte den verwundeten Klay nicht allein lassen.

»Bleib still liegen – ich hole einen Arzt.«

»Was ist passiert, Druss? Warum liege ich hier?«

»Du bist von einem Bolzen getroffen worden. Bleib still liegen!«

»Ich kann meine Beine nicht bewegen, Druss ...«

Das Verhörzimmer war kalt und feucht, übelriechendes Wasser hinterließ schleimige Spuren auf den schmutzigen Wänden. Zwei Bronzelaternen an einer Wand spendeten flackerndes Licht, aber keine Wärme. Chorin-Tsu saß an einem roh gezimmerten Tisch, auf dem alte und frische Blutflecken zu erkennen waren. Geduldig wartete er und sammelte seine Gedanken. Der kleine Chiatze sprach nicht mit dem Wächter, einem untersetzten Soldaten in schmieriger Ledertunika und zerrissenen Hosen, der mit verschränkten Armen an der Tür stand. Der Mann hatte ein brutales Gesicht und grausame Augen. Chorin-Tsu sah ihn nicht an, sondern schaute sich mit klinischer Gleichgültigkeit in dem Raum um. Trotzdem verweilten seine Gedanken bei dem Wächter. Ich habe viele häßliche gute Männer gekannt, dachte er, und ebenso einige gutaussehende böse Männer. Doch man brauchte diesen Wächter nur anzusehen, um seine Brutalität zu erkennen – als ob seine rauhe und bösartige Natur irgendwie nach außen getreten wäre und seine Züge modelliert hätte: eng beieinanderstehende Augen, in Fettwülste eingebettet, über einer breiten, pockennarbigen Nase und dicken, schlaffen Lippen.

Eine schwarze Ratte huschte durch den Raum, und der Wächter fuhr zusammen. Er trat nach ihr, verfehlte sie jedoch. Das Tier verschwand in einem Loch in einer Ecke. »Mistratten!« zischte der Wächter. Er war verlegen, daß er sich vor dem Gefangenen so hatte erschrecken lassen. »Du magst sie wohl. Gut! Du wirst schon bald mit ihnen leben. Dann laufen sie auf dir herum, beißen dich, überlassen dir ihre kleinen Flöhe, die dir im Dunkeln das Blut aussaugen.«

Chorin-Tsu ignorierte ihn.

Garen-Tsens Ankunft war unvermittelt, die Tür öffnete sich leise knarrend. Im Schein der Laterne schimmerte das Gesicht des Ministers krankhaft gelblich, und seine

Augen wirkten unnatürlich strahlend. Chorin-Tsu sparte sich eine Begrüßung. Bei den Chiatze war es Sitte, sich in Anwesenheit eines Ministers zu erheben und zu verbeugen, aber auch das unterließ er. Statt dessen blieb er sitzen, seine Miene war ruhig und gleichgültig.

Der Minister entließ den Wächter und setzte sich dem kleinen Einbalsamierer gegenüber. »Ich bitte um Verzeihung für die ungastliche Umgebung«, sagte Garen-Tsen auf chiatze. »Es war zu deiner Sicherheit notwendig. Du hast wundervolle Arbeit bei der Königin geleistet. Sie war noch nie so strahlend schön.«

»Ich danke dir, Garen-Tsen«, antwortete Chorin-Tsu kühl. »Aber weshalb bin ich hier? Du hast mir versprochen, ich würde frei sein.«

»Und das wirst du auch, Landsmann. Aber zuerst müssen wir reden. Erzähl mir von deinem Interesse an Nadirlegenden.«

Chorin-Tsu starrte den schlanken Minister an und hielt dessen Blick fest. Jetzt war alles nur noch ein Spiel, mit festgelegtem Ausgang. Ich werde sterben, dachte er. Hier, an diesem kalten, elenden Ort. Er wollte seinen Haß auf das Ungeheuer ihm gegenüber herausschreien, toben, Widerstand leisten. Die Stärke seiner Gefühle erstaunte ihn, da sie gegen jede Lehre der Chiatze verstieß, aber sein Gesicht verriet keine Spur von seinem inneren Aufruhr. Er saß reglos, seine Miene war ernst. »Alle Legenden haben Tatsachen zur Grundlage, Garen-Tsen. Ich studiere die Geschichte, und das macht mir Freude.«

»Natürlich. Aber deine Studien haben sich in den letzten Jahren auf bestimmte Dinge konzentriert, nicht wahr? Du hast Hunderte von Stunden in der Großen Bibliothek verbracht und die Schriftrollen studiert, die sich mit Oshikai Dämonstod und der Legende des Steinernen Wolfes befassen. Wie kommt das?«

»Dein Interesse freut mich sehr – wenn ich mich auch wundere, warum sich ein Mann von deinem Status und deiner Verantwortung um etwas kümmert, das schließlich nicht mehr als eine Liebhaberei ist«, entgegnete Chorin-Tsu.

»Die Bewegungen und Interessen aller Ausländer werden genauestens verfolgt. Aber mein Interesse geht über solche weltlichen Belange hinaus. Du bist ein Gelehrter, und deine Arbeit verdient ein größeres Publikum. Es wäre mir eine Ehre, deine Ansichten über den Steinernen Wolf zu hören. Aber da die Zeit drängt, ist es vielleicht am besten, wenn du mir kurz umreißt, was du über die Augen von Alchazzar herausgefunden hast.«

Chorin-Tsu neigte fast unmerklich den Kopf. »Vielleicht wäre es besser, diese Unterhaltung zu verschieben, bis wir beide in etwas angenehmerer Umgebung sitzen.«

Der Minister lehnte sich in seinem Stuhl zurück und legte die Finger unter sein langes Kinn. Als er sprach, war seine Stimme kalt. »Dich fortzuschaffen wird sowohl kostspielig als auch gefährlich, Landsmann. Wieviel ist dein Leben wert?«

Chorin-Tsu staunte. Die Frage war vulgär und entschieden unter der Würde eines hochgeborenen Chiatze. »Weit weniger, als du meinst, aber weit mehr als ich mir leisten kann«, antwortete er.

»Ich denke, du wirst feststellen, daß der Preis durchaus für dich vertretbar ist, Meister Einbalsamierer. Zwei Juwelen, um genau zu sein«, sagte Garen-Tsen. »Die Augen von Alchazzar. Ich glaube, daß du herausgefunden hast, wo sie sind. Oder irre ich mich?«

Chorin-Tsu schwieg. Er wußte seit vielen Jahren, daß sein einziger Lohn der Tod sein würde, und hatte geglaubt, er wäre darauf vorbereitet. Aber jetzt, hier an diesem kalten, feuchten Ort, begann sein Herz vor Angst zu rasen. Er wollte leben! Als er aufschaute, sah er in den reptilienhaften Blick seines Landsmanns. Mit fester Stimme sagte er: »Wollen wir, der Diskussion halber, annehmen, daß du recht hättest. Auf welche Weise würde es diesem bescheidenen Einbalsamierer zum Vorteil gereichen, wenn er diese Information weitergäbe?«

»Vorteil? Du wärst frei. Du hast das heilige Wort eines Chiatze-Edelmanns – ist das nicht genug?«

Chorin-Tsu holte tief Luft und sammelte all seinen Mut. »Das Wort eines Chiatze-Edelmanns ist in der Tat heilig. Und in Anwesenheit eines solchen Mannes würde ich nicht zögern, mein Wissen darzulegen. Vielleicht sollten wir nach einem schicken, damit wir unser Gespräch beenden können.«

Garen-Tsens Gesicht lief rot an. »Du hast einen höchst unglücklichen Fehler begangen, denn jetzt wirst du die Bekanntschaft des Königlichen Folterknechts machen. Willst du das wirklich, Chorin-Tsu? Er wird dich zum Sprechen bringen, du wirst schreien und jammern, weinen und flehen. Warum tust du dir das an?«

Chorin-Tsu wog die Frage sorgfältig ab. Sein ganzes Leben lang hatte er die Lehren der Chiatze gepflegt, insbesondere diejenigen, die die Unterordnung des Selbst unter eine unerbittlich eiserne Etikette regelten. Das allein war die Grundlage der Kultur von Chiatze. Und doch saß er hier und dachte über die Antwort auf eine Frage nach, die kein *wahrer* Chiatze auch nur im Traum stellen würde. Sie war anstößig und aufdringlich – wahrlich eine Frage, die nur ein Barbar stellen konnte. Er sah Garen-Tsen tief in die Augen. Der Mann wartete auf eine Antwort. Chorin-Tsu seufzte, und zum ersten Mal in seinem Leben sprach er wie ein Barbar.

»Um dir die Suppe zu versalzen, du verlogener Hundesohn.«

Der Ritt war lang und trocken gewesen, die Sonne brannte auf die offene Steppe, und die kräftezehrende Hitze hatte sowohl Reiter als auch Ponys an den Rand der Erschöpfung getrieben. Der Felsentümpel lag hoch in den Hügeln, unter einem Überhang aus Schiefer. Nur wenige wußten von seiner Existenz, und einmal hatte Talisman die ausgedörrten Knochen eines Reisenden gefunden, der keine fünfzig Meter davon entfernt verdurstet war. Der Tümpel war kaum sechs Meter lang und nur vier Meter breit. Aber er war sehr tief, und das Wasser eisig kalt. Nachdem er die Ponys versorgt und angepflockt hatte, warf Talisman sein Wams ab und zerrte sein Hemd über den Kopf. Staub und Sand scheuerten über seine Arme und Schultern. Er schüttelte die Stiefel ab, stieg aus seinen Beinkleidern und ging nackt zum Rand des Tümpels. Die Sonne brannte auf seiner Haut, und er spürte die Hitze der Felsen unter den Füßen. Er holte tief Luft, dann machte er einen unbeholfenen Kopfsprung, der das Wasser nur so spritzen ließ. Er kam wieder hoch und strich sich das glatte schwarze Haar aus dem Gesicht.

Zhusai saß voll bekleidet am Tümpel. Ihr langes, schwarzes Haar war schweißnaß, ihr Gesicht staubverschmiert, und ihre hellgrüne Seidentunika – ein Stück von leuchtender, kostspieliger Schönheit in Gulgothir – war jetzt von der Reise beschmutzt und staubig.

»Schwimmst du, Zhusai?« fragte er. Sie schüttelte den Kopf. »Soll ich es dir beibringen?«

»Das ist äußerst freundlich von dir, Talisman. Vielleicht ein andermal.«

Talisman schwamm zum Rand und zog sich auf den Felsen neben sie. Sie kniete nieder, beugte sich vor, tauchte die Hände ins Wasser und benetzte Stirn und Wangen. In den beiden Tagen, seitdem sie zusammen waren, hatte Zhusai nicht einmal ein Gespräch begonnen. Wenn Talisman sprach, antwortete sie mit typischer chiatzischer Höflichkeit und Korrektheit. Sie setzte den breiten Strohhut wieder auf und saß klaglos in der sengenden Hitze, die Augen von ihm abgewandt.

»Schwimmen ist nicht schwer«, sagte er. »Und es ist völlig ungefährlich, Zhusai, denn ich bin ja hier bei dir und halte dich. Und es ist wundervoll kühl.«

Sie neigte den Kopf und schloß die Augen. »Ich danke dir, Talisman. Du bist in der Tat ein rücksichtsvoller Gefährte. Die Sonne ist sehr heiß. Vielleicht solltest du dich lieber wieder anziehen – sonst bekommst du einen Sonnenbrand.«

»Nein, ich glaube, ich schwimme noch ein bißchen«, erwiderte er und sprang in den Teich. Sein Verständnis der Chiatze beschränkte sich auf ihre Methoden der Kriegführung, die anscheinend ritualisiert waren. Berichten der Gothir zufolge wurden viele Feldzüge durchgeführt und gewonnen ohne Blutvergießen. Armeen marschierten über Schlachtfelder, bis die eine oder andere Seite nachgab. Das half ihm überhaupt nichts in seinem Verständnis für Zhusai. Talisman drehte sich auf den Rücken und ließ sich treiben. Ihr gutes Benehmen, erkannte er, wurde allmählich schwer zu ertragen. Er lächelte, schwamm zum Rand und stützte sich mit den Armen auf die warmen Steine.

»Vertraust du mir?« fragte er.

»Selbstverständlich. Du bist der Hüter meiner Ehre.«

Talsisman war überrascht. »Ich werde dein Leben behüten, Zhusai, nach besten Kräften. Aber niemand außer dir selbst kann deine Ehre hüten. Das ist etwas, das kein Mann – und keine Frau – *nehmen* kann. Ehre kann nur ausgeliefert werden.«

»Wenn du es sagst, dann wird es so sein, Herr«, antwortete sie sanft.

»Nein, nein! Pflichte mir nicht immer aus Höflichkeit

bei, Zhusai!« Ihr Blick begegnete seinem, und für einen langen Augenblick sagte sie nichts. Als sie sprach, war ihre Stimme seltsam anders, zwar noch immer melodisch und sanft, aber mit einem unterschwelligen Selbstvertrauen, das eine Saite in Talisman berührte.

»Ich fürchte, meine Übersetzung deines Titels war nicht ausreichend exakt. Die Ehre, von der du sprichst, ist im wesentlichen ein männliches Konzept, geboren aus Blut und Kampf. Das Wort, die Vaterlandsliebe, der Mut eines Mannes. Diese Form der Ehre kann in der Tat nur ausgeliefert werden. Vielleicht würde ›Hüter meiner Tugend‹ genügen. Und obwohl wir zwar eine spitzfindige philosophische Diskussion über die Bedeutung des Wortes Tugend führen könnten, möchte ich es hier in dem Sinn benutzen, wie ein Mann es auf eine Frau anwendet – vor allem ein Nadir. Soweit ich weiß, wird bei deinem Volk eine vergewaltigte Frau getötet, während der Vergewaltiger lediglich verbannt wird.« Sie schwieg und wandte die Augen wieder ab. Es war die längste Rede, die er je von ihr gehört hatte.

»Du bist wütend«, begann er erstaunt.

Sie verneigte sich und schüttelte den Kopf. »Mir ist nur heiß, Herr, und ich fürchte, die Hitze hat mich indiskret werden lassen.«

Er zog sich aus dem Teich, ging zu den angepflockten Ponys und zog ein frisches Hemd und Beinkleider aus seiner Satteltasche. Als er wieder angezogen war, ging er zu der Frau zurück. »Für den Rest des Tages und die Nacht werden wir hier rasten.« Er deutete auf den südlichen Teil des Teiches und sagte: »Dort ist ein Absatz, das Wasser ist kaum mehr als einen Meter tief. Dort kannst du baden. Damit du deine Intimsphäre hast, gehe ich über den Pfad zurück und sammle Holz für das Feuer heute abend.«

»Ich danke dir, Herr«, sagte sie und neigte den Kopf.

Talisman zog seine Stiefel an und schlang sich einen leeren Leinenbeutel über die Schulter. Langsam wanderte er über den Pfad bergauf. Kurz vor dem Kamm blieb er stehen und spähte in die Steppe hinunter. Keine Spur von anderen Reitern. Über dem Kamm brütete die Hitze. Talisman ging langsam bergab und sammelte Zweige ein, die er in den Beutel steckte. Wüstenbäume und Büsche wuchsen hier, die mit ihren Wurzeln tief in die ausgedörrte Erde drangen und deren dürres Leben auf den wenigen Tagen mit schweren Regenfällen beruhte, die hier als Winter galten. Es gab reichlich Brennholz, und bald war sein Beutel gefüllt. Er wollte gerade wieder aufsteigen, als er Zhusai aufschreien hörte. Talisman warf den Beutel beiseite und hastete den Pfad entlang über den Kamm. Zhusai, die wild um sich schlug, war von dem Absatz in dem Teich gerutscht, ihr Kopf war unter Wasser.

Talisman rannte zum Ufer und sprang ihr nach. Unter Wasser öffnete er die Augen und sah, daß Zhusai, noch immer um sich schlagend, etwa sechs Meter unter ihm war. Luftblasen strömten aus ihrem Mund. Talisman tauchte zu ihr, packte sie bei den Haaren, drehte sich und trat Wasser, um wieder nach oben zu kommen. Zuerst stieg er nicht auf, und Furcht packte ihn. Sie war zu schwer. Wenn er sie festhielt, würden sie beide ertrinken! Er sah sich um und gewahrte den Absatz, von dem sie abgerutscht war, er war nur gut drei Meter links von ihm. Die Oberfläche mußte also nahe sein, überlegte er. Zhusai war jetzt schwer wie ein Stein, und Talisman ging allmählich die Luft aus. Aber er machte weiter – und trat mit neuer Kraft Wasser. Sein Kopf tauchte auf. Er füllte seine Lungen mit Luft, zerrte Zhusai auf den Absatz und hievte sie hoch. In dem flachen Wasser rollte sie herum, mit dem Gesicht ins Wasser. Talisman kroch neben sie, und als seine Füße festen Halt auf dem Felsensims gefunden hatten, hob er sie auf seine Schultern und kletterte aus dem Teich. Er legte sie auf den Bauch, hockte sich rittlings über sie und drückte auf ihren Rücken. Wasser sprudelte aus ihrem Mund, während er wieder und wieder Druck ausübte. Plötzlich hustete sie – und erbrach sich. Talisman stand auf, rannte zu ihrem Pony und schnallte ihre Decke ab. Als er zurückkam, saß Zhusai. Rasch wickelte er sie in die Decke.

»Ich war schon halbtot«, sagte sie.

»Ja. Aber jetzt lebst du wieder.«

Einen Augenblick schwieg sie, dann sah sie zu ihm auf. »Ich würde gern schwimmen lernen«, erklärte sie.

Talisman lächelte. »Dann bringe ich es dir bei – aber heute nicht mehr.«

Die Sonne ging unter, und es war bereits kühler geworden. Talisman stand auf und holte das Feuerholz. Als er zurückkam, hatte Zhusai eine blaue Tunika und Beinkleider übergezogen und wusch den Staub aus ihren Reisekleidern. In einer breiten Felsennische entfachte Talisman ein Feuer auf der Asche eines alten. Zhusai setzte sich zu ihm, und eine Zeitlang saßen sie in behaglichem Schweigen beieinander.

»Studierst du auch die Geschichte, wie dein Großvater?« fragte er.

»Ich helfe ihm, seit ich acht Jahre alt bin, und ich bin oft mit ihm zu den heiligen Stätten gereist.«

»Du warst an Oshikais Schrein?«

»Ja, zweimal. Früher war es ein Tempel. Mein Großvater glaubt, es sei das mit Abstand älteste Gebäude in ganz Gothir. Oshikai soll nach der Schlacht im Tal dorthin gebracht worden sein. Seine Frau war bei ihm, als er starb, anschließend nannte man es das Tal der Tränen Shul-sens. Manche Besucher behaupten, man könne noch immer ihr Weinen hören, wenn man in kalten Winternächten nahe beim Schrein sitzt. Hast du sie weinen hören, Talisman?«

»Ich war nie dort«, gestand der Krieger.

»Verzeih mir, Herr«, sagte sie rasch, verneigte sich und schloß die Augen. »Ich fürchte, meine Worte, die gut gemeint waren, haben dich gekränkt.«

»Keineswegs, Zhusai. Und jetzt erzähl mir von dem Schrein. Beschreib ihn mir.«

Sie sah auf. »Das letzte Mal war ich vor drei Jahren dort. Damals war ich vierzehn, und mein Großvater gab mir meinen Frauen-Namen, Zhusai.«

»Wie war dein Kinder-Name?«

»Voni. Das bedeutet Zwitschernde Ratte auf chiatze.«

Talisman lachte leise. »Auf nadir hat es … eine ähnliche … Bedeutung.«

»Auf nadir bedeutet es Windige Ziege«, sagte sie, warf den Kopf zurück und lächelte so strahlend, daß es ihn wie einen Faustschlag zwischen die Augen traf. Er blinzelte und holte tief Luft. Vor diesem Lächeln hatte ihre Schönheit kalt und fern gewirkt und hatte Talisman auf ihrer gemeinsamen Reise kein Kopfzerbrechen gemacht. Aber jetzt? Er fühlte sich seltsam außer Atem. Als er sie vor dem Ertrinken gerettet hatte, hatte ihre Nacktheit ihn nicht sonderlich berührt. Jetzt jedoch tauchte die Erinnerung an ihre goldene Haut, der Schwung ihrer Hüften, die großen dunklen Warzen auf den kleinen Brüsten wieder auf. Er merkte, daß Zhusai mit ihm sprach. »Geht es dir gut, Herr?«

»Ja«, erwiderte er barscher als beabsichtigt. Er stand auf und entfernte sich von dem verwirrten Mädchen, bis er sich ein Stück weiter auf einen Stein dicht unter dem Hügelkamm setzte. Ihr Lächeln erfüllte ihn, und sein Körper sehnte sich nach ihr. Es war, als wäre ein Zauber über ihn gefallen. Nervös sah er zurück zum Feuer, an dem Zhusai ruhig saß. Sie ist keine Hexe, dachte er, nein, weit davon entfernt. Sie war einfach die schönste Frau, die Talisman je getroffen hatte.

Und er war bei seiner Ehre verpflichtet, sie zu einem anderen Mann zu bringen.

Chorin-Tsu hatte von einem Opfer gesprochen.

Jetzt wußte Talisman, was das bedeutete ...

Zhusai saß still neben dem kleinen Feuer, eine bunte Decke um die Schultern geschlungen. Talisman schlief in der Nähe, sein Atem ging tief und gleichmäßig. Als eins der Ponys sich im Schlaf bewegte, sein Huf auf Stein schabte, regte sich Talisman, erwachte jedoch nicht. Sie blickte in sein Gesicht im Mondschein hinab. Er sah weder besonders gut aus, noch war er häßlich. Und doch bist du anziehend, dachte Zhusai und erinnerte sich an die sanfte Berührung, als er ihr die Decke um die Schultern gelegt hatte, und an die Besorgnis in seinen Augen, als sie sich von dem erschreckenden Erlebnis im Wasser erholte. Während der sieben Jahre in der Gesellschaft ihres Großvaters hatte Zhusai viele Stammeskrieger der Nadir kennengelernt. Einige hatte sie gemocht, andere verabscheut. Aber alle waren sie furchteinflößend, denn dicht unter der Oberfläche ihrer Persönlichkeit lauerte eine Wildheit, ein schrecklicher Hunger nach Blut und Gewalt. Talisman war anders. Er besaß Stärke und eine Kraft, die man bei einem so jungen Mann nicht oft fand. Sie spürte auch, daß er keine Grausamkeiten liebte, daß er keine Lust am Blutvergießen hatte.

Zhusai legte das letzte Holz aufs Feuer. Die Nacht war nicht kalt, aber das Flackern des kleinen Feuers war tröstlich. Wer bist du, Talisman, fragte sie sich. Talisman war ein Nadir – daran bestand kein Zweifel. Und er war längst im Mannesalter. Warum hatte er dann keinen Nadirnamen? Warum *Talisman*? Und dann seine Sprache. Die Sprache der Nadir war kehlig, viele Laute wurden hinten im Rachen gebildet, was dafür verantwortlich war, daß ihnen die weichere Sprache der rundäugigen Südländer oft schwerfiel. Nicht so Talisman, der fließend und gut moduliert sprach. Zhusai hatte viele Monate bei den Nadir verbracht, denn ihr Großvater unternahm ausgedehnte Reisen, um Stätten von historischem Interesse zu untersuchen. Die Nadir waren ein brutales Volk, ebenso rauh und unnachgiebig wie die Steppe, auf der sie lebten. Frauen wurden mit beiläufiger Grausamkeit behandelt. Zhusai lehnte sich zurück und dachte an die Ereignisse des Tages.

Als Talisman sich ausgezogen und ins Wasser gesprungen war, war Zhusai gleichzeitig empört und wunderbar erregt gewesen. Sie hatte noch nie einen Mann nackt gesehen. Seine Haut hatte einen blassen Goldton, sein Körper war schlank wie der eines Wolfes. Sein Rücken, sein Gesäß und seine Schenkel waren von weißen Narben überzogen: den Spuren einer Peitsche. Obwohl die Nadir Frauen gegenüber grausam waren, peitschten sie doch so gut wie nie ihre Kinder aus und bestimmt nicht mit einer Gewalt, die solche Spuren hinterließ, wie Talisman sie trug.

Keine Frage, Talisman war ein Rätsel.

»Er wird einer der Generäle des Einigers sein«, hatte ihr Großvater ihr erklärt. »Er ist ein Denker, aber auch ein Mann der Tat. Solche Männer sind selten. Mit Männern wie ihm werden die Nadir glorreiche Tage erleben.«

Sein Eifer hatte Zhusai verwirrt. »Sie sind nicht unser Volk, Großvater. Was geht es uns an?«

»Unsere Ursprünge sind dieselben, meine Kleine. Aber das ist nicht der einzige Grund. Die Chiatze sind ein reiches und stolzes Volk. Wir sind stolz auf unsere Individualität und unsere Kultur. Diese Rundaugen sind wahrlich wild, und ihre Bosheit übersteigt unser Begriffsvermögen bei weitem. Wie lange wird es noch dauern, bis sie ihr Augenmerk auf die Chiatze richten und ihre Kriege, ihre Krankheiten, ihre Übel in unsere Heimat tragen? Ein vereintes Nadirvolk wäre ein Wall gegen ihren Einmarsch.«

»Sie waren noch nie geeint. Sie hassen einander«, sagte sie.

»Der eine, der kommen wird, der Mann mit den violetten Augen, er hat die Macht, sie zusammenzufügen, die Wunden von Jahrhunderten zu verbinden.«

»Vergib mir meine Begriffsstutzigkeit, Großvater, aber ich verstehe nicht«, wandte sie ein. »Wenn er bereits kommt – wenn es in den Sternen geschrieben steht –, warum mußt du dann so viel Zeit mit deinen Studien, Reisen und den Treffen mit Schamanen verbringen? Wird er nicht auch ohne deine Mühen zur Macht aufsteigen?«

Er lächelte und nahm ihre kleinen Hände in die seinen. »Vielleicht, Voni. Vielleicht. Ein Handleser kann dir viel über dein Leben sagen, über Vergangenheit und Gegenwart. Aber wenn er in die Zukunft blickt, wird er sagen ›Diese Hand zeigt, was sein *sollte* und was sein *könnte.*‹ Er wird niemals sagen ›Diese Hand zeigt, was sein *wird.*‹ Ich habe ein wenig Talent als Astrologe. Ich weiß, daß der Mann mit den violetten Augen irgendwo da draußen ist. Aber ich weiß auch, welche Gefahren auf ihn warten. Es genügt nicht, daß er den Mut hat, die Kraft, das Charisma. Groß werden die Kräfte sein, die gegen ihn mobilisiert werden. Er existiert, Zhusai. Ein besonderer Mann in der Menge. Er *sollte* aufsteigen, um zu herrschen. Er *könnte* die Welt verändern. Aber *wird* er es auch? Oder wird der Feind ihn zuerst finden oder eine Krankheit ihn niederwerfen? Ich kann nicht nur dasitzen und warten. Meine Studien sagen mir, daß ich irgendwie ein Katalysator in dem kommenden Drama bin, der Windhauch, der den Sturm gebiert.«

Und so hatten sie ihre Reisen und ihre Studien fortgesetzt, immer auf der Suche nach dem Mann mit den violetten Augen.

Dann war der Tag gekommen, an dem der boshafte kleine Schamane Nosta Khan in ihr Haus in Gulgothir gekommen war. Zhusai konnte ihn vom ersten Augenblick an nicht leiden, ihn umgab eine fast greifbare Aura des Bösen und Boshaften. Er und ihr Großvater hatten stundenlang hinter verschlossenen Türen miteinander geredet, und erst als er gegangen war, enthüllte Chorin-Tsu ihr den ganzen Schrecken, der auf sie wartete. Der Schock war so groß, daß ihre ganze chiatzische Erziehung sie verließ und sie unverblümt sprach.

»Du willst, daß ich einen Wilden heirate, Großvater? Daß ich in Schmutz und Elend bei einem Volk lebe, das Frauen geringer schätzt als seine Ziegen? Wie kannst du das nur von mir verlangen?«

Chorin-Tsu hatte ihr schlechtes Benehmen nicht beachtet, wenn auch Zhusai sehen konnte, daß er betroffen war – und von ihrem Ausbruch enttäuscht. »Der Wilde – wie du ihn nennst – ist ein besonderer Mann. Nosta Khan ist durch den Nebel gewandert. Ich habe die Karten studiert und die Runen geworfen. Es gibt keinen Zweifel, du bist für diese Queste lebenswichtig. Ohne dich werden die Tage des Einigers an uns vorbeigehen.«

»Das ist dein Traum – nicht meiner! Wie konntest du mir das antun?«

»Beherrsche dich, Großtochter. Dieser unschickliche Ausbruch ist ausgesprochen entwürdigend. Ich habe die Situation nicht geschaffen. Laß mich dir auch dieses sagen, Zhusai: Ich habe viele Male deine Karten gelegt, und sie haben immer gezeigt, daß du dazu bestimmt bist, einen großen Mann zu heiraten. Du weißt, daß das stimmt. Nun, dieser Mann ist der Einiger. Das weiß ich ohne den Schatten eines Zweifels.«

Unter dem Mond und den Sternen blickte Zhusai auf Talisman hinab: »Warum konntest du es nicht sein?« flüsterte sie.

Er schlug die dunklen Augen auf. »Hast du etwas gesagt?«

Sie schauderte. »Nein. Tut mir leid, daß ich dich gestört habe.«

Er stützte sich auf den Ellbogen und sah, daß das Feuer noch brannte. Dann legte er sich hin und schlief wieder ein.

Als sie aufwachte, lag Talismans Decke über ihr, ebenso wie ihre eigene. Sie setzte sich auf und sah den Nadir ein Stück entfernt mit gekreuzten Beinen auf einem Stein sitzen. Er hatte ihr den Rücken zugewandt. Sie schob die Decken beiseite und stand auf. Die Sonne kletterte gerade über die Gipfel, und die Temperatur stieg bereits. Zhusai reckte sich, dann ging sie zu Talisman hinüber. Er hatte die Augen geschlossen, die Arme vor der Brust verschränkt, die Daumen ineinander verhakt. Zhusais Großvater nahm diese Haltung oft zum Meditieren ein oder wenn er versuchte, ein Problem zu lösen. Leise setzte sich Zhusai ihm gegenüber.

»Wo bist du jetzt, Talisman?« fragte sie sich. »Wo wandert dein ruheloser Geist jetzt?«

Er war ein kleiner Junge, der niemals eine Stadt gesehen hatte. Er hatte sein junges Leben auf der Steppe verbracht, spielte und rannte zwischen den Zelten des Volkes seines Vaters. Im Alter von fünf Jahren hatte er gelernt, die Ziegen zu versorgen, aus ihrer Milch Käse zu machen, die Häute der geschlachteten Tiere zu dehnen und zu schaben. Mit sieben konnte er ein kleines Pony reiten und mit dem Bogen schießen. Aber mit zwölf wurde er von Männern in heller Rüstung von seinem

Vater weggebracht. Sie reisten mit ihm durch die Steppe und weit darüber hinaus bis zu einer steinernen Stadt am Meer.

Es war der erste wirkliche Schock in Talismans Leben gewesen. Sein Vater, der stärkste und tapferste aller Nadirhäuptlinge, hatte schweigend dagesessen, als die rundäugigen Männer in ihrer Rüstung kamen. Dieser Mann, der in hundert Schlachten gekämpft hatte, hatte nicht ein Wort gesagt, hatte seinem Sohn nicht einmal in die Augen gesehen. Nur Nosta Khan war zu ihm gekommen und hatte seine knochige Hand auf Talismans Schulter gelegt. »Du mußt mit ihnen gehen, Okai. Die Sicherheit des Stammes hängt davon ab.«

»Wieso? Wir sind die Wolfsschädel, stärker als alle anderen.«

»Weil dein Vater es befiehlt.«

Sie hatten Okai auf den Rücken eines großen Pferdes gehoben, und die lange Reise begann. Nicht allen Nadirkindern wurde die Sprache der Rundaugen beigebracht, aber Talisman hatte ein gutes Ohr für Sprachen, und Nosta Khan hatte viele Monate damit verbracht, ihn die Feinheiten zu lehren. Daher konnte er die glänzenden Soldaten verstehen. Sie machten Scherze über die Kinder, die sie einsammelten, und nannten sie Mistwelpen. Sonst waren sie nicht unfreundlich zu ihren Gefangenen. Vierundzwanzig Tage lang reisten sie, bis sie schließlich zu einem Alptraum kamen, den die Nadirkinder mit Furcht und Entsetzen betrachteten. Alles war aus Stein und bedeckte die Erde, reichte bis in den Himmel hinauf, riesige Mauern und hohe Häuser, enge Gassen und eine Masse von Menschen, die ständig in Bewegung war und sich wie eine gewaltige Schlange durch die Marktplätze, Straßen, Gassen und Wege wand.

Siebzehn junge Nadir, alles Häuptlingssöhne, wurden in jenem Spätsommer in die Stadt Bodacas gebracht.

Talisman-Okai erinnerte sich an den Ritt durch die Straßen der Stadt, an die Kinder, die auf die Nadir zeigten und dann schrien und kreischten und mit ihren Fingern Gesten machten. Auch Erwachsene blieben stehen und guckten mit finsteren Mienen. Vor einem ummauerten Gelände am Rand der Stadt hielt die Reiterschar an, und die Doppeltore aus Bronze und Eisen wurden aufgestoßen. Für Okai war es, als würde er in den Schlund eines großen, dunklen Untiers reiten, und Angst stieg ihm bitter wie Galle die Kehle empor.

Hinter den Toren befand sich ein flaches, gepflastertes Übungsgelände, und Okai sah zu, wie junge Männer und ältere Knaben mit Schwert und Schild, Speer und Bogen übten. Sie waren alle gleich, in dunkelrote Tuniken, dunkle Beinkleider und knielange Stiefel aus glänzendem braunem Leder, gekleidet. Alle Übungen endeten abrupt, als die jungen Nadir mit ihrer Eskorte eintrafen. Ein junger Mann mit blondem Haar trat vor, das Übungsschwert noch in der Hand. »Wie ich sehe, sollen wir jetzt echte Ziele für unsere Pfeile bekommen«, sagte er zu seinen Kameraden, die laut lachten.

Man befahl den Nadir abzusteigen, dann wurden sie in ein sechsstöckiges Gebäude gebracht und eine anscheinend endlos lange Wendeltreppe zum fünften Stock hinaufgeführt. Durch einen langen, beklemmend engen Flur ging es zu einem großen Raum, in dem hinter einem polierten Schreibtisch aus Eichenholz ein untersetzter Krieger mit gegabeltem Bart saß. Seine Augen waren leuchtend blau, sein Mund breit mit vollen Lippen. Eine Narbe verlief rechts von seiner Nase im Bogen zum Kinn. Auch seine Unterarme zeigten Narben vom Nahkampf. Er stand auf, als sie eintraten.

»Stellt euch in zwei Reihen auf«, befahl er. Seine Stimme war tief und kalt. Die Jünglinge stellten sich auf. Okai, als einer der Kleinsten, stand vorne. »Ihr seid hier als Janitscharen. Ihr versteht nicht, was das bedeutet, aber ich werde es euch erklären. Der König – möge er allzeit leben – hat einen brillanten Plan ersonnen, um den Nadirüberfällen Einhalt zu gebieten, jetzt und in Zukunft. Ihr seid als Geiseln hier, um sicherzustellen, daß eure Väter sich benehmen. Darüber hinaus werdet ihr in den Jahren bei uns lernen, euch zivilisiert zu betragen, was gute Manieren und korrektes Verhalten ausmacht. Ihr werdet lesen lernen, debattieren, denken. Ihr werdet Dichtkunst und Literatur studieren, Mathematik und Kartographie. Ihr werdet auch in den Kriegskünsten unterrichtet, lernt das Wesen von Strategie, Logistik und Befehlshaberei. Kurz gesagt, ihr werdet Kadetten und dann Offiziere in der großen Gothir-Armee.« Er wandte sich an die beiden Offiziere, die die Jungen hergebracht hatten. »Ihr könnt jetzt gehen und euch den Reisestaub abwaschen. Ich habe diesen … Kadetten noch ein paar Worte zu sagen.«

Als die Offiziere gegangen waren und die Tür hinter ihnen ins Schloß gefallen war, baute sich der Krieger direkt vor den Jungen auf. Er überragte Okai hünenhaft. »Was ihr gerade gehört habt, ihr mistfressenden Affen, ist die *offizielle* Begrüßung in der Akademie von Bodacas. Ich bin Gargan, Graf von Larness, und die meisten meiner Narben stammen aus Kämpfen mit eurer elenden Rasse. Ich habe die meiste Zeit meines Lebens damit verbracht, Nadir-Abschaum zu töten. Man kann euch nichts beibringen, weil ihr nicht menschlich seid, genauso gut könnte man versuchen, einem Hund das Flötespielen beizubringen. Diese Torheit entspringt dem wirren Hirn eines senilen alten Mannes, aber wenn er stirbt, wird diese Dummheit mit ihm sterben. Bis zu diesem gesegneten Tag arbeitet hart, denn die Peitsche wartet auf jeden, der träge oder dumm ist. Jetzt geht runter, ein Kadett erwartet euch. Er bringt euch zum Quartiermeister, der euch mit Tunika und Stiefeln ausrüstet.«

Talisman wurde in die Gegenwart zurückgerissen, als er Zhusai hinter sich hörte. Er öffnete die Augen und lächelte. »Heute müssen wir vorsichtig sein. Dein Großvater sagt, dieses Gebiet wird von einer Gruppe Keistas kontrolliert, die sich Knochenbrecher nennen. Wenn möglich, möchte ich ihnen nicht begegnen.«

»Weißt du, warum sie Knochenbrecher heißen?« fragte sie.

»Ich zweifle, daß es etwas mit philanthropischen Studien zu tun hat«, antwortete er und ging an ihr vorbei zu den Ponys.

»Philanthropischen Studien?« wiederholte Zhusai. »Was für eine Sorte Nadir bist du eigentlich?«

»Ich bin der Hund, der Flöte spielt«, erklärte er, während er den Sattelgurt straffzog und sich auf den Rücken seines Ponys schwang.

Den größten Teil des Vormittags ritten sie und hielten gegen Mittag an einem Wasserlauf, um zu rasten und ein Mahl aus kaltem Fleisch und Käse zu sich zu nehmen. Sie hatten keine Reiter gesehen, aber Talisman hatte frische Spuren entdeckt, und einmal waren sie auf Pferdeäpfel gestoßen, die noch feucht waren. »Drei Krieger«, sagte Talisman. »Sie sind vor uns.«

»Das ist äußerst beunruhigend. Ist es nicht möglich, daß es einfache Reisende sind?«

»Möglich – aber nicht wahrscheinlich. Sie haben keinen Proviant dabei, und sie machen sich nicht die Mühe, ihre Spuren zu verbergen. Wir werden sie umgehen, wenn wir können.«

»Ich habe zwei Wurfmesser – eins in jedem Stiefel, Herr«, sagte sie mit einer Neigung des Kopfes. »Ich kann gut mit ihnen umgehen. Obwohl ich natürlich«, setzte sie eilig hinzu, »keinen Zweifel daran hege, daß ein Krieger wie du mühelos drei Keistas töten kann.«

Talisman verdaute die Information. »Ich werde über

das, was du gesagt hast, nachdenken, aber ich hoffe, Blutvergießen wird nicht nötig sein. Ich will es mit Reden versuchen. Ich möchte keinen Nadir töten.«

Zhusai verneigte sich erneut. »Ich bin sicher, Herr, daß du dir einen guten Plan ausdenkst.«

Talisman zog den Korken aus der Wasserflasche und nippte, dann ließ er die warme Flüssigkeit im Mund kreisen. Nach Chorin-Tsus Karte lag die nächste Wasserstelle einen halben Tagesritt im Osten, dort wollte er ihr Lager aufschlagen, wenn ihm auch der Gedanke kam, daß die Keistas wahrscheinlich ähnlich dachten. Er reichte Zhusai die Wasserflasche und wartete, während sie trank. Dann nahm er die Flasche mit zu den angepflockten Ponys und rieb ihnen mit einem angefeuchteten Tuch Staub und Sand von den Nüstern. Er kehrte zu Zhusai zurück und hockte sich vor ihr hin. »Ich nehme dein Angebot an«, sagte er. »Aber eins muß klar sein: Du benutzt dein Messer nur auf meinen ausdrücklichen Befehl hin. Bist du Rechtshänder?« Sie nickte. »Dann ist dein Ziel der Mann, der am weitesten links von dir steht. Wenn wir den Keistas begegnen, mußt du dein Messer heimlich ziehen. Hör auf meinen Befehl: wenn ich deinen Namen sage.«

»Ich verstehe, Herr.«

»Es gibt noch etwas, das wir besprechen müssen. Die Höflichkeit der Chiatze ist legendär und paßt in eine Welt mit seidenbezogenen Sitzen, ausgedehnten Büchereien und einer zehntausend Jahre alten Zivilisation. Aber nicht hierher. Mach dich frei von Gedanken an Hüter und Mündel. Wir haben gerade unseren Schlachtplan zurechtgelegt, und jetzt sind wir zwei Krieger, die gemeinsam durch ein feindliches Land reisen. Von jetzt an würde es mich freuen, wenn du weniger formell mit mir sprechen würdest.«

»Du wünschst nicht, daß ich dich Herr nenne?«

Talisman sah ihr in die Augen und fühlte, wie sein Mund trocken wurde. »Spar dir diesen Ehrennamen für deinen Gatten auf, Zhusai. Nenn mich Talisman.«

»Wie du befiehlst, so soll es sein ..., Talisman.«

Die Nachmittagssonne brannte auf die Steppe nieder, und die Ponys trabten mit gesenkten Köpfen auf die fernen Berge zu. Obwohl das Land flach und leer wirkte, wußte Talisman, daß es viele verborgene Gräben und Vertiefungen gab und daß die drei Keistas in hundert verschiedenen Verstecken sein konnten. Talisman kniff die Augen zusammen und blickte prüfend über die versengte Landschaft. Es war nichts zu sehen. Er lockerte seinen Säbel und ritt weiter.

Gorkai war ein Mörder und Dieb. Für gewöhnlich – aber nicht unbedingt – in dieser Reihenfolge. Die Sonne brannte auf ihn herab, aber auf seinem flachen, häßlichen Gesicht zeigte sich nicht eine Schweißperle. Die beiden Männer, die bei ihm waren, trugen breitkrempige Strohhüte, die Kopf und Nacken vor der erbarmungslosen Sonne schützten, aber Gorkai verschwendete keinen Gedanken an die Hitze, während er auf ein neues Opfer wartete. Früher hatte er mehr als nur ein Dieb werden wollen. Er hatte sich danach gesehnt, eine eigene Ziegenherde zu besitzen und eine Herde schöner Ponys, die von den zähen Hengsten der Nordpässe abstammten. Gorkai hatte von dem Tag geträumt, an dem er sich eine zweite Frau leisten konnte, obwohl er damals noch nicht einmal seine erste gewonnen hatte. Und er sah sich an den Abenden, an denen seiner Fantasie Flügel wuchsen, auch schon im Kreis des Ältestenrats sitzen. Alle seine Träume waren heute nichts weiter als Rauch, der seinen Erinnerungen einen bitteren Nachgeschmack verlieh.

Jetzt war er ein Keista – einer ohne Stamm.

Wenn er in der sengenden Sonne saß und über die Steppe starrte, hatte er keine Träume. Wieder im Lager würde die Hure mit der Schlitznase, die auf ihn wartete, irgendwelchen hübschen Tand erwarten, ehe sie ihm ihre Gunst erwies.

»Meinst du, sie haben den Pfad verlassen?« fragte Baski und kroch zu ihm heran. Die Pferde waren in der ausgetrockneten Rinne unter ihnen angepflockt, und die beiden Männer waren halb hinter den überhängenden Zweigen einiger *sihjis*-Büsche verborgen. Gorkai warf dem dicklichen Krieger einen Blick zu.

»Nein. Sie reiten langsam, um die Kräfte ihrer Ponys zu schonen.«

»Wir greifen an, wenn er in Sicht kommt?«

»Glaubst du, es wird so einfach sein?« erwiderte Gorkai.

Baski räusperte sich und spie aus, dann zuckte er die Achseln. »Er ist ein Mann. Wir sind drei.«

»Drei? Es wäre klug, wenn du Djung nicht in deine Überlegungen mit einbeziehst.«

»Djung hat schon getötet«, sagte Baski. »Ich habe es selbst gesehen.«

Gorkai schüttelte den Kopf. »Er ist ein *Killer*, ja. Aber wir haben es hier mit einem *Kämpfer* zu tun.«

»Wir haben ihn noch nicht gesehen. Woher willst du das also wissen, Gorkai?«

Der ältere Mann hockte sich auf die Fersen. »Ein Mann muß nichts über Vögel wissen, um zu sehen, daß der Habicht ein Jäger und die Taube seine Beute ist. Verstehst du? Die Schärfe der Krallen, der gekrümmte Schnabel, die Kraft und die Schnelligkeit der Flügel. So ist es auch mit Menschen. Dieser hier ist vorsichtig und wachsam, umgeht Gelände, das sich für Hinterhalte eignet, was zeigt, daß er sich mit Überfällen auskennt. Er weiß auch, daß er sich auf feindlichem Gebiet befindet, doch er reitet trotzdem. Das sagt uns, daß er Mut und Selbstvertrauen besitzt. Es eilt nicht, Baski. Erst beobachten wir, dann töten wir.«

»Ich beuge mich deiner Weisheit, Gorkai.«

Sie hörten etwas hinter sich. Gorkai drehte sich um und sah Djung, der den Hang heraufkletterte. »Langsam!« zischte Gorkai. »Du wirbelst Staub auf!«

Djungs dickliches Gesicht verzog sich zu einer mürrischen Miene. »Man kann mich von nirgends her sehen«, sagte er. »Du machst dir Sorgen wie ein altes Weib.«

Gorkai drehte sich von dem jüngeren Mann weg. Es bestand keine Notwendigkeit, das Gespräch fortzusetzen. Djung hatte ein Talent zur Dummheit, eine fast mystische Fähigkeit, jeder Form von Logik zu widerstehen.

Von den Reitern war noch immer nichts zu sehen, und Gorkai gestattete sich, etwas zu entspannen. Früher hatte man in ihm den *kommenden Mann* gesehen, eine Stimme für die Zukunft. Diese Tage lagen weit hinter ihm, festgetrampelt im Staub seiner Vergangenheit. Als man ihn verbannt hatte, hatte er zunächst geglaubt, er hätte lediglich Pech, aber jetzt, mit der praktisch nutzlosen Gabe des Rückblicks, wußte er, daß dem nicht so gewesen war. Er war ungeduldig gewesen und hatte versucht, zu hoch und zu schnell aufzusteigen. Die Arroganz der Jugend. Zu schlau, um die eigene Dummheit zu erkennen.

Er war gerade siebzehn, als er am Überfall auf den Wolfsschädel-Stamm teilnahm, und es war Gorkai gewesen, der dreißig ihrer Ponys einfing. Durch seinen plötzlichen Reichtum hatte er gelernt anzugeben. Zu jener Zeit schien es, als hätten die Götter von Stein und Wasser auf ihn herabgelächelt. Rückblickend erkannte er, daß ihr Geschenk mit Gift versetzt war. Mit zwei Ponys hätte er eine Frau finden können, zehn hätten ihm einen Platz unter den Besten verschafft. Aber dreißig waren zuviel für einen jungen Mann, und je mehr er prahlte, desto unbeliebter wurde er. Das war für einen jungen Mann schwer zu begreifen. Beim Mittsommertreffen machte er ein Angebot für Li-shi, die Tochter von Lon-tsen. Fünf Ponys! Niemand hatte jemals fünf Ponys für eine Jungfrau geboten.

Und er wurde zurückgewiesen! Bei der Erinnerung an diese Schande wurde er selbst heute noch rot. Er war vor allen gedemütigt, denn Lon-tsen gab seine Tochter einem Krieger, der nur ein Pony und sieben Wolldecken bot.

Blind vor Zorn hatte Gorkai seine Demütigung gehätschelt und zu einem so starken Haß angefacht, daß ihm sein Plan wie eine blendende, brillante Idee erschien, um seinen verletzten Stolz wiederherzustellen. Er hatte Li-shi entführt, vergewaltigt und dann ihrem Vater zurückgebracht. »Jetzt wirst du schon sehen, wer haben will, was Gorkai bereits besessen hat«, sagte er dem alten Mann. Nach Nadirsitte würde kein anderer Mann sie heiraten. Die Gesetze besagten, daß ihr Vater sie entweder Gorkai geben oder sie töten mußte, weil sie ihrer Familie Schande gebracht hatte.

In der Nacht waren sie zu ihm gekommen und hatten ihn vor den Rat gezerrt. Dort mußte er die Hinrichtung des Mädchens mit ansehen, erwürgt von seinem eigenen Vater, und hörte den Spruch der Verbannung durch den Ältestenrat.

Trotz all des Tötens seitdem dachte er immer noch mit aufrichtigem Bedauern an den Tod des Mädchens. Li-shi hatte sich nicht im geringsten gewehrt, sondern hatte den Blick fest auf Gorkai gerichtet und ihn beobachtet, bis ihre Augen brachen und ihr Kinn schlaff herabsank.

Das Schuldgefühl hatte ihn nie verlassen. Ein Stein im Herzen.

»Da sind sie«, flüsterte Baski. Gorkai verdrängte die Erinnerungen und kniff die Augen zusammen. Noch ein gutes Stück entfernt, ritt der Mann dicht vor der Frau her. So nah waren sie ihnen noch nie gekommen. Gorkai musterte den Mann. Über dem Sattelknauf hingen Bogen und Köcher, in einer Scheide an seiner Seite steckte ein Kavalleriesäbel. Etwa sechzig Schritt von Gorkai entfernt zügelte der Mann sein Pferd. Er war jung, und das überraschte Gorkai. Nach den Fähigkeiten, die er bis jetzt gezeigt hatte, hatte der Anführer der Keistas einen erfahrenen Krieger in den Dreißigern erwartet.

Die Frau ritt neben den Mann, und Gorkai klappte der Kiefer nach unten. Sie war außerordentlich schön, schlank, mit rabenschwarzem Haar. Aber was ihn erschütterte, war die Ähnlichkeit mit dem Mädchen, das er einst geliebt hatte. Sicher gaben die Götter ihm die Chance, endlich doch sein Glück zu finden? Das schabende Geräusch von Stahl durchbrach die Stille, und Gorkai warf Djung, der sein Schwert gezogen hatte, einen wütenden Blick zu.

Draußen auf der Steppe riß der Reiter sein Pferd herum und scherte nach links aus. Zusammen mit der Frau galoppierte er davon.

»Idiot!« sagte Gorkai.

»Wir sind drei. Laß sie uns verfolgen«, drängte Baski.

»Nicht nötig. Das einzige Wasser im Umkreis von sechzig Kilometern ist Kalls Tümpel. Wir werden sie schon finden.«

Talisman saß ein Stück abseits des Feuers, als die drei Reiter sich dem Lager näherten, das er rund zweihundert Meter von Kalls Tümpel entfernt aufgeschlagen hatte. Es war nur ein weiterer Felsentümpel, der weitgehend durch Quellen in tiefen Gesteinsschichten gespeist wurde. Schlanke Bäume wuchsen am Rand, und leuchtend bunte Blumen klammerten sich in der weichen Erde am Ufer ans Leben. Zhusai hatte das Lager am Wasser aufschlagen wollen, aber Talisman hatte sich geweigert. So hatten sie ihr Feuer vor einer Felswand in Sichtweite des Wassers gebaut. Das Mädchen schlief am ersterbenden Feuer, als die Reiter kamen, aber Talisman war hellwach. Sein Säbel lag griffbereit vor ihm. Neben ihm lag sein Jagdbogen, drei Pfeile aus seinem Köcher steckten in der Erde.

Die Reiter blieben stehen und beobachteten ihn, wie er sie beobachtete. Der Krieger in ihrer Mitte war untersetzt, mit kurzgeschnittenem Haar, das über der Stirn einen Wirbel hatte. Rechts von ihm stand ein kleinerer, schlankerer Reiter mit brennenden Augen, und links von ihm ein Mann mit dickem Gesicht, der einen pelzverbrämten Eisenhelm trug.

Die Reiter warteten, doch weder rührte sich Talisman noch sagte er ein Wort. Endlich stieg der Anführer ab. »Ein einsamer Ort«, sagte er leise. Zhusai erwachte und setzte sich auf.

»Für einen einsamen Mann ist jeder Ort verlassen«, sagte Talisman.

»Was soll das heißen?« fragte der Krieger und winkte seine Kameraden zu sich heran.

»Wo in all diesem Land aus Stein und Wasser kann sich ein Keista willkommen fühlen?«

»Du bist nicht sehr freundlich«, sagte der Mann und machte einen Schritt nach vorn. Die anderen beiden gingen zur Seite, die Hand am Schwertgriff.

Talisman erhob sich, ohne den Säbel aufzunehmen, seine Hände hingen locker an den Seiten. Der Mond schien hell auf die kleine Gruppe. Zhusai wollte aufstehen, aber Talisman sagte: »Bleib wo du bist … Zhusai. Bald ist alles gut.«

»Du scheinst dir da sehr sicher zu sein«, sagte der Anführer mit der Stirnlocke. »Und dabei bist du in einem fremden Land, und nicht unter Freunden.«

»Das Land ist mir nicht fremd«, widersprach Talisman. »Es ist Nadirland, beherrscht von den Göttern von Stein und Wasser. Ich bin Nadir, und dieses Land ist durch Recht und Blut mein Land. Ihr seid die Fremden hier. Könnt ihr nicht euren Tod in der Luft, im Wind spüren? Keistas! Der Name allein stinkt wie ein totes Schwein.«

Der Anführer wurde rot. »Glaubst du, wir haben uns den Titel vielleicht ausgesucht, du arroganter Bastard? Glaubst du, wir wollten so leben?«

»Wieso redest du überhaupt mit ihm?« knurrte der Krieger mit dem Mondgesicht. »Machen wir ihn fertig!« Er zog sein Schwert aus der Lederscheide und rannte los. Talismans rechte Hand zuckte hoch, das Messer schoß durch die Luft und bohrte sich bis zum Elfenbeingriff in das linke Auge des Mannes. Der Krieger lief noch zwei Schritte, dann stürzte er nach links mit dem Gesicht voran zu Boden. Als der zweite Krieger sich nach vorn warf, drang ihm Zhusais Messer seitlich in den Hals. Blut gurgelte in seine Luftröhre. Hustend ließ er sein Schwert fallen und zog das Messer heraus. Schockiert und ungläubig starrte er auf die schmale Klinge hinab. Er sank auf die Knie und versuchte zu sprechen, doch statt dessen strömte das Blut in rotem Schaum aus seinem Mund. Talisman schnippte den Säbel mit dem Fuß in die Luft und fing ihn geschickt auf.

»Dein toter Freund hat dir eine Frage gestellt«, sagte er zu dem betäubten Anführer. »Aber ich würde gern die Antwort hören. *Warum* redest du überhaupt mit mir?«

Der Mann blinzelte, dann setzte er sich plötzlich ans Feuer. »Du hast recht«, sagte er. »Ich kann die Verachtung spüren. Und ich bin allein. Es war nicht immer so. Ich machte einen Fehler, aus Stolz und Dummheit, und ich bezahle seit zwanzig Jahren dafür. Und kein Ende in Sicht.«

»Zu welchem Stamm gehörtest du?« fragte Talisman.

»Den Nordgrauen.«

Talisman ging zum Feuer und setzte sich dem Mann gegenüber. »Ich heiße Talisman, und ich habe mein Leben dem Einiger gewidmet. Sein Tag ist fast gekommen. Wenn du wieder Nadir sein willst, dann folge mir.«

Der Mann lächelte und schüttelte den Kopf. »Der Einiger? Der Held mit den violetten Augen? Glaubst du, daß es ihn gibt? Und wenn, warum sollte er mich nehmen?«

»Er wird dich nehmen – wenn du bei mir bist.«

»Du weißt, wo er ist?«

»Ich weiß, was uns zu ihm bringen wird. Wirst du mir folgen?«

»Welcher Stamm bist du?«

»Wolfsschädel. So, wie du es sein wirst.«

Der Mann starrte düster ins Feuer. »All mein Ärger begann mit den Wolfsschädeln. Vielleicht endet er auch da.« Er blickte auf und sah Talisman in die dunklen Augen. »Ich werde dir folgen. Welchen Bluteid verlangst du?«

»Keinen«, antwortete Talisman. »Wie du es gesagt hast, so soll es sein. Wie heißt du?«

»Gorkai.«

»Dann halte Wache, Gorkai, denn ich bin müde.«

Mit diesen Worten legte Talisman seinen Säbel ab, wickelte sich in eine Decke und schlief ein.

Zhusai saß ruhig da, als Talisman sich ausstreckte, den Kopf auf den Arm bettete und sein Atem tiefer ging. Zhusai konnte kaum glauben, daß er so etwas tat! Nervös sah sie zu Gorkai hin und erkannte die Verwirrung in der Miene des Mannes. Noch kurz zuvor waren dieser Mann und zwei andere in ihr Lager geritten, um sie zu töten. Jetzt waren zwei von ihnen tot, und der dritte saß still am Feuer. Gorkai stand auf, und Zhusai zuckte zusammen. Doch der Nadirkrieger ging nur zu dem ersten Toten und schleppte ihn aus dem Lager. Dasselbe wiederholte er mit dem zweiten Leichnam. Als er zurückkam, hockte er sich vor Zhusai hin und streckte ihr die Hand hin. Sie sah, daß er ihr Wurfmesser mit dem Elfenbeingriff hielt. Schweigend nahm sie es. Gorkai stand auf und sammelte Feuerholz, ehe er sich neben dem Feuer niederließ. Zhusai hatte kein Verlangen nach Schlaf. Sie war überzeugt, daß dieser Killer in dem Augenblick, in dem sie die Augen schloß, Talisman die Kehle durchschneiden und danach sie mißbrauchen und ermorden würde.

Die Nacht verging, aber Gorkai machte keine Bewegung in Richtung des schlafenden Talisman oder zu ihr. Statt dessen saß er mit gekreuzten Beinen da, tief in Gedanken verloren. Talisman stöhnte im Schlaf und sprach plötzlich in der Sprache der Gothir. »Niemals!« sagte er.

Gorkai sah zu der Frau, und ihre Blicke begegneten sich. Zhusai wandte die Augen nicht ab. Gorkai stand auf und winkte ihr zu, ein Stück mit ihm zu gehen. Ohne sich umzusehen, ging er zu den Ponys und setzte sich auf einen Stein. Eine Weile machte Zhusai keine Anstalten zu folgen, dann ging sie ihm nach, das Messer in der Hand.

»Erzähl mir von ihm«, bat Gorkai.

»Ich weiß nur sehr wenig.«

»Ich habe euch beobachtet. Ihr berührt euch nicht. Es gibt keine Vertrautheit.«

»Er ist nicht mein Gemahl«, sagte sie kalt.

»Woher kommt er? Wer ist er?«

»Er ist Talisman von den Wolfsschädeln.«

»Talisman ist kein Nadirname. Ich habe ihm mein Leben gegeben, denn er hat meine Träume und meine Bedürfnisse berührt. Aber ich muß es wissen.«

»Glaub mir, Gorkai, du weißt fast soviel wie ich. Aber er ist stark, und er träumt große Träume.«

»Wohin gehen wir?«

»Ins Tal von Shul-sens Tränen und zum Grab von Oshikai.«

»Ach«, meinte Gorkai, »also eine Pilgerfahrt. So sei es.« Er stand auf und holte tief Luft. »Ich habe auch Träume – obwohl ich sie fast vergessen hätte.« Er zögerte, dann sprach er weiter. »Fürchte mich nicht, Zhusai. Ich werde dir nie etwas zuleide tun.« Damit ging Gorkai zurück zum Feuer und setzte sich.

Zhusai kehrte zu ihrer Decke zurück.

Die Morgensonne war hinter einer dichten Wolkenbank verborgen. Zhusai erwachte mit einem Ruck. Sie war fest entschlossen gewesen, nicht einzuschlafen, aber irgendwann im Laufe der Nacht war sie ins Reich der Träume geglitten. Talisman war auf und unterhielt sich mit Gorkai. Zhusai öffnete ihr Bündel und fachte das Feuer wieder an, um ein Frühstück aus gesalzenem Haferbrei und getrocknetem Fleisch zuzubereiten. Die beiden Männer aßen schweigend, dann nahm Gorkai die Holzteller und wusch sie im Tümpel ab. Es war die Arbeit einer Frau oder eines Dieners, und Zhusai wußte, daß dies Gorkais Art war, seinen Platz unter ihnen festzulegen. Zhusai verstaute die Teller wieder in dem Leinenbeutel und schnallte ihn hinter ihren Sattel. Gorkai half ihr beim Aufsteigen, dann reichte er ihr die Zügel der beiden anderen Ponys.

Talisman ritt voraus auf die Steppe, Gorkai an seiner Seite. »Wie viele Keistas machen das Gelände hier unsicher?« fragte Talisman.

»Dreißig«, antwortete Gorkai. »Wir … sie nennen sich Knochenbrecher.«

»Das habe ich gehört. Warst du schon einmal an Oshikais Grab?«

»Dreimal.«

»Erzähl mir davon.«

»Es ist ein schlicht geschnitzter Sarkophag, der in einem Haus aus weißem Stein steht. Einst war es eine Wehranlage der Gothir, jetzt ist es ein heiliger Ort.«

»Wer hält dort jetzt Wache?«

Gorkai zuckte die Achseln. »Schwer zu sagen. In der Nähe lagern immer Krieger von mindestens vier Stämmen. Ein blinder Priester schickt ihnen Botschaften und sagt ihnen, wann sie ihren Pflichten nachkommen sollen. Er bestimmt auch, wann sie in ihre Heimat zurückkehren sollen, und dann schicken andere Stämme Krieger. Es ist eine große Ehre, erwählt zu sein, um die Ruhestätte Oshikais zu bewachen. Das letzte Mal, als ich dort war, bewachte der Grünaffen-Stamm das Grab. Die Nordgrauen, die Steintiger und die Flinken Ponys warteten darauf, an die Reihe zu kommen.«

»Wie viele gehören zu jeder Gruppe?«

»Nicht mehr als vierzig.«

Die Wolken begannen aufzubrechen, und die sengende Sonne trat hervor. Zhusai nahm einen breitkrempigen Strohhut vom Sattelknauf und setzte ihn auf. Der Staub trocknete ihr die Kehle aus, aber sie widerstand dem Bedürfnis zu trinken.

Die drei ritten den ganzen langen Tag über.

Kapitel fünf

Die Aufstände dauerten drei Tage. Sie entbrannten im ärmsten Viertel und breiteten sich rasch aus. Aus der Umgebung wurden Truppen zusammengezogen, und Kavallerie sprengte in die Aufständischen. Es gab viele Tote, und am Ende des dritten Tages waren vierhundert Menschen getötet und Hunderte verwundet worden.

Die Spiele wurden während der Unruhen ausgesetzt, die Athleten erhielten den Rat, in ihren Quartieren zu bleiben, deren Umgebung von Soldaten gesichert wurde. Bei Einbruch der Dunkelheit starrte Druss finster aus dem oberen Fenster und beobachtete die Flammen, die von den brennenden Häusern des Westviertels aufstiegen.

»Wahnsinn«, sagte er, als Sieben sich neben ihn stellte.

»Majon erzählte mir, daß sie den Mann mit der Armbrust erwischt und in Stücke gehauen haben.«

»Und trotzdem geht das Morden weiter. Warum nur, Sieben?«

»Du hast es selbst gesagt: Wahnsinn. Wahnsinn und Gier. Fast jedermann hatte Geld auf Klay gesetzt, und sie fühlen sich jetzt betrogen. Drei der Wetthäuser sind bis auf die Grundmauern niedergebrannt.« Draußen zog ein Trupp berittener Soldaten über die breite Straße zum aufständischen Viertel.

»Neuigkeiten über Klay?« fragte Druss.

»Nichts, aber Majon sagt, er habe viele Freunde unter den Ärzten. Und Klay ist reich, Druss, er kann sich die besten leisten.«

»Ich wäre fast umgekommen«, sagte Druss leise. »Ein Messer schoß auf mein Auge zu. Seine Hand bewegte sich wie ein Blitz, Dichter. Ich habe so etwas noch nie gesehen. Er pflückte die Klinge regelrecht aus der Luft.« Druss schüttelte den Kopf. »Ich kann es immer noch nicht glauben. Und Augenblicke später hat ihn der Bolzen eines Feiglings zu Boden geworfen. Er wird nie wieder laufen können, Sieben.«

»Das kann man noch nicht sagen, altes Roß. Du bist kein Arzt.«

»Ich weiß, daß sein Rückgrat zerschmettert ist. Ich habe eine solche Verletzung oft genug gesehen. Das kann nicht mehr heilen. Nicht ohne ...« Er brach ab.

»Ohne was?«

Druss entfernte sich vom Fenster. »Ein Nadirschamane kam zu mir – kurz vor dem Kampf. Er erzählte mir von magischen Juwelen, die jede Wunde heilen könnten.«

»Hat er auch versucht, dir eine Karte vom Standort einer legendären Diamantenmine zu verkaufen?« fragte Sieben lächelnd.

»Ich gehe aus«, verkündete Druss. »Ich muß Klay sehen.«

»Aus? In dieses Chaos? Komm schon, Druss, warte wenigstens bis morgen früh.«

Druss schüttelte den Kopf.

»Dann nimm wenigstens eine Waffe mit«, drängte Sieben. »Die Aufständischen schreien noch immer nach Blut.«

»Dann sollten sie sich besser von mir fernhalten«, knurrte Druss, »sonst vergieße ich genug davon, um sie alle zu ertränken!«

Das Gelände war verlassen, die Tore standen offen. Druss blieb stehen und starrte auf die zerbrochene Statue, die auf dem Rasen lag. Sie sah aus, als hätte man ihre Beine mit Hammerschlägen zerschmettert. Der Hals war abgeschlagen, der Kopf lag auf dem Gras, die steinernen Augen schauten blicklos den schwarzbärtigen Krieger an, der im Tor stand.

Druss blickte um sich. Die Blumen in den Beeten waren ausgerissen, der Rasen um die Statue herum zu Matsch zertrampelt. Er ging zur offenstehenden Vordertür. Kein Diener begrüßte ihn, als er zum Übungsgelände durchging. Kein Geräusch war zu hören. Die Sandarenen waren leer, die Brunnen hatten aufgehört zu fließen. Ein alter Mann mit einem Eimer Wasser kam in Sicht. Es war der Diener, der sich um den Betteljungen gekümmert hatte. »Wo sind sie alle?« fragte Druss.

»Weg. Alle weg.«

»Was ist mit Klay?«

»Sie haben ihn in ein Hospital im Südviertel gebracht. Diese dreckfressenden Bastarde!«

Druss schlenderte zurück ins Hauptgebäude. Sofas und Stühle waren zerschlagen, die Vorhänge von den Fenstern gerissen. Ein Porträt von Klay war zerschnitten, und das Zimmer stank nach Urin. Druss schüttelte verwirrt den Kopf. »Warum sollten die Aufständischen so etwas tun? Ich dachte, sie verehren diesen Mann.«

Der alte Mann setzte den Eimer ab, stellte einen Stuhl auf und sank darauf. »O ja, sie verehrten ihn, bis sein Rückgrat brach. Dann haßten sie ihn. Die Menschen hatten ihre ganzen Ersparnisse auf ihn gesetzt. Sie hörten, daß er in eine Wirtshausschlägerei verwickelt war und daß alle Wetten nichtig waren. Weil sie ihr Geld verloren hatten, sind sie über ihn hergefallen. Über ihn hergefallen wie die Tiere! Nach allem, was er für sie gewonnen hat, was er für sie getan hat. Weißt du«, sagte er, und sein altes Gesicht war rot vor Zorn, »das Hospiz, in das sie ihn gebracht haben, wurde von Geld erbaut, das Klay gestiftet hat. Vielen der Menschen, die herkamen und Schmähreden führten, hatte er in der Vergangenheit geholfen. Keine Dankbarkeit. Aber der schlimmste von allen war Shonan.«

»Klays Trainer?«

»Pah!« der alte Mann spie aus. »Trainer, Hundeführer, Besitzer? Nenn ihn wie du willst, aber ich nenne ihn einen blutsaugenden Parasiten. Klay ist weg – und mit ihm sein Reichtum. Shonan behauptet sogar, daß dieses Haus ihm gehört. Wie es scheint, besaß Klay überhaupt nichts. Kannst du dir das vorstellen? Der Bastard hat noch nicht einmal die Kutsche bezahlt, die Klay ins Krankenhaus gebracht hat. Er wird dort völlig mittellos sterben.« Der alte Mann lachte bitter. »Vor einem Augenblick noch war er der Held von Gothir – von allen geliebt, von allen umschmeichelt. Jetzt ist er arm, allein und ohne Freunde. Bei den Göttern, das gibt einem zu denken, oder?«

»Er hat dich«, sagte Druss. »Und er hat mich.«

»Dich? Du bist der Drenai-Kämpfer, du hast ihn kaum gekannt.«

»Ich kenne ihn, und das ist genug. Kannst du mich zu ihm bringen?«

»Ja, mit Vergnügen. Ich bin hier fertig. Ich hole noch meine Sachen, dann treffen wir uns vor dem Haus.«

Druss wanderte zu dem Rasen vor dem Haus. Eine Gruppe von vielleicht einem Dutzend Athleten kam gerade durch das Tor, und ihr Gelächter weckte Druss' Zorn. In der Mitte der Gruppe ging ein glatzköpfiger Mann, der eine goldene, juwelenbesetzte Halskette trug. Sie blieben bei der Statue stehen, und Druss hörte einen jungen Mann sagen: »Bei Shemak, diese Scheußlichkeit hat über 3000 Raq gekostet. Jetzt ist es nur noch Schrott.«

»Hin ist hin«, sagte der mit der Goldkette.

»Was willst du jetzt machen, Shonan?« fragte ein anderer.

Der Mann zuckte die Achseln. »Einen anderen Kämpfer suchen. Das wird schwer, glaubt mir, denn Klay war begabt. Daran besteht kein Zweifel.«

Der alte Mann kam zu Druss. »Rührt dich ihr Kummer nicht zu Tränen? Klay hat sie alle unterstützt. Siehst du den jungen Blonden da? Klay hat erst vor einer Woche seine Spielschulden bezahlt. Etwas über tausend Raq. Und das ist der Dank dafür!«

»Ja, sie sind ein mieser Haufen«, sagte Druss. Er überquerte den Rasen und ging zu Shonan.

Der Mann grinste Druss an. »Wie die Mächtigen fallen«, sagte er und deutete auf die Statue.

»Genau wie die nicht so Mächtigen«, erwiderte Druss. Seine Faust donnerte dem Mann ins Gesicht und riß ihn von den Füßen. Ein paar der Athleten stürzten vor, doch Druss starrte sie so finster an, daß sie wie angewurzelt stehenblieben. Langsam zogen sie sich zurück, und Druss ging zu dem gestürzten Shonan. Beide Vorderzähne waren durch die Lippen gedrungen, sein Kiefer hing schlaff herab. Druss riß ihm die Kette vom Hals und warf sie dem alten Mann zu. »Damit kannst du vielleicht ein, zwei Rechnungen im Krankenhaus bezahlen«, sagte er.

»Bestimmt«, stimmte der alte Mann zu. Die Athleten standen noch immer in der Nähe. Druss deutete auf den jungen Mann mit dem blonden Haar.

»Du da, komm her.« Der Mann blinzelte nervös, machte aber einen Schritt vor.

»Wenn dieses Miststück hier aufwacht, sag ihm, daß Druss ihn finden wird. Sag ihm, ich erwarte, daß er sich um Klay kümmert. Ich erwarte, daß Klay in sein eigenes Haus zurückkehrt, mit seinen eigenen Dienern und mit genügend Geld, um sie zu entlohnen. Wenn das nicht geschieht, werde ich zurückkommen und ihn töten. Danach werde ich dich finden und dir dein hübsches Gesicht aus dem Schädel reißen. Verstanden?« Der junge Mann nickte, und Druss wandte sich an die anderen. »Ich habe mir euch Würmer genau gemerkt. Falls ich feststelle, daß es Klay an irgend etwas mangelt, werde ich jeden einzelnen von euch finden. Und macht keinen Fehler: Falls Klay auch noch mit nur einer einzigen Silbe geschmäht wird, werdet ihr alle sterben. Ich bin Druss, und das ist ein Versprechen.«

Druss ging davon, den alten Mann an seiner Seite. »Ich heiße Carmol«, sagte der Diener mit einem breiten Grinsen. »Und es ist mir ein Vergnügen, dich noch einmal kennenzulernen!«

Zusammen wanderten sie durch die vom Aufstand zerrissene Stadt. Hier und dort lagen Tote am Wegrand, und der Wind trug ihnen den Geruch nach brennenden Häusern zu.

Das Hospiz lag mitten im ärmsten Viertel, die weißen Mauern wirkten unter den verwahrlosten Gebäuden, die es umgaben, fehl am Platz. Die Aufstände hatten hier in der Nähe begonnen, sich aber seit Tagen weiter fortgepflanzt. Ein älterer Priester zeigte ihnen den Weg zu Klays Zimmer, das klein und sauber war mit einem einzelnen schmalen Bett unter dem Fenster. Klay schlief, als sie eintraten, und der Priester holte zwei Stühle für die Besucher. Der Kämpfer erwachte, als Druss sich neben ihm auf das Bett setzte.

»Wie fühlst du dich?« fragte der Drenai.

»Es ist mir schon besser gegangen«, antwortete Klay mit einem gezwungenen Lächeln. Sein Gesicht war grau unter der Sonnenbräune, die Augen waren eingefallen und von tiefen Schatten umgeben.

Druss nahm die Hand des Kämpfers. »Ein Nadirschamane hat mir von einem Ort im Osten erzählt, an dem es magische Juwelen gibt, die jede Wunde heilen können. Ich breche morgen auf. Wenn es sie gibt, werde ich sie finden und dir bringen. Verstehst du?«

»Ja«, antwortete Klay. In seiner Stimme lag Verzweiflung. »Magische Juwelen, die mich heilen sollen!«

»Gib die Hoffnung nicht auf«, bat Druss.

»Hoffnung ist hier nicht angesagt, mein Freund. Das hier ist ein Hospiz, und man kommt her, um zu sterben. Im ganzen Haus warten Menschen auf den Tod, manche mit Krebs, andere mit kaputten Lungen, viele mit auszehrenden Krankheiten, für die es keine Namen gibt. Es sind Ehefrauen, Männer, Kinder. Wenn es solche Juwelen gibt, dann verdienen andere sie mehr als ich. Aber ich danke dir für deine Worte.«

»Es sind nicht nur Worte, Klay. Ich breche morgen auf. Versprich mir, daß du um dein Leben kämpfst, bis ich zurückkomme.«

»Ich kämpfe immer, Druss. Das ist meine Gabe. Im Osten, sagst du? Das ist das Stammland der Nadir, voller Räuber und Diebe und tödlicher Killer. Du wirst ihnen nicht begegnen wollen.«

Druss lachte leise. »Vertrau mir, mein Freund. Sie würden *mir* nicht begegnen wollen!«

Garen-Tsen starrte auf den Leichnam des Einbalsamierers hinab – das Gesicht im Tod verzerrt, erstarrt mitten im Schrei, die Augen weit aufgerissen. Aus den zahlreichen Wunden floß kein Blut mehr, und die gebrochenen Finger hatten aufgehört zu zucken.

»Er war zäh«, sagte der Folterknecht.

Garen-Tsen beachtete ihn nicht. Die Informationen, die der Einbalsamierer preisgegeben hatte, waren längst nicht vollständig, er hatte bis zum Schluß etwas zurückgehalten. Garen-Tsen starrte in das tote Gesicht. Du wußtest genau, wo sie sind, dachte er. Am Ende seiner Jahre des Studierens hatte Chorin-Tsu schließlich den Weg rekonstruieren können, den der abtrünnige Schamane genommen hatte, der ursprünglich die Augen von Alchazzar gestohlen hatte. In den Mondbergen hatte man ihn schließlich in seinem Versteck ausfindig gemacht und erschlagen. Von den Augen gab es keine Spur. Er hätte sie irgendwo verstecken können, aber zahlreiche Hinweise deuteten darauf hin, daß sie in – oder nahe – dem Grab von Oshikai Dämonstod verborgen waren. Dort sollten wundersame Heilungen stattgefunden haben: mehrere Blinde gewannen ihr Augenlicht wieder, ein Krüppel konnte wieder laufen. Für sich genommen bedeuteten diese *Wunder* gar nichts. Allen Gräbern von Helden oder Propheten wurden solche Dinge zugeschrieben, und als Chiatze verstand Garen-Tsen das Wesen von hysterischer Lähmung oder Blindheit. Trotzdem war es der einzige Hinweis auf den Verbleib der Juwelen. Es blieb jedoch das Problem, daß das Grab mindestens dreimal heimlich durchsucht worden war. Versteckte Juwelen waren dabei nicht gefunden worden.

»Schaff das weg«, befahl Garen-Tsen dem Folterknecht, und der Mann nickte. Die Universität bezahlte fünf Goldmünzen für jede frische Leiche – obwohl diese in einem so erbärmlichen Zustand war, daß er wahrscheinlich nur drei dafür bekam.

Der Chiatze-Minister raffte den Saum seiner langen Samtrobe und verließ den Raum. Klammere ich mich an welke Blätter, überlegte er? Kann ich Truppen in Shulsens Tal schicken mit auch nur einer geringen Gewißheit auf Erfolg?

Zurück in seinen eigenen Gemächern, schob er alle Gedanken an dieses Problem beiseite und widmete sich den Berichten des Tages. Ein geheimes Treffen im Hause des Senators Borvan, eine belauschte Kritik am Gottkönig in einer Schenke in der Aalgasse, eine Schlägerei am Haus des Kämpfers Klay. Der Name Druss stach ihm ins Auge, und er erinnerte sich an den furchteinflößenden Drenai. Er las weiter, überflog die Berichte und machte sich Notizen. Druss' Name tauchte noch einmal auf: er hatte Klay an jenem Morgen im Hospiz besucht. Garen-Tsen blinzelte, als er die kleine Handschrift las. *»Das Subjekt erwähnte die Heilenden Steine, die er für den Kämpfer holen wolle ...«* Garen-Tsen nahm eine kleine Silberglocke und läutete zweimal. Ein Diener trat ein und verbeugte sich.

Eine Stunde später stand der Informant nervös vor Garen-Tsens Schreibtisch. »Wiederhole alles, was du gehört hast. Jedes Wort. Laß nichts aus«, befahl Garen-Tsen. Der Mann tat, wie ihm geheißen. Der Chiatze entließ ihn und ging zum Fenster, aus dem er über die Türme und Dächer hinausstarrte. Ein Nadirschamane hatte Druss von den Juwelen erzählt, und er wollte nach Osten reisen. Das Tal von Shul-sens Tränen lag im Osten. Chorin-Tsus Tochter ritt mit dem Nadirkrieger Talisman nach Osten.

Er läutete noch einmal die Glocke.

»Geh zu Graf Larness«, trug er dem Diener auf, »und richte ihm aus, daß ich ihn heute noch sprechen muß. Beauftrage außerdem einen Krieger damit, den Drenaikämpfer Druss festzunehmen.«

»Jawohl, Herr. Was soll ihm vorgeworfen werden?«

»Angriff auf einen Bürger Gothirs, mit Todesfolge.«

Der Diener sah verblüfft aus. »Aber, Herr, Shonan ist nicht tot, er hat nur ein paar Zähne verloren.« Garen-Tsens Augen hefteten sich auf das Gesicht des Mannes, und der Diener wurde rot. »Ich werde mich darum kümmern, Herr. Vergib mir.«

Die Feilscherei hatte ihren Höhepunkt erreicht, und Sieben der Dichter wappnete sich für den Todesstoß. Der Pferdehändler hatte zuerst Höflichkeit, dann höfliches Desinteresse, dann Verärgerung und jetzt eindrucksvoll Zorn vorgetäuscht. »Für dich mag es einfach nur wie irgendein Pferd aussehen«, sagte der Händler und tätschelte dem Tier die grauen Flanken, »aber für mich ist Ganael wie ein Mitglied meiner Familie. Wir lieben dieses Pferd. Sein Vater war ein Champion, und seine Mutter war so schnell wie der Ostwind. Er ist tapfer und loyal. Und du beleidigst mich damit, daß du einen Preis bietest, den man normalerweise für eine Schindmähre bezahlt?«

Sieben hielt seine ernste Miene aufrecht und den grauen Augen des Mannes stand. »Ich bin ja durchaus einverstanden mit deiner Beschreibung dieses … Wallachs. Und wenn er fünf Jahre jünger wäre, käme ich in Versuchung, mich von etwas mehr Silber zu trennen. Aber das Pferd ist nicht mehr wert, als ich dir geboten habe.«

»Dann ist unser Geschäft beendet«, fauchte der Händler. »Es gibt Edelmänner in Gulgothir, die das Doppelte von dem bezahlen würden, was ich von dir verlange. Und ich biete dir nur diesen Sonderpreis, weil du mir gefällst und ich das Gefühl habe, daß Ganael dich auch mag.«

Sieben musterte den Grauen und sah dem Wallach ins Auge. »Er guckt gemein«, sagte er.

»Klug«, verbesserte der Händler rasch. »Er hat es ebensowenig wie ich gern mit Narren zu tun. Aber er ist furchtlos und stark. Du reitest in die Steppe. Himmel, Mann, du brauchst ein Pferd, das die Kraft hat, den Bergponys der Nadir davonzulaufen.«

»Dreißig Silberstücke sind zuviel. Ganael mag zwar stark sein, aber er ist auch schon ziemlich alt.«

»Unsinn. Er ist nicht älter als neun ...« Während der Händler sprach, hob Sieben skeptisch eine Augenbraue. »...na schön, vielleicht eher zehn oder elf. Trotzdem hat er noch Jahre vor sich. Seine Beine sind stark, und die Hufe sind ebenfalls kräftig. Und ich werde ihn für die Steppe neu beschlagen. Wie klingt das?«

»Es würde prima klingen – für zweiundzwanzig Silberstücke.«

»Himmel, Mann, bist du nur hergekommen, um mich zu beleidigen? Bist du heute morgen mit dem Vorsatz aufgestanden: ›Ich sollte den Tag damit zubringen, einen rechtschaffenen Geschäftsmann an den Rand eines Herzanfalls zu treiben‹? Siebenundzwanzig.«

»Fünfundzwanzig – wenn du die alte Mähre dazutust, die ganz hinten im Stall steht, und dazu noch zwei Sättel.«

Der Händler fuhr herum. »Die Stute? Dazugeben? Willst du mich in den Bankrott treiben? Die Stute hat die allerbeste Abstammung. Sie ...«

»... ist ein Mitglied der Familie«, warf Sieben mit einem schelmischen Lächeln ein. »Ich sehe, daß sie stark ist, aber wichtiger ist, daß sie alt und ruhig ist. Mein Freund ist kein Reiter, und ich denke, daß sie für ihn genau richtig ist. Du wirst keine anderen Käufer für sie finden – außer für Gefangenenkost oder Leim. Und der Preis für solche Mähren liegt bei einem halben Silberstück.«

Das hagere Gesicht des Händlers entspannte sich, und er zupfte an seinem Spitzbart. »Ich habe zufällig noch zwei alte Sättel – schöne Arbeiten, mit Taschen und Feldflaschen. Aber ich kann sie nicht für weniger als einen Silberling pro Stück abgeben. Siebenundzwanzig, und darauf eingeschlagen. Es ist zu heiß, um weiter zu feilschen.«

»Einverstanden«, stimmte Sieben zu. »Aber ich will

beide Pferde neu beschlagen und in drei Stunden zu mir gebracht haben.« Aus seinem Beutel nahm er zwei Silberstücke und reichte sie dem Mann. »Den Rest bei Empfang der Ware«, erklärte er.

Nachdem er dem Händler die Adresse gegeben hatte, schlenderte Sieben über den Marktplatz. Er war nahezu leer, stilles Zeugnis der Unruhen, die hier vergangene Nacht stattgefunden hatten. Eine junge Hure trat aus dem Eingang eines rauchgeschwärzten Hauses auf ihn zu. »Suchst du Vergnügen, Herr?« fragte sie. Sieben begutachtete sie, das Gesicht war jung und hübsch, aber die Augen blickten müde und leer.

»Wieviel?«

»Für einen Edelmann wie dich, Herr, nur ein viertel Silberstück. Es sei denn, du benötigst ein Bett, dann macht es ein halbes.«

»Und dafür willst du mir Vergnügen bereiten?«

»Ich werde dir Stunden des Vergnügens bereiten«, versprach sie. Sieben nahm ihre Hand und sah, daß ihre Finger sauber waren, ebenso wie das billige Kleid, das sie trug.

»Zeig es mir«, sagte er.

Zwei Stunden später betrat er wieder ihr Gasthaus. Majon saß am Fenster und schrieb an einer Rede, die er morgen beim Königlichen Begräbnis halten sollte. Er blickte auf, als Sieben eintrat, und legte seinen Federkiel beiseite. »Wir müssen miteinander reden«, sagte er und bedeutete Sieben, sich zu ihm zu setzen.

Der Dichter war müde und bedauerte bereits seine Entscheidung, Druss auf seiner Reise zu begleiten. Er setzte sich auf ein gepolstertes Sofa und goß sich einen Becher verdünnten Wein ein. »Mach es kurz, Botschafter, denn ich muß eine Stunde schlafen, ehe wir aufbrechen.«

»Ja, euer Ritt. Das gehört sich nicht, Dichter. Die Königin wird morgen beerdigt, und Druss ist ein Ehrengast. Jetzt aufzubrechen ist eine Beleidigung schlimmster Art. Vor allem nach den Unruhen – die schließlich wegen Druss begannen. Könnt ihr nicht wenigstens ein paar Tage warten?«

Sieben schüttelte den Kopf. »Ich fürchte, hier handelt es sich um etwas, das du nicht verstehst, Botschafter. Druss betrachtet das als eine Ehrenschuld.«

»Versuch nicht, mich zu beleidigen, Dichter. Ich verstehe das sehr gut. Aber Druss hat diesen Mann nicht um Hilfe gebeten, und deshalb ist er für seine Verwundung auch nicht verantwortlich. Er schuldet ihm nichts.«

»Erstaunlich«, meinte Sieben. »Du gibst mir recht. Nur spreche ich von Ehre, du hingegen von Tauschgeschäften. Hör mir zu: ein Mann wurde zum Krüppel gemacht, als er versuchte, Druss zu helfen. Jetzt liegt er im Sterben, und wir haben keine Zeit zu verlieren. Der Arzt hat Druss gesagt, daß Klay noch vielleicht einen Monat zu leben hat. Deswegen brechen wir auf, sobald die Pferde geliefert sind.«

»Aber das ist doch alles Unsinn!« brüllte Majon. »Magische Juwelen in einem Nadirtal! Welcher geistig gesunde Mensch würde eine solche … eine solche Märchengeschichte auch nur in Betracht ziehen? Ich habe mir die Gegend, die ihr aufsuchen wollt, einmal angesehen. Dort treiben sich zahlreiche Stämme herum. Kein Konvoi kommt dort durch – es sei denn, er ist schwer bewacht. Es gibt eine bestimmte Bande, die sich die Knochenbrecher nennt. Wie gefällt dir das? Weißt du, wie diese Nadir zu dem Namen gekommen sind? Sie zerschmettern ihren Gefangenen das Rückgrat und lassen sie in der Steppe liegen, damit die Wölfe sie finden.«

Sieben leerte seinen Wein und hoffte, daß sein Gesicht sein Entsetzen nicht widerspiegelte. »Du hast deine Ansicht deutlich gemacht, Botschafter.«

»Warum macht er es *wirklich*?«

»Das habe ich dir bereits gesagt. Druss schuldet dem Mann etwas – und er würde durchs Feuer gehen, um seine Schuld abzutragen.«

Als Sieben aufstand, erhob sich Majon ebenfalls. »Warum gehst du mit ihm? Er ist nicht gerade der hellste, und ich kann ... nur so eben ... seine vereinfachte Sicht der Welt verstehen. Aber du? Du hast Verstand und eine seltene Intelligenz. Siehst du denn nicht die Sinnlosigkeit seines Vorhabens?«

»Doch«, gestand Sieben. »Und es bestürzt mich, denn es wirft nur Licht auf die schrecklichen Makel dessen, was du Intelligenz nennst.«

In seinem Zimmer nahm Sieben ein Bad und streckte sich dann auf dem Bett aus. Die Freuden, die die Hure ihm versprochen hatte, erwiesen sich als vergänglich und trügerisch. Wie alle Freuden des Lebens, die Sieben je genossen hatte. Auf die Lust folgte ein sanfter Kummer darüber, was ihm alles fehlte. Die letzte Erfahrung blieb, wie der Mythos der perfekten Frau, immer unerreicht.

Warum gehst du mit ihm?

Sieben verabscheute Gefahren und zitterte bei dem Gedanken an kommende Ängste. Aber trotz all seiner Fehler kostete Druss sein Leben bis zum Letzten aus und genoß jeden Atemzug. Sieben hatte sich nie lebendiger gefühlt als damals, als er Druss auf seiner Suche nach der entführten Rowena begleitet hatte, im Sturm, in dem die *Donnerkind* wie ein Stück Treibholz herumgeworfen wurde, oder in den Schlachten und Kriegen, wenn der Tod immer nur einen Herzschlag entfernt schien.

Sie waren triumphierend nach Drenan zurückgekehrt, und dort hatte Sieben sein Heldengedicht *Druss die Legende* geschrieben. Jetzt war es eine oft vorgetragene Saga in ganz Drenai und in ein Dutzend Sprachen übersetzt worden. Der Ruhm hatte ihn reich gemacht, das Geld hatte ihm Frauen verschafft, und Sieben war erstaunlich rasch in ein Leben des luxuriösen Müßiggangs zurückgefallen. Jetzt seufzte er und stand auf. Diener hatten seine Kleider bereitgelegt – hellblaue Beinkleider aus Wolle, weiche schenkellange Reitstiefel in einem hellen Cremeton. Das Hemd mit den weiten Ärmeln war aus blauer Seide, die Ärmel am Handgelenk geschlitzt, so daß sie Einsätze aus grauer Seide mit Perlmuttverzierungen sehen ließen. Ein königsblauer Umhang, der am Hals mit einer elegant geflochtenen goldenen Kette geschlossen wurde, vervollständigte das Ensemble. Als er angezogen war, stellte er sich vor den mannshohen Spiegel und legte sein Wehrgehänge über die Schulter. Daran hingen vier schwarze Scheiden, in denen je ein Wurfmesser mit Elfenbeingriff steckte.

Warum gehst du mit ihm? Es wäre schön, wenn er sagen könnte »Weil er mein Freund ist«. Sieben hoffte, daß in dem Satz wenigstens ein Funken Wahrheit lag. Die Wirklichkeit sah jedoch ganz anders aus. »Ich muß mich lebendig fühlen«, sagte er laut.

»Ich habe zwei Pferde gekauft«, sagte Sieben, »ein schönes Vollblut für mich und einen Kutschgaul für dich. Da du mit der Anmut eines vollen Kartoffelsacks reitest, dachte ich, er wäre für dich geeigneter als ein feuriger Hengst.«

Druss ignorierte den Seitenhieb. »Wo hast du die hübschen Messer her?« fragte er und deutete auf das verzierte Wehrgehänge, das nachlässig über Siebens Schulter hing.

»Hübsch? Das sind wunderbar ausbalancierte tödliche Waffen.« Sieben zog eins aus der Scheide. Die Klinge war rautenförmig und rasiermesserscharf. »Ich habe mit ihnen geübt, ehe ich sie kaufte. Ich habe auf zehn Schritte eine Motte getroffen.«

»Das könnte uns zustatten kommen«, grunzte Druss. »Soweit ich weiß, sollen Nadirmotten ausgesprochen wild sein.«

»Ach ja«, murmelte Sieben, »die alten Witze sind immer noch die besten. Den hätte ich schon am Horizont auftauchen sehen sollen.«

Druss packte sorgfältig seine Satteltaschen mit Proviant aus Trockenfleisch und -früchten, Salz und Zucker. Er schnallte die Riemen fest, zog eine Decke vom Bett und rollte sie fest zusammen, ehe er sie an die Satteltaschen band. »Majon ist nicht gerade erfreut, daß wir abreisen«, sagte Sieben. »Das Begräbnis der Königin findet morgen statt, und er fürchtet, daß der König unsere Abreise zu diesem Zeitpunkt als Beleidigung gegenüber der lieben Verschiedenen auffaßt.«

»Hast du schon gepackt?« fragte Druss und schwang sich die Satteltasche über die Schulter.

»Ich lasse es einen Diener machen«, antwortete Sieben, »und zwar gerade im Augenblick. Ich hasse diese Taschen, sie verknittern die Seide. Kein Hemd und keine Tunika sieht jemals gut aus, wenn man sie aus einer dieser Scheußlichkeiten zieht.«

Druss schüttelte entgeistert den Kopf. »Du nimmst Seidenhemden mit in die Steppe? Glaubst du etwa, unter den Nadir gibt es Bewunderer deines modischen Aufzugs?«

Sieben lachte leise. »Wenn sie mich sehen, werden sie mich für einen Gott halten!«

Druss griff nach seiner Axt Snaga, die an einer Wand lehnte. Sieben starrte die furchtbare Waffe an, mit ihren glitzernden Schmetterlingsklingen aus schimmerndem Silberstahl und dem schwarzen Heft, das mit silbernen

Runen eingelegt war. »Ich hasse das Ding«, sagte er voller Inbrunst.

Druss verließ das Schlafzimmer und ging durch den Wohnraum hinaus in die Eingangshalle. Botschafter Majon sprach mit drei Soldaten der Königlichen Garde, hochgewachsenen Männern in silbernen Brustplatten und schwarzen Umhängen. »Ah, Druss«, sagte er glatt. »Diese Herren möchten, daß du sie zum Palast der Befragung begleitest. Es handelt sich ganz zweifellos um einen Irrtum, aber sie bestehen darauf, dir ein paar Fragen zu stellen.«

»Worüber?«

Majon räusperte sich und fuhr sich nervös mit der Hand über das ordentlich gekämmte Silberhaar. »Anscheinend hat es einen Zwischenfall beim Hause des Kämpfers Klay gegeben, und jemand namens Shonan starb in der Folge davon.«

Druss legte Snaga auf den Boden und ließ die Satteltaschen von der Schulter gleiten. »Starb? Von einem Hieb ans Kinn? Pah! Das glaube ich nicht. Er lebte jedenfalls noch, als ich ihn verließ.«

»Du kommst mit uns«, sagte einer der Gardisten und machte einen Schritt nach vorn.

»Am besten fügst du dich, Druss«, sagte Majon beruhigend. »Wir können sicher …«

»Genug geredet, Drenai«, sagte der Gardist. »Dieser Mann wird wegen Mordes gesucht, und wir nehmen ihn mit.« Aus seinem Gürtel zog er ein paar Handschellen, und Druss' Augen wurden schmal.

»Ich denke, ihr begeht da einen Fehler, Offizier«, sagte Sieben. Aber seine Worte kamen zu spät, denn der Gardist trat vor – genau in Druss' rechte Faust, die gegen sein Kinn prallte. Der Offizier sank nach rechts, sein Kopf streifte die Wand, so daß der Helm mit dem weißen Federbusch abfiel. Die beiden anderen Gardisten stürzten vor. Druss fällte den ersten mit einem linken Haken, den zweiten mit einem rechten Aufwärtshaken.

Einer stöhnte noch, dann war alles still. Majon sagte mit zitternder Stimme: »Was hast du getan? Du kannst doch nicht die Königliche Leibgarde angreifen!«

»Ich kann schon, das sichst du doch. Also, bist du fertig, Dichter?«

»Allerdings. Ich hole meine Taschen, und dann halte ich es für das beste, wenn wir diese Stadt mit aller gebotenen Eile verlassen.«

Majon sank auf einen Polsterstuhl. »Was soll ich ihnen sagen, wenn sie … aufwachen?«

»Ich schlage vor, du hältst ihnen deinen Vortrag über die Vorzüge der Diplomatie gegenüber der Gewalt«, sagte Sieben.« Er schlug Majon leicht auf die Schulter, dann lief er in sein Zimmer und holte seine Sachen.

Die Pferde standen an der Rückseite des Hauses im Stall. Druss schnallte seine Satteltaschen an, dann hievte er sich schwerfällig in den Sattel. Die Stute hatte eine Schulterhöhe von 1,60 m und war kräftig, wenn auch ihr Rücken durchhing. Siebens Pferd war etwa gleich groß, aber wie er Druss schon gesagt hatte, war es ein Vollblut, stahlgrau und schlank.

Sieben schwang sich in den Sattel und ritt voraus auf die Hauptstraße. »Du mußt Shonan verdammt hart getroffen haben, altes Roß.«

»Nicht hart genug, um ihn zu töten«, knurrte Druss. Er schwankte im Sattel und griff nach dem Sattelknauf.

»Pack mit deinen Oberschenkeln zu, nicht mit den Waden«, riet Sieben.

»Ich hatte noch nie was fürs Reiten übrig. Ich komme mir hier oben albern vor.«

Eine Reihe von Reitern waren auf dem Weg zum Osttor, und Druss und Sieben fanden sich in einem langen Konvoi wieder, der durch die schmalen Straßen trabte.

An den Stadttoren befragten Soldaten jeden Reiter, und Siebens Nervosität wuchs. »Sie können doch nicht schon nach uns suchen, oder?« Druss zuckte die Achseln.

Langsam näherten sie sich dem Tor. Ein Wachposten kam auf sie zu. »Papiere«, sagte er.

»Wir sind Drenai«, erklärte Sieben. »Wir wollen nur einen kleinen Ausritt machen.«

»Ihr braucht Papiere, die vom Ausreiseoffizier der Wache unterschrieben sind«, sagte der Wächter, und Sieben sah, wie Druss sich anspannte. Rasch griff er in seine Börse und holte eine kleine Silbermünze hervor. Er beugte sich vor und gab sie dem Soldaten.

»Man fühlt sich in einer Stadt so beengt«, sagte Sieben mit einem strahlenden Lächeln. »Eine Stunde Ausreiten in freiem Gelände befreit den Geist.«

Der Wächter steckte die Münze ein. »Ich reite auch gern«, sagte er. »Viel Vergnügen.« Er winkte sie durch, und die beiden Reiter ließen ihre Tiere in leichten Galopp fallen und hielten auf die Berge im Osten zu.

Nach zwei Stunden im Sattel trank Sieben den letzten Schluck Wasser und blickte sich um. Mit Ausnahme der fernen Berge war die Landschaft konturlos und trocken.

»Weder Flüsse noch Bäche«, seufzte der Dichter. »Wo sollen wir Wasser finden?« Druss deutete auf eine Reihe steiniger Hügel ein paar Kilometer vor ihnen. »Wie kannst du da so sicher sein?« fragte Sieben. »Ich will hier draußen nicht verdursten.«

»Wirst du auch nicht.« Druss grinste Sieben an. »Ich habe schon mehrfach Feldzüge in Wüsten mitgemacht, und ich weiß, wie man Wasser findet. Aber einen Trick habe ich gelernt, der noch besser ist als alle anderen.«

»Und der wäre?«

»Ich habe mir eine Karte der Wasserlöcher gekauft! Laß uns die Pferde eine Weile am Zügel führen.«

Druss glitt aus dem Sattel und marschierte los. Sieben stieg ab und tat es ihm nach. Eine Zeitlang wanderten sie schweigend.

»Warum so verdrießlich, altes Schlachtroß?« fragte Sieben, als sie sich den Hügeln näherten.

»Ich habe an Klay gedacht. Wie können sich die Menschen nur so gegen ihn wenden? Nach allem, was er für sie getan hat.«

»Menschen können bösartige Wesen sein, Druss, selbstsüchtig und eigennützig. Aber der eigentliche Fehler liegt nicht bei ihnen, sondern bei uns, weil wir etwas Besseres von ihnen erwarten. Wenn Klay stirbt, werden sich alle daran erinnern, was für ein guter Mann er war, und wahrscheinlich werden sie seinetwegen sogar Tränen vergießen.«

»Er verdient etwas Besseres«, grunzte Druss.

»Vielleicht«, gab Sieben ihm recht. Er wischte sich mit einem parfümierten Taschentuch den Schweiß von der Stirn. »Aber wann hat das jemals eine Rolle gespielt? Bekommen wir, was wir verdienen? Ich glaube nicht. Wir bekommen, was wir gewinnen können – was wir uns nehmen können, ob das nun Arbeit, Geld, Frauen oder Land ist. Sieh dich an! Räuber haben dir deine Frau gestohlen, sie hatten die Macht, sie dir zu nehmen, und sie nahmen sie. Pech für sie, daß du die Macht hattest, sie zu jagen, und die wilde Entschlossenheit, deiner Liebe auch über das Meer zu folgen. Aber du hast sie nicht durch Glück wiedergewonnen oder durch die Laune einer launenhaften Gottheit. Du hast es mit der Kraft deiner Arme geschafft. Es gibt Hunderte von Gründen, Krankheit, Krieg, einen Pfeil, eine niedersausende Schwertklinge, ein Unwetter auf See, weshalb du hättest versagen können. Du hast nicht bekommen, was du verdientest, Druss, du hast bekommen, wofür du gekämpft hast. Klay hatte Pech. Er hat einen Bolzen abbekommen, der für dich gedacht war. Das war dein Glück.«

»Das streite ich ja gar nicht ab«, sagte Druss. »Ja, er hatte Pech. Aber sie haben seine Statue niedergerissen, und seine ›Freunde‹ haben ihn erst beraubt und dann verlassen – Männer, die er unterstützt und gefördert hatte. Das ist es, was ich so schwer verdauen kann.«

Sieben nickte. »Mein Vater hat einmal gesagt, daß ein Mann sich glücklich schätzen kann, wenn er im Leben wenigstens zwei echte Freunde fände. Er pflegte auch zu sagen, ein Mann mit vielen Freunden müsse entweder reich oder dumm sein, und ich glaube, im großen und ganzen stimmt das. In meinem ganzen Leben hatte ich nur einen Freund, Druss, und das bist du.«

»Zählst du deine Weiber nicht mit?«

Sieben schüttelte den Kopf. »Mit ihnen hatte alles irgendwie Geschäftscharakter. Sie erwarten etwas von mir, ich erwarte etwas von ihnen. Jeder gibt dem anderen etwas. Sie geben mir die Wärme ihres Körpers und ihr nachgiebiges Fleisch, ich gebe ihnen die unglaubliche Erfahrung eines vollkommenen Liebhabers.«

»Wie kannst du dich selbst einen Liebhaber nennen, wenn bei all deinen Begegnungen nie Liebe mit im Spiel ist?«

»Sei kein Pedant, Druss. Ich verdiene den Titel. Selbst vollendete Huren haben mir gesagt, ich wäre der beste Liebhaber, den sie je hatten.«

»Wie erstaunlich«, sagte Druss grinsend. »Ich wette, das sagen sie nicht zu vielen Männern.«

»Spott steht dir nicht gut zu Gesicht, Axtkämpfer. Jeder von uns hat seine Fähigkeiten. Deine liegen im Umgang mit dieser abscheulichen Waffe, meine im Liebesspiel.«

»Ja«, stimmte Druss zu. »Aber mir scheint, daß meine Waffe Probleme aus der Welt schafft. Deine Kunst schafft sie erst.«

»Oh, sehr komisch. Genau das brauche ich auf dem Weg durch diese öde Wildnis, einen Vortrag über Moral!« Sieben klopfte seinem Grauen den Hals und stieg in den Sattel. Er beschattete die Augen mit einer Hand. »Es ist alles so grün. Ich habe noch nie ein Land gesehen, das so viel versprach und so wenig hielt. Wie können hier nur diese Pflanzen überleben?«

Druss antwortete nicht. Er versuchte, seinen Fuß in den Steigbügel zu bekommen, aber die Stute begann im Kreis zu gehen. Sieben lachte, ritt heran und nahm die Zügel der Stute. Er hielt sie still, während der Axtkämpfer aufstieg. »Sie haben tiefreichende Wurzeln«, erklärte Druss. »Im Winter regnet es hier einen ganzen Monat lang. Die Pflanzen und Büsche saugen alles auf, dann kämpfen sie wieder ein Jahr ums Überleben. Es ist ein hartes Land. Rauh und wild.«

»Wie die Menschen, die hier leben«, meinte Sieben.

»Ja. Die Nadir sind ein wildes Volk.«

»Majon erzählte mir von einer Gruppe, die sich Knochenbrecher nennt.«

»Abtrünnige«, erklärte Druss. »Man nennt sie Keistas, kein Stamm. Sie sind Ausgestoßene, Räuber und Mörder. Wir versuchen, ihnen aus dem Weg zu gehen.«

»Und wenn uns das nicht gelingt?«

Druss lachte. »Dann kannst du mir zeigen, wie gut du mit deinen hübschen Messerchen umgehen kannst!«

Nosta Khan saß im Schatten eines überhängenden Felsens, die magere linke Hand hing im kühlen Wasser des Felsentümpels. Die Sonne stand jetzt hoch, die Hitze außerhalb des Schattens war gnadenlos in ihrer Kraft. Doch Nosta Khan verursachte sie kein Unbehagen. Weder Hitze noch Kälte, weder Schmerz noch Kummer konnten ihm etwas anhaben. Denn er war ein *Meister des Weges* – ein Schamane.

Er hatte sich nicht auf diesen mystischen Pfad gedrängt. Nein, als junger Mann hatte er dieselben Träume gehabt wie alle Nadirkrieger: viele Ponys, viele Frauen, viele Kinder. Ein kurzes Leben, angefüllt mit der wilden Lust am Kampf und der stöhnenden, schlüpfrigen Wärme des Liebesspiels.

Es sollte nicht sein. Sein Talent hatte ihm seine Träume verwehrt. Keine Frauen für Nosta Khan, keine Kinder, die zu seinen Füßen spielten. Statt dessen hatte man ihn als Knaben zur Höhle von Asta Khan gebracht, und dort hatte er den *Weg* erlernt.

Er nahm seine Hand aus dem Wasser und legte sie an seine Stirn. Er schloß die Augen, als ein paar Tropfen kalten Wassers auf seine runzlige Haut fielen.

Er war sieben Jahre alt gewesen, als Asta ihn und sechs andere Knaben mit zum Gipfel des Steinernen Habichts nahm, wo sie nur mit Lendenschurz und Mokassins bekleidet in der sengenden Sonne sitzen mußten. Der alte Schamane hatte ihre Köpfe und Gesichter mit nassem Lehm eingeschmiert und ihnen befohlen, sitzenzubleiben, bis der Lehm hart getrocknet war und abfiel. Jedes Kind hatte zwei Strohhalme, durch die es atmen konnte. Unter dem Lehm ging jedes Gefühl für Zeit verloren, es gab keine Geräusche, kein Licht. Die Haut der Schultern verbrannte und bekam Blasen, aber Nosta hatte sich nicht gerührt. Drei sengende Tage und vier eisige Nächte lang saß er so in seinem Sarg aus trocknendem Lehm.

Er fiel nicht ab, und er hatte sich danach gesehnt, die Hände zu heben, um ihn herunterzureißen. Aber er tat es nicht … nicht einmal, als das Entsetzen ihn packte. Was, wenn Wölfe kamen? Was, wenn ein Feind in der Nähe war? Was, wenn Asta ihn zum Sterben hiergelassen hatte, weil er, Nosta, nicht würdig war? Trotzdem blieb er reglos sitzen, die Erde unter ihm besudelt von seinem Urin und seinen Exkrementen. Ameisen und Fliegen krochen über ihn. Er spürte ihre winzigen Beine auf seiner Haut und schauderte. Wenn es nun keine Fliegen, sondern Skorpione waren?

Trotzdem rührte sich das Kind nicht. Am Morgen des vierten Tages, als die Sonne Wärme und Schmerzen für sein ausgekühltes, aber rohes Fleisch brachte, brach ein Stück des Lehms ab, so daß er seine Kinnmuskeln bewegen konnte. Er drehte den Kopf und öffnete mühsam den Mund. Die beiden Strohhalme fielen herunter, dann zerbrach ein großes Stück Lehm über seiner Nase. Eine Hand berührte seinen Kopf, und er zuckte zusammen. Asta Khan schälte den restlichen Lehm ab.

Die Sonne war schmerzhaft hell, und Tränen rannen dem Jungen aus den Augen. Der alte Schamane nickte. »Du hast es gut gemacht«, sagte er. Das waren die einzigen Lobesworte, die er je von Asta Khan hörte.

Als er endlich wieder sehen konnte, schaute Nosta sich um. Er und der alte Mann waren allein auf dem Steinernen Habicht. »Wo sind die anderen Jungen?«

»Fort. Sie kehren in ihre Dörfer zurück. Du hast den Preis gewonnen.«

»Warum fühle ich dann nichts als Traurigkeit?« fragte er. Seine Stimme war nur ein heiseres Krächzen.

Zuerst antwortete Asta Khan nicht. Er reichte dem Jungen einen Wasserschlauch und wartete schweigend, bis er sich satt getrunken hatte. »Jeder Mann«, sagte er schließlich, »gibt etwas von sich an die Zukunft weiter. Das allermindeste Geschenk ist ein Kind, das seinen Samen weiterträgt. Aber einem Schamanen ist diese Freude verwehrt.« Er nahm den Jungen bei der Hand und führte ihn an den Rand des Abgrundes. Von dort blickten sie über die Ebene und die ferne Steppe hinab.

»Sieh dort«, sagte Asta Khan, »die Ziegen unseres Stammes. Sie kümmern sich um nichts weiter als fressen, schlafen und rammeln. Aber schau dir den Ziegenhirten an. Er muß nach Wölfen und Löwen Ausschau halten, nach den fleischfressenden Maden der Aasfliege, und er muß sichere Weiden finden, mit saftigem Gras. Deine Traurigkeit entspringt dem Wissen, daß du keine Ziege sein kannst. Dein Schicksal verlangt mehr von dir.«

Nosta Khan seufzte und besprengte sein Gesicht wieder mit Wasser. Asta war schon lange tot, und er erinnerte sich ohne Zuneigung an ihn.

Eine goldene Löwin mit drei Jungen kam auf dem Pfad in Sicht. Nosta holte tief Luft und konzentrierte sich.

Die Felsen gehören zum Leib der Götter von Stein und Wasser, und ich bin eins mit den Felsen.

Die Löwin kam wachsam näher, ihr großer Kopf sog prüfend die Luft ein. Zufrieden, daß ihre Familie in Sicherheit war, schlich sie zum Ufer des Tümpels. Ihre Jungen tappten hinter ihr her. Das letzte Junge sprang einem der anderen auf den Rücken und begann mit ihm zu balgen. Die Löwin beachtete sie nicht, sondern trank in tiefen Zügen. Sie war dünn, ihr Fell ungleichmäßig. Als sie sich satt getrunken hatte, legte sie sich neben Nosta Khan in den Schatten. Die Jungen folgten ihr und suchten nach ihren Zitzen. Eines krabbelte über Nosta Khans nackte Beine, dann ließ es sich im Schoß des alten Mannes nieder und bettete den Kopf auf seinen Oberschenkel.

Er legte der Löwin eine Hand auf den dicken Kopf. Sie zuckte nicht zurück. Nosta Khan ließ seinen Geist frei. Hoch über den Bergen schwebte er, betrachtete die Täler und Spalten. Kaum anderthalb Kilometer weiter im Osten fand er einen Familienverband von *ochpi*, wilden Bergziegen mit kurzen, gekrümmten Hörnern. Es waren ein Bock, drei Weibchen und mehrere Junge. Nosta kehrte in seinen Körper zurück und berührte die Löwin mit seinem Geist. Ihr Kopf fuhr hoch, die Nüstern bebten. Es war unmöglich, daß sie aus dieser Entfernung, dazu noch gegen den Wind, die Fährte aufnehmen konnte, aber Nosta Khan erfüllte ihre Gedanken mit dem Bild der *ochpi.* Die Löwin stand auf, schüttelte die Welpen ab und sprang davon. Zuerst blieben die Jungen, wo sie waren, doch als sie ein tiefes Knurren hören ließ, rannten sie ihr nach.

Mit etwas Glück würde sie zu fressen haben.

Nosta lehnte sich zurück und wartete. Die Reiter würden in der nächsten Stunde hier sein. Er stellte sich den Axtkämpfer vor, das breite, flache Gesicht und die tiefen, kalten Augen. Wenn sich doch nur all diese Südländer so einfach manipulieren ließen, dachte er, als er sich an die Geist-Begegnung in der Taverne erinnerte. Sobald er draußen war, war es ein leichtes gewesen, den Armbrustschützen zu hypnotisieren und ihm zu befehlen, den Kämpfer der Gothir niederzuschießen. Nosta dachte mit Vergnügen an den Bolzenschuß, den häßlichen Aufprall und das Entsetzen des Schützen, als er merkte, was er getan hatte.

Jetzt liefen die Fäden gut zusammen, aber es gab noch soviel zu weben. Nosta ruhte seinen Körper und seinen Geist aus und ließ sich im Halbschlaf in der Wärme treiben.

Zwei Reiter kamen in Sicht. Der Schamane holte tief Luft und konzentrierte sich, wie er es getan hatte, als die Löwin an den Tümpel kam. Er war ein Felsen, ewig, unveränderlich, nur die Zeit konnte ihm mit ihren nagenden Winden etwas anhaben. Der führende Reiter, ein großer, schlanker junger Mann mit hellem Haar, in farbenfrohe Seide gekleidet, glitt geschmeidig aus dem Sattel, hielt dabei aber die Zügel fest, damit der graue Wallach nicht ans Wasser konnte. »Noch nicht, mein

Schöner«, sagte er leise. »Erst müssen wir dich abkühlen.« Der zweite Reiter, der schwarzbärtige Axtkämpfer, hob sein Bein über den Sattelknauf und sprang ab. Sein Reittier war alt und völlig erschöpft. Druss legte seine Axt auf die Erde, schnallte den Sattel los und nahm ihn der Stute ab. Sie war schweißgebadet und atmete schwer. Er wischte sie mit einem Lappen ab und pflockte sie neben dem großen Wallach im Halbschatten auf der Ostseite des Tümpels an. Der Blonde ging zum Tümpel, streifte seine Kleider ab, schüttelte den Staub heraus und faltete sie ordentlich zusammen. Sein Körper war blaß wie Elfenbein, glatt und weich. Kein Krieger, dachte Nosta Khan, als der junge Mann ins Wasser glitt. Druss nahm seine Axt und ging in den Schatten, wo Nosta Khan saß. Er hockte sich nieder, schöpfte mit den Händen Wasser und trank, dann spritzte er sich Wasser auf das dichte dunkle Haar und in den Bart.

Nosta Khan schloß die Augen und versuchte, Druss' Arm zu berühren, um seine Gedanken zu lesen. Ein eiserner Griff schloß sich um sein Handgelenk, und er riß die Augen auf. Druss sah ihn an.

»Ich habe auf dich gewartet«, sagte Nosta Khan, um Ruhe bemüht.

»Ich mag es nicht, wenn man sich anschleicht«, sagte der Axtkämpfer mit kalter Stimme. Nosta warf einen Blick auf das Wasser, und die Spannung wich von ihm. Sein Spruch des Verbergens hatte nicht versagt, Druss hatte lediglich die Spiegelung seiner Hand auf dem Wasser gesehen. Druss ließ ihn los und trank noch einmal.

»Du suchst die Heilenden Juwelen, hm? Das ist gut. Ein Mann sollte seinen Freunden in ihren dunkelsten Stunden beistehen.«

»Wo genau sind sie?« fragte Druss. »Ich habe nicht viel Zeit. Klay liegt im Sterben.«

»Ich kann es dir nicht *genau* sagen. Sie wurden vor

ein paar hundert Jahren von einem abtrünnigen Schamanen gestohlen. Er wurde verfolgt und machte beim Schrein von Oshikai Rast, wo man ihn fand und tötete. Trotz der schlimmsten Folter verriet er ihr Versteck nicht. Ich glaube nun, daß er sie beim Schrein versteckt hat.«

»Warum hast du sie dann nicht gesucht?«

»Weil ich mutmaße, daß sie im Grab von Oshikai Dämonstod sind. Kein Nadir darf diese heilige Stätte schänden. Nur ein … Fremder … könnte sie entweihen.«

»Wieviel verheimlichst du mir noch, kleiner Mann?«

»Ziemlich viel«, gestand Nosta. »Aber es gibt auch viel, das du nicht wissen mußt. Die einzige Wahrheit, die für dich von Wert ist, ist diese: Die Juwelen werden das Leben deines Freundes retten und ihm seine volle Gesundheit wiedergeben.«

Sieben tauchte aus dem Wasser auf und tappte über die heißen Steine zum Schatten. »Ach, du hast schon einen Freund gefunden, wie ich sehe«, sagte er, während er sich neben den Schamanen setzte. »Ich nehme an, das ist der alte Mann, der dich in der Taverne ansprach?« Druss nickte, und Sieben streckte eine Hand aus. »Ich bin Sieben. Ich bin der Dichter. Vielleicht hast du von mir gehört.«

»Ich habe nicht von dir gehört«, sagte Nosta, ohne die ausgestreckte Hand zu beachten.

»Was für ein Tiefschlag für meine Eitelkeit«, sagte Sieben mit einem Lächeln. »Gibt es bei den Nadir auch Dichter?«

»Wozu?« fragte der alte Mann.

»Kunst, Vergnügen, Unterhaltung …« Sieben zögerte, als er den Ausdruck blanker Verständnislosigkeit auf dem Gesicht des alten Mannes las. »Geschichte!« sagte er plötzlich. »Wie bewahrt ihr die Geschichte eures Stammes auf?«

»Jeder erfährt die Geschichte seines Stammes von seiner Mutter und die Geschichte seiner Familie von seinem Vater. Und der Schamane des Stammes kennt alle ihre Geschichten und die Taten eines jeden Nadirhelden.«

»Ihr habt keine Kunst, keine Bildhauer, Schauspieler, Maler?«

Nosta Khans kohlschwarze Augen funkelten. »Drei von fünf Nadirkindern sterben im Säuglingsalter. Das durchschnittliche Sterbealter bei den Männern liegt bei sechsundzwanzig. Wir leben in einem Zustand dauernden Krieges, der eine mit dem anderen, und inzwischen werden wir von den Edelleuten der Gothir aus sportlichen Gründen gejagt. Krankheiten, Pest, die ständige Bedrohung durch Trockenheit und Hunger – das sind Dinge, die die Nadir beschäftigen. Wir haben keine Zeit für *Kunst.*« Nosta Khan spie das letzte Wort aus, als ob es eine Beleidigung für seine Zunge wäre.

»Wie gräßlich langweilig«, sagte Sieben. »Ich habe nie Mitleid mit deinem Volk gehabt – bis jetzt. Entschuldige mich, ich gehe die Pferde tränken.«

Sieben stand auf und zog sich an. Nosta Khan schluckte seinen Ärger hinunter und wandte sich wieder Druss zu. »Gibt es in den Südlanden viele wie ihn?«

Druss lächelte. »Es gibt nirgendwo viele wie ihn.« Er griff in seinen Rucksack und holte einen runden, in Tuch gewickelten Käse und etwas Trockenfleisch heraus. Er bot Nosta Khan etwas davon an, der jedoch ablehnte. Druss aß schweigend. Sieben kam wieder und schloß sich ihm an. Als sie ihre Mahlzeit beendet hatten, gähnte Druss und streckte sich im Schatten aus. Wenige Augenblicke später war er eingeschlafen.

»Warum reist du mit ihm?« fragte Nosta Khan Sieben.

»Aus Abenteuerlust, altes Haus. Wo Druss auch hingeht, findet man sicher ein Abenteuer. Und mir gefällt die Vorstellung von magischen Juwelen. Potential für ein Lied oder eine Geschichte.«

»Darüber sind wir uns einig«, sagte Nosta Khan. »Im Moment werden gerade zweitausend Gothirkrieger aufgestellt. Unter der Führung von Gargan, dem Grafen von Larness, werden sie zum Schrein von Oshikai Dämonstod marschieren und ihn belagern, mit der Absicht, jeden, der dort ist, zu töten, um die Juwelen dem Wahnsinnigen, der auf dem Thron sitzt, als Geschenk zu bringen. Ihr reitet in das Auge des Zyklons, Dichter. Ja, ich bin sicher, das hat Potential genug für ein Lied.«

Nosta genoß die Angst, die sich in den sanften Augen des jungen Mannes zeigte. Er streckte seine hagere Gestalt, erhob sich und wanderte vom Tümpel fort. Alles lief, wie er es geplant hatte, doch trotzdem fühlte Nosta sich unbehaglich. Konnte Talisman die Nadirtruppen zusammenrufen, um sich Larness entgegenzustellen? Konnte er die Augen von Alchazzar finden? Nosta schloß die Augen und ließ seinen Geist nach Osten fliegen, hoch über die Berge und ausgetrockneten Täler. Weit unten sah er den Schrein, dessen gerundete weiße Mauern schimmerten wie ein riesiger Ring aus Elfenbein. Dahinter standen die Zelte der Nadirwächter. Wo bist du, Talisman? fragte er sich.

Er konzentrierte sich auf das Gesicht des jungen Mannes und ließ seinen Geist sinken, angezogen von Talismans Persönlichkeit. Als Nosta Khan seine Geist-Augen aufschlug, sah er, wie der junge Nadirkrieger den letzten Kamm vor dem Tal erreichte. Hinter ihm kam die Chiatzefrau, Zhusai. Dann kam ein dritter Reiter in Sicht, der zwei Ponys führte. Nosta war überrascht. Er schwebte über den Fremden und berührte mit seinen Geist-Fingern den Hals des Mannes. Der Reiter erschauderte und zog den schweren Umhang dichter um seine kräftige Gestalt.

Zufrieden zog Nosta sich zurück. In dieser einen Sekunde des Kontaktes war er Zeuge des versuchten Angriffs auf Talisman und das Mädchen geworden und der Bekehrung Gorkais zur Sache des Einigers. Es war gut, der Junge hatte seine Sache gut gemacht. Die Götter von Stein und Wasser würden zufrieden sein.

Nosta flog weiter und hielt über dem Schrein inne. Ursprünglich war es ein kleines Versorgungsfort gewesen, dessen Mauern zwar hölzerne Brustwehren, aber keine Türme besaßen. Kaum sieben Meter hoch, waren sie gebaut worden, um marodierende Stammeskrieger fernzuhalten – nicht zweitausend ausgebildete Soldaten. Das Westtor verrottete in seinen bronzenen Angeln, während die Westmauer in der Mitte eingefallen war, so daß unter einer V-förmigen Lücke ein Haufen Geröll lag.

Die Angst packte Nosta Khan mit kalten Fingern.

Konnten sie gegen die Truppen der Gothir aushalten?

Und was war mit Druss? Welche Rolle würde der Axtmann spielen? Es war ärgerlich, so viel zu sehen und doch so wenig zu wissen. War es seine Bestimmung, mit der Axt in der Hand auf diesen Mauern zu stehen? In diesem Augenblick zuckte eine flüchtige Vision durch seine Gedanken: ein weißhaariger Krieger auf einer gewaltigen Mauer, die Axt trotzig in die Höhe gereckt. So plötzlich, wie sie gekommen war, war sie auch wieder verblaßt.

Nosta Khan kehrte in seinen Körper zurück und tat einen tiefen, schaudernden Atemzug.

Am Tümpel schlief der Dichter neben dem riesigen Axtkämpfer.

Nosta seufzte und wanderte nach Osten davon.

Talisman saß auf der höchsten Mauer und blickte hinaus über das Tal von Shul-sens Tränen. Die Sonne schien strahlend, aber ein leichter Wind nahm der Hitze ihre sengende Kraft. Die Berge in der Ferne wirkten wie dunkle Wolkenbänke, die sich an den Horizont schmiegten, über ihm kreisten zwei Adler in den warmen Aufwinden. Talismans dunkle Augen prüften das Tal. Von der Südmauer von Oshikais Ruhestätte, auf der er saß, konnte er zwei Lager sehen. Im ersten war eine lange Roßhaar-Standarte mit dem Schädel und den Hörnern eines wilden Ochsen vor dem größten Zelt aufgepflanzt. Die dreißig Krieger des Krummhorn-Stammes saßen im Schein der untergehenden Sonne und bereiteten ihre Abendmahlzeit. Dreihundert Schritte weiter westlich stand eine zweite Reihe von Ziegenlederzelten, hier war die Standarte der Flinken Ponys eingerammt.

Außerhalb seines Blickfeldes, auf der nördlichen Seite des Schreins, lagen zwei weitere Lager, das der Einsamen Wölfe und der Himmelsreiter. Sie bewachten jeweils einen Bereich in der Nähe der Ruhestätte des größten aller Nadirkrieger. Der Wind erstarb, und Talisman schlenderte die wackelige Holztreppe zum Hof hinunter und weiter zu einem Tisch in der Nähe des Brunnens. Von hier aus konnte er sehen, wo die Westmauer in der Mitte eingestürzt war. Durch das ausgezackte Loch konnte er in der Ferne die Baumgrenze der Berge im Westen erkennen.

Dieser Ort hier verrottet, dachte er, genau wie die Träume des Mannes, dessen Gebeine hier liegen. Talisman kämpfte gegen einen kalten, nagenden Zorn tief in seinem Innern an. Letzte Nacht waren sie gerade rechtzeitig angekommen, um Zeuge eines Schwertkampfs zwischen zwei Nadirkriegern zu werden, der mit dem plötzlichen und blutigen Tod eines jungen Mannes von den Flinken Ponys endete. Der Sieger, ein hagerer Krieger mit dem weißen Pelzarmband der Himmelsreiter, sprang auf den Sterbenden und stieß seinem Opfer das Schwert in den Hals, um ihm den Kopf förmlich von den

Schultern zu sägen. Blutüberströmt war er aufgesprungen und hatte seinen Triumph hinausgeschrien.

Talisman hatte sein Pony durch das Tor getrieben. Er überließ Gorkai die Pferde und ging über den Hof zum Eingang des Schreins.

Aber er trat nicht ein, konnte nicht hineingehen. Talismans Mund war ausgetrocknet, sein Magen vor Furcht verkrampft. Hier draußen im hellen Mondlicht waren seine Träume greifbar, sein Selbstvertrauen unerschütterlich. Sobald er durch diese Tür ging, könnten sie sich jedoch in Rauch auflösen.

Bleib ruhig! Der Schrein ist schon früher geplündert worden. Die Augen sind verborgen. Tritt ein und erweise dem Geist des Helden die Ehre.

Tief Luft holend, stieß er die alte, hölzerne Tür auf. Der staubige Raum war nicht mehr als zehn Meter lang und sieben Meter breit. Hölzerne Haken waren in die Wände getrieben worden, aber nichts hing mehr an ihnen. Einst war Oshikais Rüstung hier ausgestellt gewesen, seine Brustplatte und der Helm, sowie Kolmisai, seine Handaxt, mit der er hundert Feinde niedergemacht hatte. Es hatte Wandbehänge und Mosaike gegeben, die Szenen aus seinem Leben und von seinen Siegen darstellten. Jetzt waren die Wände kahl und leer. Der Schrein war vor Hunderten von Jahren geplündert worden. Nosta Khan hatte ihm erzählt, daß sie sogar den Sarg geöffnet und dem Toten die Finger abgerissen hatten, um an Oshikais goldene Ringe zu kommen. Der Raum war abweisend. Der steinerne Sarg ruhte auf einem Podest in der Mitte. Der Sarg selbst war schlicht und ohne Verzierungen, bis auf eine viereckige Platte aus schwarzem Eisen. In eingeritzten Buchstaben standen darauf die Worte:

Oshikai Dämonstod – Kriegsherr

Talisman legte die Hand auf den kalten Stein des Sargdeckels. »Ich lebe«, sagte er, »damit deine Träume wiederkehren. Wir werden wieder vereint sein. Wir werden Nadir sein, und die Welt wird erzittern.«

»Warum führen die Träume der Menschen immer zu Kriegen?« fragte eine Stimme. Talisman fuhr herum und sah, daß in den Schatten ein alter, blinder Mann in grauem Gewand mit Kapuze saß. Er war klapperdürr und haarlos. Er nahm seinen Stab, hievte sich auf die Füße und ging auf Talisman zu. »Weißt du«, sagte er, »ich habe das Leben Oshikais studiert, die Legenden und Mythen durchforstet. Er wollte niemals Krieg. Immer wurde er ihm aufgenötigt. Dadurch wurde er ein schrecklicher Feind. Die Träume, von denen du sprichst, drehten sich vor allem darum, ein fruchtbares Land zu finden, in dem sein Volk sich in Frieden vermehren konnte. Er war ein großer Mann.«

»Wer bist du?« fragte Talisman.

»Ich bin ein Priester der QUELLE.« Als der Mann in einen Mondstrahl trat, der durch das offene Fenster nach Westen hereinfiel, erkannte Talisman, daß er ein Nadir war. »Ich lebe jetzt hier und schreibe meine Geschichte.«

»Wie kann ein Blinder schreiben?«

»Nur die Augen meines Körpers sind blind, Talisman. Wenn ich schreibe, benutze ich die Augen meines Geistes.«

Talisman erschauderte, als der alte Mann seinen Namen nannte. »Bist du ein Schamane?«

Der Priester schüttelte den Kopf. »Ich verstehe den *Weg*, wenn auch mein eigener Pfad ein anderer ist. Ich spreche keine Zauber, Talisman, wenn ich auch Warzen heilen und in den Herzen der Menschen lesen kann. Leider kann ich sie nicht ändern. Ich kann die Wege vieler Zukünfte wandeln, aber ich weiß nicht, welche von ihnen eintreten wird. Wenn ich es könnte, würde ich diesen Sarg öffnen und den Mann darin erwecken. Aber ich kann es nicht.«

»Woher kennst du meinen Namen?«

»Warum sollte ich nicht? Du bist der flammende Pfeil, der Bote.«

»Du weißt, warum ich hier bin«, sagte Talisman. Seine Stimme war nicht mehr als ein Flüstern.

»Natürlich. Du suchst die Augen von Alchazzar, die hier vor so vielen Jahren verborgen wurden.«

Talisman fingerte an dem Dolch an seinem Gürtel herum und zog ihn plötzlich. »Du hast sie gefunden?«

»Ich weiß, daß sie hier sind. Aber sie wurden nicht hiergelassen, damit ich sie finden kann. Ich schreibe die Geschichte auf, Talisman, es ist nicht meine Sache, sie zu erschaffen. Möge die QUELLE dir Weisheit schenken.«

Der alte Mann wandte sich ab und ging zur Tür. Dort blieb er einen Augenblick stehen, als warte er auf etwas. Dann erklang seine Stimme noch einmal. »In mindestens drei Zukünften habe ich gesehen, wie du mich hier niederstichst, den Dolch tief in meinen Rücken stößt. Warum tust du es nicht in dieser?«

»Ich habe daran gedacht, alter Mann.«

»Hättest du die Tat begangen, hätte man dich aus diesem Raum gezerrt, deine Arme und Beine an vier Ponys gebunden. Du wärst in Stücke gerissen worden, Talisman. Das ist auch geschehen.«

»Offensichtlich nicht, denn du lebst ja noch.«

»Irgendwo ist es geschehen«, sagte der alte Mann. Dann war er weg.

Talisman folgte ihm hinaus, aber er war in einem der Gebäude verschwunden. Er sah Gorkai am Brunnen Wasser holen und ging zu ihm. »Wo ist Zhusai?«

»Die Frau schläft«, sagte Gorkai. »Es sieht aus, als würde es heute wieder einen Kampf geben. Der Kopf des

Jungen, der getötet wurde, steckt jetzt auf einem Pfahl im Lager der Himmelsreiter. Seine Kameraden sind entschlossen, diese Beleidigung zu sühnen.«

»Dummheit«, sagte Talisman.

»Es scheint in unserem Blut zu liegen. Vielleicht haben die Götter uns verflucht.«

Talisman nickte. »Der Fluch kam, als die Augen von Alchazzar gestohlen wurden. Wenn sie dem Steinernen Wolf zurückgegeben werden, werden wir einen neuen Tag anbrechen sehen.«

»Das glaubst du?«

»Ein Mann muß an etwas glauben, Gorkai. Sonst wären wir nichts weiter als Sandkörner, die der Wind verweht. Die Nadir zählen nach Hunderttausenden, vielleicht Millionen, und doch leben wir im Elend. Überall um uns herum herrscht Wohlstand, beherrscht von Völkern, deren Armeen nicht mehr als zwanzigtausend Mann zählen. Nicht einmal die vier Stämme, die den Schrein bewachen, können miteinander in Frieden leben. Ihr Ziel ist dasselbe – der Schrein, den sie schützen, birgt einen Mann, der für alle Nadir ein Held ist –, und trotzdem starren sie einander mit unverhohlenem Haß an. Ich glaube, daß sich das ändern wird. Wir werden es ändern.«

»Nur du und ich?« fragte Gorkai leise.

»Warum nicht?«

»Ich habe noch immer keinen Mann mit violetten Augen gesehen«, sagte Gorkai.

»Das wirst du noch. Ich schwöre es.«

Als Druss aufwachte, war Nosta Khan fort. Es wurde allmählich dunkel, und Sieben saß am Rand des Tümpels und ließ die nackten Füße ins Wasser baumeln. Druss gähnte und reckte sich. Dann stand er auf, streifte Wams, Stiefel und Beinkleider ab und sprang ins Wasser, das angenehm kühl war. Erfrischt kletterte er heraus und setzte sich neben den Dichter. »Wann ist der kleine Mann gegangen?« fragte er.

»Kurz nachdem du eingeschlafen warst«, antwortete Sieben kühl.

Druss sah seinem Freund ins Gesicht und bemerkte seine Anspannung. »Machst du dir Sorgen um die zweitausend Krieger, die auf dem Weg zum Schrein sind?«

Sieben verkniff sich eine wütende Erwiderung. »Sorgen machen trifft es nicht ganz, altes Schlachtroß. Aber wie ich sehe, überrascht es dich nicht.«

Druss schüttelte den Kopf. »Er sagte mir, er würde eine Schuld zurückzahlen, weil ich seinem jungen Freund half. Das ist nicht die Art der Nadir. Nein, er wollte mich am Schrein haben, weil er wußte, daß es zum Kampf kommen würde.«

»Oh, ich verstehe, und der mächtige Druss, die Legende, wird die Flut umkehren, nehme ich an?«

Druss lachte leise. »Vielleicht, Dichter. Vielleicht auch nicht. Wie die Antwort auch aussieht, die einzige Möglichkeit, die Juwelen zu finden, besteht darin, dorthin zu gehen.«

»Und wenn es keine magischen Juwelen gibt? Wenn er auch in diesem Punkt gelogen hat?«

»Dann wird Klay sterben, und ich werde mein Bestes getan haben.«

»Für dich ist alles immer so einfach, nicht?« tobte Sieben. »Schwarz und Weiß, Hell und Dunkel, Gut und Böse? Zweitausend Krieger werden diesen Schrein zerstören. Du wirst sie nicht aufhalten. Und warum solltest du es überhaupt versuchen? Was hat Klay an sich, das dich so berührt hat? Andere Männer haben auch ernste Verwundungen erlitten. Du hast jahrelang mit angesehen, wie deine Kameraden an deiner Seite niedergemacht wurden.«

Druss stand auf und zog sich an, dann ging er zu den Pferden und nahm einen Sack Getreide vom Sattel. Aus seinem Gepäck nahm er zwei Futtersäcke und streifte sie den Tieren über die Ohren. Sieben kam zu ihm. »Man sagt, daß ein mit Getreide gefüttertes Pferd jedem mit Gras gefütterten davonläuft«, erklärte Druss. »Du bist ein Reiter, stimmt das?«

»Komm schon, Druss, beantworte meine Frage, verdammt noch mal! Warum Klay?«

»Er erinnert mich an einen Mann, den ich niemals kennenlernte«, antwortete Druss.

»Niemals kennenlernte! Was soll das heißen?«

»Es heißt, daß ich versuchen muß, die Juwelen zu finden, und zweitausend Gothir-Hurensöhne oder das gesamte Volk der Nadir sind mir dabei scheißegal. Belaß es dabei, Dichter!«

Auf dem Pfad klapperten Hufe, und beide Männer fuhren herum. Sechs Nadirkrieger, die hintereinander ritten, näherten sich dem Tümpel. Sie trugen Tuniken aus Ziegenleder und pelzverbrämte Helme. Jeder hatte einen Bogen und zwei Kurzschwerter. »Was machen wir jetzt?« flüsterte Sieben.

»Nichts. Wasserlöcher sind heilige Orte, und kein Nadir wird an einem solchen kämpfen. Sie werden lediglich ihre Pferde tränken und dann weiterziehen.«

»Und dann?«

»Dann werden sie versuchen, uns zu töten. Aber das ist ein Problem für später. Entspann dich, Dichter, du wolltest doch Abenteuer. Jetzt hast du eins.«

Druss schlenderte zurück in den Schatten und setzte sich neben seine furchtbare Axt. Die Nadir taten so, als beachteten sie ihn nicht, aber Sieben sah, wie sie verstohlene Blicke in seine Richtung warfen. Endlich kam der Anführer – ein untersetzter Krieger mittleren Alters mit einem dünnen Bart – und setzte sich ihm gegenüber.

»Du bist weit fort von zu Hause«, sagte er stockend in der Sprache des Südens.

»Und doch fühle ich mich wohl«, erwiderte Druss.

»Die Taube fühlt sich in der Heimat des Habichts kaum wohl.«

»Ich bin keine Taube, mein Freund. Und du bist kein Habicht.«

Der Mann erhob sich. »Ich glaube, wir werden uns wiedersehen, Rundauge.« Er ging zurück zu seinen Gefährten, schwang sich in den Sattel und führte die anderen ostwärts.

Sieben setzte sich neben Druss. »Gut gemacht, altes Roß. Es ist immer am besten, einen Feind zu beschwichtigen, der dir drei zu eins überlegen ist.«

»Das hätte keinen Sinn. Er weiß, was er tun muß. Genauso wie ich. Du wartest hier mit den Pferden, sieh zu, daß sie gesattelt und bereit sind.«

»Wohin gehst du?«

»Ein Stückchen nach Osten. Ich möchte sehen, welche Sorte von Falle sie aufstellen.«

»Ist das klug, Druss? Sie sind zu sechst.«

Druss grinste. »Meinst du, es wäre fairer, wenn ich meine Axt hierließe?« Mit diesen Worten nahm er Snaga und marschierte davon. Sieben sah ihm nach, dann ließ er sich nieder und wartete. Die Dunkelheit brach in den Bergen rasch herein, und er wünschte, er hätte daran gedacht, früher Feuerholz zu sammeln. Ein Feuer wäre ein willkommener Freund an diesem verlassenen Ort. Der Mond schien jedoch hell, und Sieben wickelte sich in seine Decke und barg sich tief in die Schatten der Felswand. Nie wieder, dachte er. Von jetzt an werde ich die Langeweile mit offenen Armen begrüßen und sie fest an mich drücken!

Was hatte Druss noch über Klay gesagt? *Er erinnert mich an einen Mann, den ich niemals kennenlernte.*

Plötzlich verstand Sieben. Druss sprach von Michanek, dem Mann, der Rowena damals in Ventria geliebt und geheiratet hatte.* Wie Druss war auch Michanek ein mächtiger Krieger und ein Champion unter den Rebellen gegen Prinz Gorben gewesen. Und Rowena, ihres Gedächtnisses beraubt, hatte begonnen ihn zu lieben, hatte sogar versucht, Selbstmord zu begehen, als sie von seinem Tod erfuhr. Druss war dabeigewesen, als Michanek der Elite von Gorbens Unsterblichen gegenüberstand. Allein hatte er viele getötet, bis letztlich selbst Michaneks gewaltige Kraft ihn verlassen hatte, aus zahlreichen Wunden Blut aus seinem Körper strömte. Als er starb, bat er Druss, für Rowena zu sorgen.

Einmal, als Sieben Druss und seine Frau auf ihrem Hof in den Bergen besuchte, war er mit Rowena über die Hochweiden gewandert. Er hatte sie damals nach Michanek gefragt, und sie hatte liebevoll gelächelt. »In vieler Hinsicht war er wie Druss, aber er war auch sanft und freundlich. Ich liebte ihn, Sieben, und ich weiß, daß Druss kaum ertragen kann, das zu hören. Aber sie haben mir meine Erinnerungen genommen. Ich wußte nicht, wer ich war, und ich erinnerte mich überhaupt nicht an Druss. Alles, was ich wußte, war, daß dieser riesige Mann mich liebte und für mich sorgte. Und es macht mich noch immer traurig zu wissen, daß Druss an seinem Tod beteiligt war.«

»Er kannte Michanek nicht«, sagte Sieben. »Alles, wovon er in diesen langen Jahren träumte, war, dich zu finden und nach Hause zu bringen.«

»Ich weiß.«

»Wenn du die Wahl hättest zwischen den beiden Männern, wen hättest du genommen?« fragte Sieben plötzlich.

* Vgl. Druss – Die Legende (Bastei Lübbe Band 28 232)

»Das ist eine Frage, die ich mir niemals stelle«, antwortete sie. »Ich weiß nur, daß ich Glück hatte, von beiden geliebt zu werden und beide zu lieben.«

Sieben wollte noch mehr wissen, aber sie versiegelte seinen Redefluß mit einem Finger auf die Lippen. »Genug, Dichter! Laß uns zurück zum Haus gehen.«

Ein kalter Wind blies jetzt am Tümpel, und Sieben zog seinen Umhang fester um sich. Es war völlig still, bis auf den Wind, der durch die Felsen pfiff, und Sieben fühlte sich schrecklich allein. Die Zeit verging quälend langsam, und der Dichter döste mehrmals ein, um jedesmal mit einem Ruck zu erwachen, erfüllt von der Angst, daß sich Nadir anschleichen könnten, um ihn zu ermorden.

Kurz vor Morgengrauen, als der Himmel allmählich heller wurde, hörte er Hufgeklapper auf Stein. Hastig zog er eins seiner Messer, ließ es fallen, hob es wieder auf und wartete. Druss kam in Sicht und führte vier Ponys am Zügel. Sieben ging ihm entgegen. Auf Druss' Wams und Hosen war Blut. »Bist du verletzt?« fragte Sieben.

»Nein, Dichter. Der Weg ist jetzt frei – und wir haben vier Ponys zum Tauschen.«

»Zwei der Nadir sind entkommen?«

Druss schüttelte den Kopf. »Nicht die Nadir, aber zwei der Ponys haben sich losgerissen und sind auf und davon.«

»Du hast alle sechs getötet?«

»Fünf. Einer stürzte sich bei der Verfolgung zu Tode. Und jetzt laß uns aufbrechen.«

Kapitel sechs

Kurz vor Mitternacht betrat Talisman das Grab von Oshikai Dämonstod. Während Gorkai draußen vor der Tür Wache stand, schlich sich der Nadirkrieger hinein und legte vier kleine Beutel vor dem Sarg auf den Boden. Aus dem ersten schüttete er ein wenig rotes Pulver, das er mit dem Zeigefinger zu einem Kreis verstrich, nicht größer als seine Handfläche. Der Mond, der schwach durch das offene Fenster schien, erleichterte seine Aufgabe. Aus dem zweiten Beutel nahm er drei längliche, getrocknete Blätter, die er zu einer Kugel rollte und in den Mund unter die Zunge steckte. Sie waren bitter, und er fing beinahe an zu würgen. Aus der Tasche seiner Ziegenledertunika nahm er eine Zunderschachtel, strich eine Flamme an und hielt sie an das rote Pulver, das augenblicklich dunkelrot aufflammte. Rauch stieg auf. Talisman atmete ihn ein, dann schluckte er die Blätterkugel hinunter.

Er fühlte sich leicht, schwindlig, und wie aus großer Entfernung hörte er leise Musik, dann ein Seufzen. Sein Blick verschwamm, dann wurde er wieder klar. An den Wänden des Schreins flackerten Lichter, die seine Augen tränen ließen. Er rieb sich die Augen, dann schaute er wieder hin. An den Haken an der Wand hing die Rüstung von Oshikai Dämonstod – die Brustplatte mit den einhundertundzehn Blättern aus gehämmertem Gold, der geflügelte Helm aus schwarzem Eisen, verziert mit silbernen Runen, und die schreckliche Axt Kolmisai. Talisman sah sich langsam in dem Raum um. Schöne Wandbehänge schmückten die Wände. Jeder zeigte ein Ereignis aus dem Leben Oshikais – die Jagd auf den schwarzen Löwen, die Zerstörung von Chien-Po, die Flucht über die Berge, die Hochzeit mit Shul-sen. Letzterer war besonders eindrucksvoll: eine Schar von Raben trug die Braut zum Altar, während Oshikai wartete, flankiert von zwei Dämonen.

Talisman blinzelte und versuchte, seine Konzentration gegen die Wellen der Betäubungsmittel aufrechtzuerhalten, die durch sein Blut brandeten. Aus dem dritten Beutel nahm er einen goldenen Ring, aus dem vierten ein Fingerknöchelchen. Wie Nosta Khan ihm befohlen hatte, steckte er den Ring auf den Knochen und legte ihn vor sich hin. Mit dem Messer ritzte er sich den Unterarm auf, so daß etwas Blut auf den Knochen und den Ring fiel. »Ich rufe Euch, Herr des Krieges«, sagte er. »Ich erbitte demütig Eure Anwesenheit.«

Zuerst war da gar nichts, dann schien ein kühler Wind durch den Raum zu wehen, obwohl keine Staubflocke sich rührte. Eine Gestalt begann sich über dem Sarg zu materialisieren. Die goldene Rüstung schloß sich darum, die Axt schwebte heran, um in ihrer rechten Hand zu landen. Talisman vergaß fast zu atmen, als der Geist herabstieg und sich mit gekreuzten Beinen vor ihm niederließ. Obwohl er breite Schultern hatte, war Oshikai nicht annähernd so groß, wie Talisman erwartet hatte. Sein Gesicht war flach und hart, die Nase breit, mit weiten Löchern. Er trug sein Haar zu einem straffen Pferdeschwanz zurückgebunden, und er hatte weder Kinnnoch Schnurrbart. Seine violetten Augen glühten vor Macht, und er strahlte Willenskraft aus.

»Wer ruft Oshikai?« fragte die durchscheinende Gestalt.

»Ich, Talisman von den Nadir.«

»Bringst du mir Neuigkeiten von Shul-sen?«

Die Frage kam unerwartet, und Talisman stockte. »Ich ... ich weiß nichts von ihr, Herr, außer Legenden und Geschichten. Manche behaupten, sie starb kurz nach dir, andere, daß sie die Meere überquerte, um in einer Welt ohne Finsternis zu leben.«

»Ich habe die Täler des Geistes, die Täler der Verdammten, die Felder der Helden, die Hallen der Mächtigen nach ihr durchsucht. Ich bin endlos durch die Leere gewandert. Ich kann sie nicht finden.«

»Ich bin hier, Herr, um deine Träume wahr zu machen«, sagte Talisman, wie Nosta Khan es befohlen hatte. Oshikai schien ihn nicht zu hören. »Die Nadir müssen sich vereinen«, fuhr Talisman fort. »Dafür müssen wir den Anführer mit den violetten Augen finden, aber wir wissen nicht, wo wir suchen sollen.«

Oshikais Geist blickte Talisman an, dann seufzte er. »Er wird gefunden werden, wenn die Augen von Alchazar an ihren rechtmäßigen Platz zurückkehren. Die Magie wird wieder in das Land strömen, und dann wird er enthüllt werden.«

»Ich suche die Augen, Herr«, sagte Talisman. »Es heißt, sie seien hier verborgen. Ist das wahr?«

»Ja, das ist wahr. Sie sind ganz in der Nähe, Talisman von den Nadir. Aber es ist dir nicht bestimmt, sie zu finden.«

»Wem dann, Herr?«

»Ein Fremder wird sie nehmen. Mehr will ich dir nicht sagen.«

»Und der Einiger, Herr. Kannst du mir nicht seinen Namen nennen?«

»Sein Name ist Ulric. Jetzt muß ich gehen. Ich muß weitersuchen.«

»Warum suchst du, Herr? Gibt es denn kein Paradies für dich?«

Der Geist starrte ihn an. »Was sollte das für ein Paradies sein ohne Shul-sen? Den Tod konnte ich ertragen, aber nicht die Trennung unserer Seelen. Ich werde sie finden, und wenn es ein Dutzend Ewigkeiten dauert. Lebewohl, Talisman von den Nadir.«

Ehe Talisman noch etwas sagen konnte, war die Gestalt verschwunden. Der junge Nadirkrieger erhob sich unsicher und ging zur Tür.

Gorkai wartete im Mondschein. »Was ist dort drinnen geschehen? Ich hörte dich sprechen, aber es antwortete niemand.«

»Er kam, aber er konnte mir nicht helfen. Er war eine verzweifelte Seele, auf der Suche nach seiner Frau.«

»Die Hexe, Shul-sen. Man sagt, sie wurde lebendig verbrannt, ihre Asche in alle vier Winde zerstreut und ihr Geist durch Zauberei vernichtet.«

»Diese Geschichte habe ich nie gehört«, sagte Talisman. »Wir haben unter anderem gelernt, daß sie über das Meer ging in ein Land, in dem es keine Nacht gibt, und wo sie ewig lebt in der Hoffnung, daß Oshikai sie findet.«

»Deine Geschichte ist hübscher«, gab Gorkai zu, »und beide würden erklären, warum der Kriegsherr sie nicht finden kann. Was machen wir jetzt?«

»Wir warten ab, was der Morgen bringt«, sagte Talisman und ging zu den Zimmern, die Gorkai für sie gefunden hatte. Es waren dreißig kleine Kammern im Hauptgebäude, alle für die Zwecke von Pilgern gedacht. Zhusai hatte ihre Decken auf dem Boden unter dem Fenster ausgebreitet und gab vor zu schlafen, als Talisman eintrat. Er ging nicht zu ihr, sondern zog sich einen Stuhl heran und betrachtete die Sterne. Sie konnte das Schweigen nicht länger ertragen und fragte:

»Ist der Geist nicht zu dir gekommen?«

»Doch, er kam.« Langsam erzählte er ihr die ganze Geschichte von Oshikais Suche nach Shul-sen und von den zwei Legenden, die von ihrem Hinscheiden berichteten.

Zhusai setzte sich auf und schlang sich die Decke um die Schultern. »Es gibt noch andere Geschichten über Shul-sen – daß man sie von einem Gipfel in den Mondbergen hinabstieß, daß sie in einen Baum verwandelt wurde. Jeder Stamm hat eine andere Geschichte. Aber es ist traurig, daß er sie nicht finden kann.«

»Mehr als traurig«, sagte Talisman. »Er sagte, ohne sie gäbe es kein Paradies.«

»Wie schön«, meinte sie, »Aber er war auch ein Chiatze, und wir sind ein feinfühliges Volk.«

»Ich habe bislang immer festgestellt, daß Menschen, die sich ihrer Feinfühligkeit rühmen, nur so lange feinfühlig sind, wie es um ihre eigenen Bedürfnisse geht. Den Bedürfnissen anderer gegenüber sind sie meist völlig gleichgültig. Aber egal, ich bin nicht in der Stimmung, um darüber zu streiten.« Er nahm seine Decke, legte sich neben sie und schlief ein. Wie immer waren seine Träume qualvoll.

Die Peitsche schnitt tief in seinen Rücken, aber er schrie nicht. Er war ein Nadir, und gleich, wie groß seine Schmerzen auch waren, er würde diesen *gajin*, diesen rundäugigen Fremden, niemals zeigen, daß er litt. Die Peitsche hatte er selber machen müssen, das Leder fest um einen hölzernen Griff winden, dann in dünne Streifen schneiden, die am Ende mit kleinen Bleiplättchen versehen waren. Okai zählte jeden Hieb bis zu den befohlenen fünfzehn mit. Als der letzte Peitschenhieb seinen blutenden Rücken traf, gestattete er sich, gegen den Pfahl zu sinken. »Gib ihm noch fünf«, ertönte die Stimme Gargans.

»Das würde gegen die Regeln verstoßen, Herr«, antwortete Premian. »Er hat schon die Höchststrafe für einen fünfzehnjährigen Kadetten erhalten.« Okai konnte kaum glauben, daß Premian für ihn gesprochen hatte. Der Hauspräfekt hatte nie ein Hehl aus seinem Abscheu für die Nadirknaben gemacht.

Gargan erwiderte: »Die Regel gilt für menschliche Wesen, Premian, nicht für Nadirabschaum. Wie du siehst, hat er überhaupt nicht gelitten. Er hat keinen Laut von sich gegeben. Wo kein Verstand ist, ist auch kein Gefühl. Noch fünf!«

»Ich kann dir nicht gehorchen, Herr.«

»Du bist deines Amtes enthoben, Premian. Ich hatte Besseres von dir erwartet.«

»Und ich von dir, Graf Gargan.« Okai hörte, wie die Peitsche zu Boden fiel. »Wenn dieser junge Mann noch einen einzigen Hieb bekommt, werde ich meinem Vater im Palast von diesem Zwischenfall berichten. Fünfzehn Hiebe waren schlimm genug für ein Vergehen. Zwanzig wären unglaublich grausam.«

»Schweig!« donnerte Gargan. »Noch ein Wort, und du erhältst dieselbe Strafe, und dazu wirst du von dieser Akademie verwiesen. Ich dulde weder Ungehorsam noch Insubordination. Du!« sagte er und deutete auf einen Jungen, den Okai nicht sehen konnte. »Noch fünf Hiebe, wenn ich bitten darf.«

Okai hörte das leise Wischen, als die Peitsche aufgehoben wurde, und versuchte sich zu wappnen. Erst als der erste Hieb ihn traf, erkannte er, daß Premian sich zurückgehalten hatte. Wer immer jetzt auch die Peitsche hielt, schwang sie voller Rache. Der dritte Hieb entriß ihm ein Stöhnen, das ihn mehr beschämte als die Bestrafung selbst, aber er biß in den Lederriemen zwischen seinen Zähnen und gab keinen weiteren Laut von sich. Blut strömte über seinen Rücken und sammelte sich über dem Gürtel seiner Beinkleider. Beim fünften

Hieb senkte sich eine tiefe Stille über die Halle. Gargan brach sie. »Nun, Premian, kannst du gehen und deinem Vater schreiben. Schneidet dieses Stück Abschaum ab.«

Drei Nadirjungen rannten herbei und knüpften die Seile los, mit denen Okai festgebunden war. Noch als er in ihre Arme sank, drehte er sich um, um zu sehen, wer die Peitsche geschwungen hatte, und sein Herz sank. Es war Dalsh-chin, vom Stamme der Flinken Ponys.

Seine Freunde trugen ihn halb zur Krankenstation, wo ein Pfleger Salbe auf seinen Rücken strich und eine tiefere Wunde an der Schulter mit drei Stichen nähte. Dalsh-chin trat ein und stellte sich vor ihn. »Gut gemacht, Okai«, sagte er auf Nadir. »Mein Herz schwoll vor Stolz auf dich.«

»Warum hast du mich dann vor den *gajin* zum Schreien gebracht?«

»Weil er noch fünf Hiebe mehr befohlen hätte, wenn du nicht geschrieen hättest, und noch mal fünf. Es war eine Willensprobe, und eine, die dich leicht hätte umbringen können.«

»Hört auf, in dieser dreckigen Sprache zu reden«, befahl der Pfleger. »Ihr wißt, daß es gegen die Regeln verstößt, und ich dulde das nicht!«

Dalsh-chin nickte, dann legte er Okai eine Hand auf den Kopf. »Du hast ein tapferes Herz, Junge«, sagte er in der Sprache der Südländer. Damit drehte er sich um und verließ den Raum.

»Zwanzig Hiebe, weil du dich selbst verteidigt hast«, sagte sein engster Freund Zhen-shi. »Das war nicht gerecht.«

»Von den *gajin* kannst du keine Gerechtigkeit erwarten«, erwiderte Okai. »Nur Schmerz.«

»Sie haben aufgehört, mir weh zu tun«, sagte Zhen-shi. »Vielleicht wird es ab jetzt für uns alle besser.«

Okai sagte nichts, denn er wußte, daß sie aufgehört

hatten, seinem Freund weh zu tun, weil Zhen-Shi für sie Botengänge übernahm, ihre Stiefel putzte, sich verbeugte und katzbuckelte, handelte wie ein Sklave. Wenn sie ihn verspotteten, lächelte er und senkte den Kopf. Es machte Okai traurig, aber es gab praktisch nichts, was er tun konnte. Jeder Mann mußte seine eigene Wahl treffen. Er hatte beschlossen, ihnen in jeder Weise zu widerstehen und trotzdem alles zu lernen, was sie ihm beibringen konnten. Zhen-shi hatte nicht die Kraft für diesen Weg, er war weich und für einen Nadirjungen bemerkenswert sanft.

Nach einer kurzen Ruhepause in der Krankenstation ging Okai ohne Hilfe in das Zimmer, das er mit Lin-tse teilte. Lin-tse stammte von den Himmelsreitern und war größer als die meisten jungen Nadirburschen. Sein Gesicht war eckig, und die Augen standen kaum schräg. Es ging das Gerücht, daß er *gajin*-Blut in den Adern hatte, aber niemand wagte es, ihm das offen ins Gesicht zu sagen. Lin-tse war aufbrausend und vergaß kein Unrecht, das ihm zugefügt worden war. Er stand auf, als Okai eintrat. »Ich habe dir etwas zu essen und zu trinken geholt, Okai«, sagte er. »Und etwas Berghonig für die Wunden auf deinem Rücken.«

»Ich danke dir, Bruder«, sagte Okai förmlich.

»Unsere Stämme liegen miteinander im Krieg«, entgegnete Lin-tse, »deshalb können wir keine Brüder sein. Aber ich achte deinen Mut.« Er verbeugte sich, dann widmete er sich wieder seinen Studien.

Okai legte sich bäuchlings auf die schmale Pritsche und versuchte, nicht an den heißen Schmerz zu denken, der in seinem malträtierten Rücken wütete. »Unsere Stämme führen *jetzt* miteinander Krieg«, sagte er, »aber eines Tages werden wir Brüder sein, und die Nadir werden über diese *gajin* herfallen und sie vom Angesicht der Erde vertreiben.«

»Möge es so sein«, antwortete Lin-tse. »Du hast morgen eine Prüfung, oder?«

»Ja. Die Rolle der Kavallerie bei Strafexpeditionen.«

»Dann werde ich dich abfragen. Das lenkt dich von den Schmerzen ab.«

Talisman erwachte kurz vor Tagesanbruch. Zhusai schlief weiter, als er lautlos aufstand und das Zimmer verließ. Im Hof unten pumpte der blinde Nadirpriester Wasser aus dem Brunnen. Im fahlen Licht des frühen Morgens sah der Mann jünger aus, sein Gesicht war blaß und ernst. »Ich nehme an, du hast gut geschlafen, Talisman?« fragte er, als der Nadir zu ihm kam.

»Gut genug.«

»Und waren die Träume dieselben?«

»Meine Träume gehen nur mich etwas an, alter Mann, und wenn du am Leben bleiben willst, um deine Geschichte fertig zu schreiben, solltest du dir das besser merken.«

Der Priester stellte den Eimer ab und setzte sich auf den Brunnenrand. Seine hellen opalfarbenen Augen glitzerten im verblassenden Mondlicht. »Träume sind niemals geheim, Talisman, wie sehr wir uns auch bemühen, sie zu schützen. Sie sind wie das Bedauern, suchen immer das Licht, werden immer geteilt. Und sie haben eine Bedeutung, die weit über dein Verständnis hinausgeht. Du wirst schon sehen. Hier an diesem Ort wird der Kreis sich schließen.«

Der Priester trug den Eimer zu einem Tisch und begann, langsam mit einer Schöpfkelle irdene Wassertöpfe zu füllen, die an dünnen Seilen von den Balken der Veranda hingen. Talisman ging zum Tisch und setzte sich. »Was sind das für Geschichten, die du schreibst?« fragte er.

»Vor allem über die Chiatze und die Nadir. Aber das Leben Oshikais fasziniert mich immer mehr. Kennst du den Ursprung des Namens *Nadir?*«

Talisman zuckte die Achseln. »In der Südsprache bedeutet es den Punkt der größten Hoffnungslosigkeit.«

»Auf chiatze bedeutet es die Wegkreuzung des Todes«, sagte der Priester. »Als Oshikai sein Volk aus dem Land Chiatze führte, folgte ihnen eine große Armee, die auslöschen wollte, was in ihren Augen eine Rebellenarmee war. Er stellte sich ihnen auf der Ebene von Chu-chien und vernichtete sie. Aber zwei weitere Armeen kesselten ihn ein, und er war gezwungen, sein Volk über die Eisberge zu führen. Hunderte starben, viele verloren Finger und Zehen, Arme und Beine durch die schreckliche Kälte. Als sie die gefrorenen Pässe hinter sich hatten, gerieten sie in die entsetzliche Salzwüste dahinter. Die Verzweiflung war grenzenlos. Oshikai berief eine Ratsversammlung ein. Er nannte sie ein Volk, das aus Härte und Gefahren geboren war, und daß sie jetzt ihren Nadir erreicht hätten. Von diesem Augenblick an besaßen sie ihren neuen Namen. Dann sprach er zu der Menge und sagte, daß Shul-sen ihnen den Weg zum Wasser weisen würde und daß hinter der Salzwüste ein verheißungsvolles Land läge. Er sprach von einem Traum, in dem die Nadir sich vermehrten und gediehen, vom schimmernden Meer bis zu schneebedeckten Gipfeln. Und da gab er ihnen den Vers, den alle Nadirkinder schon mit der Muttermilch einsaugen:

Nadir sind wir
der Jugend geboren
Äxteschwinger
Blutvergießer
doch Sieger sind wir.

»Was geschah mit Shul-sen?« fragte Talisman. Der Priester lächelte, stellte wieder seinen Eimer ab und setzte sich an den Tisch.

»Darüber gibt es so viele Geschichten, die meisten stark ausgeschmückt, viele reine Phantasie, andere so befrachtet mit mystischem Symbolismus, daß sie völlig sinnlos sind. Die Wahrheit, fürchte ich, ist weit irdischer. Ich glaube, daß sie von Oshikais Feinden gefangengenommen und erschlagen wurde.«

»Wenn es so wäre, dann hätte er sie gefunden.«

»Wer hätte sie gefunden?«

»Oshikai. Sein Geist sucht seit Jahrhunderten nach ihr, aber er hat sie nie gefunden. Wie kann das sein?«

»Ich weiß es nicht«, gab der Priester zu, »aber ich werde darüber nachdenken. Wie kommt es, daß du über diese Dinge Bescheid weißt?«

»Nimm einfach hin, daß ich es weiß«, antwortete Talisman.

»Wir Nadir sind ein geheimniskrämerisches Volk, aber auch neugierig«, sagte der Priester lächelnd. »Ich werde zu meinen Studien zurückkehren und über die Frage nachdenken, die du mir gestellt hast.«

»Du behauptest, du kannst die vielen Pfade der Zukunft wandeln«, sagte Talisman. »Wieso kannst du dann nicht den einzelnen Pfad in die Vergangenheit gehen und selbst nachschauen?«

»Eine gute Frage, junger Mann. Die Antwort ist einfach. Ein wahrer Geschichtsschreiber muß objektiv bleiben. Jeder, der Zeuge eines großen Ereignisses wird, bildet sich sofort eine subjektive Meinung dazu, denn es hat Einfluß auf ihn. Ja, ich könnte zurückgehen und beobachten. Aber ich werde es nicht tun.«

»Deine Logik hinkt, Priester. Wenn der Geschichtsschreiber Ereignisse nicht beobachten kann, muß er sich auf das Zeugnis anderer verlassen, die – nach deinen eigenen Worten – wieder nur ein subjektives Bild vermitteln können.«

Der Priester lachte laut auf und klatschte in die Hände. »Ach, mein Junge! Wenn wir nur mehr Zeit hätten, miteinander zu reden. Wir könnten über den verdeckten Trugschluß bei der Suche nach der Nächstenliebe debattieren oder über den Mangel an Beweisen für die Nicht-Existenz eines Höheren Wesens.« Sein Lächeln verblaßte. »Aber wir haben keine Zeit.«

Der Priester brachte den Eimer zum Brunnen zurück und ging davon. Talisman lehnte sich zurück und sah zu, wie die Sonne majestätisch über den Bergen im Osten aufging.

Quing-chin trat aus seinem Zelt in den Sonnenschein hinaus. Er war ein großer Mann mit tiefliegenden Augen und einem ernsten Gesicht. Er genoß die Wärme der Sonne auf seiner Haut. Er hatte traumlos geschlafen und war erfrischt aufgewacht, bereit für die süße Rache. Sein gestriger Zorn war einer kalten, resoluten Entschlossenheit gewichen. Seine Männer saßen in der Nähe im Kreis. Quing-chin hob die kräftigen Arme über den Kopf und dehnte langsam die oberen Rückenmuskeln. Sein Freund Shi-da erhob sich aus dem Kreis und brachte ihm sein Schwert. »Jetzt ist es scharf, Kamerad«, sagte der kleinere Mann, »und bereit, die Feinde aufzuschlitzen.« Die anderen sechs Männer im Kreis standen auf. Keiner war so groß wie Quin-chin.

Der Schwertbruder Shanquis, des Kriegers, der von dem Himmelsreiter getötet worden war, stellte sich vor Quing-chin. »Die Seele Shanquis wartet auf Rache«, sagte er förmlich.

»Ich werde ihm einen Diener für seine Bedürfnisse schicken«, entgegnete Quing-chin.

Ein junger Krieger kam mit einem gescheckten Pony auf die Männer zu. Quing-chin nahm ihm die Zügel ab und schwang sich in den Sattel. Shi-da reichte ihm die lange Lanze, die mit dem dunklen, doppelten Band aus Roßhaar geschmückt war, das einen wahren Krieger der Flinken Ponys kennzeichnete. Dazu kam noch ein schwarzer Helm aus lackiertem Holz, der mit Pelz verbrämt war. Quing-chin schob sein schulterlanges dunkles Haar zurück und setzte den Helm auf. Dann stieß er seinem Pony die Fersen in die Flanken und ritt aus dem Lager, an den weißen Mauern von Oshikais Ruhestätte vorbei.

Im Lager der Himmelsreiter herrschte bereits Leben, als Quing-chin ankam. Männer entzündeten Kochfeuer. Er ignorierte sie alle und lenkte sein Pony zu dem am weitesten entfernt stehenden der achtzehn Zelte. Vor dem Eingang war eine Lanze in den Boden gerammt, und darauf steckte der Kopf von Shanqui. Blut war auf die Erde gelaufen, und das Fleisch in dem toten Gesicht war aschgrau.

»Komm heraus«, rief Quing-chin. Die Zeltklappe wurde geöffnet, und ein untersetzter Krieger kam heraus. Ohne Quing-chin zu beachten, öffnete er seine Hosen und entleerte seine Blase. Dann warf er einen Blick auf den abgeschlagenen Kopf.

»Bist du hier, um meinen Baum zu bewundern?« fragte er. »Sieh mal, er blüht schon.« Die meisten der Himmelsreiter hatten sich inzwischen um die beiden Männer geschart und begannen jetzt zu lachen. Quing-chin wartete, bis sich das Gelächter gelegt hatte. Als er sprach, war seine Stimme kalt und rauh.

»Er ist vollkommen«, sagte Quing-chin. »Nur der Baum eines Himmelsreiters kann verfaulte Früchte tragen.«

»Ha! Dieser Baum wird heute noch frische Früchte

tragen. Wie schade, daß du das nicht mehr bewundern kannst.«

»Aber das werde ich. Ich werde mich selbst darum kümmern. Und jetzt ist genug geredet. Ich warte im Freien auf dich, wo die Luft nicht von dem Gestank eures Lagers verpestet ist.«

Quing-chin zog an den Zügeln und galoppierte etwa zweihundert Schritte weit nach Norden. Die achtundzwanzig Krieger der Flinken Ponys hatten sich bereits dort versammelt und saßen schweigend auf ihren Reittieren. Binnen Kürze ritten die Himmelsreiter los und bildeten eine Reihe gegenüber von Quing-chin und seinen Leuten.

Der untersetzte Himmelsreiter, mit der langen Lanze in der Hand, trieb sein Pony vorwärts, schwenkte dann nach rechts und galoppierte etwa fünfzig Meter weiter, bis er plötzlich heftig an den Zügeln riß. Quing-chin lenkte sein Pony zwischen die Reihen der beiden Stämme, dann drehte er sich um und hob seine Lanze. Der untersetzte Krieger legte die Lanze an, ließ sein Pony in Galopp fallen und setzte zum Angriff auf Quing-chin an. Der Anführer der Flinken Ponys verharrte reglos, während sein Gegner den Abstand zwischen ihnen verringerte. Näher und näher kam der Himmelsreiter, bis Quing-chin im letzten möglichen Moment an den Zügeln riß und einen Befehl bellte. Sein Pony spannte die Muskeln an und machte einen Satz nach rechts. Im selben Augenblick hob Quing-chin seine Lanze über den Kopf des Ponys und stieß sie nach links. Er wollte den gegnerischen Reiter damit durch Seite und Bauch stechen, aber der Himmelsreiter hatte sich rascher nach hinten geworfen, als Quing-chin erwartet hatte, so daß die Lanze dem Pony seines Gegners in den Hals drang, das daraufhin stolperte, stürzte und Quing-chin dabei seine Lanze aus der Hand riß. Der Himmelsreiter wurde abgeworfen, drehte sich in der Luft und landete schwer auf dem Rücken. Quing-chin sprang von seinem Pony, zog sein Schwert und rannte zu ihm. Der Himmelsreiter rollte sich auf die Füße, immer noch ein wenig benommen von dem Sturz, zog aber trotzdem seine eigene Klinge und wehrte den ersten Stoß ab. Quing-chin umkreiste ihn, sein linker Fuß schoß vor gegen das ungeschützte Knie des Himmelsreiters. Der taumelte zurück und stürzte beinahe. Quing-chin setzte ihm nach, schlitzte ihm mit einem heftigen Hieb das Wams auf und riß ihm ein Stück Fleisch aus der linken Wange, so daß Blut in die Luft spritzte. Der Himmelsreiter schrie vor Schmerz auf und griff an. Quing-chin wehrte einen Bauchstoß ab, wirbelte auf dem Absatz herum und hämmerte dem Himmelsreiter seinen Ellbogen in das blutende Gesicht. Der Mann wurde von den Füßen gerissen, raffte sich aber wieder auf, als Quing-chin näher kam. Er war schnell und schickte einen blitzschnellen Stoß gegen Quing-chins Gesicht. Der größere Mann wich aus, aber die Klinge ritzte ihm das Ohrläppchen. Er selbst holte zu einem Hieb gegen den Hals aus, der zu tief kam, so daß die Klinge dem Himmelsreiter nur in die linke Schulter drang. Der untersetzte Krieger taumelte nach vorn, fing sich aber gerade rechtzeitig, um einem zweiten Hieb gegen seinen Hals auszuweichen. Jetzt umkreisten die beiden Krieger einander wachsamer, die Achtung voreinander stieg. Quing-chin war von der Schnelligkeit des Mannes überrascht, und der Himmelsreiter, der aus Wunden in Gesicht und Schulter blutete, wußte, daß er ernsthaft in Schwierigkeiten steckte.

Quing-chin stürzte mit einem angetäuschten Hieb gegen die Kehle vor. Der Himmelreiter wehrte mit seiner Klinge ab, doch seine Schnelligkeit wurde ihm zum Verhängnis. Er war zu schnell. Quing-chins Schwert stieß ihm in den Oberkörper, aber im Augenblick des Aufpralls warf sich der Himmelsreiter nach hinten, sah Quing-chins Schwert nur wenige Zentimeter eindringen, ehe die Klinge wieder freikam. Der Himmelsreiter fiel, rollte sich ab und kam mühsam auf die Füße.

»Du bist sehr geschickt«, sagte er, »ich werde stolz sein, deinen Kopf an meinem Baum zu haben.« Sein linker Arm hing jetzt kraftlos herab, Blut strömte über seine Hand auf die Erde. In diesem Augenblick verspürte Quing-chin einen Anflug des Bedauerns. Shanqui war ein arroganter, wichtigtuerischer junger Mann gewesen, der diesen Krieger herausgefordert hatte und dafür gestorben war. Und jetzt würde ihm Quing-chin, den Gebräuchen der Nadir entsprechend, die Seele dieses Mannes schicken, um ihm in aller Ewigkeit zu dienen. Er seufzte.

»Auch ich fühle Stolz«, sagte er. »Du bist ein Mann unter Männern. Ich grüße dich, Himmelsreiter.«

Der Himmelsreiter nickte … dann stürzte er vor zum Angriff. Quing-chin wich vor dem verzweifelten Hieb zur Seite aus und stieß dem Mann seine Klinge in den Bauch und aufwärts ins Herz. Der Himmelsreiter fiel gegen ihn, der Kopf sank an Quing-chins Schulter, als die Knie des Sterbenden unter ihm nachgaben. Quing-chin fing ihn auf und legte ihn vorsichtig auf die Erde. Mit einem schaudernden Seufzer starb der Himmelsreiter.

Das war der Augenblick. Quing-chin kniete neben dem Toten nieder und zog sein Messer. Die beiden Reihen der Reiter warteten, doch Quing-chin stand auf. »Ich werde diesem Mann nicht die Augen nehmen«, sagte er. »Seine Freunde mögen ihn zur Bestattung holen.«

Shi-da sprang von seinem Pony und rannte zu ihm. »Du mußt, Bruder! Shanqui muß die Augen in den Händen haben, sonst hat er in der Unterwelt keinen Diener!«

Ein Himmelsreiter lenkte sein Pony heran und stieg neben Quing-chin ab. »Gut gekämpft, Dalsh-chin«, sagte er.

Der Flinke Pony drehte sich beim Klang seines Namens aus Kindertagen um und blickte in die traurigen Augen des Himmelsreiters. Lin-tse hatte sich in den zwei Jahren, seit sie die Bodacas-Akademie verlassen hatten, nur wenig verändert. Er war in den Schultern breiter geworden, und sein Kopf war bis auf einen kurzen schwarzen Zopf kahlgeschoren. »Schön, dich wiederzusehen, Lin-tse«, sagte er. »Es macht mich traurig, daß es bei einer solchen Gelegenheit sein muß.«

»Du redest wie ein Gothir«, sagte Lin-tse. »Morgen komme ich in dein Lager. Und wenn ich dich getötet habe, nehme ich deine Augen und gebe sie meinem Bruder. Du wirst ihm dienen, bis die Sterne zu Staub zerfallen.«

Wieder in seinem eigenen Zelt, streifte Quing-chin sein blutbespritztes Wams ab und kniete sich auf die Erde. In den beiden Jahren, seit er die Bodacas-Akademie verlassen hatte, hatte er sich bemüht, wieder zu seinen Nadirwurzeln zu finden, wohl wissend, daß sein eigenes Volk das Gefühl hatte, seine Jahre bei den Gothir hätten ihn entfremdet. Er hatte es abgestritten, sogar vor sich selbst, aber heute wußte er, daß es stimmte.

Draußen hörte er die Reiter mit Shanquis Kopf zurückkommen, aber er blieb im Zelt, seine Gedanken waren düster. Die Rituale der Racheduelle waren von Stamm zu Stamm verschieden, aber das Prinzip blieb dasselbe. Hätte er dem Himmelsreiter die Augen ausgestochen und sie in die tote Hand Shanquis gelegt, dann wäre der Geist des Himmelsreiters für alle Ewigkeit an Shanqui gebunden gewesen. Dem Glauben der Nadir zufolge war der Himmelsreiter in der Leere so lange blind, bis Shanqui ihm seine Augen lieh. Dieses Ritual würde auch für Gehorsam sorgen. Jetzt hatte Quing-chin das Ritual gebrochen. Und wozu? Morgen mußte er wieder kämpfen. Wenn er gewann, würde ein anderer Krieger ihn herausfordern.

Sein Freund Shi-da betrat das Zelt und kauerte sich vor ihn. »Du hast tapfer gekämpft«, sagte Shi-da. »Es war ein guter Kampf. Aber morgen mußt du die Augen nehmen.«

»Die Augen von Lin-tse«, flüsterte Quing-chin. »Die Augen eines Mannes, der mein Freund war ... Das kann ich nicht tun.«

»Was ist los mit dir, mein Bruder? Sie sind unsere Feinde!«

Quing-chin stand auf. »Ich gehe zum Schrein. Ich muß nachdenken.«

Er ließ Shi-da zurück, duckte sich unter der Zeltklappe hindurch und trat in den Sonnenschein hinaus. Der Leichnam Shanquis lag nur wenige Meter von seinem Zelt entfernt. Die rechte Hand des Toten war unbedeckt, die Finger leicht gekrümmt. Quing-chin ging zu seinem gescheckten Pony, stieg auf und ritt zu dem weißummauerten Schrein.

Auf welche Weise haben sie meinen Nadirgeist vergiftet, überlegte er. Durch die Bücher, die Manuskripte, die Gemälde? Oder vielleicht durch den Unterricht in Morallehre oder die endlosen Diskussionen über Philosophie? Wie kann ich das wissen?

Die Tore standen offen, und Quing-chin ritt hindurch und stieg ab. Er ließ sein Pony im Schatten und ging zum Schrein.

»Wir werden sie leiden lassen, so wie Zhen-shi gelitten hat«, sagte eine Stimme. Quing-chin erstarrte. Langsam drehte er sich zu dem Sprecher um.

Talisman trat aus den Schatten und ging auf den größeren Mann zu. »Es tut gut, dich wiederzusehen, mein Freund«, sagte er.

Quing-chin war einen Augenblick lang sprachlos, dann packte er Talismans ausgestreckte Hand. »Du machst mein Herz froh, Okai. Alles in Ordnung bei dir?«

»Gut genug. Komm, teil Wasser und Brot mit mir.«

Die beiden Männer schlenderten zurück in den Schatten, wo sie sich unter einem hölzernen Vordach niederließen. Talisman füllte zwei irdene Becher mit kühlem Wasser aus einem Steinkrug und reichte einen davon Quing-chin. »Was geschah bei dem Kampf heute morgen?« fragte er. »Da war so viel Staub, daß ich von den Mauern nichts sehen konnte.«

»Ein Himmelsreiter starb«, antwortete Quing-chin.

»Wann wird dieser Wahnsinn ein Ende nehmen?« fragte Talisman traurig. »Wann werden wir unsere Augen auf den wahren Feind richten?«

»Nicht schnell genug, Okai. Morgen kämpfe ich wieder.« Er sah Talisman in die Augen. »Gegen Lin-tse.«

Lin-tse saß auf einem Stein und schärfte sein Schwert. Seine Miene war ausdruckslos, er verbarg seine Wut. Von allen Menschen auf der Welt wollte er Dalsh-chin am wenigsten töten. Doch das war sein Schicksal, und ein wahrer Mann jammerte nie, wenn die Götter von Stein und Wasser das Messer in der Wunde drehten! Der Wetzstein glitt über die Klinge des Säbels, und Lin-tse stellte sich vor, wie der silberne Stahl durch Dalsh-chins Nacken fuhr. Er fluchte leise, dann stand er auf und streckte sich.

Zum Schluß waren nur noch vier Nadir-Janitscharen in der Akademie gewesen – er selbst, Dalsh-chin, der unglückliche Junge von den Grünaffen, Zhen-shi, und der seltsame Knabe von den Wolfsschädeln, Okai. Einige der anderen waren geflohen, die meisten aber hatten bei den Prüfungen schmählich versagt – sehr zur Freude von

Gargan, dem Grafen Larness. Einen hatte man gehängt, nachdem er einen Offizier getötet hatte, ein anderer hatte Selbstmord begangen. Das Experiment war – wie von Graf Larness beabsichtigt – ein Fehlschlag. Doch sehr zur Verärgerung des Gothirgenerals hatten vier Nadirjünglinge sämtliche Prüfungen bestanden. Und einer von ihnen – Okai – war allen anderen Studenten überlegen, eingeschlossen Argo, dem Sohn des Generals.

Lin-tse steckte sein Schwert in die Scheide und wanderte hinaus auf die Steppe. Seine Gedanken kehrten zu Zhen-shi zurück, dem Jungen mit den verängstigten Augen und dem nervösen Lächeln. Gequält und mißhandelt war er um die Gothirkadetten herumgeschwänzelt, vor allem um Argo, und hatte sie bedient wie ein Sklave. »Grinseaffe«, hatte Argo ihn genannt, und Lin-tse hatte den Jungen für seine Feigheit verachtet. Zhen-shi hatte nur wenige Narben, aber er war auch genau der Barbar, den die Gothir erwarteten – unterwürfig und den zivilisierten Völkern unterlegen.

Doch er hatte einen Fehler gemacht – und der hatte ihn das Leben gekostet. Bei den Prüfungen am Jahresende hatte er besser abgeschnitten als alle anderen – bis auf Okai. Lin-tse sah immer noch den Ausdruck auf Zhen-shis Gesicht, als die Noten bekanntgegeben wurden. Zuerst freute er sich offensichtlich, aber dann, nach einem Blick auf Argo und die anderen, dämmerte ihm das ganze verheerende Ausmaß seiner unglücklichen Lage. Grinseaffe hatte sie alle geschlagen. Sie sahen in ihm nicht länger den Gegenstand ihres Hohns oder ihrer Verachtung. Jetzt war er eine verhaßte Gestalt. Der kleine Zhen-shi war unter ihren bösen Blicken in sich zusammengesunken.

In dieser Nacht war Zhen-shi vom Dach gesprungen, sein Körper wurde auf den schneebedeckten Steinen im Hof zerschmettert.

Es war Winter gewesen, eine rauhe und kalte Nacht, in der sich Eis innen an den Fensterscheiben bildete. Doch Zhen-shi hatte nur einen Lendenschurz getragen. Als Lin-tse seinen Schrei beim Fallen hörte, hatte er aus dem Fenster geschaut und den mageren Körper blutend im Schnee liegen sehen. Okai und er waren mit etlichen anderen Jungen hinausgerannt und hatten sich um den Toten geschart. Der Körper trug die roten Striemen einer Peitsche auf Rücken, Hinterteil und Schenkeln. Die Handgelenke waren ebenfalls blutig.

»Sie haben ihn gefesselt«, preßte Lin-tse zwischen den Zähnen hervor. Okai antwortete nicht, er starrte hinauf zu dem Giebel, von dem Zhen-shi gefallen war. Die Zimmer auf dieser obersten Etage waren für die Seniorkadetten aus vornehmen Familien reserviert. Aber das nächstgelegene Fenster war das von Argo. Lin-tse folgte Okais Blick. Der blonde Sohn von Gargan lehnte auf seiner Fensterbank und betrachtete mit mildem Interesse das Schauspiel unten.

»Hast du gesehen, was passiert ist, Argo?« rief jemand.

»Der kleine Affe hat versucht, aufs Dach zu klettern. Ich glaube, er war betrunken.« Damit lehnte er sich zurück und schloß krachend sein Fenster.

Okai drehte sich zu Lin-tse um, und die beiden Knaben gingen zurück in ihr Zimmer. Dalsh-chin wartete auf sie. Drinnen hockten sie sich auf den Boden und sprachen leise auf nadir miteinander.

»Argo hat nach Zhen-shi geschickt«, flüsterte Dalsh-chin, »und zwar vor drei Stunden.«

»Man hat ihn gefesselt und geschlagen«, sagte Okai. »Er konnte Schmerzen nicht ertragen, daher müssen sie ihn auch geknebelt haben. Sonst hätten wir seine Schreie gehört. Es wird eine Untersuchung geben.«

»Dabei werden sie feststellen«, meinte Lin-tse, »daß Grinseaffe zur Feier seines Erfolges zuviel Alkohol getrunken hatte und vom Dach fiel. Eine willkommene Lektion, daß Barbaren keine starken Getränke vertragen.«

»Wohl wahr, mein Freund«, sagte Okai. »Aber wir werden sie leiden lassen – so wie Zhen-shi gelitten hat.«

»Ein schöner Gedanke«, sagte Lin-tse. »Und wie willst du dieses Wunder vollbringen?«

Okai schwieg eine Weile. Lin-tse würde nie vergessen, was dann folgte. Okais Stimme wurde noch leiser: »Der Wiederaufbau am Nordturm ist noch nicht beendet. Die Arbeiter kommen in den nächsten drei Tagen nicht wieder. Die Baustelle ist verlassen. Morgen nacht warten wir, bis alles schläft, dann gehen wir dorthin und bereiten unsere Rache vor.«

Gargan, der Graf von Larness, nahm seinen Helm ab und sog in tiefen Zügen die heiße Wüstenluft ein. Die Sonne brannte hernieder und ließ die Luft über der Steppe flimmern. Er drehte sich im Sattel um und warf einen Blick auf die Truppe. Tausend Lanzenreiter, achthundert Gardisten der Infanterie und zweihundert Bogenschützen zogen langsam in einer Linie daher, eingehüllt von einer Staubwolke. Gargan zerrte an den Zügeln und trabte zurück, an Wasserkarren und Proviantwagen vorbei. Zwei seiner Offiziere schlossen sich ihm an, und gemeinsam ritten sie auf den Kamm eines niedrigen Hügels, wo Gargan anhielt und prüfend die Landschaft musterte.

»Bei dem Kamm dort drüben schlagen wir unser Lager auf«, sagte Gargan und deutete auf einen felsigen Hügelzug einige Kilometer im Osten. »Dort gibt es einige Felsentümpel.«

»Jawohl«, antwortete Marlham, ein mürrischer, bärtiger Karriereoffizier, der kurz vor seiner zwangsweisen Pensionierung stand.

»Schickt einen Trupp Späher aus«, befahl Gargan. »Sie sollen jeden Nadir töten, den sie sehen.«

»Jawohl, General.«

Gargan wandte sich an den zweiten Offizier, einen gutaussehenden jungen Mann mit klaren, blauen Augen. »Du, Premian, nimmst vier Kompanien und durchkämmst die Marschen. Keine Gefangenen. Alle Nadir sind als feindlich einzustufen. Verstanden?«

»Jawohl, Graf Gargan.« Der Junge hatte noch nicht gelernt, seine Gefühle zu verbergen.

»Ich habe dich zu dieser Einheit versetzen lassen«, sagte Gargan. »Weißt du warum?«

»Nein, Graf Gargan.«

»Weil du zu weich bist, mein Junge«, fuhr der General ihn an. »Ich habe dich an der Akademie gesehen. Der Stahl in dir – falls da überhaupt Stahl ist – ist noch nicht gehärtet. Aber das wird er bei diesem Feldzug. Ich habe vor, die Steppe mit Nadirblut zu tränken.« Gargan gab seinem Hengst die Sporen und galoppierte den Hügel hinunter.

»Achte auf dich, mein Junge«, sagte Marlham. »Der Mann haßt dich.«

»Er ist ein Tier«, erwiderte Premian. »Bösartig und gemein.«

»Alles«, gab Marlham ihm recht. »Er war immer schon ein harter Mann, aber als sein Sohn verschwand … nun, das hat irgend etwas in ihm zerbrochen. Seitdem ist er nicht mehr derselbe. Du warst damals dort, nicht wahr?«

»Ja. Es war eine häßliche Geschichte«, antwortete Premian. »Es gab eine Untersuchung zum Tod eines Kadetten, der aus Argos Fenster stürzte. In der Nacht vor der Untersuchung verschwand Argo. Wir haben überall gesucht, seine Kleider waren fort, ebenso ein Rucksack. Wir dachten zuerst, er hätte Angst, daß man ihn am Tode des Jungen für mitschuldig hielte. Aber das war lächerlich, denn Gargan hätte ihn geschützt.«

»Was glaubst du, was geschehen ist?«

»Finsteres ist geschehen«, meinte Premian. Mit einem Ruck der Zügel ritt er davon zum Ende der Reihe und winkte seine Unteroffiziere zu sich heran. Rasch erzählte er ihnen von ihrem neuen Befehl. Die Neuigkeit wurde von den zweihundert Männern unter seinem Befehl erleichtert begrüßt, denn es bedeutete, daß sie nicht mehr den Staub der Kolonne schlucken mußten.

Während die Männer mit Proviant ausgestattet wurden, dachte Premian zurück an seine letzten Tage in der Akademie, in jenem Sommer vor zwei Jahren. Nur Okai war von dem ursprünglichen Kontingent an Nadir übriggeblieben, nachdem seine beiden Kameraden nach Hause geschickt wurden, weil sie die härtesten Prüfungen des Vorexamens nicht bestanden. Ihr Scheitern hatte Premian Sorgen gemacht, denn er hatte mit ihnen gearbeitet und wußte, daß sie die Themen ebensogut beherrschten wie er selbst. Und er hatte mit Auszeichnung bestanden. Nur Okai war übriggeblieben – ein so brillanter Student, daß er einfach nicht versagen konnte. Doch selbst er hatte nur knapp bestanden.

Premian hatte seine Bedenken dem ältesten – und besten – der Tutoren vorgetragen, einem ehemaligen Offizier namens Fanlon. Spät in der Nacht, im Arbeitszimmer des alten Mannes, hatte er Fanlon erzählt, er glaubte, die Jungen wären ungerechtfertigt entlassen worden.

»Wir sprechen viel von Ehre«, sagte Fanlon voll Kummer, »aber in Wirklichkeit gibt es nicht allzuviel davon. So war es immer schon. Ich durfte an der Beurteilung ihrer Arbeiten nicht teilnehmen, Graf Larness und zwei seiner Freunde haben sie benotet. Aber ich fürchte, du hast recht, Premian. Sowohl Dalsh-chin als auch Lin-tse waren mehr als fähige Schüler.«

»Okai durfte bestehen. Warum?« fragte Premian.

»Er ist eine Ausnahmeerscheinung, der Junge. Aber man wird ihm nicht erlauben, den Abschluß zu machen, sie werden einen Weg finden, ihn herunterzustufen.«

»Können wir ihm denn gar nicht helfen?«

»Sag mir zuerst, Premian, warum du das willst. Ihr seid doch keine Freunde.«

»Mein Vater hat mich gelehrt, Ungerechtigkeit zu verabscheuen«, antwortete Premian. »Ist das nicht genug?«

»Allerdings. Also schön, ich werde dir helfen.«

Am Tag des Abschlußexamens bekam jeder Kadett nach Betreten des Prüfungszimmers eine kleine numerierte Scheibe, die aus einem schwarzen Samtbeutel gezogen wurde, der vom obersten Vertrauensschüler gehalten wurde, einem großen, spindeldürren Jungen namens Jashin. Jede Scheibe war in Papier gewickelt, damit Jashin die Nummer nicht sehen konnte. Das Ritual sollte sicherstellen, daß es während der Prüfungen keine Vorzugsbehandlung für einen Studenten gab. Die Kadetten schrieben lediglich die Nummer ihrer Scheibe auf ihre Arbeiten. Am Ende der Prüfungen wurden die Arbeiten eingesammelt und zu den Prüfern gebracht, die sie sofort beurteilten.

Premian stand in der Reihe hinter Okai und merkte, daß Jashins Hand bereits geballt war, als er in den Beutel griff, um dem Nadirjungen seine Scheibe zu geben. Premian folgte Okai in das Prüfungszimmer hinaus, in dem Reihen von Schreibtischen aufgestellt worden waren.

Die Prüfung dauerte drei Stunden. Der erste Teil bestand darin, ein logistisches Verfahren und eine Strategie zu entwickeln, um eine Invasionsarmee von zwanzigtausend Mann auf einem Feldzug über das Ventrische Meer zu versorgen. Im zweiten Teil war ein beratender Brief an den befehlshabenden Offizier der Expedition abzufassen, in dem die Gefahren dargelegt wurden, die er sich bei seiner Invasion in Ventria zu gewärtigen hätte.

Zum Schluß war Premian erschöpft gewesen, aber ziemlich sicher, daß er seine Sache gut gemacht hatte. Die Fragen basierten auf einem echten Feldzug, der zwei Jahrhunderte zuvor unter dem legendären General Bodacas, nach dem die Akademie benannt war, durchgeführt worden war. Glücklicherweise hatte Premian den Feldzug erst vor kurzem studiert.

Als die Kadetten nacheinander herauskamen, sah Premian, wie General Gargan mit den anderen Prüfern hineinging. Premian vermied Augenkontakt und suchte Fanlon auf. Der ältere Tutor schenkte dem Kadetten einen Becher verdünnten Wein ein, und die beiden saßen eine Weile schweigend an dem oberen Fenster, das auf die Bucht hinausblickte.

Der Nachmittag verging, und endlich läutete die Glocke. Premian schloß sich den anderen Studenten an, die zur Haupthalle strömten, um die Ergebnisse zu hören.

Gargan und die Seniortutoren standen auf der erhöhten Bühne am südlichen Ende der Halle, als die zweihundert Seniorkadetten hereinkamen. Dieses Mal schaute Premian den General direkt an, der jetzt die volle Rüstung seines Ranges trug: eine vergoldete Brustplatte und den weißen Umhang eines höheren Offiziers der Garde. Hinter ihm, auf hölzernen Ständern, hingen Reihen von schimmernden Säbeln. Als die Kadetten ihre Plätze eingenommen hatten, ging Gargan zum Rand der Bühne.

Seine Stimme donnerte. »Einhundertundsechsundvierzig Kadetten haben das Examen bestanden und werden heute ihre Säbel erhalten«, sagte er. »Weitere siebzehn haben mit Auszeichnung bestanden. Ein Kadett hat eine Ehrenurkunde erreicht. Sechsunddreißig sind durchgefallen und verlassen diesen ehrenvollen Ort voller Scham über ihre Faulheit. Nach unserer Tradition beginnen wir mit den Kadetten, die bestanden haben, und kommen dann zum Ehrenkadetten. Wessen Scheibennummer aufgerufen wird, trete vor.«

Einer nach dem anderen traten die Kadetten vor und gaben ihre Scheiben ab, erhielten ihre Säbel und verbeugten sich vor ihren Lehrern, ehe sie zurück in den Saal marschierten und ihren Platz wieder einnahmen.

Es folgten die Studenten mit Auszeichnung. Premian war nicht unter ihnen, ebensowenig Okai. Premians Mund war trocken, er stand dicht vor der Bühne und starrte zu Gargan hinauf. »Und jetzt«, sagte Gargan, »kommen wir zu dem Ehrenstudenten – der Crème der Akademie, einem Mann, dessen Kriegskünste dazu beitragen werden, den Ruhm von Gothir zu erhalten.« Er drehte sich um und nahm den letzten Säbel vom Ständer. Die Klinge bestand aus silbernem Stahl, der Griff war mit gehämmertem Gold verziert. »Tritt vor, Nummer Siebzehn.«

Okai marschierte die kurze, hölzerne Treppe hinauf, als es überall im Saal zu wispern begann. Premian konzentrierte sich auf das breite Gesicht Gargans. Die Augen des Mannes wurden groß, und Premian sah, wie seine Kinnmuskeln zuckten. Er stand schweigend da und starrte mit unverhohlenem Haß auf den jungen Nadir.

»Da ist ein Fehler passiert«, sagte er schließlich. »Das kann nicht sein! Holt seine Arbeit!«

Schweigen senkte sich über die Halle, als der Vertrauensschüler von der Bühne stürzte. Minuten vergingen, ohne daß sich jemand regte oder sprach. Der Vertrauensschüler kam zurück und reichte Gargan einen Stapel Papier, der ihn studierte. Fanlon trat vor. »Die Handschrift ist zweifellos seine, Graf Gargan«, sagte er leise. »Das sind Okais Papiere. Und ich sehe, daß du selbst sie benotet hast. Es kann kein Fehler sein.«

Gargan blinzelte. Okai trat mit ausgestreckter Hand vor. Gargan starrte ihn an, dann blickte er auf den Säbel in seiner zitternden Hand. Plötzlich hielt er Fanlon den Säbel hin. »Gib du ihm das verdammte Ding!« zischte er. Damit ging er von der Bühne.

Der ältere Lehrer lächelte Okai an. »Du hast es dir wohl verdient, junger Mann«, sagte er, so daß seine Stimme überall im Saal zu hören war. »Fünf Jahre lang hast du viel erduldet, sowohl körperliche Härten als auch emotionale Grausamkeit. Was es auch wert sein mag – und ich hoffe, es ist etwas wert –, du hast meine Achtung und meine Bewunderung. Ich hoffe, wenn du hier fortgehst, wirst du auch ein paar angenehme Erinnerungen mitnehmen. Möchtest du deinen Mitschülern ein paar Worte sagen?«

Okai nickte. Er trat vor und ließ seinen Blick über die versammelten Kadetten schweifen. »Ich habe hier viel gelernt«, sagte er. »Und eines Tages werde ich dieses Wissen gut nutzen.« Ohne ein weiteres Wort verließ er die Bühne und den Saal.

Fanlon folgte ihm von der Bühne und ging zu Premian. »Ich werde deinetwegen Einspruch erheben und deine Arbeiten noch einmal begutachten lassen.«

»Danke. Für alles. Du hattest recht mit den Scheiben. Ich sah, daß Jashins Finger schon geschlossen waren, als er die Hand in den Beutel steckte, er hatte schon eine Scheibe für Okai in der Hand.«

»Jashin wird ernsthaften Ärger bekommen«, sagte Fanlon. »Graf Gargan verzeiht nichts.«

Später an jenem Tag wurde Premian in Gargans Arbeitszimmer gerufen. Der General trug noch immer seine Rüstung, sein Gesicht war grau. »Setz dich, mein Junge«, sagte er. Premian gehorchte. »Ich werde dir eine

Frage stellen, und ich vertraue auf deine Ehre, daß du sie wahrheitsgemäß beantwortest.«

»Jawohl, General«, antwortete Premian. Sein Herz sank.

»Ist Okai ein Freund von dir?«

»Nein, General. Wir sprechen kaum miteinander, wir haben wenig gemeinsam. Warum fragst du?«

Einen langen Augenblick starrte Gargan ihn an, dann seufzte er. »Spielt keine Rolle. Es hat mir das Herz gebrochen zu sehen, wie er den Säbel nahm. Aber das interessiert dich nicht. Ich habe dich hergerufen, um dir zu sagen, daß es bei der Benotung einen Irrtum gegeben hat. Du hast mit Auszeichnung bestanden.«

»Danke schön. Wie ... ist das passiert?«

»Es war ein dummes Mißgeschick, und ich hoffe, du nimmst meine aufrichtige Entschuldigung dafür an.«

»Selbstverständlich. Danke, General.«

Premian hatte das Arbeitszimmer verlassen und war in sein eigenes Zimmer zurückgekehrt, wo er um Mitternacht durch ein Klopfen an der Tür geweckt wurde. Er stand auf und schob den Riegel zurück. Okai stand vor der Tür, der Nadir war reisefertig angezogen. »Du reist ab? Aber die Preisverleihung ist erst morgen.«

»Ich habe meinen Säbel«, sagte Okai. »Ich komme, um dir zu danken. Ich dachte, Ehre sei bei allen Gothir nur Lug und Trug. Ich habe mich geirrt.«

»Du hast hier gelitten, Okai, aber du bist triumphierend daraus hervorgegangen, und ich bewundere dich dafür. Wo willst du jetzt hingehen?«

»Zurück zu meinem Stamm.«

Premian streckte die Hand aus, und Okai schüttelte sie. Als der Nadir sich abwandte, sagte Premian: »Hast du etwas dagegen, wenn ich dich etwas frage?«

»Überhaupt nicht.«

»Als wir bei der Beerdigung deines Freundes Zhen-shi waren, hast du den Sarg geöffnet und ihm ein kleines Päckchen in die Hand gedrückt. Es war Blut daran. Ich habe mich oft gefragt, was es war. Gehört das zu einem Ritual der Nadir?«

»Ja«, sagte Okai. »Ich habe ihm einen Diener fürs nächste Leben gegeben.«

Damit ging Okai davon.

Drei Tage später, nach ständigen Beschwerden über schlechten Geruch, der von einer Mauer im neuen Abschnitt des Nordturms ausging, gruben Arbeiter einige Steinblöcke aus. Darunter fanden sie eine verwesende Leiche, der die Augen herausgeschnitten worden waren.

Kapitel sieben

Nuang Xuan war ein schlauer alter Fuchs, und er hätte seine Leute niemals in Knochenbrecher-Gebiet gebracht, hätte das Schicksal nicht aufgehört, auf ihn herabzulächeln. Er beschattete die Augen und musterte die Umgebung. Bei den Felssäulen im Westen hielt er inne. Sein Neffe Meng ritt an seine Seite. »Sind das die Türme der Verdammten?« fragte er sehr leise, um nicht die dort wohnenden Geister auf sich aufmerksam zu machen.

»Allerdings«, antwortete Nuang, »aber wir werden nicht so nahe herankommen, daß die Dämonen uns etwas antun könnten.« Der Junge riß sein Pony herum und galoppierte zurück zu dem kleinen Konvoi. Nuangs Blick folgte ihm. Vierzehn Krieger, zweiundfünfzig Frauen und einunddreißig Kinder: keine große Truppe, um damit in solch ein Land zu reisen. Aber wer hätte auch annehmen können, daß sich eine Kavallerietruppe der Gothir so nah bei den Mondbergen aufhalten würde? Als Nuang den Überfall auf die Gothirschen Bauern in den Marschen angeführt hatte, um Pferde und Ziegen zu rauben, hatte er das in dem Wissen getan, daß seit fünf Jahren dort keine Soldaten mehr stationiert waren. Er hatte noch Glück gehabt, daß er mit vierzehn Männern entkommen war, als die Lanzenreiter angriffen. Mehr als zwanzig seiner Krieger waren bei diesem ersten Angriff niedergemacht worden, darunter zwei seiner Söhne und drei Neffen. Da die verfluchten *gajin* seiner Spur folgten, war ihm nichts anderes übriggeblieben, als die Reste seines Volkes in dieses elende Land zu führen.

Nuang ließ sein Pony in Galopp fallen und ritt höher hinauf. Er blinzelte gegen die Morgensonne und warf einen prüfenden Blick zurück. Von den Lanzenreitern keine Spur. Vielleicht hatten sie auch Angst vor den Knochenbrechern. Aber warum waren sie so nahe bei den Marschen gewesen? Keine Truppe der Gothir drang jemals in das flache östliche Land ein, es sei denn in Kriegszeiten. Lagen sie mit jemandem im Krieg? Vielleicht mit den Wolfsschädeln oder den Grünaffen? Nein, das hätte er sicherlich von reisenden Kaufleuten und Händlern erfahren.

Es war ein Rätsel, und Nuang mochte keine Rätsel. Wieder warf er einen Blick auf seine kleine Gesellschaft – jetzt war sie zu klein, um aus seinem Clan einen richtigen Stamm zu machen. Ich muß sie wieder nach Norden führen, dachte er. Er räusperte sich und spie aus. Wie würden sie lachen, wenn Nuang darum bettelte, wieder im Stammesgebiet aufgenommen zu werden. Nuang Ohne-Glück würden sie ihn nennen.

Meng und zwei der anderen jungen Männer kamen auf die Anhöhe galoppiert. Meng kam zuerst an. »Reiter«, sagte er und deutete nach Westen. »*Gajin*, zwei von ihnen. Können wir sie töten, Onkel?« Der Junge war aufgeregt, seine dunklen Augen glänzten.

Nuang blickte in die Richtung, in die Meng zeigte. Auf diese Entfernung und bei dem Hitzeflimmern konnte er die Reiter kaum ausmachen, und nur für einen Augenblick beneidete er die Jugend um ihre Augen. »Nein, wir greifen noch nicht an. Vielleicht sind es Späher einer größeren Truppe. Laßt sie erst näher kommen.«

Damit ritt er wieder hinab ins flache Gelände, seine vierzehn Krieger ritten in einer weitgefächerten Schlachtreihe neben ihm. Er rief Meng zu sich und sagte: »Was siehst du, Junge?«

»Immer noch nur zwei, Onkel. *Gajin.* Einer hat einen Bart und trägt einen runden, schwarzen Helm und ein schwarzes Wams mit Silberbeschlägen an der Schulter, der andere hat helle Haare und kein Schwert. Er hat Messerscheiden an der Brust hängen. Ah!«

»Was ist?«

»Der mit dem schwarzen Bart trägt eine große Axt mit zwei schimmernden Klingen. Sie reiten Gothirpferde, aber sie führen vier gesattelte Ponys am Zügel.«

»Das sehe ich jetzt selbst«, sagte Nuang gereizt. »Geh wieder nach hinten.«

»Ich will meinen Teil am Töten, Onkel!«

»Du bist noch nicht mal zwölf und wirst mir gehorchen, oder du spürst die Peitsche auf deinem Hintern!«

»Ich bin fast dreizehn«, widersprach Meng, nahm jedoch widerwillig die Zügel und lenkte sein Pony zurück zum Rest der Gruppe. Nuang Xuan wartete, seine knorrige Hand ruhte auf dem Elfenbeingriff seines Säbels. Langsam kamen die beiden Reiter näher, bis Nuang ihre Züge deutlich erkennen konnte. Der hellhaarige *gajin* war sehr blaß, sein Verhalten verriet Nervosität und Angst, seine Hände hielten die Zügel fest umklammert, er saß steif im Sattel. Nuang betrachtete den Axtkämpfer. Nichts an ihm verriet Angst. Trotzdem, ein Mann und ein Feigling gegen vierzehn? Sicherlich hatte Nuangs Glück sich jetzt gewendet? Die Reiter hielten kurz vor der Gruppe an, und Nuang holte tief Luft, bereit, seinen Männern den Angriff zu befehlen. Dabei sah er den Axtkämpfer an und stellte fest, daß er in die kältesten Augen blickte, die er je gesehen hatte – sie hatten die Farbe von Gewitterwolken im Winter, grau und unnachgiebig. Ein nagender Zweifel durchfuhr ihn, und er dachte an seine verbliebenen Söhne und Neffen, von denen viele bereits verwundet waren, wie man an ihren blutigen Verbänden erkennen konnte. Die Spannung wuchs. Nuang leckte sich die Lippen und bereitete sich noch einmal darauf vor, das Signal zu geben. Der Axtkämpfer schüttelte fast unmerklich den Kopf, dann sprach er. Seine Stimme war tief, und – falls das überhaupt möglich war – noch kälter als sein Blick. »Denk gut über deine Entscheidung nach, Alter. Es scheint, daß das Glück dir in letzter Zeit nicht gerade hold war«, sagte er. »Du hast, na, dreimal mehr Frauen als Männer, nicht wahr? Und deine Reiter bluten und wirken müde.«

»Vielleicht hat sich unser Glück gewendet«, hörte Nuang sich sagen.

»Vielleicht«, gab der Reiter zu. »Ich bin in der Stimmung zu tauschen. Ich habe vier Nadir-Ponys und ein paar Schwerter und Bögen.«

»Du hast eine schöne Axt. Steht sie auch zum Tausch?«

Der Mann lächelte. Es war kein beruhigender Anblick. »Nein, das ist Snaga, was in der Alten Sprache bedeutet: der Todesbringer, die Klinge ohne Wiederkehr. Jeder, der den Grund für ihren Namen wissen will, braucht nur zu fragen.«

Nuang spürte, wie die Männer um ihn herum unruhig wurden. Sie waren jung und trotz ihrer kürzlichen Verluste begierig zu kämpfen. Plötzlich fühlte er das ganze Gewicht seiner einundsechzig Jahre. Er riß sein Schwert herum und befahl seinen Männern, in der Nähe der Felsentürme das Nachtlager aufzuschlagen sowie Reiter auszuschicken, die nach feindlichen Kräften Ausschau hielten. Man gehorchte ihm augenblicklich. Er wandte sich wieder an den Axtkämpfer und lächelte gezwungen. »Ihr seid in unserem Lager willkommen. Heute abend reden wir über den Handel.«

Später, als die Nacht hereinbrach, saß er mit dem Axtmann und seinem Gefährten an einem kleinen Feuer. »Wäre es zwischen den Felsen nicht sicherer?« fragte der Krieger mit dem schwarzen Bart.

»Sicherer vor *Menschen*«, antwortete Nuang. »Das sind die Türme der Verdammten, und Dämonen sollen die Pässe unsicher machen. Ein uralter Zauberer liegt dort begraben und seine Teufel mit ihm. Jedenfalls sagen das die Geschichten. So, und was möchtest du im Tausch für diese mageren Ponys haben?«

»Proviant für die Reise und einen Führer, der uns zur nächsten Wasserstelle bringt und anschließend zum Schrein von Oshikai Dämonstod.«

Nuang war überrascht, aber seine Miene blieb ausdruckslos. Was wollten *gajin* am Schrein? »Das ist eine schwierige und gefährliche Reise. Das hier ist das Land der Knochenbrecher. Zwei Männer und ein Führer wären eine ... verlockende Beute.«

»Sie waren bereits verlockend«, erklärte der Axtkämpfer. »Deswegen haben wir die Ponys und Waffen zum Tauschen.«

Gelangweilt von dem andauernden Feilschen stand Sieben auf und entfernte sich vom Feuer. Der Nadirclan hatte seine Zelte im Kreis aufgeschlagen und dazwischen Windschutzplanen aufgestellt. Die Frauen kochten an kleinen Feuern, die Männer saßen in drei kleinen Gruppen zusammen und tranken *lyrrd* – einen Schnaps, der aus vergorener Ziegenmilch gebraut wurde. Trotz der Feuer und des Windschutzes war die Nacht kalt. Sieben ging zu den Pferden und band seine Decke los, die er sich lässig über die Schulter warf. Als er die Nadir zuerst gesehen hatte, hatte er angenommen, daß der Tod rasch kommen würde, trotz der beeindruckenden Kraft von Druss. Jetzt ließ die Anspannung nach, und er verspürte eine fast überwältigende Müdigkeit. Eine junge Nadirfrau erhob sich von einem der Kochfeuer und brachte ihm eine hölzerne Schale mit geschmortem Fleisch. Sie war groß und schlank, ihre Lippen voll und sinnlich. Sieben vergaß augenblicklich seine Müdigkeit, als er ihr dankte und sie anlächelte. Sie ging ohne ein Wort davon, und Siebens Blick verweilte auf ihren schwingenden Hüften. Das Fleisch war heiß und stark gewürzt. Der Geschmack war ihm neu, und er aß mit Genuß, ehe er die Schale der Frau zurückgab, die mit vier anderen beisammensaß. Er hockte sich zu ihnen. »Ein Mahl für einen Fürsten«, sagte er. »Ich danke dir, meine Dame.«

»Ich bin nicht deine Dame«, sagte sie. Ihre Stimme war kühl und desinteressiert.

Sieben setzte sein bestes Lächeln auf. »Leider nein, was gewiß ein Verlust für mich ist. Es ist nur ein Ausdruck, den wir … *gajin* benutzen. Was ich sagen will: Danke für deine Freundlichkeit und für deine Kochkunst.«

»Du hast mir jetzt dreimal gedankt, und Hund ist nicht schwer zuzubereiten«, antwortete sie, »solange man ihn abhängen läßt, bis die Würmer in den Augenhöhlen auftauchen.«

»Köstlich«, sagte er. »Den Tip muß ich mir merken.«

»Und er darf nicht zu alt sein«, fuhr sie fort. »Junge Hunde schmecken besser.«

»Bestimmt«, sagte er und stand auf.

Plötzlich legte sie den Kopf zur Seite, und ihr Blick traf den seinen. »Mein Mann wurde getötet«, sagte sie, »von Gothir-Lanzenreitern. Jetzt sind meine Decken kalt, und niemand erhitzt mein Blut in einer kalten Nacht.«

Sieben setzte sich schneller wieder hin, als er beabsichtigt hatte. »Das ist eine Tragödie«, sagte er leise und blickte tief in ihre mandelförmigen Augen. »Eine schöne Frau sollte niemals einsam unter kalten Decken liegen.«

»Mein Mann war ein großer Kämpfer, er tötete drei Lanzenreiter. Aber er vögelte wie ein Hund. Schnell. Dann schlief er ein. Du bist kein Kämpfer. Was bist du?«

»Ich bin ein Gelehrter«, sagte er und beugte sich zu ihr. »Ich studiere viele Dinge – Geschichte, Dichtung, Kunst. Aber vor allem studiere ich Frauen. Sie faszinieren mich.« Er hob die Hand und fuhr mit den Fingern durch ihr langes dunkles Haar und strich es ihr aus der Stirn. »Ich liebe den Geruch von Frauenhaaren, die Berührung von Haut auf Haut, weiche Lippen auf meinen Lippen. Und ich bin nicht schnell.«

Die Frau lächelte und sagte etwas auf nadir zu ihren Freundinnen. Alle Frauen lachten. »Ich bin Niobe«, sagte sie. »Wir wollen sehen, ob du genausogut vögelst wie du redest.«

Sieben lächelte. »Ich schätze Direktheit. Aber ist das erlaubt? Ich meine, was ist mit den ...« Er deutete auf die Männer an den Lagerfeuern.

»Du kommst mit mir«, sagte sie und stand geschmeidig auf. »Ich will sehen, ob es stimmt, was man von den *gajin* sagt.« Sie nahm ihn bei der Hand und führte ihn in ein nachtdunkles Zelt.

Am Feuer des Anführers lachte Nuang leise. »Dein Freund hat sich entschlossen, den Tiger zu reiten. Niobe hat genug Feuer, um das Eisen eines jeden Mannes zu schmelzen.«

»Ich denke, er wird es überleben«, sagte Druss.

»Möchtest du eine Frau, die dir die Decken wärmt?«

»Nein. Ich habe eine Frau zu Hause. Was ist mit deinen Leuten passiert? Sie sehen übel zugerichtet aus.«

Nuang spie ins Feuer. »Lanzenreiter der Gothir griffen uns an, sie kamen aus dem Nichts auf ihren riesigen Pferden. Ich verlor zwanzig Männer. Du hast recht gehabt, als du sagtest, das Glück sei mir nicht hold gewesen. Ich muß etwas getan haben, um die Götter von Stein und Wasser zu verärgern. Aber es hat keinen Sinn, darüber zu jammern. Wer bist du? Du bist kein Gothir. Woher kommst du?«

»Aus dem Land Drenai, den blauen Bergen weit im Süden.«

»Dann bist du weit weg von zu Hause, Drenai. Warum suchst du den Schrein?«

»Ein Nadirschamane sagte mir, ich könnte dort vielleicht etwas finden, um einem sterbenden Freund zu helfen.«

»Du gehst ein großes Risiko ein, um diesem Freund zu helfen. Das hier ist kein gastfreundliches Land. Ich hatte selbst daran gedacht, dich zu töten, und ich gehöre zu den friedlicheren Vertretern meines Volkes.«

»Ich bin nicht leicht zu töten.«

»Das wußte ich, als ich dir in die Augen sah, Drenai. Du hast schon viele Kämpfe gesehen, hm? Hinter dir liegen viele Gräber. Einmal, vor langer Zeit, kam ein anderer Drenai zu meinem Volk. Er war auch ein Kämpfer, sie nannten ihn Nicht-umzubringen, und er kämpfte eine Schlacht gegen die Gothir. Jahre später kam er und lebte bei uns. Ich hörte diese Geschichten als Kind, es sind die einzigen Geschichten, die ich von Drenai kenne. Sein Name war Angel.«

»Ich habe den Namen schon gehört«, sagte Druss. »Was weißt du sonst noch von ihm?«

»Nur daß er die Tochter von Ochsenschädel heiratete und daß sie zwei Söhne hatten. Einer war groß und gutaussehend, er sah Angel nicht ähnlich. Aber der andere war ein mächtiger Krieger. Er heiratete ein Nadirmädchen, und sie verließen den Stamm, um nach Süden zu reisen. Mehr weiß ich nicht.«

Zwei Frauen kamen, knieten neben ihnen nieder und

boten den Männern Schalen mit Fleisch an. Eine Reihe spitzer Schreie drang aus dem Zelt von Niobe, und die Frauen lachten. Druss wurde rot und aß schweigend. Die Frauen gingen davon. »Dein Freund wird sehr müde sein, wenn der Morgen graut«, meinte Nuang.

Druss lag ruhig da und blickte zu den Sternen empor. Er hatte nur selten Schwierigkeiten einzuschlafen, aber heute war er ruhelos. Er setzte sich auf und warf seine Decke zurück. Im Lager war es still, die Feuer waren zu glühender Asche heruntergebrannt. Nuang hatte ihm den Schutz seines eigenen Zeltes angeboten, aber Druss hatte abgelehnt, da er lieber im Freien schlief.

Er nahm seine Axt, den Helm und die silberbeschlagenen Handschuhe, stand auf und reckte sich. Die Nacht war kalt, und ein kühler Wind strich unter den Windschutzplanen her, die zwischen den Zelten gespannt waren. Druss fühlte sich unbehaglich. Er setzte den Helm auf, zog die Handschuhe an und schlenderte lautlos durch das Lager. Dann schlüpfte er unter einem Windschutz hindurch auf die offene Steppe. Ein Wächter saß neben einem Kreosotbusch, einen Ziegenfellumhang um sich gewickelt. Als Druss näher kam, sah er, daß es der schlanke Knabe Meng war, den Nuang ihm als seinen jüngsten Neffen vorgestellt hatte. Der Junge sah auf, sagte aber nichts.

»Alles ruhig?« fragte Druss. Der Junge nickte, sein Unbehagen war offensichtlich.

Druss wanderte weiter zu den Türmen aus schwarzem Fels und setzte sich knapp fünfzig Meter von dem Jungen entfernt auf einen Stein. Am Tage war die Steppe heiß und unwirtlich, aber der kalte Zauber der Nacht verlieh dem Land eine drohende Feindseligkeit, die von namenlosen Schrecken sprach, die in den Schatten der

Felsen lauerten. Die Augen spielten dem Verstand Streiche. Aus krummen Felsen wurden kauernde Dämonen, die sich zu bewegen schienen, und der Wind, der über die Steppe fauchte, wurde zu einer schlangengleichen Stimme, die Schmerz und Tod verhieß. Druss war für diesen Mondzauber nicht unempfänglich. Er verdrängte solche Gedanken, blickte zum Mond empor und dachte an Rowena, daheim auf ihrem Hof. Er hatte in den Jahren seit ihrer Rettung so sehr versucht, ihr das Gefühl zu geben, geliebt und gebraucht zu werden. Aber tief in seinem Innern nagte ein Schmerz, der nicht zu versiegen schien. Sie hatte den Krieger Michanek geliebt, und er hatte sie geliebt. Es war nicht Eifersucht, die Druss weh tat, es war ein tiefes Gefühl der Scham. Als die Räuber sie vor so vielen Jahren entführt hatten, hatte Druss sich aufgemacht, um sie zu finden, mit einer zielstrebigen Entschlossenheit, die keinen Widerspruch duldete. Er war nach Mashrapur gereist, und um genug Geld für seine Überfahrt nach Ventria zu verdienen, war er dort zum Faustkämpfer geworden. Danach hatte er das Meer überquert, hatte mit Korsaren und Piraten gekämpft. Er hatte sich der demoralisierten Armee von Prinz Gorben angeschlossen und wurde dessen Champion. Alles, um Rowena zu finden und sie aus einem – wie er es sah – demütigenden Leben der Sklaverei zu erretten.

Doch schließlich hatte er die Wahrheit erfahren. Sie hatte das Gedächtnis verloren und sich in Michanek verliebt. Sie war eine geachtete und geliebte Ehefrau, die im Luxus lebte, glücklich und zufrieden. Doch obwohl er dies wußte, hatte Druss mit den Soldaten gekämpft, die die Stadt zerstörten, in der sie lebte, und den Mann erschlugen, den sie liebte.

Druss hatte beobachtet, wie sich Michanek gegen die besten der Unsterblichen stellte, hatte gesehen, wie sie voller Ehrfurcht vor ihm zurückwichen, als er aus zahlreichen Wunden blutend inmitten eines Dutzends erschlagener Angreifer stand.

»Du warst ein Mann, Michanek«, flüsterte Druss mit einem Seufzer. Rowena war niemals verbittert gewesen wegen seiner Beteiligung an Michaneks Tod. Sie hatte sogar niemals von ihm gesprochen. Hier draußen in dieser einsamen Wildnis erkannte Druss, daß dies ein Fehler war. Michanek hatte Besseres verdient. Ebenso Rowena – seine süße, sanfte Rowena. Sie hatte sich nichts weiter gewünscht, als den Bauern zu heiraten, zu dem Druss ohne ihre Entführung geworden wäre, ein Haus zu bauen und Kinder aufzuziehen. Druss war einst ein Bauer gewesen, aber er konnte es nie wieder werden. Er hatte die Freuden des Kampfes gekostet, die aufputschende Droge der Gewalt, und nicht einmal seine Liebe zu Rowena konnte ihn an die Berge seiner Heimat ketten. Und Kinder? Sie waren nicht damit gesegnet. Druss hätte gern einen Sohn gehabt. Bedauern streifte ihn, doch er verdrängte es rasch wieder. Seine Gedanken wanderten zu Sieben, und er lächelte. Wir sind gar nicht so verschieden, dachte er. Wir sind beide Künstler einer dunklen, unfruchtbaren Kunst. Ich lebe für den Kampf, ohne einen Grund zu brauchen, du lebst für Sex ohne einen Gedanken an Liebe. Was haben wir dieser gequälten Welt zu geben? dachte er. Der Wind frischte auf, und Druss' Ruhelosigkeit verstärkte sich. Er kniff die Augen zusammen und spähte auf die Steppe hinaus. Alles war still. Er stand auf und ging zurück zu dem Knaben. »Was berichten die Reiter?« fragte er.

»Nichts«, antwortete Meng. »Keine Spur von *gajin* oder Knochenbrechern.«

»Wann ist die nächste Wachablösung?«

»Wenn der Mond hinter dem höchsten Gipfel steht.«

Druss sah zum Himmel. Das würde bald sein. Er verließ den Jungen und wanderte wieder umher, sein Unbehagen wuchs. Sie hätten zwischen den Felsen lagern sollen, zur Hölle mit der Angst vor den Dämonen! Ein Reiter kam in Sicht, er winkte Meng zu und trabte ins Lager. Minuten später ritt seine Ablösung hinaus. Ein weiterer Reiter kam an, dann noch einer. Druss wartete eine Weile, dann ging er wieder zu dem Jungen. »Wurden nicht vier ausgeschickt?«

»Ja. Ich nehme an, daß Jodai irgendwo schläft. Mein Onkel wird nicht erfreut sein.«

Der Wind drehte. Druss hob den Kopf und schnüffelte. Dann packte er den Jungen an der Schulter und riß ihn auf die Füße. »Weck deinen Onkel, und zwar sofort! Sag ihm, er soll alle zwischen die Felsen bringen.«

»Nimm deine Hand weg!« Wirkungslos schlug der Junge um sich, aber Druss zog ihn dicht zu sich heran. »Hör mir zu, mein Junge. Der Tod kommt! Verstanden? Vielleicht ist keine Zeit mehr. Also lauf, als ob es um dein Leben ginge, denn wahrscheinlich geht es genau darum.«

Meng machte kehrt und jagte zurück zum Lager. Druss starrte mit der Axt in der Hand auf die scheinbar leere Steppe hinunter. Dann drehte auch er sich um und lief zurück zum Lager. Nuang war bereits auf den Beinen, als Druss unter dem Windschutz hindurchschlüpfte. Die Frauen suchten hastig Decken und Lebensmittel zusammen und schärften den Kindern ein, leise zu sein. Nuang rannte zu Druss. »Was hast du gesehen?« fragte er.

»Nicht gesehen, *gerochen.* Eingedicktes Gänsefett. Die Lanzenjäger benutzen es, um das Leder an ihren Reittieren zu schützen und damit ihre Kettenpanzer nicht rosten. Sie haben ihre Pferde versteckt und sind ganz in der Nähe.«

Nuang fluchte und ging davon. Als Sieben aus seinem Zelt auftauchte und sich das Messergehänge über die

Schultern streifte, winkte Druss ihn zu sich und deutete auf die Felsen, die ein paar hundert Schritt entfernt lagen. Die Nadir verließen ihre Zelte, rissen eine Lücke in die Windschilde und rannten über das freie Gelände. Druss sah, wie ein paar Krieger die Ponys in eine tiefe Spalte zwischen den Felsen führten. Er schloß sich an und ging als Nachhut hinter der Gruppe her. Eine Frau fiel beim Laufen hin, und Druss half ihr auf die Füße. Sie trug ein Baby auf den Armen und hielt ein Kleinkind an der Hand. Druss nahm den Kleinen auf die Arme und lief weiter. Nur noch eine Handvoll der Nadirfrauen hatten den Schutz der Felsen noch nicht erreicht, als fünfzig Lanzenträger aus einer nahe gelegenen Schlucht auftauchten. Sie griffen zu Fuß an, ihre Waffen glänzten im Mondschein.

Druss reichte den Kleinen seiner verängstigten Mutter, wog Snaga in den Händen und drehte sich um, den anrückenden Soldaten entgegen. Einige der Nadirkrieger waren hoch auf die Felsen geklettert und ließen schwarze Pfeile auf den Feind hinabregnen. Aber die Lanzenträger waren gut gepanzert, mit Brustplatten, Kettenpanzern und Helmen mit Visier. Jeder von ihnen hatte einen runden Schild am linken Unterarm festgeschnallt. Die meisten Pfeile prallten harmlos ab, nur einer traf einen Mann in der Leiste. Er stolperte und stürzte zu Boden, sein weißer Helm mit dem Roßhaarbusch fiel ihm vom Kopf. »Zielt tiefer!« brüllte Druss.

Der Eingang zwischen die Felsen war schmal, und Druss zog sich dahin zurück. Die ersten drei Lanzenträger rannten auf ihn zu, und mit lautem Gebrüll stürzte er sich ihnen entgegen, hieb Snaga durch den Helm des ersten, tötete den zweiten mit einem Rückhandhieb, der jenem die Hüfte zerschmetterte und den Bauch aufriß. Der dritte versuchte, seinen Säbel zum Einsatz zu bringen, doch die Klinge prallte an Druss' schwarzem Helm ab. Snaga donnerte gegen den gepanzerten Nackenschutz des Mannes. Der Kettenpanzer war von guter Qualität und verhinderte, daß die Klingen bis auf die Haut durchdrangen, doch die schiere Wucht des Hiebs trieb die Kettenglieder so gegen seinen Hals, daß die Wirbel zerschmetterten. Weitere Soldaten rannten herbei. Der erste versuchte, den Axthieb mit seinem eisenbeschlagenen Schild abzuwehren, doch die Silberklingen glitten mühelos hindurch und trennten den Arm dahinter beinahe ab. Mit einem Schmerzensschrei stürzte der Mann und brachte zwei andere hinter sich zu Fall. Die schmale Öffnung ließ nur drei Männer jeweils gleichzeitig angreifen, der Rest der Lanzenträger drängte sich dahinter. Von oben warfen die Nadir Steine auf sie und schossen Pfeile auf die ungeschützten Beine.

Druss hieb und schlug, die mächtige Axt war blutüberströmt …

Und die Lanzenträger wichen zurück. Ein Mann stöhnte zu Druss' Füßen. Es war der Soldat mit dem halb durchtrennten Arm. Druss kniete nieder, riß dem Soldat den Helm vom Kopf und packte den Verwundeten bei den Haaren. »Wie viele seid ihr?« fragte er. »Sprich, dann bleibst du am Leben und ich lasse dich zurück zu deinen Freunden gehen.«

»Zwei Kompanien. Ich schwöre es!«

»Steh auf und laufe, denn ich kann nicht für die Bogenschützen sprechen.«

Der Mann stolperte hinaus und begann zu laufen. Zwei Pfeile prallten von seiner Brustplatte ab, ein dritter fand sein Ziel in seinem Oberschenkel. Lahm humpelte er weiter und schaffte es zu seinen Kameraden.

Zwei Kompanien … fünfzig Mann. Druss warf einen Blick auf die Toten, die er sehen konnte. Sieben waren durch seine Axt gestorben, ein paar weitere waren von Pfeilen getroffen und konnten nicht mehr kämpfen. Damit blieben noch etwa vierzig – nicht genug, um diese Felsen zu stürmen, aber genug, um sie hier festzunageln, bis Verstärkung eintraf.

Drei junge Nadir kletterten zu ihm herunter und begannen, den Toten Rüstung und Waffen abzunehmen. Nuang kam ebenfalls herunter. »Glaubst du, sie werden sich zurückziehen?«

Druss schüttelte den Kopf. »Sie werden einen anderen Eingang suchen. Wir müssen uns weiter in die Felsen zurückziehen, sonst finden sie einen Weg, um von hinten an uns heranzukommen. Wie viele waren in der Gruppe, die euch in der Marsch angegriffen hat?«

»Nicht mehr als hundert.«

»Dann bleibt die Frage: Wo sind die beiden anderen Kompanien?«

Plötzlich griffen die Lanzenträger wieder an. Die jungen Nadir rannten zurück, und Druss trat vor. »Kommt und sterbt, ihr Hurensöhne!« bellte er. Seine Stimme hallte dröhnend von den Felsen wider. Der erste Lanzenreiter zielte mit seinem Säbel auf Druss' Kehle, aber Snaga zerschmetterte die Klinge. Der Soldat warf sich nach hinten und krachte in zwei seiner Kameraden. Als Druss ihnen entgegensprang, machten sie kehrt und flohen.

Nuang tauchte mit dem Schwert in der Hand neben Druss auf. Flammen schossen aus dem Lager der Nadir, und Nuang fluchte, doch Druss lachte leise. »Zelte lassen sich ersetzen, Alter. Mir scheint, daß dein Glück allmählich zurückkehrt.«

»O ja«, sagte Nuang bitter. »Ich hüpfe vor Freude über mein Glück!«

Niobe lag auf dem Bauch und starrte hinunter in die schmale Klamm aus schwarzem Basaltgestein. »Dein Freund ist ein wirklich großer Kämpfer«, sagte sie und strich sich das rabenschwarze Haar aus dem Gesicht.

Sieben kauerte sich neben sie. »Das ist sein Talent«, gab er zu, verärgert über ihren bewundernden Ton und die Art, in der ihre dunklen, mandelförmigen Augen auf den Axtkämpfer fixiert waren.

»Warum hast du nicht an seiner Seite gekämpft, Dichter?«

»Meine Liebe, wenn Druss anfängt, diese schreckliche Axt zu schwingen, ist der Platz an seiner Seite der letzte Ort, an dem man sein möchte. Außerdem hat Druss es gern, wenn die Chancen gegen ihn stehen. Das bringt ihn in Bestform, weißt du.«

Niobe stützte sich auf den Ellbogen und schaute ihm in die Augen. »Wie kommt es, daß du keine Angst mehr hast, Dichter? Als wir hierher liefen, hast du gezittert.«

»Ich mag Gewalt nicht«, gab er zu, »vor allem, wenn sie gegen mich gerichtet ist. Aber hier hinein werden sie uns nicht folgen. Es sind Lanzenreiter, schwer gepanzert. Sie sind ausgebildet, um zu Pferde auf offenem Gelände anzugreifen. Ihre Stiefel sind metallbeschlagen und haben hohe Absätze, um die Füße fest in den Steigbügeln zu halten. Sie sind völlig ungeeignet, um über Vulkangestein zu klettern. Nein, sie werden sich jetzt zurückziehen und versuchen, uns auf offenem Gelände zu erwischen. Deshalb sind wir für den Augenblick in Sicherheit.«

Sie schüttelte den Kopf. »Niemand ist hier in Sicherheit«, widersprach sie. »Sieh dich mal um, Dichter. Diese schwarzen Steine gehören zu den Türmen der Verdammten. Hier wohnt das Böse. Vielleicht schleichen sich gerade jetzt Dämonen an!«

Sieben schauderte, aber selbst in dem verblassenden Mondlicht konnte er das amüsierte Glitzern in ihren Augen erkennen. »Daran glaubst du doch selbst nicht«, sagte er.

»Vielleicht doch.«

»Nein, du versuchst nur, mir Angst zu machen. Möchtest du gerne wissen, warum die Nadir glauben, daß es hier Dämonen gibt?« Sie nickte. »Weil diese Gegend hier vulkanisch ist – oder früher einmal war. Sie spie Feuer, giftige Asche und rotglühende Lava. Reisende, die in die Nähe kamen, hörten tiefes Grollen unter der Erde.« Er drehte sich um und deutete auf die Zwillingstürme, die in den heller werdenden Himmel ragten. »Das sind nur Kegel aus hohler, abgekühlter Lava.«

»Du glaubst nicht an Dämonen?« fragte sie.

»Doch«, antwortete er ernsthaft, »das tue ich. Es gibt Ungeheuer, die aus der Hölle gerufen werden können – aber das sind niedliche Kätzchen im Vergleich zu den Dämonen, die jeder Mensch in seinem Herzen trägt.«

»Du hast in deinem Herzen Dämonen?« flüsterte sie mit weit aufgerissenen Augen.

»Ihr nehmt auch immer alles wörtlich«, sagte er kopfschüttelnd und stand auf. Rasch kletterte er zu Druss hinunter, der mit Nuang und einigen anderen Nadir wartete. Er zog eine Grimasse, als er sah, wie die Nadir den Axtkämpfer dicht umringten, an seinen Lippen hingen und grinsten, als er sprach. Vor nur wenigen Stunden hatten sie ihn töten wollen. Jetzt war er ein Held für sie. Ein Freund.

»Hallo, altes Schlachtroß!« rief Sieben, und Druss drehte sich zu ihm um.

»Was meinst du, Dichter? War das das letzte, was wir von ihnen gesehen haben?«

»Ich glaube schon. Aber wir sollten besser einen anderen Weg aus diesen Bergen heraus finden. Ich möchte nicht auf offenem Gelände von ihnen überrascht werden.«

Druss nickte. Sein Wams und sein Bart waren blutbespritzt, aber er hatte die Klingen seiner Axt gesäubert.

Die Morgensonne schimmerte über den fernen Bergen, und Druss ging zum Eingang der Klamm. Die Lanzenreiter hatten sich zurückgezogen, sie waren nicht mehr zu sehen.

Noch eine Stunde warteten die Nadir nervös zwischen den Felsen, dann schlichen einige von ihnen hinunter zu den rauchenden Überresten ihres Lagers und sammelten alle Habseligkeiten ein, die kein Opfer der Flammen geworden waren.

Nuang kam zu Druss und Sieben. »Niobe sagt, du glaubst, in den Felsen wäre es sicher«, sagte er, und Sieben erklärte noch einmal die Sache mit der vulkanischen Tätigkeit. Nuang wirkte nicht beeindruckt, sein dunkles, flaches Gesicht blieb ausdruckslos, die Augen mißtrauisch.

Druss lachte. »Wenn ich wählen könnte zwischen Dämonen, die wir nicht sehen können, und Lanzenreitern, die wir gesehen haben, wüßte ich, wofür ich mich entscheiden sollte.«

Nuang grunzte, dann räusperte er sich und spie aus. »Tötet deine Axt auch Dämonen?«

Druss lächelte kalt und wog Snaga in der Hand. Er hielt die Klingen dicht vor Nuangs Gesicht. »Was sie schneiden kann, kann sie auch töten.«

Nuang grinste breit. »Dann sollten wir durch die Berge der Verdammten wandern«, sagte er.

»Mit dir wird es auch nie langweilig, Druss«, murmelte Sieben. Als Druss ihm auf die Schulter schlug, warf er einen Blick auf die blutverschmierte Hand. »Oh, vielen Dank. Das ist genau das richtige für ein Seidenhemd, ein bißchen getrocknetes Blut!«

»Ich habe Hunger«, verkündete Druss und wandte sich mit einem Grinsen ab. Sieben nahm ein Taschentuch aus der Hosentasche und wischte damit an dem störenden Fleck herum, dann folgte er dem Axtkämpfer zwischen die Felsen. Niobe brachte etwas kaltes Fleisch und Ziegenkäse und setzte sich neben ihn, während er aß.

»Habt ihr auch Wasser?« fragte Sieben.

»Noch nicht. Die *gajin* haben alle unsere Fässer bis auf eins zerstört. Heute wird ein heißer, trockener Tag. Ein hübsches Hemd«, setzte sie hinzu und streichelte die Seide. Ihre Finger verharrten bei den Perlmuttknöpfen am Hals.

»Ich habe es in Drenan machen lassen«, erklärte er.

»Alles ist so weich«, murmelte sie und ließ ihre Hand über seine wollenen Beinkleider gleiten, bis sie auf seinem Schenkel ruhte. »So weich.«

»Nimm deine Hand noch ein bißchen höher, dann ist es nicht mehr weich«, warnte er sie. Sie warf ihm einen Blick zu, hob eine Augenbraue und ließ ihre Hand an die Innenseite seiner Schenkel gleiten. »Oh«, sagte sie. »Wie wahr.«

»Zeit, zu gehen, Dichter!« rief Druss.

»Deine Zeitplanung ist perfekt«, antwortete Sieben.

Zwei Stunden lang marschierte der Konvoi in die schwarzen Hügel. Hier wuchs nichts, und Wände aus dunklem, vulkanischem Gestein ragten zu ihren Seiten auf. Schweigend ging die Gruppe weiter, die Nadir warfen ängstliche Blicke um sich. Selbst die Kinder blieben still. Niemand ritt, denn der Grund war trügerisch. Gegen Mittag gab der Boden unter einem Pony nach. Das Tier stürzte und brach sich das linke Vorderbein. Es schlug um sich, bis ein junger Nadirkrieger hinzusprang und ihm die Kehle durchschnitt. Blut strömte auf die Felsen. Die Frauen kamen herbei, zerrten das Pony aus dem Loch und zerteilten es. »Heute abend gibt es frisches Fleisch«, sagte Niobe zu Sieben.

Die Hitze war jetzt ungeheuer, so stark, daß Sieben aufgehört hatte zu schwitzen und das Gefühl hatte, sein

Hirn würde zur Größe einer Walnuß gedörrt. Als die Dämmerung hereinbrach, hatte die erschöpfte Gruppe das Zentrum der Berge erreicht und schlug unter einem der Zwillingstürme das Lager auf. Seit über einer Stunde hatte es Sieben nach einem Schluck Wasser aus dem letzten Faß gelüstet, und er stellte sich mit den Kriegern in die Schlange, um einen Becher zu erhalten. Es schmeckte köstlicher als Nektar.

Später, kurz bevor die Sonne unterging, wanderte er vom Lager weg und kletterte auf die zerklüfteten Felsen des nach Westen zeigenden Gipfels. Die Kletterei war nicht schwierig, aber sie ermüdete. Trotzdem mußte Sieben sich von den anderen entfernen, denn er wollte allein sein. Auf dem Gipfel setzte er sich und starrte über das Land hinaus. Weiße Wolken zogen über den Himmel, friedlich und heiter, und die Sonne ging hinter ihnen unter und tauchte die fernen Berge in goldenes Licht. Der Wind hier oben war wunderbar kühl, die Aussicht einzigartig. Die Berge verloren ihre Farbe, als die Sonne tiefer sank, und wurden zu schwarzen Schemen wie Gewitterwolken, die sich am Horizont zusammenbrauten. Der Himmel über ihnen leuchtete erst lavendelfarben, dann silbergrau und schließlich blaßgolden. Die Wolken veränderten ebenfalls ihre Farbe, aus dem keuschen Weiß wurde Korallenrot in einem Meer aus sanft schimmerndem Blau. Sieben lehnte sich gegen einen Felsen und nahm den Anblick in sich auf. Endlich wurde der Himmel dunkel, und der Mond erschien, hell und klar. Sieben seufzte.

Niobe kletterte zu ihm hinauf und setzte sich neben ihn.

»Ich wollte eigentlich allein sein«, sagte er.

»Wir sind allein«, erklärte sie.

»Wie dumm von mir. Natürlich.« Er wandte sich von ihr ab und warf einen Blick in den Felsenturm. Ein

Mondstrahl brach durch die Wolken und beleuchtete das Innere.

Niobes Hand berührte seine Schulter. »Sieh mal den Vorsprung dort unten«, sagte sie.

»Ich bin nicht in der Stimmung für Sex, meine Hübsche. Nicht in diesem Augenblick.«

»Nein, sieh doch mal! Am anderen Ende des Simses.« Sein Blick folgte ihrem Finger. Etwa sieben Meter rechts unterhalb von ihnen war ein Eingang in den Felsen – oder schien es zu sein.

»Eine optische Täuschung«, meinte er und spähte in den Felsenturm hinunter.

»Und dort«, sagte sie, »Stufen!« Es stimmte. Am anderen Ende des Simses war eine Reihe von Stufen in die Wand des Turms gehauen.

»Geh und hol Druss«, befahl er.

»Dort leben die Dämonen«, flüsterte sie, als sie davonging.

»Sag ihm, er soll ein Seil, Fackeln und eine Zunderschachtel mitbringen.«

Niobe blieb stehen und drehte sich um. »Du willst dort hinunter? Warum?«

»Weil ich von Natur aus neugierig bin, mein Liebling. Ich möchte wissen, warum jemand eine Öffnung ins Innere eines Vulkans haut.«

Der Mond schien jetzt heller, die Wolken rissen auf, und Sieben tastete sich um den Krater, so daß er näher an die uralten Stufen kam. Unmittelbar oberhalb der ersten sah er Seilspuren in dem weichen Gestein. Die Stufen selbst waren entweder sehr schnell gehauen worden oder stark verwittert – vielleicht beides, dachte er. Er beugte sich über den Rand und tastete mit den Fingern die erste Stufe ab. Der Stein zerbröselte unter seiner Berührung. Unter keinen Umständen würden diese Stufen noch das Gewicht eines Mannes tragen.

Druss, Nuang und mehrere Nadirkrieger kletterten herauf. Niobe war nicht bei ihnen. Der alte Nadirhäuptling beugte sich über den Rand und starrte auf den rechteckigen Eingang, der unter ihnen lag. Er sagte nichts. Druss hockte sich neben Sieben. »Das Mädchen sagt, du willst da runter. Ist das klug, Dichter?«

»Vielleicht nicht, altes Schlachtroß. Aber ich möchte nicht den Rest meines Lebens darüber nachgrübeln.«

Druss spähte in den Turm hinunter. »Zum Fallen ganz schön tief.«

Sieben schaute hinunter in die schwarze Tiefe. Obwohl der Mond hell schien, erreichte sein Licht nicht den Grund. »Laßt mich auf den Sims hinunter«, bat er und nahm seinen ganzen Mut zusammen. Jetzt konnte er nicht mehr zurück. »Aber laßt nicht los, wenn ich unten bin. Das Gestein zerbröselt wie Salzkristalle, und ich weiß nicht, ob der Sims mich trägt.« Er schlang ein Seil um die Taille und wartete, bis Druss es sich über seine massiven Schultern gelegt hatte, dann schwang er sich über den Rand. Langsam ließ Druss das Seil nach, bis Siebens Füße den Sims erreichten, der fest und stabil war.

Jetzt stand er vor dem Eingang. Er war ohne Zweifel von Menschen angelegt worden. Seltsame Symbole waren in den Stein geritzt, Wirbel und Sterne um etwas herum, das aussah wie ein zerbrochenes Schwert. Direkt hinter dem Eingang war eine Reihe von Eisenstäben in den schwarzen Fels gemauert worden, die jetzt rot vom Rost waren. Sieben packte einen und zog, so fest er konnte, aber er gab nicht nach.

»Was ist los?« rief Druss.

»Komm runter und schau selbst. Ich binde das Seil los.«

Wenige Augenblicke später stand Druss mit einer angezündeten Fackel neben ihm. »Geh einen Schritt zurück«, sagte der Axtkämpfer, reichte Sieben die Fackel und nahm sein Seil ab. Druss packte den ersten Eisenstab mit beiden Händen und zerrte daran. Mit einem knirschenden Stöhnen bog er sich in der Mitte, dann riß er aus dem Gestein. Druss warf ihn über seine Schulter, und Sieben hörte ihn im Fallen gegen die Wände des Turms klirren. Druss löste noch zwei weitere Stäbe auf dieselbe Art. »Nach dir, Dichter«, sagte Druss.

Sieben schob sich durch die Lücke zwischen den Stäben und hielt die Fackel hoch. Er fand sich in einer kleinen, runden Kammer. Als er sich umdrehte, sah er zwei Ketten von der Decke hängen. Druss tauchte neben ihm auf und ging zu den Ketten. An einer der Ketten hing etwas. »Bring die Fackel näher«, befahl der Axtkämpfer.

Die Kette hielt einen vertrockneten Arm, der beim Verwesen aus der Schulter gerissen war. Sieben senkte die Fackel und blickte auf den seit langem toten, fast mumifizierten Körper hinab. Das flackernde Licht der Fackel beleuchtete ein langes Kleid aus verrotteter weißer Seide, das in dieser düsteren Umgebung noch immer seltsam schön wirkte.

»Es war eine Frau«, sagte Druss. »Irgend jemand hat sie hier lebendig begraben.«

Sieben kniete neben der Toten nieder. Ein Funkeln kam aus den Augenhöhlen, und er ließ fast die Fackel fallen. Druss betrachtete sie genauer. »Die Hurensöhne haben ihr mit goldenen Nägeln die Augen ausgestochen«, sagte er. Er berührte den Kopf der Toten und drehte ihn um. Auch in den Ohrmuscheln glitzerte Gold. Sieben wünschte, Niobe hätte den Sims niemals gesehen. Sein Herz sank vor Kummer über diese längst verstorbene Frau und ihr entsetzliches Leiden.

»Laß uns hier verschwinden«, sagte er leise.

Oben erzählten sie Nuang, was sie gesehen hatten. Der alte Anführer hörte schweigend zu, bis sie geendet hatten. »Sie muß eine große Zauberin gewesen sein«, meinte er. »Die Wirbel und die Sterne am Eingang zeigen, daß sie mit Zaubersprüchen ihren Geist an diesen Ort gekettet haben. Und die Nägel verhinderten, daß sie in der Geisterwelt etwas sehen oder hören konnte. Wahrscheinlich haben sie ihr auch die Zunge durchbohrt.«

Sieben stand auf und band sich sein Seil wieder um.

»Was hast du vor?« fragte Druss.

»Ich gehe noch mal zurück, altes Roß.«

»Warum?« wollte Nuang wissen. Sieben antwortete nicht, sondern schwang sich wieder über den Rand.

Druss grinste ihn an, als er das Seil aufnahm. »Immer ein Romantiker, was, Dichter?«

»Gib mir einfach die Fackel.«

Als Sieben wieder in der Kammer war, kniete er bei der Toten nieder und zwang sich, seine Finger tief in die trockenen Augenhöhlen zu stecken, um die Goldnägel herauszuziehen. Sie glitten leicht heraus, ebenso wie der längere Nagel im rechten Ohr. Der Nagel im linken Ohr steckte tief, und Sieben mußte ihn mit dem Messer lockern. Als er den Mund der Toten öffnete, fiel der Kiefer ab. Er nahm sich zusammen und holte den letzten goldenen Nagel heraus. »Ich weiß nicht«, sagte er leise, »ob dein Geist jetzt frei ist, meine Dame. Aber ich hoffe es.« Als er gerade aufstehen wollte, sah er etwas in den verrotteten Falten ihres Kleides glitzern. Er hob es auf, es war ein rundes Medaillon, eingefaßt in dunkles Gold. Er hielt es ans Licht und sah, daß die Mitte aus mattem Silber bestand, geschmückt mit einem erhobenen Relief, bei dem er hier unten das Motiv nicht erkennen konnte. Er steckte es in die Tasche, ging hinaus auf den Sims und rief Druss zu, er solle ihn hochziehen.

Zurück im Lager, polierte Sieben im Mondschein das Medaillon, bis es wieder glänzte. Druss gesellte sich zu ihm. »Wie ich sehe, hast du einen Schatz gefunden«, sagte der Axtkämpfer, und Sieben reichte ihm das Schmuckstück. Auf einer Seite trug es das Profil eines Mannes, auf der anderen das einer Frau. Rings um den Kopf der Frau standen Worte in einer Sprache, die Sieben nicht kannte.

Druss betrachtete es. »Vielleicht war es eine Münze – König und Königin«, meinte er. »Glaubst du, daß die Tote die Frau war?«

Sieben zuckte die Achseln. »Ich weiß es nicht, Druss. Aber wer sie auch immer war, der Mord an ihr wurde mit scheußlichster Grausamkeit durchgeführt. Kannst du dir vorstellen, wie das gewesen sein muß? An jenen seelenlosen Ort geschleppt zu werden, und dann sticht man dir die Augen aus? Läßt dich blutend da hängen, während der Tod quälend langsam kommt?«

Druss gab ihm das Medaillon zurück. »Vielleicht war sie eine furchtbare Hexe, die kleine Kinder fraß. Vielleicht hatte sie die Strafe verdient.«

»Verdient? Es gibt kein Verbrechen, Druss, für das eine solche Strafe verdient wäre. Wenn jemand böse ist, tötet man ihn. Aber schau, was sie ihr angetan haben. Wer dafür auch verantwortlich war, es hat ihm Vergnügen gemacht. Es war so sorgfältig geplant, so penibel ausgeführt.«

»Nun, du hast getan, was du konntest, Dichter.«

»Wenig genug, oder? Glaubst du, ich habe ihren Geist befreit, daß er sehen, reden, hören kann?«

»Es wäre schön, das zu glauben.«

Niobe kam zu ihnen und setzte sich neben Sieben. »Du hast eine große Anspannung in dir, Dichter. Du mußt Liebe machen.«

Sieben grinste. »Ich glaube, da hast du völlig recht«, sagte er, stand auf und nahm sie bei der Hand.

Später, als Niobe neben ihm schlief, saß Sieben im Mondschein und dachte an die Frau in dem Grab. Wer war sie, und für welches Verbrechen hatte man sie wohl hingerichtet? überlegte er. Sie war eine Zauberin gewesen, daran bestand kein Zweifel. Ihre Mörder hatten große Mühen – und noch größere Kosten – auf sich genommen, um sie zu vernichten.

Niobe regte sich neben ihm. »Kannst du nicht schlafen, Dichter?«

»Ich dachte an die tote Frau.«

»Warum?«

»Ich weiß nicht. Es war eine grausame Art zu sterben, geblendet, angekettet und allein in einer vulkanischen Höhle. Brutal und böse. Und warum haben sie sie hierhergebracht, an diesen verlassenen Ort? Warum den Leichnam versteckt?«

Niobe setzte sich auf. »Wo geht die Sonne schlafen?« fragte sie. »Woher kommt der Wind? Warum stellst du dir Fragen, die du nicht beantworten kannst?«

Sieben lächelte und küßte sie. »Das ist die Art und Weise, auf die man Wissen erlangt«, antwortete er. »Durch Menschen, die Fragen stellen, auf die es keine unmittelbaren Antworten gibt. Die Sonne geht nicht schlafen, Niobe. Sie ist ein großer Feuerball am Himmel, und unser Planet ist ein kleinerer Ball, der sich um sie dreht.« Sie sah ihn skeptisch an, sagte aber nichts. »Was ich versuche zu erklären, ist, daß es immer Antworten gibt, selbst wenn wir sie nicht gleich sehen können. Die Frau in dieser Höhle war reich, wahrscheinlich von hoher Geburt, eine Prinzessin oder eine Königin. Das Medaillon, das ich gefunden habe, zeigt zwei Köpfe, einen Mann und eine Frau. Beide tragen die Züge von Nadir oder Chiatze.«

»Zeig mal.«

Sieben nahm das Medaillon aus seiner Tasche und

ließ es in ihre Hand fallen. Der Mond schien hell, und Niobe betrachtete die beiden Köpfe. »Sie war sehr schön. Aber sie war keine Nadir.«

»Warum sagst du das?«

»Die Schrift auf dem *lon-tsia*. Es ist Chiatze, ich habe die Zeichen schon gesehen.«

»Kannst du sie lesen?«

»Nein.« Sie gab es ihm zurück.

»Wie hast du es genannt? Ein *lon-tsia*?«

»Ja. Es ist eine Liebesgabe. Sehr kostbar. Für die Hochzeit wurden wohl zwei angefertigt. Der Mann ist ihr Gemahl, und sie hat ihr *lon-tsia* so getragen, daß der Kopf des Mannes nach innen zeigt, zu ihrem Herzen. Er hat sein Exemplar anders herum getragen, so daß ihr Kopf auf seinem Herzen liegt. Ein alter Chiatze-Brauch – aber nur für die Reichen.«

»Dann möchte ich gern wissen, was aus ihrem Gemahl geworden ist.«

Niobe lehnte sich an ihn. »Keine Fragen mehr, Dichter«, flüsterte sie. »Ich werde jetzt schlafen.« Sieben legte sich neben sie. Ihre Finger streichelten sein Gesicht, dann wanderten sie über seine Brust und den Bauch.

»Ich dachte, du wolltest schlafen?«

»Nach der Liebe schläft man immer besser.«

Gegen Nachmittag des folgenden Tages kam die Gruppe zu den letzten Felsen vor der Steppe. Nuang schickte Späher aus, und das letzte Wasser wurde an die Frauen und Kinder verteilt. Nuang und der Knabe Meng kletterten auf die Felsen und blickten über die düstere, scheinbar leere Steppe. Keine Spur von einem Feind.

Nach einer Stunde kehrten die Späher zurück und berichteten, daß die Lanzenreiter weitergezogen waren. Die Reiter waren ihren Spuren zu einem Wasserloch in einer tiefen Schlucht gefolgt, das jetzt trocken und verlassen war.

Nuang führte seine erschöpften Leute zu dem Loch, wo sie ihr Lager aufschlugen. »Sie haben keine Geduld, diese *gajin*«, erklärte er Druss, als sie neben dem schlammigen Wasserloch standen. »Es ist Sickerwasser, und trotzdem ließen sie ihre Pferde heran. Hätten sie gewartet und nur jeweils wenig Wasser genommen, hätten sich Menschen und Pferde satt trinken können. Und jetzt? Ha! Ihre Pferde werden kaum ihre Zungen angefeuchtet haben und sind nutzlos geworden, kaum daß die Sonne untergegangen ist.«

Einige der Nadirfrauen begannen in dem Schlamm und dem Geröll zu graben, bis sie schließlich das Loch freigelegt hatten. Dann setzten sie sich und warteten. Nach einer Stunde begann sich die kleine Grube zu füllen.

Später schickte Nuang noch einmal Späher aus. Sie kamen eine Stunde vor Einbruch der Dunkelheit zurück. Nuang sprach mit ihnen, dann ging er zu Druss und Sieben, die ihre Pferde sattelten. »Die *gajin* sind nach Nordwesten abgebogen. Meine Männer sahen eine große Staubwolke dort. Sie sind so nah an sie herangeritten, wie sie es wagten – und sahen eine Armee auf dem Marsch. Warum ist eine Armee hier? Wofür können sie hier kämpfen?«

Druss legte dem alten Mann seine große Hand auf die Schulter. »Sie reiten zum Tal von Shul-sens Tränen. Sie wollen den Schrein plündern.«

»Sie wollen Oshikais Gebeine?« fragte der alte Mann ungläubig.

»Wie weit ist es bis zum Schrein?« fragte Druss.

»Wenn du zwei Ersatzpferde mitnimmst und die ganze Nacht nach Nordosten reitest, siehst du in zwei Tagen seine Mauern«, erklärte Nuang. »Aber die *gajin* werden nicht weit hinter dir sein.«

»Möge das Glück dir hold sein«, sagte Druss und streckte seine Hand aus. Der Nadirhäuptling nickte und schüttelte seine Hand.

Sieben ging zu Niobe hinüber. »Ich hoffe, wir sehen uns wieder, meine Schöne«, sagte er.

»Vielleicht, vielleicht auch nicht«, sagte sie und wandte sich von ihm ab. Der Dichter ging zu seinem Pferd und schwang sich in den Sattel. Druss saß ebenfalls auf, und mit zwei Ersatzpferden am Zügel verließen die beiden Männer das Lager.

Noch ehe Nosta Khan am Schrein ankam, hatte die Nachricht von der Invasion der Gothir die vier Lager erreicht. Ein Reiter vom Krummhorn-Stamm kam herein, sein Pony war schweißüberströmt. Er galoppierte zu den Zelten seines eigenen Stammes und sprang aus dem Sattel. Eine Kavallerietruppe hatte zwei Dörfer der Krummhörner angegriffen und Männer, Frauen und Kinder getötet. Tausende weitere Soldaten waren auf dem Weg ins Tal, berichtete er.

Der Anführer der Abordnung der Krummhörner, ein Krieger mittleren Alters namens Bartsai, schickte nach den anderen Anführern, die sich am Mittag in seinem Zelt versammelten: Lin-tse von den Himmelsreitern, Quing-chin von den Flinken Ponys, und Kzun, der kahlrasierte Häuptling der Einsamen Wölfe. Sie lauschten schweigend, als der Reiter berichtete, was er gesehen hatte – eine Gothirarmee auf dem Marsch, die jeden Nadir auf ihrem Weg umbrachte.

»Das ist doch völlig sinnlos«, sagte Kzun. »Warum führen sie Krieg gegen die Krummhörner?«

»Und warum zieht ihre Armee in dieses Tal hier?« warf Lin-tse ein.

»Vielleicht noch wichtiger«, meinte Quing-chin, »ist

die Frage, die wir uns stellen sollten: Was wollen wir tun? Sie sind keine zwei Tagesmärsche mehr von uns entfernt.«

»Tun?« fragte Bartsai. »Was können wir tun? Seht ihr hier irgendwo eine Armee? Wir sind nicht einmal hundertzwanzig Mann.«

»Wir sind die Wächter des Heiligen Schreins«, sagte Lin-tse. »Zahlen bedeuten nichts. Und wenn wir nur vier wären, sollten wir kämpfen.«

»Sprich nur für dich selbst!« fauchte Bartsai. »Ich sehe keinen Sinn darin, unser Leben wegzuwerfen. Wenn keine Krieger hier sind, werden die *gajin* am Schrein vorbeiziehen. Hier gibt es außer den Gebeinen Oshikais nichts für sie. Keine Schätze, nichts zu plündern. Deswegen sichern wir den Schrein, wenn wir fliehen.«

»Pah!« höhnte Lin-tse. »Was kann man von einem Krummhorn-Feigling auch schon anderes erwarten?«

Bartsai sprang auf und zog einen Krummdolch aus seinem Gürtel, während Lin-tse sich aufrichtete und nach seinem Säbel griff. Quing-chin sprang dazwischen. »Nein!« rief er. »Das ist doch Wahnsinn!«

»Ich lasse mich in meinem eigenen Zelt nicht beleidigen«, brüllte Bartsai mit einem finsteren Blick auf den größeren Lin-tse.

»Dann rede auch nicht von Flucht«, sagte Lin-tse und steckte den Säbel wieder in die Scheide.

»Wovon sollten wir sonst reden?« fragte Kzun. »Ich will nicht vor den *gajin* davonrennen. Ich will aber auch das Leben meiner Männer nicht unnötig wegwerfen. Ich liebe die Krummhörner nicht gerade, aber Bartsai ist ein Krieger, der in viele Schlachten gezogen ist. Er ist kein Feigling. Genausowenig wie ich. Was er sagt, ist wahr. Was sie auch immer im Sinn haben, die *gajin* wollen Nadir töten. Wenn keiner von uns hier ist, müssen sie weiterziehen. Wir sollten sie weiter in die Steppe locken, weg von den Wasserstellen. Dort werden ihre Pferde sterben.«

Die Zeltklappe hob sich, und ein kleiner Mann trat ein. Er war alt und runzlig und trug eine Kette aus menschlichen Fingerknochen um den Hals.

»Wer bist du?« fragte Bartsai mißtrauisch. An den Fingerknochen erkannte er, daß es sich um einen Schamanen handelte.

»Ich bin Nosta Khan.« Er setzte sich zwischen Kzun und Bartsai. Beide Männer rutschten etwas, um ihm Platz zu machen. »Ihr kennt die Bedrohung, die vor euch liegt«, sagte der Schamane. »Zweitausend Gothirkrieger unter der Führung von Gargan Nadirtod marschieren zu diesem heiligen Ort. Was ihr nicht wißt, ist das Warum, aber ich werde es euch sagen. Sie kommen, um den Schrein zu zerstören, die Mauern niederzureißen, die Gebeine von Oshikai zu nehmen und sie zu Staub zu zermalmen.«

»Aus welchem Grund?« fragte Kzun.

»Wer kann schon die Gedanken der *gajin* lesen?« gab Nosta Khan zurück. »Sie behandeln uns wie Ungeziefer, das man nach Gutdünken vernichten kann. Ihre Gründe sind mir gleichgültig, mir genügt zu wissen, daß sie kommen.«

»Was rätst du uns, Schamane?« fragte Lin-tse.

»Ihr müßt einen Kriegsführer ernennen und ihnen mit aller Kraft widerstehen. Der Schrein darf nicht in die Hände der *gajin* fallen.«

»Stinkende, rundäugige Mistkäfer!« zischte Kzun. »Es genügt ihnen nicht, uns zu jagen und zu töten. Jetzt wollen sie auch noch unsere heiligen Stätten entweihen. Das lasse ich nicht zu. Die Frage ist, wer von uns wird der Anführer? Ich möchte nicht arrogant klingen, aber ich habe in siebenunddreißig Schlachten gekämpft. Ich schlage mich selbst vor.

»Hört mich an«, sagte Quing-chin leise. »Ich achte jeden der Anführer hier, und meine Worte wollen niemanden beleidigen. Von den Männern hier im Zelt könnten nur zwei die Anführer sein, ich selbst und Lin-tse, denn wir sind beide von den *gajin* ausgebildet worden und kennen ihre Strategie der Belagerung gut. Aber einer ist unter uns, der die Kriegsführung der *gajin* besser kennt als jeder andere.«

»Und wer ist dieser … Held?« fragte Bartsai.

Quing-chin wandte sich an Lin-tse. »Früher hieß er Okai. Jetzt nennt er sich Talisman.«

»Und du glaubst, dieser Mann kann uns zum Sieg führen?« mischte sich Kzun ein. »Gegen eine Armee, die zwanzigmal so groß ist wie unsere Truppe?«

»Die Himmelsreiter werden ihm folgen«, sagte Lin-tse plötzlich.

»Ebenso die Flinken Ponys«, setzte Quing-chin hinzu.

»Von welchem Stamm ist dieser Mann?« fragte Bartsai.

»Von den Wolfsschädeln«, antwortete Lin-tse.

»Dann laßt uns zu ihm gehen. Ich möchte ihn gern selbst sehen, ehe ich mich ihm verpflichte«, sagte Bartsai. »In der Zwischenzeit schicke ich Reiter aus, denn in der Nähe gibt es viele Krummhorn-Dörfer. Wir brauchen mehr Kämpfer.«

Zhusai hatte eine unruhige Nacht hinter sich, geplagt von seltsamen Träumen. Männer schleppten sie durch eine bizarre Landschaft und ketteten sie in einer dunklen, düsteren Höhle an. Sie beschimpften sie: »Hexe! Hure!« Schläge prasselten auf sie nieder.

Sie hatte die Augen aufgerissen, ihr Herz hämmerte voller Angst. Sie war aus dem Bett gesprungen, war zum Fenster gerannt, hatte es aufgerissen und tief die kühle Nachtluft eingeatmet. Zu verängstigt, um wieder zu schlafen, war sie auf den Hof vor dem Schrein hinausgegangen. Talisman und Gorkai saßen dort, und Talisman stand auf. »Geht es dir gut, Zhusai? fragte er und nahm sie beim Arm. »Du bist ganz blaß.«

»Ich hatte einen entsetzlichen Traum, aber er verblaßt allmählich.« Sie lächelte. »Darf ich mich zu euch setzen?«

»Aber natürlich.«

Die drei hatten über die Suche nach den Augen von Alchazzar diskutiert. Talisman hatte die Schreinkammer gründlich durchsucht, die Wände und den Boden nach Geheimverstecken abgeklopft, aber nichts gefunden. Zusammen mit Gorkai hatte er sogar den Deckel des Steinsargs angehoben und die trockenen Knochen darin untersucht. Es war nichts zu finden, außer einem *lon-tsia* aus schwerem Silber, das die Antlitze von Oshikai und Shul-sen zeigte. Er hatte es bei den Knochen gelassen und sorgfältig den Deckel wieder geschlossen.

»Oshikais Geist sagte mir, daß die Augen hier versteckt wären, aber ich habe keine Idee, wo ich noch suchen könnte«, sagte Talisman.

Zhusai streckte sich neben den Männern aus und schlummerte ein...

Ein schlanker Mann mit brennenden Augen brachte sein Gesicht ganz nah an ihres und biß sie in die Lippe, bis es blutete. »Jetzt wirst du sterben, Hexe, und keinen Tag zu früh.« Sie spie ihm ins Gesicht.

»Dann werde ich bei meinem Liebsten sein«, sagte sie, »und muß niemals mehr dein wertloses Gesicht sehen!« Darauf schlug er sie mehrfach brutal und packte sie bei den Haaren.

»Du wirst ihn auf dieser Seite der Ewigkeit niemals sehen.« Er hielt ihr seine Hand hin, um ihr fünf kleine goldene Nägel zu zeigen. »Damit steche ich dir die Augen aus und durchbohre dein Trommelfell. Den letz-

ten treibe ich dir durch die Zunge. Dein Geist gehört mir, bis ans Ende der Zeit. Angekettet an mich, wie du es im Leben hättest sein sollen. Willst du um Gnade flehen? Wenn ich dich losschneide, wirst du auf die Knie fallen und mir Gehorsam schwören?«

Zhusai wollte ja sagen, aber die Stimme, die aus ihrem Mund kam, war nicht die ihre. »Einem Wurm Gehorsam schwören? Du bist nichts, Chakata. Ich warnte meinen Herrn vor dir, aber er wollte nicht auf mich hören. Jetzt verfluche ich dich, und mein Fluch wird dir folgen, bis die Sterne verlöschen!«

Er riß ihren Kopf zurück. Seine Hand hob sich, und sie fühlte, wie er ihr den glitzernden Nagel in den Augapfel trieb …

Mit einem Schmerzensschrei erwachte Zhusai und fand Talisman neben ihrem Bett sitzen. »Wie bin ich hergekommen?« fragte sie.

»Ich habe dich getragen. Du hast angefangen, in Chiatze zu sprechen. Ich bin mit dieser Sprache nicht vertraut, sie hat deine Stimme unglaublich verändert.«

»Ich hatte wieder diesen Traum, Talisman. Er war so real. Ein Mann … viele Männer … brachten mich in eine dunkle Kammer, und dort haben sie mir die Augen ausgestochen. Es war entsetzlich. Sie nannten mich Hexe und Hure. Ich glaube … sie hatten meinen … Mann umgebracht.«

»Ruh dich aus«, sagte Talisman. »Du bist durcheinander.«

»Ich bin durcheinander«, gab sie zu, »aber … ich habe noch nie so einen Traum gehabt. Die Farben waren so klar und …« Sanft strich er ihr über den Kopf, und erschöpft schlief sie wieder ein. Diesmal gab es keine Träume.

Als sie wieder aufwachte, war sie allein, und heller Sonnenschein fiel in das Zimmer. Auf einem Tisch am

Fenster standen ein Krug mit Wasser und eine Schüssel. Sie erhob sich von dem schmalen Bett, zog sich aus, füllte die Schüssel, fügte drei Tropfen Parfüm aus einer winzigen Flasche hinzu und wusch sich Gesicht und Oberkörper. Aus ihrem Gepäck nahm sie eine lange Tunika aus weißer Seide. Sie war zwar zerknittert, aber sauber. Als sie wieder angezogen war, wusch sie die Kleider, die sie am Tag zuvor getragen hatte, und legte sie über das Fenstersims zum Trocknen. Barfuß verließ sie das Zimmer, ging die schmale Holztreppe hinunter und trat auf den Hof hinaus.

Talisman saß allein dort bei einem Frühstück aus Brot und Käse. Gorkai striegelte auf der anderen Seite des Hofes die Ponys. Zhusai setzte sich neben Talisman. Er schenkte ihr einen Becher Wasser ein. »Hast du wieder geträumt?« fragte er.

»Nein.« Er ist hundemüde, dachte sie, seine Augen sind ganz stumpf. »Was hast du jetzt vor?« fragte sie ihn.

»Ich weiß... ich glaube ... daß die Augen hier sind, aber ich weiß einfach nicht mehr, wo ich noch suchen könnte.«

Fünf Männer kamen durch die offenen Tore. Zhusais Herz sank, als sie Nosta Khan erkannte, und sie stand auf und zog sich in die Schatten zurück. Talismans Miene war ausdruckslos, als die Männer näher kamen. Der erste, ein kahlrasierter Krieger mit einem goldenen Ohrring, blieb vor ihm stehen. »Ich bin Kzun von den Einsamen Wölfen«, erklärte er. Seine Stimme war tief und kalt. Er war mager und durchtrainiert, und in Zhusai erwachte ein Hauch von Angst, als sie ihn betrachtete. Seine Haltung war herausfordernd, wie er so vor Talisman stand. »Quing-chin von den Flinken Ponys behauptet, du wärst ein Kriegsherr, dem man folgen könnte. Du siehst nicht aus wie ein Kriegsherr.«

Talisman stand auf und ging an Kzun vorbei, ohne ihn

zu beachten. Er ging zu einem großen Krieger mit ernstem Gesicht. »Es tut gut, dich zu sehen, Lin-tse«, sagte er.

»Dich auch, Okai. Die Götter von Stein und Wasser haben dich zur rechten Zeit hierhergeführt.«

Ein untersetzter Mann mittleren Alters trat vor. »Ich bin Bartsai von den Krummhörnern.« Er kauerte sich hin und streckte seinen rechten Arm vor, die Handfläche nach oben. »Quing-chin von den Flinken Ponys spricht gut von dir, und wir sind hier, um dich um etwas zu bitten.«

»Noch nicht«, fauchte Kzun. »Erst soll er sich beweisen.«

»Warum braucht ihr einen Kriegsführer?« fragte Talisman. Er richtete seine Frage an Lin-tse.

»Gargan rückt mit einer Armee an. Die Gothir wollen den Schrein zerstören.«

»Sie haben bereits mehrere Nadirlager angegriffen«, setzte Quing-chin hinzu.

Talisman entfernte sich von der Gruppe und setzte sich mit gekreuzten Beinen auf die Erde. Drei der anderen folgten ihm und setzten sich dazu. Kzun zögerte, dann schloß auch er sich an. Gorkai kam über den Hof und stellte sich mit verschränkten Armen hinter Talisman.

»Wie viele Mann hat die Gothirarmee?« fragte Talisman.

»Zweitausend«, antwortete Nosta Khan. »Lanzenreiter und Fußsoldaten.«

»Wie lange noch, bis sie hier sind?«

»Zwei Tage. Vielleicht drei«, sagte Bartsai.

»Und ihr habt vor zu kämpfen?«

»Wozu sollten wir sonst einen Kriegsführer brauchen?« fragte Kzun.

Zum ersten Mal sah Talisman ihm in die Augen. »Um

eins klarzustellen, Kzun von den Einsamen Wölfen«, sagte er ohne Zorn in der Stimme, »der Schrein ist letztendlich nicht zu verteidigen. Ein ausdauernder Angriff von zweitausend Mann wird ihn schließlich einnehmen. Es gibt keine Hoffnung auf einen Sieg. Bestenfalls können wir ihn ein paar Tage halten, vielleicht eine Woche. Seht euch um. Eine Mauer ist bereits eingefallen, das Tor ist nutzlos. Alle Verteidiger würden sterben.«

»Genau, was ich gesagt habe«, warf Bartsai ein.

»Dann rätst du zur Flucht?« fragte Kzun.

»In diesem Augenblick rate ich zu gar nichts«, sagte Talisman. »Ich stelle nur das Offensichtliche fest. Habt ihr vor zu kämpfen?«

»Ja«, erklärte Kzun. »Dies ist der einzige Ort, der allen Nadir heilig ist. Wir können ihn nicht kampflos übergeben.«

Lin-tse ergriff das Wort: »Du kennst die Gothir, Okai. Du weißt, wie sie kämpfen. Wirst du uns führen?«

Talisman erhob sich. »Geht zurück zu euren Kriegern. Sagt ihnen, sie sollen sich in einer Stunde hier versammeln, ich werde zu ihnen sprechen.« Talisman ließ sie sitzen, ging über den Hof und stieg auf die östliche Brüstung. Verwirrt standen die Anführer auf und verließen den Schrein. Nosta Khan folgte Talisman.

Zhusai stand reglos an der Mauer, als Gorkai zu ihr kam. »Ich glaube nicht, daß wir lange genug leben, um den Tag des Einigers zu sehen«, sagte er finster.

»Und trotzdem wirst du bleiben.«

»Ich bin ein Wolfsschädel«, sagte er stolz. »Ich bleibe.«

Auf der Mauer ging Nosta Khan zu Talisman. »Ich habe das nicht vorhergesehen«, sagte der Schamane.

»Es spielt keine Rolle«, erwiderte Talisman. »Ob wir gewinnen oder verlieren, es bringt nur den Tag der Abrechnung schneller herbei.«

»Wieso?«

»Vier Stämme werden gemeinsam kämpfen. Das zeigt den Weg, dem wir folgen müssen. Wenn wir Erfolg haben, werden die Nadir wissen, daß die Gothir besiegt werden können. Wenn wir verlieren, wird das Sakrileg, das die Gothir an diesem Schrein begehen, die Stämme mit feurigen Ketten aneinanderbinden.«

»Erfolg? Du sagtest, wir würden alle sterben.«

»Wir müssen auf den Tod vorbereitet sein. Aber es gibt eine Chance, Nosta. Sie haben kein Wasser, also müssen wir die Brunnen bewachen und ihnen den Zugang verwehren. Zweitausend Männer brauchen mindestens tausend Liter Wasser am Tag, die Pferde das dreifache. Wenn wir ihnen das Wasser länger als ein paar Tage vorenthalten, beginnen ihre Pferde zu sterben. Und dann die Männer ...«

»Aber sie haben doch sicher daran gedacht?« wandte Nosta Khan ein.

»Ich bezweifle es. Sie werden erwarten, daß sie den Schrein binnen eines Tages einnehmen. Und hier gibt es drei tiefe Brunnen.«

»Kannst du sie mit hundert Mann aufhalten – und dabei die Brunnen und die Wasserlöcher draußen bewachen?«

»Nein, wir brauchen mehr Krieger. Aber sie werden kommen.«

»Woher?« fragte der Schamane.

»Die Gothir werden sie schicken«, erklärte Talisman.

Kapitel acht

Talisman saß allein auf dem Wehrgang, die Beine gekreuzt, die Arme ausgestreckt. Er hatte die Augen geschlossen und hielt das Gesicht der brennenden Sonne entgegen. Er hatte so viele ehrgeizige Ziele gehabt, die er erreichen wollte, vor allem, an der Seite des Einigers in Gulgothir einzureiten, die Gothir gedemütigt zu sehen, ihre hohen Mauern niedergerissen, ihre Armee zersprengt. Zorn durchströmte ihn, und für eine Weile ließ er dieses Gefühl durch seine Adern toben, dann beruhigte er sich langsam. Was er Nosta Khan gesagt hatte, entsprach der Wahrheit. Die Schlacht um den Schrein würde die Stämme einen wie nichts zuvor. Selbst wenn sie hier sterben sollten – was durchaus wahrscheinlich war – würde es den Tag des Einigers nur schneller heranbringen.

Er hatte den Stammesführern gesagt, daß ein Sieg unmöglich war. Auch das entsprach der Wahrheit. Doch ein General, der mit dem Gedanken an eine Niederlage kämpfte, würde mit Sicherheit verlieren. Talisman atmete langsamer, sein Herz schlug ruhiger, und er schwebte über dem Gefühl von Wut und Enttäuschung. Zwei Armeen würden sich gegenüberstehen. Vergiß die Zahlen und prüfe die wesentlichen Dinge. Er sah wieder Fanlons getäfeltes Arbeitszimmer in der Bodacas-Akademie vor sich und hörte die Stimme des alten Soldaten über die Jahre hinweg. »Die Verantwortung für ein Kriegsheer liegt bei einem einzelnen Mann. Er ist sein Geist. Wenn eine Armee ihre Moral verliert, wird auch der General den Mut verlieren. Ordnung und Verwirrung, Tapferkeit und Feigheit sind Eigenschaften, die aus dem Herzen kommen. Ein Experte in der Beherrschung seines Feindes durchkreuzt dessen Erwartungen und schlägt dann zu. Ärger und Störungen rauben dem Feind seinen Mut, machen ihn ängstlich und beeinträchtigen seine Fähigkeit zu planen.«

Talisman stellte sich Gargan vor, und wieder flammte der Zorn in ihm auf. Er wartete, bis er abflaute. Der Graf von Larness hatte einmal gegen ihn verloren, als alle Umstände zu seinen Gunsten sprachen. Kann ich das noch einmal schaffen? überlegte Talisman.

Der Mann steckte voller Haß, doch er war nichtsdestoweniger ein mächtiger General und ein beherzter Krieger – und wenn er Ruhe bewahrte, war er keineswegs dumm. Das Geheimnis bestand also darin, ihm die Ruhe zu rauben, damit der Haß seinen Verstand ertränkte.

Talisman schlug die Augen auf, stand auf und schaute nach Westen. Von hier aus konnte er sehen, wo der Feind sein Lager aufschlagen würde, am Fuß der trockenen Hügel, wo es am Nachmittag für die Pferde Schatten gab. Würden sie den Schrein umzingeln? Nein. Sie würden Lanzenreiter auf Patrouille schicken.

Er setzte sich auf die Mauer und betrachtete die Gebäude und Mauern des Schreins. Dort war die Ruhestätte Oshikais mit dem flachen Dach, daneben ein zweistöckiges Gebäude mit zehn Zimmern, gebaut für Pilger. Hinter diesem stand die Ruine eines alten Turms. Drei der sieben Meter hohen Mauern, die die Gebäude umgaben, waren noch immer stark, aber die Westmauer mit ihrem V-förmigen Einbruch war die Schwachstelle – hier würde der Hauptangriff erfolgen. Gargan würde Bogenschützen schicken, die die Verteidiger von der Mauer holen sollten, sowie Fußsoldaten, die mit Werkzeugen ausgestattet waren, um die Bresche zu erweitern. Dann würde allein ihre schiere Anzahl die Gothir ins Innere schwemmen.

Talisman stieg die Steinstufen hinunter und ging an der Mauer entlang, bis er zu dem zerfallenen Abschnitt kam. Mit genügend Männern und ausreichend Zeit könnte er ihn reparieren – oder zumindest mit den Steinen des zerfallenen Turms verstärken.

Männer und Zeit. Die Götter von Stein und Wasser hatten ihm beides genommen.

Kzun ritt mit seinen Einsamen Wölfen durchs Tor. Talisman streifte sein Hemd ab und ließ es in den Staub fallen, dann stieg er wieder die Stufen zur Brüstung hinauf. Danach kam Quing-chin mit der Abordnung der Flinken Ponys, anschließend Lin-tse mit seinen Himmelsreitern. Als letzter kam Bartsai mit den Krummhörnern. Die Nadirkrieger saßen schweigend auf ihren Ponys, die Augen auf Talisman gerichtet.

»Ich bin Talisman«, begann er. »Mein Stamm sind die Wolfsschädel, mein Blut ist Nadir. Dieses Land hier wird von den Krummhörnern beherrscht. Ihr Anführer Bartsai möge zu mir auf die Mauer kommen.« Bartsai schwang sein Bein über den Sattelknauf und sprang zu Boden, dann stieg er die Stufen hinauf und stellte sich neben Talisman. Talisman zog sein Messer und ritzte sich die linke Handfläche auf. Blut trat aus der Wunde. Er streckte den Arm aus und sah zu, wie die roten Tropfen zur Erde fielen. »Dies ist mein Blut, das ich den Krummhörnern gebe«, sagte er. »Mein Blut und mein Versprechen, bis zum Tode für die Gebeine von Oshikai Dämonstod zu kämpfen.« Er blieb noch einen Augenblick schweigend stehen, dann rief er die anderen Anführer zu sich. Als sie bei ihm waren, blickte er auf die wartenden Reiter hinunter. »Hier an diesem Ort, weit zurück auf dem Fluß der Zeit, kämpfte Oshikai die

Schlacht der Fünf Armeen. Er gewann, und er starb. In künftigen Tagen werden die Nadir von unserem Kampf als der Schlacht der Fünf Stämme sprechen. Sie werden mit Stolz im Herzen davon sprechen. Denn wir sind Krieger und die Söhne von Männern. Wir sind Nadir. Wir fürchten nichts.« Er hob die Stimme. »Und wer sind diese Männer, die sich gegen uns stellen? Wofür halten sie sich? Sie schlachten unsere Frauen und Kinder ab. Sie plündern unsere heiligen Stätten.« Plötzlich deutete er auf einen Krummhorn-Reiter. »Du!« rief er. »Hast du jemals einen Gothirkrieger getötet?« Der Mann schüttelte den Kopf. »Aber du wirst es tun. Du wirst dein Schwert in seine Kehle stoßen, und sein Blut wird in die Erde sickern. Du wirst seinen Todesschrei hören und sehen, wie das Leben aus seinen Augen weicht. Du auch. Und du! Und du! Jeder Mann hier bekommt seine Chance, ihnen ihre Beleidigungen und ihre Greueltaten heimzuzahlen. Mein Blut – Nadirblut – befleckt die Erde hier. Ich werde diesen Ort nicht eher verlassen, bis die Gothir entweder zermalmt sind oder fliehen. Jeder Mann, der nicht denselben Schwur leisten kann, sollte jetzt gehen.« Keiner der Reiter rührte sich.

Lin-tse trat neben Talisman. Mit einem Krummdolch schnitt er sich in die linke Hand und hielt sie dann hoch. Einer nach dem anderen taten es die anderen Anführer ihnen gleich. Kzun wandte sich an Talisman und streckte ihm seine blutende Hand entgegen, und Talisman packte sie. »Blutsbrüder!« erklärte Kzun. »Brüder bis zum Tod!«

Talisman trat an den Rand der Brüstung. Er zog seinen Säbel und blickte auf die Reiter hinunter. »Brüder bis zum Tod!« rief er. Schwerter wurden klirrend gezogen.

»Brüder bis zum Tod!« brüllten sie.

Der blinde Priester saß in seiner Unterkunft und lauschte dem Gebrüll. Die Träume von Männern, dachte er, drehten sich immer um den Krieg. Kampf und Tod, Ruhm und Schmerz. Junge Männer sehnen sich danach, alte Männer sprechen liebevoll davon. Eine große Traurigkeit überfiel ihn, und er ging langsam durch sein Zimmer und sammelte seine Papiere ein.

Einst war auch er ein Krieger gewesen, der über die Steppe ritt und Überfälle mitmachte, und er erinnerte sich noch gut an die wilde Erregung der Schlacht. Ein kleiner Teil von ihm wünschte, er könnte weiter bei diesen jungen Männern bleiben und den Feind erschlagen. Aber nur ein sehr kleiner Teil.

Es gab nur einen wirklichen Feind auf der Welt, wie er wußte. Haß. Alles Böse entstand aus diesem unguten Gefühl. Unsterblich, ewig fegte es durch die Herzen der Menschen in jeder Generation. Als Oshikai und seine Armee vor Jahrhunderten in dieses Land gekommen waren, hatten sie ein friedliches Volk vorgefunden, das in den fruchtbaren Ländern im Süden lebte. Nach Oshikais Tod hatten sie es unterworfen, ihre Dörfer überfallen, ihre Frauen verschleppt und so die Saat des Hasses gesät. Die Saat war aufgegangen, und die Südländer hatten zurückgeschlagen, als sie sich besser organisierten. Gleichzeitig hatten sich die Nadir in viele Stämme zersplittert. Aus den Südländern wurden die Gothir, und die Erinnerung an vergangenes Unrecht ließ sie die Nadir hassen und mit dem Schrecken ihrer tödlichen Überfälle überziehen.

Wann wird das enden? fragte er sich.

Langsam packte er seine Manuskripte, Federkiele und Tinte in einen Schulterbeutel aus Leinen. Für alles war kein Platz, und den Rest verbarg er in einer Schachtel unter den Bodenbrettern. Er schulterte den Beutel, verließ sein Zimmer und ging hinaus in den Sonnenschein des Morgens, den er nicht sehen konnte.

Die Reiter waren in ihre Lager zurückgekehrt, und er hörte, wie sich Schritte näherten. »Du gehst fort?« fragte Talisman.

»Ich gehe fort. Ein paar Kilometer von hier im Süden gibt es eine Höhle. Ich gehe oft dorthin, wenn ich meditieren will.«

»Du hast die Zukunft gesehen, Alter. Können wir sie besiegen?«

»Manche Feinde lassen sich niemals besiegen«, antwortete der Priester, und ohne ein weiteres Wort ging er davon.

Talisman sah ihm nach. Zhusai kam zu ihm und wickelte einen Leinenverband um seine verletzte Hand. »Du hast gut gesprochen«, sagte sie bewundernd. Er strich ihr durch das dunkle Haar.

»Du mußt fort von hier.«

»Nein, ich bleibe.«

Talisman betrachtete ihre Schönheit, die schlichte weiße Seidentunika, die in der Sonne schimmerte, den Glanz ihres langen, schwarzen Haars. »Ich wünschte«, sagte er, »du hättest mein sein können.«

»Ich bin dein«, erwiderte sie. »Jetzt und für immer.«

»Es kann nicht sein. Du bist dem Einiger versprochen. Dem Mann mit den violetten Augen.«

Sie zuckte die Achseln. »Das sagt Nosta Khan. Aber du hast heute fünf Stämme vereint, und das ist für mich genug. Ich bleibe.« Sie trat auf ihn zu, nahm seine Hand und küßte die Innenfläche.

Quing-chin kam heran. »Du wolltest mich sehen, Talisman?«

Zhusai wich zurück, doch Talisman nahm ihre Hand und führte sie an seine Lippen. Dann drehte er sich um und winkte Quing-chin, ihm zu folgen. »Wir müssen ihren Anmarsch verzögern«, sagte er und führte den Krieger zum Frühstückstisch.

»Wie?«

»Wenn sie noch immer zwei Tagesreisen von uns entfernt sind, müssen sie noch einmal ein Nachtlager aufschlagen. Nimm zehn Männer und durchkämme das Gelände. Wenn sie dann ihr Lager aufgeschlagen haben, treibe so viele ihrer Pferde davon wie nur möglich.«

»Mit zehn Männern?«

»Mehr wären nur hinderlich«, erklärte Talisman. »Du mußt dem Beispiel von Adrius folgen – erinnerst du dich an deine Studien bei Fanlon?«

»Ich erinnere mich«, sagte Quing-chin mit einem schiefen Lächeln. »Aber ich habe es damals nicht geglaubt.«

»Laß es jetzt wahr werden, mein Freund, denn wir brauchen Zeit.«

Quing-chin erhob sich. »Ich lebe, um zu gehorchen, mein General«, sagte er auf gothir und salutierte nach Art der Lanzenreiter. Talisman grinste.

»Geh jetzt. Und daß du mir nicht stirbst – ich brauche dich.«

»Diesen Rat werde ich immer im Herzen tragen«, versprach der Krieger.

Als nächsten rief Talisman Bartsai zu sich. Der Anführer der Krummhörner setzte sich und schenkte sich einen Becher Wasser ein. »Beschreibe mir alle Wasserlöcher im Umkreis von einem Tagesritt«, bat er.

»Es gibt drei. Zwei sind kleine Sickerlöcher. Nur eins könnte eine Armee versorgen.«

»Das ist gut. Beschreib es mir.«

»Es liegt knapp zwanzig Kilometer östlich von hier, hoch in den Bergen. Es ist sehr tief und kalt und selbst in der trockensten Jahreszeit voll.«

»Wie leicht kommt man heran?«

Bartsai zuckte die Achseln. »Wie gesagt, es liegt hoch. Es gibt nur einen Pfad dorthin, der sich durch die Pässe hinaufwindet.«

»Könnte man mit Karren hingelangen?«

»Ja, obwohl man dazu den Pfad von größeren Steinen säubern müßte.«

»Wie würdest du es verteidigen?«

»Warum sollte ich es verteidigen?« entgegnete Bartsai. »Der Feind kommt doch hierher!«

»Sie brauchen Wasser, Bartsai. Sie dürfen es nicht bekommen.«

Bartsai grinste und ließ dabei abgebrochene Zähne sehen. »Das stimmt, Talisman. Mit fünfzig Mann könnte ich den Pfad gegen eine Armee halten.«

»Fünfzig kann ich nicht entbehren. Such dir zwanzig aus – die besten, die du hast.«

»Ich werde sie selbst anführen«, sagte Bartsai.

»Nein, du wirst hier gebraucht. Wenn die Gothir näher kommen, werden andere Krummhornreiter zum Schrein kommen, und sie werden dich als Führer suchen.«

Bartsai nickte. »Das ist richtig. Vergangene Nacht kamen sieben, und ich lasse ein paar Männer nach weiteren suchen.« Der Ältere nickte. »Ich lebe jetzt fast fünfzig Jahre, Talisman. Und ich habe immer davon geträumt, gegen die Gothir zu kämpfen. Aber nicht so – mit einer Handvoll Männer in einem zerfallenen Schrein.«

»Das ist nur der Anfang, Bartsai. Das verspreche ich dir.«

Kzun hievte einen weiteren Stein an seinen Platz, dann trat er zurück und wischte sich mit staubiger Hand den Schweiß vom Gesicht. Seit drei Stunden schleppten er und seine Männer Steinblöcke von dem zerfallenen Turm herbei und stapelten sie an der Westmauer, unterhalb der Bresche, um so eine Plattform zu bauen. Talisman hatte angeordnet, daß sie sieben Meter lang, gut drei Meter breit und anderthalb Meter hoch werden sollte. Es war schiere Knochenarbeit, und einige seiner Männer hatten sich beschwert. Doch Kzun hatte sie zum Schweigen gebracht, er duldete kein Gejammer vor den anderen Stammeskriegern.

Er warf einen Blick zu Talisman hinüber, der tief ins Gespräch versunken mit Lin-tse, dem Himmelsreiter mit dem langen Gesicht, saß. Schweiß rann ihm in die Augen. Er haßte die Arbeit, denn sie erinnerte ihn an die beiden Jahre, die er in den Goldminen im Norden von Gothir verbracht hatte. Er schauderte bei dem Gedanken daran und dachte an den Tag, an dem er in Fußketten zum Eingang des Schachts geschleppt worden war und man ihm befahl, dort hinabzusteigen. Sie hatten ihm die Ketten nicht abgenommen, und zweimal war Kzun ausgerutscht und hatte in der Dunkelheit gehangen. Schließlich war er auf dem Grunde des Schachts angekommen, wo zwei Wächter mit Fackeln ihn erwarteten. Einer hieb Kzun die Faust ins Gesicht, so daß er gegen die Wand des Schachtes fiel. »Das soll dich daran erinnern, du Mistkerl, daß du jedem Befehl zu gehorchen hast. Und zwar auf der Stelle!« Der fünfzehnjährige Kzun war mühsam auf die Füße gekommen und hatte dem Mann in das häßliche, bärtige Gesicht geschaut. Er sah den zweiten Schlag kommen, konnte ihm aber nicht entgehen. Er ließ seine Lippe aufplatzen und brach ihm die Nase. »Und das soll dich lehren, niemals einem Wächter in die Augen zu sehen. Jetzt steh auf und komm mit.«

Es folgten zwei Jahre in der Dunkelheit, mit schmerzenden, wunden Stellen an den Knöcheln, in denen die Kette einschnitt, Furunkeln an Hals und Rücken und dem Kuß der Peitsche, wenn sein erschöpfter Körper sich nicht mehr so schnell bewegte, wie die Wachen es verlangten. Um ihn herum starben Männer, deren Geist längst gebrochen war, ehe ihre Körper sich der Dunkelheit ergaben. Aber Kzun ließ sich nicht brechen. Jeden Tag hackte er mit seiner Eisenhacke oder einer kurzstieligen Schaufel an den Tunnelwänden, füllte Körbe mit Gestein und schleppte sie zurück zu den Karren, die von blinden Ponys gezogen wurden. Und in jeder Schlafensperiode – denn wer konnte sagen, wann Tag oder Nacht war? – fiel er nach Befehl zu Boden und ruhte seinen erschöpften Körper auf dem Gestein des immer länger werdenden Tunnels aus. Zweimal war der Tunnel eingebrochen und hatte Grubenarbeiter getötet. Beim zweiten Einsturz wurde Kzun halb begraben, konnte sich jedoch selbst ausgraben, ehe die Rettungsmannschaft kam.

Die meisten der Sklavenarbeiter waren Verbrecher aus Gothir, kleine Diebe und Einbrecher. Die Nadir hießen »Auswahltruppe«. In Kzuns Fall bedeutete das, daß ein Trupp von Gothirsoldaten in sein Dorf gekommen war und alle jungen Männer, die sie finden konnten, verhaftet hatten. Siebzehn hatten sie mitgenommen. In den Bergen hier gab es überall Minen, und Kzun hatte seine Freunde nie wiedergesehen.

Dann hatte ein Arbeiter, der Stützbalken bearbeitete, während einer Schicht die Spitze seiner Feile abgebrochen. Fluchend war er durch den Tunnel gelaufen, um sich eine neue zu holen. Kzun hob die Spitze auf, sie war nicht länger als sein Daumen. Tag um Tag feilte er während der Schlafenszeit langsam die Klammern seiner Fußketten durch. In den Tunnels gab es immer Lärm, das Tosen von unterirdischen Flüssen, das Schnarchen der Schläfer, deren Lungen mit Staub und Dreck verkrustet waren. Trotzdem war Kzun vorsichtig. Endlich, nachdem er gleichmäßig an beiden Klammern gefeilt hatte, gab die erste nach. Fieberhaft feilte Kzun an der zweiten. Auch diese gab nach. Er stand auf und ging durch den Tunnel zu der Stelle, an der die Werkzeuge aufbewahrt wurden. Hier war es stiller, und ein Mann in Ketten wäre von den Wachposten in der kleinen Kammer neben dem Schacht gehört worden. Aber Kzun trug keine Ketten mehr. Er wählte eine kurzstielige Hacke aus und tappte lautlos zur Kammer der Wachen. Drinnen waren zwei Männer, die mit beinernen Würfeln spielten. Kzun holte tief Luft, sprang hinein und hieb dem ersten Mann die Spitzhacke in den Rücken – die Eisenspitze drang durch die Rippen und trat aus der Brust wieder aus. Kzun ließ die Waffe los, zog das Messer des Sterbenden aus der Scheide und warf sich über den Tisch auf den zweiten Mann. Der sprang auf und tastete nach seinem eigenen Messer, aber er kam zu spät. Kzun stieß ihm das Messer in den Hals, am Schulterblatt vorbei bis hinunter ins Herz.

Rasch zog Kzun den Mann aus, dann stieg er in dessen Kleider. Die Stiefel waren ihm zu groß, und er warf sie beiseite.

Er ging zum Schacht und begann, an den Eisenringen hinaufzuklettern, die in die Wände eingelassen waren. Der Himmel über ihm war dunkel, und er konnte die Sterne sehen. Er hatte einen Kloß in der Kehle. Er kletterte langsamer, bis er den Einstieg erreicht hatte, und spähte vorsichtig hinaus. Draußen stand eine Reihe von Gebäuden. In einigen wurde das Erz verhüttet, in anderen wohnten die Wächter. Kzun kletterte aus dem Schacht und schlich langsam über das Gelände. Der Nachtwind wehte den Geruch nach Pferden zu ihm herüber, und er folgte ihm zu einem Stall.

Er stahl ein gutes Pferd und ritt aus der Ansiedlung hinaus in die saubere, süße Luft der Berge.

Als er in sein Dorf zurückkehrte, mußte er feststellen, daß niemand in ihm den jungen Mann erkannte, der nur zwei Jahre zuvor geraubt worden war. Er hatte seine Haare verloren, und Haut und Gesicht hatten die Blässe eines kürzlich Verstorbenen. Die Zähne auf der rechten Seite waren verfault, und sein einst so kräftiger Körper war hager wie der eines Wolfes.

Die Gothir hatten ihn nicht verfolgt. Sie ließen sich von den »ausgewählten« Nadir keine Namen geben und führten auch keinerlei Buch darüber, welche Dörfer sie überfallen hatten.

Jetzt hievte Kzun einen weiteren alten Steinblock an seinen Platz und trat von der neuen Mauer zurück. Sie war knapp einszwanzig hoch. Eine schöne Frau erschien an seiner Seite mit einem Eimer Wasser, in dem ein kupferner Schöpflöffel hing. Sie verbeugte sich tief und reichte ihm einen kurzen Schal aus weißem Leinen. »Das ist für den Kopf, Herr«, sagte sie förmlich.

»Ich danke dir«, antwortete er, ohne zu lächeln, um seine ruinierten Zähne nicht zu zeigen. »Wer bist du?« fragte er, als er sich den Schal um den kahlen Schädel band.

»Ich bin Zhusai, Talismans Frau.«

»Du bist sehr schön, und er ist ein Glückspilz.«

Sie verbeugte sich wieder und bot ihm eine Kelle Wasser an. Er trank in tiefen Zügen, dann reichte er den Eimer an seine wartenden Männer weiter. »Sag mir, wie kommt es, daß Talisman soviel von der Art der Gothir weiß?«

»Er wurde von ihnen als Kind verschleppt«, antwortete Zhusai. »Er war eine Geisel. Er wurde an der Bodacas-Akademie ausgebildet – ebenso wie Quing-chin und Lin-tse.«

»Ein Janitschar. Ich verstehe. Ich habe schon von ihnen gehört.«

»Er ist ein großer Mann, Herr.«

»Nur ein großer Mann verdient eine Schönheit wie dich«, sagte er. »Ich danke dir für den Schal.«

Mit einer Verbeugung ging sie davon, und Kzun

seufzte. Einer seiner Männer machte eine ungehobelte Bemerkung, und Kzun drehte sich zu ihm um. »Noch ein Wort, Chisk, und ich reiße dir die Zunge heraus!«

»Was hältst du von den anderen Anführern?« fragte Talisman.

Lin-tse ließ die Frage für einen Moment im Raum stehen, um seine Gedanken zu ordnen. »Der schwächste ist Bartsai. Er ist alt. Er will nicht sterben. Quing-chin ist so, wie ich ihn in Erinnerung habe, tapfer und bedacht. Ich bin Gargan dankbar. Wäre er nicht mit seiner Armee auf dem Marsch hierher, wäre ich gezwungen gewesen, Quing-chin zu töten. Das hätte mir die Seele zerrissen. Kzun? In dem Mann wohnt ein Dämon. Er ist nicht im Gleichgewicht, Talisman, aber ich denke, er wird standhalten.«

»Und was ist mit Lin-tse?«

»Er ist so, wie du ihn kennst. Mein Volk nennt mich den Mann mit den Zwei Seelen. Ich glaube nicht, daß das wahr ist, aber die Jahre in Bodacas haben mich verändert. Jetzt muß ich mich *bemühen*, Nadir zu sein. Am schlimmsten ist es für Quing-chin. Er hat meinen besten Kämpfer getötet – und sich geweigert, ihm die Augen zu nehmen. So hätte ich nicht gehandelt, Talisman, aber ich hätte mir gewünscht, es tun zu können. Verstehst du das?«

»Ich verstehe es«, antwortete Talisman. »Sie haben von uns genommen. Aber wir haben auch von ihnen genommen. Das werden wir hier zu einem guten Zweck einsetzen.«

»Wir werden hier sterben, mein Freund«, sagte Lin-tse leise. »Aber wir werden gut sterben.«

»Brüder bis zum Tode«, sagte Talisman. »Und vielleicht darüber hinaus. Wer weiß?«

»Wie lauten jetzt deine Befehle für mich, General?«

Talisman sah Lin-tse in die dunklen, grübelnden Augen. »Es ist wichtig, daß wir dieses Unterfangen mit einem Sieg beginnen – wie klein er auch ist. Gargan wird mit der Haupttruppe der Armee kommen. Vor ihnen werden mehrere Kompanien von Lanzenreitern kommen. Sie werden zuerst hier sein, und ich möchte, daß du und deine Himmelsreiter sie zerschlagen. Bartsai sagt, etwa fünfzehn Kilometer westlich von hier sei ein schmaler Paß. Wenn die Lanzenreiter ihn erreichen, greif sie an – nicht direkt, sondern mit Pfeilen. Dann macht kehrt – zurück durch den Paß. Ihr habt den größten Teil des heutigen Tages und morgen früh, um eure Überraschungen vorzubereiten. Bringt Beute mit, wenn ihr könnt.«

Lin-tse nickte. »Du denkst an Fecrem und den Langen Rückzug.«

»Genau. Wie ich sagte, ein Sieg ist wichtig. Von größter Bedeutung ist allerdings, daß du keine unnötigen Risiken eingehst. Wenn es sich um mehr als drei Kompanien handelt, laß sie ungeschoren. Deine dreißig Mann sind unersetzlich.«

Lin-tse erhob sich. »Ich werde mein möglichstes tun, General.«

»Daran habe ich keinen Zweifel. Du hast den kühlsten Kopf, Lin-tse. Deswegen habe ich dich für diese Aufgabe ausgewählt.«

Lin-tses Miene veränderte sich nicht. Ohne ein weiteres Wort ging er davon. Gorkai trat zu Talisman. »Er ist ein harter Mann, der da«, stellte er fest.

»Ein Mann aus Stein«, gab Talisman ihm recht. »Wo ist Zhusai?«

»Sie ist in den Schrein gegangen, um zu beten.«

Talisman ging ihr nach und fand sie neben dem steinernen Sarkophag. In der schattigen Kammer war es kühl, und er blieb einen Moment stehen und betrachtete sie. Sie drehte sich zu ihm um und lächelte ihn an. »Es ist so still hier«, sagte sie.

»Ich sah, wie du Kzun den Schal gegeben hast. Warum hast du das getan?«

»Er ist gefährlich und jemand, der … deine Befehle in Frage stellen könnte.«

»Ein Mann, den Gold nicht kaufen konnte – und du hast ihn mit einem Stück Leinen gewonnen. Du bist eine erstaunliche Frau, Zhusai.«

»Es gibt nichts, was ich nicht für dich tun würde, Talisman. Verzeih mir, wenn ich so direkt bin, aber Zeit ist kostbar, nicht wahr?«

»Ja«, gestand er. Sie nahm seine Hand und legte sie an ihre Brust.

»Warst du je mit einer Frau zusammen?« fragte sie.

»Nein.«

»Dann gibt es für uns beide viel zu entdecken.« Er zog sie an sich und berührte ihre Lippen mit den seinen. Der Duft ihres Haars stieg ihm in die Nase, der Geschmack ihres Mundes überflutete seine Sinne. Er fühlte sich schwindlig und schwach und zog sich von ihr zurück. »Ich liebe dich, mein Talisman«, flüsterte sie.

Für diese wenigen Augenblicke hatte er die Gefahren vergessen, die auf sie beide warteten. Jetzt traf ihn die Erkenntnis wie ein Schlag. »Warum gerade jetzt?« fragte er.

»Weil das alles ist, was es gibt«, sagte sie. Sie drehte sich zu dem Sarkophag und fuhr mit der Hand über die Eisenplatte. »Oshikai Dämonstod, Kriegsherr«, las sie. »Er wurde von Feinden belagert, als er Shul-sen heiratete. Und sie hatten so wenig Zeit, Talisman. Sie waren nur vier Jahre zusammen. Aber ihre Liebe war groß. Unsere wird ebenso groß sein. Ich weiß es. Ich fühle es, hier, an diesem Ort. Und wenn wir sterben, werden wir

Hand in Hand durch die Leere wandern. Auch das weiß ich.«

»Ich will nicht, daß du stirbst«, sagte er. »Ich wünschte, ich hätte dich nie hergebracht. Das wünsche ich mir von ganzem Herzen.«

»Und ich bin froh, daß du es getan hast. Du wirst gewinnen, Talisman. Deine Sache ist gerecht. Das Böse kommt von den Gothir.«

»Das ist rührend, Zhusai. Und ich wünschte, es wäre wahr. Leider gewinnen nicht immer die Guten. Ich muß gehen, denn es gibt viel zu tun.«

»Wenn du alles getan hast, was du kannst, und dir die Nacht lang wird, komm zu mir, Talisman. Willst du das tun?«

»Ich werde zu dir kommen«, versprach er.

Der Himmel war schwarz vor Krähen und Geiern, als Druss und Sieben über einen Kamm ritten und in ein flaches Tal hinunterblickten. Unter ihnen lagen etwa vierzig Zelte aus Ziegenleder. Überall lagen Tote unter einer wimmelnden Masse von Aasvögeln. An anderen Stellen zerrten kleine Wüstenhunde an verwesendem Fleisch.

»Gütiger Himmel«, flüsterte Sieben und brachte sein Pferd zum Stehen.

Druss trieb seine Stute an und ritt den Hügel hinunter. Mit den zusätzlichen Ponys am Zügel folgte Sieben ihm. Geier, die zu fett waren, um ihre Flügel auszubreiten, watschelten vor den Pferden davon. Der Todesgestank ließ die Pferde scheuen, aber die Reiter drängten sie weiter. Zuerst starrte Sieben einfach geradeaus, in dem Versuch, die Toten nicht sehen zu müssen. Es waren Kinder, Frauen – manche eng aneinandergedrängt, andere erschlagen, als sie davonzulaufen versuchten. Ein brauner Hund schlich in ein Zelt, dann jaulte er auf und lief davon. Druss zügelte sein Pferd.

»Warum bleiben wir stehen?« fragte Sieben. Druss stieg ab und reichte dem Dichter die Zügel der Stute. Mit der Axt in der Hand ging er zum Zelt, bückte sich und ging hinein. Sieben saß auf seinem Pferd und zwang sich, das Bild, das sich ihm bot, anzusehen. Es war nicht schwer zu erkennen, was sich hier abgespielt hatte. Die Mörder hatten spät am Abend angegriffen, als die Kochfeuer entzündet wurden. Die Nadir waren in alle Richtungen geflohen, aber mit erbarmungsloser Gründlichkeit niedergemacht worden. Manche der Toten waren verstümmelt oder enthauptet worden.

Druss kam aus dem Zelt und holte eine Wasserflasche. »Da drin ist eine Frau«, sagte er. »Sie lebt noch, aber schon bald wird sie in der Leere sein. Sie hat einen Säugling.«

Sieben stieg ab und band die Pferde an einen Zeltpfahl. Die Gothirpferde waren scheu und nervös wegen der Hunde und Geier, doch die Nadirponys bewahrten die Ruhe. Rasch pflockte er die Pferde mit Lederriemen an, dann lief er Druss hinterher. Im Zelt lag eine nackte junge Frau mit einer schrecklichen Wunde in Bauch und Seite. Blut hatte die leuchtend bunten Decken getränkt, auf denen sie lag. Sie hatte die Augen offen, aber ihr Kiefer hing schlaff herab. Druss hob ihren Kopf und setzte die Flasche an ihre Lippen. Wasser rann über ihr Kinn, aber es gelang ihr, ein bißchen zu schlucken. Sieben warf einen Blick auf die Wunde, sie war tief, die Klinge hatte ihren Körper völlig durchbohrt. Das Kind, teilweise unter einem Stapel Pelze verborgen, wimmerte leise. Druss hob es hoch und hielt es der Frau an die geschwollenen Brüste. Es begann zu saugen, zuerst nur schwach. Die Frau stöhnte und legte einen Arm um das Kind, um es an sich zu ziehen.

»Was können wir tun?« fragte Sieben. Druss' kalter Blick begegnete dem seinen. Der Axtkämpfer sagte nichts. Als Sieben der Frau über das Gesicht streichelte, starrten ihn tote Augen an. Das Kind saugte weiter.

»Die hier haben sie zum Vergewaltigen übriggelassen«, sagte Druss. »Was für ein Pack!«

»Mögen sie in sieben Höllen schmoren«, sagte Sieben. Das Kind hatte aufgehört zu trinken, und Druss nahm es an seine breite Schulter, stützte das Köpfchen und strich ihm sanft über den Rücken. Siebens Blick wanderte zu der geschwollenen Brustwarze der Frau. Milch und Blut rannen heraus.

»Warum, Druss?« fragte er.

»Warum was?«

»Warum haben sie das getan? Was hatte es für einen Sinn?«

»Mich darfst du nicht fragen, Dichter. Ich habe gesehen, wie Städte geplündert wurden, wie gute Männer böse wurden, als Wut und Lust und Angst sie antrieben. Ich weiß nicht, warum sie es tun. Die Soldaten, die das hier getan haben, gehen nach Hause zu ihren Frauen und Familien und sind gute Ehemänner und Väter. Es ist mir ein Rätsel.«

Er wickelte das nackte Kind in eine Decke und trug es hinaus in den Sonnenschein. Sieben folgte ihm. »Werden sie es als Sieg feiern, was meinst du?« fragte Sieben. »Werden sie Lieder über diesen Überfall singen?«

»Laß uns hoffen, daß es beim Schrein ein paar Frauen mit Milch in den Brüsten gibt«, sagte Druss. Sieben band die Pferde los und hielt das Kind, bis Druss aufgestiegen war. Er reichte dem Axtkämpfer das Kind, dann schwang er sich in den Sattel seines Wallachs.

»Er hat sich von Milch und Blut genährt«, sagte Sieben. »Er trank von einer Toten.«

»Aber er lebt«, meinte Druss. »Er atmet.«

Die beiden ritten weiter. Druss zog dem Kind die Decke über den Kopf, um es vor der strahlenden Sonne zu schützen. Das Kleine schlief jetzt. Druss konnte das neue Leben riechen, den Duft seines milchgenährten Atems. Er dachte an Rowena und ihre Sehnsucht danach, ein solches Kind an ihre Brust drücken zu können.

»Ich werde Bauer«, sagte er plötzlich. »Wenn ich nach Hause komme, bleibe ich dort. Keine Kriege mehr. Keine Geier mehr.«

»Glaubst du das wirklich, mein Freund?« fragte Sieben.

Druss sank das Herz. »Nein.«

Sie ritten noch eine Stunde lang über die sengende Steppe, dann schnallten sie die Sättel auf die beiden Nadirponys. Das Baby wurde wach und weinte eine Weile. Druss versuchte es zu beruhigen, dann nahm Sieben es. »Was meinst du, wie alt ist er?« fragte der Dichter.

»Vielleicht einen Monat oder zwei oder – ich weiß es nicht.«

Sieben fluchte, und Druss lachte. »Hat dich wohl auch naßgemacht, was?«

»In meinem kurzen, ereignisreichen Leben habe ich viel gelernt, Druss«, sagte er und hielt das Kind auf Armeslänge von sich weg. »Aber ich hätte nie gedacht, daß ich mir um Urinflecken auf Seide Sorgen machen müßte. Glaubst du, der Stoff leidet darunter?«

»Wir können nur hoffen, daß das nicht der Fall ist.«

»Wie bringt man sie dazu, mit dem Schreien aufzuhören?«

»Erzähl ihm eine deiner Geschichten, Dichter. Mich schläfern sie auch immer ein.«

Sieben drückte das Kind an sich und begann mit sanfter Stimme ein Lied zu singen von Prinzessin Ulastay und ihrem Verlangen danach, Sterne im Haar zu tragen. Er hatte eine gute Stimme, kräftig und melodisch. Das Nadirkind legte den Kopf an seine Brust und war bald eingeschlafen. Gegen Abend sahen sie vor sich eine Staubwolke, und Druss führte sie vom Weg ab in eine schmale Klamm. Zwei Kompanien von Lanzenreitern ritten oberhalb von ihnen vorbei nach Westen, ihre Rüstung schimmerte, die Helme glitzerten rot im Licht der untergehenden Sonne. Siebens Herz raste wie wild. Das Kind murmelte in seinen Armen, doch so leise, daß es über dem Trommeln der Hufe nicht zu hören war.

Sobald sie vorbei waren, wandte sich Druss nach Nordosten.

Mit dem letzten Tageslicht wurde die Luft kühler, und Sieben spürte die Wärme des Kindes in seinen Armen. »Ich glaube, es hat Fieber«, sagte er.

»Alle Babys sind warm«, erwiderte Druss.

»Wirklich? Warum wohl?«

»Sie sind es einfach. Himmel noch mal, Dichter, mußt du zu allem Fragen stellen?«

»Ich habe halt einen wißbegierigen Verstand.«

»Dann laß ihn überlegen, wie wir das Kind füttern wollen, wenn es aufwacht. Er sieht mir nach einem lebhaften Knaben aus, und sein Schreien wird weit zu hören sein. Und es ist unwahrscheinlich, daß wir hier draußen Freunden begegnen.«

»So ist es wohl, Druss. Immer hast du eine tröstende Bemerkung bereit.«

Gargan, Graf von Larness, wartete geduldig, während sein Diener Bren ihm die schwere Brustplatte losschnallte und abnahm. Um die Mitte herum war er stärker geworden, seit er sie das letzte Mal getragen hatte, und ihm entrang sich ein erleichterter Seufzer, als er sie los war. Er hatte vergangenen Monat eine neue Rüstung bestellt, aber sie war noch nicht fertig, als Garen-Tsen ihm von den Juwelen erzählte und daß es eilte.

Bren löste die Riemen an Beinschienen und Handschützern, und Gargan setzte sich auf einen leinenbespannten Stuhl und streckte die Beine aus. Die Nation ging vor die Hunde, dachte er bitter. Der Wahnsinn des Kaisers wurde täglich schlimmer, und die beiden Parteien lauerten in den Schatten. Ein Bürgerkrieg drohte. Wahnsinn!

Und wir stecken alle mit drin, erkannte er. Magische Juwelen, also wirklich! Die einzige Magie, die zählte, lag in den Schwertern der Königlichen Garde, in den glänzenden Spitzen der Königlichen Lanzen.

Was jetzt nötig war, war eine Bedrohung von außen, um das Volk von Gothir zusammenzuschweißen. Ein Krieg mit den Stämmen würde die Gedanken der Menschen wunderbar beschäftigen. Er würde einen Zeitvorteil schaffen. Der Kaiser mußte gehen. Die Frage war, wann und wie, und wer würde ihn ersetzen? Bis zu diesem Tage mußte Gargan den Parteien etwas anderes geben, über das sie nachdenken konnten.

Bren verließ das Zelt und kehrte mit einem Tablett zurück, auf dem Wein, Butter, Käse und Brot lagen. »Die Hauptleute möchten wissen, wann du sie empfängst, Graf«, sagte er. Gargan sah ihn an. Der Mann wurde alt, war ausgelaugt.

»In wie vielen Feldzügen hast du mir gedient?« fragte Gargan.

»In zwölfen, Graf«, antwortete Bren, schnitt drei Scheiben Brot ab und bestrich sie mit Butter.

»An welchen erinnerst du dich am liebsten?«

Der alte Mann hielt inne. »An Gassima«, erklärte er.

Bren goß Wein in einen Silberbecher, verdünnte ihn mit Wasser und reichte ihn dem General. Gargan nippte daran. Gassima! Der letzte Bürgerkrieg, fast fünfundzwanzig Jahre war das jetzt schon her. Hoffnungslos unterlegen, hatte Gargan einen Rückzug über die Marschen angeführt, dann kehrt gemacht und einen Angriff geführt, der eigentlich selbstmörderisch hätte sein müssen. Auf seinem riesigen weißen Hengst Skall war er mitten ins feindliche Lager gestürmt und hatte Barin im Zweikampf getötet. An jenem Tag hatten sie den Krieg gewonnen, den Bürgerkrieg beendet. Gargan leerte seinen Becher und reichte ihn Bren zum Nachschenken.

»Das war ein Pferd, bei Missael! Hatte vor nichts Angst. Ihn hätten selbst alle Höllenfeuer nicht geschreckt.«

»Ein mächtiges Schlachtroß«, stimmte Bren zu.

»Habe nie wieder so eins gehabt. Kennst du den Hengst, den ich jetzt reite? Ein Abkömmling von Skall, sein Urenkel. Aber er hat nicht dieselben Qualitäten. Skall war ein König unter den Pferden.« Gargan lachte leise. »Bestieg noch drei Stuten am Tag, als er starb – im reifen Alter von zweiunddreißig. Ich habe nur zweimal in meinem Leben geweint, Bren. Das erste Mal beim Tod von Skall.«

»Ja, Herr. Was soll ich den Hauptleuten sagen?«

»In einer Stunde. Ich muß noch ein paar Briefe lesen.«

»Jawohl, Herr.« Bren ließ die Mahlzeit auf dem Tisch stehen und verließ das Zelt. Gargan stand auf und schenkte sich einen dritten Becher Wein ein, diesmal ohne Wasser. Die Kuriere hatten die Vorhut der Armee bei Einbruch der Dämmerung eingeholt und ihm drei Briefe gebracht. Er öffnete den ersten, der das Siegel Garen-Tsens trug. Gargan versuchte, sich auf die spinnenartige Schrift zu konzentrieren. Er nahm eine Laterne vom Haken und stellte sie auf den Schreibtisch. Seine Augen waren auch nicht mehr das, was sie einmal waren. »Nichts ist mehr, was es war«, dachte er.

Der Brief berichtete vom Begräbnis der Königin und

wie Garen-Tsen den König aus der Stadt geschmuggelt hatte, um ihn zum Winterpalast in Siccus zu bringen. Die Parteien sprachen allmählich offen im Senat über ›die Notwendigkeit einer Veränderung‹. Garen-Tsen drängte auf ein rasches Ende des Feldzuges und eine schnelle Rückkehr in die Hauptstadt.

Der zweite Brief war von seiner Frau. Er überflog ihn. vier Seiten, die wenig Interessantes enthielten, nur kleine Ereignisse aus dem Haushalt und den Ländereien. Ein Dienstmädchen hatte sich den Arm gebrochen, als es beim Fensterputzen von einem Stuhl fiel, ein preisgekröntes Fohlen war für tausend Raq verkauft worden, drei Sklaven waren von dem Landsitz im Norden geflohen, aber in einem Bordell vor Ort wieder eingefangen worden.

Der letzte Brief stammte von seiner Tochter Mirkel. Sie hatte einem kleinen Jungen das Leben geschenkt und wollte ihn Argo nennen. Sie hoffte, daß Gargan ihn bald sehen konnte.

Die Augen des alten Soldaten wurden feucht.

Argo. Als er seinen verstümmelten Sohn gefunden hatte, war es wie ein Messerstich ins Herz gewesen, und Gargan fühlte noch immer den Schmerz. Er hatte die ganze Zeit gewußt, daß es zu einer Katastrophe führen würde, wenn man den Nadirabschaum in die Akademie aufnahm. Aber er hatte nie im entferntesten damit gerechnet, daß es zum Tode seines eigenen Sohnes führen würde. Und was für einen Tod hatte er erleiden müssen!

Wut und Trauer rangen in ihm um die Vorherrschaft.

Der alte Kaiser war ein kluger Mann gewesen, der weitgehend gut geherrscht hatte. Aber in seinen späteren Jahren wurde er verwirrt, seine Haltung wurde weicher. Für diesen Mann hatte Gargan bei Gassima gekämpft. Ich habe dir diese Krone verschafft, dachte er. Ich habe sie dir auf den Kopf gesetzt. Und deinetwegen ist mein Sohn tot.

Nadirjanitscharen! Eine üble, verhängnisvolle Idee. Warum hatte der alte Mann nicht einsehen können, wie dumm das gewesen war? Es gab unzählige Nadir, und sie alle träumten nur von dem Tag, an dem der Einiger sie zu einer unbezwingbaren Armee zusammenfügte. Und doch hatte der Kaiser gewünscht, daß die Söhne ihrer Häuptlinge in der Kriegskunst der Gothir ausgebildet würden. Gargan konnte es noch immer nicht fassen.

Der Tag, an dem Okai der Ehrenstudent geworden war, war in seiner Erinnerung ein düsterer Tag. Am schlimmsten war das Wissen, daß der Mann, der auf die Empore stieg, der Mörder seines Sohnes war. Damals war er ihm ganz nah gewesen, er hätte ihm an die Gurgel gehen können.

Gargan griff nach dem Krug – und zögerte. Die Hauptleute würden bald hier sein, und Alkohol war beim Planen nicht gerade hilfreich.

Er stand auf, rieb sich die müden Augen und ging nach draußen. Zwei Wächter nahmen Haltung an. Gargan blickte über das Lager, freute sich über die ordentlichen Reihen der Zelte, die Geradlinigkeit der fünf Pfahlzäune. Die Erde rings um die Lagerfeuer war gesäubert, umgegraben und angefeuchtet worden, damit kein Funke auf dem zundertrockenen Gras der Steppe landen konnte.

Gargan ging weiter und suchte im Lager nach Anzeichen für Unordnung oder Nachlässigkeit. Er fand nichts, nur einer der Latrinengräben war an einer Stelle ausgehoben, von der der vorherrschende Wind den Gestank ins Lager zurückblasen konnte. Er machte sich in Gedanken eine Notiz. Zwei Nadirköpfe waren an einen Pfahl vor einem Zelt gebunden. Eine Gruppe von Lanzenreitern saß in der Nähe um ein Lagerfeuer herum.

Als Gargan herankam, sprangen die Männer auf und salutierten schneidig.

»Begrabt sie«, befahl Gargan. »Sie ziehen Fliegen und Mücken an.«

»Jawohl, General!« antworteten sie im Chor.

Gargan ging in sein Zelt zurück. Er setzte sich an den Tisch, nahm Federkiel und Tinte und schrieb einen kurzen Brief an Mirkel, in dem er ihr gratulierte und seiner Hoffnung Ausdruck gab, sie bald zu besuchen. »Paß gut auf Klein-Argo auf«, schrieb er. »Verlaß dich nicht auf Ammen. Ein Kind bekommt viel Gutes aus der Muttermilch, nicht nur Nahrung, sondern auch Geist und Mut. Man sollte niemals einem hochgeborenen Kind erlauben, an einer gewöhnlichen Brust zu saugen. Das verdirbt den Charakter.«

Vorsichtig, unter Ausnutzung trockener Bachbetten und niedrigem Gelände, umgingen Quing-chin und seine neun Reiter die Patrouillen der Gothir. Als es dunkel wurde, hatten sie sich südlich des Gothirlagers versteckt. Quing-chins Freund Shi-da kroch neben ihn, als er hinter einem trockenen Busch kauerte und das Lager beobachtete.

Der nächtliche Wind frischte auf, er blies aus Südosten. Shi-da tippte Quing-chin auf die Schulter. »Erledigt, mein Bruder.«

Quing-chin kauerte sich auf die Fersen. »Gut.«

»Wann?« fragte Shi-da. Sein junges Gesicht spiegelte seinen Eifer wider.

»Noch nicht. Wir warten, bis sie sich für die Nacht bereit machen.«

»Erzähl mir von Talisman«, bat Shi-da und ließ sich neben ihm nieder. »Warum ist er der Auserwählte? Er ist nicht so stark wie du.«

»Körperliche Stärke bedeutet bei einem General gar nichts«, antwortete Quing-chin. »Er hat ein großes Herz und einen Verstand, schärfer als dein Dolch.«

»Du hast ebenfalls ein großes Herz, mein Bruder.«

Quing-chin lächelte. Die Heldenverehrung des Jungen war ihm sowohl eine Quelle der Freude als auch der Verärgerung. »Ich bin der Falke, er ist der Adler. Ich bin der Wolf, er ist der Tiger. Eines Tages wird Talisman ein Kriegsherr bei den Nadir sein. Er wird Armeen befehligen, kleiner Bruder. Er hat ein Gespür für ...« Er zögerte. Es gab kein Wort für Logistik in der Sprache der Nadir. »Ein Gespür fürs Planen«, sagte er schließlich. »Wenn eine Armee unterwegs ist, muß sie versorgt werden. Sie braucht Lebensmittel und Wasser und, ebenso wichtig, sie braucht Informationen. Man findet selten einen Mann, der in der Lage ist, alle Eventualitäten einzuplanen. Talisman ist ein solcher Mann.«

»Ihr wart gemeinsam auf der Akademie?«

»Ja. Und zum Schluß war er der Ehrenstudent, der alle anderen geschlagen hat.«

»Er hat mit allen gekämpft?«

»In gewisser Weise.« Hinter ihnen wieherte ein Pony. Quing-chin warf einen Blick hinter sich auf das Versteck der anderen. »Geh zu ihnen«, sagte er, »und erkläre Ling, wenn er sein Pony nicht besser unter Kontrolle hält, dann schicke ich ihn persönlich entehrt zurück.«

Während der Junge sich vorsichtig vom Rand der Wasserrinne zurückzog, ließ sich Quing-chin nieder, um zu warten. Fanlon hatte oft gesagt, daß die größte Gabe eines Offiziers die Geduld war – zu wissen, wann er zuschlagen mußte und den Nerv zu haben, auf den richtigen Moment zu warten.

Wenn die Luft sich abkühlte, wurde der Wind stärker. Ebenso nahm durch die Veränderung der Temperatur auch die Feuchtigkeit zu. All diese Faktoren zusammengenommen waren notwendig, den genauen Zeitpunkt abzupassen. Quing-chin warf einen Blick auf das feindliche Lager und merkte, wie sein Zorn wuchs. Sie hatten keine Verteidigungsstellung eingenommen, wie es vorgeschrieben war, wenn man sich auf feindlichem Gebiet aufhielt. Sie hatten keinen äußeren Verteidigungsring errichtet. Sie hatten ihr Lager nach den Regeln eines Manövers in Friedenszeiten aufgebaut: fünf Pfahlreihen, jede mit zweihundert Pferden, die Zelte in Vierecken nach Regimentern aufgeschlagen. Wie arrogant sie waren, diese *gajin*. Wie gut sie die Mentalität der Nadir verstanden.

Drei Gothirspäher näherten sich von Osten. Quing-chin duckte sich in den Graben, bis sie vorbei waren. Sie unterhielten sich beim Reiten und lachten. Morgen würden sie nicht mehr lachen, sie würden auf einen Lederriemen beißen, während die Peitsche auf ihren Rücken knallte.

Quing-chin schlich vorsichtig den Abhang zu seinen Männern hinunter. Zunder und Strauchwerk waren in ein Netz aus Bindfäden gepackt und an ein langes Seil gebunden worden. »Jetzt ist es Zeit«, sagte er.

Shi-da trat vor. »Darf ich das Feuer reiten?« fragte er.

»Nein.« Die Enttäuschung des Jungen war gewaltig, aber Quing-chin ging an ihm vorbei und blieb vor einem kleinen Krieger mit krummen Beinen stehen. »Du hast die Ehre, Nien«, sagte er. »Denk daran, reite mindestens vierhundert Meter nach Osten, ehe du das Seil losmachst. Nicht zu schnell, dann komm auf gleichem Wege zurück.«

»Es wird geschehen«, antwortete der Mann. Rasch bestiegen sie die Ponys und ritten zum höchsten Punkt der Rinne. Quing-chin und zwei andere sprangen aus dem Sattel und entzündeten das Zunderbündel, das hinter Niens Pony angebunden war. Flammen leckten daran, dann flackerten sie hoch auf.

Nien trat seinem Pony in die Seite und brach in einem langsamen Trab auf durch das trockene Gras der Steppe. Hinter ihm flackerte Feuer auf, und dunkler, öliger Rauch stieg in den Himmel. Der Wind fachte die Flammen an, und bald fegte eine brausende Feuerwand auf das Lager der Gothir zu.

»Darf ich fragen, General, was der Zweck dieser Mission ist?« fragte Premian, als er und die anderen zehn Offiziere sich in Gargans Zelt versammelt hatten.

»Du darfst«, sagte der General. »Unsere Nachrichtendienste berichten, daß die Nadir einen Aufstand planen, und es ist unsere Pflicht, dafür zu sorgen, daß das nicht geschieht. Wir haben Berichte gesammelt, die zeigen, daß der Krummhorn-Stamm sich auf einen größeren Überfall auf die Umgebung von Gulgothir vorbereitet. Wir sollen diesen Stamm aufreiben, das wird den anderen Nadirhäuptlingen eine Lehre sein. Zuerst aber marschieren wir zu Oshikais Schrein und nehmen ihn Stein für Stein auseinander. Wir werden die Gebeine ihres Helden zu Pulver zermahlen und es in der Steppe verstreuen.«

Der Veteran Marlham ergriff das Wort. »Aber General, der Schrein ist eine heilige Stätte für alle Stämme. Werden die Häuptlinge das nicht als Provokation auffassen?«

»Allerdings«, knurrte Gargan. »Sie sollen wissen, ein für allemal, daß sie eine Sklavenrasse sind. Ich wünschte, ich könnte mit einer Armee von vierzigtausend Mann in die Steppe ziehen. Bei Shemak, ich würde jeden einzelnen töten!«

Premian war versucht, etwas zu sagen, doch Gargan hatte getrunken, sein Gesicht war rot angelaufen, seine Stimmung aufbrausend. Er lehnte am Schreibtisch, die Armmuskeln traten im Licht der Laterne scharf und kräftig hervor, die Augen glänzten. »Hat jemand hier Probleme mit dieser Mission?«

Die anderen Offiziere schüttelten den Kopf. Gargan richtete sich auf und ging um den Schreibtisch herum. Vor dem kleineren Premian blieb er drohend stehen. »Was ist mit dir? Wenn ich mich recht erinnere, hast du eine Schwäche für diesen Abschaum.«

»Ich bin Soldat, General. Es ist meine Pflicht, alle Befehle auszuführen, die mir meine vorgesetzten Offiziere erteilen.«

»Aber du bist nicht damit einverstanden, oder?« schnaubte Gargan und brachte sein bärtiges Gesicht so dicht an Premians, daß der Offizier den weinsauren Atem des Generals riechen konnte.

»Es steht mir nicht zu, mit der Politik nicht einverstanden zu sein, General.«

»Steht mir nicht zu«, spottete Gargan. »Nein, es steht dir tatsächlich nicht zu. Weißt du, wie viele Stammesleute es gibt?«

»Nein, General.«

»Nein. Ich auch nicht, Bursche. Das weiß kein Mensch. Aber sie sind ohne Zahl. Kannst du dir vorstellen, was passiert, wenn sie sich zusammenschließen, unter einem Führer? Sie würden uns überrennen wie eine Sturmflut.« Er blinzelte und ging zu seinem Tisch zurück, wo er sich schwer in den Leinenstuhl sinken ließ, der unter seinem Gewicht ächzte. »Wie eine Sturmflut«, murmelte er. Er holte tief Luft und versuchte, den Alkohol in seinem Blut zu vertreiben. »Sie müssen gedemütigt werden. Zermalmt. Demoralisiert.«

Draußen wurde es unruhig, und Premian hörte Männer schreien. Mit den anderen Offizieren verließ er das Zelt. Eine Flammenmauer erhellte den Nachthimmel, Rauch wirbelte um das Lager. Die Pferde begannen angstvoll zu wiehern. Premian sah sich im Lager um.

Das Feuer würde es direkt überrennen. »Die Wasserkarren!« schrie er. »Spannt die Karren an!« Premian begann durch das Lager zu der Stelle zu laufen, an der die zwanzig Karren im Viereck abgestellt worden waren. Jeder hatte sechzehn Fässer geladen. Ein Mann lief in Panik an ihm vorbei, und Premian packte ihn an der Schulter. »Hol Pferde für die Karren«, sagte er. In seiner Stimme lag Autorität.

»Jawohl«, antwortete der Soldat und salutierte. Er ging davon. Premian sah eine Gruppe von Soldaten, die versuchte, ihre Habseligkeiten aus einem Gemeinschaftszelt zu retten. »Laßt die Sachen«, rief er. »Wenn die Karren in Flammen aufgehen, sterben wir alle. Ihr drei geht zu den Pferden. Holt sie her. Ihr anderen bringt die Karren in Stellung, daß sie angeschirrt werden können.«

Die Flammen leckten nun am Rande des Lagers. Hunderte von Männern versuchten, das Feuer mit Decken und Umhängen zu ersticken, aber Premian sah, daß das sinnlos war. Soldaten kamen zurückgelaufen, verängstigte Pferde am Zügel führend. Ein Zelt fing Feuer. Der erste Karren wurde angeschirrt, und ein Soldat kletterte auf den Kutschbock und trieb die Pferde an. Die vier Tiere legten sich in die Riemen, und der Karren rollte langsam davon.

Ein zweiter Karren folgte, dann ein dritter. Immer mehr Männer kamen, um zu helfen. Premian lief zum nächstgelegenen Pferdezaun. »Schneidet die anderen Pferde los«, befahl er einem Soldaten. »Wir fangen sie morgen wieder ein!«

»Jawohl«, erwiderte der Mann und stieß sein Messer durch das Seil. Premian packte die Zügel des nächsten Pferdes und schwang sich auf den Rücken. Das Tier war in Panik und stieg, doch Premian war ein ausgezeichneter Reiter. Er beugte sich vor und tätschelte dem Tier den langen Hals.

»Nur Mut, meine Schöne«, sagte er. Er ritt zu den Karren und sah, daß noch weitere sechs angeschirrt waren und sich vom Feuer entfernten. Inzwischen standen noch mehr Zelte in Flammen, und Rauch und Asche erfüllten die Luft. Links von ihm schrie ein Mann auf, als seine Kleidung Feuer fing. Ein paar Soldaten warfen ihn zu Boden, warfen Decken über ihn und erstickten die Flammen. Die Hitze war mittlerweile ungeheuer, und das Atmen fiel schwer. Flammenzungen leckten an den letzten Karren, doch zwei weitere waren angespannt.

»Das reicht!« schrie Premian den sich abmühenden Soldaten zu. »Bringt euch in Sicherheit!«

Die Männer schwangen sich auf die letzten Pferde und galoppierten aus dem brennenden Lager. Premian drehte sich um und sah, wie andere Soldaten um ihr Leben rannten. Ein paar stolperten und stürzten und wurden von den Flammen eingeholt. Er riß sein Pferd herum – und sah Gargan durch den Qualm laufen. Der General wirkte verwirrt und verloren. »Bren!« rief er. »Bren!«

Premian versuchte sein Pferd zum General zu lenken, aber das Tier weigerte sich, in Richtung der Flammen zu gehen. Premian riß sich das Hemd vom Leib, beugte sich vor, legte es dem Pferd über die Augen und band es locker fest. Dann trieb er den jetzt blinden Hengst an und ritt zu Gargan.

»General! Steigt hinter mir auf!«

»Ich kann Bren nicht zurücklassen. Wo ist er?«

»Vielleicht schon in Sicherheit, General. Wenn wir noch länger hierbleiben, ist uns der Weg abgeschnitten!«

Gargan fluchte, dann ergriff er Premians ausgestreckte Hand, und mit der geübten Leichtigkeit eines geschickten Reiters schwang er sich hinter ihn. Der junge Offizier galoppierte über die brennende Steppe und schlug einen Bogen um die Flammenmauern, die sich nach Nordwesten ausdehnten. Die Hitze war unerträglich, und Premian konnte kaum etwas durch den dichten Rauch erkennen, als das Pferd mit angesengten Flanken davondonnerte.

Schließlich ließen sie das Feuer hinter sich, und Premian brachte den erschöpften Hengst zum Stehen. Er sprang aus dem Sattel, drehte sich um und betrachtete das brennende Lager.

Gargan glitt ebenfalls vom Pferd. »Gut gemacht, mein Junge«, sagte er und legte seine große Hand auf Premians Schulter.

»Danke, General. Ich glaube, wir haben die meisten Wasserkarren gerettet.«

Die Flanken des Hengstes waren versengt und trugen Blasen, und das große Tier zitterte. Premian führte es nach Osten, wo sich der größte Teil der Soldaten versammelt hatte.

Langsam, als das Feuer in der Ferne erstarb, machten sich die Männer auf den Rückweg zum Lager und durchsuchten die Überreste. Bei Morgengrauen waren alle Toten gefunden. Sechsundzwanzig Männer und zwölf Pferde waren in den Flammen umgekommen. Alle Zelte waren zerstört, doch die meisten Vorräte hatten das Feuer überstanden, es war zu schnell vorwärtsgerast, um alle Säcke mit Mehl, Salz, Haferflocken und Trockenfleisch zu verbrennen. Von den neun Wasserkarren, die zurückgelassen worden waren, hatten sechs Feuer gefangen und waren nutzlos, wenn auch die meisten der Fässer mit dem kostbaren Wasser gerettet waren. Nur drei waren geplatzt.

Als die Morgensonne über der geschwärzten Erde des Lagers aufging, musterte Gargan den Schaden. »Das Feuer wurde im Süden gelegt«, erklärte er Premian. »Stell die Namen der Nachtwachen in diesem Abschnitt fest. Dreißig Hiebe pro Mann.«

»Jawohl, General.«

»Weniger Schaden, als man hätte erwarten können«, meinte der General.

»Ja, General. Obwohl wir mehr als tausend Pfeile und rund achtzig Lanzen verloren haben. Es tut mir leid um deinen Diener. Wir fanden ihn hinter dem Zelt.«

»Bren war ein guter Mann. Hat mir treu gedient. Ich habe ihn aus der Kampftruppe genommen, als das Rheuma seinen Schwertarm ruinierte. Guter Mann! Sie werden für seinen Tod mit hundert Toten bezahlen!«

»Wir haben auch sechs Wasserkarren verloren. Mit deiner Erlaubnis werde ich die tägliche Ration den Verlusten entsprechend verringern und den Befehl aufheben, daß jeder Lanzenreiter täglich glattrasiert zu sein hat.«

Gargan nickte. »Wir werden nicht alle Pferde zurückbekommen«, sagte er. »Ein paar von den jüngeren werden schnurstracks nach Gulgothir laufen.«

»Ich fürchte, da hast du recht, General«, sagte Premian.

»Na ja. Ein paar der Lanzenreiter werden zur Infanterie versetzt, dann wissen sie ihre Pferde in Zukunft um so mehr zu schätzen.« Gargan räusperte sich und spie aus. »Schicke vier Kompanien durch den Paß. Ich will Berichte über alle Bewegungen der Nadir. Und Gefangene. Der Angriff letzte Nacht war gut durchgeführt, er erinnert mich an Adrius und den Winterfeldzug, als er die feindliche Armee durch Feuer aufhielt.«

Premian schwieg einen Augenblick, aber er sah, daß Gargan ihn anschaute und auf eine Antwort wartete. »Okai war ein Wolfsschädel, General. Kein Krummhorn. Ich glaube nicht, daß wir überhaupt einen Janitscharen von den Krummhörnern hatten.«

»Du kennst die Gebräuche der Nadir nicht, Premian. Vier Stämme bewachen den Schrein. Vielleicht ist er bei ihnen. Ich hoffe es. Ich würde meinen linken Arm geben, um ihn in meine Gewalt zu bekommen.«

Der Mond stand hoch über dem Tal von Shul-sens Tränen, und Talisman, hundemüde, unternahm einen letzten Gang über die Wehrgänge, wobei er behutsam über schlafende Nadir hinwegstieg. Seine Augen waren verklebt und müde, sein Körper schmerzte vor ungewohnter Müdigkeit, während er langsam die Stufen zur Brüstung hinaufstieg. Die neue hölzerne Plattform knarrte unter seinen Füßen. Da Nägel fehlten, hatte man die Bretter nur zusammengebunden, wenngleich die ganze Konstruktion stabil wirkte. Morgen würde das Ganze noch stabiler, wenn Bartsai und seine Männer ihre Arbeit fortsetzten. Die Kampfplattform, die von Kzun und seinen Einsamen Wölfen gebaut wurde, näherte sich der Fertigstellung. Kzun hatte gut und rastlos gearbeitet. Aber der Mann machte Talisman Sorgen. Während des Tages verließ er oft das Gelände des Schreins und ging in die Steppe. Und jetzt schlief er nicht bei seinen Männern, sondern draußen im ehemaligen Lager der Einsamen Wölfe.

Gorkai kam zu ihm. Auf Talismans Anordnung hin arbeitete der ehemalige Keista den ganzen Tag mit Kzuns Männern zusammen. »Was hast du herausgefunden?« fragte Talisman leise.

»Er ist merkwürdig«, sagte Gorkai. »Er schläft nie in seinem Zelt, er nimmt seine Decken und breitet sie unter freiem Himmel aus. Er hat nie eine Frau genommen. Und wenn er zu Hause bei den Krummhörnern ist, lebt er allein, entfernt vom Stamm. Und er hat keine Schwertbrüder.«

»Warum wurde ihm der Befehl über die Grabwache übertragen?« fragte Talisman.

»Er ist ein wilder Kämpfer. Er hat elf Zweikämpfe ausgefochten – und ist nicht einmal verwundet worden. Alle seine Feinde sind tot. Seine Männer hassen, aber respektieren ihn.«

»Wie ist deine Einschätzung?«

Gorkai zuckte die Achseln und kratzte sich die Tolle an der Stirn. »Ich mag ihn nicht, Talisman, aber wenn ich mich vielen Feinden gegenübersähe, hätte ich ihn gern an meiner Seite.« Talisman setzte sich auf die Brüstung, und Gorkai sah ihn scharf an. »Du solltest etwas schlafen.«

»Noch nicht. Ich muß über vieles nachdenken. Wo ist Nosta Khan?«

»Im Schrein. Er versucht Zaubersprüche«, antwortete Gorkai, »aber er findet nichts. Ich hörte ihn vor einer Weile fluchen.«

Gorkai warf einen Blick entlang der Mauer. Als er den Schrein zuerst gesehen hatte, hatte er ihn für klein gehalten, aber jetzt sahen die Mauern – jede sechzig Schritt lang – lächerlich lang aus. »Können wir diesen Platz halten?« fragte er plötzlich.

»Eine Zeitlang«, antwortete Talisman. »Viel hängt davon ab, wie viele Leitern der Feind hat. Wenn sie gut ausgerüstet sind, werden sie uns überrennen.«

»Tausend Flüche über sie«, zischte Gorkai.

Talisman grinste. »Sie werden nicht genügend Leitern haben. Sie haben nicht mit einer Belagerung gerechnet. Und hier gibt es keine Bäume, die sie fällen könnten, um Leitern draus zu machen. Wir haben jetzt fast zweihundert Mann, fünfzig pro Mauer, falls sie von allen Seiten gleichzeitig angreifen. Wir werden sie aufhalten, Gorkai – zumindest für ein paar Tage.«

»Und dann?«

»Wir leben oder sterben«, erwiderte Talisman mit einem müden Schulterzucken.

Weit im Südwesten begann der Himmel in einem dumpfen, flackernden Rot zu glühen. »Was ist das?« fragte Gorkai.

»Mit viel Glück das brennende Lager unserer Feinde«, sagte Talisman finster. »Es wird sie nicht allzusehr aufhalten, aber es wird sie ihrer Selbstgefälligkeit berauben.«

»Ich hoffe, daß viele umkommen.«

»Warum bleibst du?« fragte Talisman ihn.

Gorkai sah ihn verwirrt an. »Was meinst du? Wo sollte ich sonst sein? Ich bin jetzt ein Wolfsschädel, Talisman. Du bist mein Anführer.«

»Ich habe dich vielleicht auf einen Pfad ohne Wiederkehr geführt, Gorkai.«

»Alle Wege führen zum Tod, Talisman. Aber hier bin ich eins mit den Göttern von Stein und Wasser. Ich bin wieder Nadir, und das bedeutet viel.«

»Allerdings. Und ich sage dir, mein Freund, in Zukunft wird es noch mehr bedeuten. Wenn der Einiger seine Armeen anführt, wird die Welt vor dem Namen Nadir erzittern.«

»Ein schöner Gedanke, den ich mit in mein Bett nehme«, sagte Gorkai lächelnd.

In diesem Moment sahen sie Zhusai aus den Schlafsälen kommen. Sie trug nur ein weißes Leinenhemd und ging langsam, wie im Traum, zum Tor. Talisman rannte die Stufen hinunter, dicht gefolgt von Gorkai, und sie holten sie auf der Steppe ein. Sanft nahm Talisman sie am Arm. Ihre Augen waren weit offen, ohne zu blinzeln. »Wo ist mein Herr?« fragte sie.

»Zhusai? Was ist los?« flüsterte Talisman.

»Ich bin verloren«, sagte sie. »Warum ist mein Geist an den Dunklen Ort gekettet?« Eine Träne fiel auf ihre Wange. Talisman nahm sie in die Arme und küßte ihre Stirn.

»Wer spricht?« fragte Gorkai und nahm Zhusais Hand.

»Kennst du meinen Herrn?« fragte sie.

»Wer bist du?« fragte Gorkai. Talisman ließ sie los und wandte sich an den Krieger. Gorkai bedeutete ihm zu schweigen und stellte sich vor die Frau. »Sag mir deinen Namen«, bat er.

»Ich bin Shul-sen, die Gemahlin Oshikais. Kannst du mir helfen?«

Gorkai nahm ihre Hand und küßte sie. »Welche Hilfe verlangst du, Herrin?«

»Wo ist mein Herr?«

»Er ist ...« Gorkai brach ab und warf einen Blick zu Talisman.

»Er ist nicht hier«, sagte Talisman. »Erinnerst du dich daran, wie du herkamst?«

»Ich war blind«, antwortete sie, »aber jetzt kann ich sehen und hören und sprechen.« Langsam sah sie sich um. »Ich glaube, ich kenne dieses Tal«, sagte sie, »aber ich erinnere mich nicht an die Gebäude hier. Ich versuchte, den Dunklen Ort zu verlassen, aber dort gibt es Dämonen. Meine Zauber haben keine Wirkung. Die Macht ist weg, und ich kann nicht fort.«

»Und doch ist es dir gelungen«, sagte Gorkai. »Du bist hier.«

»Ich verstehe das nicht«, sagte sie. »Träume ich? Jemand rief mich, und ich erwachte hier. Diese Kleider gehören mir nicht. Und wo ist mein *lon-tsia*? Wo sind meine Ringe?«

Plötzlich zuckte sie wie unter einem Schlag zusammen. »Nein!« schrie sie auf. »Es zieht mich zurück. Helft mir! Ich kann nicht an dem Dunklen Ort leben!« Heftig packte sie Talismans Arm, dann wurde sie plötzlich schlaff und sackte gegen ihn. Ihre Augenlider flatterten, und Zhusai schaute Talisman an. »Was geschieht mit mir, Talisman?« fragte sie.

»An was erinnerst du dich?«

»Ich träumte. Weißt du noch? Die Frau in der Höhle? Sie ging Hand in Hand mit einem Mann. Dann erstarb die Sonne, und Wände aus schwarzem Gestein bildeten sich um uns … sie. Alles Licht verging, bis die Finsternis absolut war. Der Mann war fort. Ich … sie … versuchte, eine Tür in dem Fels zu finden, aber es gab keine. Und in der Nähe stöhnte und knurrte etwas. Das ist alles, an das ich mich erinnere. Verliere ich den Verstand, Talisman?«

»Das glaube ich nicht«, sagte Gorkai leise. »Sag mir, hattest du jemals zuvor Visionen?«

»Nein.«

»Hast du jemals Stimmen gehört, obwohl niemand da war?«

»Nein. Was willst du andeuten?«

»Ich glaube, der Geist von Shul-sen wird irgendwie von dir angezogen. Ich weiß nicht, warum. Aber ich weiß, daß du nicht verrückt bist. Ich habe schon Geister gesehen und mit ihnen gesprochen. Mit meinem Vater war es genauso. Was wir gerade erlebt haben, war kein Schlafwandeln. Deine Stimme war anders und deine ganze Art. Gibst du mir recht, Talisman?«

»Es geht über mein Verständnis«, gestand der Führer der Nadir. »Was müssen wir jetzt tun?«

»Ich weiß nicht, was wir tun können«, sagte Gorkai. »Du sagtest mir, daß Oshikai nach seiner Frau sucht, und jetzt wissen wir, daß Shul-sen ihn ebenfalls sucht. Aber ihre Welt ist nicht die unsere, Talisman. Wir können sie nicht zusammenbringen.«

Der Mond verschwand hinter einer Wolkenbank und tauchte die Steppe in Dunkelheit. Ein Mann schrie in der Ferne auf, und Talisman sah ein hastig entzündetes Licht, dann flackerte vor dem Zelt von Kzun eine Laterne auf.

Kapitel neun

Der blinde Nadirpriester Enshima saß schweigend am Rand der Felsklippe, die über die Steppe hinausblickte. Hinter ihm, an der verborgenen Quelle, saßen etwa zwei Dutzend Flüchtlinge – vor allem die älteren Frauen und kleinen Kinder – einsam im Schatten. Er hatte das ferne Feuer in der Nacht gesehen und gespürt, daß Seelen in die Leere wanderten. Das hellblaue Gewand des Priesters war staubbedeckt, seine Füße waren wund und bluteten von dem Marsch über das scharfkantige, vulkanische Gestein, das diese Bergregion so ungastlich machte.

Lautlos sprach Enshima ein Dankgebet für die zersprengte Gruppe der Krummhörner, die zwei Tage zuvor an der Quelle angekommen war. Sie waren Teil einer größeren Gruppe gewesen, die von den Gothir angegriffen wurde, hatten es aber geschafft, in die Berge zu fliehen, wohin ihnen die schwer gepanzerten Reiter nicht folgen konnten. Jetzt waren sie für den Augenblick in Sicherheit. Hungrig, mittellos, niedergeschlagen, aber sicher. Enshima dankte der Quelle für ihr Leben.

Enshima befreite seinen Geist von den Fesseln, schwebte hoch über die Berge und betrachtete die riesige, menschenleere Steppe unter sich. Knapp zwanzig Kilometer nach Nordwesten konnte er die winzigen Befestigungen des Schreins ausmachen, aber er flog nicht dorthin. Statt dessen suchte er das Land nach den beiden Reitern ab, von denen er wußte, daß sie sich bald der verborgenen Wasserstelle nähern würden.

Er sah sie ein paar Kilometer von den Felsen, auf denen sein Körper saß, aus einer Wasserrinne kommen. Der Axtkämpfer führte noch zwei Pferde am Zügel, während der Dichter Sieben am Schluß ritt, das in seine rote Decke gewickelte Kind auf den Armen. Er schwebte näher an den ersten Reiter heran und betrachtete den Mann genau. Er ritt eine durchgesessene Stute, trug ein Wams aus schwarzem Leder mit glänzenden silbernen Schulterstücken und war mit einer gewaltigen, zweiköpfigen Axt bewaffnet.

Der Weg, den sie einschlugen, würde sie an der verborgenen Quelle vorbeiführen. Enshima schwebte näher an den Dichter heran. Er streckte seine Geist-Hand aus und berührte den Reiter an der Schulter.

»He, Druss«, rief Sieben, »glaubst du, in den Felsen da drüben könnte es Wasser geben?«

»Wir brauchen es nicht«, antwortete der Axtkämpfer. »Nuang zufolge sollte der Schrein nicht mehr als fünfzehn Kilometer von hier entfernt sein.«

»Das mag ja stimmen, altes Roß, aber die Decke des Kleinen beginnt zu stinken. Und ich würde die Gelegenheit begrüßen, ein paar Kleider zu waschen, ehe wir unseren großen Auftritt haben.«

Druss lachte leise. »Ja, Dichter, es wäre nicht passend, wenn du nicht in deinen leuchtendsten Kleidern ankämest.« Druss zog an den Zügeln und bog nach links ab zu dem schwarzen Vulkangestein.

Sieben ritt neben ihn. »Wie willst du diese heilenden Steine finden?« fragte er.

Der Axtkämpfer dachte über die Frage nach. »Ich nehme an, sie sind in dem Sarg«, sagte er. »Das wäre doch wohl nur normal, meinst du nicht?«

»Der Schrein ist bereits sehr alt. Wahrscheinlich ist er in der Zwischenzeit längst geplündert worden.«

Druss schwieg einen Augenblick, dann zuckte er die

Achseln. »Nun, der alte Schamane sagte, sie wären dort. Ich werde ihn danach fragen, wenn wir ihn sehen.«

Sieben lächelte schief. »Ich wünschte, ich hätte dein Vertrauen in die menschliche Natur, mein Freund.«

Die Stute hob den Kopf, ihre Nüstern bebten, und sie beschleunigte ihre Schritte. »Hier gibt es also Wasser«, meinte Sieben. »Die Pferde wittern es.«

Sie erklommen den schmalen, gewundenen Pfad, und als sie die Kuppe erreichten, traten ihnen zwei alte Nadirkrieger in den Weg. Beide trugen Schwerter. Ein kleiner Priester in verblichenem blauem Gewand tauchte auf und sprach mit den beiden alten Männern, die sich widerstrebend zurückzogen. Druss ritt weiter, stieg an der Quelle ab und betrachtete mißtrauisch die Gruppe von Nadir, die dort saßen.

Der Priester ging auf ihn zu. »Willkommen in unserem Lager, Axtkämpfer«, sagte er. Die Augen des Mannes waren blind, die Pupillen trüb wie Opale. Druss lehnte Snaga an einen Stein, nahm Sieben das Kind ab und wartete, während der Dichter sich vom Pferd schwang.

»Das Kind braucht Milch«, sagte Druss. Der Priester rief einen Namen, und eine junge Frau kam zögernd herbei. Sie nahm Druss das Kind ab und ging zurück zu den anderen.

»Sie haben einen Überfall der Gothir überlebt«, erklärte der Priester. »Ich bin Enshima, ein Priester der Quelle.«

»Druss«, stellte sich der Axtkämpfer vor. »Und das ist Sieben. Wir reisen ...«

»Zum Schrein von Oshikai«, sagte Enshima. »Ich weiß. Komm, setz dich ein Weilchen zu mir.« Er ging zu einer kleinen Felsengruppe neben der Quelle. Druss folgte ihm, während Sieben die Pferde tränkte und ihre Wasserflaschen füllte.

»Eine große Schlacht wird am Schrein geschlagen werden«, sagte Enshima. »Das weißt du.«

Druss setzte sich neben ihn. »Ich weiß. Es interessiert mich nicht.«

»O doch, das tut es, denn deine eigene Suche hängt damit zusammen. Du wirst die Juwelen nicht finden, ehe die Schlacht beginnt, Druss.«

Der Axtkämpfer kniete sich an die Quelle und trank. Das Wasser war kühl und erfrischend, hinterließ jedoch einen bitteren Nachgeschmack. Er sah den Blinden an und fragte: »Bist du ein Seher?«

»Was das auch immer heißen mag«, gab Enshima zu.

»Kannst du mir dann sagen, worum dieser verdammte Krieg eigentlich geht? Ich sehe keinen Sinn darin.«

Enshima lächelte bedauernd. »Die Frage setzt voraus, daß überhaupt ein Sinn in einem Krieg liegen könnte.«

»Ich bin kein Philosoph, Priester, also erspare mir deine Belehrungen.«

»Nein, Druss, du bist kein Philosoph«, sagte Enshima freundlich, »aber du bist ein Idealist. Worum es in diesem Krieg geht? Wie bei allen Kriegen geht es um Gier und Angst. Gier, weil die Gothir reich sind und es auch bleiben wollen, und Angst, weil sie die Nadir als eine künftige Bedrohung für ihren Wohlstand betrachten. Wann wurde jemals ein Krieg aus anderen Gründen geführt?«

»Diese Juwelen existieren also«, meinte Druss, das Thema wechselnd.

»Oh, sie existieren. Die Augen von Alchazzar wurden vor ein paar hundert Jahren gemacht. Sie sind wie Amethyste, jeder so groß wie ein Ei, und sie sind durchtränkt mit der ungeheuren Kraft dieses wilden Landes.«

»Warum werde ich sie nicht vor der Schlacht finden?« fragte Druss. Sieben kam und setzte sich zu ihnen.

»Das ist nicht dein Schicksal.«

»Ich habe einen Freund, der sie braucht«, sagte Druss. »Ich wäre froh, wenn du mir helfen könntest.«

Enshima lächelte. »Es macht mir kein Vergnügen, dir Hilfe vorzuenthalten, Axtkämpfer. Aber was du von mir erbittest, kann ich dir nicht geben. Morgen werde ich diese Menschen tief in die Berge führen, in der Hoffnung – auch wenn sie vergebens sein mag – daß ich sie am Leben erhalten kann. Du wirst zum Schrein reisen, und dort wirst du kämpfen. Denn das ist das, was du am besten kannst.«

»Hast du auch noch ein paar tröstliche Worte für mich, Alter?« fragte Sieben.

Der alte Mann lächelte und tätschelte Sieben den Arm. »Ich stand vor einem Problem, und du hast geholfen, es zu lösen, und dafür danke ich dir. Was du dort in der Totenkammer getan hast, war eine reine und gute Tat, für die die Quelle dich hoffentlich segnet. Zeig mir das *lon-tsia.*« Sieben suchte in seiner Tasche und zog das schwere Silbermedaillon heraus. Der alte Mann hielt es sich vors Gesicht und schloß seine trüben Augen. »Der männliche Kopf ist der von Oshikai Dämonstod, der weibliche der seiner Gemahlin Shul-sen. Die Schrift ist Chiatze. Die wörtliche Übersetzung lautet, *Oshka-Shul-sen – zusammen.* Aber eigentlich bedeutet es *im Geist vereint.* Ihre Liebe war sehr groß.«

»Warum sollte jemand sie derartig foltern wollen?« fragte Sieben.

»Das kann ich dir nicht beantworten, junger Mann. Die Wege böser Menschen sind mir ein Rätsel, ich habe kein Verständnis für eine solche Barbarei. Große Magie wurde benutzt, um Shul-sens Geist einzusperren.«

»Habe ich sie befreit?«

»Das weiß ich nicht. Ein Nadirkrieger erzählte mir, daß der Geist Oshikais in den endlosen, dunklen Tälern der Leere nach ihr sucht. Vielleicht hat er sie jetzt gefunden. Ich hoffe es. Aber wie ich schon sagte, die Zauber waren sehr stark.«

Enshima gab Sieben das *lon-tsia* zurück. »Auch darauf liegt ein Zauber«, sagte er.

»Aber kein Fluch, hoffe ich«, erwiderte der Dichter und nahm das Medaillon mit spitzen Fingern entgegen.

»Nein, kein Fluch. Ich glaube, es war ein Spruch des Verbergens. Er hielt es vor den Augen der Menschen verborgen. Du kannst es ruhig tragen, Sieben.«

»Gut. Sag mir – du sagtest, der Mann war Oshikai, und doch lautet der Name darauf Oshka. Ist das eine Abkürzung?«

»Im Chiatze-Alphabet gibt es kein *i*. Es wird als kleiner Haken über dem vorhergehenden Buchstaben geschrieben.«

Sieben steckte das Medaillon ein, und Enshima erhob sich. »Möge die Quelle euch beide schützen«, sagte er.

Druss ging davon und bestieg die Stute. »Wir lassen euch die beiden Ponys hier«, sagte er.

»Das ist sehr freundlich.«

Sieben blieb neben dem alten Mann stehen. »Wie viele Verteidiger sind am Schrein?«

»Ich nehme an, es werden weniger als zweihundert sein, wenn die Gothir kommen.«

»Und die Juwelen sind dort?«

»Allerdings, das sind sie.«

Sieben fluchte, dann lächelte er enttäuscht. »Ich hatte wirklich gehofft, sie wären es nicht. Schlachten sind nicht gerade meine Stärke.«

»Für zivilisierte Menschen sind sie das nie«, entgegnete der Priester.

»Warum sind die Juwelen dort verborgen?« fragte Sieben.

Enshima zuckte die Achseln. »Sie wurden vor ein paar hundert Jahren gefertigt und in den Kopf eines steinernen Wolfes eingelassen. Ein Schamane raubte sie. Offensichtlich wollte er die Macht für sich selbst. Er wurde gejagt und versteckte die Juwelen, dann versuchte er, über die Berge zu entkommen. Doch er wurde gefangen, gefoltert und getötet in der Nähe der Stelle, an der du die Gebeine von Shul-sen gefunden hast. Er hat das Versteck der Augen nicht preisgegeben.«

»Die Geschichte ergibt keinen Sinn«, meinte Sieben. »Wenn in den Juwelen eine große Macht steckte, warum hat er sie zurückgelassen? Er hätte diese Macht doch sicher gegen seine Verfolger einsetzen können?«

»Ergeben die Taten von Menschen immer, wie du es nennst, einen Sinn?« konterte der Priester.

»Teils, teils«, meinte Sieben. »Welche Art von Macht besaßen die Augen?«

»Schwierig zu sagen. Vieles würde vom Geschick des Mannes abhängen, der sie benutzt. Sie konnten alle Wunden heilen und jeden Zauber brechen. Man sagt, sie hatten die Kraft zu regenerieren und zu erneuern.«

»Könnte ihre Macht ihn vor seinen Verfolgern verborgen haben?«

»Ja.«

»Warum hat er sie dann nicht benutzt?«

»Ich fürchte, junger Mann, das wird ein Geheimnis bleiben.«

»Ich hasse Geheimnisse«, sagte Sieben. »Du sagtest Erneuerung. Konnten sie Tote wieder aufwecken?«

»Ich meinte die Erneuerung von Gewebe – wie bei tiefen Wunden oder Krankheiten. Es heißt, daß ein alter Krieger wieder jung wurde, nachdem sie ihn heilten. Aber ich glaube, das ist nur ein Märchen.«

Druss stand auf. »Zeit, weiterzuziehen, Dichter«, sagte er.

Eine junge Nadirfrau mit dem Kind auf den Armen kam zu ihnen. Schweigend hielt sie es Sieben hin. Der Dichter wich einen Schritt zurück. »Nein, nein, meine Liebe«, sagte er. »Auch wenn wir den kleinen Kerl sehr mögen, ich glaube, hier hat er es besser, bei seinem eigenen Volk.«

Talisman wanderte über den schmalen, hölzernen Wehrgang der Nordmauer und prüfte die Stabilität des Baus, indem er die alten Balken untersuchte, die das Ganze stützten. Sie wirkten stabil. Die Brüstung hatte Schießscharten, durch die Bogenschützen ihre Pfeile abschießen konnten. Aber jeder Nadirkrieger hatte nur etwa zwanzig Pfeile, und die würden am Ende des ersten Angriffs aufgebraucht sein. Der Feind würde ebenfalls Pfeile abschießen, und die würden eingesammelt. Trotzdem würde dies keine Schlacht, die durch Bogenschützen gewonnen wurde. Er schaute sich um und sah Kzun, der unterhalb der eingefallenen Mauer die Bauarbeiten befehligte. Eine stabile Kampfplattform war hier errichtet worden. Der Anführer der Einsamen Wölfe trug noch immer den weißen Schal, den Zhusai ihm geschenkt hatte. Kzun sah, daß er ihn beobachtete, winkte aber nicht. Quing-chin arbeitete mit einer Gruppe an den Toren. Sie schmierten die Angeln mit Tierfett ein, um sie gängig zu machen. Wie lange mag es her sein, daß sie geschlossen waren, fragte sich Talisman. Zehn Jahre? Hundert Jahre?

Bartsai arbeitete mit zehn seiner Männer an der Brüstung der Ostmauer, wo ein Abschnitt der Brustwehr eingestürzt war. Für die Reparaturarbeiten hatte man aus nahe gelegenen Gebäuden Fußbodenbretter herausgerissen.

Quing-chin kletterte auf den Wehrgang und salutierte nach Art der Gothir. »Das war der letzte Gruß dieser Art«, sagte Talisman kalt. »Die Stammeskrieger finden das nicht lustig.«

»Ich bitte um Verzeihung, Bruder.«

Talisman seufzte. »Entschuldige dich nicht, mein Freund. Ich wollte dich nicht tadeln. Du hast letzte Nacht gute Arbeit geleistet. Schade nur, daß sie ihre Wasserkarren gerettet haben.«

»Nicht alle, Talisman. Sie werden bald die Rationen verringern müssen.«

»Wie haben sie reagiert, als die Katastrophe über sie hereinbrach?«

»Äußerst tüchtig. Sie haben gute Offiziere«, antwortete Quing-chin. »Wir hätten Gargan beinahe getötet. Ich beobachtete ihn von einem Hügel und sah ihn in den Flammen umherstolpern. Ein junger Offizier ritt herbei und rettete ihn – derselbe, der auch die Karren rettete.«

Talisman lehnte sich auf die Brüstung und blickte über das Tal hinaus. »Sosehr ich Gargan auch hasse, man muß ihm zugestehen, daß er ein fähiger General ist. Er hat sein eigenes Kapitel in den Geschichtsbüchern der Gothir verdient. Er war zweiundzwanzig, als er den Angriff führte, der den Bürgerkrieg beendete, der jüngste General in der Geschichte der Gothir.«

»Jetzt ist er keine zweiundzwanzig mehr«, sagte Quing-chin. »Er ist alt und fett.«

»Aber der Mut bleibt, selbst wenn die Jugend dahin ist«, betonte Talisman.

»Es steckt viel Bosheit in diesem Mann«, meinte Quing-chin, nahm den pelzverbrämten Helm ab und fuhr sich mit den Fingern durch das schweißnasse Haar. »Eine anhaltende Bösartigkeit, die ihn verbrennt. Ich glaube, sie wird aufflammen wie das Feuer letzte Nacht, wenn er begreift, daß du hier der Anführer bist.«

»Mit etwas Glück behältst du recht. Ein zorniger Mann trifft nur selten vernünftige Entscheidungen.«

Quing-chin ging zur Brüstung und setzte sich. »Hast du darüber nachgedacht, wer die Kämpfer am Wasserloch befehligen soll?«

»Ja. Kzun.«

Quing-chin sah ihn zweifelnd an. »Ich dachte, du hättest gesagt, die Krummhörner sollten es bewachen?«

»Werden sie auch. Unter Kzun.«

»Einem Einsamen Wolf? Ob sie das mitmachen?«

»Wir werden sehen«, sagte Talisman. »Laß deine Männer Felsbrocken und Steine sammeln und verteile sie um die Befestigungen. Wir sollten Wurfgeschosse bereit haben, die wir auf die Fußsoldaten werfen können, wenn sie versuchen, die Mauern zu erklettern.«

Ohne ein weiteres Wort ging Talisman davon, stieg von der Mauer hinunter und ging zu Bartsai, der mit den Reparaturen aufgehört hatte, während seine Männer sich ausruhten und aus dem Brunnen tranken. »Du hast deine Kämpfer ausgesucht?« fragte er.

»Habe ich. Zwanzig, wie du befohlen hast. Wir könnten jetzt noch mehr nehmen. Es sind weitere zweiunddreißig Krieger eingetroffen.«

»Wenn der Brunnen so ist, wie du ihn beschrieben hast, sollten zwanzig ausreichen. Laß die Männer zu mir kommen. Ich möchte mit ihnen sprechen.«

Bartsai ging davon, und Talisman ging zu Kzun hinüber, der mit seinen Männern letzte Handgriffe an der Kampfplattform vornahm. Sie war mit hölzernen Planken aus dem alten Turm gedeckt. Talisman kletterte hinauf und blickte durch die Bresche. »Es ist gut«, sagte er, als Kzun zu ihm kam.

»Es wird genügen«, meinte Kzun. »Sollen meine Männer und ich hier kämpfen?«

»Deine Männer, ja. Aber du nicht. Ernenne einen Anführer für sie. Ich möchte, daß du den Befehl über die Krummhörner am Brunnen übernimmst.«

»Was?« Kzun wurde rot. »Du willst, daß ich diese verängstigten Affen befehlige?«

»Wenn die Gothir den Brunnen einnehmen, nehmen

sie auch den Schrein ein«, sagte Talisman in neutralem Ton. »Er ist das Herz unserer Verteidigung. Ohne Wasser wird der Feind zu einem Generalangriff gezwungen. Wenn wir sie lange genug hinhalten können, werden sie allmählich sterben. Mit Wasser haben sie ein Dutzend Möglichkeiten, sie könnten uns sogar aushungern.«

»Du mußt mich nicht von der Bedeutung des Brunnens überzeugen, Talisman«, fuhr Kzun auf. »Aber warum sollte ich die Krummhörner anführen? Sie sind weich. Meine eigenen Männer könnten den Brunnen halten. Ich kann darauf vertrauen, daß sie bis zum Tode kämpfen.«

»Du wirst die Krummhörner anführen«, sagte Talisman. »Du bist ein Kämpfer, und sie werden dir folgen.«

Kzun blinzelte. »Sag mir nur, warum. Warum gerade ich?«

»Weil ich es befehle«, antwortete Talisman.

»Nein, es steckt mehr dahinter. Was verbirgst du vor mir?«

»Nichts«, log Talisman gewandt. »Der Brunnen ist lebenswichtig, und mein Urteil lautet, daß du der beste Mann bist, um seine Verteidigung zu führen. Aber der Brunnen befindet sich auf Krummhorn-Land, und sie würden beleidigt sein, wenn ich einem anderen Stamm den Auftrag gäbe, ihn zu verteidigen.«

»Glaubst du, sie werden nicht beleidigt, wenn du mich als ihren Anführer benennst?«

»Das ist ein Risiko, das ich eingehen muß. Komm jetzt mit mir, sie warten auf uns.«

Bartsai war wütend, aber er schluckte seinen Zorn hinunter, während er zusah, wie Kzun die Krieger durch das Tor hinausführte. Der nagende Schmerz in der Brust war wieder da – ein dumpfer, enger, eiserner Käfig um seine oberen Rippen. Er hatte sich sehr darauf gefreut, am Brunnen zu kämpfen. Dort standen viele Fluchtmöglichkeiten offen. Er und seine Männer hätten den Brunnen verteidigt, aber sie hätten sich auch in Sicherheit gebracht, wenn es notwendig geworden wäre. Jetzt saß er hier in dieser vergammelten Möchtegern-Festung in der Falle. Talisman kam zu ihm. »Wir müssen miteinander reden«, sagte er. »Komm.« Ein frischer Schmerz durchfuhr ihn, als er den Jüngeren ansah.

»Reden? Ich habe genug vom Reden. Wenn die Situation nicht so verzweifelt wäre, würde ich dich herausfordern, Talisman.«

»Ich verstehe deinen Zorn, Bartsai«, sagte Talisman. »Jetzt hör mich an: Kzun wäre bei einer Belagerung nutzlos gewesen. Ich habe ihn beobachtet, wie er hier durchs Gelände wanderte, habe seine Laterne die ganze Nacht hindurch flackern sehen. Er schläft im Freien. Hast du das gemerkt?«

»Ja, er ist schon merkwürdig. Aber was bringt dich zu der Annahme, er könnte *meine* Männer anführen?«

Talisman führte Bartsai zu dem Tisch im Schatten. »Ich weiß nicht, welche Dämonen Kzun plagen, aber es ist offensichtlich, daß er sich vor räumlicher Enge fürchtet. Er mag die Dunkelheit nicht, und er meidet geschlossene Räume. Wenn die Belagerung beginnt, werden wir alle hier eingeschlossen sein. Ich glaube, das hätte Kzun zerbrochen. Aber er ist ein Kämpfer, und er wird den Brunnen mit seinem Leben verteidigen.«

»Das hätte ich auch«, sagte Bartsai, ohne Talisman in die Augen zu sehen. »Wie jeder andere Anführer.«

»Wir alle tragen unsere eigenen Ängste in uns, Bartsai«, sagte Talisman leise.

»Was soll das heißen?« fuhr der Krummhorn-Anführer auf. Röte stieg ihm ins Gesicht. Erregt starrte er Talisman in die dunklen, rätselhaften Augen.

»Es soll heißen, daß auch ich mich vor den nächsten Tagen fürchte. Wie Quing-chin, Lin-tse und alle Krieger. Keiner von uns will sterben. Das ist ein Grund dafür, warum ich deine Anwesenheit hier schätze, Bartsai. Du bist älter und hast mehr Erfahrung als die anderen. Deine Ruhe und deine Kraft werden von großer Bedeutung sein, wenn die Gothir angreifen.«

Bartsai seufzte, und der Schmerz ließ nach. »Als ich in deinem Alter war, wäre ich hundert Kilometer geritten, um an dieser Schlacht teilzunehmen. Jetzt spüre ich den kalten Atem des Todes auf meiner Schulter. Er verwandelt mein Inneres in Pudding, Talisman. Ich bin zu alt, und es wäre am besten, wenn du dich nicht allzusehr auf mich verläßt.«

»Du irrst dich, Bartsai. Nur die Dummen sind furchtlos. Ich mag jung sein, aber ich kann Menschen gut beurteilen. Du wirst durchhalten, und du wirst die anderen Krieger inspirieren. Du bist ein Nadir!«

»Ich brauche keine hübschen Sprüche. Ich kenne meine Pflicht.«

»Das war kein Spruch, Bartsai. Vor zwölf Jahren, als Knochenbrecher dein Dorf überfielen, hast du einen Trupp von zwanzig Mann in ihr Lager geführt. Du hast sie zersprengt und alle verlorenen Ponys zurückgeholt. Vor fünf Jahren forderte dich ein junger Schwertkämpfer von den Einsamen Wölfen heraus. Du hast vier Stiche abbekommen, aber du hast ihn getötet. Und obwohl du verwundet warst, bist du zu deinem Pony gegangen und nach Hause geritten. Du bist ein Mann, Bartsai.«

»Du weißt ziemlich viel über mich, Talisman.«

»Alle Führer müssen die Männer kennen, die unter ihnen dienen. Aber ich weiß das nur von dir, weil deine Männer damit prahlen.«

Bartsai grinste. »Ich werde meinen Mann stehen«, sagte er. »Und jetzt sollte ich mich lieber wieder an die

Arbeit machen. Sonst haben wir nichts, worauf wir stehen können!«

Talisman lächelte, und der ältere Mann entfernte sich. Nosta Khan kam aus dem Schrein und ging über das Gelände. Talismans gute Stimmung verflüchtigte sich, als der Schamane sich ihm näherte. »Dort ist nichts«, sagte Nosta Khan. »Ich habe Suchzauber ausgeschickt, aber sie versagen. Vielleicht hat Chorin-Tsu sich geirrt. Vielleicht sind sie überhaupt nicht hier.«

»Die Augen sind hier«, widersprach Talisman, »aber sie sind vor uns verborgen. Der Geist von Oshikai sagte mir, daß es einem Fremden bestimmt sei, sie zu finden.«

Nosta Khan spie in den Staub. »Es werden zwei Fremde hierherkommen, Druss und der Dichter. Laß uns hoffen, daß einer von ihnen sich als der erweist, dem es bestimmt ist.«

»Wieso kommt Druss her?« fragte Talisman.

»Ich erzählte ihm, die Augen würden einen Freund von ihm heilen, der bei einem Kampf verwundet wurde.«

»Und, werden sie?«

»Natürlich – aber er wird sie nie bekommen. Glaubst du, ich würde zulassen, daß die heilige Zukunft der Nadir in die Hände eines *gajin* gelangt? Nein, Talisman. Druss ist ein großer Krieger. Er wird uns in der kommenden Schlacht nützlich sein, danach muß er getötet werden.«

Talisman sah den kleinen Mann scharf an, sagte jedoch nichts. Der Schamane ließ sich am Tisch nieder und schenkte sich einen Becher Wasser ein. »Du sagst, in dem Sarg liegt ein *lon-tsia*?«

»Ja, aus Silber.«

»Das ist merkwürdig«, meinte Nosta Khan. »Der Schrein wurde schon vor Jahrhunderten geplündert. Warum sollten die Diebe ein silbernes Schmuckstück zurücklassen?«

»Es wurde direkt auf der Haut getragen«, sagte Talisman, »unter dem Hemd. Vielleicht haben sie es übersehen. Dann verrottete das Hemd, und deswegen habe ich es gefunden.«

»Hmm«, murmelte Nosta Khan nicht überzeugt. »Ich glaube, auf ihm lag ein Zauber, der mit der Zeit verblaßt ist.« Seine glitzernden dunklen Augen fixierten Talisman. »Jetzt laß uns über das Mädchen reden. Du kannst sie nicht haben, Talisman. Sie ist dem Einiger versprochen, und das bist nicht du. Aus seiner Linie werden die großen Männer der Zukunft entspringen. Zhusai wird seine erste Braut sein.«

Talisman spürte einen dicken Knoten im Bauch, und sein Zorn wuchs. »Ich will nichts mehr von Prophezeiungen hören, Schamane. Ich liebe sie wie mein Leben. Sie gehört mir.«

»Nein!« zischte Nosta Khan und beugte sich dicht zu ihm. »Dem Wohlergehen der Nadir gilt deine erste Sorge – genaugenommen deine einzige Sorge. Du willst den Tag des Einigers erleben? Dann pfusche nicht in seinem Schicksal herum. Irgendwo da draußen«, sagte Nosta Khan und winkte mit seinem dünnen Arm in die Luft, »ist der Mann, auf den wir warten. Die Fäden seines Schicksals sind mit dem von Zhusai verwoben. Verstehst du mich, Talisman? Du kannst sie nicht haben!«

Der junge Nadir sah in Nosta Khans dunkle Augen und erkannte die Bosheit, die dort lauerte. Aber mehr noch, er sah, daß der kleine Mann echte Angst hatte. Sein Leben, mehr noch als Talismans, war einem einzigen Ziel gewidmet, dem Kommen des Einigers.

Talisman hatte das Gefühl, als ob statt seines Herzens ein Stein in seiner Brust säße. »Ich verstehe«, sagte er.

»Gut.« Der kleine Schamane entspannte sich und warf einen Blick auf die Krieger, die auf den Mauern arbeiteten. »Es sieht eindrucksvoll aus«, meinte er. »Du hast gute Arbeit geleistet.«

»Bleibst du während der Schlacht bei uns?« fragte Talisman kühl.

»Eine Weile. Ich werde meine Macht gegen die Gothir einsetzen. Aber ich darf und werde hier nicht sterben, Talisman. Meine Arbeit ist zu wichtig. Wenn die Verteidigung fällt, gehe ich, und ich werde das Mädchen mit mir nehmen.«

Talismans Herz wurde leichter. »Du kannst sie retten?«

»Selbstverständlich. Aber laß mich offen sein, Talisman. Wenn du ihr ihre Tugend nimmst, lasse ich sie hier.«

»Du hast mein Wort, Nosta Khan. Ist dir das gut genug?«

»Das war es immer, Talisman. Hasse mich nicht, mein Junge«, sagte er traurig. »Es gibt schon zu viele, die das tun. Bei den meisten ist es berechtigt. Es würde mir weh tun, wenn du zu ihnen gehörtest. Du wirst dem Einiger gut dienen, das weiß ich.«

»Du hast mein Schicksal gesehen?«

»Ja. Aber über manche Dinge sollte man nicht sprechen. Ich muß mich jetzt ausruhen.« Der Schamane ging davon, doch Talisman rief ihn zurück.

»Wenn du überhaupt etwas für mich übrig hast, Nosta Khan, dann sagst du mir, was du gesehen hast.«

»Ich habe nichts gesehen«, antwortete Nosta Khan, ohne sich umzusehen. Der kleine Mann ließ die Schultern hängen. »Nichts. Ich sehe dich nicht mit dem Einiger reiten. Es gibt keine Zukunft für dich, Talisman. Dies ist dein Augenblick. Genieße ihn.« Damit ging er davon.

Talisman blieb noch einen Augenblick stehen, dann ging er zu den Schlafsälen und stieg die Treppe zu Zhusais Zimmer hinauf. Sie wartete auf ihn, ihr langes schwarzes Haar war glatt gekämmt und schimmerte vor Duftöl. Als er eintrat, lief sie ihm entgegen, schlang ihm die Arme um den Hals und küßte ihn. Sanft schob er sie von sich und erzählte ihr, was der Schamane gesagt hatte.

»Es ist mir egal, was er sagt«, erklärte sie. »Ich werde niemals das gleiche für einen anderen Mann empfinden, was ich für dich empfinde. Niemals!«

»Und ich für keine andere Frau. Laß uns eine Weile zusammensitzen, Zhusai. Ich möchte deine Hand halten.« Er führte sie zu dem schmalen Bett. Sie nahm seine Hand und küßte sie, und er spürte ihre warmen Tränen auf seiner Haut. »Wenn alles andere fehlschlägt«, flüsterte er, »wird Nosta Khan dich von hier fortbringen an einen sicheren Ort. Er verfügt über große Magie, und er wird dich durch die Reihen der Gothir bringen. Du wirst leben, Zhusai.«

»Ich will nicht ohne dich leben. Ich gehe nicht fort.«

Ihre Worte rührten Talisman, aber sie machten ihm auch Angst. »Sag das nicht, Liebste. Du mußt verstehen, deine Sicherheit wäre für mich wie ein Sieg. Dann könnte ich frohen Herzens sterben.«

»Ich will nicht, daß du stirbst!« rief sie mit erstickter Stimme. »Ich will mit dir zusammensein, irgendwo tief in den Bergen. Ich möchte dir Söhne schenken.«

Talisman hielt sie eng an sich gedrückt, atmete den Duft ihres Haares und ihrer Haut ein. Seine Finger streichelten über ihr Gesicht und ihren Hals. Er konnte keine Worte finden, und eine schreckliche Traurigkeit überfiel ihn. Er hatte gedacht, seine Träume von der Einheit der Nadir bedeuteten ihm mehr als sein Leben. Jetzt wußte er es besser. Diese eine schlanke Frau hatte ihm eine Wahrheit gezeigt, von der er nicht gewußt hatte, daß sie existierte. Für sie könnte er fast sein Schicksal verraten. Fast. Sein Mund war trocken, und mit großer Überwindung ließ er sie los und stand auf. »Ich muß jetzt gehen«, sagte er.

Sie schüttelte den Kopf und stand ebenfalls auf. »Nein, noch nicht«, widersprach sie. Sie hatte ihre Stimme wieder unter Kontrolle. »Ich bin eine Chiatze, Talisman. Ich wurde in vielen Dingen ausgebildet. Zieh dein Hemd aus.«

»Ich kann nicht. Ich habe Nosta Khan mein Wort gegeben.«

Sie lächelte. »Zieh dein Hemd aus. Du bist verspannt und erschöpft, deine Muskeln verkrampft. Ich werde dir Schultern und Nacken massieren. Dann kannst du schlafen. Tu es für mich, Talisman.«

Er zog sein Ziegenfellwams aus, streifte das Hemd ab, schnallte den Schwertgürtel los und setzte sich wieder auf das Bett. Sie kniete sich hinter ihn, und ihre Daumen begannen an den Knoten in seinen Muskeln zu arbeiten. Nach einer Weile befahl sie ihm, sich auf den Bauch zu legen. Er tat es, und sie rieb ihm duftendes Öl auf den Rücken. Der Duft war zart, und Talisman spürte, wie die Spannung von ihm abfiel.

Als er erwachte, lag sie neben ihm unter der Decke. Ihr Arm ruhte auf seiner Brust, ihr Gesicht neben dem seinen auf dem Kissen. Die Morgensonne fiel durch das Fenster. Talisman hob ihren Arm hoch, schob sich aus dem Bett und stand auf. Sie erwachte. »Wie fühlst du dich, mein Gebieter?« fragte sie ihn.

»Mir geht es gut, Zhusai. Du verfügst über großes Können.«

»Liebe ist Magie«, sagte sie und setzte sich auf. Sie war nackt, die Sonnenstrahlen verwandelten ihre Haut in Gold.

»Liebe ist Magie«, stimmte er zu und riß sich von dem Anblick ihrer Brüste los. »Du hast nicht von Shul-sen geträumt?«

»Ich habe nur von dir geträumt, Talisman.«

Er zog Hemd und Wams über, legte den Schwertgürtel über die Schulter und ging aus dem Zimmer. Gorkai wartete unten auf ihn.

»Zwei Reiter kommen«, sagte er. »Könnten Späher der Gothir sein. Einer trägt eine große Axt. Willst du sie tot oder lebendig?«

»Laß sie kommen. Ich habe sie erwartet.«

Druss brachte die Stute vor der Westmauer zum Stehen und musterte die zerklüftete Bresche. »Ich habe schon bessere Verteidigungsanlagen gesehen«, meinte er zu Sieben.

»Und freundlichere Willkommensgrüße«, murmelte Sieben und starrte zu den Bogenschützen hinauf, die auf der Brüstung standen und auf sie zielten. Druss grinste und zog an den Zügeln. Die Stute trottete weiter. Die Tore waren alt und halb verrottet, aber er sah, daß die Angeln kürzlich vom Rost befreit worden waren. Unter beiden Torflügeln war die Erde halbkreisförmig weggescharrt, was zeigte, daß sie erst vor kurzem geschlossen worden waren.

Er ritt in die Anlage und stieg ab. Er sah Talisman auf sie zukommen. »So treffen wir uns also wieder, mein Freund«, sagte er. »Keine Räuber diesmal, die dich verfolgen?«

»Zweitausend davon«, antwortete Talisman. »Lanzenreiter, Fußsoldaten und Bogenschützen.«

»Dann solltest du dafür sorgen, daß diese Tore gewässert werden«, sagte Druss. »Das Holz ist trocken. Sie werden sich nicht damit aufhalten sie einzuschlagen. Sie werden sie einfach anzünden.« Der Axtkämpfer ließ seinen erfahrenen Blick über die Verteidigungsanlagen schweifen, beeindruckt von dem, was er sah. Die Brüstungen waren wiederhergestellt, und unter der Bresche in der Westmauer erhob sich eine Kampfplattform. Auf jeder Brüstung waren Felsbrocken und Steine aufgestapelt, die darauf warteten, auf die anrückenden Fußsoldaten geschleudert zu werden. »Wie viele Männer hast du?«

»Zweihundert.«

»Dann sollten es aber besser gute Kämpfer sein.«

»Sie sind Nadir. Und sie verteidigen die Gebeine des größten Nadirkriegers aller Zeiten. Sie werden kämpfen. Und du?«

Druss lachte leise. »Ich liebe einen guten Kampf, mein Junge. Aber das hier ist nicht meiner. Ein Nadirschamane erzählte mir, hier gebe es Juwelen – heilende Juwelen. Ich brauche sie für einen Freund.«

»Das weiß ich. Aber wir haben sie noch nicht gefunden. Sag mir, hat dieser Schamane dir die Juwelen versprochen?«

»Nicht direkt«, gab Druss zu. »Er sagte nur, sie wären hier. Hast du etwas dagegen, wenn wir sie suchen?«

»Nicht im geringsten«, antwortete Talisman. »Ich schulde dir mein Leben, das ist das wenigste, was ich für dich tun kann.« Er deutete auf das Hauptgebäude. »Das ist der Schrein von Oshikai Dämonstod. Wenn die Juwelen irgendwo sind, dann dort. Nosta Khan – der Schamane, von dem du sprachst – hat mit Zaubersprüchen nach den Steinen gesucht, aber er kann sie nicht finden. Ich selbst habe den Geist Oshikais gerufen, aber er wollte mir nicht sagen, wo sie sind. Viel Glück, Axtkämpfer!«

Druss schwang sich die Axt über die Schulter und ging mit Sieben über das Gelände. Der Schrein war schwach erleuchtet, und der Axtkämpfer blieb vor dem steinernen Sarkophag stehen. Die Kammer war staubig und schmucklos.

»Sie ist geplündert worden«, sagte Sieben. »Sieh dir die Haken an der Wand an. Dort haben einmal seine Rüstung und seine Kampffahne gehangen.«

»So behandelt man keinen Helden«, meinte Druss. »Eine Ahnung, wo wir suchen sollen?«

»Im Sarkophag«, sagte Sieben. »Aber du wirst dort keine Juwelen finden.«

Druss legte die Axt beiseite und ging zu dem Sarg. Er packte den steinernen Deckel, spannte die Muskeln an und drückte. Der Stein ächzte und knirschte, als er beiseite glitt. Sieben sah hinein. »Ah, ja«, sagte er.

»Sind sie dort?«

»Natürlich nicht«, fauchte Sieben. »Aber der Tote trägt genauso ein *lon-tsia*, wie wir es bei der Frau gefunden haben.«

»Sonst nichts?«

»Nein. Er hat keine Finger, Druss. Irgend jemand hat sie ihm abgehackt, um an seine Ringe zu kommen. Schieb den Deckel zurück.«

»Was nun?« fragte Druss anschließend.

»Ich werde darüber nachdenken«, antwortete der Dichter. »Irgend etwas stimmt hier nicht. Es wird mir schon einfallen.«

»Aber bald, Dichter. Sonst findest du dich mitten in einem Krieg wieder.«

»Welch bezaubernder Gedanke.«

Von draußen hörte man Pferdegetrappel. Druss ging zur Tür und trat in den Sonnenschein hinaus. Sieben folgte ihm und sah, wie Nuang Xuan von seinem Pony sprang. Seine Leute strömten hinter ihm durch die Tore.

»Ich dachte, du wolltest in die andere Richtung«, rief Druss. Der Nadirhäuptling spie aus.

»Ich auch, Axtkämpfer. Aber irgendein Idiot hat auf unserem Weg Feuer gelegt, und wir hatten keine andere Wahl, als davor zu fliehen. Als wir versuchten, uns nach Osten zu schlagen, sahen wir eine Reihe von Lanzenreitern. Die Götter von Stein und Wasser müssen mich wirklich hassen.«

»Du bist immer noch am Leben, Alter.«

»Pah, aber nicht mehr lange. Es sind Tausende – und alle auf dem Weg hierher. Ich werde meine Leute heute nacht ruhen lassen.«

»Du bist ein schlechter Lügner, Nuang Xuan«, sagte Druss. »Du bist hergekommen, um zu kämpfen – um den Schrein zu verteidigen. Keine Art, deine Pechsträhne zu ändern.«

»Ich frage mich, hat denn die Bosheit der Gothir nie ein Ende? Was haben sie davon, wenn sie das zerstören, was uns heilig ist?« Er holte tief Luft. »Ich werde bleiben«, sagte er. »Ich werde die Frauen und Kinder fortschicken, aber meine Krieger und ich werden bleiben. Und was mein Glück angeht, Axtkämpfer, bei der Verteidigung eines heiligen Ortes zu sterben ist ein Privileg. Und so alt bin ich noch nicht. Ich denke, hundert werde ich schon töten. Du bleibst auch, ja?«

»Es ist nicht mein Kampf, Nuang.«

»Was sie vorhaben, ist böse, Druss.« Plötzlich lächelte er und ließ dabei seine Zahnlücken sehen. »Ich glaube, du wirst ebenfalls bleiben. Ich glaube, die Götter von Stein und Wasser haben dich hergeführt, damit du zusehen kannst, wie ich meine hundert töte. Jetzt muß ich den Anführer hier finden.«

Sieben ging zu Niobe, die im Schatten stand. Sie hatte ein Leinenbündel bei sich, das sie hatte zu Boden fallen lassen. Sieben lächelte. »Hast du mich vermißt?«

»Ich bin zu müde für die Liebe«, sagte sie tonlos.

»Immer Romantiker, ihr Nadir«, erwiderte Sieben. »Komm, laß mich dir etwas Wasser holen.«

»Ich kann mir selbst Wasser holen.«

»Dessen bin ich ganz sicher, Liebes, aber ich würde mich über deine Gesellschaft freuen.« Er nahm sie bei der Hand und führte sie an den Tisch im Schatten. Tonkrüge mit Wasser waren bereitgestellt, ebenso wie Becher. Sieben füllte einen und reichte ihn ihr.

»Dienen die Männer in deinem Land den Frauen?« fragte sie.

»Auf die eine oder andere Weise«, gab er zu. Niobe leerte den Becher und hielt ihn Sieben zum Nachschenken hin.

»Du bist seltsam«, meinte sie. »Und du bist kein Krieger. Was willst du hier, wo das Blut fließen wird?«

»Mit etwas Glück bin ich nicht mehr hier, wenn der Kampf beginnt. Aber falls doch ...« Er breitete die Hände aus. »Ich kenne mich ganz gut mit Wunden aus«, sagte er. »Ich werde dann der Lazarettarzt.«

»Ich kann auch Wunden nähen. Wir brauchen Tücher für Verbände und viel Faden. Und Nadeln. Ich werde diese Dinge besorgen. Und es muß einen Platz für die Toten geben, sonst fangen sie an zu stinken, schwellen an, platzen auf und ziehen die Fliegen an.«

»Hübsch gesagt«, meinte er. »Wollen wir nicht über etwas anderes reden?«

»Wozu?«

»Weil das Thema ... entmutigend ist.«

»Das Wort kenne ich nicht.«

»Nein«, sagte er. »Das glaube ich gern. Sag mir, hast du denn überhaupt keine Angst?«

»Wovor?«

»Vor den Gothir.«

Sie schüttelte den Kopf. »Sie werden kommen, wir werden sie töten.«

»Oder von ihnen getötet werden«, betonte er.

Sie zuckte die Achseln. »Wie auch immer«, sagte sie finster.

»Meine Liebe, du bist Fatalistin.«

»Falsch. Ich bin ein Einsamer Wolf«, sagte sie. »Wir sollten eigentlich Adlerflügel werden, unter Nuang. Jetzt gibt es nicht mehr genug von uns, und so werden wir wieder Einsame Wölfe.«

»Niobe von den Einsamen Wölfen, ich verehre dich«, sagte er lächelnd. »Du bist wie ein Hauch frischer Luft in meinem abgestumpften Leben.«

»Ich werde nur einen Krieger heiraten«, erklärte sie streng. »Aber bis ein guter daherkommt, werde ich mit dir schlafen.«

»Welcher Ehrenmann könnte einem solch reizenden Angebot widerstehen?«

»Seltsam«, murmelte sie, dann ging sie davon.

Druss schlenderte durch die Anlage. »Nuang sagt, er hat es satt, davonzulaufen. Er und seine Leute werden hierbleiben und kämpfen.«

»Können sie gewinnen, Druss?«

»Sie sind ein zäher Haufen, und Talisman hat die Verteidigungsanlagen gut in Schuß gebracht.«

»Das beantwortet meine Frage nicht.«

»Darauf gibt es auch keine Antwort«, erklärte Druss. »Nur Chancen. Ich würde kein halbes Kupferstück darauf verwetten, daß sie länger als einen Tag durchhalten.«

Sieben seufzte. »Natürlich bedeutet das nicht, daß wir etwas Vernünftiges tun – zum Beispiel abreisen?«

»Die Gothir haben kein Recht, diesen Schrein zu zerstören«, sagte Druss. Seine grauen Augen blickten kalt. »Es ist Unrecht. Dieser Oshikai war ein Held für alle Nadir. Seine Gebeine sollten in Frieden ruhen dürfen.«

»Entschuldige, wenn ich das Offensichtliche ausspreche, altes Schlachtroß, aber sein Grab wurde bereits geplündert und seine Knochen zerhackt. Ich denke, es ist ihm inzwischen vermutlich egal.«

»Es geht nicht um ihn, es geht um sie«, sagte Druss und deutete auf die Nadir. »Die Zerstörung des Schreins würde sie ihres Erbes berauben. In einer solchen Tat steckt kein Verdienst. Sie entspringt dem Haß, und so etwas kann ich nicht ausstehen.«

»Dann bleiben wir also?«

Druss lächelte. »Du solltest gehen«, sagte er. »Das ist kein Platz für einen Dichter.«

»Ein verlockender Gedanke, Druss. Vielleicht tue ich genau das – sobald wir ihre Kriegsflagge sehen.«

Nuang rief nach Druss, und der Axtkämpfer ging davon. Während Sieben am Tisch saß und einen Becher Wasser trank, kam Talisman herbei und setzte sich zu ihm.

»Erzähl mir von dem Freund, der im Sterben liegt«, bat er. Sieben berichtete alles, was er wußte, über den Kampf, der Klay verkrüppelt hatte, und Talisman lauschte mit ernster Miene.

»Es ist richtig«, sagte er, »daß ein Mann für eine Freundschaft jedes Risiko eingeht. Es zeigt, daß er ein gutes Herz hat. Er hat in vielen Schlachten gekämpft?«

»In vielen«, antwortete Sieben bitter. »Du weißt doch, wie ein hoher Baum bei einem Gewitter den Blitz anzieht? Nun, Druss ist genauso. Wo er auch ist, sprießen einfach die Schlachten. Es ist wirklich abstoßend.«

»Doch er überlebt sie.«

»Das ist sein Talent. Wo er auch geht, der Tod ist immer dicht hinter ihm.«

»Er ist hier höchst willkommen«, sagte Talisman. »Aber was ist mit dir, Sieben? Niobe sagt mir, du willst unser Arzt sein. Warum solltest du das tun?«

»Dummheit liegt bei uns in der Familie.«

Lin-tse saß auf seinem Pony und spähte über den Paß. Rechts von ihm stieg senkrecht der Tempelstein auf, ein majestätisches Naturmonument, dessen Flanken der Wind der Zeit zerklüftet hatte und dessen Form von einem längst vergessenen Meer gestaltet worden war, das einst dieses ausgedehnte Land bedeckt hatte. Links von Lin-tse befand sich eine Reihe zerklüfteter, von Steinen übersäter Abhänge. Der Feind mußte über den schmalen Pfad kommen, der neben dem Tempelstein abwärts führte. Er stieg ab und lief den ersten Hang hinauf. An einigen vorspringenden Felsen hielt er inne. Mit genügend Männern und genügend Zeit konnte er ein paar der größeren Felsbrocken lösen und sie auf den Pfad hinunterstürzen lassen. Er dachte eine Weile darüber nach.

Er lief zurück zu seinem Pony, schwang sich in den Sattel und führte seine kleine Truppe weiter, tiefer in das rote Felsgestein hinein. Talisman brauchte einen Sieg, etwas, um die Herzen der Verteidiger höher schlagen zu lassen.

Aber wie? Talisman hatte Fecrem und den Langen Rückzug erwähnt – damals hatte eine Reihe blitzschneller Guerilla-Überfälle auf die feindlichen Versorgungslinien dazugehört. Fecrem war Oshikais Neffe gewesen und sehr einfallsreich bei Überfällen. Roter Staub stieg in dichten Wolken unter den Hufen der Ponys auf, und Lin-tses Kehle war ausgedörrt, als er sich über sein Reittier beugte und den Hengst den steilen Hang hinauf drängte. Auf der Kuppe hielt er an und stieg wieder ab. Hier wurde der Pfad breiter. Ein langer fingerförmiger Felsvorsprung ragte von links hinein zu einer Gruppe von großen Steinen auf der rechten Seite. Die Lücke dazwischen betrug etwa sechs Meter. Lin-tse stellte sich die vorrückende Reihe der Lanzenreiter vor. Sie würden langsam reiten, wahrscheinlich in Zweierreihen. Wenn er sie dazu bringen könnte, an dieser Stelle schneller zu reiten … Er schwang sich in den Sattel und warf einen Blick zurück auf den Pfad. Der Hang hinter ihm war steil, doch ein geschickter Reiter konnte ihn im Galopp bergab bewältigen. Und die Lanzenreiter waren geschickt.

»Wartet hier«, befahl er seinen Männern, dann zog er an den Zügeln. Das Pony stieg und wand sich, doch Lin-tse ließ es den Hang hinuntergaloppieren. Unten riß er heftig an den Zügeln. Hinter ihm war eine Staubwolke aufgestiegen, die sich wie roter Nebel über den Pfad legte. Lin-tse hielt sich nach rechts und ritt vorsichtiger weiter. Abseits des Pfades war der Grund unebener und führte zu einem Felsspalt, der jäh etwa hundert Meter tief abfiel. Er stieg wieder ab und ging zum Rand des Abgrundes, dann arbeitete er sich daran entlang. An der breitesten Stelle betrug der Abstand mindestens achtzehn Meter zwischen den beiden Seiten, aber dort, wo er jetzt kniete, verengte er sich auf nur gut drei Meter. Auf der anderen Seite stieg das Gelände an und war von Geröll übersät. Aber es führte zu einem breiteren Pfad, dem Lin-tse mit den Augen folgte. Er würde ihn auf der Westseite des Tempelsteins nach unten führen.

Er blieb eine Zeitlang sitzen und durchdachte seinen Plan. Dann ritt er zurück zu seinen Männern.

Premian führte seine hundert Lanzenreiter tief in das Land der Roten Felsen. Er war müde, seine Augen blutunterlaufen und verklebt. Die Männer hinter ihm ritten schweigend in Zweierreihen, sie alle waren unrasiert, ihre Wasserrationen um ein Drittel gekürzt. Zum vierten Mal an diesem Vormittag reckte Premian den Arm in die Luft, und die Kolonne hielt an. Der junge Offizier Mikal ritt zu Premian heran. »Was siehst du?« fragte er.

»Nichts. Schick einen Späher in das hochgelegene Gebiet im Nordosten.«

»Wir stehen doch keiner *Armee* gegenüber«, beschwerte sich Mikal. »Wozu all diese Vorsichtsmaßnahmen?«

»Du hast deine Befehle. Führe sie aus«, sagte Premian.

Der junge Mann wurde rot und riß sein Pferd herum. Premian hatte Mikal auf dieser Mission nicht dabeihaben wollen. Der Bursche war noch jung und hitzköpfig. Schlimmer noch, er sah auf die Nadir hinab – selbst nach dem Feuer im Lager. Aber Gargan hatte ihn überstimmt, er mochte Mikal und sah in ihm eine jüngere Ausgabe seiner selbst. Premian wußte, daß die Männer nichts dagegen hatten, langsam in feindliches Gebiet einzudringen. Die Königlichen Lanzenreiter hatten alle in der Vergangenheit schon gegen Nadirkrieger gekämpft, und sie waren in der Mehrzahl so klug, daß sie lieber Unbequemlichkeiten im Sattel erduldeten, als unvorbereitet in einen Hinterhalt zu geraten.

Eins war sicher: der Mann, der den Überfall auf das Lager geplant hatte, hatte noch mehr in Petto. Premian war vorher noch nie in dieser Gegend gewesen, aber er hatte die ausgezeichneten Karten in der Großen Bibliothek in Gulgothir studiert und wußte, daß das Gebiet um den Tempelstein herum reichlich Verstecke bot, aus denen Bogenschützen seine Truppe angreifen oder Felsen auf sie hinuntergeschleudert werden konnten. Unter keinen Umständen würde er seine Männer unbesonnen dem Feind in die Arme treiben. Er beobachtete, wie der Späher bergauf ritt. Der Mann erreichte den Kamm und machte dann eine kreisförmige Armbewegung, um anzuzeigen, daß der Weg frei war. Premian führte seine vier Kompanien weiter. Sein Mund war trocken. Er fischte aus seiner Satteltasche eine kleine Silbermünze, die er in den Mund steckte, um den Speichelfluß anzuregen. Die Männer beobachteten ihn, wenn er trank, würden sie es auch tun. Den Karten nach gab es in dieser Gegend keine größere Wasserstelle, obwohl es einige ausgetrocknete Flußbetten gab. Oft förderte tiefes Graben kleine Sickerstellen zutage, die zumindest den Durst der Pferde stillen konnten. Vielleicht gab es auch versteckte

Felstümpel, von denen die Kartographen nichts wußten. Premian hielt Ausschau nach Bienen, die sich niemals allzuweit vom Wasser entfernten. Bislang hatte er noch keine gesehen. Auch hatten die Pferde, die Wasser über große Entfernungen hinweg riechen konnten, noch nicht reagiert, wenn der heiße Wind drehte.

Premian rief seinen Hauptunteroffizier Jomil heran. Der Mann ging auf die Fünfzig zu und war ein Veteran aus Nadirfeldzügen. Er lenkte sein Pferd neben Premian und salutierte knapp. Sein verwittertes Gesicht wirkte jetzt mit grauem Zweitagebart noch älter. »Was meinst du?« fragte er den Mann.

»Sie sind in der Nähe«, antwortete Jomil. »Ich kann sie fast riechen.«

»Graf Larness verlangt Gefangene«, sagte Premian. »Gib das an die Männer weiter.«

»Eine Belohnung wäre schön«, schlug Jomil vor.

»Es wird eine geben, aber mach das nicht bekannt. Ich will keine Tollkühnheiten.«

»Ah, du bist ein vorsichtiger Mann«, sagte Jomil grinsend.

Premian lächelte. »Das würde ich auch gern von meinen Enkeln hören, wenn ich mit ihnen in der Kühle des Herbstes in meinem Garten sitze. ›Er war ein vorsichtiger Mann.‹«

»Ich habe bereits Enkel«, erzählte Jomil.

»Wahrscheinlich mehr als du ahnst.«

»Nicht *wahrscheinlich.*« Jomil ritt zu seinen Männern zurück und gab bekannt, daß Gefangene gemacht werden sollten. Premian nahm den Helm mit dem weißen Roßhaarbusch ab und fuhr sich mit den Fingern durch das schweißnasse blonde Haar. Für einen Augenblick fühlte sich der Wind kühl an, während der Schweiß verdunstete, dann begann die niederdrückende Hitze erneut. Premian setzte den Helm wieder auf.

Vor ihnen machte der Pfad eine Biegung, der Tempelstein kam in Sicht. Geformt wie eine riesige Glocke ragte er majestätisch zum Himmel empor. Premian fand den Anblick beeindruckend und wünschte, er hätte die Zeit, ihn zu zeichnen. Der Pfad stieg steil an zu einem Kamm. Er rief Mikal zu sich und befahl ihm, seine Kompanie von fünfundzwanzig Mann zum Kamm zu führen und dort auf den Rest der Truppe zu warten. Der junge Mann salutierte und ritt nach Osten davon. Premian sah ihm finster nach. Er ritt zu schnell – begriff er denn nicht, daß die Pferde müde waren und Wasser knapp?

Mikal und seine Männer erreichten den Kamm – gerade noch rechtzeitig, um eine kleine Gruppe von vier überraschten Nadirkriegern zu sehen, die zu ihren Ponys rannten. Graf Gargan hatte gesagt, er wolle Gefangene, und Mikal konnte schon fast die Lobesworte hören, die der General zu ihm sagen würde. »Einen Goldraq für den Mann, der einen fängt!« rief er und gab seinem Pferd die Sporen. Der Wallach sprengte davon. Die Nadir schwangen sich auf ihre Tiere und galoppierten in einer roten Staubwolke bergab. Die Ponys waren den Pferden der Gothir nicht gewachsen, und es würde nur eine Sache von Augenblicken sein, ehe Mikal und seine Männer sie einholten. Mikal zog seinen Säbel, spähte in den Staub und beugte sich über den Hals seines Tieres, um es zu noch schnellerer Gangart anzutreiben. Die Nadir ritten um eine Wegbiegung ... er konnte sie durch die Staubwolke gerade noch ausmachen. Sein Pferd rannte in vollem Galopp, seine Männer drängten sich dicht hinter ihm, als er um die Kurve kam. Er sah die Nadir etwas links vor sich, ihre Pferde spannten sich und sprangen, als ob sie über einen kleinen Zaun setzten.

In diesem schrecklichen Augenblick sah Mikal den Abgrund vor sich gähnen wie das Maul eines riesigen

Ungeheuers. Er warf sich im Sattel zurück und riß heftig an den Zügeln – aber es war zu spät. Der Wallach sprang in vollem Galopp über den entsetzlichen Abgrund und stürzte dann kopfüber, wobei er Mikal aus dem Sattel schleuderte. Er fiel schreiend in die Tiefe.

Hinter ihm zerrten seine Lanzenreiter ebenfalls an ihren Zügeln. Sieben von ihnen stürzten unmittelbar nach ihm, die anderen drängten sich am Rand der Klamm. Fünfzehn Nadir stürzten sich unter lautem Gebrüll aus ihren Verstecken zwischen den Felsen und rannten auf die Reiter zu. Die erschreckten Pferde schossen davon und schickten weitere zehn Lanzenreiter in den Tod. Die übrigen acht Reiter sprangen aus dem Sattel, um zu kämpfen. In der Minderzahl und demoralisiert, hinter ihnen der Abgrund und ohne Möglichkeit zur Flucht, wurden sie rasch und erbarmungslos niedergemacht. Nur einer der Nadirkrieger wurde verwundet – eine klaffende Fleischwunde im Gesicht. Sie fingen die Pferde ein, sammelten die Helme der Gestürzten auf und ritten rasch zurück.

Premian und seine drei Kompanien trafen nur wenige Augenblicke später auf dem Kamm ein. Jomil ritt herunter und fand die Toten. Dann ritt er zurück zu seinem Hauptmann und erstattete Bericht. »Alle tot. Die meisten scheinen in eine Schlucht gestürzt zu sein. Sie wurden auf den Felsen zerschmettert. Wir haben ein paar gute Männer verloren.«

»Gute Männer«, stimmte Premian zu, der kaum die Wut in seiner Stimme unterdrücken konnte. »Angeführt von einem Offizier mit dem Hirn einer Laus.«

»Ich hörte deinen Befehl an ihn. Du hast angeordnet zu warten. Dich trifft keine Schuld.«

»Wir suchen einen Weg hinunter zu den Toten und begraben sie«, sagte er. »Was glaubst du, mit wieviel Mann haben sie angegriffen?«

»Den Spuren nach zu urteilen, nicht mehr als zwanzig. Ein paar der Nadir ritten vor unseren Jungs her. Sie sind an einer schmalen Stelle über die Schlucht gesprungen.«

»Also, sechsundzwanzig Tote gegen welche Verluste des Feindes?«

»Ein paar sind verwundet. Wo sie ihre Ponys versteckt hatten, war Blut auf der Erde – vielleicht zehn.«

Premian sah ihn scharf an. »Also schön, vielleicht ein oder zwei«, gab Jomil zu.

Sie brauchten mehr als drei Stunden, um zum Grund der Klamm zu gelangen. Als die Truppe bei den Toten ankam, brach die Dämmerung herein.

Allen achtzehn Toten hatte man Rüstung und Waffen abgenommen und ihnen die Köpfe abgeschlagen.

Kapitel zehn

Sieben sah sich in dem alten Lagerhaus um. Niobe und die anderen Nadirfrauen hatten es von Staub, Schmutz und uralten Spinnweben gesäubert, und in Haltern an den Wänden hingen jetzt fünf Laternen. Nur eine war angezündet, und in ihrem flackernden Licht musterte er sein neues Hospital. Zwei Fässer mit Wasser standen am Nordende des großen, quadratischen Raumes, dicht neben den zwei langen Tischen, die die Nadir schon vorher hier hereingetragen hatten. Sieben prüfte die ausgelegten Werkzeuge – eine alte Zange, mehrere gebogene Nadeln aus Horn und eine gerade Nadel aus Eisen. Er merkte, daß seine Hände zitterten. Niobe kam lautlos zu ihm heran. »Ist das alles, was du brauchst, Dichter?« fragte sie und legte eine kleine Schachtel mit Faden auf den Tisch.

»Decken«, sagte er. »Wir brauchen Decken. Und Eßschalen.«

»Wieso Eßschalen?« fragte sie. »Wenn ein Verwundeter stark genug zum Essen ist, ist er auch stark genug zum Kämpfen.«

»Ein Verwundeter verliert Blut, und damit Kraft. Essen und Wasser helfen, ihn wieder aufzubauen.«

»Warum zitterst du?«

»Ich habe dreimal in meinem Leben Ärzten bei der Arbeit geholfen. Einmal habe ich sogar eine Wunde in der Schulter eines Mannes genäht. Aber meine Kenntnisse der Anatomie ... des menschlichen Körpers ... sind ziemlich begrenzt. Ich weiß zum Beispiel nicht, was ich bei einer tiefen Bauchwunde tun soll.«

»Gar nichts«, antwortete sie schlicht. »Eine tiefe Bauchwunde bedeutet den Tod.«

»Wie tröstlich! Ich könnte etwas Honig gebrauchen. Er ist gut für Wunden, vor allem, wenn man ihn mit Wein mischt. Er verhindert Infektionen.«

»Keine Bienen, Dichter. Keine Bienen – kein Honig. Aber wir haben ein paar getrocknete *lorassium*-Blätter. Gut gegen Schmerzen und für Träume. Und ein paar *bakka*-Wurzeln, um die Dämonen der blauen Haut zu vertreiben.«

»Blaue-Haut-Dämonen? Was ist das?«

»Du verstehst wirklich nicht viel von Wunden. Das sind die unsichtbaren Dämonen, die durch das offene Fleisch kriechen und es blau machen, so daß es anfängt zu stinken und die Männer sterben.«

»Wundbrand, ich verstehe. Und was macht man mit diesen *bakka*-Wurzeln?«

»Wir machen einen Breiumschlag und legen ihn auf die Wunde. Es riecht abscheulich. Die Dämonen meiden es.«

»Und welche Mittel hat die Dame gegen zitternde Hände?« fragte er.

Sie lachte und ließ ihre Hand über seinen Bauch und weiter hinunter gleiten. »Ein gutes Mittel«, sagte sie. Sie schlang ihm ihren linken Arm um den Hals, zog seinen Kopf zu sich herunter und küßte ihn. Er spürte ihre warme, süße Zunge auf der seinen. Erregung durchflutete ihn.

Sie machte sich los. »Jetzt sieh dir deine Hände an«, sagte sie. Sie zitterten nicht mehr. »Gutes Mittel, ja?«

»Dem kann ich nichts entgegensetzen«, antwortete er. »Wo können wir hingehen?«

»Nirgendwo. Ich habe viel zu tun. Bei Shi-sai werden bald die Wehen einsetzen, und ich habe versprochen, ihr zu helfen, wenn die Fruchtblase springt. Aber wenn du nachts zitternde Hände hast, kannst du zu mir an die Nordmauer kommen.«

Sie küßte ihn noch einmal, dann riß sie sich aus seiner Umarmung und ging hinaus. Sieben warf einen letzten Blick auf das Hospital, dann blies er die Laterne aus und ging. Im Licht des Mondes wurde noch immer gearbeitet, die Brüstung neben der Bresche in der Westmauer repariert. An anderen Stellen saßen Nadirkrieger um ihre Lagerfeuer. Druss sprach mit Talisman und Bartsai auf der Brüstung oberhalb des Tores.

Sieben überlegte, ob er zu ihnen gehen sollte, erkannte jedoch, daß er nichts mehr über Schlachten und Tod hören wollte. Seine Gedanken wanderten zu Niobe. Sie war anders als alle Frauen, die er gekannt hatte. Als er sie zuerst gesehen hatte, hielt er sie für leidlich attraktiv – gewiß nicht mehr. Bei näherem Hinsehen hatten ihn ihre lachenden Augen zu einer neuen Einschätzung gebracht. Trotzdem würde sie gegen die Schönheiten, die sein Bett geteilt hatten, verblassen. Doch jedesmal, wenn er sie liebte, schien sie schöner zu werden. Es war seltsam. Alle seine früheren Liebschaften waren im Vergleich zu ihr langweilig. Während er noch in Gedanken versunken war, kamen zwei Nadirkrieger zu ihm. Einer sprach ihn auf nadir an.

»Tut mir leid, Jungs«, sagte er mit einem nervösen Lächeln. »Ich verstehe eure Sprache nicht.« Der größere der beiden, ein wild aussehender Mann mit schmalen, boshaften Augen, deutete auf seinen Gefährten und sagte: »Der hier haben große Schmerzen.«

»Große Schmerzen«, echote Sieben.

»Du Arzt. Mach heil.« Sieben betrachtete den zweiten Krieger. Das Gesicht des Mannes war grau, seine Augen eingefallen, die Lippen aufeinandergepreßt. »Wir gehen rein«, murmelte der erste Mann und führte seinen Freund in das neue Hospital. Siebens Herz sank, und er folgte ihnen, zündete die Laterne wieder an und führte sie an den Tisch. Der kleine Krieger versuchte, sein verwaschenes rotes Hemd auszuziehen, stöhnte jedoch auf. Der größere zog ihm das Kleidungsstück aus, und im flackernden Licht sah Sieben eine Geschwulst von der Größe eines Apfels am Rückgrat des Mannes. Das Fleisch drum herum war rot geschwollen und entzündlich. »Du schneiden«, sagte der Große.

Sieben bedeutete dem Krieger, daß er sich auf den Tisch legen sollte, dann tastete er behutsam die Schwellung ab. Der Mann versteifte sich, gab aber keinen Laut von sich. Die Geschwulst war steinhart. »Hol die Laterne«, bat Sieben den Großen. Als der Krieger sie brachte, untersuchte Sieben die Geschwulst genauer. Dann nahm er das schärfste Messer und holte tief Luft. Er hatte keine Ahnung, was die Geschwulst war – sie sah aus wie ein Riesenpickel, aber es konnte genausogut auch Krebs sein. Sicher war nur, daß er keine Wahl hatte als zu handeln, so erwartungsvoll wie die Männer ihn ansahen. Er setzte die Messerspitze an den Klumpen und stieß zu. Dicker gelber Eiter platzte aus dem Schnitt, und die Haut schälte sich wie bei einer vergammelten Frucht. Der Krieger schrie auf. Es klang erstickt und unmenschlich. Sieben legte das Messer beiseite, packte die Geschwulst und drückte sie. Mehr Eiter – diesmal gemischt mit Blut – drang heraus und lief ihm über die Finger. Der Kranke seufzte auf und entspannte sich. Sieben ging zu einem der Wasserfässer und füllte eine Holzschale, um sich die Hände zu säubern. Dann kehrte er zu dem Krieger zurück. Frisches Blut rann aus dem fünf Zentimeter langen Schnitt auf den Holztisch. Mit einem feuchten Tuch reinigte Sieben die Wunde, dann befahl er dem Mann, sich aufzusetzen, während er ein zusammengelegtes Tuch darauf drückte und es mit einem Verband um die Taille an seinem Platz hielt. Der Patient sagte etwas auf nadir zu seinem Gefährten, dann verließen die beiden Männer ohne ein weiteres Wort das Gebäude.

Sieben setzte sich. »Keine Ursache, es war mir ein Vergnügen«, sagte Sieben, allerdings nicht so laut, daß es die beiden Krieger noch hören konnten.

Er löschte wieder die Laterne, verließ das Haus durch eine Nebentür und fand sich unweit des Haupteingangs zum Schrein wieder. Da Niobe anderweitig beschäftigt war und er sonst nichts weiter zu tun hatte, stieß Sieben die Tür auf und trat hinein.

Irgend etwas an diesem Ort nagte die ganze Zeit an seinem Unterbewußtsein, aber er konnte es nicht an die Oberfläche bringen. Seine Augen wurden von der geschwärzten Eisenplatte auf dem steinernen Sarg angezogen. Die Symbole darauf waren in Chiatze geschrieben, zum Teil in Hieroglyphen, und Talisman hatte ihm erklärt, was sie bedeuteten:

Oshikai Dämonstod – Kriegsherr

Sieben kniete davor nieder und betrachtete die Symbole. Sie waren tief in das Eisen eingraviert und sagten ihm überhaupt nichts. Verärgert, daß er das Problem nicht lösen konnte, verließ er den Schrein und stieg auf den Wehrgang der Nordmauer. Dort ließ er sich im Mondschein auf der Brüstung nieder und schaute zu den fernen Bergen hinüber. Seine Gedanken kehrten wieder einmal zu Niobe und ihrer Schönheit zurück, und er lauschte eine Weile vergebens auf das Schreien des Neugeborenen. Hab Geduld, befahl er sich. Er holte das *lon-tsia* aus seiner Tasche und betrachtete das Frauenprofil, das dort geprägt war. Auch sie war schön. Er drehte die Münze herum und sah sich das Abbild Oshikais an. »Du machst viel Ärger für jemanden, der seit zehn Jahrhunderten tot ist«, sagte er.

Dann traf es ihn wie ein Schlag …

Er erhob sich, lief die Stufen hinunter und ging zum Schrein zurück. Dort kauerte er sich wieder vor der Eisenplatte nieder. Er verglich Oshikais Namen mit der Gravur auf dem *lon-tsia* und sah, daß der Name auf der Platte noch zwei weitere, identische Symbole hatte. Als er näher hinsah, erkannte er, daß diese beiden Gravuren tiefer waren als die der anderen Symbole.

»Was hast du gefunden?« fragte Talisman von der Tür her. Der schlanke Nadirführer kniete neben dem Dichter nieder.

»Ist das die ursprüngliche Platte?« fragte Sieben. »Wurde sie von Oshikais Anhängern gefertigt?«

»Ich denke schon«, meinte Talisman. »Warum?«

»Was bedeuten diese Symbole?«

»Den Buchstaben *i* auf nadir.«

»Aber Chiatze hat keinen solchen Buchstaben«, sagte Sieben. »Also ist die Namensplatte entweder nicht das Original, oder sie wurde verändert.«

»Ich weiß nicht, worauf du hinauswillst«, sagte Talisman.

Sieben setzte sich. »Ich mag keine Rätsel«, sagte er. »Wenn das hier das Original ist, dann dürfte es keine *i*s haben. Wenn sie es nicht ist, warum ist sie dann in Chiatze geschrieben? Warum nicht ganz in Nadir?«

Sieben rutschte auf den Knien vorwärts, bis er seine Hände auf die Platte legen konnte. Dann drückte er mit jeweils einem Finger in die eingravierten Symbole. Irgend etwas gab unter seinem Druck nach, es gab ein dumpfes Klicken von drinnen, und die Namensplatte fiel ab. Dahinter befand sich eine flache Nische, die in den Sarg geschnitten war, und darin lag ein kleiner Lederbeutel. Talisman stieß Sieben beiseite und packte den Beutel. Als er ihn öffnete, brach das Leder, und der Inhalt fiel auf den staubigen Fußboden. Es waren zwei Fingerknöchelchen mit schwarzen Symbolen, ein kleines Stück geflochtener Haare und ein Stück gefaltetes Pergament. Talisman sah enttäuscht aus. »Ich dachte schon, du hättest die Augen von Alchazzar gefunden«, sagte er.

Sieben nahm das Pergament und versuchte, es zu öffnen, aber es zerfiel unter seinen Fingern. »Was ist das?« fragte er.

»Der Medizinbeutel eines Schamanen. Die Fingerknöchelchen werden für Seherzauber gebraucht, das Haar gehört dem ärgsten Feind des Schamanen. Das Pergament? Ich weiß nicht.«

»Warum ist es wohl hier verborgen?«

»Weiß ich nicht«, fauchte Talisman. Sieben nahm die Fingerknöchelchen in die Hand.

Die Welt fing an sich zu drehen. Er schrie auf, aber er wurde in die Dunkelheit hinabgezogen …

Schockiert von dem plötzlichen Zusammenbruch, kniete Talisman über der leblosen Gestalt des blonden Drenai und legte seinen Zeigefinger auf den Puls an seinem Hals. Das Herz schlug, aber unglaublich langsam. Er rüttelte Sieben an der Schulter, aber dieser reagierte nicht. Er stand auf und rannte aus dem Schrein. Gorkai saß auf dem Boden und schärfte sein Schwert mit einem Wetzstein. »Hol Nosta Khan und den anderen Drenai«, befahl Talisman, dann ging er zu Sieben zurück.

Druss kam als erster. »Was ist passiert?« fragte er und kniete neben seinem Freund nieder.

»Wir haben uns unterhalten, und dann brach er zusammen. Hat er öfter Anfälle?«

»Nein.« Druss fluchte leise. »Sein Herz schlägt kaum noch.« Talisman sah den Axtkämpfer an und erkannte die Angst in dem breiten, bärtigen Gesicht. Nosta Khan kam, und Talisman sah, wie sich seine bohrenden Augen auf die herabhängende Namensplatte an dem Sarg hefteten.

»Die Augen …?« fragte er.

»Nein«, antwortete Talisman und erzählte ihm, was sie gefunden hatten.

»Du Narr!« zischte Nosta Khan. »Ihr hättet mich rufen sollen.«

»Es war nur ein Medizinbeutel. Keine Juwelen drin«, erwiderte Talisman, der spürte, wie der Zorn in ihm hochkochte.

»Es ist der Medizinbeutel eines *Schamanen*«, fauchte Nosta Khan. »Auf ihm liegt ein Zauber.«

»Ich habe ihn ebenfalls berührt, und mir ist nichts passiert«, wandte Talisman ein.

Der kleine Schamane kniete neben Sieben nieder und öffnete die Finger von dessen rechter Hand. Hier lagen die Knöchelchen, aber jetzt waren sie weiß und rein – die schwarzen Symbole hatten sich in Siebens Handfläche gebrannt. »Aber der Beutel zerfiel«, sagte Nosta Khan, »und nicht du warst es, der die Sehenden Knochen aufhob.«

Der Axtkämpfer erhob sich und baute sich drohend vor Nosta Khan auf. »Es ist mir gleich, wessen Fehler es war«, sagte er. Seine Stimme war gefährlich leise, seine blassen Augen glitzerten. »Ich will, daß du ihn zurückholst. *Sofort!*«

Nosta Khan spürte die Gefahr und fühlte einen Augenblick lang Panik in sich aufsteigen, als er in die kalten Augen des Axtkämpfers sah. Er legte die Hand aufs Herz und flüsterte zwei Worte der Macht. Druss versteifte sich und stöhnte. Es war ein alter Zauber, der das Opfer in Ketten aus feurigem Schmerz band. Jeder Versuch sich zu bewegen, brachte Druss einen ungeheuren Schmerz und anschließende Bewußtlosigkeit. So, dachte Nosta Khan triumphierend, jetzt soll dieser Drenai-*gajin* die Macht der Nadir zu spüren bekommen! Der Schamane wollte gerade etwas sagen, als Druss ein tiefes, kehliges Knurren ausstieß. Seine Augen funkelten, und seine Hand schoß vor. Große Finger packten Nosta Khan bei der Kehle und hoben ihn in die Luft. Der kleine Mann trat hilflos um sich, als Druss durch ein Meer von Schmerz hindurch sagte: »Nimm den Zauber von mir, kleiner Mann ... oder ... ich ... breche ... dir den Hals!« Talisman zog sein Messer, um den Schamanen zu verteidigen. »Noch eine Bewegung, und er stirbt«, warnte Druss. Nosta Khan japste erstickt und sprach drei Worte in einer Sprache, die weder Druss noch Talisman kannten. Druss' Schmerzen verschwanden. Er ließ den Schamanen fallen und stieß ihm mit einem Finger vor die Brust. »Mach so was nicht noch einmal, du häßlicher Zwerg, sonst bringe ich dich um!«

Talisman konnte den Schock und das Entsetzen auf Nosta Khans Gesicht erkennen. »Wir sind alle Freunde hier«, sagte er leise, steckte sein Messer weg und trat zwischen Nosta Khan und die drohende Gestalt von Druss. »Laßt uns lieber überlegen, was wir tun können.«

Nosta Khan rieb sich den wunden Hals. Er war erstaunt und konnte kaum klar denken. Der Zauber hatte gewirkt, das wußte er. Es war einfach unmöglich, daß ein Sterblicher einen solchen Schmerz überwinden konnte. Er merkte, daß die beiden Männer darauf warteten, daß er etwas sagte. Er konzentrierte sich mühsam, nahm die beiden Fingerknöchelchen und barg sie fest in seiner Faust. »Seine Seele wurde fortgerissen«, sagte er krächzend. »Der Medizinbeutel gehörte dem Abtrünnigen Shaoshad. Er war jener Schamane, der die Augen stahl – möge seine Seele für immer verflucht sein und in zehntausend Feuern brennen!«

»Warum sollte er ihn hier verstecken?« fragte Talisman. »Welchen Zweck hatte das?«

»Ich weiß es nicht. Aber wir wollen sehen, ob wir den Zauber rückgängig machen können.« Er nahm Siebens schlaffe Hand in die seine und begann zu singen.

Sieben fiel eine Ewigkeit lang, überschlug sich, dann erwachte er mit einem Ruck. Er lag neben einem Feuer, das in der Mitte eines Kreises aus Monolithen brannte. Ein alter Mann saß neben dem kleinen Feuer. Er war nackt, aber über eine Schulter hatte er einen prall gefüllten Beutel geschlungen. Von seinem Kinn hingen zwei lange, dünne Bartsträhnen, die ihm bis auf die hagere Brust reichten, die linke Seite seines Kopfes war kahlgeschoren, auf der rechten Seite war das Haar zu einem festen Zopf geflochten.

»Willkommen«, sagte der alte Mann. Sieben setzte sich auf und wollte gerade etwas sagen, als er entsetzt bemerkte, daß der Sprecher verstümmelt war. Man hatte ihm die Hände abgehackt, und aus den Stümpfen quoll Blut.

»Gütiger Himmel, du mußt furchtbare Schmerzen haben«, sagte er.

»Immer«, gab der Mann lächelnd zu. »Aber wenn nie etwas passiert, alles immer gleich bleibt, wird es erträglich.« Er zuckte mit der Schulter, so daß der Beutel abrutschte, dann griff er mit seinen blutigen Armen hinein. Aus dem Beutel holte er eine Hand hervor, die er vorsichtig zwischen die Stümpfe hielt. Er packte sie mit den Knien und hielt den verstümmelten rechten Arm an das abgetrennte Handgelenk. Das Glied zuckte, und die Hand fügte sich an das Gelenk. Die Finger zuckten. »Ach, das tut gut«, sagte der Mann, griff in den Beutel und holte eine linke Hand hervor, die er an sein linkes Handgelenk hielt. Auch diese beiden wuchsen zusammen, und er klatschte in die Hände. Dann

nahm er seine Augen heraus und ließ sie in den Beutel fallen.

»Was tust du dir da an?« fragte Sieben.

»Ein Zwang, der durch Zauberei hervorgerufen wird«, erklärte der Mann freundlich. »Sie waren nicht damit zufrieden, mich einfach zu töten. O nein! Jetzt kann ich entweder meine Hände oder meine Augen haben, aber niemals beides gleichzeitig. Wenn ich es versuche – und das habe ich getan – dann wird der Schmerz unerträglich. Ich empfinde große Bewunderung dafür, wie der Zauber gewirkt wurde. Ich dachte nicht, daß er so lange halten würde. Es gelang mir allerdings, den Bann auf meine Zunge und meine Ohren aufzuheben. Wie ich sehe, hast du meinen Medizinbeutel gefunden.«

Das Feuer erstarb, aber der alte Mann machte eine Geste mit den Händen, und die Flammen erwachten zu neuem Leben. Sieben starrte in die leeren Augenhöhlen des Mannes. »Hast du versucht, nur eine Hand und ein Auge zu benutzen?« wollte er wissen.

»Sehe ich aus wie ein Idiot? Natürlich habe ich das. Es funktioniert ... aber der Schmerz ist unbeschreiblich.«

»Ich muß sagen, das ist der schlimmste Traum, den ich je hatte«, sagte Sieben.

»Kein Traum. Du bist hier.« Sieben setzte zu einer Frage an, als ein tiefes, unmenschliches Knurren hinter den Steinen ertönte. Die Hand des alten Mannes zuckte hoch, und ein blauer, gegabelter Blitz schoß daraus hervor und explodierte mit lautem Krachen zwischen den Steinen. Dann war Stille. »Wie du siehst, brauche ich meine Hände, um hier zu überleben. Aber ohne meine Augen kann ich nirgendwo hingehen. Es ist eine erlesen boshafte Strafe. Ich wünschte, sie wäre mir selbst eingefallen.«

»Was war das für ein ... Ding?« fragte Sieben und verrenkte sich den Hals, um etwas zwischen den Steinen zu sehen. Aber es gab nichts zu sehen. Alles lag in Dunkelheit, tief und endgültig.

»Schwer zu sagen. Aber es wollte uns nichts Gutes. Ich bin Shaoshad.«

»Sieben. Sieben der Dichter.«

»Ein Dichter? Es ist lange her, daß ich die köstlichen Laute hervorragender Wortkunst genießen konnte. Aber ich fürchte, du wirst nicht lange bei mir bleiben, also vielleicht ein andermal … Erzähl mir, wie du meinen Beutel fandest.«

»Durch den Nadirbuchstaben i«, sagte Sieben.

»Ja. Es war ein Scherz, weißt du. Ich wußte, daß kein Nadir das sehen würde. Sie haben keinen Sinn für Scherze, die Nadir. Sie suchten nach den Augen von Alchazzar. Augen und is. Ist das nicht gut?«

»Sehr witzig«, gab Sieben zu. »Ich nehme an, du bist kein Nadir?«

»Nur zum Teil. Teils Chiatze, teils Sechuin, teils Nadir. Ich möchte, daß du etwas für mich tust. Ich kann dir natürlich nichts dafür bieten.«

»Was möchtest du?«

»Meinen Medizinbeutel. Nimm die Haare und verbrenn sie. Die Fingerknöchelchen mußt du in Wasser fallen lassen. Das Pergament soll zerrissen und in die Luft gestreut werden, der Beutel selbst in der Erde vergraben. Kannst du dir das merken?«

»Haare verbrennen, Knöchel versenken, Papier zerstreuen, Beutel vergraben«, sagte Sieben. »Und was bewirkt das?«

»Ich glaube, die Freilassung meiner elementaren Macht wird diesen verdammten Zauber beenden und mir meine Hände und meine Augen zurückgeben. Wo wir gerade davon sprechen …« Er nahm die Augen aus dem Beutel und setzte sie wieder in ihre Höhlen. Dann hielt er die Arme über den Beutel und löste seine Hände, die von den Handgelenken fielen. Sofort begann wieder Blut zu fließen. »Du bist ein gutaussehender Bursche und hast ein ehrliches Gesicht. Ich glaube, ich kann dir trauen.«

»Du bist der Mann, der die Augen von Alchazzar stahl«, sagte Sieben.

»Das bin ich in der Tat. Das war ein selten dummer Fehler. Trotzdem, wer nie einen Fehler macht, macht auch sonst nie etwas, oder?«

»Warum hast du es getan?«

»Ich hatte eine Vision – wie sich herausstellte, eine falsche. Ich dachte, ich könnte meinem Volk den Einiger fünf Jahrhunderte früher bringen. Arroganz war immer meine Schwäche. Ich wollte mit den Augen Oshikai von den Toten auferwecken. Seinen Körper wiederbeleben und seine Seele herbeirufen. Nun, seine Seele rief ich auch herbei.«

»Und was geschah?«

»Du wirst es kaum begreifen. Ich selbst habe noch immer Schwierigkeiten, es zu glauben.«

»Ich glaube, ich weiß es«, sagte Sieben. »Er wollte das Leben nicht annehmen ohne Shul-sen.«

»Genau. Du bist ein kluger Bursche. Kannst du raten, was als nächstes geschah?«

»Du brachst auf, um ihren Leichnam zu finden – deswegen wurdest du so dicht bei ihrem Ruheplatz gefangen. Was ich nicht verstehe, warum hast du die Macht der Juwelen nicht benutzt?«

»Aber das habe ich ja. Deswegen wurde ich gefangen und umgebracht.«

»Erzähl …«, flüsterte Sieben fasziniert.

Er stöhnte und schlug die Augen auf. Nosta Khan beugte sich über ihn, und Sieben fluchte. Druss packte ihn am Arm und riß ihn auf die Füße. »Gerechter Himmel, Dichter, du hast uns vielleicht einen Schrecken eingejagt! Wie fühlst du dich?«

»Erbost!« antwortete Sieben. »Noch einen Moment länger, und er hätte mir verraten, wo er die Juwelen versteckt hatte.«

»Du hast mit Shaoshad gesprochen?« fragte Nosta Khan.

»Ja. Er erzählte mir, warum er sie genommen hat.«

»Beschreibe ihn.«

»Komischer Bart, und er kann seine Hände und Augen abnehmen.«

»Aha!« rief Nosta Khan fröhlich. »Der Zauber hält also noch an. Leidet er?«

»Ja, aber er hält sich tapfer. Kannst du mich zu ihm zurückschicken?«

»Nur, wenn ich dir das Herz herausschneide und sieben Zauber darauf lege«, antwortete der Schamane.

»Ich fasse das als ›nein‹ auf«, sagte Sieben.

Von draußen erklang der Schrei eines Neugeborenen, und Sieben lächelte. »Ich hoffe, ihr entschuldigt mich. Das war eine anstrengende Erfahrung, und ich brauche etwas Ruhe.« Er bückte sich und hob Haare, Knöchelchen, Beutel und Pergamentfetzen auf.

»Was hast du damit vor?« erkundigte sich Nosta Khan.

»Andenken an eine interessante Erfahrung«, erklärte er. »Ich werde sie meinen Enkeln zeigen und mit meinem Besuch in der Unterwelt prahlen.«

Zhusai hatte Angst. Doch es war nicht einfach Angst, wie bei Gedanken an den Tod. Es war schlimmer, stellte sie fest. Der Tod war nur eine weitere Tür, aber dies hier war eine Art der Auslöschung. Zuerst waren ihre Träume von Shul-sen nur das gewesen – seltsame, unangenehme Visionen, die sie im Schlaf erlitt. Aber jetzt hörte sie Stimmen im Unterbewußtsein, und ihre eigenen Erinnerungen wurden vage und unscharf. Nicht aber die Erinnerungen an ein anderes Leben – ein Leben als Gefährtin des abtrünnigen Häuptlings Oshikai Dämonstod. Diese Erinnerungen wurden immer schärfer und deutlicher. Sie erinnerte sich daran, wie sie durch das Hügelland geritten waren, wie sie sich im Gras geliebt hatten, im Schatten von Jiang-shin, der Mutter der Berge, wie sie das weiße Seidenkleid am Tag der Hochzeit im Weißen Palast von Pechuin getragen hatte.

»Aufhören!« schrie sie, als die Erinnerungen sie zu verschlingen drohten. »Das bin nicht ich. Das ist nicht mein Leben. Geboren wurde ich in ... in ... « Doch die Erinnerungen wollten sich nicht einstellen. »Meine Eltern starben. Ich wurde von meinem Großvater aufgezogen. Er hieß ...« Einen Augenblick lang fiel ihr der Name nicht ein. Doch dann: »Chorin-Tsu!« rief sie triumphierend. Talisman trat ein, und sie flog in seine Arme. »Hilf mir!« flehte sie ihn an.

»Was ist los, Liebste?«

»Sie versucht mich zu töten«, schluchzte Zhusai. »Und ich kann nichts dagegen tun.«

Ihre Mandelaugen waren weit aufgerissen, in ihnen stand die Angst. »Wer versucht dich zu töten?« fragte er.

»Shul-sen. Sie will mein Leben ... meinen Körper. Ich kann sie in mir fühlen, ihre Erinnerungen überschwemmen mich.«

»Ganz ruhig«, sagte er beruhigend, führte sie zum Bett und ließ sie sich hinsetzen. Dann ging Talisman zum Fenster und rief nach Gorkai, der sofort die Treppe heraufgestürmt kam. Talisman berichtete ihm von Zhusais Befürchtungen.

»Ich habe so etwas schon gehört«, sagte Gorkai düster. »Geist-Besessenheit.«

»Was können wir tun?« fragte Talisman.

»Herausfinden, was sie will«, riet Gorkai.

»Angenommen, sie will einfach mich?« fragte Zhusai. »Mein Leben?«

»Warum hast du nicht mit deinem Schamanen gesprochen?« fragte Gorkai. »Er weiß mehr über solche Dinge als ich.«

»Ich will ihn nicht in meiner Nähe haben«, antwortete Zhusai. Ihre Stimme zitterte. »Niemals. Ich traue ihm nicht. Er ... würde wollen, daß sie mich tötet. Sie ist Shulsen, die Mutter des Nadirvolkes. Eine Hexe. Sie hat Macht, und er würde versuchen, sie zu benutzen. Ich habe nichts.«

»Ich kann nichts dagegen tun, Talisman«, sagte Gorkai. »Ich kann keine Zauber wirken.«

Talisman nahm Zhusais Hand. »Dann muß es Nosta Khan sein. Hol ihn.«

»Nein!« schrie Zhusai und versuchte aufzustehen. Talisman hielt sie fest und zog sie an sich.

»Vertrau mir!« drängte er. »Ich lasse nicht zu, daß dir etwas geschieht. Ich werde Nosta Khan scharf beobachten. Wenn Gefahr droht, bringe ich ihn um. Vertrau mir!«

Ihr Körper zuckte in einem wilden Krampf, und ihre Augen schlossen sich kurz. Als sie sie wieder aufschlug, war alle Angst daraus verschwunden. »Oh, ich vertraue dir, Talisman«, sagte sie leise. Er fühlte, wie sie ihre Schulter zurückzog, und ein sechster Sinn ließ ihn sich von ihr losmachen – gerade rechtzeitig, um die Messerklinge zu sehen. Mit dem rechten Arm wehrte er ihren Stoß ab und hieb ihr seine Faust ans Kinn. Ihr Kopf fiel zurück, und sie sackte aufs Bett. Er entwand sein Messer ihrer linken Hand und warf die Waffe quer durchs Zimmer.

Nosta Khan trat ein. »Was war hier los?« fragte er.

»Sie nahm mein Messer und versuchte, mich zu töten. Aber es war nicht Zhusai. Sie ist besessen.«

»Dein Diener sagte es mir. Der Geist von Shul-sen will zurück ins Leben. Du hättest eher zu mir kommen sollen, Talisman. Wie viele Geheimnisse hast du noch vor mir?«

Ohne eine Antwort abzuwarten, ging er zum Bett. »Binde ihr die Hände auf dem Rücken zusammen«, befahl er Gorkai. Der Krieger warf einen Blick auf Talisman, der mit einem knappen Nicken zustimmte. Mit einem dünnen Strick band Gorkai ihr die Handgelenke zusammen, dann hoben Nosta Khan und er sie hoch und lehnten sie gegen die Kissen. Aus einem alten Beutel, der an seinem Gürtel hing, zog Nosta Khan eine Kette aus Menschenzähnen, die er der bewußtlosen Frau um den Hals legte. »Von jetzt an«, sagte er, »darf niemand ein Wort sagen.« Er legte ihr seine Hand auf den Kopf und begann zu singen.

Den beiden zusehenden Männern schien es, als ob die Temperatur im Zimmer sinke, und ein kalter Wind begann durchs Fenster zu wehen.

Der Gesang ging weiter, schwoll an, senkte sich. Talisman kannte die Sprache nicht – falls es überhaupt eine Sprache war –, aber die Wirkung im Zimmer war verblüffend. Eis begann sich auf den Fensterrahmen und Wänden zu bilden, und Gorkai zitterte unwillkürlich. Nosta Khan zeigte keine Anzeichen von Unbehagen. Er schwieg, dann nahm er seine Hand von Zhusais Stirn. »Öffne die Augen«, befahl er, »und sag mir deinen Namen.«

Die dunklen Augen öffneten sich. »Ich bin …« Ein Lächeln erschien. »Ich bin die, die glücklicher war als alle Frauen.«

»Du bist der Geist von Shul-sen, Gemahlin von Oshikai Dämonstod?«

»Das bin ich.«

»Du bist tot, Weib. Hier gibt es keinen Platz mehr für dich.«

»Ich fühle mich nicht tot, Schamane. Ich fühle mein Herz schlagen, und ich spüre die Stricke um meine Handgelenke.«

»Die äußere Hülle hast du gestohlen. Deine Knochen liegen in einer Kammer aus Vulkangestein. Oder erinnerst du dich nicht mehr an die Nacht deines Todes?«

»Oh, doch, ich erinnere mich«, sagte sie. Ihre Lippen wurden schmal, ihre Augen glitzerten. »Ich erinnere mich an Chakata und seine goldenen Nägel. Damals war er menschlich. Ich fühle noch den Schmerz, wie er sie langsam hineintrieb, tief genug, um mich zu blenden, doch nicht zu töten. Ich erinnere mich. O ja, ich erinnere mich. Aber jetzt bin ich zurück. Binde meine Hände los, Schamane.«

»Das werde ich nicht«, sagte Nosta Khan. »Du bist tot, Shul-sen – so wie dein Gatte tot ist. Deine Zeit ist vorüber.«

Daraufhin lachte sie, daß es im ganzen Raum widerhallte. Talisman spürte, wie die schreckliche Kälte sich in sein Mark fraß. Gorkai neben ihm konnte sich kaum noch aufrecht halten und zitterte erbärmlich. Das Gelächter erstarb. »Ich bin eine Hexe mit großer Macht. Oshikai wußte das, und er benutzte mich gut. Ich weiß aus den Erinnerungen des Mädchens, daß eine Armee anrückt, Schamane. Ich kann dir helfen. Laß mich frei!«

»Wie kannst du uns helfen?«

»Laß mich frei, und du wirst es erfahren.«

Talismans Hand tastete sich zu seiner Messerscheide vor, aber sie war leer. Er streckte die Hand aus und zog Gorkais Messer. Die Frau sah ihn mit ihren dunklen Augen an. »Er will dich umbringen«, sagte sie zu Nosta Khan.

»Kein Wort – keiner von euch!« warnte der Schamane. Er wandte sich wieder an die Frau und begann zu singen. Sie zuckte zusammen, dann zog sie die Lippen zu einem tierischen Knurren zurück. Sie sprach ein Wort der Macht. Nosta Khan wurde vom Bett geschleudert und krachte unter dem Fenster gegen die Wand. Er rollte sich auf die Knie, aber wieder sagte sie etwas. Er wurde zurückgeworfen, schlug mit dem Kopf gegen die Fensterbank und sank bewußtlos zu Boden.

Die Frau sah Gorkai an. »Binde mich los«, befahl sie. Auf zitternden Beinen taumelte Gorkai vorwärts.

»Bleib, wo du bist!« befahl Talisman. Gorkai stieß einen Schmerzensschrei aus, zwang sich aber stehenzubleiben. Er sank auf die Knie, stöhnte und fiel mit dem Gesicht voran auf die Dielen.

»So«, sagte sie und schaute Talisman an, »du bist also ein mächtiger Mann. Dein Diener gehorcht dir, trotz der Schmerzen, die er spürt. Aber schön, dann wirst eben du mich losbinden.«

»Hast du Oshikai nicht geliebt?« fragte er plötzlich.

»Was? Du stellst meine Treue in Frage, du unwissender Bauer?«

»Es war eine aufrichtige Frage.«

»Dann werde ich sie dir beantworten. Ja, ich liebte ihn. Ich liebte seinen Atem auf meiner Haut, sein Lachen, den Glanz seiner Wutanfälle. Und jetzt mach mich los!«

»Er sucht noch immer nach dir«, erzählte Talisman.

»Er starb vor tausend Jahren«, sagte sie. »Sein Geist ist im Paradies.«

»Nein, meine Dame. Ich sprach mit ihm, als ich hier ankam. Ich rief seinen Geist. Die erste Frage, die er mir stellte, lautete: ›Hast du Neuigkeiten von Shul-sen?‹ Ich sagte ihm, daß es viele Legenden gäbe, aber daß ich nicht wüßte, was mit dir geschehen sei. Er sagte: ›Ich habe in den Tälern der Geister, den Tälern der Verdammten, den Feldern der Helden und den Hallen der Mächtigen gesucht. Ich bin endlos durch die Leere gereist. Ich kann sie nicht finden.‹ Und was das Paradies angeht, sagte er: ›Was könnte es für ein Paradies sein ohne Shul-sen? Den Tod konnte ich ertragen, aber nicht diese Trennung der Seelen. Ich werde sie finden, und wenn es in alle Ewigkeit dauert.‹«

Sie schwieg einen Augenblick, und der wilde Glanz verschwand aus ihren Augen. »Ich weiß, daß du die Wahrheit sprichst«, sagte sie, »denn ich kann in den Herzen der Menschen lesen. Aber Oshikai wird mich niemals finden. Chakata verbannte meinen Geist an den Dunklen Ort, wo er von Dämonen bewacht wird, die einst Menschen waren. Chakata ist dort, aber kein Mensch würde ihn jetzt wiedererkennen, er quält und foltert mich, wann immer er will. Oder wenigstens tat er es, ehe ich entkam. Ich kann nicht zu Oshikai gehen, Talisman. Wenn ich hier stürbe, würde ich zurück an den Dunklen Ort gezogen.«

»Ist das der Ort, an den du Zhusai geschickt hast?« fragte er.

»Ja. Aber was ist ihr Leben verglichen mit meinem? Ich war eine Königin. Ich werde es wieder sein.«

»Dann läßt du Oshikai in alle Ewigkeit suchen und seine Seele in den Schrecken der Leere riskieren?«

»Ich kann dort nichts tun!« rief sie. Am Fenster regte sich Nosta Khan, blieb aber still. Gorkai lag ebenfalls sehr still, er atmete kaum.

»Wo ist dieser Dunkle Ort?« fragte Talisman. »Warum kann Oshikai ihn nicht finden?«

»Er ist nicht Teil der Leere«, sagte sie tonlos. »Verstehst du das Wesen der Unterwelt? Die Leere liegt zwischen zwei Ebenen. Ganz einfach ausgedrückt, ist sie der Bereich zwischen Paradies und Giragast, Himmel und Hölle. Die Leere ist das Land dazwischen, durch das die

Seelen auf der Suche nach der letzten Ruhe wandern. Chakata hat mich im dunklen Zentrum von Giragast gefangen, dem dunklen Schlund inmitten der Feuerseen. Keine menschliche Seele würde freiwillig dorthin gehen, und Oshikai wüßte keinen Grund, weshalb ich dort sein sollte. Er traute Chakata. Er hätte sich niemals vorstellen können, wie tief die Lust des Mannes reichte oder wie groß sein Verrat war. Aber wenn er es wüßte, würde er einen zweiten Tod sterben, den immerwährenden Tod. Es gibt keine Möglichkeit, daß ein einzelner Krieger – nicht einmal ein so mächtiger wie mein Gebieter – die von Dämonen geplagten Durchgänge passieren könnte. Oder das Wesen besiegen, zu dem Chakata geworden ist.«

»Ich werde mit ihm gehen«, versprach Talisman.

»Du? Was bist du denn? Nur ein Kind im Körper eines Mannes. Wie alt bist du, Kind? Siebzehn? Zwanzig?«

»Ich bin neunzehn. Und ich werde mit Oshikai durch die Leere gehen, zu den Toren von Giragast.«

»Nein, genug jetzt. Ich sehe, daß du tapfer bist, Talisman. Und du hast eine rasche Auffassungsgabe und bist intelligent. Aber diese Tore zu durchschreiten verlangt mehr. Du bittest mich, meine Seele in ewiger Dunkelheit und Qual zu riskieren und die Seele des Mannes, den ich liebe. Die mystische Zahl ist Drei. Hast du einen Krieger hier, der es mit Oshikai aufnehmen könnte? Gibt es einen, der mit dir in die Leere gehen würde?«

»Ich werde es tun«, sagte Gorkai und erhob sich.

Ihre Augen fixierten ihn und hielten Gorkais Blick fest. »Noch ein tapferer Mann. Aber nicht gut genug.«

Talisman ging zum Fenster und lehnte sich hinaus. Unten wusch sich Druss am Brunnen. Der Nadirführer rief ihn an und winkte ihn heran. Druss warf sich das Wams über die Schulter und machte sich auf den Weg. Als er eintrat, musterten seine hellen Augen das Zimmer. Gorkai lag immer noch auf den Knien, und Nosta

Khan saß unter dem Fenster. Aus einer Platzwunde an der Schläfe rann Blut. Er sah, daß Zhusai gefesselt war, sagte jedoch nichts.

»Dieser Mann ist durch die Leere gewandert«, sagte Talisman, »um seine Frau zu suchen. Er hat sie gefunden.«

»Ich kann seine Gedanken lesen, Talisman. Er ist den Nadir gegenüber nicht loyal. Er sucht ...« Sie starrte Druss an. »... heilende Steine für einen sterbenden Freund. Warum sollte er sich den Schrecken von Giragast aussetzen? Er kennt mich nicht.«

Talisman wandte sich an Druss. »Das ist nicht Zhusai«, erklärte er. »Ihr Körper ist vom Geist von Shul-sen besessen. Um sie zu befreien, muß ich meinen Geist in die Leere schicken. Willst du mit mir kommen?«

»Wie sie sagte, kam ich her, um die Juwelen zu finden, von denen der Schamane gesprochen hatte«, sagte Druss, »und er hat mich angelogen. Warum sollte ich das tun?«

Talisman seufzte. »Ich kann dir keinen Grund nennen, nur daß die Frau, die ich liebe, jetzt an diesem dunklen und bösen Ort gefangen ist. Und Oshikai, unser größter Held, sucht seit tausend Jahren nach dem Geist seiner Frau. Er weiß nicht, wo er suchen soll. Ich kann es ihm sagen, aber Shul-sen sagt, die Reise dorthin würde seine Seele auslöschen. Zwei Männer allein können nicht gegen die Dämonen dort kämpfen.«

»Und drei können es?« fragte Druss.

»Das kann ich nicht beantworten«, sagte Talisman. »Sie wird den Geist Zhusais nicht freilassen, ehe ich nicht einen Mann finde, der es mit Oshikai aufnehmen kann. Du bist der einzige hier, der zu einer Legende wie er geworden ist. Was kann ich noch sagen?«

Druss ging an ihm vorbei zu der gefesselten Frau. »Wie bist du gestorben?« fragte er.

»Chakata stach mir mit goldenen Nadeln ...« Sie zögerte und riß plötzlich die Augen weit auf. »Du! Du und dein Freund, ihr habt mich befreit. Jetzt sehe ich es, in der Kammer. Er kam zurück und entfernte die Nadeln. Er fand mein *lon-tsia*.«

Druss stand auf und sah Talisman in die Augen. »Wenn ich mit dir gehe, mein Freund, dann möchte ich, daß du mir etwas versprichst.«

»Nenne es!«

»Du läßt mich die Juwelen benutzen, um meinen Freund zu retten.«

»Bist du denn nicht deswegen hier?« wich Talisman aus.

»Das reicht nicht«, sagte Druss und ging zur Tür.

»Also schön. Du hast mein Wort. Wenn wir die Juwelen finden, werde ich sie dir geben, und du kannst sie mit nach Gulgothir nehmen.«

»Nein!« schrie Nosta Khan. »Was sagst du da?!«

Talisman hob die Hand. »Aber du mußt schwören, daß du sie zurückgibst, sobald dein Freund geheilt ist.«

»Es wird geschehen«, sagte Druss.

»Komm zu mir, Schwarzbart«, sagte Shul-sen, und Druss ging zum Bett zurück und setzte sich. Sie sah ihm tief in die Augen. »Alles, was ich bin oder je sein könnte, liegt jetzt in deinen Händen. Bist du ein Mann, dem ich vertrauen kann?«

»Das bin ich.«

»Ich glaube dir.« Sie sah Talisman an. »Ich werde an den Dunklen Ort zurückkehren und die Seele Zhusais befreien. Laßt mich nicht im Stich.«

Die Augen schlossen sich, dann flatterten die Lider. Ein langer, erstickter Seufzer entrang sich ihrer Kehle. Talisman lief zum Bett und löste die Stricke, die ihre Handgelenke banden. Sie schlug die Augen auf und stieß einen Schrei aus. Talisman drückte sie an sich. »Es ist alles gut, Zhusai. Du bist wieder bei uns!«

Nosta Khan ging zum Bett und legte seine Hand auf ihren Kopf. Nach einem Augenblick sagte er. »Sie ist zurückgekehrt. Das ist Zhusai. Ich werde jetzt einen Zauber vorbereiten, um jede erneute Inbesitznahme zu verhindern. Du hast es gut gemacht, Talisman, daß du sie getäuscht hast.«

»Ich habe sie nicht getäuscht«, sagte der Nadir kalt. »Ich werde meinen Teil der Abmachung einhalten.«

»Pah! Das ist verrückt. Eine Armee marschiert uns entgegen, und das Schicksal der Nadir liegt in deinen Händen. Jetzt ist nicht die Zeit, den Ehrenmann zu spielen.«

Talisman ging zur Wand und hob seinen Dolch auf. Langsam ging er auf Nosta Khan zu. »Wer ist hier der Anführer?« fragte er leise mit kalter Stimme.

»Du, aber ...«

»Ja, ich, du elender Wurm. Ich bin der Anführer. Du bist mein Schamane. Ich dulde keinen weiteren Ungehorsam. Ich *spiele* nicht mit der Ehre. Ich gehorche ihr. Mein Wort ist aus Eisen. Jetzt und allezeit. Wir werden jetzt zum Schrein gehen. Du wirst Oshikai rufen und dann tun, was du tun mußt, um Druss und mich in die Leere zu schicken. Ist das klar, Schamane?«

»Es ist klar, Talisman.«

»Nicht Talisman für dich!« donnerte der Krieger. »Ist das jetzt klar?«

»Es ist klar ... Herr.«

»Warum hältst du meine Hand fest, Dichter?« fragte Niobe, während sie mit Sieben über den Wehrgang der Westmauer spazierte. Sieben, der seine Leidenschaft während der vergangenen zwei Stunden mit ihr erschöpft hatte, lächelte müde.

»Es ist so Brauch bei meinem Volk«, sagte er, hob ihre

Finger an die Lippen und küßte sie. »Liebende gehen oft Hand in Hand. Vielleicht ist es eine spirituelle Vereinigung, zumindest aber eine Berührung, die zeigt, daß zwei ein Paar sind. Außerdem gilt es als angenehm. Gefällt es dir nicht?«

»Ich mag es, dich in mir zu fühlen«, sagte sie, entzog ihm ihre Hand und setzte sich auf die Brüstung. »Ich mag den Geschmack deiner Zunge auf meiner. Ich mag die vielen Freuden, die deine Hände spenden können. Aber ich fühle mich gerne frei, wenn ich gehe. Handhalten ist etwas für Mutter und Kind. Ich bin nicht dein Kind.«

Sieben lachte leise, setzte sich neben sie und bewunderte ihr langes Haar, das im Mondschein glänzte. »Du bist eine Freude für mich«, sagte er. »Eine frische Brise nach einem Leben in stickigen Räumen.«

»Deine Kleider sind sehr hübsch«, bemerkte sie und strich über die blaue Seide seines Hemdes. »Die Knöpfe haben viele Farben.«

»Perlmutt«, erklärte er. »Wunderschön, nicht wahr?« Einem Impuls folgend, zog er das Hemd über den Kopf und stand jetzt mit bloßem Oberkörper auf der Mauer. »Hier. Ich schenke es dir.«

Niobe kicherte, dann zog sie ihr eigenes Hemd aus verwaschener grüner Wolle aus. Sieben starrte auf ihre vollen Brüste und sah, daß die Brustwarzen sich aufgerichtet hatten. Erregung durchflutete ihn von neuem. Er streckte die Hand aus, um sie zu liebkosen. Niobe sprang zurück und drückte das Seidenhemd an sich. »Nein«, wehrte sie ab, »erst müssen wir reden.«

»Reden? Worüber möchtest du reden?«

»Warum keine Frau für dich? Dein Freund hat eine Frau. Und du bist alt.«

»Alt? Vierunddreißig ist nicht alt. Ich stehe in der Blüte meines Lebens.«

»Oben auf dem Kopf hast du eine kahle Stelle. Ich habe sie gesehen.«

Sieben griff hastig nach seinem blonden Schopf und fuhr sich mit den Fingern durch die Haare. »Kahle Stelle? Das kann nicht sein.«

Sie lachte auf. »Du bist ein Pfau«, sagte sie. »Schlimmer als eine Frau.«

»Mein Großvater hatte bis zu seinem Tod mit neunzig noch volles Haar. Glatzen sind in unserer Familie nicht üblich.«

Niobe schlüpfte in das blaue Hemd, dann nahm sie Siebens Arm und zog seine Hand aus seinen Haaren.

»Also warum keine Frau?«

»Das mit den Haaren war ein Scherz, ja?«

»Nein. Warum keine Frau?«

»Eine schwierige Frage.« Er zuckte die Achseln. »Ich habe viele schöne Frauen gekannt, aber keine, mit der ich mein Leben verbringen möchte. Ich meine, ich mag Äpfel, aber ich möchte nicht dauernd davon leben.«

»Was sind Äpfel?«

»Früchte. Wie … Feigen.«

»Gut für die Därme«, sagte sie.

»Richtig. Aber lassen wir das mal, ja? Ich wollte sagen, daß ich die Gesellschaft vieler Frauen schätze. Ich langweile mich schnell.«

»Du bist kein starker Mann«, stellte sie fest. In ihrer Stimme schwang Trauer mit. »Du bist ein verängstigter Mann. Viele Frauen ist leicht. Kindermachen ist leicht. Mit ihnen zu leben, sie aufzuziehen, das ist hart. Zusehen, wie Kinder sterben … das ist hart. Ich hatte zwei Männer. Beide starben. Beides gute Männer. Stark. Mein dritter wird auch stark sein. Viele Kinder, damit ein paar überleben.«

Sieben lächelte schief. »Ich neige zu der Überzeugung, daß das Leben noch mehr bietet, als starke Kinder zu machen. Ich lebe für das Vergnügen, für plötzliche Freudenausbrüche. Für Überraschungen. Es gibt genug Leute, die Kinder machen und ihr langweiliges Leben in der Härte der Wüste oder der grünen Pracht der Berge fristen. Der Welt werden meine Kinder nicht fehlen.«

Sie dachte über seine Worte nach. »Mein Volk kam mit Oshikai über die hohen Berge. Sie machten Kinder, die stolz und stark wurden. Sie spendeten dem Land ihr Blut, und das Land ernährte die Jungen. Tausend Jahre lang. Jetzt gibt es mich. Ich schulde es meinen Vorfahren, dem Land Leben zu bringen, damit es in tausend Jahren Menschen gibt, mit dem Blut von Niobe und ihren Vorfahren. Du bist ein guter Liebhaber, Dichter. Du bringst mir viel Freudenzittern mit deinem Liebemachen. Aber Freudenzittern ist leicht, das kann ich auch selbst machen. Ich spüre große Liebe für dich. Aber ich werde keinen verängstigten Mann heiraten. Ich habe einen starken Krummhorn-Krieger gesehen. Er hat keine Frau. Ich denke, ich werde zu ihm gehen.«

Sieben spürte ihre Worte wie einen Schlag. Aber er zwang sich zu einem Lächeln. »Natürlich, meine Schöne. Geh und mach Kinder.«

»Willst du dein Hemd zurück?«

»Nein. Es steht dir. Du siehst ... sehr schön ... darin aus.«

Ohne ein weiteres Wort ließ sie ihn stehen. Sieben schauderte, als ein kühler Wind über seine bloße Haut strich. Was mache ich hier, dachte er. Ein Nadirkrieger mit kurzem Haar und vorspringender Stirnlocke kletterte auf den Wehrgang und starrte nach Westen hinaus, ohne Sieben zu beachten.

»Eine schöne Nacht«, bemerkte Sieben.

Der Mann drehte sich um und starrte ihn an. »Es wird eine lange Nacht«, sagte er. Seine Stimme war tief und kalt.

Sieben sah eine Kerzenflamme durch das Fenster des Schreins flackern. »Sie suchen noch immer«, sagte er.

»Sie suchen nicht«, antwortete der Mann. »Mein Herr, Talisman, und dein Freund reisen nach Giragast.«

»Ich fürchte, bei der Übersetzung ist etwas verlorengegangen«, sagte Sieben. »Giragast ist kein Ort, es ist ein Mythos.«

»Es ist ein Ort«, wiederholte der Mann hartnäckig. »Ihre Körper liegen auf dem kalten Boden, ihre Seelen sind nach Giragast gegangen.«

Siebens Mund war plötzlich ausgetrocknet. »Heißt das etwa, sie sind tot?«

»Nein, aber sie gehen ins Land der Toten. Ich glaube nicht, daß sie zurückkommen.«

Sieben verließ den Mann und rannte zum Schrein. Wie der Nadir gesagt hatte, lagen Druss und Talisman nebeneinander auf dem staubigen Fußboden. Der Schamane, Nosta Khan, saß neben ihnen. Auf dem steinernen Sarg stand eine angezündete Kerze, die mit sieben Strichen aus schwarzer Tinte markiert war.

»Was geht hier vor?« fragte er den Schamanen.

»Sie gehen mit Oshikai, um die Hexe Shul-sen zu retten«, flüsterte Nosta Khan.

»In die Leere?«

»Darüber hinaus.« Nosta Khan sah ihn an. Seine Augen waren dunkel und boshaft. »Ich sah, wie du das Pergament in den Wind gestreut hast. Hast du auch die Knöchelchen in den Brunnen geworfen?«

»Ja. Und ich habe das Haar verbrannt und den Beutel begraben.«

»Ihr *gajin* seid weich und schwach. Shaoshad verdiente seine Strafe.«

»Er wollte Oshikai und Shul-sen ins Leben zurückholen, um die Nadir zu vereinen«, sagte Sieben. »Das scheint mir kein so schreckliches Verbrechen zu sein.«

Nosta Khan schüttelte den Kopf. »Er wollte Macht und Ruhm. Oh, er hätte den Körper erwecken können und ihn vielleicht sogar mit der Seele Oshikais erfüllen können. Aber der Körper hätte die Magie der Juwelen ständig gebraucht, er wäre ein Sklave Shaoshads gewesen. Jetzt haben wir, dank seiner Arroganz, die Juwelen nicht mehr, und die Macht des Landes ist uns verloren. Und *gajin* wie du behandeln uns wie Ungeziefer. Seine Machtlust hat uns zu fünfhundert Jahren Sklaverei verurteilt. Er hätte bis in alle Ewigkeit verfaulen sollen.«

Sieben setzte sich neben den Schamanen. »Ihr verzeiht nicht leicht, was?«

Nosta Khan schenkte ihm ein seltenes Lächeln. »Unsere Kinder sterben bei der Geburt. Unsere Männer werden gejagt wie Tiere. Unsere Dörfer werden verbrannt, unser Volk abgeschlachtet. Warum sollten wir vergeben?«

»Wie lautet also die Antwort, alter Mann? Daß die Nadir sich zu einer riesigen Armee vereinen und die *gajin* jagen wie Tiere, ihre Dörfer verbrennen und ihre Frauen und Kinder abschlachten?«

»Ja! So wird es anfangen. Bis wir die Welt erobert und jedes Volk versklavt haben.«

»Dann seid ihr doch nicht anders als die *gajin*, die du so verachtest. Ist das nicht so?«

»Wir wollen auch nicht anders sein«, erklärte Nosta Khan. »Wir wollen triumphieren.«

»Ein bezaubernd aufrichtiger Standpunkt«, meinte der Dichter. »Sag mir, warum wandern sie durch die Leere?«

»Ehrensache«, sagte Nosta Khan bewundernd. »Talisman ist ein großer Mann. Wäre es ihm bestimmt zu leben, würde er einen guten General für den Einiger abgeben.«

»Er wird sterben?«

»Ja«, antwortete Nosta Khan traurig. »Ich bin in vielen

Zukünften gewandert, aber er ist in keiner von ihnen. Und jetzt sei still, ich habe viel zu tun.«

Aus seinem Beutel holte Nosta Khan zwei kleine, trockene Blätter, die er unter seine Zunge legte. Er hob die Hände, die knochigen Finger weit gespreizt, und schloß die Augen. Die Körper von Druss und Talisman begannen zu glühen und strahlten vielfarbiges Licht aus – purpurn rund ums Herz, strahlendes Weiß aus ihren Köpfen, rot aus dem Unterleib, weiß und gelb aus den Beinen. Es war ein außergewöhnlicher Anblick. Sieben schwieg, bis Nosta Khan seufzend die Augen aufschlug.

»Was hast du mit ihnen gemacht?« flüsterte der Dichter.

»Nichts«, antwortete Nosta Khan. »Ich habe lediglich ihre Lebenskraft sichtbar gemacht. Er ist ein mächtiger Mann, dieser Druss. Siehst du, wie neben seiner *zhi*-Energie die von Talisman verblaßt? Und Talisman ist größer als die meisten Menschen.« Sieben warf einen Blick auf die glühenden Körper. Es stimmte. Bei Druss reichte die Strahlung fast einen Meter weit, während sie bei Talisman kaum dreißig Zentimeter um seinen Leib flackerte.

»Was ist dieses … *zhi*?« wollte Sieben wissen.

Nosta Khan schwieg einen Moment. »Kein Mensch begreift dieses Mysterium völlig«, sagte er. »Die Energie umfließt den menschlichen Körper und bringt Leben und Gesundheit. Sie flackert und verändert sich, wenn man krank wird. Ich habe alte Männer mit Rheuma in den Armen gesehen, wo das *zhi* nicht mehr fließt. Und ich habe mystische Heiler einem Kranken ihr eigenes *zhi* übertragen und sie so wieder gesund machen gesehen. Es ist irgendwie mit der Seele verbunden. Nach dem Tod etwa flammt das *zhi* auf seine fünffache Größe auf. Das dauert drei Tage. Dann ist es in einem einzigen Augenblick verschwunden.«

»Aber warum hast du es sichtbar gemacht?«

»Ihre Seelen sind an einem Ort unaussprechlicher Gefahren, wo sie gegen Dämonen kämpfen müssen. Jede Verletzung, jede Wunde, die sie davontragen, beeinträchtigt ihr *zhi*. Ich werde sie beobachten, und wenn sie dem Tode nahekommen, hoffe ich, sie zurückholen zu können.«

»Du meinst, es ist nicht gewiß, ob du das kannst?«

»In Giragast gibt es keine Gewißheit«, fuhr Nosta Khan auf. »Stell dir einen Kampf hier vor. Ein Soldat wird am Arm verwundet, er leidet, aber er bleibt am Leben. Ein anderer wird ins Herz getroffen, er stirbt auf der Stelle. So etwas kann auch in der Leere geschehen. Ich kann die Wunden sehen, die sie dort davontragen. Aber ein tödlicher Stoß wird ihr *zhi* augenblicklich auslöschen.«

»Aber du sagtest, das *zhi* flammt noch drei Tage nach dem Tode auf«, erinnerte ihn Sieben.

»Wenn die Seele im Körper ist. Ihre Seelen sind das nicht.«

Die beiden Männer verfielen in Schweigen. Minutenlang geschah nichts, dann zuckte Talismans Körper. Die leuchtenden Farben um ihn herum flackerten, und ein grüner Schimmer zeigte sich auf seinem rechten Bein. »Es hat angefangen«, sagte Nosta Khan.

Eine Stunde verging. Die Kerzenflamme brannte bis zur ersten schwarzen Markierung herunter. Sieben fand die Spannung schwer erträglich. Er stand auf und ging hinaus zur Ostmauer, wo er seine Satteltaschen gelassen hatte. Er holte ein frisches, mit Goldfäden besticktes Leinenhemd hervor und zog es an. Talismans Diener Gorkai kam zu ihm. »Leben sie noch?« fragte er.

»Ja«, antwortete Sieben.

»Ich hätte mit ihnen gehen sollen.«

»Warum kommst du nicht mit mir hinein? Dann kannst du sie selbst sehen.«

Der Mann schüttelte den Kopf. »Ich warte draußen.«

Sieben ging wieder in den Schrein zurück. Das Strahlen um Druss schien unverändert stark, wenngleich Talismans *zhi* jetzt schwächer war. Sieben ließ sich an der Wand nieder. Es sah Druss so ähnlich, sich freiwillig für eine Reise in die Hölle zu melden. Was hast du an dir, mein Freund? überlegte Sieben. Warum begeisterst du dich für solche unnötigen Risiken? Liegt es daran, daß du dich für unsterblich hältst? Oder glaubst du, die Quelle hat dich mehr gesegnet als andere Menschen? Sieben lächelte. Vielleicht hat sie es, dachte er. Vielleicht gibt es tatsächlich etwas Unzerstörbares in deiner Seele. Talismans Körper verkrampfte sich, in seinem *zhi* flackerte es leuchtend grün auf. Auch Druss schauderte und ballte die Fäuste.

»Sie befinden sich im Kampf«, flüsterte Nosta Khan und sank mit ausgestreckten Händen auf die Knie. Talismans *zhi* flackerte und verblaßte, das Glühen erstarb. Nosta Khan rief drei Worte, rauh und mißtönend. Talismans Rücken bog sich hoch, er stöhnte. Seine Augen öffneten sich weit, und ein erstickter Schrei entrang sich seiner Kehle. Sein Arm holte aus, als hielte er noch immer ein Schwert.

»Ruhig!« schrie Nosta Khan. »Du bist in Sicherheit.« Talisman rollte sich auf die Knie, sein Gesicht war schweißnaß. Er atmete schwer.

»Schick ... mich zurück«, keuchte er.

»Nein. Dein *zhi* ist zu schwach. Du wirst sterben.«

»Schick mich zurück, verdammt noch mal!« Talisman versuchte aufzustehen, sank aber kopfüber in den Staub.

Sieben lief zu ihm und half ihm, sich aufzusetzen.

»Dein Schamane hat recht, Talisman. Du warst dem Tode nahe. Was ist dort geschehen?«

»Ungeheuer, wie ich sie noch nie gesehen habe! Riesig. Geschuppt. Augen wie Feuer. In den ersten Tagen unserer Reise haben wir nichts gesehen. Dann wurden wir von Wölfen angegriffen. Große Tiere, fast so groß wie Ponys. Wir töteten vier von ihnen. Die anderen flohen. Ich dachte, sie wären schon schlimm. Aber, bei den Göttern von Stein und Wasser, sie waren nur Schoßhündchen im Vergleich zu dem, was dann kam.« Er schauderte plötzlich. »Wie viele Tage war ich weg?«

»Knapp zwei Stunden«, antwortete Sieben.

»Das ist unmöglich.«

»Zeit bedeutet in der Leere nichts«, erklärte Nosta Khan. »Wie weit seid ihr gekommen?«

»Wir schafften es bis zu den Toren von Giragast. Dort war ein Mann. Oshikai kannte ihn – ein kleiner Schamane mit einem gegabelten Bart.« Talisman wandte sich an Sieben. »Er läßt dir seinen Dank für das Geschenk ausrichten. Er wird es nicht vergessen.«

»Shaoshad der Verfluchte«, zischte Nosta Khan.

»Verflucht mag er sein, aber ohne ihn wären wir nie an den Dämonen am Tor vorbeigekommen. Druss und Oshikai sind ... kolossal. Ich habe nie solche Kraft gesehen und solch beherrschte Wut. Als die geschuppten Wesen kamen, dachte ich, das sei unser Ende. Oshikai griff sie an, Druss war an seiner Seite. Ich war bereits verwundet und konnte mich kaum bewegen.« Seine Hand fuhr an seine Seite und suchte nach der Wunde. Er lächelte. »Ich fühle mich so schwach.«

»Du mußt ruhen«, sagte Nosta Khan. »Dein *zhi* ist sehr geschrumpft. Ich werde dich mit einem Heilzauber belegen, während du schläfst.«

»Sie können es nicht schaffen. Überall sind Dämonen.«

»Wie ging es ihnen, als du zurückkamst?« erkundigte sich Sieben.

»Druss hat eine Wunde am Oberschenkel und eine in der linken Schulter. Oshikai blutet aus Brust und Hüfte. Das letzte, was ich von ihnen sah, war, wie sie in einen schwarzen Tunnel gingen. Der kleine Mann, Shaoshad, ging ihnen voran. Er hatte einen Stab, der wie eine Fackel aufflammte. Ich versuchte, ihnen zu folgen … aber dann war ich hier. Ich hätte niemals auf Shul-sens Bitte eingehen sollen. Ich habe Druss umgebracht und die Seele Oshikais vernichtet.«

»Druss ist noch immer stark«, sagte Sieben und deutete auf die glühende Aura, die den Axtkämpfer umgab. »Ich kenne ihn schon lange, und ich wette darauf, daß er zurückkommt. Vertrau mir.«

Talisman schauderte wieder. Nosta Khan legte ihm eine Decke um die Schultern. »Ruh dich jetzt aus, Talisman«, befahl er dem Jüngeren. »Laß den Schlaf deine Schwäche fortspülen.«

»Ich muß warten«, sagte Talisman. Vor Erschöpfung sprach er undeutlich.

»Wie du wünschst, Herr«, flüsterte Nosta Khan. Als Talisman sich niederlegte, begann Nosta Khan leise zu singen. Talisman fielen die Augen zu. Minutenlang dauerte der Gesang, dann schließlich schwieg der Schamane. »Er wird viele Stunden lang schlafen«, erklärte der alte Mann. »Ah! Aber mein Herz ist voller Stolz auf ihn. Er ist ein Krieger unter Kriegern! Und ein Ehrenmann!«

Sieben warf einen Blick auf Druss. Das Glühen wurde schwächer. »Du solltest ihn lieber zurückholen«, sagte er.

»Noch nicht. Es ist alles gut.«

Druss lehnte seine massige Gestalt gegen die schwarze Felswand, dann ließ er sich in die Knie sinken. Er hatte kaum noch Kraft, und milchhelles Blut floß aus zahllosen Wunden in seinem Oberkörper. Oshikai legte seine goldene Axt auf einen Felsen und setzte sich. Auch er war schwer verwundet. Der kleine Schamane, Shaoshad, ging zu Druss und legte seine knochige Hand auf eine klaffende Wunde in Druss' Schulter. Die Wunde schloß sich augenblicklich.

»Wir sind fast da«, sagte der kleine Mann. »Nur noch eine Brücke.«

»Ich glaube nicht, daß ich noch einen Schritt weiter kann«, sagte Druss. Shaoshad berührte alle seine Wunden, und nach und nach hörte der blutig-wäßrige Fluß aus allen auf.

»Noch eine Brücke, Drenai«, wiederholte Shaoshad. Dann ging er zu Oshikai und behandelte auch dessen Wunden.

»Ist Talisman gestorben?« fragte Oshikai den Schamanen mit schwacher Stimme.

»Ich weiß es nicht. Aber er ist nicht mehr hier. Aber wie auch immer, er kann uns nicht helfen. Kannst du weiter?«

»Ich werde Shul-sen finden«, sagte Oshikai stur. »Nichts kann mich aufhalten.«

Druss sah sich in der schwarzen Höhle um. Gewaltige Stalagmiten ragten zu der hohen, gewölbten Decke auf, wo sie kolossalen Stalaktiten begegneten – wie zwei Reihen riesiger Fangzähne in einem ungeheuren Maul. Eins der überlebenden Fledermauswesen war noch immer zu sehen. Es hockte auf einem Sims hoch über ihnen. Druss starrte in die bösartigen roten Augen. Die Leichname seiner Kameraden lagen auf dem Höhlenboden, die grauen Flügel ausgestreckt und gebrochen. Der Überlebende machte keine Anstalten, erneut anzugreifen. Die Reise hierher war lang und voller Schrecken gewesen, durch eine Landschaft, wie man sie in der Welt des Fleisches nirgends fand. Druss war schon früher durch die Leere gewandert, um Rowena von den Toten zurückzuholen. Aber damals war er über die Straße der Seelen gewandert, ein reiner Lustgarten, verglichen mit dieser Reise. Das Land gehorchte keinem Naturgesetz, das Druss kannte. Es veränderte sich endlos unter einem schiefergrauen Himmel, schroffe Klippen erhoben sich plötzlich aus einer öden Ebene und ließen hausgroße Felsbrocken vom Himmel niederregnen. Abgründe tauchten auf, als ob ein unsichtbarer Pflug die tote Erde aufriß. Schwarze, verkrümmte Bäume wuchsen sich zu Wäldern aus, mit Zweigen, die wie Klauen nach dem Fleisch der Reisenden griffen. Vor einiger Zeit – es konnten Tage oder Stunden sein – waren sie in eine Schlucht hinuntergestiegen, deren Boden bedeckt war mit etwas, das wie Helme aus verrostetem Eisen aussah. Blitze erhellten ständig den Himmel und warfen grauenhafte Schatten. Talisman hatte die Führung, als die Helme sich zu bewegen begannen. Die Erde tat sich auf, und längst begrabene Krieger tauchten aus der schwarzen Erde auf. Die Haut in ihren Gesichtern war verwest, Maden krochen durch das darunterliegende Fleisch. Geräuschlos rückten sie vor. Talisman hatte den ersten geköpft, aber von dem zweiten eine tiefe Wunde einstecken müssen. Druss und Oshikai griffen an, ihre Äxte drangen in verwestes Fleisch.

Der Kampf war lang und schwer. Shaoshad hatte explodierende Feuerkugeln in die gräßlichen Reihen geworfen, und die Luft stank nach verbranntem Fleisch. Schließlich standen Druss und Oshikai vor einem Berg von Leichnamen. Von Talisman keine Spur.

Auf der anderen Seite der Schlucht hatten sie einen Tunnel betreten, der in das Herz des höchsten Berges führte, den Druss je gesehen hatte. In einer Höhle tief innen hatten sie einen wilden Angriff der dämonischen Fledermäuse abgewehrt. »Sag mir«, wandte sich Druss an Shaoshad, »daß es keine weiteren Wächter mehr gibt. Das würde mir sehr gefallen.«

»Noch viele, Axtkämpfer. Aber du weißt doch, wie es heißt«, setzte er mit einem boshaften Lächeln hinzu, »man schätzt nur, wofür man hart arbeiten muß, nicht wahr?«

»Was haben wir zu erwarten?« fragte Oshikai.

»Der Große Bär bewacht die Brücke. Was danach kommt, weiß ich nicht. Aber einer wird auf jeden Fall noch übrig sein: Chakata. Er war es, der Shul-sen auf äußerst schändliche Art ermordete. Er ist hier ... in der einen oder anderen Gestalt.«

»Dann gehört er mir«, sagte Oshikai. »Hörst du, Druss? Er gehört mir!«

Druss sah die stämmige Gestalt in der verbeulten goldenen Rüstung an. »Nichts dagegen, Freund.«

Oshikai lachte leise und setzte sich neben Druss. »Bei den Göttern von Stein und Wasser, Druss, du bist ein Mann, den ich gerne meinen Bruder nennen würde. Ich wünschte, ich hätte dich im Leben gekannt. Wir hätten ein Dutzend Flaschen Wein geleert und die ganze Nacht mit unseren Taten geprahlt.«

»Das mit dem Wein klingt gut«, sagte Druss, »aber ich war nie gut im Prahlen.«

»Das muß man erst lernen«, gab Oshikai zu. »Ich fand immer, eine Geschichte klingt besser, wenn man den Feind mit zehn multipliziert. Es sei denn natürlich, es wäre allgemein bekannt, daß es sich nur um, sagen wir, drei Feinde handelte. Dann werden sie eben zu Riesen.«

»Ich habe einen Freund, der sich darauf sehr gut versteht«, sagte Druss.

»Ist er ein guter Krieger?«

Druss sah Oshikai in die violetten Augen. »Nein, ein Dichter.«

»Ah! Ich hatte immer einen Dichter bei mir, der über meine Siege berichtete. Ich bin selbst auch kein schlechter Aufschneider, aber wenn ich seinen Liedern über meine Taten lauschte, schämte ich mich beinahe. Wo ich von Riesen gesprochen hätte, die ich erschlug, sang er davon, daß ich die Götter selbst unterworfen hätte. Bist du ausgeruht?«

»Fast«, log Druss. »Sag mir, kleiner Mann«, wandte er sich an Shaoshad, »was ist der Große Bär, von dem du sprachst?«

»Der Wächter der Brücke nach Giragast. Er soll zweieinhalb Meter groß sein und hat zwei Köpfe. Der eine ist der Kopf eines Bären mit scharfen Zähnen, der andere der einer Schlange. Die Schlange speit Gift, das sich durch jede Rüstung frißt. Seine Krallen sind so lang wie ein Kurzschwert und messerscharf. Er hat zwei Herzen, eins hoch in der Brust, das andere unten im Bauch.«

»Und wie, schlägst du vor, kommen wir an diesem Biest vorbei?«

»Meine Magie ist fast verbraucht, aber ich werde noch einen Verbergen-Zauber sprechen, um Oshikai zu tarnen. Dann werde ich mich hier ausruhen und auf eure Rückkehr warten.«

Oshikai stand auf und legte dem kleinen Mann eine Hand auf die Schulter. »Du hast mir gut gedient, Shaoshad. Ich bin kein König mehr, aber wenn es in diesem widerwärtigen Reich so etwas wie Gerechtigkeit gibt, sollst du belohnt werden. Es tut mir leid, daß meine Ablehnung deines Angebots zu deinem Tod geführt hat.«

»Alle Menschen sterben, Großer König. Und meine eigenen Taten führten zu meinem Tod. Ich hege gegen niemand einen Groll. Aber falls … wenn … du ins Paradies kommst, leg bei dem Torwächter dort ein Wort für mich ein.«

»Das werde ich.« Der Krieger nahm seine goldene Axt, Kolmisai, und wandte sich an Druss. »Bist du jetzt bereit, mein Bruder?«

»Ich wurde schon bereit geboren«, grunzte Druss und zwang sich aufzustehen.

»Ihr werdet die Brücke nach etwa hundert Schritten in dieser Richtung sehen«, sagte Shaoshad. »Sie überspannt die Feuerschlucht. Wenn ihr abstürzt, fallt ihr eine Ewigkeit lang, und dann werden die Flammen euch verschlingen. Die Brücke ist zu Anfang breit, vielleicht achtzehn Meter, aber dann verengt sie sich. Ihr müßt den Bären auf dem breiten Abschnitt zu euch locken, damit Oshikai an ihm vorbeischlüpfen kann.«

»Nein«, widersprach Oshikai, »wir werden uns ihm gemeinsam stellen.«

»Vertrau mir, Großer König, und folge meinem Rat. Wenn der Bär stirbt, weiß Chakata, daß du kommst. Dann wird er Shul-sen töten. Es ist lebenswichtig, daß du die Brücke zu dem Dunklen Ort vorher überquerst.«

»Und in der Zwischenzeit mache ich ein Tänzchen mit dem Bären und versuche, ihn nicht zu töten?« fragte Druss.

»Halt ihn hin, solange du kannst«, riet Shaoshad, »und sieh ihm nicht in die Augen. Du wirst darin nur den Tod sehen.«

Der Schamane schloß die Augen und hob die Hände. Die Luft um Oshikai knisterte vor hellen, flackernden Lichtern. Der Große König verblaßte, wurde durchscheinend und schließlich ganz durchsichtig. Dann war er verschwunden.

Shaoshad öffnete die Augen, dann klatschte er fröhlich in die Hände. »Ich mag arrogant sein«, lachte er, »aber das mit Recht!« Sein Lächeln verblaßte, und er wandte sich an Druss. »Wenn ihr euch der Brücke nähert, muß Oshikai dicht hinter dir sein. Sonst spürt der Bär beide Geister. Sobald das Biest beschäftigt ist, Großer König, mußt du an ihm vorbeischlüpfen und rennen. Du darfst kein Geräusch machen. Rufe nicht nach Shul-sen – du wirst spüren, wenn sie in der Nähe ist.«

»Ich verstehe«, ertönte Oshikais Stimme. »Geh vor, Druss, ich folge dir.«

Druss nahm seine Axt und ging voran. Seine Beine waren schwer, seine Arme müde. Niemals im Leben, nicht einmal in den Jahren, in denen er eingekerkert gewesen war, hatte er sich körperlich so geschwächt gefühlt. Angst erfüllte ihn. Er stieß mit dem Fuß gegen einen Stein und stolperte.

Er hörte Flügel schlagen. Er fuhr herum und sah, wie das letzte Fledermauswesen sich auf ihn stürzte. Die schwarzen Flügel waren ausgebreitet, die krallenbewehrten Hände ausgestreckt. Snaga zuckte auf und drang durch den dünnen Hals – aber nicht, ehe die Krallen seine Wange aufgerissen hatten. Das Wesen stürzte auf ihn und riß ihn von den Füßen. Er spürte, wie Oshikai ihn am Handgelenk packte und ihn hochriß.

»Du bist erschöpft, mein Freund«, sagte Oshikai. »Ruh dich hier aus. Ich werde versuchen, an dem Bären vorbeizuschlüpfen.«

»Nein, ich stehe es durch«, grunzte Druss. »Mach dir um mich keine Sorgen.«

Er stolperte weiter und bog um einen Vorsprung in der schwarzen Höhle. Vor ihnen lag eine gewaltige Brücke, die sich über einen Abgrund spannte. Druss trat hinauf und spähte über den Rand. Es schien, als starre er in die Unendlichkeit hinunter. Es machte ihn schwindlig, und er trat rasch zurück auf den schwarzen Felsboden. Dann nahm er Snaga in beide Hände und ging weiter. Von hier aus konnte er die andere Seite der Brücke nicht erkennen. »Sie muß kilometerlang sein«, flüsterte er, und ein Gefühl der Verzweiflung übermannte ihn.

»Immer ein Schritt nach dem anderen, mein Freund«, sagte Oshikai.

Druss stolperte durch einen Nebel tiefster Erschöpfung weiter. Ein kalter Wind blies über den Abgrund, und Druss konnte beißenden Rauch riechen. Weiter mühte er sich, zwang sich zu jedem müden Schritt.

Nach einer Weile, die ihm wie Stunden erschien, erreichten sie die Mitte der Brücke. Jetzt konnten sie die andere Seite sehen, einen hoch aufragenden Berg aus schwarzem Fels, der sich vor dem schiefergrauen Himmel abzeichnete. Eine Gestalt trat auf die Brücke, und Druss kniff die Augen zusammen, um sie zu erkennen. Sie ging langsam auf den Hinterbeinen, die mächtigen Arme weit ausgestreckt. Als sie näher kam, sah Druss, daß Shaoshads Beschreibung bis ins Detail stimmte: zwei Köpfe, einer der eines Bären, der andere der einer Schlange. Was Shaoshad ihnen nicht vermitteln konnte, war das Gefühl des Bösen, das von dem Dämon ausstrahlte. Es traf Druss wie die betäubende Kälte eines Schneesturms, ungeheuer in seiner Kraft, vor der die Stärke eines Menschen zwergenhaft wirkte.

Die Brücke hatte sich hier auf etwa drei Meter verengt. Das Wesen, das langsam auf sie zukam, schien die ganze Breite auszufüllen.

»Mögen die Götter von Stein und Wasser auf dich herablächeln, Druss!« flüsterte Oshikai.

Druss machte einen Schritt voran. Das Ungeheuer stieß einen ohrenbetäubenden Schrei aus, tief wie Donnergrollen. Der Lärm traf Druss wie ein Schlag und warf ihn zurück.

Das Untier sprach: »Wir sind der Große Bär, der Verschlinger der Seelen. Dein Tod wird furchtbar sein, Sterblicher!«

»Davon träumst du, du Hurensohn!« entgegnete Druss.

»Bring ihn zurück!« rief Sieben. »Du siehst doch, daß er stirbt!«

»Für eine gute Sache!« sagte Nosta Khan. Sieben sah den kleinen Mann an und erkannte die Bosheit in seinen Augen.

»Du verräterischer Halunke!« zischte er und warf sich auf den Mann. Nosta Khan hob seine rechte Hand, und feurige Nadeln bohrten sich in Siebens Kopf. Er schrie auf und fiel zurück, doch trotz der Schmerzen tastete er nach dem Messer an seiner Hüfte. Nosta Khan sprach ein einziges Wort, und Siebens Arm erstarrte.

»Tu ihm das nicht an«, flehte Sieben. »Er hat das nicht verdient.«

»Verdienen hat nichts damit zu tun, du Idiot. Er hat sich für den Gang in die Hölle entschieden, ich habe ihn nicht dazu gezwungen. Aber er hat noch nicht erreicht, was er wollte. Wenn er stirbt, dann sei es. Und jetzt schweig stille!« Sieben versuchte etwas zu sagen, aber seine Zunge klebte ihm am Gaumen fest. Der Schmerz ließ nach, er konnte sich jedoch immer noch nicht rühren.

Das Untier sprach, und die Stimme erklang aus beiden Köpfen: »Komm zu mir und lerne den Tod kennen, Druss!«

Druss wog die Axt in der Hand und ging weiter. Mit erstaunlicher Schnelligkeit ließ sich der Große Bär auf alle viere fallen und griff an. Snaga zuckte hoch und sauste mit aller Kraft zwischen die beiden Köpfe, wo sie Knochen und Sehnen zerschmetterte. Der Körper des Untiers traf den Axtträger schwer und riß ihn von den Beinen. Druss verlor Snaga aus dem Griff, rutschte auf dem Rücken über die Brücke, bis seine Beine über den Abgrund hingen. Er rollte sich auf den Bauch und krallte sich an dem schwarzen Gestein fest, um nicht weiterzurutschen, dann zog er sich wieder auf die Brücke hinauf. Der Große Bär hatte sich inzwischen aufgerichtet. Schwarzes Blut quoll aus der Wunde zwischen seinen Köpfen. Druss schnellte hoch zum Angriff. Ein krallenbewehrter Arm zerfetzte sein Wams und riß ihm das Fleisch auf. Es brannte wie Feuer. Er streckte den Arm auf, packte Snagas Heft und riß die Waffe los. Blut spritzte über sein Gesicht, ätzend wie Säure. Das Schlangenmaul öffnete sich und spie einen Strahl Gift auf sein Wams, das in Flammen aufging. Ohne auf den Schmerz zu achten, hämmerte Druss Snaga in den Schlangenhals und durchtrennte ihn. Der Kopf fiel herab und rollte auf dem schwarzen Steinboden herum, während Rauch aus dem Halsstumpf quoll. Der Große Bär schlug noch einmal zu. Druss wurde zurückgeworfen und landete schwer, rollte sich aber mit der Axt in der Hand wieder auf die Füße. Das Ungetüm stürmte vorwärts. Das Gift auf Druss' Wams hatte sich durchgebrannt bis auf sein Fleisch, und mit einem Aufschrei aus Wut und Schmerz warf er sich auf den tödlich verwundeten Wächter. Die Krallen fuhren herab, doch Druss war so schnell, daß er unter dem Hieb hindurchtauchte und dem Biest seine Schulter in die Brust rammen konnte. Der Große Bär taumelte rückwärts, dann stürzte er von der Brücke. Druss kroch zum Rand und sah, wie der Körper in endlosen Spiralen abwärts fiel.

Druss sank auf den schwarzen Steinboden und rollte sich auf den Rücken. Erschöpfung überwältigte ihn, und er sehnte sich nach dem Segen des Schlafes. »Du darfst die Augen nicht schließen«, erklang Shaoshads Stimme.

Druss blinzelte und sah den kleinen Mann neben sich knien. Shaoshad berührte Druss' Wunden mit seinen schmalen Händen, und der Schmerz ließ nach. »Hier zu schlafen bedeutet den Tod«, erklärte Shaoshad.

Oshikai lief weiter, überquerte rasch die Brücke und erreichte die andere Seite in dem Moment, als der Große Bär in den Abgrund stürzte. Vor ihm lag der schwarze Berg. Schnell erklomm er den Hang, seine Gedanken eilten voraus zu Shul-sen. Zuerst sah er nichts, doch dann erblickte er vor sich eine rechteckige, schwarze steinerne Tür, die in den Berg eingelassen war. Und er spürte Shul-sens Geist dahinter. Oshikai drückte mit aller Kraft, doch die Tür gab nicht nach. Er trat einen Schritt zurück und schlug mit seiner goldenen Axt gegen den Stein. Funken sprühten, und ein breiter Spalt tat sich auf. Noch zweimal ließ Oshikai Kolmisai gegen die Steintür donnern. Beim dritten Schlag zerbarst die Tür in vier Teile.

Dahinter lag ein dunkler Tunnel. Als Oshikai weiterging, schoß ein schwarzer Löwe mit Augen aus strahlendem Feuer aus der Dunkelheit. Kolmisai zuckte hoch, die Klinge bohrte sich in die Brust des Wesens, und mit einem entsetzlichen Schrei stürzte es zu Oshikais Linken zu Boden. Der König fuhr herum, hieb die Axt durch den dicken Nacken und enthauptete es so. Er packte den Kopf bei der Mähne und ging weiter. Das strahlende Feuer der Augen erlosch, glomm jedoch noch immer als schwaches Licht auf den Tunnelwänden.

Oshikai ging weiter. Ein leises Geräusch kam von links. Der König fuhr herum und warf den Dämonskopf in die Richtung. Riesige, schlangenartige Kiefer schnappten zu, so daß die Knochen des Schädels barsten und Hirnmasse durch Reihen von Krokodilszähnen in einer langen Schnauze rann. Das Echsenwesen öffnete das Maul und schüttelte den Kopf, um den geborstenen Schädel auszuspucken. In diesem Augenblick sprang Oshikai vor und hieb Kolmisai in den dicken, geschuppten Kopf. Die goldene Klinge drang durch den Schädel. Das Wesen sank zu Boden, ließ ein tiefes Stöhnen hören und starb.

In völliger Dunkelheit ging Oshikai weiter. Er tastete sich mit einer Hand an der Wand entlang. »Shul-sen!« rief er. »Kannst du mich hören?«

»Ich bin hier«, erklang ihre Stimme. »Oh, mein Gebieter, bist du es?« Die Stimme kam von links vor ihm. Oshikai ging quer durch den Tunnel und fand eine kleine Tür. Blind schlug er dagegen, die Tür zersplitterte und gab nach. Es war stockfinster, als er in den Raum dahinter trat.

Eine schlanke Hand berührte sein Gesicht. »Bist du es wirklich?« flüsterte sie.

»Wirklich«, antwortete er. Seine Stimme versagte ihm beinahe. Mit dem linken Arm zog er sie an sich, senkte den Kopf und hielt sie fest an sich gedrückt. Er zitterte am ganzen Körper. »Meine Liebste, Seele meines Herzens«, flüsterte er. Ihre Lippen berührten sich, und er spürte, wie sich Shul-sens Tränen mit den seinen vermischten. Für einen Augenblick vergaß er alles andere, die Gefahren und Bedrohungen, die noch auf sie warteten.

Dann hörten sie verstohlene Schritte im Tunnel. Oshikai nahm ihre Hand und zog sie durch die Tür. Die Geräusche kamen von rechts. Oshikai wandte sich nach links und ging weiter in den Tunnel hinein, Shul-sen noch immer an der Hand. Nach einer Weile begann der Boden anzusteigen. Höher und höher stiegen sie. Über sich sahen sie jetzt schwaches Licht, das durch einen Spalt im Berg fiel.

Oshikai blieb stehen und wartete.

Ein Löwenwesen mit Feueraugen kam heran, und mit mächtigem Gebrüll griff es an. Oshikai sprang ihm entgegen, Kolmisai fuhr nieder und bohrte sich in den Löwenschädel. Das Wesen sackte zu Boden.

Oshikai kletterte zu dem Spalt im Gestein hinauf und hieb mit seiner Axt dagegen. Der Spalt verbreiterte sich auf etwa einen halben Meter, Steine regneten auf den König herab. Ein dicker Felsbrocken verkantete sich in dem Spalt, und Oshikai streckte sich und drückte dagegen. Der Stein löste sich. Er kletterte durch die Öffnung, drehte sich um und streckte die Hände nach Shul-sen aus. Der moosige Untergrund unter ihm bebte. Oshikai wurde nach links geworfen und verlor beinahe seine Axt. Was er für Moos gehalten hatte, bebte und hob ihn hoch, so daß er durch die Luft geschleudert wurde. Der gesamte Berghang schien zu erschauern, als zwei ungeheure Flügel sich entfalteten. Die Bergspitze hob sich und wurde zum Schädel einer Riesenfledermaus. Oshikai klammerte sich an den Flügel, als die gewaltige Kreatur sich in die Lüfte erhob. Höher und höher flog sie, über die Brücke und den bodenlosen Abgrund hinaus. Oshikai grub seine Finger tief in das Fell und hielt sich mit aller Kraft fest. Der Kopf der Fledermaus bog sich zurück, und das gewaltige Maul öffnete sich. In der Dunkelheit dieses Mauls schimmerte ein Gesicht, das er erkannte.

»Wie gefällt dir meine neue Gestalt, Großkönig?« höhnte Chakata. »Ist sie nicht großartig?«

Oshikai antwortete nicht, sondern begann, zum Hals des Wesens zu klettern. »Soll ich dir sagen, wie oft ich Shul-sen genossen habe? Soll ich dir die Freuden beschreiben, zu denen ich sie gezwungen habe?« Der König kam näher. Das Gesicht Chakatas lächelte. Plötzlich setzte die Fledermaus zum Sturzflug an, und Oshikai drohte abzustürzen – dann holte er mit seiner Axt aus und grub sie tief in den schwarzen Flügel. Langsam zog er sich immer näher an den Hals, zog die Axt frei und hämmerte sie wieder durch das Fell. So kam er seinem Feind zentimeterweise näher.

»Sei kein Narr, Oshikai!« rief Chakata. »Wenn du mich tötest, stürzt du mit mir ab. Du wirst Shul-sen nie wiedersehen!«

Langsam, unaufhaltsam, kroch der König weiter. Die Fledermaus ließ sich nach hinten fallen, rollte sich herum und schlug mit den Flügeln, um die winzige Gestalt abzuschütteln. Doch Oshikai klammerte sich fest. Näher und näher kam er dem Kopf. Die Kiefer der Fledermaus schnappten nach ihm, doch er wich ihnen aus. Er zog seine Axt und hieb sie mit aller Macht in den Hals des Unwesens. Schwarzes Blut schoß aus der Wunde. Noch zweimal schlug er zu. Plötzlich klappten die Flügel der Fledermaus zusammen, und sie begann hinabzustürzen zu der weit unten liegenden Brücke. Oshikai hämmerte seine Klinge immer wieder in den halb durchgetrennten Hals, durch Knochen und Sehnen. Der Kopf fiel ab, und das tote Untier stürzte in Spiralen auf den Abgrund zu.

Fest entschlossen, nicht Seite an Seite mit einem solchen Ungetüm zu sterben, sprang Oshikai von dem toten Wesen.

Weit unten war die nackte Shul-sen aus dem Tunnel geklettert und beobachtete nun den heldenhaften Kampf am grauen Himmel. Frei von dem Bann, den Chakata gewoben hatte, spürte sie, wie ihre Macht zurückkehrte. Augenblicklich kleidete sie sich in Hemd und Beinkleider aus silberner Seide und einen wolkenweißen Umhang. Sie nahm den Umhang von den Schultern und sprach die Fünf Worte des Elften Zaubers. Dann schleuderte sie den Umhang hoch in die Luft. Er flog weiter, drehte sich, ein Rad aus weißem Tuch, das vor dem rauchgrauen Himmel glänzte.

Shul-sen stand mit ausgestreckter Hand und dirigierte den Umhang mit aller Macht, die sie aufbringen konnte. Das tote Wesen, das einst Chakata gewesen war, stürzte in den Abgrund. Oshikai fiel weiter, doch der Umhang flog zu ihm hinauf und hüllte ihn ein. Nur für einen Augenblick verlangsamte sich sein Fall, doch dann stürzte er mitsamt dem Umhang weiter in die Tiefe. Shulsen schrie auf, der Umhang entfaltete sich, und Oshikais rascher Sturz verlangsamte sich. Der Umhang schwebte zur Brücke nieder, und Oshikai sprang herunter. Shulsen rannte mit ausgestreckten Armen den Berg hinunter auf Oshikai zu. Er ließ die Axt fallen und lief ihr entgegen, dann schloß er sie in die Arme. Für einen langen Moment hielt er sie so, dann schob er sie von sich, und sie sah die Tränen auf seinen Wangen.

»Ich habe dich so lange gesucht«, sagte er. »Ich fing schon an zu glauben, daß ich dich niemals finden würde.«

»Aber du hast mich gefunden, Gebieter«, flüsterte sie und küßte seine Lippen und die tränenüberströmten Wangen.

Lange Zeit standen sie zusammen und hielten einander fest in den Armen. Dann nahm er ihre Hand und führte sie zu Druss, der noch immer auf der Brücke lag. Oshikai kniete neben ihm nieder. »Bei allem, was heilig ist, ich habe noch nie einen Mann wie dich getroffen, Druss. Ich bete darum, daß wir uns wieder begegnen.«

»Aber nicht unbedingt hier, oder?« grunzte Druss. »Vielleicht könntest du einen etwas … gastlicheren Ort finden.«

Zwei glühende Gestalten erschienen auf der Brücke, von Licht umstrahlt. Druss kniff die Augen zusammen, als die Gestalten näher kamen. Von ihnen ging keine Bedrohung aus, und Oshikai ging ihnen entgegen.

»Es ist Zeit«, sagte eine sanfte Stimme.

»Ihr könnt uns beide nehmen«, sagte Oshikai.

»Nein. Nur dich.«

»Dann komme ich nicht.«

Die erste der glühenden Gestalten wandte sich an die Frau. »Du bist noch nicht bereit, Shul-sen. Du trägst noch zuviel Dunkles in dir. Alles, was gut war, kam von deiner Vereinigung mit diesem Mann. Deine einzigen selbstlosen Taten waren für ihn. Zweimal hat er bis jetzt das Paradies verweigert. Diese dritte Weigerung wird endgültig sein … wir werden nicht noch einmal kommen, ihn zu holen.«

»Laßt mich einen Augenblick mit ihm sprechen«, sagte sie. »Allein.«

Die glühenden Gestalten schwebten etwa fünfzig Schritt weiter. Shul-sen ging zu Oshikai. »Ich werde dich nicht verlassen«, sagte er. »Nie wieder.«

Sie legte ihm die Arme um den Hals und zog ihn zu einem langen Kuß zu sich herunter. Als sie sich endlich voneinander lösten, streichelte sie sein schönes Gesicht und lächelte sehnsüchtig. »Würdest du mir das Paradies verweigern, Liebster?«

»Was meinst du damit?«

»Wenn du dich jetzt weigerst, wirst du niemals das Land der Himmlischen Träume sehen. Und wenn du es nicht siehst, wie sollte ich? Wenn du dich ihnen verweigerst, verurteilst du uns dazu, für alle Zeiten durch die Leere zu wandern.«

Er hob ihre Hand an die Lippen und küßte zärtlich ihre Finger. »Aber ich habe so lange auf dich gewartet. Ich könnte eine neuerliche Trennung nicht ertragen.«

»Und doch mußt du es«, sagte sie. Sie lächelte mühsam. »Wir sind vereint, Oshikai. Wir werden es wieder sein. Aber wenn ich dich das nächstemal sehe, dann unter einem blauen Himmel an einem plätschernden Bach. Geh jetzt – und warte auf mich.«

»Ich liebe dich«, sagte er. »Du bist die Sterne und der Mond für mich.«

Sie machte sich von ihm los und drehte sich zu den glühenden Gestalten um. »Nehmt ihn mit«, sagte sie. »Laßt ihn Freude kosten.« Als sie näher kamen, sah sie der ersten der schimmernden Gestalten scharf ins Gesicht. »Sag mir, kann ich mir einen Platz an seiner Seite verdienen?«

»Was du hier getan hast, ist ein erster Schritt dazu, Shul-sen. Du weißt, wo wir sind. Die Reise wird lang werden, und viele Gefahren erwarten dich. Reise mit Shaoshad. Auch er hat noch viel zu lernen.«

Der zweite Mann schwebte neben Druss und legte eine goldene Hand auf seinen Körper. Alle Wunden schlossen sich, und Druss fühlte, wie ihn neue Kraft durchströmte.

Dann, in einem Augenblick, waren sie verschwunden, und Oshikai mit ihnen. Shul-sen sank in die Knie, ihr langes, dunkles Haar fiel ihr ins Gesicht. Shaoshad ging zu ihr. »Wir werden ihn finden, Herrin. Gemeinsam. Und groß wird die Freude sein, wenn es soweit ist.«

Shul-sen stieß einen tiefen, schaudernden Seufzer aus. »Dann laß uns gehen«, sagte sie und stand auf. Druss erhob sich ebenfalls.

»Ich wünschte, ich könnte euch helfen«, sagte er.

Sie nahm seine Hand und küßte sie. »Ich wußte, du warst der Richtige«, sagte sie. »Du bist ihm in so vielen Dingen ähnlich. Geh jetzt zurück in die Welt, die du kennst.«

Sie berührte seine Stirn, und Dunkelheit umfing ihn.

Kapitel elf

Als Druss erwachte, schien die Sonne durch das Fenster des Grabmals. Noch nie hatte er sich so gefreut, einen neuen Tag begrüßen zu können. Sieben kam herbei, Nosta Khan drängte sich vor. »Sprich!« sagte der Schamane. »Hattet ihr Erfolg?«

»Ja«, murmelte Druss und setzte sich auf. »Sie waren vereint.«

»Hast du nach den Augen von Alchazzar gefragt?«

»Nein.«

»Was?« tobte der Schamane. »Was war dann bitte der Sinn dieser verrückten Reise?«

Ohne ihn zu beachten, stand Druss auf und ging zu Talisman hinüber, der noch schlief. Er legte dem jungen Mann die Hand auf die Schulter und rief ihn beim Namen. Talisman schlug die dunklen Augen auf. »Haben wir gewonnen?« fragte er.

»Wir haben gewonnen, mein Freund, gewissermaßen.« Ruhig erzählte Druss ihm vom Erscheinen der Engel und der zweiten Trennung.

Talisman erhob sich. »Ich hoffe, sie findet ihn«, sagte er. Dann ging er hinaus, gefolgt von Nosta Khan.

»Ihre Dankbarkeit treibt mir die Tränen in die Augen«, meinte Sieben säuerlich.

Druss zuckte die Achseln. »Es ist geschafft. Das ist alles, was zählt.«

»Dann erzähl mir alles.«

»Lieber nicht, Dichter. Ich will keine Lieder darüber hören.«

»Keine Lieder – ich gebe dir mein Ehrenwort«, log der Dichter.

Druss lachte leise. »Vielleicht später. Jetzt brauche ich erst mal etwas zu essen und einen ordentlichen Schluck kühles Wasser.«

»War sie schön?«

»Außergewöhnlich. Aber sie hatte ein hartes Gesicht«, sagte Druss und ging hinaus. Sieben folgte ihm in den Sonnenschein. Druss warf einen Blick zum strahlend blauen Himmel empor. »Die Leere ist ein häßlicher Ort, ohne jede Farbe außer dem Rot der Flammen und dem Grau von Stein und Asche und Himmel. Es ist ein beängstigender Gedanke, daß wir alle eines Tages dort umherwandern müssen.«

»Beängstigend. Absolut«, pflichtete Sieben ihm bei. »Und jetzt die Geschichte, Druss. Erzähl mir die Geschichte.«

Oben von den Wehrgängen sah Talisman mit Gorkai und Nosta Khan zu Druss und dem Dichter hinunter. »Er hätte dort sterben sollen«, sagte Nosta Khan. »Seine Lebenskraft war fast am Ende. Aber sie flammte wieder auf.«

Talisman nickte. »Ich habe noch nie so etwas gesehen«, gestand er. »Druss und Oshikai zusammen zu sehen, wie sie gegen Dämonen und Ungeheuer kämpften – es war ehrfurchteinflößend. Von dem Augenblick an, in dem sie sich begegneten, waren sie wie Schwertbrüder, und als sie Seite an Seite kämpften, war es, als würden sie sich seit einer Ewigkeit kennen. Ich konnte nicht mit ihnen mithalten, Schamane. Ich war wie ein Kind unter Männern. Und doch fühlte ich keine Bitterkeit. Ich fühlte mich … geehrt.«

»Ja«, flüsterte Gorkai, »an der Seite von Oshikai Dämonstod gekämpft zu haben, ist wahrlich eine Ehre.«

»Aber den Augen sind wir kein Stück näher gekommen«, fauchte Nosta Khan. »Er mag ja ein großer Krieger sein, aber er ist ein Narr. Shaoshad hätte es ihm gesagt, wenn er nur gefragt hätte!«

»Wir werden sie finden oder auch nicht! Deswegen habe ich keine schlaflosen Nächte mehr«, erwiderte Talisman. Er ließ den Schamanen stehen, stieg die Stufen des Wehrgangs hinunter und ging zum Schlafhaus hinüber.

Zhusai lag schlafend im Bett, und Talisman setzte sich neben sie und strich ihr übers Haar. Sie schlug die dunklen Augen auf und lächelte ihn verschlafen an. »Ich wartete, bis Gorkai sagte, du wärest in Sicherheit, dann bin ich eingeschlafen.«

»Wir sind alle in Sicherheit«, erzählte er, »und Shulsen wird dich nicht mehr quälen.« Er verfiel in Schweigen. Sie setzte sich auf und nahm seine Hand. Sie sah den Kummer in seinen Augen.

»Was ist los, Talisman? Warum so traurig?«

»Ihre Liebe überdauerte eine Ewigkeit«, sagte er leise. »Aber für uns gibt es keine Gemeinsamkeit. Mein ganzes Leben lang habe ich mich danach gesehnt, dem Einiger zu helfen, unser Volk zusammenzuschmieden. Ich dachte, es gäbe kein größeres Ziel. Du erfüllst alle meine Gedanken, Zhusai. Ich weiß jetzt, wenn der Einiger dich nimmt, werde ich nicht in der Lage sein, ihm zu folgen. Ich könnte es nicht.«

»Dann laß uns der Weissagung trotzen«, sagte sie und nahm ihn in die Arme. »Laß uns zusammensein.«

Sanft, aber fest packte er ihre Arme und machte sich von ihr los. »Das kann ich ebensowenig. Meine Pflicht verbietet es mir. Ich werde Nosta Khan bitten, dich von hier fortzubringen. Morgen.«

»Nein! Ich gehe nicht.«

»Wenn du mich wirklich liebst, dann gehst du, Zhusai. Ich muß den Kopf frei für die Schlacht haben.« Er stand auf und ging wieder hinaus auf den Hof. Während der folgenden Stunde schritt er die Befestigungen ab und prüfte die Reparaturen an den Wehrgängen. Schließlich schickte er Quing-chin mit drei Reitern los, um nach dem Feind Ausschau zu halten.

»Laßt euch nicht in Kampfhandlungen verwickeln, mein Freund«, warnte er Quing-chin. »Ich brauche dich hier, wenn die Schlacht beginnt.«

»Ich werde hier sein«, versprach der Krieger. Dann ritt er los.

Gorkai kam. »Du solltest die Frau nehmen«, sagte er leise.

Talisman wandte sich zornig an ihn. »Du hast uns belauscht?«

»Ja. Jedes Wort«, gab Gorkai fröhlich zu. »Du solltest sie nehmen.«

»Und meine Pflicht? Was ist mit dem Schicksal der Nadir?«

Gorkai lächelte. »Du bist ein großer Mann, Talisman, aber du denkst diese Sache nicht richtig durch. Wir werden hier nicht überleben, wir werden alle sterben. Wenn du sie also heiratest, wird sie ohnehin in wenigen Tagen Witwe sein. Nosta Khan sagt, er kann sie hier fortschaffen. Gut. Dann wird der Einiger deine Witwe heiraten. Wird sich das Schicksal dadurch wenden?«

»Und wenn wir gewinnen?«

»Du meinst, was passiert, wenn das Hündchen den Löwen frißt?« Gorkai zuckte die Achseln. »Mein Standpunkt ist ganz einfach, Talisman. Ich folge dir. Wenn der Einiger meine Loyalität will, dann soll er herkommen und mit uns kämpfen! Vergangene Nacht hast du Oshikai und Shul-sen vereint. Sieh dich um. Hier sind Männer von fünf Stämmen. Du hast sie vereint – für mich hast du genug von einem Einiger.«

»Ich bin nicht der Mann der Prophezeiung.«

»Das ist mir egal. Du bist der Mann, der *hier* ist. Ich bin älter als du, Junge, und ich habe viele Fehler gemacht. Du machst jetzt einen, was Zhusai anbelangt. Wahre Liebe ist selten. Nimm sie, wenn du sie findest. Mehr habe ich dazu nicht zu sagen.«

Druss saß friedlich auf dem Wehrgang und beobachtete die Verteidiger, die ihre Arbeiten an den Mauern fortsetzten und Steine herbeischleppten, um sie während des Kampfes auf vorrückende Fußsoldaten hinunterzuschleudern. Jetzt waren es knapp zweihundert kampffähige Männer, in der Mehrzahl Flüchtlinge der Krummhörner. Nuang Xuan hatte seine Leute nach Osten geschickt, aber ein paar Frauen, darunter Niobe, waren zurückgeblieben. Der alte Mann winkte Druss zu, dann stieg er die zerborstenen Stufen zum Wehrgang hinauf. Er atmete keuchend, als er oben ankam. »Ein schöner Tag, Axtkämpfer«, sagte er, nach Luft ringend.

»Ja«, stimmte Druss zu.

»Ist es jetzt ein gutes Fort, ja?«

»Ein gutes Fort mit einem alten Tor«, antwortete Druss. »Das ist der schwache Punkt.«

»Genau meine Meinung«, sagte Nuang mit ausdrucksloser Miene. »Talisman hat angeordnet, daß ich mit den Verteidigern an dieser Stelle stehe. Wenn das Tor nachgibt, sollen wir die Lücke mit unseren Körpern füllen.« Er lächelte gezwungen. »Lange her, daß ich solche Angst hatte. Aber es ist ein gutes Gefühl.«

Druss nickte. »Wenn das Tor bricht, Alter, findest du mich an deiner Seite.«

»Ha! Dann wird es viele Tote geben.« Nuangs Miene wurde weich. »Du wirst wieder einmal gegen dein eigenes Volk kämpfen. Was empfindest du dabei?«

Druss zuckte die Achseln. »Es ist nicht mein Volk, und

ich jage sie nicht. Sie kommen, um gegen mich zu kämpfen. Wenn sie sterben, geht das auf ihre eigene Kappe.«

»Du bist ein harter Mann, Druss. Vielleicht hast du Nadirblut.«

»Vielleicht.« Nuang sah unten seinen Neffen Meng und rief ihn an. Ohne einen Abschiedsgruß schlenderte der alte Mann die Stufen wieder hinunter. Druss warf einen Blick auf die Berge im Westen. Der Feind würde bald hier sein. Er dachte an Rowena, auf ihrem Hof, an die Tage der Arbeit mit den Herden, die stillen Nächte in ihrem geräumigen Holzhaus. Wie kommt es, überlegte er, daß ich mich nach ihrer Gesellschaft sehne, wenn ich fort von ihr bin, und daß ich mich nach einem Ruf zu den Waffen sehne, wenn ich bei ihr bin? Seine Gedanken wanderten zurück zu seiner Kindheit, als er mit seinem Vater umherzog und versuchte, dem schändlichen Ruf von Bardan dem Schlächter zu entkommen. Druss blickte hinunter auf Snaga, die an der Mauer lehnte. Die schreckliche Waffe hatte seinem Großvater Bardan gehört. Damals war sie von einem Dämon besessen und hatte Bardan in einen wütenden Killer, einen Schlächter, verwandelt. Auch Druss war davon nicht unberührt geblieben. Bin ich deshalb, was ich bin? überlegte er. Obwohl der Dämon schon längst ausgetrieben war, hatte seine Bösartigkeit in den langen Jahren seiner Suche nach Rowena auf ihn eingewirkt.

Da er normalerweise nicht so in sich gekehrt war, fand Druss seine Stimmung niederdrückend. Er war nicht in das Land der Gothir gekommen, um in den Krieg zu ziehen, sondern um an den Spielen teilzunehmen. Jetzt wartete er ohne eigenes Verschulden auf eine mächtige Armee und versuchte verzweifelt, zwei heilende Juwelen zu finden, die Klay wieder gesund machen sollten.

»Du siehst wütend aus, altes Roß«, sagte Sieben und setzte sich neben ihn. Druss sah seinen Freund an. Der Dichter trug ein hellblaues Hemd mit Knöpfen aus poliertem Bein. Sein Wehrgehänge war frisch poliert, die Messergriffe glänzten in ihren Scheiden. Er hatte sich vor kurzem das blonde Haar gekämmt, das von einem Stirnband gehalten wurde, in dessen Mitte ein Opal eingelassen war.

»Wie machst du das nur?« fragte Druss. »Wir sitzen hier in staubiger Wildnis, und du siehst aus, als kämst du geradewegs aus einem Badehaus.«

»Man muß stets seinen Standard halten«, antwortete Sieben mit einem breiten Grinsen. »Diese Wilden müssen doch sehen, wie sich zivilisierte Menschen benehmen.«

Druss kicherte. »Du hebst meine Laune, Dichter. Das tust du immer.«

»Warum so düster? Krieg und Tod sind nur noch ein paar Tage entfernt. Ich hätte gedacht, du würdest Freudentänze aufführen.«

»Ich dachte an Klay. Die Juwelen sind nicht hier, und ich kann mein Versprechen ihm gegenüber nicht halten.«

»Oh, sei dir dessen nicht so sicher, altes Roß. Ich habe eine Theorie – aber sprechen wir nicht mehr davon, bis die Zeit reif ist.«

»Du glaubst, du kannst sie finden?«

»Wie gesagt, ich habe eine Theorie. Aber es ist noch nicht an der Zeit. Nosta Khan wollte, daß du stirbst, weißt du, und du wärst auch beinahe gestorben. Wir können ihm nicht trauen, Druss. Ebensowenig Talisman. Die Juwelen sind zu wichtig für sie.«

»Da hast du recht«, grunzte Druss. »Der Schamane ist ein abscheulicher Knabe.«

»Was ist das?« rief Sieben und deutete auf die Bergkette. »Oh, gütiger Himmel, sie sind da!«

Druss kniff die Augen zusammen. Eine Reihe von Lanzenreitern in heller Rüstung kam hintereinander den Berg herab. Ein Schrei erhob sich auf den Mauern, und Krieger rannten herbei, die Bögen in der Hand, um ihre Stellung einzunehmen.

»Sie reiten auf Ponys«, murmelte Druss. »Was zum Teufel ...«

Talisman und Nosta Khan kamen zu Druss. Die Reiter fielen in Galopp und donnerten mit hoch erhobenen Lanzen über die Ebene. Auf jeder Lanze steckte ein Kopf.

»Es ist Lin-tse!« rief Talisman. Die Nadir begannen zu jubeln und zu schreien, als die dreißig Reiter langsamer wurden, zur Mauer kamen und die Lanzen mit den gräßlichen Trophäen hochhielten. Einer nach dem anderen stieß seine Lanze in die Erde, dann ritten sie durch die eilends geöffneten Tore. Lin-tse sprang von seinem Pony und nahm den Gothir-Helm ab. Krieger strömten von den Mauern und umringten ihn und seine Himmelsreiter.

Lin-tse begann auf nadir zu singen. Er sprang und tanzte zum wilden Jubelgeschrei der Krieger. Von den Wehrgängen herab beobachtete Sieben fasziniert das Geschehen, er verstand kein einziges Wort. Er wandte sich an Nosta Khan. »Was sagt er?«

»Er erzählt vom Tod der Feinde und wie seine Männer über den Himmel ritten, um sie zu besiegen.«

»Über den Himmel ritten? Was soll das bedeuten?«

»Es bedeutet, daß der Sieg unser ist«, fauchte der Schamane. »Und jetzt sei still, damit ich zuhören kann.«

»Reizender Bursche«, murmelte Sieben und setzte sich wieder neben Druss.

Lin-tses Geschichte dauerte fast eine Viertelstunde, und zum Schluß umringten die Krieger ihn und hoben ihn auf ihre Schultern. Talisman saß ruhig dabei, bis der Lärm sich gelegt hatte. Als sie Lin-tse wieder auf die Erde stellten, ging er zu Talisman und verbeugte sich knapp. »Deine Befehle wurden ausgeführt«, sagte er. »Viele Lanzenreiter sind tot, und wir haben ihre Rüstungen.«

»Gut gemacht, mein Bruder.«

Talisman stieg die Stufen zu den Wehrgängen empor und starrte auf die versammelten Männer hinunter. »Man kann sie besiegen«, sagte er, immer noch auf nadir. »Sie sind nicht unüberwindlich. Wir haben ihr Blut geschmeckt, und wir werden mehr davon schmecken. Wenn sie kommen, um den Schrein zu zerstören, werden wir sie aufhalten. Denn wir sind Nadir, und unser Tag wird kommen. Dies hier ist nur der Anfang. Was wir hier vollbringen, wird zum Stoff von Legenden werden. Die Geschichte unserer Heldentaten wird auf feurigen Schwingen zu allen Nadirstämmen getragen werden, in jedes Dorf und jedes Lager. Der Tag des Einigers rückt näher. Und eines Tages werden wir vor den Mauern Gulgothirs stehen, und die Stadt wird vor uns erzittern.« Langsam hob er den rechten Arm, die Hand zur Faust geballt. »Nadir sind wir!« schrie er. Die Krieger folgten seinem Beispiel, und der Gesang wurde aufgenommen.

Nadir sind wir,
der Jugend geboren,
Blutvergießer
Äxteschwinger,
doch Sieger sind wir.

»Läßt einem glatt das Blut in den Adern gefrieren«, bemerkte Sieben.

Druss nickte. »Er ist klug. Er weiß, daß Schreckliches auf sie zukommt, und er erfüllt sie mit Stolz gleich zu Beginn. Jetzt werden sie wie Teufel für ihn kämpfen.«

»Ich wußte gar nicht, daß du Nadir verstehst?«

»Tu ich auch nicht ... aber du brauchst kein Sprachexperte zu sein, um zu verstehen, was da unten vor sich geht. Er hat Lin-tse ausgeschickt, um dem Feind eine Wunde zu schlagen. Um ihnen einen Sieg zu verschaffen. Wahrscheinlich hat er ihnen erzählt, sie seien alle Helden und daß sie gemeinsam jeder Macht widerstehen könnten. Irgendwas in der Art.«

»Und, können sie?«

»Unmöglich zu sagen, Dichter. Nicht, ehe es die ersten Toten gibt. Eine kämpfende Truppe ist wie eine Schwertklinge. Du kannst sie erst wirklich prüfen, wenn sie durch Feuer gegangen ist.«

»Ja, ja, ja«, sagte Sieben gereizt, »aber abgesehen von diesen kriegerischen Analogien, was hast du für ein Gefühl? Du kennst die Männer. Ich traue deinem Urteil.«

»Ich kenne diese Männer nicht. Oh, sie sind zweifellos wilde Kämpfer, keine Frage. Aber sie haben keine Disziplin – und sie sind abergläubisch. Sie haben keine Erfolgsgeschichte, auf die sie sich berufen können, die ihnen in dunklen Stunden über die Runden hilft. Sie haben die Gothir noch nie besiegt. Alles hängt vom ersten Tag der Schlacht ab. Frag mich noch mal, wenn wir den überlebt haben!«

»Himmel, bist du düster heute, mein Freund«, meinte Sieben. »Was ist los?«

»Das ist nicht mein Krieg, Dichter. Ich *fühle* nichts dabei, verstehst du? Ich habe an Oshikais Seite gekämpft. Ich *weiß*, daß es ihm verdammt gleichgültig ist, was mit seinen Gebeinen passiert. Es ist eine Schlacht um nichts, und nichts wird dadurch erreicht, ob wir gewinnen oder verlieren.«

»Da irrst du dich vielleicht, altes Roß. Dieses ganze Gerede von einem Einiger ist für diese Menschen wichtig. Du sagst, sie hätten keine Erfolgsgeschichte, auf die sie sich stützen können – nun, vielleicht wird das hier für sie die erste.« Sieben schwang sich auf die Mauer und betrachtete seinen Freund. »Aber das weißt du auch alles. Es steckt noch mehr dahinter, nicht wahr, Druss? Tiefer drinnen?«

Druss lächelte ihn schief an, dann strich er sich mit seiner großen Hand über den schwarzen Bart. »Ja. Ich mag sie nicht, Dichter. So einfach ist das. Ich fühle keine Nähe zu diesen Stammesleuten. Ich weiß nicht, wie sie denken oder was sie empfinden. Nur eins ist verdammt gewiß, sie denken nicht wie wir.«

»Du magst Nuang und Talisman. Sie sind auch Nadir«, meinte Sieben.

»Ja, ich weiß. Ich kann es auch nicht erklären.«

Sieben lachte. »Das ist nicht so schwer, Druss. Du bist geboren und aufgewachsen als Drenai – dem größten Volk der Erde. Das haben sie uns jedenfalls erzählt. Zivilisierte Menschen in einer Welt von Wilden. Du hattest keine Probleme, an der Seite der Ventrier zu kämpfen, aber sie sind uns auch ähnlich, mit runden Augen und hochgewachsen. Wir haben eine gemeinsame Mythologie. Aber die Nadir stammen von den Chiatze ab, und mit denen haben wir nichts Offenkundiges gemeinsam. Hunde und Katzen, Druss. Oder Wölfe und Löwen, wenn dir das lieber ist. Aber ich glaube, du irrst, wenn du meinst, sie denken und fühlen nicht wie wir. Sie sehen die Dinge nur anders, das ist alles. Eine andere Kulturbasis.«

»Ich bin doch kein Fanatiker«, sagte Druss abwehrend.

Sieben lachte. »Aber natürlich, das ist dir anerzogen. Aber du bist ein guter Mann, Druss, und es beeinflußt nicht im geringsten, wie du dich verhältst. Die Lehren der Drenai mögen tief in deinem Kopf sitzen, aber du hast ein gutes Herz. Und das wird dich immer leiten.«

Druss entspannte sich. »Ich hoffe, du hast recht«, sagte er. »Mein Großvater war ein mörderischer Schlächter, seine Greueltaten verfolgen mich immer noch. Ich möchte mir nie solche schrecklichen Taten zuschulden kommen lassen. Der Ventrische Krieg war gerecht, das glaube ich fest, und er bedeutete etwas. Das Volk hat jetzt Gorben als Führer, und er ist einer der größten Männer, die ich je kennengelernt habe.«

»Vielleicht«, sagte Sieben zweifelnd. »Die Geschichte wird ihn besser beurteilen können als du oder ich. Aber wenn du dir um diese ... Scheußlichkeiten hier Sorgen machst, kann ich dich beruhigen. Dies hier ist ein Schrein, und hier liegen die Gebeine des größten Helden, den die Nadir je hatten. Dieser Ort bedeutet all ihren Stämmen etwas. Die Männer, die hier anrücken, dienen einem wahnsinnigen Kaiser, und sie wollen diesen Ort zerstören, nur um die Stämme zu demütigen, um sie auf die Plätze zu verweisen. Die QUELLE weiß, wie sehr ich Gewalt hasse, aber hier stehen wir nicht auf der falschen Seite, Druss. Beim Himmel, nein!«

Druss schlug ihm auf die Schulter. »Du hörst dich allmählich an wie ein Krieger«, sagte er mit einem breiten Grinsen.

»Das liegt nur daran, daß der Feind noch nicht da ist. Aber wenn, kannst du mich in einem leeren Mehlfaß wiederfinden!«

»Das glaube ich nicht einen Augenblick«, erklärte Druss.

In einem kleinen Zimmer neben dem provisorischen Krankenhaus saß Zhusai still, während Talisman und Lin-tse über den Überfall sprachen. Die beiden Männer waren körperlich sehr unterschiedlich: Lin-tse war hochgewachsen, seine ernstes Gesicht verriet seine gemischte Herkunft – die Augen standen kaum schräg, die Wangen- und Kieferknochen waren kräftig. Auch hatte sein Haar nicht das tiefe Schwarz der Nadir, sondern wies kastanienbraune Strähnen auf. Talisman, der sein Haar zu einem straffen Pferdeschwanz zusammengebunden hatte, sah jeder Zoll wie ein Nadirkrieger aus – die Haut hell goldfarben, das Gesicht flach, die dunklen Augen ausdruckslos. Und doch, dachte Zhusai, wiesen sie eine Ähnlichkeit auf, die nicht physischer Art war, eine Aura, die fast von Bruderschaft sprach. Ob es wohl, überlegte sie, die gemeinsamen Erfahrungen an der Bodacas-Akademie waren, oder der Wunsch, die Nadir wieder stolz und frei zu sehen? Vielleicht beides.

»Sie werden morgen nachmittag hier sein. Bestimmt nicht später«, sagte Lin-tse.

»Wir können nichts mehr tun. Die Krieger sind so bereit wie nur möglich.«

»Aber werden sie es durchstehen, Talisman? Ich habe noch nie viel Gutes über die Krummhörner gehört. Und was die Einsamen Wölfe angeht… nun, ohne ihren Anführer wirken sie nervös. Und ich sehe nicht, daß sich die Gruppen irgendwie vermischen.«

»Sie werden durchhalten«, erklärte Talisman. »Und was das anlangt, was du über die Krummhörner gehört hast, möchte ich gern wissen, was sie über die Himmelsreiter gehört haben. Es gehört nicht zu unseren Bräuchen, gut über unsere Stammesfeinde zu denken. Obwohl ich bemerkt habe, daß du die Flinken Ponys nicht erwähnt hast. Könnte das daran liegen, daß unser Freund Quing-chin ihr Anführer ist?«

Lin-tse lächelte gepreßt. »Ich verstehe schon. Der Axtmann sieht wie ein guter Kämpfer aus.«

»Das ist er. Ich bin mit ihm durch die Leere gewandert, mein Freund, und glaub mir, er ist eine beeindruckende Erscheinung.«

»Trotzdem fühle ich mich unbehaglich mit einem *gajin* in diesen Mauern. Ist er ein Freund?«

»Der Nadir? Nein. Meiner? Vielleicht. Ich bin froh, daß

er hier ist. Er verbreitet ein Gefühl der Unbezwingbarkeit.« Talisman stand auf. »Du solltest gehen und dich ausruhen, Lin-tse. Du hast es dir verdient. Ich wünschte, ich hätte gesehen, wie du und deine Männer über die Schlucht setztet. In diesem Augenblick wart ihr wahrlich Himmelsreiter. Darüber werden in Zukunft Lieder gesungen werden.«

»Nur wenn wir überleben, General.«

»Dann müssen wir das, denn ich möchte diese Lieder selbst gern hören.«

Lin-tse stand auf, und die beiden Männer ergriffen ihre Hände. Dann verbeugte sich Lin-tse vor Zhusai und ging hinaus. Talisman ließ sich wieder in seinen Stuhl fallen.

»Du bist erschöpfter als er«, tadelte Zhusai ihn. »Du bist es, der Ruhe braucht.«

Talisman lächelte müde. »Ich bin jung und voller Kraft.«

Zhusai ging durchs Zimmer und kniete neben ihm nieder, ihre Arme ruhten auf seinen Oberschenkeln. »Ich werde nicht mit Nosta Khan gehen«, erklärte sie. »Ich habe lange darüber nachgedacht. Ich weiß, es ist Brauch bei den Nadir, daß der Vater den Ehemann für seine Tochter aussucht, aber mein Vater war kein Nadir, und mein Großvater hat nicht das Recht, mich zu versprechen. Ich sage dir, Talisman, wenn du mich fortschickst, dann warte ich auf Nachricht von dir. Wenn du stirbst …«

»Sag es nicht! Ich verbiete es!«

»Du kannst mir gar nichts verbieten«, sagte sie ruhig. »Du bist nicht mein Ehemann, du bist mein Hüter. Nicht mehr. Also gut, ich sage es nicht. Aber du weißt, was ich dann tun werde.«

Zornig packte er sie bei den Schultern und zog sie hoch. »Warum quälst du mich so?« rief er. »Kannst du nicht einsehen, daß deine Sicherheit mir Kraft und Hoffnung geben würde?« Sie entspannte sich in seinen Armen und setzte sich auf seinen Schoß. »Hoffnung? Welche Hoffnung gäbe es für Zhusai, wenn du tot wärst, Liebster? Was hielte die Zukunft für mich noch bereit? Die Ehe mit einem unbekannten Mann mit violetten Augen? Nein, nicht für mich. Entweder du oder keiner.«

Sie beugte sich vor und küßte ihn, und er fühlte ihre weiche, warme Zunge auf seinen Lippen. Sein Verstand schrie, sich von ihr loszumachen, doch die Erregung überflutete ihn, und er zog sie an sich und erwiderte ihren Kuß mit einer Leidenschaft, von er er nicht gewußt hatte, daß er sie besaß. Seine Hand glitt über ihre Schulter, spürte die Weichheit ihres weißen Seidenhemdes und des Fleisches darunter. Seine Hand folgte den Linien ihres Körpers, hinunter zur linken Brust, und die harte Brustwarze ließ ihn langsamer werden. Er drückte sie zwischen Daumen und Zeigefinger.

Er hörte nicht, wie die Tür aufging, aber er spürte die warme Luft, die von draußen hereinwehte. Er fuhr zurück und drehte den Kopf. Nuang Xuan stand in der Tür. »Schlechter Zeitpunkt, was?« fragte der alte Krieger augenzwinkernd.

»Nein«, antwortete Talisman mit belegter Stimme. »Komm rein.« Zhusai stand auf, dann beugte sie sich vor und küßte ihn auf die Wange. Er sah ihr nach, wie sie hinausging, sein Blick folgte dem Schwung ihrer schmalen Hüften.

Nuang Xuan ließ sich linkisch auf dem Holzstuhl nieder. »Nach Nadirart auf dem Boden zu sitzen, ist besser«, sagte er, »aber ich will nicht zu dir aufsehen müssen.«

»Was willst du von mir, Alter?«

»Du möchtest, daß ich das Tor bewache – aber ich wünsche mit Druss auf der Mauer zu stehen.«

»Warum?«

Nuang seufzte. »Ich glaube, ich werde hier sterben, Talisman. Ich habe nichts dagegen, denn ich habe lange gelebt. Und ich habe viele Männer getötet. Zweifelst du daran?«

»Warum sollte ich daran zweifeln?«

»Weil es nicht stimmt«, sagte Nuang mit einem verschlagenen Lächeln. »Ich habe in meinem Leben fünf Männer getötet: drei in Zweikämpfen, als ich noch jung war, und zwei Lanzenreiter, die uns angriffen. Ich sagte dem Axtkämpfer, ich würde auf der Mauer hundert töten. Er sagte, er wollte für mich mitzählen.«

»Nur hundert?« fragte Talisman.

Nuang lächelte. »Ich fühlte mich nicht so wohl.«

»Nenn mir den wahren Grund, weshalb du an seiner Seite kämpfen willst«, bat Talisman.

Nuangs alte Augen wurden schmal, und er holte tief Luft. »Ich habe ihn beim Kämpfen beobachtet, und er ist tödlich. Viele *gajin* werden in seiner Nähe sterben. Wenn ich da bin, werden die Männer mich kämpfen sehen. Ich kann keine hundert schaffen, aber für die, die dabei sind, wird es so aussehen. Dann, wenn sie Lieder über diese Schlacht singen, wird mein Name weiterleben. Verstehst du?«

»Nuang und der Todeswanderer«, sagte Talisman leise. »Ja, ich verstehe.«

»Warum nennst du ihn so?«

»Er und ich, wir sind durch die Leere gegangen. Es ist ein guter Name für ihn.«

»Er ist sehr gut. Nuang und der Todeswanderer. Das gefällt mir. Kann es so sein?«

»Es kann. Ich werde dich auch beobachten, alter Mann, und mitzählen.«

»Ha! Jetzt bin ich glücklich, Talisman.« Nuang stand auf und rieb sich den Hintern. »Ich mag diese Stühle nicht.«

»Wenn wir uns das nächste Mal unterhalten, sitzen wir auf dem Fußboden«, versprach Talisman.

Nuang schüttelte den Kopf. »Nicht mehr viel zu reden. Die *gajin* werden morgen hier sein. Bleibt deine Frau hier?«

»Ja.«

»Wie es sein sollte«, sagte Nuang. »Sie ist sehr schön, und Sex mit ihr wird dir in der nächsten Zeit helfen. Aber vergiß nicht, daß ihre Hüften sehr schmal sind. Für solche Frauen ist die erste Geburt immer sehr schwer.«

»Ich werde daran denken, Alter.«

Nuang ging zur Tür. Er hielt inne und drehte sich noch einmal zu Talisman um. »Du bist sehr jung. Aber wenn du am Leben bleibst, wirst du ein großer Mann werden – ich kenne mich aus in solchen Dingen.«

Damit war er fort.

Talisman ging zu einer zweiten Tür in der rückwärtigen Wand des Zimmers und trat ins Krankenlager. Sieben breitete Decken auf dem Fußboden aus, und eine junge Nadirfrau fegte den Staub aus dem Zimmer.

»Alles bereit hier, General«, sagte Sieben fröhlich. »Reichlich Faden und spitze Nadeln. Und Verbandszeug – und die am schauderhaftesten riechenden Kräuter, die ich je gesehen habe. Ich schätze, wenn wir nur damit drohen, werden die Verwundeten zurück auf die Mauern strömen.«

»Getrocknete Baumpilze«, sagte Talisman. »Sie verhindern Infektionen. Hast du Alkohol?«

»Ich kann nicht operieren. Es wird also nicht nötig sein, die Männer betrunken zu machen.«

»Nimm ihn, um damit Wunden und Gerätschaften zu reinigen. Auch das hilft, Infektionen zu verhindern.«

»Vielleicht solltest du der Arzt sein«, meinte Sieben. »Du scheinst erheblich mehr zu wissen als ich.«

»In Bodacas hatten wir auch Unterricht in Militärchirurgie. Es gab viele Bücher darüber.«

Als Talisman ging, trat die Nadirfrau auf ihn zu. Nicht im üblichen Sinne hübsch, war sie jedoch ungeheuer anziehend. Sie kam dicht an ihn heran. »Du bist jung für einen General«, sagte sie. Ihre Brüste berührten seine Brust. »Stimmt es, was man über dich und die Chiatze-Frau sagt?«

»Was sagt man denn?«

»Daß sie dem Einiger versprochen ist, und daß du sie nicht haben kannst.«

»Wirklich? Und wenn es stimmt, was geht es dich an?«

»Ich bin nicht dem Einiger versprochen. Und ein General sollte sich nicht über beide Köpfe sorgen müssen, den oben und den unten. Man sagt, daß kein Mann genug Blut hat, so daß beide Köpfe gleichzeitig gefüllt werden können. Vielleicht solltest du einen leeren, damit der andere besser arbeiten kann?«

Talisman lachte laut. »Du bist eine von Nuangs Frauen ... Niobe?«

»Ja, Niobe«, antwortete sie. Sie freute sich, daß er sich ihren Namen gemerkt hatte.

»Also, Niobe, ich danke dir für dein Angebot. Es ist ein großes Kompliment, du hast damit meine Laune beträchtlich gehoben.«

»Heißt das ja oder nein?« fragte sie verwirrt.

Talisman lächelte, dann drehte er sich um und ging hinaus in den Sonnenschein. Als Niobe sich wieder Sieben zuwandte, lachte der Dichter leise.

»Himmel, du gehst vielleicht ran. Was ist mit dem Krieger, auf den du deine hübschen Augen geworfen hattest?«

»Er hat schon zwei Frauen und ein Pony«, sagte sie. »Und schlechte Zähne.«

»Na, verzweifle nicht, du kannst aus fast zweihundert Männern hier wählen.«

Sie sah ihn an, dann neigte sie den Kopf zur Seite. »Es gibt niemanden. Komm, leg dich zu mir.«

»Manche Männer, Liebling, wären verletzt und fühlten sich gedemütigt, wenn sie nur zweite Wahl nach einem Mann mit einem Pony und schlechten Zähnen wären. Ich dagegen habe keine Skrupel, ein so taktloses Angebot anzunehmen. Aber die Männer meiner Familie hatten schon immer eine Schwäche für attraktive Frauen.«

»Reden alle Männer deiner Familie so viel?« fragte sie, knotete ihren Hanfgürtel auf und ließ ihren Rock zu Boden fallen.

»Reden ist unsere zweitbeste Gabe.«

»Und die erste?« fragte sie.

»Ebenso sarkastisch wie schön, meine Süße? Ach, du bist ein bezauberndes Wesen.« Sieben streifte seine Kleider ab, breitete eine Decke auf dem Fußboden aus und zog sie zu sich herunter.

»Wir müssen schnell machen«, sagte sie.

»Schnelligkeit in Sachen Lendentätigkeit ist ein Talent, das mir nicht gegeben ist. Dankenswerterweise«, setzte er hinzu.

Kzun empfand einen ungeheuren Jubel, als er zusah, wie die beiden Karren brannten. Er sprang über die Felsen und rannte bergab zu einem Wagenlenker, der mit einem Pfeil im Hals versuchte, davonzukriechen. Kzun stieß ihm sein Messer zwischen die Schulterblätter und drehte es heftig. Der Mann schrie auf, dann begann er an seinem eigenen Blut zu ersticken. Als Kzun sich aufrichtete und einen markerschütternden Schrei ausstieß, erhoben sich die Krummhorn-Krieger aus ihren Verstecken und rannten zu ihm hinunter. Der Wind drehte sich, beißender Rauch brannte in Kzuns Augen. Rasch lief er um die brennenden Wagen herum, um sich einen

Überblick zu verschaffen. Insgesamt waren es sieben Karren gewesen, und ein Trupp von fünfzehn Lanzenreitern. Zwölf der Lanzenreiter waren tot – acht mit Pfeilen gespickt, vier im wütenden Zweikampf erschlagen. Kzun selbst hatte zwei von ihnen getötet. Dann hatten die Gothir die restlichen Karren gewendet und die Flucht ergriffen. Kzun wäre ihnen zu gern gefolgt, aber seine Befehle lauteten, an der Wasserstelle zu bleiben und sie vor Feinden zu schützen.

Die Krummhörner hatten gut gekämpft. Nur einer war ernstlich verwundet. »Sammelt ihre Waffen und Rüstungen ein«, schrie Kzun, »dann zieht euch wieder in die Felsen zurück.«

Ein junger Mann, der sich den mit weißem Roßhaar geschmückten Helm eines Lanzenreiters aufgestülpt hatte, kam zu ihm. »Und jetzt gehen wir, he?« fragte er.

»Wohin?« erwiderte Kzun.

»Wohin?« fragte der Mann verwirrt. »Weg, bevor sie wiederkommen.«

Kzun ließ ihn stehen und ging zurück über den geröllübersäten Hang zur Wasserstelle. Er kniete nieder und wusch sich das Blut von seinem nackten Oberkörper. Dann nahm er den weißen Schal vom Kopf und tauchte ihn ins Wasser, ehe er ihn wieder um seinen kahlen Schädel band. Die Krieger sammelten sich hinter ihm.

Kzun stand auf und drehte sich zu ihnen um. Er musterte ihre Gesichter und sah die Angst in ihnen. Sie hatten Gothirsoldaten getötet. Jetzt würden mehr von ihnen kommen – noch viel mehr. »Ihr wollt davonlaufen?« fragte er.

Ein schlanker Krieger mit ergrauendem Haar trat vor. »Wir können nicht gegen eine Armee kämpfen, Kzun. Wir haben ihre Karren verbrannt, oder? Sie werden zurückkommen. Vielleicht hundert. Vielleicht zweihundert. Wir können nicht gegen sie kämpfen.«

»Dann lauft«, sagte Kzun verächtlich. »Von Krummhorn-Feiglingen habe ich auch nichts anderes erwartet. Aber ich gehöre zu den Einsamen Wölfen, und wir laufen nicht davon. Ich habe den Auftrag, diesen Tümpel zu halten und ihn mit meinem Leben zu verteidigen. Und das werde ich tun. Solange ich lebe, wird kein *gajin* hier auch nur einen Schluck Wasser trinken.«

»Wir sind keine Feiglinge!« rief der Mann errötend. Ein zorniges Gemurmel erhob sich unter den Kriegern. »Aber worin liegt der Sinn, wenn wir hier sterben?«

»Worin liegt der Sinn, irgendwo zu sterben?« entgegnete Kzun. »Zweihundert Männer warten am Schrein von Oshikai, bereit, seine Gebeine zu verteidigen. Eure eigenen Brüder sind unter ihnen. Glaubt ihr, sie werden davonlaufen?«

»Was verlangst du von uns?« fragte ein anderer Krieger.

»Mir ist egal, was ihr tut!« tobte Kzun. »Ich weiß nur, daß ich hierbleibe und kämpfe!«

Der grauhaarige Krieger rief seine Kameraden zu sich, und sie gingen auf die andere Seite des Tümpels und hockten sich im Kreis nieder, um ihr Vorgehen zu besprechen. Kzun beachtete sie nicht. Von links kam ein tiefes Stöhnen, und er sah den verwundeten Krummhorn-Krieger, der an die roten Felsen gelehnt saß und seine blutverschmierten Hände auf eine tiefe Bauchwunde preßte. Kzun nahm einen Helm und tauchte ihn ins Wasser, dann trug er ihn zu dem Sterbenden. Er kauerte nieder und hielt ihn dem Krieger an die Lippen. Er trank zwei Schlucke, dann hustete er und schrie vor Schmerzen auf. Kzun setzte sich neben ihn. »Du hast gut gekämpft«, sagte er. Der junge Mann hatte sich auf einen Lanzenreiter geworfen und den Soldaten so vom Pferd gerissen. In dem nachfolgenden Kampf hatte der Lanzenreiter ein Messer gezogen und es dem Nadir in den

Bauch gerammt. Kzun war ihm zu Hilfe geeilt und hatte den Lanzenreiter getötet.

Die Sonne stieg über den roten Bergen auf und schien dem jungen Mann ins Gesicht. Da erkannte Kzun, daß er nicht älter als fünfzehn Jahre war. »Ich habe mein Schwert fallen lassen«, sagte der Krieger. »Und jetzt muß ich sterben.«

»Du stirbst, weil du dein Land verteidigt hast. Die Götter von Stein und Wasser werden dich willkommen heißen.«

»Wir sind keine Feiglinge«, sagte der sterbende Knabe. »Aber wir ... verbringen so viel Zeit unseres Lebens damit ... vor den *gajin* fortzulaufen.«

»Ich weiß.«

»Ich habe Angst vor der Leere. Wenn ... ich warte ... gehst du dann mit mir in die Dunkelheit?«

Kzun schauderte. »Ich war schon in der Dunkelheit, mein Junge. Ich weiß, was Angst ist. Ja, warte auf mich. Ich gehe mit dir.« Der Jüngling lächelte müde, dann sank sein Kopf nach hinten. Kzun schloß dem Jungen die Augen und stand auf. Er machte kehrt und ging zur anderen Seite des Teiches, wo die Krieger noch immer miteinander stritten. Sie sahen auf, als er kam. Er drängte sich in ihren Kreis und stellte sich in ihre Mitte. »Es gibt eine Zeit zu kämpfen«, sagte er, »und eine Zeit zur Flucht. Denkt an euer Leben zurück. Seid ihr nicht genug davongelaufen? Und wo wollt ihr hin? Wie weit müßt ihr laufen, um den Lanzenreitern zu entkommen? Die Kämpfer am Schrein werden unsterblich werden. Wie weit müßt ihr laufen, um den Worten ihrer Lieder zu entkommen?

Der Feind kann nur so lange kämpfen, wie er Wasser hat. Das hier ist der einzige tiefe Teich. Jeder Tag, den wir ihnen das Wasser vorenthalten, gibt unseren Brüdern eine neue Chance auf einen Sieg, und dadurch werden wir Teil des Großen Liedes. Ich bin ein Mann ohne Freunde, ohne Schwertbrüder. Meine Jugend wurde mir in den Minen der Gothir geraubt, wo ich in der Dunkelheit arbeiten mußte, während mein Körper voller schwärender Wunden war. Ich habe weder Frau noch Söhne. Kzun kann der Zukunft nichts schenken. Wenn ich tot bin, wer wird dann um mich weinen? Niemand. Kzuns Blut fließt in keinem anderen Lebewesen. Die Gothir haben meinen Geist in Ketten gelegt, und als ich die Wächter erschlug und meinen Körper befreite, blieb mein Geist zurück, gefangen in der Dunkelheit. Ich glaube, er ist immer noch dort, in dem schwarzen Dreck, versteckt sich in den finsteren Tunneln. Ich hatte … habe … nie das Gefühl der Zusammengehörigkeit gehabt, das zum Kern unseres Wesens gehört. Ich habe nur noch den Wunsch, die Nadir – mein Volk – aufrecht und frei zu sehen. Ich hätte euch nicht Feiglinge nennen sollen, denn ihr alle seid tapfere Männer. Aber auch euer Geist ist von den *gajin* in Ketten gelegt worden. Wir werden geboren, um sie zu fürchten, vor ihnen davonzulaufen, unsere Köpfe zu senken. Sie sind die Herren der Welt. Wir sind Ungeziefer der Steppe. Nun, Kzun glaubt das nicht mehr. Kzun ist ein verlorener, verbitterter Mann«, sagte er mit erstickender Stimme. »Kzun hat nichts zu verlieren. Euer Kamerad dort drüben ist tot. Er hat mich gefragt, ob ich mit ihm in die Dunkelheit gehen würde, er sagte, sein Geist würde auf mich warten. Da wußte ich, daß ich hier sterben werde. Ich bin bereit. Vielleicht werde ich mit meinem Geist wieder vereint? Aber ich werde ihn auf der dunklen Straße treffen. Und wir werden gemeinsam in die Leere gehen. Jeder von euch, der nicht auch dazu bereit ist, sollte jetzt gehen. Ich werde ihm keine Verwünschungen nachschicken. Hier steht Kzun. Hier wird er fallen. Das ist alles, was ich zu sagen habe.«

Kzun verließ den Kreis und kletterte auf die Felsen, von denen er auf die Steppe hinuntersehen konnte. Die Karren brannten nicht mehr, aber von dem verkohlten Holz stieg noch immer Rauch auf. Geier hatten begonnen, an den Leichen zu zerren. Kzun kauerte sich in die Schatten, seine Hände zitterten, und Angst stieg ihm gallebitter in die Kehle.

Eine Ewigkeit in der Finsternis wartete auf ihn, und Kzun konnte sich nichts Entsetzlicheres vorstellen. Er blickte zum klaren blauen Himmel empor. Was er ihnen erzählt hatte, stimmte – wenn er starb, würde kein Lebewesen auf der Erde um ihn trauern. Er hatte außer seinem vernarbten, haarlosen Körper und den schlechten Zähnen nichts, was er in seinem Leben vorweisen konnte. In den Minen gab es so einen Luxus wie Freundschaft nicht. Jeder Mann kämpfte für sich allein. Als er frei war, verfolgte ihn das Vermächtnis seiner Jahre in der Dunkelheit noch immer. Er konnte nicht mehr wie die anderen in einem Zelt schlafen, sondern brauchte die saubere, frische Luft und das wunderbare Gefühl des Alleinseins. Es hatte einmal eine Frau gegeben, nach der er sich gesehnt hatte, aber er hatte nie davon gesprochen. Damals war Kzun ein Krieger mit vielen Ponys gewesen und hätte ein Angebot für sie machen können. Er hatte es nicht getan und voller Verzweiflung mit angesehen, wie sie einen anderen heiratete.

Er spürte eine Hand auf der Schulter. Der Krieger mit dem grauen Haar kauerte sich neben ihn. »Du sagst, du hast keine Schwertbrüder. Jetzt hast du welche. Wir werden mit dir ausharren, Kzun von den Einsamen Wölfen. Und wir werden mit dir über die dunkle Straße gehen!«

Zum erstenmal, seit man ihn in die Minen geschleppt hatte, spürte Kzun, wie ihm heiße Tränen über die Wangen liefen. Er senkte den Kopf und weinte, ohne sich seiner Tränen zu schämen.

Gargan, Graf von Larness, zügelte seinen massigen grauen Hengst und beugte sich über den hohen Sattelknauf. Vor ihnen lagen die Gebäude, die den Schrein von Oshikai Dämonstod beherbergten. Hinter ihm warteten seine Truppen: die achthundert Infanteristen standen geduldig in Viererreihen, die zweihundert Bogenschützen flankierten die Fußsoldaten, während die Königlichen Lanzenreiter, in vier Kolonnen zu je zweihundertfünfzig, zu beiden Seiten aufgefächert waren. Gargan starrte auf die weißen Mauern und bemerkte den V-förmigen Spalt in der ersten. Der Krieger beschattete die Augen mit der Hand und suchte unter den Gesichtern der Verteidiger das verhaßte Gesicht von Okai. Aber auf diese Entfernung waren sie alle verschwommen.

Gargans Hände öffneten und schlossen sich und umfaßten den Sattelknauf so fest, daß seine Knöchel weiß unter der sonnengebräunten Haut hervortraten. »Ich kriege dich, Okai«, flüsterte er. »Ich werde dir zehntausend Qualen antun, ehe du stirbst.«

Gargan hob den Arm und rief den Herold heran. Der junge Mann ritt herbei. »Du weißt, was du zu sagen hast. Tu es jetzt! Und versuche, außer Reichweite der Bogenschützen zu bleiben. Diese Wilden haben kein Ehrgefühl.«

Der Soldat salutierte und galoppierte dann auf seinem schwarzen Wallach zu den Mauern. In einer roten Staubwolke brachte er sein Pferd zum Stehen. Der Wallach stieg, und die Stimme des Herolds erklang: »Wisset dies, der Graf Gargan ist gekommen, um den Schrein von Oshikai Dämonstod zu besuchen. Er hat die volle Unterstützung des Gottkönigs. Innerhalb einer Stunde ist das Tor hier zu öffnen, und der Verräter Okai, jetzt unter dem Namen Talisman bekannt, wird vor den Grafen Gargan geführt. Wenn dies geschieht, wird niemandem im Schrein etwas zuleide getan.« Er hielt inne, um seine

Worte wirken zu lassen, dann sprach er weiter. »Wenn dies nicht geschieht, muß Graf Gargan alle Männer auf dem Gelände als Verräter betrachten. Die Armee wird sie umzingeln und gefangennehmen. Jedem Mann werden die Hände abgeschnitten und die Augen ausgestochen, ehe er gehängt wird. Ihr werdet blind und verstümmelt durch die Leere wandern. Dies sind die Worte von Graf Gargan. Ihr habt eine Stunde.«

Der junge Lanzenreiter riß sein Pferd herum und ritt zurück zu seiner Truppe.

Premian ritt zu Gargan heran. »Sie werden sich nicht ergeben«, sagte er.

»Ich weiß«, erwiderte Gargan.

Premian sah dem General in das harte Gesicht und sah das triumphierende Glitzern in dessen Augen. »Wir haben nur noch dreißig Leitern, General. Ein Angriff auf die Mauern wird uns viele Männer kosten.«

»Dafür werden Soldaten schließlich bezahlt. Bereite das Lager vor und schicke fünfzig Lanzenreiter aus, die das Gebiet abreiten sollen. Der erste Angriff findet bei Anbruch der Dämmerung statt. Wir konzentrieren uns auf die eingestürzte Mauer und setzen dann die Tore in Brand.«

Gargan wendete sein Pferd und ritt zurück durch die Reihen der Männer, während Premian befahl abzusitzen und das Lager aufzuschlagen. Gargans Zelt war durch das Feuer zerstört worden, aber aus geplündertem Segeltuch und Stoff, der den Brand überstanden hatte, war ein neues entstanden. Der General saß auf seinem Hengst, während die Soldaten das Zelt aufschlugen, dann stieg er ab und ging hinein. Seine Stühle waren zerstört, aber die Pritsche hatte es überlebt. Gargan setzte sich, froh, aus der sengenden Sonne heraus zu sein. Er nahm den Federbusch-Helm ab und schnallte seine Brustplatte ab, dann streckte er sich auf dem Bett aus.

Am vergangenen Nachmittag war ein Reiter aus der Stadt eingetroffen. In Gulgothir gab es der Nachricht von Garen-Tsen zufolge große Unruhen, doch die Geheimpolizei hatte scharenweise Adlige verhaftet, und die Situation war im Augenblick unter Kontrolle. Der Gottkönig befand sich in einem Versteck, bewacht von Garen-Tsens Handlangern. Gargan wurde bedrängt, seinen Auftrag schnellstmöglich zu erfüllen und so bald wie möglich zurückzukehren.

Nun, dachte er, wir sollten den Schrein bei Morgengrauen eingenommen haben. Mit etwas Glück konnte er in zehn Tagen wieder in Gulgothir sein.

Ein Diener betrat das Zelt und brachte einen Becher Wasser. Als Gargan daran nippte, mußte er feststellen, daß es heiß und brackig war. »Schick Premian und Marlham zu mir«, befahl er.

»Jawohl, General.« Die Offiziere kamen, salutierten und nahmen ihre Helme ab, die sie unter den Arm klemmten. Marlham wirkte schrecklich müde, die eisengrauen Stoppeln auf seinen Wangen ließen ihn zehn Jahre älter erscheinen. Premian war zwar erheblich jünger, aber auch er sah erschöpft aus mit dunklen Ringen unter den hellblauen Augen.

»Wie steht es um den Kampfgeist?« fragte Gargan den Älteren.

»Besser, jetzt wo wir hier sind«, antwortete er. »Die Nadir sind nicht gerade als Verteidigungsspezialisten bekannt. Die meisten Männer glauben, daß sie davonlaufen werden, sobald wir die Mauern erstürmt haben.«

»Stimmt wahrscheinlich«, meinte Gargan. »Ich will, daß Lanzenreiter die Mauern umringen. Sie dürfen nicht entkommen – kein einziger. Verstanden?«

»Verstanden, General.«

»Ich glaube nicht, daß sie davonlaufen werden«, warf Premian ein. »Sie werden bis zum Tode kämpfen. Dieser Schrein ist ihr einziges großes Heiligtum.«

»Das ist nicht Nadirart«, höhnte Gargan. »Du verstehst nichts von diesem Ungeziefer – die Feigheit ist ihnen angeboren! Glaubst du, sie scheren sich um Oshikais Gebeine, sobald die Pfeile fliegen und kalter Stahl sich in ihr Fleisch bohrt? Nicht die Spur.«

Premian sog tief die Luft ein. »Okai schon. Er ist kein Feigling. Er ist ein ausgebildeter Taktiker – der beste, den wir in Bodacas jemals hatten.«

Gargan sprang auf. »Untersteh dich, ihn zu loben!« brüllte er. »Der Mann hat meinen Sohn ermordet!«

»Ich teilte deinen Kummer über den Verlust, General. Argo war mein Freund. Aber diese Übeltat ändert nichts an Okais Fähigkeiten. Er wird diese Männer zusammengeschweißt haben, und er versteht etwas von Disziplin und Kampfgeist. Sie werden nicht davonlaufen.«

»Dann sollen sie eben ausharren und sterben«, rief Gargan. »Ich habe noch nie zehn Nadir getroffen, die zusammen einen einzigen Schwertkämpfer von uns besiegen konnten. Wie viele Männer haben sie? Zweihundert. Bei Einbruch der Dämmerung stürmen doppelt so viele Fußsoldaten die Mauern. Ob sie nun ausharren oder davonlaufen, spielt keine Rolle.«

»Sie haben auch diesen Druss«, sagte Premian.

»Was soll das heißen? Ist Druss etwa ein Halbgott? Wird er Berge auf uns schleudern?«

»Nein, General«, sagte Premian ruhig, »aber er ist eine Legende bei seinem eigenen Volk. Und wir wissen aus leidvoller Erfahrung, daß er kämpfen kann. Er hat sieben unserer Lanzenreiter erschlagen, als sie das Lager der Abtrünnigen angriffen. Er ist ein Krieger, den man fürchten muß, und die Männer reden schon von ihm. Niemand möchte gern gegen diese Axt antreten.«

Gargan sah den jungen Mann scharf an. »Was schlägst du vor, Premian? Sollen wir nach Hause gehen?«

»Nein, General. Wir haben unsere Befehle, die wir

ausführen müssen. Ich sage nur, daß wir sie mit etwas mehr Respekt behandeln sollten. In einer Stunde werden unsere Fußsoldaten die Mauern erstürmen. Wenn sie – zu Unrecht – glauben, daß eine Verteidigung praktisch nicht stattfindet, dann werden sie eine furchtbare Überraschung erleben. Wir könnten noch vor Einbruch der Dunkelheit hundert Männer verlieren. Sie sind jetzt schon müde und durstig, es wäre dann ein schwerer Schlag gegen ihren Kampfgeist.«

»Dem möchte ich widersprechen, General«, sagte Marlham. »Wenn wir ihnen sagen, daß der Angriff mörderisch wird, dann riskieren wir, daß wir ihnen die Angst vor einer Niederlage einimpfen. Solche Ängste können sich als selbsterfüllende Prophezeiungen erweisen.«

»Das meinte ich nicht«, beharrte Premian. »Wir sollten ihnen erklären, daß die Verteidiger bereit sind, ihr Leben zu lassen, und daß der Kampf nicht leicht sein wird. *Dann* müssen wir ihnen einschärfen, daß sie Gothirsoldaten sind und daß niemand gegen sie bestehen kann.«

Gargan ging zum Bett zurück, setzte sich und dachte ein paar Minuten lang nach. Schließlich blickte er auf. »Ich denke immer noch, daß sie davonlaufen werden. Ich wäre jedoch ein törichter General, wenn ich nicht damit rechnete, daß ich mich auch einmal irren könnte. Tu es, Premian. Warne sie und hebe ihren Kampfgeist.«

»Jawohl, General. Danke.«

»Wenn die Stunde um ist, laß den Gefangenen frei. Schick ihn zu den Mauern. Wenn er nahe genug ist, daß die Verteidiger ihn sehen können, laß drei berittene Bogenschützen ihn niederschießen.«

Premian salutierte und setzte den Helm wieder auf.

»Kein Wort der Mißbilligung, Premian?« fragte Gargan.

»Nein, General. Ich habe nichts für solche Dinge

übrig, aber sein Anblick wird die Nerven der Verteidiger angreifen. Daran gibt es keinen Zweifel.«

»Gut. Du lernst allmählich.«

Sieben sah zu der Gothirarmee hinüber und spürte den kalten Griff der Angst im Bauch. »Ich glaube, ich warte in der Krankenstation, altes Roß«, erklärte er Druss.

Der Axtkämpfer nickte. »Das ist wahrscheinlich das beste«, sagte er grimmig. »Du wirst dort bald reichlich zu tun haben.«

Auf wackligen Beinen verließ Sieben die Wehrgänge. Nuang Xuan ging zu Druss. »Ich bleibe an deiner Seite«, sagte er. Er war blaß und zwinkerte unablässig mit den Augen.

Etwa zwanzig Nadir standen schweigend in der Nähe. »Von welchem Stamm bist du?« fragte Druss den nächsten, einen jungen Mann mit nervösen Augen.

»Einsame Wölfe«, antwortete er und fuhr sich mit der Zunge über die Lippen.

»Gut«, sagte Druss gutmütig. Seine Stimme drang bis zu den anderen Männern auf der Westmauer. »Dieser alte Mann hier neben mir hat geschworen, hundert Gothirsoldaten zu töten. Ich soll mitzählen. Ich möchte nicht, daß ihr Einsamen Wölfe ihm in die Quere kommt. Wenn man hundert töten will, muß man sich schon konzentrieren!«

Der junge Mann drehte sich zu Nuang um. Dann grinste er. »Ich töte mehr als er«, sagte er.

»Das hört sich ja fast nach einer Wette an«, meinte Druss. »Wie heißt du?«

»Chisk.«

»Also Chisk, hier ist ein Silberstück, das sagt, wenn es dunkel wird, hat der alte Nuang dich übertrumpft.«

Der Mann blickte zu Boden. »Ich habe kein Silber, um das ich spielen kann.«

»Was hast du denn?« fragte der Axtkämpfer.

Der Nadirkrieger brachte aus der Tasche seiner schmutzigen Ziegenfelljacke ein kleines rundes Amulett mit einem Lapislazuli zum Vorschein. »Es wehrt böse Geister ab«, erklärte er. »Es ist viele Silberstücke wert.«

»Das glaube ich gern«, gab Druss ihm recht. »Willst du es setzen?«

Der Mann nickte. »Ich wette, ich töte mehr als du«, sagte der Nadir.

Druss lachte und klopfte dem Mann auf die Schulter. »Eine Wette pro Mann ist genug, mein Freund. Will von euch Einsamen Wölfen noch jemand setzen?«

Krieger drängten sich vor und boten verzierte Gürtel, Krummdolche und geschnitzte Hornknöpfe an. Druss nahm alle Einsätze an.

Ein untersetzter Krieger mit tiefliegenden Augen tippte ihm auf den Arm. »Wer zählt?« fragte er. »Niemand kann uns alle beobachten.«

Druss lächelte. »Ihr alle seid Helden«, sagte er, »und Männer, denen man vertrauen kann. Zählt selbst. Heute abend, wenn der Feind sich schmollend in sein Lager zurückgezogen hat, setzen wir uns zusammen und sehen, wer gewonnen hat. Und jetzt zurück auf eure Positionen. Die Stunde ist fast um.«

Nuang trat dicht an ihn heran. »Ich glaube, du verlierst eine Menge Silber, Axtkämpfer«, flüsterte er.

»Das ist doch nur Geld«, antwortete Druss.

Talisman kam. »Was ist das hier für ein Aufruhr?« fragte er. Ein paar der Krieger scharten sich um ihn und redeten auf nadir auf ihn ein. Talisman nickte und lächelte müde. »Sie halten dich für einen großen Narren«, sagte er zu Druss.

»Das hat man schon oft über mich gesagt«, gab der Axtkämpfer zu.

Drei Reiter kamen aus dem feindlichen Lager, einer von ihnen zerrte einen Gefangenen hinter sich her. Als sie näher kamen, rissen sie ihre Pferde herum. Der Gefangene stürzte schwer und versuchte mühsam aufzustehen.

»Das ist Quing-chin«, sagte Talisman. Seine Stimme klang kühl, sein Gesicht blieb ausdruckslos.

Man hatte dem Gefangenen die Hände abgehackt, die Stümpfe waren in schwarzes Pech getaucht worden. Der Reiter, der ihn an der Leine führte, schnitt das Seil durch, Quing-chin stolperte weiter und drehte sich halb im Kreis.

»Man hat ihn auch noch geblendet«, flüsterte Nuang.

Ein paar der Nadir auf den Mauern riefen dem Verstümmelten etwas zu. Sein Kopf fuhr hoch, und er taumelte den Stimmen entgegen. Die drei Reiter ließen ihn näher kommen, dann legten sie Pfeile auf ihre Bögen und galoppierten ihm nach. Ein Pfeil traf ihn tief im Rücken, doch er schrie nicht auf. Ein zweiter Pfeil drang ihm zwischen die Schulterblätter. Quing-chin stürzte, kroch jedoch weiter. Ein Reiter zügelte sein Pferd neben ihm und schickte einen dritten Pfeil in seinen Rücken.

Ein Pfeil flog von den Wehrgängen und fiel kurz vor den Reitern zu Boden.

»Niemand schießt!« brüllte Talisman.

»Ein harter Tod«, flüsterte Nuang Xuan. »Das verspricht der Feind jedem von uns.«

»Das war ihr Augenblick«, sagte Druss. Seine Stimme war kalt und voller Bitterkeit. »Sollen sie ihn genießen. In einer kleinen Weile werden wir unseren Augenblick haben. Und das werden sie nicht genießen!«

Im Feindeslager erklang eine Trommel, und Hunderte von Infanteristen begannen zur westlichen Mauer zu ziehen. Die Sonne schien hell auf ihre silbernen Brustplatten und Helme. Hinter ihnen kamen zweihundert Bogenschützen, die Pfeile schon auf den Bogensehnen.

Druss drehte sich zu Talisman um, der seinen Säbel gezogen hatte. »Hier ist nicht der Platz für dich, General«, sagte er leise.

»Ich muß kämpfen«, zischte Talisman.

»Das ist genau das, was sie wollen. Du bist der Führer, du darfst nicht beim ersten Angriff fallen – das wäre ein Tiefschlag für den Kampfgeist. Vertrau mir. Geh runter von der Mauer. Ich sorge dafür, daß sie nicht fällt.«

Talisman blieb einen Augenblick stehen, dann rammte er seinen Säbel wieder in die Scheide und machte auf dem Absatz kehrt.

»Also, Jungs«, rief Druss. »Haltet die Köpfe gesenkt, denn sie werden zuerst Pfeile auf uns regnen lassen. Verteilt euch und steckt die Schwerter weg. Wenn die Leitermänner die Mauern erreichen, lassen wir Steine auf die Hurensöhne prasseln. Dann setzt eure Dolche ein – sie eignen sich besser für den Nahkampf. Spart euch die langen Klingen auf, bis sie die Wehrgänge erreichen.«

Die Reihen der Infanterie wurden langsamer, knapp außer Schußweite. Druss kniete sich hin und beobachtete, wie die Bogenschützen durch ihre Reihen nach vorn liefen. Hunderte von Pfeilen zischten durch die Luft. »Runter!« schrie er, und auf der ganzen Mauer duckten sich die Nadir hinter die zinnenbewehrten Brüstungen. Druss warf einen Blick hinter sich. Talisman und die Reservetruppe von zwanzig Mann unter Lin-tse waren im Freien, als die Pfeile über die Mauer flogen. Ein Mann wurde im Bein getroffen, die anderen rannten zurück in die Deckung des Schlafhauses. Draußen auf der Ebene begann die Infanterie vorzurücken, erst langsam, und dann, als sie sich der Mauer näherten, immer schneller, ihre runden Schilde erhoben. Nadirpfeile schossen auf sie nieder, und einige Männer stürzten. Die Bogenschützen der Gothir sandten eine Salve nach der anderen über die Köpfe der Fußsoldaten hinweg. Zwei Bogenschützen der Nadir fielen.

Die Leiterträger erreichten die Westmauer. Druss kniete sich hin, schlang die Arme um einen Felsbrocken von der Größe eines Ochsenschädels und hievte ihn grunzend auf die Wehrmauer. Eine Leiter krachte gegen die Mauer. Druss packte den Felsen, hob ihn hoch über den Kopf und schleuderte ihn über die Mauer. Sieben Männer waren auf der Leiter, als der Felsen den ersten traf und seinen Kopf zerschmetterte. Der riesige Stein traf die Schulter des dritten und brach ihm das Schlüsselbein. Als er stürzte, riß er drei weitere mit sich. Felsbrocken und Steine regneten auf die Angreifer herab, aber sie drängten weiter.

Der erste Mann erreichte die Brüstung, den Schild hoch über den Kopf erhoben. Chisk rannte hin und rammte ihm seinen Dolch ins Auge. Der Mann fiel mit einem erstickten Schrei.

»Einer für Chisk!« schrie der Nadir. Zwei weitere Männer erreichten die Brüstung. Druss sprang nach rechts und ließ Snaga durch den hölzernen Helm sausen, dem zweiten hieb er die Axt rückhändig in den Schädel. Nuang sprang herbei und stieß mit seinem Dolch nach dem Kopf eines kletternden Soldaten. Er riß dem Mann die Stirn auf, doch der stieß mit seinem eigenen Kurzschwert zu und traf Nuang am linken Handgelenk. Snaga bohrte sich dem Mann in die Schulter und zertrümmerte seine Brustplatte. Blut schoß aus der Wunde, und der Soldat stürzte ab.

Links von Druss hatten sich vier Soldaten ihren Weg auf den Wehrgang erkämpft und bildeten einen Kampfkeil, so daß mehr Männer die Mauer ungehindert erreichen konnten. Druss griff die Gruppe an, Snaga zischte in mörderischem Bogen auf sie herab. Ein Mann ging augenblicklich zu Boden. Druss rammte einen zweiten mit der Schulter und stieß ihn so von der Brüstung. Er stürzte kopfüber in den Hof. Ein dritter fiel durch einen furchtbaren Hieb, der ihm die Rippen eindrückte. Der vierte wollte Druss sein Schwert in den Bauch stoßen. Nuangs Klinge fuhr hinab, parierte den Stoß, dann fuhr sie dem Soldaten durch den Hals. Der Gothir ließ sein Schwert fallen und taumelte rücklings. Blut schoß aus seiner Kehle.

Druss ließ die Axt fallen, packte den Sterbenden an Kehle und Lenden und hob ihn hoch in die Luft. Er drehte sich und schleuderte den Toten zwei weiteren Soldaten entgegen, die gerade über die Brüstung kletterten. Sie wurden in die Tiefe gestürzt. Nuang rannte vor und stieß sein Schwert einem bärtigen Soldaten in den offenen Mund, der gerade die Spitze der Leiter erreicht hatte. Die Klinge drang durch den Gaumen und trat im Nacken wieder aus. Als der Mann abstürzte, wurde Nuang das Schwert entrissen.

Druss schnappte sich ein Kurzschwert, das auf der Brüstung lag und warf es dem alten Mann zu. Nuang fing es geschickt auf.

Entlang der gesamten Westmauer kämpften die Nadir, um eine Welle von Angreifern nach der anderen abzuwehren.

Unten stand Talisman mit Lin-tse und zwanzig Kriegern und versuchte, den besten Augenblick abzupassen, um frische Truppen in das Geschehen zu werfen. Lin-tse hatte sein Schwert schon gezogen. Für kurze Zeit wurde eine Bresche in die Verteidigung geschlagen: fünf Soldaten hackten und hieben sich ihren Weg zu den Stufen frei. Druss griff die Männer an und streckte drei von ihnen in ebenso vielen Herzschlägen nieder.

»Er ist furchterregend«, sagte Lin-tse. »So etwas habe ich noch nie gesehen.«

Talisman antwortete nicht. Die Einsamen Wölfe kämpften wie Dämonen, angefeuert von dem wütenden Stil des schwarzgekleideten Axtkämpfers. Auf den anderen Mauern sahen die Nadirkrieger mit atemloser Bewunderung zu.

»Sie greifen die Tore an!« rief Gorkai. »Sie haben Feuereimer und Äxte.«

Talisman hob den Arm zum Zeichen, daß er verstanden hatte, rührte sich aber sonst nicht. Mehr als ein Dutzend der Verteidiger auf der Westmauer waren verwundet. Fünf kämpften weiter, ein paar andere mühten sich die Stufen hinunter, um zum Lazarett zu gelangen.

»Jetzt!« befahl Talisman Lin-tse.

Der hochgewachsene Himmelsreiter machte einen Satz und hechtete die Stufen hinauf.

Äxte donnerten gegen das Tor, und Talisman sah, wie Gorkai und die Männer der Flinken Ponys Steine über die Brüstung warfen. Rauch drang durch das uralte Holz. Aber wie Druss vorgeschlagen hatte, war das Tor jeden Tag mit Wasser getränkt worden, und das Feuer erstarb rasch.

Talisman gab Gorkai ein Zeichen, zehn Mann zu ihm zurückzuschicken.

Die Schlacht tobte weiter. Druss stürmte blutbespritzt über den Wehrgang, sprang auf die Kampfplattform hinunter und zersprengte die Gothirkrieger, die sich einen Weg dorthin erkämpft hatten. Talisman schickte seine zehn Mann zu Hilfe, dann zog er sein Schwert und folgte ihnen. Er wußte, daß Druss recht hatte. Falls er starb, wäre das verheerend für den Kampfgeist. Trotzdem, seine Männer mußten ihn auch kämpfen sehen.

Er kletterte auf die Plattform, holte mit seinem Säbel aus und hieb ihn einem angreifenden Gothir in die

Kehle. Zwei weitere Männer stürzten sich auf ihn. Druss zerschmetterte dem ersten mit Snaga die Schulter, der zweite wurde vom alten Nuang Xuan erledigt.

Die Gothir zogen sich zurück und nahmen ihre Leitern mit.

Die Nadir stießen einen gewaltigen Schrei aus. Sie jubelten und schwenkten ihre Schwerter.

Talisman rief Lin-tse zu sich. »Laß die Verwundeten zählen und die ernstlich verletzten Männer ins Lazarett schaffen.«

Die Einsamen Wölfe scharten sich um Druss, klopften ihm auf den Rücken und machten ihm Komplimente. In ihrer Aufregung sprachen sie nadir, und Druss verstand kein Wort. Er wandte sich an den untersetzten Chisk. »Na, mein Freund«, sagte er. »Wie viele hast du getötet?«

»Weiß ich nicht. Aber es waren viele.«

»Hast du den alten Mann besiegt, was meinst du?« fragte Druss und legte Nuang einen Arm um die Schulter.

»Ist mir egal«, rief Chisk fröhlich. »Ich küsse seine Wange!« Er ließ sein Schwert fallen, packte den überraschten Nuang bei den Schultern und umarmte ihn. »Wir haben ihnen gezeigt, wie die Nadir zu kämpfen verstehen, was? Wir haben es den verdammten *gajin* gezeigt.«

Nuang grinste, machte einen Schritt, dann fiel er mit einem erstaunten Ausdruck zu Boden. Chisk kniete neben ihm nieder und riß dem alten Mann das Wams auf. Nuang hatte drei Wunden, aus denen das Blut floß.

»Halt aus, Bruder«, sagte Chisk. »Die Wunden sind nicht so schlimm. Wir bringen dich zum Arzt, ja?« Zwei Einsame Wölfe halfen Chisk, Nuang zum Lazarett zu tragen.

Druss ging zum Brunnen und zog einen Eimer klares, kühles Wasser herauf. Er zog einen Lappen aus dem

Gürtel und wischte sich das Blut von Gesicht und Wams. Dann goß er sich das Wasser über den Kopf.

Von den Wehrgängen ertönte Gelächter. »Ihr könntet auch ein Bad gebrauchen, ihr Hurensöhne!« rief er. Er ließ den Eimer wieder in den Brunnen und zog ihn wieder hoch. Dann trank er in tiefen Zügen. Talisman kam zu ihm. »Wir haben siebzig verwundet oder getötet«, sagte der Anführer der Nadir. »Gegen einen Verlust von neun Toten und fünfzehn Verwundeten. Was meinst du, was kommt als nächstes?«

»Dasselbe noch mal, aber mit frischen Truppen«, meinte Druss. »Und noch vor der Nacht. Ich schätze, es gibt heute noch mindestens zwei Angriffe.«

»Ich stimme dir zu. Und wir werden aushalten – das weiß ich jetzt.«

Druss lachte. »Sie sind ein guter Haufen. Morgen werden sie sich die Tore vornehmen – ein gemeinschaftlicher Angriff.«

»Warum nicht diese Nacht?«

»Sie haben ihre Lektion noch nicht gelernt«, antwortete Druss.

Talisman lächelte. »Du bist ein guter Lehrer, Axtkämpfer. Ich bin sicher, sie lernen es, noch ehe der Tag um ist.«

Druss nahm noch einen tiefen Schluck Wasser, dann deutete er auf eine Gruppe von Männern, die an der Basis des alten Turms arbeiteten. Sie trennten Granitblöcke heraus und zerrten sie aus den Ruinen. »Was soll das werden?« fragte der Axtkämpfer.

»Wenn die Tore fallen«, antwortete Talisman, »haben wir eine Überraschung für die ersten, die durchkommen!«

Nuang Xuan lag still auf dem Fußboden unter einer Decke. Sein Kopf ruhte auf einem strohgefüllten Kissen. Die Nähte in Brust und Schulter spannten, seine Wunden schmerzten, aber trotzdem spürte er Frieden. Er hatte neben dem Axtkämpfer gestanden und fünf Feinde getötet. Fünf! Auf der anderen Seite des Raumes schrie ein Mann auf. Nuang rollte sich behutsam auf die Seite und sah, daß der Arzt Wunden im Bauch des Mannes nähte. Der Verwundete trat um sich, und Niobe packte seine Arme. Zeitvergeudung, dachte Nuang, und nach wenigen Augenblicken stieß der Mann einen gurgelnden Schrei aus und war still. Der Arzt fluchte. Niobe zerrte den Toten vom Tisch, und zwei Männer trugen einen frisch Verwundeten herein, der seinen Platz einnahm.

Sieben öffnete das Wams des Mannes. Er hatte eine Stichwunde quer über die Brust bis in die Seite, das Schwert war an seinen Hüftknochen abgebrochen. »Dafür brauche ich eine Zange«, sagte Sieben und wischte sich mit einer blutverschmierten Hand über die Stirn, wo ein roter Streifen zurückblieb. Niobe reichte ihm eine rostige Zange, und Sieben tauchte seine Finger in die Wunde, um nach der abgebrochenen Klinge zu tasten. Sobald er sie hatte, hielt er mit der Zange das Fleisch auseinander und zerrte mit einem Ruck das Eisen heraus. An anderer Stelle nähten zwei Nadirfrauen Wunden oder legten Verbände an.

Nosta Khan trat ein, sah sich um und ging dann durch den Raum, vorbei an Nuang in das kleine Hinterzimmer.

Nuang konnte die folgende Unterhaltung schwach verstehen. »Ich gehe heute abend«, sagte der Schamane. »Du mußt die Frau vorbereiten.«

»Sie bleibt«, erklärte Talisman.

»Hast du nicht verstanden, was ich dir über das Schicksal gesagt habe?«

»Du bist es, der hier nicht versteht«, brüllte Talisman.

»Du weißt nichts über die Zukunft, Schamane. Du hast nur kurze Blicke darauf erhascht, quälend und unvollständig. Trotz all deiner Macht kannst du nicht herausfinden, wo Ulric ist. Wie schwer kann es schon sein, einen Führer mit violetten Augen zu finden? Du kannst die Augen von Alchazzar nicht finden. Und du hast mich nicht davor gewarnt, daß sie Quing-chin fangen würden. Geh, wenn es sein muß. Aber geh allein.«

»Du Narr!« rief Nosta Khan. »Jetzt ist nicht die Zeit für Verrat. Alles, wofür du lebst, hängt in der Schwebe. Wenn ich sie mitnehme, bleibt sie am Leben. Kannst du das nicht begreifen?«

»Wieder falsch, Schamane. Wenn du sie mitnimmst, wird sie sich umbringen – das hat sie mir gesagt, und ich glaube ihr. Geh. Such den Mann mit den violetten Augen. Laß ihn auf dem aufbauen, was wir hier erreichen.«

»Du wirst hier sterben, Talisman«, sagte Nosta Khan. »Das steht in den Sternen geschrieben. Druss wird entkommen, denn ich habe ihn in vielen Zukünften gesehen. Für dich gibt es dort keinen Platz.«

»Hier ist mein Platz«, erwiderte Talisman. »Und hier bleibe ich.«

Der Schamane sagte noch etwas, aber Nuang konnte es nicht hören, denn nun wurden die Stimmen plötzlich gesenkt.

Niobe kniete neben Nuang nieder und reichte ihm einen irdenen Becher mit *lyrrd.* »Trink, alter Vater«, sagte sie. »Das wird deinen alten Knochen wieder Kraft geben.«

»Alt mögen sie sein, aber mein Blut ist frisch, Niobe. Fünf tötete ich. Ich fühle mich so stark, daß ich sogar eine Nacht mit dir überleben könnte.«

»So stark warst du noch nie«, sagte sie und tätschelte seine Wange. »Jedenfalls hat Chisk uns gesagt, daß du mindestens ein Dutzend getötet hast.«

»Ha! Gute Männer, diese Einsamen Wölfe.«

Sie stand auf und ging zurück zum Tisch. Sie nahm ein frisches Tuch und wischte damit Sieben Blut und Schweiß von der Stirn. »Du leistest gute Arbeit«, sagte sie. »Keine Fehler.«

Von draußen klangen die Schreie der Verwundeten und das Klirren von Schwertern. »Es ist entsetzlich«, sagte er. »Ganz entsetzlich.«

»Sie sagen, dein Freund ist ein Kriegsgott. Sie nennen ihn Todesgänger.«

»Der Name paßt zu ihm.«

Die Tür ging auf, und zwei Männer wurden hereingetragen. »Mehr Verbandszeug und Faden«, bat er Niobe.

Draußen auf den Mauern entspannte sich Druss, der Feind hatte sich zum zweitenmal zurückgezogen. Chisk kam zu ihm. »Verletzt, Todesgänger?«

»Das Blut stammt nicht von mir«, antwortete Druss.

»Du irrst, deine Schulter blutet.«

Druss blickte auf den Riß in seinem Wams. Blut rann heraus. Er zog das Wams auf und untersuchte die Stichwunde, die nur ein paar Zentimeter lang, dafür jedoch ziemlich tief war. Er fluchte. »Halt du diese verdammte Mauer, bis ich zurück bin«, sagte er.

»Bis die Berge zu Staub zerfallen«, versprach Chisk. Als Druss davonging, setzte er hinzu: »Aber laß dir nicht zu lange Zeit, ja?«

Im Lazarett rief Druss Niobe herbei. »Belästige Sieben nicht damit«, sagte er. »Es ist nicht tiefer als ein Hundebiß. Hol Nadel und Faden, ich mache es selbst.«

Sie kehrte mit den Sachen und einem langen Streifen Verbandszeug zurück. Die Wunde lag direkt unter dem Schulterblatt, und Druss nähte die Wundränder mühsam zusammen.

»Du hast viele Narben«, sagte Niobe mit einem Blick auf seinen Oberkörper.

»Alle Menschen werden manchmal sorglos«, antwortete er. Jetzt begann die Wunde zu pochen. Er stand auf und ging hinaus ins schwindende Tageslicht. Hinter dem Tor schichteten etwa dreißig Krieger Steinblöcke zu einer halbkreisförmigen Mauer auf. Die Arbeit war schwer und ging langsam voran, doch niemand beklagte sich. Sie hatten eine einfache Winde auf der Brüstung errichtet, und die Granitblöcke wurden an ihren Platz gehievt, so daß sie das Tor blockierten. Plötzlich gab die Winde nach, und ein riesiger Brocken stürzte herab und schleuderte zwei Männer zu Boden. Druss lief zu ihnen hinüber. Der erste war tot, sein Schädel zerschmettert, doch der andere war lediglich außer Atem. Nachdem sie den Toten aus dem Weg gezogen hatten, setzten die anderen Krieger mit entschlossener Miene ihre Arbeit fort. Die Steinblöcke wurden in Viererreihen geschichtet, so daß sie eine runde Mauer von knapp drei Metern Dicke ergaben.

»Sie werden einen gewaltigen Schreck bekommen, wenn sie durchkommen«, sagte Lin-tse. Er kam von der Brüstung herunter zu Druss.

»Wie hoch könnt ihr sie machen?«

»Wir denken, vorne vier Meter, hinten etwas über drei. Aber wir brauchen einen stärkeren Hebelarm und Widerlager.«

»Reißt die Bodenbretter in den oberen Schlafräumen heraus«, schlug Druss vor. »Nehmt die Querverbindungen.«

Druss ging zur Mauer zurück und zog sein Wams und die silberbeschlagenen Handschuhe wieder an. Talismans Diener Gorkai kam heran. »Die Krummhörner werden beim nächsten Angriff an deiner Seite sein«, sagte er. »Das hier ist Bartsai, ihr Anführer.« Druss nickte und schüttelte dem stämmigen Nadir die Hand.

»Na, Jungs«, sagte er breit grinsend, »kämpft ihr genausogut wie die Einsamen Wölfe?«

»Besser«, knurrte ein junger Krieger.

»Würdest du da auch drauf wetten, Bursche?«

Kapitel zwölf

Der Mond schien hell, als Talisman und Lin-tse beobachteten, wie die Gothir ihre Toten und Verwundeten forttrugen. Die Träger arbeiteten mit großer Tüchtigkeit und nicht geringem Mut, da sie sich den Mauern sehr weit näherten, um ihre Verwundeten zu bergen. Die Nadir schossen nicht auf sie. Talisman hatte es verboten – nicht etwa aus Gnade, sondern weil jeder verwundete Gothir ernährt und versorgt werden mußte und damit dazu beitrug, daß sich die Vorräte des Feindes erschöpften. Die toten Nadir wurden in Decken gewickelt und in den kühlen Schrein gebracht.

»Sie haben vierundsechzig verloren und einundachtzig Verwundete«, sagte Lin-tse fröhlich. »Unsere Verluste betragen weniger als ein Drittel davon.«

»Dreiundzwanzig Tote«, sagte Talisman, »und neun Verwundete, die nicht mehr kämpfen können.«

»Das ist gut, oder?«

»Sie sind uns zehn zu eins überlegen. Fünf zu eins an Verlusten reicht nicht aus«, erklärte Talisman. »Aber, wie Fanlon immer sagte, die Schlechtesten sterben immer zuerst – die mit den geringsten Fähigkeiten oder dem meisten Pech. Wir haben uns heute gut gehalten.«

»Die Lanzenreiter sind nicht gekommen«, stellte Lin-tse fest.

»Ihre Tiere sind durstig und müde«, sagte Talisman, »ebenso wie die Männer. Ihre Karren sind heute morgen wieder losgezogen und bis jetzt noch nicht zurück. Kzun hält sie immer noch von der Wasserstelle fern.«

Lin-tse ging zum Rand der Brüstung. »Ich wünschte, wir könnten Quing-chins Leichnam holen«, sagte er. »Es stimmt mich traurig, wenn ich denke, daß sein Geist blind und verstümmelt umherwandert.«

Talisman antwortete nicht. Vor zwei Jahren hatten die drei Nadirkrieger Rache für den Tod ihres Kameraden gesucht. Sie hatten Befriedigung darin gefunden, den Sohn Gargans zu entführen und zu töten, auch er war geblendet und verstümmelt worden. Jetzt hatte sich der Kreis der Gewalt wieder geschlossen, und Quing-chin lag als kaltes Zeugnis für die grausame Wirklichkeit der Rache dort. Talisman rieb sich die Augen.

Der Geruch nach versengtem Holz drang zu ihnen. Die Tore hatten zwei Angriffe überstanden. Die Gothir hatten sogar Öl benutzt, um sich hindurchzubrennen. Es war ihnen nicht gelungen, und etwa zwanzig Gothir hatten mit ihrem Leben dafür bezahlt. Talisman schauderte.

»Was quält dich, Bruder?« fragte Lin-tse.

»Ich hasse sie nicht mehr«, antwortete Talisman.

»Sie hassen? Die Gothir? Weshalb?«

»Versteh mich nicht falsch, Lin-tse. Ich werde gegen sie kämpfen, und wenn die Götter von Stein und Wasser es zulassen, werde ich sehen, wie ihre Türme einstürzen und ihre Städte zerfallen. Aber ich kann mich nicht länger an meinen Haß klammern. Als sie Zhen-shi töteten, verlangten wir nach Blut. Erinnerst du dich an das Entsetzen in Argos Augen, als wir ihn knebelten und hinausschleppten?«

»Natürlich.«

»Jetzt hegt sein Vater den Haß, und der hängt wie eine Fledermaus an seiner Kehle, um weitergegeben zu werden.«

»Aber sein Vater fing mit seinem Haß auf alle Nadir an«, wandte Lin-tse ein.

»Genau. Und was hat diesen Haß verursacht? Eine

Grausamkeit der Nadir in seiner fernen Jugend? Mein Traum ist es, alle Nadir vereint zu sehen, so daß jeder Mann stolz und frei sein kann. Aber ich werde nie wieder einen Feind hassen.«

»Du bist müde, Okai. Du solltest dich ausruhen. Diese Nacht werden sie nicht wiederkommen.«

Talisman ging davon. Nosta Khan war verschwunden, und niemand hatte gesehen, wie er über die Mauern gelangte. Er hatte versucht, zu Zhusai zu gelangen, aber Gorkai stand vor ihrer Türe Wache.

Gerade als er an sie dachte, sah Talisman sie über den Hof kommen. Sie trug eine weiße Bluse aus schimmernder Seide und dazu silbergraue Hosen. Sie winkte und kam zu ihm, dann schlang sie ihre Arme um seinen Hals.

»Wir sind zusammen, jetzt und für immer«, sagte sie.

»Jetzt und für immer«, wiederholte er.

»Komm mit. Ich habe duftendes Öl in meinem Zimmer, und ich werde deine Erschöpfung vertreiben.« Sie nahm ihn bei der Hand und führte ihn zu ihrem Zimmer.

Druss und Sieben sahen sie vom Wehrgang der Westmauer. »Liebe inmitten des Todes«, sagte Druss. »Das tut gut.«

»Nichts ist gut hier«, fuhr Sieben auf. »Das Ganze hier stinkt wie ein zehn Wochen alter Fisch. Ich wünschte, ich wäre nie hergekommen.«

»Sie sagen, du wärst ein großartiger Arzt«, sagte Druss.

»Eine gute Näherin, eher gesagt. Elf Männer sind mir unter den Händen gestorben, Druss, an ihrem eigenen Blut erstickt. Ich kann dir nicht sagen, wie leid ich das alles bin. Ich hasse den Krieg, und ich hasse Krieger. Abschaum der Erde!«

»Das dürfte dich aber nicht daran hindern, Lieder darüber zu singen, wenn wir hier wieder rauskommen«, bemerkte Druss.

»Was soll das heißen?«

»Wer erzählt denn vom Ruhm, von der Ehre, der Ritterlichkeit des Krieges?« fragte Druss leise. »Doch wohl nur selten der Soldat, der herausquellende Gedärme gesehen hat und die Krähen, die an den Augen der Toten picken. Nein, das ist der Sagendichter. Er ist es, der die jungen Männer mit Geschichten von Heldentum füttert. Wie viele junge Drenai haben deinen Gedichten und Liedern gelauscht und sich nach dem Kampf gesehnt?«

»Na, das ist ja eine schöne Verdrehung«, sagte Sieben. »Jetzt sind also die Dichter schuld, was?«

»Nicht nur die Dichter. Bei den Zähnen der Hölle, Mann, wir sind eine gewalttätige Rasse. Was ich sagen will, ist, daß Soldaten keineswegs der Abschaum der Erde sind. Jeder hier kämpft für etwas, an das er glaubt. Du wußtest das – ehe die Kämpfe begannen. Und du wirst es wieder wissen, wenn es vorbei ist.«

»Es wird nie vorbei sein, Druss«, sagte Sieben traurig. »Nicht, solange es Männer mit Äxten und Schwertern gibt. Ich glaube, ich gehe lieber zurück ins Lazarett. Was macht die Schulter?«

»Sticht wie der Teufel.«

»Gut«, sagte Sieben mit einem müden Lächeln.

»Wie geht es Nuang?«

»Er ruht. Die Wunden waren nicht lebensgefährlich, aber er wird nicht mehr kämpfen können.«

Als Sieben davonging, streckte Druss sich auf dem Wehrgang aus. Entlang der ganzen Mauer schliefen erschöpfte Nadirkrieger. Für viele würde es der letzte Schlaf sein, den sie genießen konnten.

Vielleicht auch für mich, dachte Druss. Vielleicht sterbe ich morgen.

Vielleicht auch nicht, entschied er. Und sank in einen traumlosen Schlaf …

Gargan ging zwischen den Verwundeten herum, sprach mit den Überlebenden und lobte sie für ihren Heldenmut. Als er wieder in seinem Zelt war, ließ er Premian rufen. »Ich höre, daß die Nadir uns noch immer den Zugang zum Wasser versperren«, sagte er. »Wie viele verteidigen das Wasserloch?«

»Schwer zu sagen, General. Der Pfad zum Tümpel ist schmal, und unsere Männer werden von Kriegern angegriffen, die sich zwischen den Felsen verbergen. Ich würde sagen, nicht mehr als dreißig. Sie werden angeführt von einem Irren, der einen weißen Schal um den Kopf trägt. Er sprang sieben Meter von einem Felsen herunter und landete so auf dem Pferd des Offiziers, daß dessen Rücken brach. Dann tötete er den Reiter, verwundete einen weiteren und flitzte zurück zwischen die Felsen.«

»Wer war der Offizier?«

»Mersham, General. Frisch befördert.«

»Ich kenne seine Familie. Guter Stall.« Gargan setzte sich auf seine Pritsche. Sein Gesicht war von den Anstrengungen gezeichnet, seine Lippen spröde. »Nimm hundert Mann und radiere sie aus. Unsere Wasservorräte sind fast aufgebraucht, und ohne Nachschub sind wir am Ende. Brich sofort auf, heute abend noch.«

»Jawohl, General. Ich habe an der Biegung des ausgetrockneten Flusses im Osten graben lassen, und wir haben eine Sickerstelle freigelegt. Sie ist nicht groß, wird aber für ein paar Fässer reichen.«

»Gut«, sagte Gargan müde. Der General streckte sich auf dem Bett aus und schloß die Augen. Als Premian gerade gehen wollte, sagte er: »Sie haben meinen Sohn getötet. Sie haben ihm die Augen ausgestochen.«

»Ich weiß, General.«

»Wir greifen nicht vor Mitte des Vormittags an. Dann brauche ich dich zurück mit dem Wasser.«

»Jawohl, General.«

Sieben überquerte das Gelände und weckte Druss leise. »Folge mir«, flüsterte er. Druss stand auf, und die beiden Männer stiegen die Stufen zu den Wehrgängen hinunter und gingen zum Schrein. Drinnen war es dunkel, und sie blieben einen Augenblick stehen, damit sich ihre Augen an das schwache Mondlicht gewöhnen konnten, das durch das einzige Fenster fiel. Die toten Nadir hatte man an der Nordwand aufgereiht, der Todesgeruch hing bereits schwer in der Luft. »Was machen wir hier?« flüsterte Druss.

»Ich will die Heilenden Steine«, sagte Sieben. »Keine Toten mehr unter meinen Händen.«

»Wir haben hier doch schon gesucht.«

»Ja, und ich glaube, wir haben sie auch schon gesehen. Heb den Deckel hoch.« Druss ging zu dem steinernen Sarg und schob den Deckel langsam beiseite, so daß Sieben seinen Arm hineinstecken konnte. Seine Finger berührten trockene Knochen und den Staub zerfallener Kleidungsstücke. Rasch bewegte er seine Hand aufwärts, bis er zum Schädel kam. Er schloß die Augen und konzentrierte sich. Dann suchte er unter dem gebrochenen Kiefer, bis seine Finger das kalte Metall von Oshikais *lon-tsia* berührten. Er zog es heraus und hielt es in das blasse Mondlicht.

»Jetzt hast du ein Paar«, sagte Druss. »Und?«

»Shaoshad kam her, um Oshikais Einwilligung zu erbitten, wiederbelebt zu werden. Oshikai lehnte ab, es sei denn, Shul-sen könnte bei ihm sein. Wie wollte er sie dann aber finden?«

»Ich weiß es nicht«, sagte Druss, mühsam die Geduld bewahrend. »Ich verstehe nichts von Magie.«

»Hab Nachsicht mit mir, mein Freund, und sieh dir an, was ich habe. Sowohl Oshikai als auch Shul-sen trugen ein *lon-tsia*. Oahikais Grab wurde bereits geplündert, aber niemand fand das Medaillon. Warum nicht? Der blinde Priester sagte, daß auf Shul-sens *lon-tsia* ein Zauber des Verbergens lag. Man darf also ruhig vermuten, daß ein ähnlicher Spruch auf dem Oshikais lag. Ich glaube nun, daß Shaoshad den Zauber von diesem hier nahm«, er hielt das *lon-tsia* hoch. »Warum? Um ihm bei der Suche nach Shul-sen zu helfen. Talismans Diener, Gorkai, sagte mir, daß die *lon-tsias* der Reichen mit vielen Zaubern belegt waren. Ich glaube, daß Shaoshad irgendwie dieses Medaillon benutzt hat, um das andere zu finden. Kannst du mir folgen?«

»Nein, aber ich höre weiter«, sagte Druss müde.

»Warum hatte er die Steine nicht bei sich, als er gefangen wurde?«

»Hör endlich auf, mir Fragen zu stellen, auf die es keine Antworten gibt!« fuhr Druss auf.

»Das war rein rhetorisch, Druss. Unterbrich mich nicht immer. Nach Gorkais Aussage funktioniert ein Suchzauber so etwa wie ein Spürhund. Ich glaube, Shaoshad hat auf Oshikais Medaillon die Kraft eines der Steine übertragen und den anderen auf die Suche nach Shul-sens *lon-tsia* geschickt. Dann versuchte er, der Geist-Spur zu folgen. Deswegen wurde er auf halbem Wege zwischen hier und der Stelle gefangen, an der wir Shul-sens sterbliche Reste fanden.«

»Und was bringt uns das?« fragte Druss.

Sieben suchte in seiner Tasche und holte das zweite *lon-tsia* hervor, das er dicht an das erste hielt. »Das hier«, sagte er triumphierend, legte die Hände zusammen und fügte die beiden Medaillons aneinander.

Nichts geschah…

»Was bringt es uns?« fragte Druss.

Sieben öffnete die Hände. Die beiden *lon-tsias* glitzerten im Mondlicht. Er fluchte. »Ich war so sicher, recht zu haben«, sagte er. »Ich dachte, wenn man sie zusammenfügte, würden die Steine erscheinen.«

»Ich gehe wieder schlafen«, sagte Druss, machte auf dem Absatz kehrt und marschierte davon.

Sieben steckte die Medaillons wieder in die Tasche und wollte gerade hinter Druss her, als er merkte, daß der Sarg noch offen stand. Er fluchte wieder und packte den Deckel. Mühsam schob er ihn wieder an seinen Platz.

»So nah dran, mein Freund«, sagte eine flüsternde Stimme. Sieben fuhr herum und sah die kleine, glühende Gestalt Shaoshads mit überkreuzten Beinen auf dem Boden sitzen. »Aber ich habe die Augen nicht in den *lon-tsias* verborgen.«

»Wo dann?« fragte der Dichter. »Und warum hast du sie überhaupt versteckt?«

»Sie hätten nie geschaffen werden dürfen«, sagte Shaoshad. Seine Stimme war voll Kummer. »Die Magie war ein Teil des Landes, und jetzt ist es verdorrt. Es war eine Tat von ungeheurer Arroganz. Und warum ich sie versteckte – nun, ich wußte, daß ich Gefahr lief, gefangengenommen zu werden. Ich wollte auf keinen Fall, daß die Augen mir wieder genommen würden. Selbst jetzt macht es mich traurig zu wissen, daß sie noch einmal in Erscheinung treten müssen.«

»Wo sind sie?«

»Sie sind hier. Du hattest weitgehend recht – ich benutzte ihre Macht, um Shul-sens Grab aufzuspüren, und ich habe tatsächlich so viel Kraft in ihr *lon-tsia* gewoben, um sie wiederzubeleben. Sieh zu – und sei gebührend beeindruckt!«

Die beiden *lon-tsia*-Medaillons erhoben sich von Siebens Handfläche und schwebten zu dem Sarkophag. Kurz vor der Platte mit der Inschrift hielten sie inne. »Kannst du es erraten?« fragte der Geist des Schamanen.

»Ja!« antwortete Sieben, ging hin und nahm die schwebenden Medaillons wieder in die Hand. Dann hielt er sie vor das eingravierte Wort Oshikai und drückte sie seitwärts in die beiden Vertiefungen der *is*. Beide *lon-tsias* verschwanden. Ein violetter Schimmer strahlte aus dem Sarg. Sieben erhob sich und spähte hinein. Jetzt ruhten die beiden Juwelen in den Augenhöhlen des Schädels von Oshikai Dämonstod. Er griff hinein und holte sie heraus. Sie hatten etwa die Größe von Spatzeneiern.

»Erzähl niemandem, daß du sie hast«, warnte ihn Shaoshad, »nicht einmal Druss. Er ist ein großer Mann, aber er ist ohne Arg. Wenn die Nadir es herausfinden, werden sie dich ihretwegen töten, deshalb darfst du ihre Kraft nicht zu offensichtlich anwenden. Wenn du Verwundete behandelst, nähe und verbinde sie wie immer, dann konzentriere dich aufs Heilen. Du mußt die Juwelen nicht hervorholen. Wenn du sie am Körper verbirgst, wird ihre Macht immer noch durch dich fließen.«

»Woher weiß ich, wie ich heilen soll?«

Shaoshad lächelte. »Du brauchst es nicht zu wissen – das ist das Schöne an Magie, Dichter. Lege einfach deine Hände über die Wunde und stelle sie dir geheilt vor. Sobald du das einmal gemacht hast, wirst du es besser verstehen.«

»Ich danke dir, Shaoshad.«

»Nein, Dichter, ich bin es, der zu danken hat. Nutze sie klug. Und jetzt mach den Deckel wieder zu.«

Sieben ergriff den Stein und warf noch einmal einen Blick in den Sarg. Für einen kurzen Augenblick nur sah er Oshikais *lon-tsia* zwischen den Knochen glitzern, dann verblaßte es. Er schob den Deckel wieder an seinen Platz und drehte sich zu Shaoshad um. »Er trägt es wieder«, sagte der Dichter.

»Ja, so wie es sein sollte, verborgen durch einen Zauber. Niemand wird es ihm rauben. Das andere ist an die Ruhestätte Shul-sens zurückgekehrt.«

»Können wir hier gewinnen?« fragte Sieben, als das Abbild des Schamanen zu verblassen begann.

»Gewinnen und Verlieren sind gänzlich abhängig davon, wofür du kämpfst«, antwortete Shaoshad. »Alle Männer hier könnten sterben, und doch könntest du gewinnen. Oder alle könnten am Leben bleiben, und du könntest verlieren. Lebewohl, Dichter.«

Der Geist verschwand. Sieben schauderte. Dann steckte er die Hand in die Tasche und schloß sie um die Steine.

Als er ins Lazarett zurückkam, ging er lautlos durch die Reihen der Verwundeten. In der hinteren Ecke stöhnte ein Mann, und Sieben trat an seine Seite und kniete neben der Decke nieder, auf der er lag. Eine Laterne an der Wand flackerte auf, und in ihrem Licht betrachtete Sieben das eingefallene Gesicht des Mannes. Er hatte einen Stich in den Bauch abbekommen, und obwohl Sieben die äußeren Wundränder genäht hatte, hatte er innere Blutungen. Die Augen des Mannes waren fieberglänzend. Sieben legte sanft eine Hand auf die Verbände und schloß die Augen, um sich zu konzentrieren. Einen Moment lang geschah nichts, dann erfüllten leuchtende Farben seine Gedanken, und er sah die zerrissenen Muskeln, die zerfetzten Gedärme, die Blutansammlung in der Wunde. In diesem Augenblick kannte er jeden Muskel, jede Faser, die Verbindungen, die Blutbahnen, die Ursachen von Schmerzen und Unbehagen. Es war, als ob er in der Wunde schwämme. Blut floß aus einem tiefen Riß in einem gedrehten, purpurnen Zylinder … doch während Sieben ihn ansah, schloß der Riß sich und verheilte. Er bewegte sich weiter und verschloß weitere Schnittwunden, arbeitete sich von der Tiefe her nach oben vor und heilte die Wunde dabei. Schließlich erreichte er die äußere Naht, und hier hielt er inne. Es wäre klug, wenn der Mann beim Aufwachen die Spannung der Stiche spürte, dachte er. Falls eine Wunde restlos geheilt wäre, wäre das Geheimnis der Steine offenbart.

Der Krieger blinzelte. »Ich brauche lange, um zu sterben«, sagte er.

»Du wirst nicht sterben«, versprach Sieben. »Deine Wunde heilt, und du bist stark.«

»Sie haben mir die Eingeweide durchbohrt.«

»Schlaf jetzt. Morgen wirst du dich besser fühlen.«

»Du sagst die Wahrheit?«

»Ja. Die Wunde war nicht so tief, wie du glaubst. Sie verheilt gut. Schlaf jetzt.« Sieben berührte die Stirn des Mannes, und augenblicklich schlossen sich seine Augen, und der Kopf fiel zur Seite.

Sieben ging nacheinander zu jedem Verwundeten. Die meisten schliefen. Mit denen, die wach waren, sprach er leise und heilte sie. Schließlich kam er zu Nuang. Während er in den Verletzungen des alten Mannes schwamm, fühlte er sich zum Herzen hingezogen, und hier fand er einen Abschnitt, der so dünn war, daß er beinahe durchsichtig wirkte. Nuang hätte jederzeit sterben können, erkannte er, denn sein Herz hätte – unter Belastung – wie nasses Papier reißen können. Sieben konzentrierte sich auf dieses Gebiet und sah zu, wie es dicker wurde. Die Arterien waren verhärtet, die Innenwände zugesetzt und verengt. Er weitete sie und machte sie wieder geschmeidig.

Endlich zog er sich zurück und setzte sich. Er spürte keine Müdigkeit, eher Jubel und seltene Freude.

Niobe schlief in einer Ecke des Raumes. Er legte die Steine in einen Beutel und versteckte ihn hinter einem Wasserfaß. Dann ging er zu Niobe und legte sich neben sie, spürte ihre Wärme. Er zog eine Decke über sie beide, beugte sich über sie und küßte sie auf die Wange. Sie stöhnte und drehte sich zu ihm. Dabei flüsterte sie einen Namen, der nicht der seine war. Sieben lächelte.

Sie wachte auf und stützte sich auf einen Ellbogen. »Warum lächelst du, Dichter?« fragte sie.

»Warum nicht? Es ist eine schöne Nacht.«

»Willst du Liebe machen?«

»Nein, aber ich würde gern kuscheln. Komm näher.«

»Du bist sehr warm«, sagte sie, schmiegte sich an ihn und legte einen Arm über seine Brust.

»Was wünschst du dir vom Leben?« flüsterte er.

»Wünschen? Was gibt es da zu wünschen? Außer einem guten Mann und kräftigen Kindern?«

»Und das ist alles?«

»Teppiche«, sagte sie, nachdem sie einen Moment überlegt hatte. »Gute Teppiche. Und ein eisernes Feuerbecken. Mein Onkel hatte so ein Feuerbecken aus Eisen. Es heizte das Zelt in kalten Nächten.«

»Was ist mit Ringen und Armreifen, Dingen aus Gold und Silber?«

»Ja, das auch«, gab sie zu. »Willst du sie mir schenken?«

»Ich glaube schon.« Er wandte den Kopf und küßte sie auf die Wange. »Es mag erstaunlich klingen, aber ich habe mich in dich verliebt. Ich möchte, daß du bei mir bist. Ich will dich mit in mein Land nehmen und dir ein eisernes Feuerbecken und einen Berg von Teppichen kaufen.«

»Und die Kinder?«

»Zwanzig, wenn du willst.«

»Sieben. Ich will sieben Stück.«

»Dann sollen es sieben sein.«

»Wenn du mich verspottest, Dichter, reiße ich dir das Herz heraus.«

Sieben lachte leise. »Kein Spott, Niobe. Du bist der größte Schatz, den ich je gefunden habe.«

Sie setzte sich auf und sah sich in der großen Krankenstation um. »Alle schlafen«, sagte sie plötzlich.

»Ja.«

»Ich glaube, einige müssen gestorben sein.«

»Glaube ich nicht«, meinte er. »Ich bin sogar sicher, daß das nicht der Fall ist – genauso wie ich sicher bin, daß in den nächsten Stunden niemand aufwacht. Können wir also auf dein Angebot zurückkommen?«

»Jetzt willst du Liebe machen?«

»Allerdings. Vielleicht zum ersten Mal in meinem Leben.«

Hauptsergeant Jomil preßte seine dicken Finger auf die Stichwunde in seinem Gesicht, um die Blutung zu stoppen. Schweiß rann in die Wunde. Das Salz darin brannte, und er fluchte. »Du wirst langsamer, Jomil«, sagte Premian.

»Der kleine Bastard hat mir fast das Auge ausgestochen.«

Die toten Nadir wurden weggeschleppt und in einer Reihe ein Stück von der Wasserstelle aufgereiht. Die vierzehn toten Gothir hatte man in ihre Umhänge gewickelt, die sechs toten Lanzenreiter über die Sättel ihrer Pferde gebunden. Die Fußsoldaten hatte man begraben, wo sie gefallen waren.

»Beim Blute Missaels, sie haben uns einen Kampf geliefert, was?« sagte Jomil.

Premian nickte. »Sie kämpften für ihren Stolz und aus Liebe zu ihrem Land. Eine größere Motivation gibt es nicht.« Premian selbst hatte den Angriff bergauf angeführt, während die Fußsoldaten die Felsen stürmten. Ihre reine Überzahl hatte den Tag gerettet, aber die Nadir hatten gut gekämpft. »Das muß genäht werden. Ich kümmere mich selbst darum.«

»Danke sehr«, antwortete Jomil ohne Begeisterung.

Premian grinste ihn an. »Wie kommt es, daß sich ein Mann, ohne mit der Wimper zu zucken, Schwertern, Äxten, Pfeilen und Speeren stellt, aber Angst vor einer kleinen Nadel und einem Stück Faden hat?«

»Ich dresche mit den Schwertern und Äxten auf die Schurken ein«, erwiderte Jomil. Premian lachte laut auf, dann ging er zum Ufer. Das Wasser war tief, klar und kühl. Er kniete nieder, legte die Hände zusammen und trank in tiefen Zügen. Dann stand er auf und ging zu den toten Nadir hinüber. Es waren achtzehn Mann, einige kaum mehr als Knaben. Zorn flammte in ihm auf: was für eine Vergeudung. Was für ein sinnloser kleiner Krieg! Zweitausend gut ausgebildete Gothirsoldaten marschieren durch eine Wüste, um einen Schrein zu plündern.

Doch irgend etwas stimmte nicht, Premian spürte das. Eine unsichtbare Sorge nagte an seinem Unterbewußtsein. Ein Infanterist kam zu ihm und salutierte. Der Mann hatte einen blutigen Verband um den Kopf.

»Können wir Kochfeuer entzünden?« fragte er.

»Ja, aber zieht euch mehr zwischen die Felsen zurück. Ich möchte nicht, daß der Rauch die Karrenpferde scheu macht, wenn sie ankommen. Es wird schwer genug sein, sie hier heraufzubewegen.«

»Jawohl.«

Premian ging zu seinem Pferd und holte Nadel und Faden aus der Satteltasche. Jomil sah ihn und fluchte unterdrückt. Die Sonne war erst vor zwei Stunden aufgegangen, aber die Hitze war bereits beträchtlich und wurde von den roten Steinen zurückgeworfen. Premian kniete neben Jomil nieder und fügte die klaffenden Wundränder über dem rechten Wangenknochen wieder zusammen. Geschickt nähte er die Wunde. »So«, sagte er schließlich, »jetzt hast du eine beeindruckende Narbe, mit der du die Damen betören kannst.«

»Ich habe schon mehr als genug Narben, mit denen ich angeben kann«, brummte Jomil. Dann grinste er. »Erinnerst du dich an den Kampf vor dem Lincairn-Paß?«

»Ja. Du hast eine unglückliche Verwundung davongetragen, wenn ich mich recht erinnere.«

»Unglücklich, ich weiß nicht. Die Damen lieben die Geschichte, wie ich dazu gekommen bin. Keine Ahnung warum.«

»Verletzungen am Hinterteil sind immer Anlaß zu Heiterkeit«, sagte Premian. »Soweit ich weiß, erhieltest du vierzig Goldkronen zur Belohnung für deine Tapferkeit. Hast du davon was gespart?«

»Nicht ein Kupferstück. Das meiste habe ich für Schnaps, dicke Weiber und beim Spielen ausgegeben. Den Rest habe ich verschwendet.« Premian warf einen Blick auf die toten Nadir. »Macht dir irgend etwas Sorgen?« fragte Jomil.

»Ja... aber ich weiß nicht was.«

»Hast du mehr von ihnen erwartet?«

»Vielleicht ein paar.« Premian ging zu den toten Kriegern, dann rief er einen jungen Lanzenreiter herbei. Der Mann kam angerannt. »Du warst beim ersten Angriff dabei. Wer von ihnen ist der Anführer?« Der Lanzenreiter blickte in alle Gesichter hinab.

»Schwer zu sagen. Sie sehen für mich alle gleich aus, so krankhaft gelb und mit diesen schrägen Augen.«

»Ja, ja«, sagte Premian gereizt. »Aber an irgend etwas mußt du dich doch erinnern.«

»Er hatte einen weißen Schal um den Kopf. Oh ... und schlechte Zähne. Das weiß ich noch. Sie waren ganz schwarz und gelb. Schauderhaft.«

»Guck dir die Zähne der Toten an«, befahl Premian. »Finde ihn für mich.«

»Jawohl«, antwortete der Mann ohne Begeisterung.

Premian ging zurück zu Jomil, streckte ihm die Hand entgegen und zog ihn hoch. »Zeit zu arbeiten, Sergeant«, sagte er. »Bring die Fußsoldaten auf den Abhang. Ich möchte, daß der Pfad von allen Steinen befreit wird. Es sind vierzehn Karren unterwegs, und es wird schlimm genug, sie hier den Berg hinaufzuschaffen, ohne daß sie auch noch durch ein Labyrinth von Felsblöcken kutschieren müssen.«

»Jawohl.«

Der Lanzenreiter kehrte von seiner Untersuchung der Toten zurück. »Er ist nicht dabei, er muß davongelaufen sein.«

»Davongelaufen? Ein Mann, der sieben Meter von einem Felsen mitten in eine Gruppe von Lanzenreitern springt? Ein Mann, der seine Krieger soweit inspirieren konnte, daß sie bereit waren, für ihn zu sterben? Davongelaufen? Das ist höchst unwahrscheinlich. Wenn er nicht hier ist, dann … heilige Karna!« Premian fuhr zu Jomil herum. »Die Karren, er ist auf dem Weg zu den Karren!«

»Er kann nicht mehr als eine Handvoll Leute haben«, wandte Jomil ein. »Es sind vierzehn Wagenlenker, alle harte Burschen und bewaffnet.«

Premian rannte zu seinem Pferd und schwang sich in den Sattel. Er rief zwei Offiziere zu sich und befahl ihnen, ihre Kompanien zu sammeln und ihm zu folgen. Er trieb sein Pferd an, verließ die Wasserstelle und galoppierte zum Berghang. Als er über die Kuppe kam, sah er den Rauch gut einen Kilometer weiter südlich. Er jagte den Wallach in vollem Galopp bergab. Hinter ihm kamen fünfzig Lanzenreiter.

Es war eine Sache von Minuten, bis sie um eine Kurve im Pfad bogen und die brennenden Karren sahen. Die Pferde hatte man losgeschnitten, und die Leichen von mehreren Wagenlenkern hatten Pfeile in der Brust stecken. Premian brachte sein erschöpftes Tier zum Stehen und verschaffte sich rasch einen Überblick. Rauch stieg überall auf und biß in den Augen. Fünf Karren standen in Flammen.

Plötzlich sah er einen Mann mit einer brennenden Fackel durch den Qualm laufen. Er trug einen weißen Schal um den Kopf. »Ergreift ihn!« schrie Premian und trieb sein Pferd weiter. Die Lanzenreiter schwärmten zu beiden Seiten aus. Sie ritten durch öligen Rauch.

Eine kleine Gruppe von Nadir versuchte verzweifelt, die übriggebliebenen Wagen in Brand zu setzen. Als sie über dem Knistern der Flammen das Donnern der Hufe hörten, ließen sie ihre Fackeln fallen und rannten zu ihren Ponys.

Die Lanzenreiter fielen über sie her und machten sie nieder.

Premian riß sein Pferd genau in dem Moment herum, als etwas Dunkles sich aus einem brennenden Wagen auf ihn stürzte. Instinktiv duckte er sich, als der Krieger mit dem weißen Schal in ihn krachte und ihn aus dem Sattel warf. Sie schlugen hart auf, und Premian rollte sich herum und tastete nach seinem Schwert. Doch der Mann beachtete ihn nicht, packte den Sattelknauf und schwang sich auf den Rücken des Wallachs. Der Nadir zog seinen Säbel und griff die Lanzenreiter an, hackte und hieb auf sie ein. Ein Mann stürzte mit aufgeschlitzter Kehle vom Pferd, ein zweiter fiel nach links, als die zuckende Klinge sein Gesicht durchbohrte. Eine Lanze drang in den Rücken des Nadirs und hob ihn aus dem Sattel. Wütend drehte er sich um und versuchte, an den Lanzenreiter heranzukommen. Ein weiterer Soldat trieb sein Pferd heran und hieb dem Nadir sein Langschwert in die Schulter. Der Sterbende stieß ihm mit letzter Kraft sein Schwert in den Arm. Dann sackte er nach rechts.

Der Wallach stieg und warf ihn ab. Die Lanze steckte noch immer tief in seinem Rücken. Er versuchte aufzustehen und seinen Säbel zu erreichen. Blut quoll aus seinem Mund, seine Beine gaben unter ihm nach. Ein Reiter näherte sich ihm, doch er holte noch einmal aus und traf die Flanke des Pferdes. »Laßt ihn in Ruhe!« schrie Premian. »Er stirbt.«

Der Nadir taumelte und drehte sich zu Premian um. »Nadir sind wir!« rief er.

Ein Lanzenreiter gab seinem Pferd die Sporen und ließ sein Schwert auf den Mann niedersausen. Der Nadir duckte sich unter dem Hieb und warf sich nach vorn. Er packte den Umhang des Lanzenreiters und zerrte ihn zu sich herunter, so daß er ihm mit seinem Säbel den Bauch aufschlitzen konnte. Der Lanzenreiter schrie auf und fiel aus dem Sattel. Beide Männer stürzten zu Boden. Soldaten sprangen von ihren Pferden und umringten den gefallenen Nadir. Sie hieben und schlugen auf ihn ein.

Premian lief herbei. »Zurück, ihr Narren!« schrie er. »Rettet die Wagen!«

Mit ihren Umhängen schlugen die Lanzenreiter auf die Flammen ein, doch es war sinnlos. Das trockene Holz hatte inzwischen Feuer gefangen, und die Flammen tobten unaufhaltsam. Premian befahl, die fünf restlichen Wagen aus der Gefahrenzone zu ziehen, dann schickte er Reiter aus, um die Zugpferde einzufangen, die – dem Geruch des Wassers folgend – langsam zur Wasserstelle trotteten. Zehn der Wagenlenker, die sich in einem Graben versteckt hatten, wurden gefunden und Premian vorgeführt. »Ihr seid«, sagte er, »vor sieben Nadirkriegern davongelaufen. Jetzt ist die Hälfte eurer Wagen dahin. Ihr habt durch eure Feigheit die gesamte Armee in Gefahr gebracht.«

»Sie kamen schreiend in einer Staubwolke aus der

Steppe«, wandte ein Mann ein. »Wir dachten, es wäre eine ganze Armee.«

»Ihr nehmt eure Plätze auf den übriggebliebenen Wagen ein, sorgt dafür, daß sie beladen werden und das Wasser im Lager abgeliefert wird. Wenn ihr dort seid, habt ihr euch vor General Gargan zu verantworten. Ich zweifle nicht daran, daß ihr die Peitsche spüren werdet. Und jetzt geht mir aus den Augen!«

Premian wandte sich ab und rechnete nach. Fünf Wagen mit je acht Fässern. Jedes Faß faßte etwa sechzig Liter. Unter diesen Umständen brauchte ein kämpfender Mann mindestens einen Liter Wasser pro Tag. Nach dieser groben Schätzung konnte ein Faß etwa sechzig Mann mit Wasser versorgen. Vierzig Fässer reichten kaum für die Männer aus, geschweige denn für die Pferde. Und nur einen Tag für die Pferde … Von jetzt an mußte es einen ständigen Nachschub von der Wasserstelle zum Lager geben.

Trotzdem, überlegte er, hätte es schlimmer kommen können. Hätte er nicht rechtzeitig reagiert, wären alle Wagen verloren. Aber der Gedanke munterte ihn nicht auf. Hätte er sie von Anfang an bewachen lassen, wäre der Angriff der Nadir gescheitert.

Seine Gedanken wurden von wildem Gelächter und Schwerthieben unterbrochen. Sie hatten dem Nadir mit dem weißen Schal den Kopf abgeschlagen und ihm die Glieder abgetrennt. »Achtung!« brüllte er, und die Männer nahmen nervös Haltung ein. »Wie könnt ihr es wagen!« tobte Premian. »Wie könnt ihr euch nur wie Wilde benehmen? Habt ihr eine Ahnung, wie ihr im Augenblick ausseht? Würde einer von euch wollen, daß seine Lieben ihn so sehen, herumstolzierend und die Glieder eines toten Nadirs über den Köpfen schwenkend? Ihr seid Gothir! Solche Barbareien überlassen wir … niederen Völkern.«

»Erlaubnis zu sprechen?« fragte ein magerer Soldat.

»Spuck's aus.«

»Nun, Graf Gargan sagte, wir sollten allen Nadir die Hände abschneiden, oder?«

»Das war eine Drohung, um die Nadir einzuschüchtern, die glauben, wenn sie einen Körperteil verlieren, werden sie für alle Ewigkeit dieses Glied entbehren. Es war keine Drohung, denke ich, die Graf Gargan in Wirklichkeit ausführen wollte. Vielleicht irre ich mich auch. Aber hier und jetzt habe ich das Kommando. Ihr schaufelt ein Grab für diesen Mann und legt seine Glieder neben ihn. Er war mein Feind, aber er war tapfer und gab sein Leben für eine Sache, an die er glaubte. Er wird als Ganzes begraben. Verstanden?«

Die Männer nickten. »Dann macht euch an die Arbeit.«

Jomil ging auf Premian zu, und die beiden entfernten sich von der mürrischen Truppe. »Das war nicht klug«, sagte Jomil leise. »Das verschafft dir den Ruf eines Nadirfreundes. Sie werden verbreiten, daß du dem Feind gegenüber zu weich bist.«

»Das ist mir verdammt egal, mein Freund. Ich reiche in dem Moment meinen Abschied ein, in dem diese Schlacht vorbei ist.«

»Wie auch immer, aber – bitte verzeih mir meine Offenheit – ich glaube nicht, daß Graf Gargan eine leere Drohung ausgestoßen hat. Und ich möchte nicht, daß er dich wegen Ungehorsams vor Gericht stellt.«

Premian lächelte und sah dem älteren Soldaten in das verwitterte Gesicht. »Du bist ein guter Freund, Jomil. Ich schätze dich hoch. Aber mein Vater sagte immer, ich solle mich nie an etwas beteiligen, was ehrlos sei. Einmal sagte er, es gäbe keine größere Befriedigung für einen Mann, als beim Rasieren in den Spiegel zu schauen und stolz auf das sein zu können, was er darin sieht. In diesem Augenblick bin ich nicht stolz.«

»Du solltest es aber sein«, sagte Jomil leise.

Es war drei Stunden nach Mittag, und der Feind hatte noch immer nicht angegriffen. Die Fußsoldaten saßen im Lager, viele von ihnen hatten sich aus ihren Schwertern und Umhängen einen Schutz vor der sengenden Sonne gemacht. Die Pferde der Lanzenreiter waren im Westen angepflockt. Die meisten standen erschöpft mit gesenkten Köpfen da, andere waren aus Wassermangel zu Boden gesunken.

Druss beschattete die Augen. Er sah, wie die fünf Wasserkarren zurückkehrten und fluchte unterdrückt. Gothirsoldaten rannten zu den Wagen und umringten sie.

Talisman kletterte auf die Brüstung und stellte sich neben Druss. »Ich hätte Kzun mehr Männer mitgeben sollen«, sagte er.

Druss zuckte die Achseln. »So weit ich mich erinnere, sind sie gestern abend hier mit vierzehn Wagen aufgebrochen. Dein Mann hat gute Arbeit geleistet. In diesen Karren ist so wenig Wasser, daß es kaum einen Tag reichen wird. Allein die Pferde brauchen mehr, als diese Karren heranschaffen können.«

»Du hast schon Belagerungen erlebt?« fragte Talisman.

»Ja, mein Freund. Zu viele.«

»Wie schätzt du dann die Lage ein?«

»Ich denke, sie werden alles auf einmal gegen uns einsetzen. Sie können keine Hinhaltetaktik verfolgen. Sie haben keine Techniker, die die Mauern sprengen könnten, sie haben keine Rammböcke, um die Tore einzudrücken. Ich glaube, sie werden jeden Mann schicken, den sie haben, ob Lanzenreiter oder Fußsoldat. Sie werden diese Mauer durch ihre schiere Zahl erstürmen.«

»Das glaube ich nicht«, widersprach Talisman. »Ich glaube, daß sie einen dreigeteilten Angriff versuchen werden. Die Westmauer hier wird den Hauptangriff abbekommen, aber sie werden ebenso versuchen, das Tor zu erstürmen und eine andere Mauer. Sie werden versuchen, uns auseinanderzuziehen. Erst wenn das mißlingt, werden sie den finalen Angriff riskieren.«

»Das werden wir bald genug erfahren«, sagte Druss. »Wenn sie tun, was du vermutest, wie willst du dagegenhalten?«

Talisman lächelte müde. »Unsere Möglichkeiten sind begrenzt, Druss. Wir halten einfach so gut wie möglich die Stellung.«

Druss schüttelte den Kopf. »Du mußt davon ausgehen, daß ein paar Soldaten es bis auf die Wehrgänge schaffen und vielleicht sogar in die Anlage hinunter. Es ist entscheidend, wie wir darauf reagieren. Instinktiv greift jeder Mann den Feind an, der ihm am nächsten ist, aber in einer solchen Situation erweisen sich solche Instinkte meist als fatal. Wenn eine Bresche in eine Mauer geschlagen wird, muß zuallererst diese Bresche wieder geschlossen werden. Die Männer, die es schon nach drinnen geschafft haben, sind zweitrangig.«

»Was schlägst du vor?«

»Du hast schon eine kleine Reservetruppe bereit, um die Lücken zu füllen. Stocke sie um einige Männer auf und teile sie in zwei Gruppen. Wenn der Feind einen Abschnitt der Mauer einnimmt, muß eine Gruppe zu den Verteidigern hinauf, um den Abschnitt zurückzuerobern. Die zweite Gruppe kann diejenigen angreifen, die eingedrungen sind. Wir haben nur einen äußeren Verteidigungsring. Wir können nirgendwohin zurückweichen, also müssen wir diese Mauern halten. Kein Verteidiger darf seinen Posten verlassen, gleichgültig, was er im Innenhof sieht. Die Mauern, Talisman! Nichts anderes zählt.«

Der junge Nadir nickte. »Ich verstehe, worauf du hinauswillst, Axtkämpfer. Ich werde es den Männern klarmachen. Wußtest du, daß die Stämme Lose gezogen haben, um zu sehen, wer heute das Privileg hat, an deiner Seite zu kämpfen?«

Druss lachte. »Also das machen sie! Wen habe ich bekommen?«

»Die Himmelsreiter. Sie freuen sich riesig. Es ist selten, daß ein *gajin* so beliebt ist.«

»Meinst du?« Druss wog seine Axt. »In Zeiten wie diesen bin ich meistens sehr beliebt. Das alte Lied vom Soldaten, was? Wenn Krieg und die Angst vor dem Krieg zu den Menschen kommen, dann verehren sie den Krieger. Sobald der Krieg vorbei ist, vergessen sie den Krieger und schmähen ihn. Es ist immer dasselbe.«

»Das klingt gar nicht bitter«, stellte Talisman fest.

»Man wird auch nicht bitter, weil die Sonne untergeht oder weil der Nordwind kalt ist. Das sind einfach Tatsachen des Lebens. Ich nahm einmal an einer Rettungsaktion teil, bei der wir eine Gruppe reicher Bauern aus den Händen der Sathulistämme befreit haben. Oh, wie beredt sie unsere Heldentaten lobten, wie sie uns immer in Ehren halten wollten. Bei uns war ein junger Soldat, der an diesem Tag einen Arm verlor. Er stammte aus ihrer Stadt. Nach sechs Monaten waren er und seine Familie fast verhungert. Die Realitäten des Lebens.«

»Und, sind sie gestorben?«

»Nein. Ich bin zurück auf die Sentranische Ebene und sprach mit dem Anführer der Bauern. Erinnerte ihn an seine Verpflichtung.«

»Es überrascht mich nicht, daß er dir zuhörte«, sagte Talisman und sah Druss in die kalten blauen Augen.

»Aber so etwas wirst du bei uns nicht finden. Die Nadir haben ein langes Gedächtnis. Du bist der Todesgänger, deine Legende wird unter uns weiterleben.«

»Legenden! Pah! Ich habe genug von Legenden. Wenn ich nur halb soviel Mut hätte wie ein Bauer, wäre ich zu Hause bei meiner Frau und würde mich um mein Land kümmern.«

»Du hast keine Söhne?«

»Nein. Und ich werde auch keine haben«, antwortete Druss kalt. »Nein. Alles, was ich hinterlasse, sind diese verdammten Legenden.«

»Manche Männer würden für deinen Ruhm sterben.«

»Das haben bereits viele getan«, bemerkte Druss.

Die beiden Krieger schwiegen eine Weile, während sie beobachteten, wie die Gothir ihre Wasserkarren umringten. »Bereust du, daß du hier bist?« fragte Talisman.

»Ich versuche, nie etwas zu bereuen«, antwortete Druss. »Das ist zwecklos.« Zwanzig Himmelsreiter kamen auf den Wehrgang und blieben schweigend stehen, während sich die beiden unterhielten. Druss warf einen Blick auf den ersten, einen jungen Mann mit braunen Augen und Adlernase. »Warst du einer von denen, die über die Schlucht gesprungen sind?« fragte er ihn.

Der Mann grinste breit und nickte.

»Ich würde gern mehr darüber hören«, sagte Druss. »Später, wenn wir die Gothir davongejagt haben, kannst du mir davon erzählen.«

»Das werde ich, Todesgänger.«

»Gut. Jetzt kommt mal näher, Jungs, und ich gebe euch ein paar Tips, was bei Belagerungen zu tun ist.«

Talisman verließ den Wehrgang. Als er unten ankam, hörte er, wie die Männer um Druss lachten. Lin-tse kam herbei. »Ich sollte dort sein, Talisman. Mit meinen Männern auf der Mauer.«

»Nein.« Talisman trug ihm auf, sich vierzig Krieger aus

den anderen Stämmen zu suchen. »Du wirst die erste Gruppe anführen, Gorkai die zweite.« Dann umriß er Druss' Schlachtplan für den Fall, daß eine Bresche geschlagen wurde.

Ein junger Krieger ging an ihnen vorbei, auf dem Weg zur Nordmauer. Talisman rief ihn zurück. »Wie heißt du?« fragte er.

»Shi-da, General.«

»Du warst ein Freund von Quing-chin?«

»Ja.«

»Ich habe gesehen, wie du gestern verwundet wurdest – in Bauch und Brust.«

»Es war nicht so tief, wie ich befürchtete, General. Der Arzt hat mich gesund gemacht. Ich kann kämpfen.«

»Du hast keine Schmerzen?«

»Doch, Schmerzen schon. Die Nähte spannen. Aber ich kämpfe mit den Flinken Ponys, General.«

»Laß mich die Wunde sehen«, bat Talisman, führte den Mann in den Schatten und setzte ihn auf den Tisch, der dort stand. Shi-da zog sein Ziegenfellwams aus. Der Verband um seine Taille war blutig. Der junge Krieger wollte ihn abmachen, doch Talisman wehrte ab.

»Die Wunde ist gut verbunden. Laß sie so. Kämpfe gut heute, Shi-da.«

Der junge Mann nickte mit ernstem Gesicht, dann ging er davon.

»Was sollte das?« fragte Lin-tse.

»Jeder Verwundete ist heute wieder auf den Mauern«, antwortete Talisman. »Der Dichter ist wahrlich ein guter Arzt. Ich sah, wie Shi-da getroffen wurde – ich könnte schwören, daß die Klinge ganz durch ihn hindurchging.«

»Glaubst du, er hat die Augen von Alchazzar gefunden?« flüsterte Lin-tse.

»Wenn, dann nehme ich sie ihm.«

»Ich dachte, du hättest gesagt, Druss brauche sie?«

»Druss ist ein Kämpfer, den ich mehr als jeden anderen bewundere. Aber die Augen gehören den Nadir. Sie sind Teil unseres Schicksals und ich kann nicht zulassen, daß ein *gajin* sie nimmt.«

Lin-tse legte eine Hand auf Talismans Arm. »Wenn wir das hier überleben, Bruder, und wenn Sieben die Juwelen hat, dann weißt du, was passiert, wenn du versuchst, sie ihm wegzunehmen. Druss wird darum kämpfen. Er ist nicht der Mann, der sich durch eine Übermacht einschüchtern läßt. Wir müßten ihn töten.«

»Dann werden wir ihn töten«, sagte Talisman, »auch wenn es mir das Herz brechen wird.«

Talisman goß Wasser aus einem Krug in einen Becher, leerte ihn und ging dann mit Lin-tse zu der neuerrichteten Mauer um die Tore. Niobe trat aus den Schatten hinter ihnen und ging zum Lazarett.

Sieben saß mit Zhusai zusammen. Sie lachten, und Niobe wunderte sich, daß sie leicht verärgert war, als sie die beiden so sah. Die Chiatzefrau war schlank und schön, ihre Kleider aus weißer Seide, mit Perlmutt verziert. Niobe trug noch immer Siebens blaues Seidenhemd, aber jetzt war es voller Flecken – Blut der Verwundeten, und ihr eigener Schweiß. Sieben sah sie, und ein breites Lächeln erschien auf seinem gutaussehenden Gesicht. Er ging durch den leeren Raum auf sie zu und umarmte sie. »Du bist wie eine Vision«, sagte er und küßte sie.

»Was will sie hier?« fragte Niobe.

»Sie hat sich erboten, bei den Verwundeten zu helfen. Komm, sag ihr hallo.«

Er nahm Niobe an die Hand und führte sie zu Zhusai. Die Chiatzefrau wirkte unter Niobes durchdringendem Blick nervös, als Sieben sie vorstellte.

»Ich hätte schon früher meine Hilfe anbieten sollen«, sagte Zhusai zu Niobe. »Bitte verzeih mir.«

Niobe zuckte die Achseln. »Wir brauchen keine Hilfe. Der Dichter ist sehr geschickt.«

»Da bin ich sicher. Aber ich weiß viel über den Umgang mit Verwundungen.«

»Sie kann uns wertvolle Hilfe leisten«, warf Sieben ein.

»Ich will sie nicht hier haben«, sagte Niobe.

Sieben war erstaunt, verbarg dies aber und wandte sich wieder an Zhusai. »Vielleicht, meine Dame, solltest du dich lieber umziehen. Blut wird diese schöne Seide ruinieren. Du kannst zurückkommen, wenn die Kämpfe wieder begonnen haben.«

Zhusai neigte den Kopf und ging davon.

»Was ist los mit dir?« fragte Sieben Niobe. »Bist du etwa eifersüchtig,meine Taube?«

»Ich bin keine Taube. Und ich bin nicht eifersüchtig. Weißt du nicht, weshalb sie hier ist?«

»Um zu helfen. Das hat sie jedenfalls gesagt.«

»Du bist in großer Gefahr, Dichter.«

»Durch sie? Das glaube ich nicht.«

»Nicht nur durch sie, du Narr. Jeder Nadir kennt die Geschichte von den Augen von Alchazzar, den purpurnen Juwelen der Macht. Talisman glaubt, daß du sie gefunden hast, und ich glaube das auch. Gestern lagen hier Männer im Sterben, die heute wieder auf den Mauern stehen.«

»Unsinn. Sie waren ...«

»Lüg mich nicht an!« fuhr sie auf. »Ich höre Talisman. Er sagt, wenn du die Juwelen hast, wird er sie dir nehmen, er sagt, er wird Druss töten, wenn er sich wehrt. Du gibst die Juwelen Talisman – dann bist du in Sicherheit.«

Sieben setzte sich auf den frisch geschrubbten Tisch. »Das kann ich nicht, Liebste. Druss hat einem Sterbenden sein Wort gegeben, und Druss ist ein Mann, der sein Wort hält. Verstehst du? Aber ich werde sie nicht behalten, das verspreche ich dir. Falls wir hier überleben – was günstigstenfalls zweifelhaft ist – werde ich sie nach Gulgothir bringen und Druss' Freund heilen. Dann gebe ich sie Talisman zurück.«

»Das wird er nicht zulassen. Deswegen hat er die Frau geschickt, sie wird dich beobachten wie eine Schlange. Du darfst keine Sterbenden mehr heilen, Dichter.«

»Ich muß. Dafür ist die Macht doch da.«

»Jetzt ist keine Zeit für Schwäche. Männer sterben im Kampf. Sie gehen in die Erde ein, sie ernähren das Land. Verstehst du?« Sie sah ihm tief in die blauen Augen und wußte, daß sie ihn nicht überzeugte. »Narr! Narr!« sagte sie. »Also schön. Halt sie am Leben. Aber heile sie nicht so, daß sie sofort wieder aufstehen. Hörst du, was ich sage?«

»Ich höre, Niobe. Und du hast recht. Ich kann nicht riskieren, daß Druss deswegen stirbt.« Er lächelte und strich ihr über das dunkle Haar. »Ich liebe dich. Du bist das Licht meines Lebens.«

»Und du machst mir Sorgen«, sagte sie. »Du bist kein Krieger, und du bist weich wie ein Hündchen. Ich sollte keine Gefühle für einen Mann wie dich haben.«

»Aber du hast sie, nicht wahr?« sagte er und zog sie an sich. »Sag es mir!«

»Nein.«

»Bist du noch immer wütend auf mich?«

»Ja.«

»Dann küß mich und laß deinen Zorn verrauchen.«

»Ich will nicht, daß er verraucht«, sagte sie und machte sich los.

Draußen klang ein Kriegshorn. »Es fängt wieder an«, seufzte Sieben.

Die Infanterie der Gothir formierte sich zu drei Gruppen von je etwa zweihundert Mann. Druss beobachtete sie scharf. Nur zwei der Gruppen hatten Leiterträger dabei. »Die dritte Gruppe wird sich das Tor vornehmen«, sagte er, zu niemandem im besonderen.

Hinter der Infanterie warteten mehr als fünfhundert Lanzenreiter zu Fuß in zwei Reihen. Sie hatten ihre Lanzen abgelegt und statt dessen ihre Säbel in den Händen. Zu langsamen Trommelschlägen setzte sich die Armee in Bewegung. Druss spürte die Angst der Männer um ihn herum.

»Denkt nicht an ihre Zahl«, sagte Druss. »Das einzige, was zählt, ist die Anzahl der Leitern – und sie haben nicht einmal dreißig. Nur dreißig Mann können jeweils die Mauer erreichen, der Rest wimmelt nutzlos unten herum. Laßt euch nie von schierer Anzahl entmutigen.«

»Weißt du eigentlich, was Angst ist, Axtkämpfer?« fragte Nuang Xuan.

Druss drehte sich um und grinste ihn an. »Was machst du hier, Alter? Du bist verwundet.«

»Ich bin so zäh wie ein Wolf und so stark wie ein Bär. Wie nah bin ich meinen hundert gekommen?«

»Nach meiner Rechnung brauchst du noch neunzig.«

»Pah, du hast dich offenbar verzählt.«

»Bleib in meiner Nähe, Nuang«, sagte Druss leise. »Aber nicht zu nah.«

»Ich werde hier sein, wenn der Tag zu Ende geht und ein Berg von toten Gothir hinter mir liegt«, versprach Nuang.

Bogenschützen rannten durch die feindlichen Linien und schickten einen Regen von Pfeilen auf die Verteidiger, die sich hinter die Brüstung duckten. Niemand wurde getroffen. Der Trommelschlag wurde schneller, und Druss konnte hören, wie die Männer losrannten. Leitern krachten gegen die Mauer, und zu Druss' Linker wollte ein Mann aufstehen, doch Druss zog ihn wieder herunter. »Noch nicht, Freund. Die Bogenschützen warten nur darauf.«

Der Krieger blinzelte nervös. Druss blieb noch zehn Herzschläge lang knien, dann richtete er sich auf. Seine große Axt schimmerte in der Sonne. Als er stand, erreichte ein Gothir die Spitze der Leiter, und Snaga zerschmetterte ihm den Schädel.

»Klettert und sterbt!« brüllte Druss und hieb Snaga mit einer Rückhand in das bärtige Gesicht eines zweiten Kriegers.

Überall hackten und hieben die Nadir auf die Angreifer ein. Zwei Gothir erreichten den Wehrgang und wurden augenblicklich niedergestreckt. Ein Nadir fiel, ein Pfeil ragte aus seiner Schläfe.

Auf der Mauer über dem Tor beobachtete Talisman, wie Druss und die Himmelsreiter kämpften, um den westlichen Wehrgang zu halten. Der zweite Stoßtrupp der Gothir war zur Nordmauer vorgedrungen, wo Bartsai mit seinen Krummhörnern sie aufzuhalten versuchte.

Äxte wurden in das Tor getrieben, so daß das alte Holz splitterte. Nadir warfen Steine auf die feindlichen Soldaten unter ihnen, doch das Bersten von Holz war weiterhin zu hören.

»Haltet euch bereit!« warnte Talisman die Männer der Flinken Ponys. Sie legten Pfeile auf die Sehnen und knieten sich auf den Wehrgang und die neugebaute, geschwungene Mauer hinter dem Tor. In diesem Augenblick wurde Talisman von einem wilden Stolz ergriffen. Diese Männer waren Nadir, sein Volk! Und sie kämpften zusammen gegen einen gemeinsamen Feind. So sollte es sein, dachte der junge Mann. Kein sklavengleicher Gehorsam gegenüber den verfluchten *gajin*. Keine Flucht mehr vor der Bedrohung durch ihre Lanzenreiter, ihre Strafexpeditionen, ihr Gemetzel.

Plötzlich brach das Tor, und eine Schar von Männern stürmte hindurch, nur um sich einer drei Meter hohen Mauer gegenüberzusehen.

»Jetzt! Jetzt! Jetzt!« schrie Talisman. Pfeile flogen in die dichtgedrängte Masse unter ihnen. Sie waren so dicht beisammen und wurden von den Nachrückenden weitergeschoben, daß nur wenige ihre Schilde heben konnten. Sie wurden von Pfeilen durchbohrt und von Steinen getroffen. Als Talisman sich abmühte, um einen zerklüfteten Felsbrocken hochzuheben, sprangen zwei Männer herbei und halfen ihm. Sie rollten den Stein über die Brüstung in die Todesfalle hinunter. In Panik versuchten die Gothir, den Rückzug anzutreten und trampelten dabei ihre eigenen Verwundeten nieder.

Mit grimmiger Befriedigung blickte Talisman auf die etwa dreißig Toten hinunter. Ein Pfeil schoß an seinem Gesicht vorbei, und er duckte sich. Die feindlichen Bogenschützen hatten sich jetzt um das geborstene Tor geschart und schossen zu den Verteidigern hinauf. Zwei Nadirkrieger wurden in der Brust getroffen.

»Unten bleiben!« schrie Talisman. Als plötzlich Leitern gegen die Mauer hinter ihm krachten, fluchte er. Wenn Bogenschützen sie von hinten angriffen und sie gleichzeitig von vorn attackiert wurden, war der Abschnitt kaum zu halten.

Er warf sich flach auf den Boden und robbte zum Rand des Wehrgangs, um den Bogenschützen auf der gebogenen Mauer etwas zuzurufen. »Zehn von euch nehmen sich die Bogenschützen vor«, befahl er. »Der Rest zu mir!«

Ohne die Gefahr durch die Pfeile zu achten, sprang Talisman auf und zog seinen Säbel. Drei Männer tauchten auf dem Wehrgang auf. Er machte einen Satz nach vorn und stieß dem ersten seinen Säbel ins Gesicht.

Unten wartete Gorkai mit zwanzig Männern. Schweiß

rann ihm übers Gesicht, während er zusah, wie Talisman und die Flinken Ponys gegen die Krieger kämpften, die über die Brüstung schwärmten. »Ich sollte zu ihm gehen«, sagte er zu Lin-tse.

»Noch nicht, Bruder. Bleib.«

Auf der Nordmauer wichen Bartsai und seine Männer zurück, während die Lanzenreiter den Wehrgang einnahmen. Plötzlich brach die Linie der Verteidiger, und ein Dutzend feindlicher Krieger schwärmte die Stufen des Wehrgangs hinunter ins Gelände.

Lin-tse und seine Männer griffen an. Gorkai wechselte den Säbel in die linke Hand und wischte sich die verschwitzte rechte an seinen Beinkleidern ab. Die Krummhörner waren kurz davor, überrannt zu werden, und Gorkai machte sich bereit, ihnen zu Hilfe zu eilen.

In diesem Moment bemerkte Druss die Gefahr. Er rannte über den Wehrgang der Westmauer und sprang über den gähnenden Abgrund auf die Nordmauer. Seine riesenhafte Gestalt krachte in die Angreifer und sprengte sie auseinander. Die Silberklingen seiner Axt gruben sich in die feindlichen Reihen. Sein plötzliches Erscheinen verlieh den Krummhörnern neue Kampflust, und die Gothir wurden zurückgedrängt.

Lin-tse hatte acht Männer verloren, doch von den zwölf Lanzenreitern waren nur noch vier übrig, die in zwei Paaren Rücken an Rücken kämpften. Zwei weitere Nadir fielen, ehe Lin-tse und seine Männer die Lanzenreiter niedermachen konnten.

Gorkai suchte nach Talisman. Die Linie hielt, aber mehr als zehn Nadir waren tot, und der Angriff währte erst wenige Minuten. Einige Verwundete waren auf dem Weg zur Krankenstation, andere lagen, wo sie gestürzt waren und versuchten, ihren Blutverlust mit bloßen Händen zu stoppen.

Lin-tse und der Rest seiner Truppe zog sich zu Gorkais Gruppe zurück. Der große Nadirhäuptling warf einen Blick auf Gorkai. Blut floß aus einer Wunde im Gesicht. »Du kannst den nächsten Einsatz übernehmen«, sagte er mit einem mühsamen Lächeln.

Gorkai mußte nicht lange warten. Talismans Männer wurden beiseitegefegt, als ein Abschnitt der Brüstung nachgab, und Talisman selbst wurde von einem Speer in der Brust getroffen. Gorkai stieß einen Schlachtruf aus und führte seine Männer an, immer zwei Stufen auf einmal nehmend. Talisman tötete den Speerwerfer, zerrte sich den abgebrochenen Speer aus der Brust, dann fiel er zu Boden. Gorkai sprang über ihn hinweg, als weitere Gothirsoldaten es auf die Brüstung schafften.

Talismans Blick verschwamm, und ein starkes Schwindelgefühl überkam ihn. Ich kann nicht sterben, dachte er. Nicht jetzt! Er kam mühsam auf die Knie und versuchte, seinen Säbel zu erreichen. Dunkelheit drohte ihn zu verschlingen, doch er kämpfte dagegen an.

Gorkai und seine Männer eroberten die Brüstung wieder und drängten die Gothir zurück. Blut quoll aus Talismans Brust, und er wußte, daß eine Lunge durchbohrt war. Zwei Männer nahmen ihn bei den Armen und zogen ihn auf die Füße. »Bringt ihn zum Arzt!« befahl Gorkai.

Halb ging Talisman, halb wurde er zum Lazarett geschleppt. Er hörte Zhusai aufschreien, als er hineingebracht wurde. Er bemühte sich verzweifelt, etwas zu sehen, erkannte Siebens Gesicht über sich … dann verlor er das Bewußtsein.

Die Gothir hatten den Angriff auf die Nordmauer aufgegeben, und Druss, dem der Helm vom Kopf gerissen war, sprang wieder zu den Flinken Ponys hinüber. Nuang Xuan, der wieder an Brust und Armen verwundet war, hockte zusammengesunken an der Mauer.

Die Gothir wichen zurück.

Druss kniete neben dem alten Nadirführer nieder. »Wie steht's?« fragte er.

»Über hundert«, sagte Nuang. »Ich glaube, ich habe alle Gothir getötet, die da waren, und was du da draußen siehst, sind nur Gespenster.«

Druss erhob sich und musterte die Verteidigung. Auf der Nordmauer standen nur noch achtzehn Mann. Bei ihm auf der Westmauer waren noch etwa fünfundzwanzig Himmelsreiter. Über dem Tor zählte er dreißig, einschließlich Talismans Diener Gorkai. Unten im Hof war Lin-tse mit nicht einmal mehr einem Dutzend Männern. Druss versuchte, die Zahlen zusammenzurechnen, verlor sich aber in tiefer Erschöpfung. Er holte tief Luft und zählte erneut.

Er konnte weniger als hundert Verteidiger sehen, aber überall lagen tote Nadir. Unterhalb des Wehrgangs lag Bartsai, der Anführer der Krummhörner. Er war tot, drei tote Gothir lagen um ihn herum.

»Du blutest, Todesgänger«, sagte ein Himmelsreiter.

»Das ist nichts«, antwortete Druss. Er erkannte den adlergesichtigen jungen Mann wieder, mit dem er vorher gesprochen hatte.

»Zieh dein Wams aus«, sagte der junge Mann.

Druss stöhnte, als er das zerfetzte Leder von seinem massigen Körper schälte. Er hatte vier Stichwunden in Schultern und Oberarmen, aber eine tiefere Wunde unter dem rechten Schulterblatt. Um seinen Gürtel hatte sich Blut gesammelt.

»Du mußt genäht werden, heh«, sagte der Nadir. »Sonst verblutest du.«

Druss lehnte sich gegen die Brüstung und starrte zu den Gothir hinunter, die sich außer Schußweite zurückgezogen hatten.

»Nimm den alten Mann mit«, sagte der Nadir grinsend. »Er kämpft so gut, daß er uns alle beschämt.«

Druss grinste mühsam und zog Nuang Xuan auf die Füße. »Geh ein Stück mit mir, alter Mann.« Er wandte sich an den Nadirkrieger: »Ich bin schneller wieder da, als du glaubst.«

Talisman spürte, wie der Schmerz seiner Wunden nachließ. Er lag auf einem nackten Hang unter einem grauen Himmel. Sein Herz hämmerte voller Panik, als er die Landschaft der Leere erkannte. »Du bist nicht tot«, kam eine ruhige Stimme aus der Nähe. Talisman setzte sich auf und sah den kleinen Magier Shaoshad neben einem flackernden Feuer sitzen. Die hochgewachsene Gestalt Shul-sens stand neben ihm, ihr silberner Umhang glänzte im Feuerschein.

»Warum bin ich dann hier?« fragte er.

»Um zu lernen«, antwortete Shul-sen. »Als Oshikai und ich ins Land der Steppe kamen, waren wir angerührt von seiner Schönheit, aber mehr noch wurden wir durch seine Magie gerufen. Jedem Stein wohnte sie inne, jede Pflanze wuchs durch sie. Die Berge strahlten eine elementare Macht aus, die auch in den Flüssen strömte. Die Götter von Stein und Wasser nannten wir sie. Weißt du, was diese Magie ins Leben ruft, Talisman?«

»Nein.«

»Leben und Tod. Die Lebenskraft von Millionen Menschen und Tieren, Insekten und Pflanzen. Jedes Leben kommt aus dem Land und kehrt dann in dieses Land zurück. Es ist ein Kreislauf der Harmonie.«

»Was hat das mit mir zu tun?«

»Nicht so sehr mit dir, mein Junge, als mit mir«, warf Shaoshad ein. »Ich war einer der Drei, die dem Land seine Magie raubten. Wir zogen sie heraus und zwängten sie in die Augen von Alchazzar. Wir machten das Land unfruchtbar, wir wollten die zufällige Großartigkeit der Energie neu lenken, sie zum Nutzen der Nadir einsetzen. Damit zerstörten wir die Verbindung zwischen den Nadir und den Göttern von Stein und Wasser. Unser Volk wurde immer mehr zu Nomaden, es empfand keine Liebe mehr für die Erde unter seinen Füßen oder die Berge, die sich über ihm auftürmten. Es trennte und teilte, isolierte sie voneinander.«

»Warum erzählst du mir das?« fragte Talisman.

»Was meinst du?« erwiderte Shul-sen.

»Ich habe die Augen nicht. Ich dachte, der Dichter hätte sie vielleicht, aber jetzt glaube ich, er ist nur ein guter Arzt.«

»Wenn du sie hättest, Talisman, würdest du tun, was das Richtige für dein Land ist?« fragte Shaoshad.

»Und was ist das?«

»Zurückzugeben, was gestohlen wurde.«

»Die Macht der Augen aufgeben? Mit ihnen könnte ich alle Stämme zu einer nicht aufzuhaltenden Armee zusammenbringen.«

»Vielleicht«, gab Shul-sen zu, »aber ohne Liebe zum Land, um was sollten sie kämpfen? Plündern und vergewaltigen, rächen und morden? Und diese Armee, von der du sprichst – sie wäre voller Männer, deren Leben nicht mehr ist als ein Schlag im Herzen der Ewigkeit. Das Land ist unsterblich. Gib ihm seine Magie zurück, und es wird dich tausendfach entlohnen. Es wird dir den Einiger geben, von dem du träumst, es wird euch Ulric geben.«

»Und wie muß ich das machen?« flüsterte er.

»Sie ist nicht so tief, wie du dachtest«, sagte Sieben, während Druss auf dem Tisch lag und spürte, wie die Finger des Dichters die Wunde in seinem Rücken abtasteten. Tatsächlich verspürte er jetzt kaum noch Schmerzen, abgesehen von den Stichen der Naht.

»Du bist eine Erleuchtung für mich«, sagte Druss. Er grunzte, als er sich aufrichtete und die Nähte spannten. »Wer hätte das gedacht?«

»Ja, wer? Wie steht es draußen?«

»Der große Angriff wird ... bald kommen«, antwortete Druss. »Wenn wir ihn abwehren können ...« Seine Stimme verlor sich.

»Wir werden verlieren, nicht wahr?« fragte Sieben.

»Ich glaube schon, Dichter – obwohl es weh tut, das zu sagen. Ist Talisman tot?«

»Nein, er schläft. Seine Wunden waren nicht so schlimm, wie wir fürchteten.«

»Ich gehe besser zurück auf die Mauer.« Druss streckte sich. »Erstaunlich«, sagte er. »Ich fühle mich, als hätte ich acht Stunden geschlafen. Ich kann fühlen, wie mich neue Kraft durchströmt. Diese Salben, mit denen du arbeitest, haben eine enorme Wirkung – ich wüßte gern, was darin ist.«

»Ich auch. Niobe bereitet sie zu.«

Druss schlüpfte in sein Wams und schnallte den Gürtel um. »Es tut mir leid, daß ich dich hierher geschleppt habe«, sagte er.

»Ich bin ein freier Mann, der seine eigenen Entscheidungen trifft«, erwiderte Sieben, »und es tut mir nicht im geringsten leid. Ich habe Niobe getroffen. Gütiger Himmel, Druss, ich liebe diese Frau!«

»Du liebst alle Frauen«, sagte Druss.

»Nein. Ehrlich, das hier ist anders. Und was ganz unglaublich ist, wenn ich die Wahl hätte, würde ich nichts anders machen. Zu sterben, ohne wahre Liebe kennengelernt zu haben, muß schrecklich sein.«

Nuang kam zu ihnen. »Fertig, Axtkämpfer?«

»Du bist ein zäher alter Bock«, erklärte Druss, und gemeinsam kehrten sie auf die Wehrgänge zurück. Sieben sah ihnen einen Moment nach, dann ging er wieder zu den Verwundeten. Er begegnete Niobes Blick und lächelte, als sie auf Zhusai deutete, die neben Talisman saß und die Hand des Schlafenden hielt. Das Chiatzemädchen weinte. Sieben ging hinüber und setzte sich neben sie.

»Er wird leben«, sagte er leise.

Sie nickte dumpf.

»Ich verspreche es dir«, sagte er und legte behutsam seine Hand auf Talismans Brust.

Der Nadirkrieger regte sich und schlug die Augen auf. »Zhusai ...?« flüsterte er.

»Ja, Liebster.«

Er stöhnte und versuchte, sich aufzurichten. Sieben half ihm auf die Beine. »Was ist los?« fragte er.

»Der Feind sammelt sich für einen neuen Angriff«, erklärte Sieben.

»Ich muß dabeisein.«

»Nein, du mußt dich ausruhen!« beharrte Zhusai.

Talismans dunkle Augen richteten sich auf Sieben. »Gib mir mehr Kraft«, befahl er.

Der Dichter zuckte die Achseln. »Ich kann nicht. Du hast viel Blut verloren und bist noch schwach.«

»Du hast die Augen von Alchazzar.«

»Ich wünschte, ich hätte sie, alter Knabe – ich würde jeden hier heilen. Himmel, ich würde sogar die Toten aufwecken.«

Talisman sah ihn scharf an, doch Sieben erwiderte seinen Blick mit blankem Gleichmut. Talisman legte einen Arm um Zhusais Schulter und küßte sie auf die Wange. »Hilf mir auf die Mauer, meine Gemahlin«, sagte er. »Wir stehen es gemeinsam durch.«

Als sie davongingen, hörte Sieben eine leise Stimme in seinem Ohr wispern. *»Geh mit ihnen.«* Er fuhr herum, doch es war niemand in der Nähe. Der Dichter zuckte die Achseln und blieb stehen. *»Vertrau mir, mein Junge«*, sagte die Stimme Shaoshads.

Sieben ging hinaus in den Sonnenschein, dann lief er los, um Talisman und die Frau einzuholen. Er nahm den anderen Arm des Kriegers und half ihm die Stufen zur Westmauer hinauf.

»Sie sammeln sich wieder«, brummte Druss.

Draußen auf der Ebene hatten die Gothir wieder Kampfformation eingenommen und warteten auf das Trommelsignal. Entlang der Mauer warteten die erschöpften Nadir ebenfalls, die Schwerter in Händen.

»Es müssen mehr als tausend sein«, sagte Sieben. Entsetzen packte ihn.

Die Trommel ertönte, und die Armee der Gothir setzte sich in Marsch.

Zhusai versteifte sich und sog scharf die Luft ein. *»Leg ihr die Hand auf die Schulter«*, befahl Shaoshad. Als Sieben Zhusai berührte, spürte er, wie die Macht der Steine von ihm strömte, als berste ein Damm. Sie ließ Talisman los und ging zur Brüstung.

»Was machst du da, Zhusai?« zischte Talisman.

Sie drehte sich zu ihm um und lächelte ihn strahlend an. »Sie wird zurückkehren«, sagte Shul-sens Stimme.

Die Frau kletterte auf die Brüstung und hob die Arme. Die Sonne stand strahlend an einem klaren, blauen Himmel und schien nun auf die Frau in den blutbefleckten Kleidern. Der Wind frischte auf und zerzauste ihr rabenschwarzes Haar. Mit erstaunlicher Schnelligkeit begannen sich Wolken zu bilden – kleine weiße Watteballchen, die anschwollen, dunkler wurden und die Sonne verdeckten. Der Wind heulte und ließ die Verteidiger schwanken. Schwärzer und schwärzer wurde der Himmel, dann krachte ein Donnerschlag über dem Schrein. Blitze zuckten nieder und explodierten inmitten der Gothir. Mehrere Männer wurden von den Füßen gerissen. Zackige Speere aus grellem Licht stießen in die feindliche Truppe, während Donner über den Himmel grollte.

Die Gothir liefen auseinander, doch die Blitze verfolgten sie, schleuderten Männer in die Luft. Der wütende Wind trug den Geruch nach brennendem Fleisch zu den verblüfften Verteidigern. Die Pferde der Gothir rissen sich von ihren Pflöcken los und galoppierten davon. Auf der Ebene rissen Männer sich die Rüstung vom Leib und schleuderten ihre Waffen von sich – vergeblich, wie es schien. Sieben sah, wie ein Mann getroffen wurde. Seine Brustplatte explodierte. Diejenigen, die in seiner Nähe waren, wurden zu Boden geworfen, ihre Körper zuckten in Krämpfen.

Dann brach die Sonne durch die Wolken, und die Frau in Weiß drehte sich um und stieg von der Brüstung. »Mein Gebieter ist im Paradies«, erklärte sie Talisman. »Hiermit habe ich eine Schuld bezahlt.« Sie sackte gegen Talisman, der sie auffing.

Auf der Ebene war mehr als die Hälfte der Gothir tot, viele andere hatten schreckliche Verbrennungen erlitten.

»Die kämpfen nicht wieder«, sagte Gorkai, während sich die Wolken auflösten.

»Nein, aber die da«, murmelte Druss und deutete auf eine Reihe von berittenen Kriegern, die über die Hügel schwärmten und zu dem zerstörten Lager der Gothir ritten.

Siebens Herz sank, als mehr als tausend Männer in Sicht kamen, die in Zweierreihen ritten.

»So viel Glück ist mal wieder typisch für mich«, sagte Nuang bitter.

Kapitel dreizehn

Premian rollte sich auf den Bauch und steckte seine blasenbedeckten Hände in den kühlen Schlamm. Der Blitz hatte drei Männer in seiner Nähe getroffen. Sie waren nicht mehr zu erkennen. Er kam taumelnd auf die Füße, seine Beine drohten unter ihm wegzuknicken, Schwindel überfiel ihn. Überall lagen Sterbende und Tote, und die Lebenden stolperten herum wie volltrunken.

Linkerhand sah Premian Graf Gargan neben seinem toten Pferd sitzen. Der Mann sah alt aus, und er stützte den Kopf in die Hände. Premian hatte keine Rüstung getragen – Gargan hatte ihn degradiert und ihn zu dreißig Peitschenhieben wegen Gehorsamsverweigerung verurteilt – aber gerade das Fehlen von Metall hatte ihn während des Blitzhagels gerettet.

Langsam ging er zu dem General. Die eine Hälfte von Gargans Gesicht war blasig und schwarz. Er sah auf, als Premian näher kam, und der Jüngere mußte sein Entsetzen bei seinem Anblick verbergen. Gargans linkes Auge war verschwunden, Blut floß aus der leeren Höhle.

»Alles vorbei«, murmelte der General. »Die Wilden haben gewonnen.« Premian kniete neben ihm nieder und nahm seine Hand. Ihm fiel nichts ein, was er hätte sagen können. »Sie haben meine Mutter ermordet«, sagte Gargan. »Ich war fünf Jahre alt. Sie versteckte mich unter ein paar Säcken. Sie vergewaltigten und ermordeten sie. Und ich sah zu. Ich … ich wollte ihr so gern helfen. Aber ich konnte nicht. Ich lag nur einfach da und machte mich naß vor Angst. Dann mein Sohn …« Gargan tat einen langen, schaudernden Atemzug. »Hol mir ein Schwert.«

»Du brauchst kein Schwert mehr, General. Es ist vorbei.«

»Vorbei? Du glaubst, es wäre vorbei? Es wird nie vorbei sein. Entweder sie oder wir, Premian. Jetzt und für immer.« Gargan sackte nach rechts. Premian fing ihn auf und legte ihn nieder. »Ich kann Pferde hören«, flüsterte der General. Dann starb er.

Premian blickte auf und sah die Reihe der Kavallerie kommen. Als sie sich näherten, erhob er sich. Ein Kavalleriegeneral ritt heran und warf einen Blick auf den toten Grafen von Larness.

»Ich hatte Befehl, ihn festzunehmen und sofort zu exekutieren«, sagte er. »Ist mir auch recht, wenn er schon tot ist. Ich hatte große Achtung vor ihm.«

»Festnehmen? Aus welchem Grund?« fragte Premian.

»Wer bist du?« fragte der General zurück.

»Premian, General.«

»Ah, gut. Ich habe auch Befehle für dich. Du sollst das Kommando über die Lanzenreiter übernehmen und nach Gulgothir zurückkommen.« Er schwang sich in den Sattel und betrachtete das Chaos. »Deine Truppe wird nicht mehr sehr groß sein, fürchte ich. Was ist denn hier passiert?«

Rasch erzählte Premian ihm, was vorgefallen war. Dann fragte er: »Wird der Angriff fortgesetzt, General?«

»Die Plünderung eines Schreins? Gütiger Himmel, nein! Was für eine entsetzliche Vergeudung guter Männer. Ich kann mir nicht vorstellen, was Gargan dazu veranlaßt hat, so ein verrücktes Unterfangen zu leiten.«

»Ich glaube, er hatte seine Befehle, General.«

»Alle Befehle haben sich geändert, Premian. Wir haben einen neuen Kaiser. Der Verrückte ist tot – er wurde von seiner eigenen Leibwache getötet. Jetzt herrscht in Gulgothir nicht mehr der Wahnsinn.«

»Gelobt sei die QUELLE dafür«, sagte Premian mit Inbrunst.

Auf den Mauern des Schreins sahen Druss, Talisman und die Verteidiger einen Reiter, der sich langsam aus dem verwüsteten Lager entfernte. Er trug keine Rüstung, und sein silbergraues Haar glänzte im Sonnenschein.

»Bei Shemaks Eiern, es ist Majon!« schrie Sieben. »Er sitzt mit der Anmut eines Kartoffelsacks auf dem Pferd.«

»Wer ist Majon?« erkundigte sich Talisman. Der Schmerz in seinen Wunden ließ ihn aschgrau aussehen.

»Der Botschafter von Drenai. Du gibst deinen Männern besser Befehl, nicht auf ihn zu schießen.« Talisman gab den Befehl weiter. Als Majon näher kam, sah man, wie angespannt er war. Druss erkannte die Angst, die er verspürte.

»Ho, Druss!« rief Majon. »Ich bin unbewaffnet. Ich komme als Herold.«

»Niemand wird dir etwas zuleide tun, Botschafter. Wir lassen ein Seil für dich hinunter.«

»Ich fühle mich hier recht wohl, danke sehr«, erwiderte er mit zitternder Stimme.

»Unsinn«, widersprach Druss. »Unsere Gastfreundschaft ist weithin bekannt, und meine Freunde hier wären beleidigt, wenn du dich nicht zu uns geselltest.«

Ein Seil wurde hinuntergelassen, und der Botschafter stieg vom Pferd. Er zog seinen himmelblauen Umhang aus, legte ihn sorgfältig über den Sattel, dann packte er das Seil und ließ sich hochziehen. Oben angekommen, stellte Druss ihn Talisman vor. »Er ist ein König unter den Nadir«, sagte Druss. »Ein wichtiger Mann.«

»Erfreut, dich kennenzulernen«, sagte Majon.

»Welche Nachrichten bringst du vom Feind?« entgegnete Talisman.

»Hier gibt es keine Feinde, General«, erklärte Majon. »Der … Krieg ist vorbei. Die Kavallerietruppe, die du vor den Mauern gesehen hast, wurde ausgeschickt, um den abtrünnigen Gargan unter Arrest zu nehmen. General Cuskar hat mich gebeten, euch zu versichern, daß alle Feindseligkeiten ein Ende haben und daß der Schrein von keinem Gothirsoldaten entweiht werden wird. Ebenso steht es dir und allen deinen Männern frei zu gehen. Eure Handlungen gegen den Renegaten Gargan werden nicht als Verbrechen gegen den neuen Kaiser betrachtet.«

»Neuer Kaiser?« warf Druss ein.

»Ja, allerdings. Der Verrückte ist tot – getötet von zwei Männern aus seiner Leibwache. Jetzt herrscht in Gulgothir eine neue Ordnung. In der Stadt spielten sich wunderbare Szenen ab, Druss. Die Menschen tanzten und sangen auf den Straßen. Die Regierung des neuen Kaisers steht unter der Leitung eines Ministers von seltener Bildung und Kultur: Sein Name ist Garen-Tsen, und wie es scheint, hat er schon eine geraume Weile hinter den Kulissen daran gearbeitet, den Gott-König zu stürzen. Ein bezaubernder Mann, der viel von Diplomatie versteht. Wir haben schon drei Handelsvereinbarungen unterzeichnet.«

»Du meinst, wir haben gewonnen?« fragte Sieben. »Und wir bleiben alle am Leben?«

»Das faßt die Tatsachen wohl kurz und bündig zusammen«, sagte Majon. »Nur noch eine kleine Sache, Druss, mein Freund«, fügte der Botschafter hinzu und zog den Axtkämpfer ein Stück von den anderen weg. »Garen-Tsen bat mich, mit dir über ein paar Juwelen zu sprechen, die hier versteckt sein sollen.«

»Es gab keine Juwelen«, sagte Druss bitter. »Nur alte Knochen und neue Tote.«

»Du … hast … doch den Sarg durchsucht, nicht wahr?«

»Ja. Nichts. Es ist alles ein Rätsel.«

»Na ja. Ich glaube nicht, daß es eine große Rolle spielt.« Der Botschafter ging wieder zu Talisman zurück und verbeugte sich erneut. »General Cuskar hat drei Ärzte mitgebracht. Er bat mich, dir ihre Dienste für eure Verwundeten anzubieten.«

»Wir haben einen guten Arzt, aber danke dem General für seine Freundlichkeit«, sagte Talisman. »Im Gegenzug für soviel guten Willen richte dem General bitte aus, wenn er seine Wasserkarren zur Mauer bringen läßt, sorgen wir dafür, daß die Fässer gefüllt werden.«

Druss und Gorkai ließen Majon wieder hinunter. Der Botschafter bestieg sein Pferd, winkte noch einmal, dann trabte er zurück ins Lager der Gothir.

Talisman sank auf die Brüstung. »Wir haben gewonnen«, sagte er.

»Haben wir, mein Freund. Aber knapp.«

Talisman streckte ihm die Hand entgegen. »Du bist ein Mann unter Männern, Todesgänger«, sagte er. »Im Namen meines Volkes danke ich dir.«

»Du solltest wieder ins Lazarett gehen«, meinte Druss, »und dich von unserem guten Arzt versorgen lassen.«

Talisman lächelte, und mit Hilfe von Zhusai und Gorkai verließ er den Wehrgang. Unten im Hof hatten sich die Nadir in kleinen Gruppen zusammengefunden und sprachen aufgeregt über die Schlacht. Lin-tse beobachtete sie leidenschaftslos, aber in seinen Augen stand Kummer.

»Was ist los?« fragte Sieben.

»Nichts, was ein *gajin* verstehen könnte«, antwortete der Krieger und ging davon.

»Wovon redet er, Druss?«

»Sie sind alle wieder bei ihren eigenen Stammesangehörigen. Sie vermischen sich nicht mehr. Sie sind für diesen einen Kampf zusammengekommen, und jetzt trennen sie sich wieder voneinander – vielleicht ist das die Art der Nadir.« Druss seufzte. »Ach, Dichter, ich bin müde. Ich muß Rowena wiedersehen, die Bergluft wieder atmen. Himmel, wäre das schön, den Duft von hohem Gras und Bergwäldern wieder zu riechen.«

»Das wäre es wirklich, Druss, altes Schlachtroß.«

»Aber zuerst müssen wir nach Gulgothir zurück. Ich möchte Klay besuchen. Wir machen ein paar Stunden Rast, dann brechen wir wieder auf.«

Sieben nickte. »Niobe kommt mit uns. Ich werde sie heiraten, Druss – und ihr Kinder und einen eisernen Feuereimer schenken!«

Druss lachte. »Ich nehme an, in genau dieser Reihenfolge.«

Sieben ging ins Lazarett zurück, wo Talisman in tiefem Schlaf lag. In dem kleinen Büro hatte er ein Stück Pergament gefunden, einen Federkiel und ein Tintenfaß, das fast ausgetrocknet war. Er verdünnte die Tinte mit etwas Wasser und schrieb eine kurze Nachricht auf das Pergament. Als die Tinte getrocknet war, faltete er das Pergament zweimal zusammen und ging zurück in den Hauptraum. Er kniete neben Talisman nieder und schob die Mitteilung in eine Falte seines Brustverbandes. Dann heilte er den Nadir mit der Kraft der Augen von Alchazzar.

Nacheinander ging er zu jedem Verwundeten und hinterließ den Schlafenden mit verheilten Wunden.

Schließlich blieb er in der Tür stehen und sah sich zufrieden um. Viele Männer waren bei der Verteidigung dieses Schreins gestorben, aber andere, darunter Talisman, wären gestorben, wäre er nicht gewesen. Der Gedanke gefiel dem Dichter.

Er warf einen Blick zu den Wehrgängen hinauf, wo Druss sich ausgestreckt hatte und schlief. Sieben stieg die Stufen empor und heilte auch ihn.

Lin-tse und seine Himmelsreiter bauten die Mauer vor dem Tor wieder ab. Sieben saß auf der Mauer und sah ihnen zu. Der Himmel war strahlend blau, und selbst der heiße Wind fühlte sich gut an.

Ich lebe, dachte er. Ich lebe und bin verliebt. Wenn es noch etwas Schöneres auf der Welt gibt, muß ich es erst noch kennenlernen.

Kapitel vierzehn

Okar, der dicke Torhüter im Hospiz, schimpfte, als das Klopfen an der Vordertür andauerte. Er rollte sich von seiner Pritsche, zog seine Hosen an und stolperte durch den Korridor, um die Riegel zurückzuschieben. »Ruhe!« befahl er, während er die schwere Tür aufstieß. »Hier liegen Kranke, die zu schlafen versuchen.«

Ein riesiger Mann mit dichtem, schwarzem Bart trat ein, packte ihn bei den Armen und hob ihn in die Luft. »Sie werden nicht mehr lange krank sein«, sagte er grinsend. Okar war nicht gerade klein, aber der Riese hob ihn hoch und stellte ihn beiseite, als wäre er ein Kind.

»Du mußt meinem Freund verzeihen«, sagte ein schlanker, gutaussehender Mann, »aber er ist leicht erregbar.«

Eine junge Frau folgte den beiden Männern. Sie war eine Nadir und auffallend attraktiv.

»Was glaubt ihr denn, wo ihr hingeht?« fragte Okar, als die Gruppe die Treppe hinaufstieg. Sie antworteten nicht, und er eilte ihnen hinterher. Der Abt wartete oben an der Treppe. Im Nachthemd, mit einem Kerzenleuchter in der Hand, versperrte er ihnen den Weg.

»Was soll das, hier so einzudringen?« fragte der Abt streng.

»Wir sind gekommen, um unseren Freund zu heilen, Vater Abt«, sagte der Riese. »Ich habe mein Versprechen gehalten.«

Okar wartete auf die harschen Worte, die sicher jetzt folgen würden. Doch der Abt schwieg einen Augenblick.

Im flackernden Licht der Kerze war sein Gesichtsausdruck nicht zu deuten. »Folgt mir«, sagte er leise, »und seid bitte still.«

Der Abt ging durch den ersten Krankensaal voran weiter zu einem kleinen Büro im westlichen Teil des Gebäudes. Er zündete zwei Laternen an und setzte sich an den mit Papieren übersäten Schreibtisch. »Und jetzt erklärt euch«, sagte er.

Der Riese sprach als erster. »Wir haben die Heilenden Steine gefunden, Vater. Und sie funktionieren! Bei allem, das heilig ist, sie funktionieren! Jetzt bring uns zu Klay.«

»Das ist unmöglich«, erwiderte der Abt und seufzte. »Klay ist, drei Tage nachdem ihr aufgebrochen seid, aus diesem Leben geschieden. Er liegt in einem schlichten Grab hinter dem Garten. Wir haben ihm einen Grabstein errichtet. Es tut mir aufrichtig leid.«

»Er hat es mir versprochen«, sagte Druss. »Er hat mir versprochen, so lange zu leben, bis ich wiederkomme.«

»Es war ein Versprechen, das er nicht halten konnte«, sagte der Abt. »Der Bolzen, von dem er getroffen wurde, war mit einer giftigen Substanz getränkt. Der Wundbrand setzte fast sofort ein. Kein Mensch hätte dieser tödlichen Wirkung widerstehen können.«

»Ich kann es nicht glauben«, flüsterte Druss. »Ich habe die Steine!«

»Warum ist es so schwer für euch Krieger, etwas zu glauben?« fuhr der Abt auf. »Ihr glaubt, die ganze Welt dreht sich nur um eure Wünsche. Glaubst du wirklich, daß die Natur und die Gesetze des Universums sich durch deinen Willen ändern lassen? Ich habe von dir gehört, Druss. Du hast die ganze Welt durchquert, um deine Frau zu finden. Du hast in vielen Schlachten gekämpft, du bist unbesiegbar. Aber du bist ein Mensch aus Fleisch und Blut. Du lebst, und du wirst sterben – wie jeder andere. Klay war ein großer Mann, ein guter und verständnisvoller Mann. Sein Tod ist eine Tragödie, die ich kaum in Worte fassen kann. Doch trotzdem ist er ein Teil des Lebenskreislaufs, und ich zweifle nicht daran, daß die QUELLE ihn mit Freuden aufgenommen hat. Ich war bis zum Ende bei ihm. Er wollte dir eine Nachricht hinterlassen und bat um Feder und Tinte, aber er starb ganz plötzlich. Ich glaube, ich weiß jetzt, um was er dich bitten wollte.«

»Um was?« fragte Druss wie betäubt.

»Er erzählte mir von dem Knaben Kells, der geglaubt hatte, Klay wäre ein Gott, der seiner Mutter die Hände auflegen und sie heilen könne. Der Junge ist immer noch hier. Er saß an Klays Bett und hielt seine Hand, und er weinte bittere Tränen, als der Kämpfer starb. Seine Mutter lebt noch. Wenn die Steine die Macht haben, wie du sagst, hätte Klay bestimmt gewollt, daß du sie damit heilst.«

Druss sagte nichts, sondern saß zusammengesunken auf seinem Stuhl und starrte auf seine Hände hinunter. Sieben trat vor. »Ich glaube, wir können etwas mehr tun, Vater. Bring mich zu dem Jungen.«

Druss blieb allein in dem Büro zurück, während Sieben, Niobe und der Abt schweigend durch das Hospiz gingen, bis sie schließlich zu einem langen, schmalen Raum kamen, in dem zwanzig Betten entlang der Wände standen, auf jeder Seite zehn. Kells lag zusammengerollt auf dem Boden neben dem ersten Bett und schlief. Eine große, magere Frau schlief auf einem Stuhl neben ihm. Im Bett, das Gesicht blaß im Mondschein, der durch das hohe Fenster fiel, lag eine ausgezehrte, sterbende Gestalt. Die Haut spannte sich straff um ihren Schädel, schwarze Ringe lagen unter ihren Augen.

Sieben kniete neben dem Jungen nieder und berührte ihn leicht an der Schulter. Kells wachte sofort auf, die

Augen weit aufgerissen vor Angst. »Schon gut, mein Junge. Ich komme mit einem Geschenk von Klay.«

»Er ist tot«, sagte das Kind.

»Aber ich bringe trotzdem sein Geschenk. Steh auf.« Kells erhob sich. Die Bewegung und die Stimmen weckten die dünne Frau auf dem Stuhl.

»Was ist los?« fragte sie. »Ist sie gestorben?«

»Nicht gestorben«, antwortete Sieben. »Sie kommt nach Hause.« Zu dem Jungen sagte er: »Nimm die Hand deiner Mutter.« Sieben beugte sich vor und legte seine Hand auf die fieberheiße Stirn der Sterbenden. Die Haut war heiß und trocken. Der Dichter schloß die Augen und spürte, wie die Kraft der Steine ihn durchströmte. Die Frau in dem Bett stieß ein leises Stöhnen aus, und der Abt trat näher und sah voller Verwunderung, wie sie wieder Farbe annahm und die dunklen Ringe unter ihren Augen allmählich verblaßten. Die Knochen ihres Gesichts traten zurück, als die ausgezehrten Muskeln von Wangen und Kinn wieder anschwollen. Das Haar, das spröde und leblos gewesen war, schimmerte wieder auf dem Kissen. Sieben holte tief Luft und trat einen Schritt zurück.

»Bist du ein Engel der QUELLE?« fragte die dünne Frau.

»Nein, nur ein Mensch«, antwortete Sieben. Er kniete neben dem Knaben nieder und sah die Tränen in seinen Augen. »Sie ist geheilt, Kells. Sie schläft jetzt. Möchtest du mir helfen, all die anderen hier zu heilen?«

»Ja. Ja, das möchte ich. Hat Klay dich geschickt?«

»Gewissermaßen.«

»Und meine Mutter bleibt am Leben?«

»Ja. Sie bleibt am Leben.«

Zusammen gingen Sieben und der Knabe von einem Bett zum anderen, und als die Sonne über Gulgothir aufging, erklangen Lachen und uneingeschränkte Freude in den Mauern des Hospizes.

Druss war außerstande, daran teilzunehmen. Er saß allein in dem düsteren Büro, seine Gefühle waren taub. Er konnte helfen, eine Festung gegen jede Chance zu halten, aber er konnte den Tod eines Freundes nicht verhindern. Er konnte das Meer überqueren und hundert Schlachten schlagen. Er konnte gegen jeden Mann der Welt antreten, aber Klay war trotzdem tot.

Er stand auf und ging zum Fenster. Die Morgensonne hatte die Gärten mit Farben übergossen – rote Rosen wuchsen um einen weißen Marmorbrunnen, purpurne Fingerhüte zwischen Teppichen aus gelben Blumen neben den gewundenen Pfaden. »Das ist nicht fair«, sagte Druss laut.

»Ich kann mir nicht vorstellen, daß irgend jemand dem widersprechen würde«, sagte der Abt.

»Der Bolzen war für mich bestimmt, Vater. Klay wurde statt dessen getroffen. Warum sollte ich leben und er sterben?«

»Auf solche Fragen gibt es niemals eine Antwort, Druss. Viele Menschen werden sich voller Zuneigung an ihn erinnern. Es wird sogar einige geben, die sein Andenken so ehren, daß sie versuchen, es ihm nachzutun. Niemand von uns ist sehr lange hier. Möchtest du gern seinen Stein sehen?«

»Ja, das möchte ich.«

Zusammen verließen die beiden Männer das Büro und gingen die Hintertreppe hinunter zum Garten. Süßer Duft hing in der Luft, die Sonne strahlte hell am Himmel. Klays Grab lag neben einer Trockenmauer unter einer uralten Weide. Ein rechteckiger Stein aus weißem Marmor stak in der Erde, der die Inschrift trug:

Alles Gute, das ich zu tun vermag,
laß mich jetzt tun,
denn vielleicht komme ich diesen Weg nicht mehr.

»Es ist ein Zitat aus einer alten Schrift«, sagte der Abt. »Er hat nicht darum gebeten, aber ich fand, es paßte.«

»Ja, es paßt«, gab Druss ihm recht. »Sag mir, wer ist die Frau, die Klay gerettet haben wollte?«

»Sie ist eine Prostituierte und arbeitet im Südviertel, soweit ich weiß.«

Druss schüttelte den Kopf, ohne etwas zu sagen.

»Meinst du, eine Hure ist es nicht wert, gerettet zu werden?« fragte der Abt.

»So etwas würde ich nie sagen«, erwiderte Druss, »und auch nicht denken. Aber ich komme gerade aus einer Schlacht, Vater, in der Hunderte von Männern ihr Leben verloren. Ich kam hierher zurück – und finde einen großen Mann tot. Am Ende habe ich erreicht, daß eine Hure mehr im Südviertel arbeitet. Ich gehe nach Hause«, sagte Druss traurig. »Ich wünschte, ich wäre nie nach Gulgothir gekommen.«

»Wenn du es nicht getan hättest, dann hättest du ihn nicht kennengelernt. Und das wäre ein Verlust für dich gewesen. Ich rate dir, bewahre die Erinnerung an das, was er war und denke an ihn, während du dein Leben lebst. Vielleicht kommt eine Zeit, da du auf diese Erinnerungen zurückgreifst, um Gutes für andere zu tun – so wie er es getan hätte.«

Druss holte tief Luft und blickte noch einmal auf das schlichte Grab. Dann wandte er sich ab. »Wo ist mein Freund? Wir sollten bald aufbrechen.«

»Er und seine Frau sind schon fort, Druss. Er sagte, ich solle dir ausrichten, ihr werdet euch unterwegs treffen – er gibt die Steine an einen Mann namens Talisman zurück.«

Talisman, Gorkai und Zhusai ritten den staubigen Hang hinauf bis zur Hügelkuppe. Dort zügelten sie ihre erschöpften Ponys. Unter ihnen breiteten sich quer durch das Tal die Zelte der Nördlichen Wolfsschädel aus.

»Wir sind zu Hause«, sagte Talisman.

»Vielleicht kannst du mir jetzt sagen, General«, bat Gorkai, »warum wir so hart geritten sind?«

»Es ist der Tag des Steinernen Wolfes. Die Häuptlinge aller Wolfsschädel-Stämme sind hier versammelt. Am Mittag findet in der Hohen Höhle eine Zeremonie statt.«

»Und du mußt dabei sein?«

»Heute werde ich vor meinem Volk stehen und meinen Nadirnamen annehmen. Dieses Recht wurde mir verwehrt, als ich von der Akademie nach Hause kam. Ein paar der Ältesten glaubten, ich sei von der Ausbildung durch die Gothir unwürdig geworden. Nosta Khan nannte mich Talisman und sagte, ich würde diesen Namen so lange tragen, bis ich die Augen von Alchazzar gefunden hätte.«

»Welchen Namen wirst du jetzt wählen, Liebster?« fragte Zhusai.

»Ich habe mich noch nicht entschieden. Kommt, laßt uns weiterreiten.« Damit führte Talisman die beiden ins Tal hinunter.

Hoch oben auf dem Berghang, vor dem Eingang einer riesigen Höhle, saß Nosta Khan und beobachtete sie. Seine Gefühle waren gemischter Natur. Er konnte die Gegenwart der Augen spüren und wußte, daß Talisman seine Aufgabe erfüllt hatte. Das allein war Grund genug zur Freude, denn wenn der Steinerne Wolf seine Macht zurückerhielt, war der Tag des Einigers entschieden näher gerückt. Doch er verspürte auch Zorn, denn Talisman hatte ihm nicht gehorcht und die Frau befleckt. Sie war bereits schwanger und für seine Sache fast schon verloren. Es gab nur eine Antwort, und die bereitete

Nosta Khan Kummer. Trotz all seiner Kraft und seines Könnens mußte Talisman sterben. Danach gab es Kräuter und Tränke, um Zhusai das Kind zu nehmen. Vielleicht konnte dann alles so weitergehen, wie es sollte.

Er stand auf, kehrte dem Sonnenlicht den Rücken zu und betrat die Höhle. Sie war sehr groß und kreisförmig. Große Stalaktiten hingen wie Speere von der gewölbten Decke. Der Steinerne Wolf war vor Jahrhunderten aus der rückwärtigen Felswand gehauen worden und wartete nun mit offenem Maul und blicklosen Augen auf seine Rückkehr ins Licht.

Heute, am Mittag, würden die Augen wieder scheinen – wenn auch nur kurz. Sie waren zu mächtig, als daß man sie in den steinernen Augenhöhlen belassen konnte, leichte Beute für jeden Dieb, der den Verstand oder den Mut hatte, sie zu stehlen. Nein. Von jetzt an würde Nosta Khan die Augen von Alchazzar bei sich tragen, der Schamane der Wolfsschädel.

Drei seiner Gehilfen betraten die Höhle mit Bündeln ölgetränkter Fackeln, die sie in rostige Ringe entlang der Wand um den Steinernen Wolf steckten.

Nosta Khan schlenderte in die Sonne zurück und betrachtete den ständigen Strom von Menschen, der sich zielstrebig den Hang hinaufwälzte. »Entzündet die Fackeln«, befahl er seinen Gehilfen.

Er ging zu dem Steinernen Wolf, kauerte sich davor nieder und konzentrierte seine Macht. Mehr als vierzig Anführer würden heute hier sein, keiner von ihnen hatte violette Augen, aber nach der Zeremonie würde er jeden einzelnen von ihnen befragen. Der Einiger war dort draußen, irgendwo auf der Steppe. Mit der Macht der Augen würde Nosta Khan ihn finden.

Die Häuptlinge strömten in die Höhle und setzten sich in einem weiten Halbkreis um den Steinernen Wolf. Jeder Anführer hatte seine eigenen Streiter bei sich, ausgewählte Krieger. Diese standen hinter ihren Kriegsherren, die Hände auf den Schwertgriffen, bereit, im Falle eines Verrats einzugreifen. Wahrlich, dachte Nosta Khan, wir sind ein gespaltenes Volk.

Als alle Häuptlinge anwesend waren, erhob sich Nosta Khan. »Dies ist ein großer Tag«, erklärte er. »Was verloren war, ist uns zurückgegeben worden. Es ist der Erste Tag des Einigers. Die Augen von Alchazzar wurden gefunden!«

Ein Aufkeuchen ging durch die Menge, gefolgt von einem verblüfften Schweigen. »Tritt vor, Talisman«, befahl der Schamane.

Talisman löste sich aus der Gruppe und trat an die Seite des Schamanen. »Dies ist der Mann, der die Verteidiger am Schrein von Oshikai Dämonstod geführt hat. Dies ist der Mann, der den *gajin* eine Niederlage beigebracht hat. Heute wird er voller Stolz seinen Nadirnamen annehmen, und man wird sich für alle Zeit an ihn als einen großen Helden der Wolfsschädel erinnern.« Er wandte sich an Talisman und sagte: »Gib mir die Augen, mein Junge.«

»Gleich«, erwiderte Talisman. Der junge Krieger wandte sich an die Versammlung. »Der Schrein von Oshikai steht noch«, sagte er mit klingender Stimme. »Er steht, weil Nadirkrieger ein gemeinsames Ziel hatten und zusammen dafür einstanden. Hier an dieser Stelle möchte ich ein Lob aussprechen auf Bartsai, den Anführer der Krummhörner, der bei der Verteidigung von Oshikais Gebeinen starb. Hier an dieser Stelle spreche ich Kzun von den Einsamen Wölfen ein Lob aus, der an der Spitze von Krummhornkriegern bei der Verteidigung unseres heiligsten Schreins starb. Hier an dieser Stelle lobe ich Quing-chin von den Flinken Ponys, der von den *gajin* verstümmelt und ermordet wurde. Hier an dieser Stelle lobe ich Lin-tse von den Himmelsreitern. Und ich bringe den Wölfen einen neuen Krieger. Komm her, Gorkai.«

Gorkai stand auf und ging nach vorn. Über seiner Schulter trug er einen langen Hammer mit einem Kopf aus schwerem Eisen. »Dies ist Gorkai, der ein Keista war und jetzt ein Wolfsschädel ist.

Nosta Khan hat euch gesagt, daß der Tag des Einigers bevorsteht, und er hat recht. Jetzt ist die Zeit, die Dummheiten der Vergangenheit beiseite zu legen. Seht euch an! Ihr seid Wolfsschädel und doch sitzt ihr hier, eure Streiter hinter euch, weil ihr die Brüder fürchtet, die neben euch sitzen. Und zu Recht! Denn wenn er die Gelegenheit bekäme, wäre nicht einer unter euch, der den anderen nicht erschlüge, um zu herrschen. Jeder Mann hier ist eines jeden Feind. Das ist Dummheit der schlimmsten Sorte. Während die Gothir immer reicher werden, hungern wir. Während die Gothir unsere Dörfer überfallen, planen wir Kriege untereinander. Warum? Sind wir dumm geboren?

Vor Jahrhunderten begingen weise Männer der Nadir eine Tat von bestürzender Dummheit. Sie zogen die Magie aus dem Land und schlossen sie hier drin ein.« Mit diesen Worten holte er die Augen von Alchazzar aus der Tasche seines Ziegenfellwamses. Die Juwelen schimmerten im Fackelschein, als er sie hochhielt.

»Die Macht der Steppe und der Berge«, sagte er. »Die Macht der Götter von Stein und Wasser. Gefangen hier drin ... mit diesen purpurnen Juwelen könnte ein jeder hier der Khan sein. Er könnte unsterblich sein. Ich sah ihre Macht. Ich wurde am Schrein niedergestochen, ein Speer fuhr durch meinen Körper, doch ich habe nicht einmal eine Narbe.«

Aller Augen ruhten jetzt auf den Juwelen, und er spürte die Gier in jedem Blick.

»Die Augen von Alchazzar!« rief er. Seine Stimme

hallte in der Höhle wider. »Aber glaubt irgend jemand hier, daß Bartsai oder Kzun oder Quing-chin starben, damit ein eitler Wolfsschädel über die Magie der Götter von Stein und Wasser gebietet? Ist einer von euch wert, diese Macht zu haben? Wenn er hier ist, dann soll er aufstehen und uns sagen, warum er diese Ehre verdient!«

Die Anführer sahen einander an, aber niemand rührte sich.

Talisman machte kehrt und ging zu dem Steinernen Wolf. Er streckte sich und drückte die Steine zurück in die Augenhöhlen. Dann drehte er sich wieder um und winkte Gorkai, der den langen Hammer durch die Luft warf. Talisman fing ihn auf.

»Nein!« kreischte Nosta Khan.

Talisman trat einen Schritt zurück, dann schwang er den Hammer, und mit einem mächtigen Hieb zertrümmerte er den Kopf des Wolfes. In diesem Augenblick flammten die Augen in einem blendenden, purpurnen Licht auf, das Talisman einhüllte und die ganze Höhle erfüllte. Blitze knisterten zwischen den Stalaktiten, und ein tiefes Grollen wie ferner Donner ließ den Höhlenboden beben und stöhnen.

Staub rieselte von der Decke, in dem purpurnen Licht strahlten die Staubflocken wie Tausende von Juwelen. Als der Staub sich legte und das Licht verblaßte, ließ Talisman den Hammer fallen und starrte auf die Reste des Steinernen Wolfes. Von den Augen von Alchazzar war nichts mehr zu sehen.

»Was hast du getan?« schrie Nosta Khan, lief auf ihn zu und packte ihn am Arm. Talisman drehte sich um, und der Schamane rang nach Luft und wich zurück. Sein Unterkiefer fiel herab, er blinzelte heftig.

Gorkai trat vor … und hielt inne. Talismans Augen hatten sich verändert, als ob sich das gleißende purpurne Licht der Juwelen dort niedergelassen hätte und im Fackelschein glitzerte. Sie waren nicht mehr dunkel, sondern strahlten in violettem Licht.

»Deine Augen … «, flüsterte Gorkai.

»Ich weiß«, sagte Talisman.

Talisman ging an dem erstarrten Schamanen vorbei und stellte sich vor die gebannten Anführer.

»Heute nehme ich meinen Nadirnamen an«, erklärte er. »Ab heute gibt es Talisman nicht mehr. Er starb, als die Magie in das Land zurückkehrte. Von diesem Tage an bin ich Ulric von den Wolfsschädeln.«

DROS DELNOCH

Dreißig Jahre später

Druss die Legende saß neben dem jungen Soldaten Pellin und lachte leise, als er seine Geschichte beendete. »Am Ende«, sagte er, »haben wir all das also für eine junge Hure getan! Sieben schien das nichts auszumachen, er hatte Niobe. Er nahm sie mit nach Hause und kaufte ihr einen wundervoll verzierten Feuereimer. Sie war eine gute Frau – überlebte ihn um zehn Jahre. Er war ihr nicht treu – ich glaube nicht, daß Sieben wußte, was Treue ist. Aber er war loyal, und ich schätze, das zählt auch etwas.«

Der Arzt, Calvar Syn, trat neben den Axtkämpfer. »Der Junge ist tot, Druss«, sagte er.

»Ich weiß, daß er tot ist, verdammt noch mal! Jeder stirbt und läßt mich zurück.« Liebevoll tätschelte er Pellins noch warme Hand, dann stand er auf. »Er hat gut gekämpft, weißt du. Er hatte Angst, aber er lief nicht davon. Er stand seinen Mann, wie es sein sollte. Glaubst du, er hat etwas von meiner Geschichte mitbekommen?«

»Schwer zu sagen. Vielleicht. Und jetzt solltest du dir etwas Ruhe gönnen. Du bist kein Jüngling mehr.«

»Ja, das ist der Rat von Rek und Hogun und all den anderen. Ich werde mich bald genug ausruhen. Das werden wir alle. Sie sind alle fort, weißt du – alle meine Freunde. Bodasen habe ich selbst getötet, und Sieben fiel bei Skeln.«

»Was ist mit Talisman? Hast du ihn je wiedergesehen?«

»Nein. Ich nehme an, er starb in einem von Ulrics Feldzügen.« Druss lachte gezwungen und fuhr sich mit der knotigen Hand über den silbergrauen Bart. »Er wäre stolz gewesen, wenn er die Stämme jetzt sehen könnte, was? Wie sie vor den Mauern von Dros Delnoch kämpfen? Alle Stämme vereint?«

»Ruh dich aus, alter Mann«, befahl Calvar Syn. »Sonst liegst du morgen in einem dieser Betten, anstatt daneben zu sitzen.«

»Ich höre dich, Arzt.«

Druss nahm seine Axt, schlenderte in den Mondschein hinaus und stieg auf den Wehrgang. Von dort starrte er über das eindrucksvolle Lager der Nadir hinaus, das sich über den Paß erstreckte, soweit das Auge sehen konnte.

Drei der sechs großen Mauern waren gefallen, und Druss stand nun am Torturm von Mauer Vier. »Was denkst du, altes Roß?« fragte Bowman und trat aus den Schatten.

»Ulric sagte, sein Schamane hätte gesehen, daß ich hier sterben würde ... an diesem Tor. Es scheint ein ebenso guter Platz zu sein wie jeder andere.«

»Du wirst nicht sterben, Druss. Du bist unsterblich – alle wissen das.«

»Ich bin alt und müde«, widersprach Druss. »Und ich wußte, als ich herkam, daß dies meine letzte Ruhestätte sein würde.« Er grinste. »Ich habe einen Pakt mit dem Tod geschlossen, mein Junge.«

Bowman schauderte und wechselte das Thema. »Du mochtest ihn, nicht wahr? Ulric, meine ich. Was hat er sonst noch zu dir gesagt?«

Druss antwortete nicht. Irgend etwas an der Begegnung mit Ulric irritierte ihn, aber er hatte noch nicht herausgefunden, was.

Er würde es auch nie herausfinden ...

Ein paar Tage später dachte Ulric in seinem Zelt ebenfalls an den Axtkämpfer, an ihre letzte Begegnung auf dem Schlachtfeld zwischen Mauer Eins und Mauer Zwei. Die Sonne strahlte vom Himmel, und der Feind war von Eldibar, Mauer Eins, zurückgewichen.

Ulric war auf das Schlachtfeld hinausgegangen und hatte einen purpurnen Teppich auf der Erde ausgebreitet. Einer seiner Männer brachte einen Krug Wein, eine Schale mit Datteln und etwas Käse. Der Große Khan ließ sich nieder und wartete.

Er hatte beobachtet, wie Druss von der Brüstung von Mauer Zwei herabgelassen wurde. Er sah alt aus, sein Bart schimmerte in der Sonne silbrig. Erinnerst du dich noch an mich, Druss? dachte er. Nein, wie solltest du? Der junge Mann mit dem frischen Gesicht und den dunklen Augen, den du vor dreißig Jahren kanntest, ist jetzt ein narbenbedeckter Krieger mit violetten Augen. Als der Axtkämpfer näher kam, merkte Ulric, wie sein Herz klopfte. In Druss' Hand lag die schreckliche Waffe, Snaga, die bei Oshikais Schrein so furchtbar gewütet hatte. Wirst du sie gegen mich führen? fragte sich Ulric. Nein, entschied er. Wie immer, würde Druss sich als Ehrenmann erweisen.

»Ich bin ein Fremder in deinem Lager«, sagte der alte Mann.

»Willkommen, Fremder, iß mit mir«, sagte Ulric, und Druss ließ sich mit gekreuzten Beinen ihm gegenüber nieder. Langsam schnallte Ulric seine lackierte, schwarze Brustplatte ab und legte sie behutsam zur Seite. Dann nahm er die schwarzen Handschuhe und die Unterarmschienen ab. »Ich bin Ulric von den Wolfsschädeln.«

»Ich bin Druss von der Axt.« Die hellen, blauen Augen verengten sich, als sie den Großen Khan betrachteten. Eine Spur des Erkennens? überlegte Ulric. Sag es ihm! Sprich jetzt mit ihm. Zeige ihm deine Dankbarkeit.

»Gut geantwortet! Nun iß«, bat Ulric.

Druss nahm eine Handvoll Datteln von dem silbernen Teller und aß langsam. Er ließ Ziegenkäse folgen und spülte ihn mit einem Schluck Rotwein hinunter. Er hob die Augenbrauen und grinste.

»Lentrischer Roter«, sagte Ulric. »Nicht vergiftet.«

Druss grinste. »Ich bin schwer umzubringen. Eine Gabe von mir.«

»Du hast dich gut geschlagen, und ich freue mich für dich.«

»Es tat mir leid, als ich vom Tod deines Sohnes hörte. Ich habe keine Söhne, aber ich weiß, wie schwer es für einen Mann ist, einen geliebten Menschen zu verlieren.«

»Es war ein grausamer Schlag«, sagte Ulric. »Er war ein guter Junge. Aber das ganze Leben ist grausam, nicht wahr? Ein Mann muß sich über seinen Kummer erheben.«

Druss schwieg und nahm sich noch ein paar Datteln.

»Du bist ein großer Mann, Druss. Es tut mir leid, daß du hier sterben sollst.«

»Ja, es wäre nett, ewig zu leben. Andererseits werde ich allmählich langsamer. Ein paar deiner Männer waren verdammt dicht dran, mich ernstlich zu verletzen – das ist blamabel.«

»Es ist ein Preis ausgesetzt für den Mann, der dich tötet – hundert Pferde, aus meinem eigenen Stall.«

»Wie beweist ein Mann dir, daß er mich getötet hat?«

»Er bringt mir deinen Kopf und zwei Zeugen.«

»Laß das nicht meine Männer hören. Sie würden es auch für fünfzig Pferde tun.«

»Das glaube ich nicht! Du hast viel Gutes getan. Wie kommt der neue Graf zurecht?«

»Er hätte ein weniger lautstarkes Willkommen bevorzugt, aber ich glaube, er hat seinen Spaß. Er kämpft gut.«

»Wie ihr alle. Aber das wird nicht reichen.«

»Wir werden sehen«, erwiderte Druss. »Diese Datteln sind sehr gut.«

»Glaubst du, du kannst mich aufhalten? Sag es mir ehrlich, Todesgänger.«

»Ich hätte gern unter dir gedient«, sagte Druss. »Ich bewundere dich seit Jahren. Ich habe vielen Königen gedient. Einige waren schwach, andere launenhaft. Viele waren gute Männer, aber du … du hast Größe. Ich glaube, du wirst am Ende bekommen, was du willst … aber nicht, solange ich lebe.«

»Du wirst nicht mehr lange leben, Druss«, sagte Ulric sanft. »Wir haben einen Schamanen, der diese Dinge weiß. Er sagte mir, er sah dich auf den Toren von Mauer Vier stehen – Sumitos nennt ihr sie, glaube ich – und der grinsende Schädel des Todes schwebte über deinen Schultern.«

Druss lachte laut auf. »Der Tod schwebt immer dort, wo ich bin, Ulric! Ich bin der, der mit dem Tod geht. Kennt dein Schamane eure eigenen Legenden nicht? Vielleicht entscheide ich mich, auf Sumitos zu sterben. Vielleicht auf Musif. Aber wo ich mich auch entscheide zu sterben, eins sollst du wissen: wenn ich in das Tal der Schatten gehe, nehme ich mehr als nur ein paar Nadir zur Gesellschaft mit.«

»Sie werden stolz sein, mit dir zu gehen. Gehe in Frieden.«

Eine Bewegung am Zelteingang riß Ulric in die Gegenwart zurück. Sein Leutnant Ogasi, der Sohn des längst verstorbenen Gorkai, trat ein. Er legte die Faust an die Brust und salutierte so vor seinem Khan. »Der Scheiterhaufen ist bereit, Herr«, sagte der Krieger.

Ulric holte tief Luft und ging in die Nacht hinaus.

Der Leichnam von Druss der Legende lag auf dem Scheiterhaufen, die Arme über der Brust gefaltet, die große Axt in den toten Händen. Ulric spürte einen stechenden, inneren Schmerz, als er den Scheiterhaufen betrachtete, und das Gefühl eines großen Verlustes. Druss hatte den

Nadirstreiter Nogusha im Zweikampf getötet. Nogusha jedoch hatte seine Schwertklinge mit Gift bestrichen. Als der nächste Angriff kam, hatte das qualvolle Sterben des alten Kriegers bereits begonnen, doch er hatte weitergekämpft, seine Axt hatte den Tod ausgeteilt, bis er schließlich, umringt von Nadirkriegern, niedergestreckt wurde.

»Warum erweist du ihm diese Ehre, Herr?« fragte Ogasi. »Er war ein *gajin* und unser Feind.«

Ulric seufzte. »Er kämpfte Seite an Seite mit mir und deinem Vater an Oshikais Schrein. Er half dabei, dem Land seine Magie zurückzugeben. Ohne ihn hätte es keine Nadirarmee gegeben. Vielleicht überhaupt keine Zukunft für unser Volk.«

»Dann ist er ein um so größerer Narr«, meinte Ogasi.

Ulric unterdrückte den aufsteigenen Zorn. Ogasi war tapfer und loyal, aber er würde nie die Größe von Männern wie Druss der Legende begreifen.

»Es war meine Ehre und mein Privileg, an seiner Seite zu stehen«, sagte Ulric. »Er war ein Mann, der immer für das kämpfte, woran er glaubte, gleich, wie die Chancen auch standen. Ich weiß, daß du die *gajin* haßt, Ogasi. Aber Druss war etwas Besonderes, er überstieg die Qualitäten aller Völker. Vor langer Zeit wanderten er und ich durch die Leere, um die Seele von Shul-sen zu retten und um sie mit Oshikais Geist wieder zu vereinen. Ja, er bekämpfte uns. Aber in ihm war nichts Böses. Er war ein großer Mann und – eine Zeitlang – mein Freund. Erweise ihm um meinetwillen die Ehre.«

»Das werde ich, Herr«, sagte Ogasi. Der Krieger schwieg einen Moment, dann lächelte er. »Bei den Göttern von Stein und Wasser, er konnte kämpfen, was?«

»Ja«, sagte Ulric leise. »Er konnte kämpfen.«

ENDE

ISBN 3-404-20309-7

ISBN 3-404-20313–5

ISBN 3-404-20317–8

DAS LIED VON ALBION

Das Gleichgewicht zwischen unserer Welt und der paradiesischen ›Anderwelt‹ ist gestört – der Beginn eines gewaltigen Kampfes zwischen Gut und Böse.

BASTEI LÜBBE